Gabriele von Holbach

Charlie

der kleine Hirntumor

Es geht im Leben nicht darum, zu warten,
dass das Unwetter vorbeizieht.
Es geht darum, zu lernen, im Regen zu tanzen.

Zig Ziglar

Gabriele von Holbach

Charlie

der kleine Hirntumor

Bibliografische Information der Deutschen Nationalbibliothek:
Die Deutsche Nationalbibliothek verzeichnet diese Publikation
in der Deutschen Nationalbibliografie;
detaillierte bibliografische Daten sind im Internet
über http://dnb.dnb.de abrufbar.

Erstausgabe 2016
Copyright © Gabriele von Holbach
Umschlaggestaltung: Gabriele von Holbach
Herstellung und Verlag: BoD – Books on Demand, Norderstedt
ISBN: 978-3-7392-2258-5

Kapitel 1

Das Todesurteil

Mein Kopf dröhnt. Niemand sagte, dass dieses MRT von einem Presslufthammer angetrieben wird. Als wäre es nicht genug, dass meine Kopfschmerzen mich in den Wahnsinn treiben. Nein! Sie stecken mich in diese Röhre!

Seit zwei Wochen haben sie mich in ihren Krallen. Ärzte! Vielleicht wäre es besser gewesen, nicht in die CHU zu gehen. Viele Assistenzärzte, viele Studenten und alle wollen noch etwas lernen.

Es begann Ende März. Ostermontag kamen die ersten Kopfschmerzen. Die Übelkeit kam später. Mein Hausarzt sagte, es sei Stress, ich müsse kürzer treten. Der Neurologe meinte, es sei Migräne, damit müsse ich leben. Wochenlang bekam ich Infusionen. Dusodril, zur besseren Durchblutung des Gehirns.

Zuhause konnte ich ausruhen, wenn die Schmerzattacken kamen. In der Kanzlei war daran nicht zu denken. Dort musste ich 100 Prozent geben. Mein Job ist stressig. Erwartungsvolle Mandanten, genervte Gehilfen, karrieregeile Kollegen und ein Chef, der hinter jedem Rock her ist.

Anfang Mai schaltete es mir zu ersten Mal das Licht aus. Es war während einer Besprechung. Die Kopfschmerzen kamen plötzlich und waren von einer Intensität, die ihres gleichen sucht. Als ich aufwachte, lag ich im Rettungswagen und der Notarzt stellte mir dämliche Fragen. Welcher Tag sei und wie der französische Präsident hieße.

In der Klinik karrte man mich von einer Abteilung in die nächste. Ich wurde geröntgt und von Kopf bis Fuß untersucht. Kurz- und Langzeit-EKG und EEG, Schlafentzug und andere Quälereien, die sie Untersuchungen nannten. Gefunden haben sie nichts. Sie wollten mich nicht nach Hause entlassen, bevor sie die Ursache für meine Kopfschmerzen gefunden hatten.

Letzte Woche hatten sie mich zum CT geschickt. Die Aufnahmen hatten sie veranlasst, sich mein Gehirn etwas näher zu betrachten. Sie haben ein neues Gerät, das sich MRT nennt. Ein sündhaft teures Spielzeug, in das sie mich jetzt gesteckt haben.

Die Untersuchung ist beendet und der Tisch fährt fast lautlos aus der Röhre, die sie Tunnel nennen. Die Assistentin befreit meinen Kopf und ich fühle mich frei.

Ich genieße die Ruhe, die in dem großen Raum herrscht. Erst langsam wird mir bewusst, dass es selbst hier keine Ruhe gibt. Das Treiben, das in der Radiologie herrscht, dringt bis in den letzten Winkel des Gebäudes.

Mein Kopf dröhnt. Der Presslufthammer hat sein Bestes getan. Hielt sich die Übelkeit im Liegen in Grenzen, so drängt sie sich jetzt vehement in den Vordergrund. Noch bevor ich nach der Nierenschale greifen kann, bahnt sich mein Mageninhalt seinen Weg ins Freie.

Der Geruch frisch gebrühten Kaffees ist etwas Herrliches. Der Gestank, wenn er aus den Tiefen des Magens wieder ans Tageslicht schwallt, ist widerlich und sorgt dafür, dass der restliche Mageninhalt hinterher geschickt wird.

Wie ein Häufchen Elend hänge ich zwischen Trage und Fußboden. Die Assistentin eilt mir zu Hilfe. Ich will nicht liegen, ich will aufstehen, nach Hause gehen. Meine Beine sind anderer Meinung. Sie tragen mich nicht, knicken einfach unter mir ein. Was ist nur los mit mir?

Dr. Rampillon fühlt meinen Puls, misst meinen Blutdruck. Sein Gesichtsausdruck gefällt mir nicht.

„Wir rufen einen Pfleger, der Sie auf Station bringen wird. Sie sollten sich ausruhen. Prof. Cheminant hat meinen Bericht heute Nachmittag auf seinem Schreibtisch. Er wird alles Weitere mit Ihnen besprechen." Bevor ich Fragen stellen kann, verlässt er den Raum.

Alles Weitere besprechen? Was meint er damit? Hat er etwas auf den Bildern gefunden, das da nicht hin gehört? Ist es nur so dahingesagt, weil es dazugehört? Eine höfliche Floskel?

Ärzte!

Seit zwei Tagen lassen sie mich im Ungewissen. Ich weiß, dass in meinem Kopf etwas ist, das da nicht hingehört. Ich weiß es einfach. Ich wusste es, als es mir zum ersten Mal das Licht ausgeschaltet hat.

Oberschwester Marthe, die auf dieser Anrede besteht, schließlich muss sie sich doch vom gemeinen Fußvolk abheben, hat mal wieder schlechte Laune. Sie faltet Schwester Mélisande zusammen, weil das Mittagessen von Patricia noch immer in der Küche steht. Wo sollte es sonst stehen? Patricia ist noch immer in der HNO. Eigentlich müsste man so etwas als Oberschwester wissen.

Ich frage mich, warum man ihr noch immer Mittagessen serviert. Sie isst es nicht. Stochert darin herum, zermatscht alles, wobei sie die ganze Zeit an diesem Fraß herummäkelt. Okay! Es ist kein Menu von Bocuse, aber genießbar. Wer Gummiwürstchen aus dem Glas isst, sollte nichts gegen Rahmbraten sagen. Aber Patricia mäkelt grundsätzlich an allem herum. Sie nörgelt von früh bis spät. Nur sie kann alles, weiß alles, ist unfehlbar. Wir anderen können uns glücklich schätzen, dass sie sich die Ehre gibt und uns mit ihrer Anwesenheit aufwertet.

Ich bin froh, dass ich mir nicht das Zimmer mit ihr teilen muss. Lisanne, eine 36-jährige Parkinson Patientin, tut mir leid. Aber sie hat elf Geschwister und ist allerhand gewohnt.

Ich teile mir das Zimmer mit Marielle. Sie ist eine 34-jährige Epileptikerin und jetzt besteht Kinderwunsch. Zurzeit wird sie auf ein anderes Medikament umgestellt, damit dieser Wunsch nicht an der Einnahme von Tegretal scheitert.

Prof. Jablonski ist nicht begeistert, aber es ist ihr Wunsch und den muss er respektieren. All seine Argumente, die gegen eine Schwangerschaft sprachen, wollte sie nicht hören. Es besteht Kinderwunsch. Ich weiß nicht, wie oft ich diesen Satz schon gehört habe.

Ansonsten ist sie nett und wir kommen gut miteinander aus. Auch die meisten anderen Patientinnen sind nett. Für mich ist es erschreckend zu sehen, welche Leiden einen Körper quälen können. Hier sind Krankheiten vertreten, von denen ich nicht mal wusste, dass es sie gibt.

Charlotta Chirac, eine 78-jährige Unternehmergattin, leidet seit vielen Jahren an Narkolepsie. Jede Gefühlsregung legt sie in Tiefschlaf. Die Ärmste kann sich nicht mal ihren Gefühlen hingeben. Ich frage mich, ob sie beim Sex auch eingeschlafen ist. Mit viel Glück durfte sie … Geht mich doch nichts an! Jetzt ist sie dement. Sie hat vergessen, dass sie an Narkolepsie leidet und führt nun ein Leben ohne Tabus. Leider geht es nicht ohne Tabus. Jetzt liegt sie hier und die Ärzte geben ihr Bestes.

Ségolène, eine 44-jährige Tortenbäckerin aus dem Limousin, fuhr ihren Lieferwagen in den Graben. Außer einem gebrochenen Fuß blieb sie unverletzt. In der Klinik berichtete sie von häufiger auftretenden Aussetzern und zweimaliger Bewusstlosigkeit. Einer ihrer Angestellten sagte, sie hätte gekrampft und schrecklich gezuckt.

Im EEG waren diverse Auffälligkeiten zu sehen und man schob sie ins CT. Dort wurden im Gehirn mehrere Entzündungsherde gefunden. Nach vielerlei Untersuchungen stand die Diagnose fest.

Multiple Sklerose! Die Krankheit mit den tausend Gesichtern.

Seit sie vor neun Wochen eingeliefert wurde, hatte sie bereits zwei Schübe. Jetzt hat sie kein Gefühl in der linken Hand. Niemand weiß, was als nächstes kommt.

Ségolène teilt sich das Zimmer mit Fleur Delaporte, einer vierzigjährigen Chemikerin, die mit unklarer Symptomatik eingeliefert wurde. Sie zeigte alle Symptome eines Hirntumors. Im CT fanden sich Entzündungsherde im Gehirn. Man machte eine Lumbalpunktion und fand Staphylokokken im Liquor. Jetzt hängt sie am Tropf und man verabreicht hochdosierte Antibiotika.

Im Zimmer nebenan liegt die 51-jährige Geraldine, die nach einem Zeckenbiss Encephalitis bekam. Jetzt macht sie völlig verrückte Sachen, hat Halluzinationen und führt Selbstgespräche.

Ich frage mich, welch ein Drama sich in meinem Kopf abspielt. Warum lassen sich die Ärzte so lange Zeit? Marielle sagt, es wird schon nicht so schlimm sein. Wenn es so wäre, hätten sie es mir längst gesagt. Sie wartet seit vier Tagen auf einen Termin für ein Langzeit-EEG. Die haben hier alle Zeit der Welt. Privatpatienten sind zahlungskräftig und jedes belegte Bett füllt die Kasse. Auf dieser Station gibt es keine Einzelzimmer. Schade! Ich wäre lieber allein.

Die Tür geht auf und Schwester Jorinde stürmt herein. Von anklopfen hält sie nichts. Sie ist unhöflich, arrogant und oberflächlich. Ich mag sie nicht.

„Der Professor will dich sehen. Mach, dass du in die Gänge kommst" schnauzt sie mich an. Oh! Das ist zu viel. Meine Nerven sind zum Zerreisen gespannt und dann dass!

„Sie dämlicher Trampel", platzt es aus mir heraus, „was erlauben Sie sich? Ich lasse mich nicht von einer dummen Zicke duzen und anschreien erst recht nicht. Das wird Folgen haben." Hocherhobenen Hauptes rausche ich davon.

Ich würde jetzt gerne ihr dämliches Gesicht sehen, aber ich habe es eilig. Professor Jablonski ist jetzt wichtiger. Nein! Nicht er, sondern dass, was er mir sagen wird.

Hier gibt es so viel unverschämtes Personal. Ich möchte wissen, auf was die sich etwas einbilden.

Jablonskis Sekretärin sieht mich über den Rand ihrer Brille hinweg an und fragt spitz: Sind Sie die de Polignac? Wir warten schon auf Sie."

„Dr. de Polignac!", keife ich sie an. „Und Sie, Madame Chopol", füge ich spitz hinzu, „müssen nicht auf mich warten. Ich will zu Ihrem Chef, nicht zu seiner Tippse." Arrogante Schnepfe! Ich rausche an ihr vorbei ins Zimmer des Chefarztes.

Der Anblick von fünf Ärzten bremst mich aus. Warum habe ich plötzlich das Gefühl, vor einem Tribunal zu stehen, das im nächsten Moment mein Todesurteil fällt?

„Guten Tag Dr. de Polignac. Ich freue mich, Sie zu sehen, auch wenn die Umstände nicht erfreulich sind."

Oh! Jetzt kommt's! Mein Todesurteil! Schlagartig wird mir bewusst, dass gleich mein schlimmster Albtraum wahr wird. Mir wird übel. Am liebsten würde ich ihnen vor die Füße speien, aber das würde auch nichts an der Diagnose ändern. Mit zitternden Knien nehme ich auf dem einzig freien Stuhl Platz.

Prof. Jablonski kommt gleich zur Sache. Nach einem kurzen Räuspern legt er los.

„Wir haben sämtliche Untersuchungsergebnisse ausgewertet und ich muss sagen, unsere schlimmsten Befürchtungen wurden noch übertroffen.

Sie müssen jetzt sehr stark sein. Für Ihre Beschwerden ist ein Tumor im Gehirn verantwortlich. Es handelt sich um ein Glioblastom, einen der bösartigsten Tumore die wir kennen. Er wächst im Thalamus, was eine Operation unmöglich macht.

Wir können bestrahlen und eine Chemotherapie beginnen. Aber das wird den Verfall höchstenfalls hinauszögern. Es gibt leider keine Heilung."

Was sagt er da? Ich hatte erwartet, dass sich mein schlimmster Albtraum erfüllt. Aber der verblasst gerade zu einem schlechten Witz.

Ein Hirntumor? Ich? Keine Heilung? Das muss ein Albtraum sein. Das darf doch nicht wahr sein. Das kann nicht wahr sein. Sie müssen sich irren. Ich habe doch keinen Hirntumor. Ich habe keinen Krebs. Ich will keinen Krebs haben.

Was soll ich jetzt machen? Bestrahlung? Chemo? Sterben? Das darf doch nicht wahr sein. Ich kann meinen Gedanken nicht folgen. Sie schwirren so schnell durch meinen Kopf, dass sich alles dreht.

Ich bewege mich wie in Trance. Aufstehen … gehen … raus aus dem Zimmer … in den Aufzug … raus aus der Klinik … laufen … weiter laufen … immer weiter … weg von diesem Tumor … was soll ich mit ihm … ich will ihn nicht … sterben … ich will nicht sterben … ich habe Kinder … Zwillinge … fünf Jahre alt … sie brauchen ihre Mutter … sterben … keine Heilung … sterben … sterben … sterben … NEIIINNN!!!

Schreiend strecke ich die Arme in den Himmel. Ich will nicht sterben! Neiiinnn! Schluchzen schüttelt mich, das Atmen fällt mir schwer. Ich will nicht sterben, ich will nicht! Oh mon Dieu! Warum ich?

Ich sehe nicht die Leute, die stehen bleiben und mich anstarren. Einige eilen ängstlich davon. Andere starren mich mit unverhohlener Neugier an. Sensationslust! Gier! Es berührt mich nicht. Prallt an mir ab. Es beginnt zu regnen. Mir egal! Alles ist egal! Soll die Welt untergehen! Ich werde mit ihr untergehen. Doch das wird noch ein paar Tage dauern. Ich sterbe! Niemand hat mich gefragt, ob ich sterben will. Was kümmert mich diese scheiß Welt? Ich stehe mitten auf dem Parkplatz und schreie mein Leid in den Himmel.

„Madame, Sie werden sich den Tod holen. Es ist kalt und ein eisiger Regen fällt vom Himmel.

Kommen Sie mit mir zurück in die Klinik." Dr. Katsavakis legt mir eine Decke um die Schultern.

„Den Tod holen?", starre ich ihn ungläubig an. „Der sitzt bereits in meinem Kopf!" Dann wird es dunkel.

Langsam wird es heller. Ich starre an die Decke. Die könnte einen neuen Anstrich gebrauchen. In der Verkleidung der Deckenlampe liegen tote Fliegen und eine eifrige Spinne hat ihr Netz gewebt. Warum zahle ich jeden Tag so viel Geld, um dann in dieser Dreckshöhle zu schlafen?

„Geht's wieder?", fragt eine Stimme. Nicht hinhören. Das ist alles nur ein böser Traum. Tote Fliegen und eine fleckige Decke. Eine Spinne, ein Netz, ein böser Traum.

„Madame! Sehen Sie mich an", nervt die Stimme wieder. Alptraum! Typisch Albtraum! Nicht hinhören! Schweigen! Besser noch: aufwachen. Jetzt! Sofort! Aufwachen!

„Madame! Ich sehe doch, dass Sie wach sind. Sehen Sie mich an. Bitte!" Warum wache ich nicht auf? Im Netz zappelt eine Fliege.

„Charlene! Ich möchte mit Ihnen reden." Die Spinne nähert sich ihrem Opfer.

„Charlene!" Warum streicht niemand diese Decke? Jemand muss doch sehen, dass sie völlig verdreckt ist.

„Charlene", jetzt wird die Stimme resoluter. Jemand dreht meinen Kopf und ein Gesicht beugt sich über mich.

Was macht Dr. Katsavakis in meinem Albtraum? Er soll verschwinden. Vielleicht will er die Decke streichen? Die Spinne hat ihr Opfer lebend eingesponnen. Warum wache ich nicht auf?

„Au! Sind Sie verrückt geworden?", schreie ich den Doc an. Das tat weh! Schlägt mir ins Gesicht! Hat der einen an der Klatsche?

Das tat weh! Seit wann spürt man im Traum den Schmerz? Oh mon Dieu! Es ist kein Traum! Ich schlafe nicht! Ich bin wach! Der Doc ist wirklich hier! Das Opfer der Spinne hängt eingewickelt im Netz. Die toten Fliegen liegen noch immer in der Lampe. Die Decke ist schmutzig! Oh mon Dieu! Ich muss sterben!

Marielle kommt von ihrer Untersuchung zurück. Nachdem das Langzeit-EEG noch immer nicht verfügbar ist, hat man ein reguläres EEG veranlasst. Sie ist frustriert. Das EEG zeigt erhöhte Krampfpotentiale. Das neue Medikament wirkt noch nicht. Jetzt darf sie nur noch in Begleitung die Station verlassen.

„Ist das nicht frustrierend? Man wird behandelt wie ein Kleinkind. Wenn niemand Zeit hat ... wer hat die hier schon ... sitze ich fest. Wie eine Gefangene behandeln sie mich. Das ist unverschämt! Jetzt sag doch mal was dazu."

„Ich habe einen Hirntumor. Inoperabel. Ich muss sterben!", sage ich in eisigem Tonfall, der ihr deutlich zeigt, was ich von ihrem Gejammer halte.

„Oh mon Dieu! Das ist schrecklich. Ich jammere dir die Ohren voll, mit meinen Problemen und du hast Krebs. Da platzen meine Probleme wie Seifenblasen. Es tut mir so schrecklich leid. Kann ich irgendetwas für dich tun?"

Das Entsetzen steht in ihren Augen. Ich kann es sehen. Was soll ich sagen? Stirb für mich?

Sie nimmt mich in den Arm. Ich weiß, sie will etwas Tröstendes sagen, findet aber nicht die richtigen Worte. Insgeheim ist sie froh, dass sie nicht an meiner Stelle ist.

„Gehen wir ein bisschen spazieren? An der frischen Luft können die Gedanken besser fliegen. Vielleicht gehen wir ins Café Sainte Claire?"

„Du und ich? Ein Hirntumor und ein erhöhtes Krampfpotential? Die hätten uns bereits mit dem Lasso eingefangen, da wären wir noch nicht im Aufzug."

„Die müssen es ja nicht wissen. Wir schleichen uns davon. Die wissen doch nicht mal, wann ein Patient zur Untersuchung geht oder wann er zurückkommt. Lass uns gehen!" Sie nimmt mich bei der Hand und zieht mich hinter sich her zum Treppenhaus.

„Hier werden wir keiner Schwester begegnen. Die sind alle zu faul zum Laufen. Die nehmen lieber den Aufzug."

„Ich habe nicht mal Geld dabei und in Pantoffeln möchte ich auch nicht gehen. Eine Jacke wäre auch nicht schlecht."

„Okay! Packen wir uns warm ein und nehmen unseren Notgroschen mit. Heute verprassen wir alles. Wer weiß, wann ich krampfend vor einen Laster falle, der mich überfährt und mir das Licht für immer ausschaltet. Du stirbst sowieso. Warum sollen wir sparen? Auf geht's!"

„Du bist verrückt. Herrlich verrückt, aber verrückt! Gehen wir!" Ja, ich sterbe sowieso …

Im Treppenhaus treffen wir auf Ségolène und Geraldine, die uns schuldbewusst ansehen.

„Wir wollten nur mal kurz ins Sainte Claire. Kaffeetrinken! Ihr verratet uns doch nicht?"

Marielle prustet los. „Da wollen wir auch hin. Wir verprassen heute unseren Notgroschen. Das Leben ist zu kurz."

Zusammen ziehen wir los. Eine MS, eine Verrückte mit Encephalitis, ein erhöhtes Krampfpotential und ein Hirntumor. Eine verrückte Truppe. Alle haben was an der Klatsche, aber sterben wird nur einer: Ich!

Im Café ist wenig los. Wir nehmen einen Tisch in der Ecke, von dort kann man alles überblicken, wird aber von außen nicht gesehen. Wer weiß, welche Schwester sich eventuell ins Café verirrt.

Die Grünpflanzen schirmen die Ecke auch von neugierigen Blicken aus dem Café ab. Ein Platz, wie für uns gemacht. Der ideale Rückzugsort aus dem Kliniktrott. Hier werden wir wohl noch öfter herkommen.

Wir bestellen Kaffee, Madeleines und Macarons. Ein Festmahl für jeden, dem vierzehn Tage oder länger das delikate Klinikessen serviert wurde.

„Hm! Das machen wir jetzt öfter. Ist das lecker. Zucker! Sahne! Kaffee! Ich hatte fast vergessen, wie lecker das Zeug schmeckt." Geraldine leckt sich genüsslich die Lippen.

„Ich muss meinem Mann sagen, dass mein Notgroschen eine ordentliche Aufstockung braucht. Er meinte, ich brauche hier nicht viel Geld. Einen kleinen Notgroschen, um mal einen Kaffee zu trinken oder mir eine Zeitung zu kaufen. Mein Portemonnaie habe ich zuhause gelassen. In Krankenhäusern wird bekanntlich viel gestohlen."

„Wie war dein Termin beim Prof? Wie man hört, hast du Schwester Jorinde angeschrien. Was war los?", erkundigt sich Ségolène neugierig.

„Sie behandelt jeden wie Dreck. Es war Zeit, dass ihr mal jemand Paroli geboten hat", freut sich Geraldine. „Ich würde auch gern mal schreien, aber mir fehlt leider das Temperament."

„Und mir der Mut", fügt Ségolène hinzu.

„Sie hatte vergessen, mir zu sagen, dass Jablonski mich erwartet. Sie stürmte ins Zimmer, wie immer ohne anzuklopfen, schrie mich an und duzte mich. Das war für meine strapazierten Nerven zu viel und es brach aus mir heraus. Anschließend hat mich Jablonskis Drachen noch dumm angemacht. Da gab's den nächsten Ausbruch."

„Das hast du gut gemacht. Die Chopol führt sich auf, als wäre sie die Herrin der CHU."

„Du hast recht Ségolène! Das wäre sie gerne! Aber es hat nur für den Posten des Drachens gereicht! Einer von vielen, die in den Vorzimmern der Chefärzte über ihre Lieblinge wachen. Niemand kommt an ihnen vorbei. Sie speien mit Vorliebe Feuer, wenn sich ein weibliches Wesen nähert. Aber heute hat eines dieser weiblichen Wesen zurückgespien und der Chopol die Zunge verbrannt. Das hätte ich zu gerne gesehen." Geraldine grinst von einem Ohr zum anderen.

„Ich auch! Apropos Prof! Was hat er gesagt? Spann mich nicht so auf die Folter." Ségolène sieht mich erwartungsvoll an und schiebt sich ein Macaron in den Mund.

„Ich habe einen inoperablen Hirntumor. Ein Glioblastom im Thalamus."

„Das darf doch nicht wahr sein! Ein Tumor! Das tut mir so leid. Kann ich etwas für dich tun?" Geraldine ist entsetzt.

Wieder sehe ich diesen seltsamen Blick. Diesmal bei Ségolène und Geraldine. Ich kann auch ihre Gedanken lesen: Besser du als ich!

Ich weiß, sie meinen es nicht böse. Es ist eine normale Reaktion. Man ist schockiert, aber dennoch froh, dass es einen nicht selbst erwischt hat.

„Wir sind für dich da. Lass dich nicht unterkriegen. Wir gehen morgen in die Bibliothek und suchen nach diesem Glioblastom. Dann lesen wir alles, was wir darüber finden. Vielleicht gibt es ja doch etwas, das dir hilft.

Jetzt brauche ich einen Cognac! Noch jemand?" Ségolène blickt in die Runde. Wir lehnen dankend ab.

Marielle drückt meine Hand. „Siehst du, alles ist besser, als im Zimmer zu hocken und zu grübeln."

Sie hat recht. Hier kommt man nicht ins Grübeln. Aber im Zimmer wäre es bedeutend ruhiger. Im Café summt es, wie in einem Bienenstock. Inzwischen sind alle Plätze besetzt.

Ségolène hat einen attraktiven älteren Herrn entdeckt. Sie steht auf graue Schläfen. Okay! In ihrem Alter darf man das.

Ich rücke etwas zur Seite, denn der Philodendron versperrt mir die Sicht auf diesen Adonis für ältere Semester.

Was ist das? Da steht Geraldine und unterhält sich angeregt mit einer Palme. Die Leute an den umstehenden Tischen amüsieren sich prächtig.

Oh mon Dieu! Wen sieht sie in dieser Pflanze? Jetzt legt sie sogar ihre Hand auf einen Wedel. Das darf doch nicht wahr sein!

Hoffentlich ergeht es mir nicht auch irgendwann mal so. Ich weiß nichts über Hirntumore. Nichts über Glioblastome. Ségolène hat recht. Ich muss in die Bibliothek. So sehr mir das Wissen, bald zu sterben, zusetzt, so sehr verängstigt mich die Frage, wie übel der Weg zum Ende ist.

Niemand hat uns vermisst. Jetzt müssen wir nur noch Ségolène ins Bett schaffen, ohne dass jemand bemerkt, dass sie die Alkoholfahne gehisst hat. Es blieb leider nicht bei einem Cognac. Drei waren definitiv zu viel. Sie nimmt starke Medikamente. Da ist kein Platz für Alkohol. Sie weiß es, aber sie ist alt genug, das selbst zu entscheiden.

Wir haben es fast bis zu ihrem Bett geschafft, als sie über ihre eigenen Füße stolpert und Marielle mit sich zu Boden reißt.

Ausgerechnet in diesem Augenblick geht Dr. Hikmet an der Tür vorbei. Er eilt uns zu Hilfe, rümpft die Nase und macht ein verächtliches Gesicht.

„Manche Weiber haben es einfach nicht besser verdient" zischt er Ségolène zu. Dann geht er. Ob das ein Nachspiel haben wird? Wir werden sehen.

16. Mai 1989 - Heute ist der erste Tag vom Rest meines Lebens. Hinter mir liegt eine schreckliche Nacht. Kaum hatten wir das Licht gelöscht, waren sie da, die Gedanken. Sterben! Meine Ohren hatten die Worte des Professors gehört. Mein Kopf hatte sie verstanden. Mein Verstand schwieg, aber alles andere in mir schrie: nein!

Ich will leben! Meine Gedanken kreisen um den Tod. Um mein Todesurteil. Ein Hirntumor. Ein Glioblastom! Nie etwas davon gehört. Ein Hirntumor! Bösartig! Inoperabel! Merde!

Ich schleiche durchs Zimmer, als hätte ich Angst, ihn aufzuwecken. Vielleicht hört er mich nicht, wenn ich leise bin? Vielleicht geht er, wenn ich ihn nicht beachte? Vielleicht … Quatsch! Wo sollte er hingehen? Aber woher kam er? Ich muss in die Bibliothek. Ich könnte Prof. Jablonski fragen … will ich das wirklich? Nein! Dr. Katsavakis? Den schon eher!

Aber ich will erst mal wissen, was ich da in meinem Kopf habe. Ich will es lesen. Ich will niemand gegenübersitzen, der mich mitleidig ansieht. Ein Buch schweigt. Es breitet sein Wissen vor mir aus. Es sieht mich nicht an.

Ich hasse diese Blicke. So seltsam, ängstlich, beklemmend, traurig. Marielle sieht mich so an. Ségolène tut es und Geraldine tut es auch. Ein Buch tut es nicht.

Ich würde sofort losmarschieren, aber ich habe einen Termin in der Augenklinik. Was soll ich da? Ich bin voller Unruhe. Streife wie ein Tiger im Käfig durchs Zimmer. Hin und her! Vor und zurück! Vom Fenster zum Bett! Vom Bett zum Fenster!

Der Thalamus sitzt mitten im Gehirn. Was soll ich in der Augenklinik? Die Bibliothek ist wichtiger. Ich nehme meine Jacke und mache mich auf den Weg.

Mist! Dr. Guilleminot! Der hat mir noch gefehlt. Dieser selbstverliebte Schönling, der vor Arroganz strotzt, stellt sich mir in den Weg.

„Wohin wollen wir so eilig? Haben wir nicht einen Termin?", näselt er und sieht mich von oben herab an.

Dieser Schnösel! Dieser aufgeblasene Lackaffe! Gleich holt er wieder den Kamm aus seinem Kittel und bringt seinen Haare in Form.

„*Ich* habe einen Termin in der Augenklinik. Da gehe *ich* hin. Wo Sie hingehen interessiert mich nicht", sage ich, während er sich selbstverliebt die Haare glättet, die vor Haargel triefen und nach Bohnerwachs riechen. Ob er heute Morgen die falsche Flasche erwischt hat?

Grußlos lasse ich ihn stehen. Auf zur Augenklinik! Warum musste er mir ausgerechnet jetzt über den Weg laufen? Jetzt muss ich zur Augenklinik, obwohl es mich zur Bibliothek drängt.

Murrend mache ich mich auf den Weg. Es nieselt und ich habe keinen Schirm. Menschen mit hochgeschlagenen Kragen eilen an mir vorbei. Eine Frau, die ihr Kopftuch tiefer ins Gesicht zieht. Menschen unter bunten Regenschirmen. Alle haben es eilig. Keiner sieht seine Mitmenschen an. Alle eilen mit gesenkten Köpfen weiter.

Seltsam! Gestern blieben alle stehen und gafften, als ich meinen Ausbruch auf dem Parkplatz hatte. Ob heut auch jemand stehen bleiben würde? Versiegt Sensationsgier bei Regen? Ich weiß es nicht. Will es auch nicht ausprobieren.

Ich erinnere mich an einen Fall, den ich zusammen mit einem Kollegen vertreten habe. Ein junger Mann war mit dem Motorrad verunfallt, weil ihm ein betrunkener 15-Jähriger in den Weg getorkelt war. Binnen kürzester Zeit hatte sich eine Menschentraube um die Unfallstelle geschart. Neugierige und Gaffer, die erbarmungslos zusahen, wie das Blut aus dem Jungen lief und sein Leben mitnahm. Nicht einer hat geholfen. Die Sensationslust war groß. Die Gier, sich am Leid anderer, an deren Hilflosigkeit zu ergötzen, war riesig.

Der Motorradfahrer lag hilflos auf der Straße. Alle warteten darauf, dass auch er sein Leben aushauchte. Niemand kam auf die Idee zu helfen. Sie frönten ihrer Gier.

Glücklicherweise kam ein Bus mit jungen Kadetten vorbei, die sich auf dem Heimweg von einer Militärübung befanden. Ihr Ausbilder hatte die Lage sofort erkannt und die Kadetten scharten sich um die Gaffer, um sie in Schach zu halten, bis die Gendarmen vor Ort waren.

Der Motorradfahrer war glücklicherweise nicht lebensgefährlich verletzt, trat vor Gericht als Nebenkläger auf und erhob schwere Anschuldigungen.

Das französische Recht geht mit Gaffern nicht gerade zimperlich um und unterlassene Hilfeleistung wird hart bestraft. Dementsprechend hoch waren die Geldstrafen. Leider musste keiner einsitzen … schade!

Ich würde Marielle gern fragen, welche Erfahrungen sie mit Gaffern gemacht hat. Aber ich denke, sie will nicht darüber reden. Sie redet sowieso nicht gerne über ihre Epilepsie. Ihr einziges Thema ist der Kinderwunsch. Sie nervt nicht nur mich damit, auch das Pflegepersonal kann es nicht mehr hören.

Ich bezweifle inzwischen, dass ihr Mann diesen Wunsch teilt. Er wirkt immer etwas gequält, wenn er zu Besuch kommt und das leidige Thema zum hundertsten Mal durchgekaut werden muss. Ich überlasse den beiden dann das Zimmer, denn ich kann und will es nicht mehr hören. Er sieht mich dann immer hilfesuchend an, als wolle er sagen: Nimm mich mit!

Geraldine lebt in ihrer eigenen Welt. Sie nimmt zwar am hier und jetzt teil, aber wenn es ihr zu viel wird, driftet sie in ihre Parallelwelt ab und ist glücklich. Dort gibt es Blumen und Palmen, Macarons und chocolat, Kerzen und Blumenvasen. Alle können reden und machen Geraldine glücklich.

Kapitel 2

Düstere Aussichten

Ich bin so in Gedanken versunken, dass ich fast an der Klinik vorbeigelaufen wäre. Tja! Wenn ich jetzt wüsste, wohin ich muss. Am besten frage ich den Pförtner, er wird wissen, wo sich die Anmeldung befindet.

„Wie wär's mit dem Laufzettel?", fragt eine Stimme, die mir einen gelben Zettel unter die Nase hält. Ségolène!

„Das war wohl nichts mit dünne machen", lacht sie und hakt sich bei mir unter. Ich mag das nicht, aber sie ist so anhänglich.

„Warum taucht der Schönling immer auf, wenn man ihn am wenigsten brauchen kann? Wenn er gebraucht wird, ist er grundsätzlich nicht aufzutreiben."

„Vielleicht befragt er den Spiegel? Spieglein, Spieglein an der Wand, wer ist der arroganteste Schönling im ganzen Land?" Ségolène findet das lustig. Ich ja auch, aber mir ist nicht nach scherzen zumute.

„Können Sie mir sagen, wo ich Abteilung D4 finde?", wende ich mich nun doch an den Pförtner.

„Oh! So jung und schon D4." Er sieht mich mitleidig an. Oh, ich hasse diesen Blick!

Wir folgen seiner Beschreibung, laufen durch Flure, an denen Schwarz-Weiß-Fotos diverser Augen hängen und landen in der Palliativmedizin. Warum befindet sich diese Abteilung in der Augenklinik?

„Dr. de Polignac?", fragt eine angenehme Stimme, die zu einem älteren Mann in einem blauen OP-Anzug gehört.

„Das bin ich", sage ich zögerlich. Ich kann mit seinem Outfit nichts anfangen und frage mich, warum er einen OP-Anzug trägt.

„Prof. Ongoles, sehr erfreut Sie kennenzulernen. Prof. Jablonski hat Sie avisiert. Wenn Sie so nett wären, mich zu begleiten? Ihre Freundin kann mitkommen."

„Danke, aber sie wartet vor der Tür", sage ich, bevor sie mir zuvor kommt. Das muss und will ich allein durchstehen. Ich muss auch allein sterben. Zudem geht es sie nichts an.

Er führt mich in ein Zimmer, das mit schweren Möbeln zugestellt ist. Ich fühle mich nicht wohl in dieser Umgebung. Alles ist so trostlos, so düster. Ist dieser Raum die Einstimmung auf mein künftiges Leben?

„Am besten, Sie sehen sich nicht um. Das ist das Zimmer meines Vorgängers. Ich nutze es nur übergangsweise. Die Abteilung zieht demnächst in ein anderes Gebäude. Mein neues Zimmer ist groß, hell und einladend möbliert. Sie werden es bald sehen.

Jetzt sollten wir uns erst mal ein bisschen unterhalten. Wie ich aus Ihrer Akte ersehen kann, haben sie erst kürzlich erfahren, dass Sie unheilbar krank sind.

Ich möchte Ihnen die Möglichkeiten offenlegen, die Ihnen noch bleiben. Mein Ziel ist es, Ihnen ein relativ beschwerdefreies Leben zu ermöglichen. Ich werde Ihnen verschiedene Therapiemöglichkeiten darlegen. Wir werden all diese Therapien besprechen und das Beste für Sie auswählen. Ich möchte verhindern, dass man sinnlose Therapieversuche an Ihnen durchführt. Therapien, die Sie nur belasten, aber wenig oder gar nicht hilfreich sind. Ich denke, wir sind uns einig, dass sie Ihre verbleibende Lebenszeit optimal nutzen wollen."

„Wow! Das hört sich gut an. Ich ende also nicht als Versuchskaninchen. Allerdings muss ich sagen, ich weiß nicht mal, wie ich enden werde. Was mich alles erwartet. Wie mein weiteres Leben aussieht. Man hat mir lediglich mitgeteilt, dass ich ein inoperables Glioblastom habe.

Okay! Vielleicht hätten sie noch mehr gesagt, wenn ich ihnen nicht davongelaufen wäre."

„Ich habe davon gehört. Deshalb fand Prof. Jablonski es wäre besser, wenn wir künftig Ihre Behandlung miteinander abstimmen. Er wird alles in seiner Macht stehende tun, Ihnen zu helfen. Aber ich muss Ihnen gleich sagen, es wird nicht viel sein, das er tun kann.

Prof. Jablonski ist kein Freund unnötiger Therapien. Dennoch hilft er, wo er kann. Er wird Ihnen keine Therapie vorenthalten, aber er wird sie nicht in einen sinnlosen Kampf schicken. Er macht keine Hoffnung, wo es keine Hoffnung mehr gibt."

„Okay! Jetzt reden wir von meinem Glioblastom. Sie haben mir jetzt durch die Blume gesagt, dass es keine Hoffnung mehr gibt. Ich habe verstanden. Jetzt sagen Sie mir, was es für mich gibt. Ich denke, dann sind wir schneller fertig."

„Gut! Zuerst werde ich Ihnen etwas über Glioblastome erzählen. Ich werde …"

„Stopp! Nur das nötigste. Für mehr bin ich noch nicht bereit."

„Okay! Das Glioblastoma multiforme ist ein hirneigener Tumor. Da er, aggressiv und schnell wachsend, das umgebende Gewebe infiltriert, ist die Prognose eher ungünstig. Meistens kann er durch eine Operation nicht oder nicht vollständig entfernt werden.

Da Ihr Glioblastom im Thalamus sitzt, ist eine Operation nicht möglich. Zu viel gesundes Gewebe würde irreparabel zerstört werden. Leider ist es der Medizin noch nicht gelungen, effektive Behandlungsmethoden zu entwickeln."

„Dieses Glioblastom frisst sich jetzt unaufhaltsam durch mein Hirn und man kann nichts tun, um es aufzuhalten. Ich verstehe!

Jetzt erzählen Sie mir, wie sich sein Fressverhalten auf mich auswirkt. Wie verändere ich mich? Was verändert sich in meinem Kopf? In meinem Leben?"

„Wie Sie vielleicht wissen, beginnt es meistens mit Kopfschmerzen, die meistens abends oder nachts beginnen. Hinzu kommen Übelkeit, Brechreiz, Erbrechen. Später kommen Ataxie, Sensibilitätsstörungen, Paresen, plötzlich auftretende Schmerzen in den Extremitäten, Seh-, Wortfindungs- und Gedächtnisstörungen hinzu. Es kommt zu Persönlichkeitsveränderungen, Aggressivität und Ungeduld.

Das sind nur einige Symptome, die auftreten können oder werden."

„Stopp! Das reicht fürs erste. Ich will nichts mehr davon hören. Wie lange habe ich Zeit, all diese Symptome zu durchlaufen?"

„Ich gebe nicht gerne Prognosen. Aber die durchschnittliche Überlebensdauer beträgt ein Jahr. Es kann länger dauern, aber auch schneller gehen. Machen Sie sich nicht verrückt. Ihr Tumor ist noch sehr klein. Sie hatten Glück, dass man ihn so früh entdeckt hat."

Ein Jahr? Nur noch ein Jahr und das war's dann? Ich hatte noch so viel vor. Wie soll ich das alles in einem Jahr unterbringen? Vielleicht nicht mal einem Jahr! Wenn sich all diese Symptome einstellen, von denen Prof. Ongoles redete, bleibt nicht mehr viel Zeit für meine Pläne.

Meine Kinder! Was wird aus ihnen? Sie werden Mutter in die Hände fallen. Sie werden mein Schicksal teilen. Meine armen Kinder. Sie brauchen ihre Mutter, nicht ihre herzlose grand-mère.

Oh mon Dieu! Ich muss es meinen Eltern sagen. Das wird ein Desaster. Vater wird wieder schweigen und sich zurückziehen. Mutter wird theatralisch in Ohnmacht fallen. Anschließend wird sie eine ihrer Depressionen nehmen, um sich dann in vielen Warums zu aalen. Die wiederum werden in der Frage gipfeln, warum sie derart gestraft wird. Nicht genug damit, dass ihre Tochter völlig aus der Art schlägt und nichts vom Nobelpobel der Oberschicht hält, nein, jetzt muss sie auch noch ein Glioblastom anschleppen.

Meine Freundinnen Zélie und Joyce werden weinen. Sie werden mich bemuttern und mit mir leiden. Meine Kollegen, nun ja, sie werden es zur Kenntnis nehmen, froh sein, dass es nicht sie getroffen hat und weiter ihrer Arbeit nachgehen.

Meine Kinder! Sie sind zu klein, um zu verstehen, dass ihre Mutter krank ist und sterben wird. Als Cédric seinen Teddybär verloren hatte, ging für ihn die Welt unter. Nichts konnte seinen heißgeliebten Lancelot ersetzen. Dann schickte Joyces grand-père, der in London lebt, Lancelot 2. Einmal zu heiß gewaschen und schon sah Lancelot 2 genauso abgeliebt aus wie sein Vorgänger.

Mister Sheringham hatte mitgedacht und vorgesorgt. Auf dem Dachboden steht eine Kiste voller Lancelots und Ivanhoes, die auf ihren Einsatz warten.

Eine Mutter kann man nicht kaufen, nicht tauschen, nicht ersetzen. Wenn sie geht, dann für immer.

Für heute habe ich genug gehört. Ich will hier raus. Weit weg von hier. Ich will schreien, laut schreien, mir mein Leid von der Seele brüllen.

Ich schaffe es noch, mich gesittet von Prof. Ongoles zu verabschieden. Die Tür, die hinter mir mit einem lauten Plopp ins Schloss fällt, ist wie ein Startschuss. Ich laufe los. Fort von hier, fort von den Augen an den Wänden, die mich verfolgen, so weit weg wie möglich. Schnell, immer schneller! Durch die Tür der Station, ins Treppenhaus, runter ins Untergeschoss und raus auf den Hof. Vorbei an LKWs, die das Mittagessen bringen. Vorbei an Schwestern, die eine Zigarettenpause machen und mir erstaunt hinterherblicken.

Es fängt wieder an zu regnen. Langsam fallen die Tropfen vom wolkenverhangenen Himmel und durchnässen mein Shirt. Meine Jacke hängt an Ongoles Garderobe.

Die Straße, vorbei an hupenden Autos, deren Fahrer bremsen, um das schlimmste zu verhindern. Wortfindungsstörungen, hämmert es in meinem Kopf. Ein Radfahrer der im Graben landet. Ataxie, hämmert mein Kopf weiter. Ein Hund, der bellend hinter dem Zaun steht.

Es geht bergan. Paresen, hämmert mein Kopf und treibt mich weiter. Gedächtnisstörungen, hämmert er weiter.

Weiter, weiter, immer weiter. Ein Spaziergänger, den der Regen überrascht hat, kommt mir entgegen. Den Kragen hochgezogen läuft er mir in den Weg. Weg mit ihm! Stolpernd schreit er etwas hinter mir her, das an mir abprallt. Mein Kopf hämmert Sehstörungen, ihn interessiert der stolpernde Alte nicht. Aggressivität! Sie ist bereits eingetroffen.

Der Weg führt in den Wald. Aufgeweichter Boden, herabgefallene Äste, weiter, immer weiter. Das hohe Tempo fordert seinen Tribut. Es ist eine Sache, täglich 15 km durch den Wald zu laufen, um sich zu entspannen. Die Strecke wie Carl Lewis beim 100-Meter-Lauf zu sprinten, eine andere.

Plötzlich auftretende Schmerzen in den Extremitäten! Oh ja! Sie sind da! Übelkeit, Brechreiz! Alles da!

Noch ein paar Meter, nur noch bis zur knorrigen Eiche. Ungeduld! Mehr als ein paar Meter. Meine Lunge brennt! Herzrasen! Kopfschmerzen! Übelkeit!

Die knorrige Eiche! Jetzt bricht es aus mir heraus. Ein Schrei, den nicht mal Tarzan toppen könnte. Erschreckt flattern ein paar Vögel davon. Ich schreie weiter, lauter, immer lauter, bis nur noch ein heiseres Krächzen aus meiner Kehle kommt.

Erschöpft falle ich auf den durchweichten Boden. Meine Knie versinken im Matsch. Meine Hände krallen sich in den weichen Boden. Tränen strömen über mein Gesicht. Mischen sich mit dem Regen, der nun unablässig vom Himmel fällt.

Nein! Ich will nicht sterben. Ich will nicht! Nein! Nein! Nein! Scheiß Krebs! Scheiß Tumor! Scheiß Glioblastom! Scheiß unheilbar!

Die Sonne steht bereits im Westen, als ich mich endlich aufrappele, um zur Klinik zurück zu gehen. Ich bin durchgefroren. Meine Beine schmerzen, mein Hals, mein Kopf, alles tut weh. Gut so! Kein Schmerz ist größer als der, den man sich selbst zufügt. Schmerz zeigt mir, dass ich lebe. Fragt sich nur wie lange noch.

Es regnet nicht mehr. Unterwegs treffe ich auf ein paar vereinzelte Läufer. Sie sehen mich verwundert an. Ich bin völlig verdreckt. Keiner kommt auf die Idee, zu fragen, ob alles in Ordnung ist. Ob ich gestürzt bin. Ob ich Hilfe brauche. Nicht einer!

Der Weg zieht sich. Kaum zu glauben, dass ich ihn vor ein paar Stunden im Sprint zurückgelegt habe. Vor ein paar Stunden! Tja! Da war ich auf der Flucht. Auf der Flucht vor etwas, vor dem ich nicht davonlaufen kann. Es begleitet mich, wo immer ich hingehe.

Ob ich mich jemals damit abfinde? Wenn ich daran denke, überrollt mich die nächste Welle. Trauer! Wut! Angst!

„Kindchen, sind Sie gestürzt? Haben Sie sich verletzt? Kann ich Ihnen helfen?" Die alte Frau sieht mich bestürzt an.

Oh! Ich sehe verheerend aus. Meine Kleider sind voller Matsch. Meine Hände schmutzig und zerkratzt.

„Nein! Mir ist nichts passiert. Danke für die Nachfrage." Es gibt doch noch Menschen mit Herz.

„Sind Sie sich sicher, dass ich Ihnen nicht helfen kann?", fragend hält sie mir einen Spiegel vors Gesicht, den sie aus ihrer Tasche gekramt hat.

Oh mon Dieu! Getrockneter Matsch, in dem Tränen ihre Spuren hinterlassen haben. Eine

Schramme auf der Stirn, eine Beule an der Schläfe.

„Ich wohne da hinten", sagt sie und zeigt auf ein kleines Haus am Waldrand. „Sie könnten sich waschen und ich denke, ein Kaffee würde Ihnen gut tun."

„Überredet! Ich bin Charlene de Polignac. Sie können mich Charlene nennen", sage ich und reiche ihr die Hand zum Gruß.

„Georgette Tarnat! Für Sie Georgette" lächelt sie mich an und hakt sich bei mir unter. Hm! Da ist es wieder, dieses beklemmende Gefühl, das sich immer einschleicht, wenn mir jemand zu nahe kommt. Ich mag das nicht, aber ich möchte sie nicht vor den Kopf stoßen.

Schweigend laufen wir den Weg entlang, der zum Haus führt. Es sieht aus wie ein schottisches Cottage. Im Garten blühen Schwertlilien und tupfen bunte Kleckse in den regnerischen Tag.

„Im Sommer ist es hier schön. Dann blühen die Rosen und verströmen ihren Duft, der sich mit dem Duft des Lavendel mischt. Ich habe mich damals sofort in das Haus verliebt, als ich es zum ersten Mal sah. Es erinnert mich an meine Heimat, in den schottischen Highlands.

Ich habe viele schöne Jahre mit meinem Mann hier verbracht. Leider ist er vor vier Jahren gestorben. Seitdem ist hier nichts mehr, wie es mal war. Alles erscheint mir unausgefüllt. So leer, wie ich mich fühle."

Eine Träne kullert ihre Wange hinunter. Verschämt wischt sie sie mit ihrem Ärmel weg.

„Sind Sie hungrig? Ich könnte uns ein schnelles Abendessen zubereiten. Ich bin eine gute Köchin."

„Das hört sich gut an. Ich habe heute noch nichts gegessen. Es war alles so ... das ist etwas kompliziert", nuschele ich und spüre wie die Scham mir die Wangen rötet.

„Liebeskummer?", fragt sie verständnisvoll und tätschelt mir die Wange.

„Nein! Leider nicht! Wenn es nur das wäre, aber es ist schlimmer. Viel, viel schlimmer." Die Tränen schießen mir in die Augen und sofort ist wieder dieses Gefühl der Hilflosigkeit da. Dieses Ausgeliefert sein.

„Sie werden jetzt erst mal ein Bad nehmen", sagt sie und nimmt mich in den Arm, „dann reden Sie sich Ihren Kummer von der Seele. Mit einem Fremden redet es sich leichter.

Ich werde uns inzwischen etwas kochen. Ihre Sachen stecke ich in die Waschmaschine und anschließend in den Trockner. So lange können Sie meinen Bademantel tragen."

„Das ist sehr nett, aber ich muss zurück in die Klinik. Die vermissen mich sicher schon."

„Ah! Welche Station? Ich rufe an und sage, dass Sie etwas später kommen."

„Jean-Martin Charcot! Schwester Mélisande müsste jetzt Dienst haben. Sie ist nicht so zickig wie die anderen."

„Ab in die Wanne. Überlassen Sie alles andere mir." Sie schiebt mich durch die Tür und geht davon. Ich höre sie in der Küche hantieren, höre das Gluckern der Kaffeemaschine und dann öffnet sich die Tür und ein Duft nach frisch gebrühtem Kaffee verbreitet sich im Badezimmer.

„Der weckt die Lebensgeister!", sagt Georgette mit einem freundlichen Lächeln und verschwindet wieder.

Ist das angenehm! Kaffee, warmes Wasser und duftender Schaum. Herrlich!

Eine halbe Stunde später stehe ich im Wohnzimmer. Eingehüllt in einen kuscheligen Bademantel, der nach Lavendel duftet.

Ich staune! Das Zimmer sieht aus, als wäre es einem Sarah Kay Bilderbuch entsprungen. Putzig, aber nicht mein Geschmack.

„Ich bin in der Küche. Das Essen ist in fünf Minuten fertig. Sie können schon mal den Tisch decken. Sie finden alles in der Anrichte im Speisezimmer."

Blümchen, wohin das Auge blickt. An den Wänden, auf den Sofas, den Kissen, den Bildern, der Tischdecke, dem Geschirr. Nichts wirres, nein, alles passt zueinander. Fügt sich zu einer Einheit.

„Ich hoffe, Sie mögen Kartoffelsuppe. Heute Mittag frisch zubereitet. Wenn es mir schlecht geht, koche ich mir Suppe und die Welt sieht gleich besser aus. Ich habe auch Würstchen und anschließend gibt es selbstgebackenen Apfelkuchen mit Sahne."

„Das hört sich lecker an. Auf die Würstchen verzichte ich. Aber die Suppe und den Apfelkuchen nehme ich gern, allerdings ohne Sahne."

Die Suppe ist lecker, der Kuchen ebenfalls. Da kann das Klinikessen nicht mithalten.

„Sie können sich Zeit lassen. Schwester Mélisande hat sie auf die Abwesenheitsliste gesetzt. Bis 22 Uhr haben Sie Ausgang", zwinkert sie mir zu, „wenn Sie allerdings früher zurück wollen? Wir können jederzeit losfahren."

„Merci, ich bleibe gerne noch ein bisschen. Ich glaube, ich habe einen Klinikkoller. Alles erinnert an den Tod."

„Sie meinen, alles erinnert Sie an Ihren Tod? Wollen Sie mir davon erzählen?"

„Woher wissen Sie …? Hat Mélisande etwa …? Ich bin etwas verwirrt."

„Ich habe Sie gestern auf dem Parkplatz der Klinik gesehen und … sagen wir mal … gehört."

„Okay! Ich verstehe! Ich … Nun ja … Wie soll ich es sagen?"

„So wie es ist! Ganz einfach!"

„Ich habe ein Glioblastom im Thalamus. Inoperabel! Ich habe nicht mehr lange zu leben. Ich habe es gestern erfahren. Es erschlägt mich. Ich möchte davon laufen, aber es geht nicht. Dieses Ding in meinem Kopf ist immer und überall dabei.

Heute Morgen war ich bei einem Palliativmediziner. Er hat mir erzählt, was in der nächsten Zeit alles auf mich zukommt. Es ist schrecklich. Ich weiß, dass ich irgendwann sterben muss, aber ich will nicht krepieren."

„Ich weiß, wie Sie sich fühlen. Ich lebe seit zwei Jahren mit einem Astrozytom. Ich hatte zwei Operationen. Nach der ersten OP hatte ich vier Monate, bis sie ein Rezidiv fanden. Zunächst wollten sie mich nicht operieren, dann hat Prof. Sonier den Eingriff gewagt. Danach ging es mir gut. Ich fühlte mich wohl. Ich hatte so große Hoffnung, dass alles wieder gut wird.

Nun ja! Vor sechs Wochen kamen die Kopfschmerzen zurück. Das CT zeigt ein weiteres Rezidiv. Es frisst sich durch mein Gehirn und reicht bis in den Thalamus. Inoperabel!

Diesmal gibt es keine Hoffnung mehr. Jetzt warte ich auf den Tod." Sie nimmt meine Hand und drückt sie.

Tränen laufen über mein Gesicht. Sie nimmt mich in den Arm und wir weinen gemeinsam. Noch nie fühlte ich mich so geborgen. Trotz allem Schmerz, der in mir tobt, habe ich ein gutes Gefühl.

„Ich würde mich freuen, wenn wir uns ab jetzt öfter sehen würden. Was hälst du davon?"

„Madame! Ich würde mich freuen, Sie öfter zu sehen. Geteiltes Leid ist besser zu ertragen."

„Ach Kindchen, jetzt nenn mich nicht mehr Madame. Wir sind Leidensgefährten. Wir stoßen jetzt auf du und du an. Einverstanden?"

„Einverstanden! Aber für mich bitte keinen Alkohol."

„Für mich auch nicht. Wir nehmen Apfelsaft."

„Santé! Auf dich, auf mich und auf alle, die bald gehen müssen."

„Dem schließe ich mich an."

Georgette hat mir gesagt, dass die Kopfschmerzen abends stärker werden. Ich soll mir das Kopfteil des Bettes höher stellen, damit ich nicht zu flach liege. Bei ihr hat es lange Zeit geholfen. Inzwischen sitzt sie nachts im Bett.

Die Nachtschwester versuchte, das Kopfteil zu erhöhen, aber das Kissen hatte sich eingeklemmt und die Mechanik streikte. Heute Morgen hat Icifovich Dienst. Er ist Russe und ich darf ihn Ici nennen. Ich mag ihn. Er hat einen schrecklichen Akzent und rollt die „R", dass es wie Donner klingt.

Er tanzt Schwester Marthe auf der Nase herum und sie bemerkt es nicht. Für sie ist Ici Luft. Sie mag keine Ausländer, deshalb übersieht sie ihn geflissentlich.

Ici zeigt mir, wie man das Kopfteil verstellt. Er bringt mir noch drei Kissen, damit ich besser sitzend liegen kann, wie er sagt. Er ist so fürsorglich.

Schwester Sasette bringt mir einen Laufzettel. 13 Uhr Termin bei Prof. Thevenon. Wer ist das? Neurologie und Psychiatrie! Das verschlägt mir die Sprache. Was soll ich bei einem Seelenklempner? Ich hoffe, seine Couch ist bequem.

Marielle hat endlich ihr Langzeit-EEG. Sie freut sich, findet es toll. Drei Tage weder duschen noch Haare waschen. Was ist daran toll? Ich frage mich, wie sie mit den vielen Elektroden auf dem Kopf schlafen soll. Aber es ist nicht mein Kopf.

„Gehen wir heute Nachmittag ins Sainte Claire? Ich brauche etwas Abwechslung."

„Du willst ins Café, mit deinem Kopfschmuck? Ist dir das nicht peinlich. Ich würde so nicht unter die Leute gehen."

„Ups! Das habe ich völlig vergessen. Ich habe ein Kopftuch dabei. Würdest du es mir umbinden?"

„Ich habe eine schicke Mütze. Wie wär's damit? Geht schneller und sieht besser aus."

„Danke! Du hast recht. Man muss auf sein Aussehen achten. Nehmen wir Ségolène und Geraldine mit?"

„Gerne! Aber ich muss erst noch zum Seelenklempner. Vielleicht sperrt er mich in eine Gummizelle. Man kann nie wissen, wie die drauf sind."

„Nach deinem Ausbruch auf dem Parkplatz wäre ich, an deiner Stelle, auch etwas skeptisch", prustet Marielle los. „Das muss ein toller Anblick gewesen sein. Schade, dass ich nicht dabei war."

„Ich anscheinend auch nicht. Was da schrie, war nicht ich. Das war Angst! Pure Angst vorm Sterben!"

Die Eingangstüren zur Psychiatrie sind weit geöffnet. Ein gutes Zeichen. Wären sie verschlossen, hätte mich keine Macht der Welt auf diese Station gebracht.

Ein Mann im weißen Kittel nimmt mich in Empfang. Oh mon Dieu! Der nächste Schnösel! Der hat einen an der Klatsche, das ist nicht zu übersehen.

„Habe ich die Ehre mit Dr. de Polignac?", fragt er und reicht mir die Hand zum Gruß. Noch bevor ich antworten kann, schiebt er mich in sein Sprechzimmer und deutet auf einen Stuhl.

„Ich bin Dr. Passereau! Nehmen Sie Platz, wir fangen sofort an. Ich muss nur noch ein paar Dinge regeln", sagt er hastig und entschwindet meinem Blick.

Ein paar Dinge regeln? Das hört sich nicht gut an. Was muss er regeln? Meine Zwangseinweisung? Vielleicht sollte ich mich besser gleich davon machen?

Noch vor ein paar Tagen hätte ich gesagt, dass man nicht so schnell in die Klapse kommt, aber das war vor ein paar Tagen. Vor meinem Todesurteil. Vor meinem Ausbruch auf dem Parkplatz.

Er hantiert hinter meinem Stuhl herum. Schubladen werden geöffnet und wieder geschlossen. Etwas fällt zu Boden und der Doc flucht leise vor sich hin.

„Da haben wir es ja. Das Haus verliert nichts. Sag ich doch."

Er taucht wieder in mein Gesichtsfeld und hievt einen Stapel Papiere auf seinen Schreibtisch. Obenauf liegt, ich traue meinen Augen nicht, ein Rorschach-Test.

Oh mon Dieu! Hat er wirklich die Absicht mir Tintenkleckse zu zeigen, um mich damit zu analysieren? Oh ja! Er hat!

„Ich werde Ihnen jetzt ein paar Bilder zeigen und Sie sagen mir, was Sie sehen." Er hält das erste Bild hoch.

„Ein Tintenklecks!", sage ich regungslos. Er sieht mich über das Bild hinweg fragend an.

„Sehen Sie genau hin. Überlegen Sie und dann sagen Sie mir, was Sie sehen."

„Einen schwarzen Tintenklecks!", sage ich und frage mich, was er von mir hören will.

„Sehen Sie sich das nächste Bild an. Was sehen Sie?"

„Einen schwarzen Tintenklecks!"

„Sonst nichts?"

„Nein!"

„Was sehen Sie auf diesem Bild?" fragt er fast schon verzweifelt und hält mir den nächsten Tintenklecks vor die Nase.

„Einen schwarzen Tintenklecks! Wie lange wollen Sie das noch durchziehen? Ich weiß, was ein Rorschach-Test ist. Lassen Sie's. Sie werden keine andere Antwort bekommen. Ich sehe nichts, das nicht da ist."

„Sehen Sie doch genauer hin. An was erinnert Sie dieser, wie Sie es nennen, Tintenklecks?"

„An einen Tintenklecks!", sage ich ruhig, was mir allerdings schwerfällt, denn jetzt fängt er an mich zu nerven.

„Madame!" Er räuspert sich vernehmlich. „In jedem Gemälde kann man etwas sehen. Jeder Betrachter sieht einen tieferen Sinn darin. Schönheit liegt bekanntlich im Auge des Betrachters", versucht er jetzt auf eine andere Art, mir eine befriedigende Antwort zu entlocken.

„Wenn Sie in diesen Tintenklecksen irgendeine Schönheit entdecken, rate ich Ihnen dringend, alsbald einen Augenarzt zu konsultieren.

Ich sehe auf diesen Bildern nur Tintenkleckse. Aber vielleicht bin ich auch nur blind für die Schönheit, die in diesen Bildern steckt. Ich bin Realist. Ich sehe auch in Kandinskys Geschmiere kein jüngstes Gericht."

So, wie er mich jetzt ansieht, würde ich ihm gerne empfehlen, einen Psychotherapeuten aufzusuchen. Aber das hier ist die Psychiatrie, da sollte man mit solchen Aussagen vorsichtig sein.

Ups! Da fällt mir ein ... Es könnte sein ... Aus dieser Warte habe ich die Lage noch nicht betrachtet. Vielleicht ist er ein Patient, der gerne Doktor spielt? Vielleicht ... nun ja! Vielleicht haben alle Psychiater einen an der Klatsche? Wenn man bedenkt, dass sie freiwillig im seelischen Müll anderer wühlen ...

„Sie sind ein harter Brocken", unterbricht mich Passereau. Wir sollten uns einem anderen Test zuwenden."

„Nein! Sollten und werden wir nicht. Ich habe ein Glioblastom. Ich denke nicht, dass Sie mehr darüber erfahren, wenn Sie mich hier irgendwelchen Psychotests unterziehen.

Was soll das hier? Ich habe einen Termin bei Prof. Thevenon. Ich wüsste nicht, warum ich mich weiter mit Ihnen unterhalten sollte."

„Wir brauchen diese Untersuchungen, um uns über Ihr Krankheitsbild Klarheit zu verschaffen. Nicht mehr und nicht weniger."

Dr. Passereau sieht mich provozierend an. Tut er es wirklich oder bilde ich mir das nur ein? Bei diesen Psychofuzzis weiß man nie, woran man ist.

„Mein Krankheitsbild? Ich habe ein Glioblastoma multiforme. Wo fehlt es da noch an Klarheit? Ich bin weder gemeingefährlich, noch eine Gefahr für mich selbst. Ich habe zwei Kinder, denen ich, solange es geht, eine Mutter sein werde. Ich mache mich nicht freiwillig vom Acker.

Ich werde jetzt gehen. Ärzte, die die Persönlichkeit eines Menschen mit Tintenklecksen beurteilen, sind mir äußerst suspekt."

Ohne ein weiteres Wort stehe ich auf und wende mich der Tür zu. Dort steht ein älterer Herr im weißen Kittel und sieht mich amüsiert an.

„Chapeau, Madame!", sagt er lächelnd. „Da bin ich ja gerade rechtzeitig gekommen."

„Das ist Dr. de Polignac. Sie zeigt sich äußerst unkooperativ. Typisch Anwalt! Kein Verständnis für andere Stände", hechelt Dr. Passereau und sieht den Herrn im weißen Kittel unterwürfig an. Fehlt nur noch, dass er ihm die Schuhe leckt.

„Stände! Das ich nicht lache. Finsterstes Mittelalter. Damals kannte man noch keine Rorschach-Tests. Aber Bücklinge und Stiefellecker gab es zuhauf."

Dr. Passereau fällt die Kinnlade fast zu Boden. Der Herr im weißen Kittel lacht schallend.

„Werter Kollege! Das nenne ich eine verbale Ohrfeige", wendet er sich an Dr. Passereau, der wie ein begossener Pudel dasteht. „Wir haben einen Termin", wendet er sich an mich. „Wenn Sie noch ein paar Minuten Ihrer kostbaren Zeit opfern wollen, dann würde ich mich freuen, mich mit Ihnen zu unterhalten." Er sieht mich fragend an.

„Okay! Ein paar Minuten gebe ich Ihnen. Aber ich unterziehe mich keinen weiteren Tests", knurre ich.

„Ich möchte mich nur mit Ihnen unterhalten. Ich habe von Ihrem Ausbruch auf dem Parkplatz gehört. Prof. Jablonski macht sich Sorgen um Sie."

„Nun ja", sage ich in Kampfstimmung, „anscheinend gibt es in der CHU niemanden, der noch nichts von diesem Ausbruch gehört hat. Es ist mir egal, was andere darüber denken. Ich finde nicht, das es ein Grund ist, sich Sorgen zu machen."

„Da stimme ich Ihnen zu. Das war eine normale Reaktion. Andere warten, bis sie zuhause sind, bevor sie schreien. Sie schreien los, wenn die Tür hinter ihnen ins Schloss fällt. Wieder andere gehen zum Schreien in den Keller. Es gibt auch Menschen, die verfallen in Schweigen. Andere weinen still vor sich hin. Das gibt es so viele Arten, wie Menschen mit solch einer Nachricht umgehen. Glauben Sie mir, Ihre Reaktion war völlig okay."

„Soll ich mich jetzt besser fühlen? Egal, wie laut ich schreie, wie lange ich schreie, der Tumor in meinem Kopf bleibt völlig unbeeindruckt davon. Er hat sich bei mir eingenistet und denkt nicht daran, wieder zu gehen. Wo sollte er auch hin? Ich weiß nicht mal, wie er in meinen Kopf kam."

„Hat man Ihnen nicht gesagt, um welche Art Tumor es sich handelt?"

„Prof. Ongoles sagte nur, dass das Glioblastoma multiforme ein hirneigener Tumor sei, der aggressiv und schnell wachsend, das umgebende Gewebe infiltriert. Ich muss allerdings sagen, dass ich im Augenblick nicht mehr darüber wissen wollte. Ich habe die Diagnose Hirntumor noch nicht verarbeitet. Ich will nicht noch mehr Informationen, die mich noch mehr verstören.

Ich fühle mich hilflos. Egal, was ich tue, ich kann ihm nicht entfliehen. Das macht mich wütend, schrecklich wütend. Ich fühle mich hilflos. Ausgeliefert! Ich habe Angst!"

„Wovor haben Sie Angst? Vor dem Tod, dem Sterben?"

„Ich will nicht sterben. Aber das interessiert den Tumor nicht. Es ist nicht das Sterben, vor dem ich Angst habe. Es ist die Angst vor … ich kann es kaum in Worte fassen … Angst vor der Zukunft … vor der ungewissen Zukunft. Angst, elend zu krepieren. Nicht mehr ich zu sein. Nur noch eine lebende Hülle, ohne Gefühle, ohne Seele."

„Ich könnte Ihnen jetzt einen Vortrag halten, der für jeden Studenten interessant wäre. Für Sie allerdings, nun ja, ich glaube nicht, dass Sie etwas Gutes daraus ziehen würden.

Ich denke, dass es das Beste wäre, wenn Sie sich mit Prof. Ongoles unterhalten. Teilen Sie ihm ihre Ängste mit. Stellen Sie Fragen. Er kann Ihnen ihre Angst nicht nehmen, aber er kann für Sie da sein. Ihnen helfen, mit der Diagnose klar zu kommen. Pardon! Die Diagnose besser zu verstehen, zu verarbeiten. Niemand steckt solch eine Diagnose einfach weg und geht zur Tagesordnung über.

Sie müssen wissen, wie sich Ihr Leben verändern wird. Was Sie tun sollten und was nicht. Wie lange Sie noch arbeiten können. Ob Sie überhaupt noch arbeiten sollten.

Ihr Leben wurde durch die Diagnose auf den Kopf gestellt. Jetzt sehen Sie alles aus einer anderen Perspektive. Es ist momentan ungewohnt, alles ist neu und anders. Sie müssen lernen, damit zu leben. Auch mit einem Glioblastom ist das leben noch lebenswert. Sie werden noch viele schöne Momente haben. Sie müssen es nur wollen.

Tun Sie, was Sie schon immer tun wollten. Schieben Sie nichts mehr auf. Genießen Sie ihr Leben. Wir alle wissen, dass unser Leben irgendwann zu Ende geht. Aber wir schieben dieses Wissen in den dunkelsten Winkel unseres Gedächtnisses. Wir wollen es nicht wahrhaben, dass wir sterblich sind. Das unser Leben endlich ist. Zum Glück weiß niemand, wann er gehen muss. Auch Sie wissen es nicht.

Sie wissen jetzt, dass das Ende absehbar ist. Aber Sie wissen nicht, wann es soweit sein wird. Darum möchte ich Ihnen eines ans Herz legen. Leben Sie! Genießen Sie jeden Tag, der Ihnen noch bleibt."

Ich bin erstaunt. Ich hatte einen Psychiater erwartet, der mir die Schuld an meiner Krankheit gibt, weil etwas in meinem Oberstübchen nicht stimmt. Was ich fand war ein Mensch. Kam ich mit einem gewissen Vorbehalt, nein, einer Abneigung gegen diesen Berufsstand, so muss ich jetzt im Stillen Abbitte leisten.

Mit einem festen Händedruck und einem letzten: „Leben Sie!", entlässt er mich. Nachdenklich mache ich mich auf den Weg ins Sainte Claire.

Leben Sie! Leben! Würde ich gerne, sehr gerne, aber das Ding in meinem Kopf wird es nicht zulassen. Ich will ja nicht so alt werden wie Methusalem, aber die siebzig hatte ich eigentlich im Blick. Der Tumor schrumpft sie auf dreißig. Dreißig Jahre und das war's dann.

Mein Magen krampft sich zusammen, meine Kehle wird eng und die Tränen fließen aus meinen Augen, als hätte jemand den Wasserhahn aufgedreht. Warum ich? Warum?

Das Atmen fällt mir schwer. Mein Körper verkrampft sich. Alles schmerzt! Eine helfende Hand fasst mich am Arm und führt mich zu einer Bank.

„Kann ich Ihnen helfen? Soll ich jemanden benachrichtigen? Können Sie sprechen?" Der junge Mann sieht mich fragend an. Mühsam schüttele ich den Kopf. Er kramt in seinem Rucksack und fördert schließlich eine Dose Cola hervor.

„Sonst habe ich leider nichts", sagt er und reicht mir die Dose. „Sie sollten etwas trinken. Das beruhigt die Magennerven. Auch wenn Sie keine Cola mögen."

Mit zitternden Händen greife ich nach der Dose. Ich kann sie kaum halten, so sehr krampfen meine Finger. Der junge Mann kommt mir zu Hilfe und öffnet sie. Vorsichtig führt er sie zu meinem Mund und wartet, bis ich einen Schluck genommen habe.

„Sind Sie Patientin in der Klinik?"

Langsam wie in Trance, nicke ich. Ich würde gerne etwas sagen, wenigstens Danke für die Cola, aber meine Zunge weigert sich, die Worte zu formen. Wie ein Häufchen Elend sitze ich auf der Bank und starre ins Leere.

„Sind Sie MS Patientin?" Die Frage haut mich fast um. MS, die Krankheit mit den tausend Gesichtern. Ich weiß nicht, ob mir diese Krankheit lieber wäre. Ich weiß nicht viel über sie, aber mehr als über mein Glioblastom. Trotzdem möchte ich keine MS haben.

„Glioblastom!", presse ich mühsam hervor. Was muss dieser junge Mann von mir denken. Er sieht mich betroffen an. Nimmt meine Hand und drückt sie vorsichtig.

„Das tut mir leid. Sie sind noch so jung." Sichtlich bedrückt schweigt er.

Ich weiß nicht, ob es die Cola war oder ob mir die Zuwendung des jungen Mannes die Krämpfe löst. Das Zittern verschwindet langsam und meine Hände werden beweglicher.

„Danke für die Cola", kommt es heiser über meine Lippen. „Was bin ich Ihnen schuldig?"

„Nichts, das habe ich gerne getan. Wenn ich noch etwas für Sie tun kann? Ich möchte Sie jetzt ungern allein lassen. Müssen Sie zurück in die Klinik oder …?"

„Nein", unterbreche ich ihn. „Ich wollte ins Sainte Claire. Dort warten ein paar Mitpatientinnen auf mich. Allerdings glaube ich nicht, dass ich den Weg heute bewältige. Es sind fast zwei Kilometer bis zum Café."

„Wir nehmen den Bus. Er fährt dort drüben ab. Ich helfe Ihnen bis zur Haltestelle. Ich muss zum Bahnhof. Der Bus hält in der Nähe des Cafés. Ich werde Sie begleiten, damit ich sicher bin, dass Sie gut ankommen."

„Das ist nett, aber ich will Ihnen keine Umstände machen. Sie können im Bus bleiben. Ich werde den Weg ins Café auch alleine bewältigen."

„Keine Wiederrede! Ich begleite Sie! Ich werde mir einen Espresso gönnen. Ich muss auf andere Gedanken kommen. Ich musste heute Morgen ein Referat über das Adrenogenitale Syndrom halten. Dabei habe ich mir einige Schnitzer erlaubt, die meinem Professor nicht gefielen. Jetzt muss ich um meine Vornote fürs Examen bangen. Ich bin nicht gerade ein Vorzeigestudent." Er verdreht theatralisch die Augen und zwinkert mir zu.

„Sie studieren Medizin?"

„Ja, ich stehe kurz vorm Examen. Ich habe eine Klausur völlig verhauen. Der Prof hat mir eine zweite Chance eingeräumt und ich habe kläglich versagt."

„Dann machen Sie ihr Examen nächstes Jahr. Eine schlechte Klausur bedeutet nicht den Weltuntergang. Ein missglücktes Referat ebenso wenig. Es gibt schlimmeres."

„Ein Glioblastom?", fragt er und sieht schuldbewusst zu Boden.

„Zum Beispiel!"

Der Bus kommt und wir machen uns auf den Weg. Ich wusste nicht, dass hier ein Bus abfährt. Es regnet wieder, zudem es ist bequemer, den Bus zu nehmen.

Ich muss an meine Studienzeit denken. Ich war eine gute Studentin, stinkfaul, aber mit einem exzellenten Gedächtnis gesegnet. Referate hasste ich. Wir hatten einen Professor, der uns Referate halten lies, bis wir den freien Vortrag aus dem Effeff beherrschten.

Er pflegte zu sagen, dass ein stotternder Staatsanwalt eine Lachnummer abgab und ein Rechtsanwalt, dem die Worte fehlten, seinen Job bald an den Nagel hängen könne.

Ein Anwalt, dem die Worte fehlten! Noch hatte ich alle Worte, noch fehlten sie nicht. Aber wie lange noch? Wie lange würde ich meinen Job noch ausüben können? Wortfindungsstörungen! Gedächtnisstörungen! Wie soll ich damit arbeiten?

Wenn ich mir vorstelle, wie ich vor Gericht stehe und nicht mal mehr weiß, warum ich da stehe, wer mein Mandant ist … nein! Ich will nicht darüber nachdenken. Ich weiß nicht mal, wie ich meinem Chef beibringen soll, dass ich eine moritura bin. Bevor ich dieses Gespräch führe, muss ich mehr über diese Krankheit wissen. Mehr darüber, wie sie verläuft, wie sie mich verändert. Wie lange ich noch arbeiten kann, arbeiten darf.

Ich bin Anwältin mit Leib und Seele. Ich hatte vor, irgendwann eine eigene Kanzlei zu eröffnen und eine der besten Anwältinnen Frankreichs zu werden. Irgendwann! Jetzt ist das irgendwann verschwunden. Wurde ersetzt durch Glioblastoma multiforme.

Wieder schleicht sich dieses elende Gefühl ein. Wut! Hilflosigkeit! Trauer! Ich will nicht sterben. Wieder laufen die Tränen. Unbemerkt, leise und ohne Unterhalt laufen sie aus meinen Augen. Der junge Mann reicht mir ein Taschentuch. Es ist fast schon peinlich, wie nahe ich derzeit am Wasser gebaut habe. Ob es jemals anders wird?

Kann man sich mit dem Gedanken zu sterben anfreunden? Ich glaube es nicht. Man muss es akzeptieren, ob man will oder nicht. Ein Todesurteil! Man sitzt in seiner Zelle und wartet auf die Vollstreckung. Niemand wird kommen und eine Begnadigung aussprechen.

Dieses Todesurteil ist endgültig. Vielleicht ist es am Ende eine Erlösung? Bei all den Symptomen, die Prof. Jablonski nannte, wird es eine Erlösung werden. Erlösung hin oder her ... ich will nicht sterben!

Der Bus hält mit einem Ruck und ich muss aussteigen. Der junge Mann hakt mich ungefragt unter und wir steigen gemeinsam aus.

„Wenn ich mich vorstellen darf? Jean-Baptiste Simonet! Medizinstudent und Barkeeper!"

„Charlene de Polignac! Angenehm!", sage ich und denke, mehr muss er nicht über mich wissen. Er weiß, dass ich ein Glioblastom habe. Das ist mehr als genug.

„Darf ich Sie zu einem Espresso einladen? Zu mehr reicht es bei meinem spärlichen Budget leider nicht." Er sieht mich an, mit seinem Dackelblick und ich kann mir das Grinsen nicht verkneifen.

„Dann lade ich Sie ein. Als Dank für Ihre Hilfe, sozusagen! Ich muss nicht mehr sparen. Wo ich hingehe, braucht man kein Geld. Sie können also richtig prassen."

Ségolène hat uns entdeckt und winkt mit beiden Armen. In ihren Augen steht unverhohlene Neugier. Neben ihr steht Lisanne und wackelt verdächtig mit dem Oberkörper. Marielle bemerkt es und zieht sie auf ihren Stuhl zurück. Geraldine unterhält sich mit dem Philodendron. Welch eine Truppe.

„Wen hast du denn da im Schlepptau?", fragt Ségolène flüsternd. „Der sieht aber mal süß aus. Ein richtiges Schnuckelchen." Anscheinend hat sie vergessen, dass ihre Stimme, selbst flüsternd, einen Toten erwecken könnte.

„Jean-Baptiste Simonet! Medizinstudent und Barkeeper, in festen Händen. Allerdings nicht in den Händen ihrer werten Mitpatientin." Er grinst Ségolène unverhohlen an. Die bemerkt es und errötet bis zu den Haarwurzeln.

„Setzen Sie sich zu uns. Abwechslung ist uns immer willkommen." Marielle stellt ihm unsere Runde vor und bei Geraldines Vorstellung macht sie eine wischende Bewegung vor ihrem Kopf. Ich denke, es war unnötig, denn Jean-Baptiste hat längst die Unterhaltung zwischen Geraldine und dem Philodendron bemerkt.

„Tja! Das Gehirn ist ein Wunderwerk der Natur. Allerdings ist es äußerst empfindlich und kann uns böse Streiche spielen." Er sieht amüsiert zu Geraldine. „Seien Sie mir nicht böse, aber der Anblick verleitet mich zum Schmunzeln."

Ich kann ihn verstehen. Als ich Geraldine zum ersten Mal sah, stand sie auf dem Flur und unterhielt sich angeregt mit einem Infusionsständer. Wenn sie in ihre Selbstgespräche vertieft ist, kann sie niemand erreichen. Es ist, als wäre sie in einer anderen Welt gefangen. Einer Welt, die nur sie sieht und versteht. Das ist erschreckend.

Der Ober kommt und bringt Kaffee und Leckereien. Ich liebe Madeleines. Ich habe schon viel von Krebsdiäten gehört. Hoffentlich muss ich künftig nicht Diät leben. Ich gehöre zu den glücklichen, die alles essen können, ohne auch nur ein Gramm zuzunehmen. Das heißt nicht, dass ich alles in mich hineinstopfe. Ich esse kein Fett, kein Fleisch und trinke keinen Alkohol. Ich ernähre mich gesund. Was wollen sie mir da streichen?

Geraldine hat inzwischen Baptist entdeckt. Sie ist völlig verzückt. Ich frage mich, was sie an ihm finden. Lisanne schmachtet ihn an und hängt an seinen Lippen. Marielle lächelt zuckersüß und Ségolène ist hin und weg. Aber warum?

Ein Schnuckelchen? Na ja! Man kann ihn nicht groß nennen. Eins fünfundsechzig? Eins siebzig? Zierlich gebaut, schwarze Haare, grüne Augen und zwei kleine Grübchen, die ihm etwas Lausbubenhaftes geben.

Mir muss er nicht gefallen. Wenn die anderen bei seinem Anblick in Ekstase geraten … bitte … sollen sie. Zudem brauche ich keinen Mann und hätte auch keine Zeit, mich auf die Suche nach einem zu machen. Ich sterbe bald, da gibt es wichtigeres zu erledigen.

Ich bin ein gebranntes Kind, musste meine kurze, heiße Affäre heiraten, weil die Zwillinge sich angekündigt hatten. Meine Eltern wollten keinen Skandal. Ich war nicht angetan von dem Gedanken, Ehefrau und Mutter zu sein, aber ich wollte sie nicht öffentlich demütigen, obwohl ich es ihnen gegönnt hätte. Aus tiefstem Herzen gegönnt hätte. In gewissen Kreisen ist es immer noch unschicklich, eine ledige Mutter zu sein.

Die Ehe ging schon nach zwei Jahren in die Brüche. Nun ja, wie soll etwas in die Brüche gehen das nur auf dem Papier bestand? Jeder von uns ging seiner Wege. Er liebte kurze, heiße Affären und ich wollte ihn nicht daran hindern.

Fünf Wochen nach der Scheidung ist er tödlich verunglückt. Heiße Liebesspiele, während des Autofahrens, können tödlich sein, vor allem, wenn sie an einer Pinie enden.

Selbst wenn er noch leben würde, könnte ich ihm meine Kinder nicht anvertrauen. Er war selbst noch ein Kind. Verwöhnt, unreif und an Mamas Rockzipfel hängend. Er war von Beruf Sohn, verprasste das Geld schneller, als seine Mutter die Schecks unterschreiben konnte. Aber das ist vorbei.

Lautes Gelächter bringt mich ins Heute zurück. Die Damen und Jean-Baptiste amüsieren sich köstlich.

„Er ist ein Frauenversteher", flüstert Marielle mir ins Ohr. Ihre Wangen glühen und ihre Augen strahlen.

Was hat er an sich, dass die Damen derart in Wallung geraten? Grübchen? Grüne Augen? Oder kann er einfach nur gut zuhören? Marielle berichtet ihm von ihrer Epilepsie und dass sie jetzt auf ein anderes Medikament umgestellt wird.

„Es besteht Kinderwunsch", erzählt sie ihm, mit verklärtem Blick. Oh, là, là! Ob da mehr als nur das Tegretal ausgetauscht werden soll? Wenn man diesen Blick richtig deutet … Sogar Ségolène stutzt bei diesem verklärten Blick und wirft einen fragenden Blick in die Runde. Ich zucke mit den Schultern.

„Mir egal!", sagt Geraldine und wendet sich ihren Macarons zu. Anscheinend ist deren Antwort lustig, denn sie fängt an zu lachen und bezieht nun auch den Kerzenleuchter in das Gespräch mit ein.

„Ja, das Wetter könnte besser sein. Ich bin ganz ihrer Meinung", antwortet sie jetzt dem Moosröschenstrauß, der in einer kleinen, silbernen Vase in der Mitte des Tisches steht.

Oh mon Dieu! Lass diesen Kelch an mir vorüber gehen. Ich möchte mich niemals mit einem Blumenstraß unterhalten. Lieber vergesse ich, dass es Rosen sind, die da in dem Ding stehen, dessen Name ich auch vergessen habe.

Die Zeit verging wie im Flug. Den Damen fällt es schwer, sich zu verabschieden. Sie verabreden sich für nächsten Montag und freuen sich wie die kleinen Kinder unterm Tannenbaum.

Singend und lachend, tanzen sie zur Haltestelle. Die Leute bleiben stehen und schauen ihnen nach. Mir fällt mein Ausbruch auf dem Parkplatz ein … besser nicht mehr daran denken.

Der Bus ist voll. In der Klinik ist Besuchszeit und die Massen strömen. Wir müssen stehen und halten uns an den Haltegriffen fest. Geraldine führt mal wieder Selbstgespräche. Der Clochard, der sich an dem riesigen, verdreckten Rucksack festhält, der zu seinen Füßen steht, antwortet ihr. Aber nur anscheinend. Er führt ebenfalls Selbstgespräche.

„Das ist äußerst liebenswürdig von ihnen", säuselt Geraldine und der Clochard brummt zurück: „Das ist doch gar nichts. Im Krieg habe ich mal ein Flugzeug geklaut. Nächstes Mal bringe ich ihnen eins mit."

Jetzt muss auch ich lachen. Zwei Verrückte und die Welt sieht nicht mehr so grau aus.

Vielleicht verwandelt mich das Ding in meinem Kopf irgendwann in eine Verrückte. Wer weiß? Ich hoffe nur, dass ich dann keine lichten Momente mehr habe, um zu merken, wie es um mich steht. Die Vorstellung, mit einem Kerzenleuchter zu reden und einer Palme den Wedel zu streichen beunruhigt mich doch ein bisschen.

Ségolène knufft mir den Arm und macht eine Kopfbewegung zu Marielle. Die sitzt verträumt da und lächelt vor sich hin. Ob sie in Gedanken bereits mit Jean-Baptiste die Babyausstattung besorgt? Was findet sie an ihm? Okay! Ich verstehe auch nicht, was sie an ihrem Mann findet, aber das geht mich nichts an.

Geraldine ist verschwunden und als ich aus dem Fenster schaue, sehe ich sie mit dem Clochard davon gehen. Sie ist einfach ausgestiegen. Wie sollen wir sie jetzt einfangen? Der Bus hat sich bereits in Bewegung gesetzt und fährt davon. Mit jeder Sekunde, die vergeht, bringt er uns weiter weg. Nun ja! Ich kann es nicht ändern. Ich bin auch nicht so gut zu Fuß, dass ich an der nächsten Haltestelle aussteigen und ihr folgen könnte.

Ich bahne mir meinen Weg durch die Menschenmenge, die sich in den Bus gequetscht hat und bitte den Fahrer anzuhalten. Er grinst, als er hört, dass Geraldine sich davon gemacht hat.

„Ah! Wieder diese Irre! Sie glauben gar nicht, was ich mit der schon alles erlebt habe. Warum lassen die Ärzte die Frau allein aus der Klinik. Eines Tages wird sie von einem Wagen überrollt.

Neulich stand sie mitten auf der Straße und hat einen toten Vogel aufgehoben. Der Fahrer konnte noch rechtzeitig bremsen, sonst hätte er sie erfasst. Als er ausstieg, um ihr die Meinung zu sagen, hat sie in mit verklärtem Blick angesehen und etwas von Begonien und Moosröschen gebrabbelt."

Das hört sich nicht gut an, ändert aber nichts an der Tatsache, dass sie jetzt mit einem Clochard auf Tour ist.

Unmut macht sich breit und die Passagiere verlangen, dass er wendet und Geraldine verfolgt. Er beugt sich den Massen und wendet den Bus.

Chapeau! Das hätte ich nicht erwartet.

Als wir an der Haltestelle ankommen, an der Geraldine sich aus dem Staub gemacht hat, steige ich aus und mache mich auf die Suche. Ich folge einem Gemurmel aus vielen Kehlen und traue meinen Augen nicht, als ich sie endlich finde. Sie ist umringt von vielen Clochards und redet mit einer Schnecke. Oh mon Dieu! Verschone mich bitte vor solchem Wahnsinn!

Kapitel 3

Ängste

Ich kann mich mit meiner Diagnose nicht abfinden. Immer wieder überfällt sie mich und raubt mir den Atem. Am liebsten würde ich schreien. Immer und immer wieder. Aber die Gefahr, dass ich doch noch auf der Geschlossenen lande, ist mir zu groß.

Schwester Malvine hat mir einen neuen Laufzettel gebracht. Ein Termin mit Prof. Sonier, dem Chefarzt der Neurochirurgie. Dem Arzt, der Georgette operiert hat. Schade, dass ich mich nicht mit ihr unterhalten kann. Ich wüsste gerne, welch ein Mensch er ist.

Ich dachte, man kann den Tumor nicht operieren. Warum soll ich zu einem Neurochirurgen? Jede Konsultation kostet Geld. Die wissen sehr genau, wie sie den Patienten das Geld aus der Tasche ziehen.

Ich möchte nach Hause. Das Klinikleben belastet mich. Ich bin genervt vom Tagesablauf, dem Essen, dem unfreundlichen Personal und dem Geruch, der immer in der Luft liegt. Zuhause wartet mein Bett. Wer weiß, wie lange ich noch darin schlafen kann, schlafen darf. Ich soll Fragen stellen, sagte Prof. Thevenon. Ich soll leben, hat er mir ans Herz gelegt. Ich würde gerne Fragen stellen, aber ich habe Angst vor den Antworten. Ich wüsste zu gerne, wie mein weiteres Leben verläuft. Was der Tumor aus mir machen wird. Ob ich mich um einen Platz in einem Hospiz kümmern muss. Wann ich mich darum kümmern muss.

So viele Fragen und die Angst, die mir die Kehle zuschnürt. Ich will noch nicht gehen. Ich bin noch so jung, zu jung zum Sterben. Aber das interessiert niemanden. Niemand interessiert sich für Krebs. Alle sind froh, wenn es sie nicht trifft.

Der Termin rückt näher. Ich würde gerne spazieren gehen, aber es regnet wieder. Heute Nachmittag treffen wir uns im Café. Lisanne redet von nichts anderem mehr. Sie ist völlig in Jean-Baptiste verschossen. Marielle trägt immer noch das Langzeit-EEG. Sie nervt mich mit dem Ding. Nachts kann sie nicht schlafen, weil die Elektroden drücken. Dann wandelt sie im Zimmer umher und raubt mir das bisschen Schlaf, das mir mein Grübeln zugesteht.

Heute Morgen hatte sie einen epileptischen Anfall. Er traf mich völlig unvorbereitet. Ich hatte noch nie zuvor solch einen Anfall gesehen. Sie lag im Bett und es hörte sich an, als würde sie im Bett spazieren gehen. Dann scharrten ihre Füße über das Laken und es klopfte.

Das Nachtlicht gab der Situation etwas Gespenstisches. Die Bettdecke hob und senkte sich und ein Grunzen ertönte. Während ich die Deckenbeleuchtung einschaltete, ging es richtig los. Sie schlug mit den Armen um sich, die Beine zuckten ungelenk und dann wurde der ganze Körper steif und zuckte. Ihre Augen starrten ins Leere und traten dabei fast aus den Höhlen. Schaumiger Speichel floss aus ihrem Mund.

Ich wusste nicht, was ich tun sollte. Es dauerte ewig, bis die Schwester kam. Sie stand neben Marielles Bett und wartet darauf, dass der Anfall aufhörte. Sie tat nichts ... Nichts! Ich war fassungslos.

Meine Aufforderung, etwas zu unternehmen oder einen Arzt zu rufen, tat sie mit der Bemerkung: „Das hört von selbst wieder auf. Da kann man nichts machen" ab.

Ich weiß nicht, ob diese Aussage richtig ist. Ich werde mich erkundigen. Jedenfalls habe ich jetzt ein mulmiges Gefühl, wenn ich daran denke, mit Marielle ins Café zu gehen. Was soll ich tun, wenn sie unterwegs einen Anfall hat? Wenn sie im Café einen Anfall hat? Ich würde mich in Grund und Boden schämen, wenn ich solch einen Anfall hätte und die Gaffer mir dabei zusehen.

Nach dem Anfall ist sie eingeschlafen und seither nicht mehr aufgewacht. Ich glaube nicht, dass sie heute ins Café darf. Ob sie überhaupt dazu in der Lage wäre?

Ich bin so mit Marielles Anfall beschäftigt, dass ich fast meinen Termin vergessen hätte. Zum Glück ist es nicht weit. Im Treppenhaus ist es ruhig. Ich liebe es, hier allein zu sein. Alle anderen nehmen den Aufzug. Ich bevorzuge das Treppensteigen. Wer weiß, wie lange ich es noch kann.

Madame Rigoulet, die Chefsekretärin, sieht von ihrer Tastatur auf, als ich ins Zimmer trete. Ihre Wangen sind gerötet und Schweißperlen stehen auf ihrer Stirn. Statt einer Begrüßung hustet sie. Nach ihrem Hustenanfall krächzt sie heiser: „Nehmen Sie bitte im Wartezimmer Platz. Sie werden aufgerufen." Dann tippt sie weiter, ohne mich zu beachten.

Warum beeile ich mich, wenn ich doch überall erst mal warten muss? Mir fällt ein Spruch ein, den der Bruder von Joyce immer wieder mal bringt: Wer etwas auf sich hält, lässt auf sich warten.

In der CHU scheinen viele, viel von sich zu halten. Ohne warten geht es nicht. Nein! Es gibt auch Ausnahmen. Dr. Passereau ist so eine Ausnahme. Er hat mich schon in sein Zimmer gezerrt, da war ich noch nicht mal angemeldet.

„Salut Charlene! Freut mich, dich zu sehen", erklingt eine Stimme neben mir. „Wie geht es dir? Hast du dich inzwischen ein bisschen mit deiner Diagnose angefreundet?"

„Salut Georgette! Ich schmolle immer noch. Wie kann er es wagen, bei mir einzuziehen, ohne mich vorher zu fragen? Am liebsten würde ich ihn hochkant hinauswerfen, aber das geht leider nicht. Ich muss es hinnehmen, ob ich will oder nicht."

„Hast du nach deiner Untersuchung etwas Zeit? Wir könnten einen Kaffee trinken."

„Ich wollte später noch ins Sainte Claire. Du kannst gerne mitkommen. Wir können aber auch in ein anderes Café gehen, wenn du möchtest."

„Ich komme gerne mit. Bist du noch gut zu Fuß? Sonst müssen wir den Bus nehmen. Prof. Sonier hat mir heute das Autofahren verboten. Mein Tumor ist gewachsen. Ich sollte mich wohl langsam nach einem Hospiz umsehen. Wenn das Rezidiv in diesem Tempo weiterwächst, habe ich nicht mehr lange." Traurig spielt sie mit ihren Fingern.

Wieder schleicht sich dieses elende Gefühl ein. Wieder legt sich diese Faust um mein Herz, nimmt mir die Luft zum Atmen. Tränen schießen mir in die Augen. Ich will nicht sterben!

Georgette legt beruhigend ihren Arm um mich und drückt mich sanft an sich.

„Ich würde gerne sagen: alles wird gut. Aber du weißt selbst, dass es nur leere Worte wären."

Wir weinen ein bisschen zusammen und wieder stellt sich dieses wohlige Gefühl ein. Dieses Gefühl nach Geborgenheit. So muss sich ein Kind fühlen, das geliebt wird …

„Madame de Polignac, der Herr Professor erwartet Sie!", krächzt es aus dem Lautsprecher.

„Nicht unterkriegen lassen!", ruft mir Georgette hinterher. Ohoh! Das bedeutet nichts Gutes.

Ließ mir das Vorzimmer, in dem seine Sekretärin residiert, schon einen Kälteschauer durch den Körper laufen, so friere ich beim Anblick seines Zimmers. Kalt! Eisig! Eisgrauer Teppichboden, weiße Möbel, in den Türen Scheiben mit Frosteffekt, überall Edelstahl. An den Wänden Bilder von Gletschereis.

Ich würde mich am liebsten umdrehen und weggehen. Anscheinend soll die Einrichtung diesen Effekt erzielen. Eisig, damit niemand auf die Idee kommt, länger als unbedingt nötig zu bleiben.

„Bonjour Madame!", sagt eine kühle, schneidende Stimme, die mir den nächsten Schauer über den Rücken jagt.

Da steht er, mitten im Raum und sieht mich von oben herab an. Ich bin nicht groß und es gewohnt, dass viele Menschen auf mich herab blicken. Aber nicht so!

Dieser Mann ist die personifizierte Arroganz. Eisgraue Augen taxieren mich. Die glattgezogene Haut spannt über den hohen Wangenknochen. Schmale, zusammengepresste Lippen. Eine silbergefasste Brille steckt in seinen weißen Haaren. Eisig!

Nun ja! Das kann ich auch. Lass das Spiel beginnen! Ich taxiere ihn von unten nach oben. Handgenähte Schuhe, tippe auf Scheer, eine Patek Philippe am Handgelenk, edle eisblaue Krawatte, doppelter Windsorknoten, maßgeschneidertes Hemd mit Initialen.

Attraktiv, sehr attraktiv! Aber eisig! Er ist sich seiner Wirkung auf Frauen bewusst. Aber was soll ich mit einem alten Mann?

Die jungen Männer, in meinem Alter, sind meistens noch Kindsköpfe, die in teuren Anzügen stecken und glauben, mit einer Rolex am Handgelenk und dem Porsche vor der Tür, könnten sie die Welt regieren. Non, merci! Solch ein Prachtexemplar hatte ich. Auf ein weiteres verzichte ich gern.

Ich weiß nicht, was ich von dem älteren Exemplar, das da vor mir steht, halten soll. Ist er so arrogant, wie er sich gibt? Ist es das Machogehabe eines Professors?

„Von wem haben Sie diese wunderschönen schwarzen Augen? Phänomenal! Eine Frau mit heller Haut und schwarzen Augen. Eine Laune der Natur oder ererbt?"

Bilde ich mir das nur ein oder hat seine Stimme plötzlich einen warmen Unterton? Jetzt sind seine Lippen voll und ein Lächeln umspielt seinen Mund. Lachfältchen bilden sich um seine Augen. Seine Augen blicken mich offen an. Keine Show, nichts gespielt? Ich glaube nicht, bin etwas verwirrt. Woher dieser plötzliche Sinneswandel?

„Ich kannte mal einen jungen Mann. Wir waren zusammen im Le Rosey. Er hatte ebenfalls schwarze Augen. Allerdings fehlte ihnen das Feuer, das in ihren Augen lodert."

Oh mon Dieu! Der wird doch nicht etwa meinen Vater meinen. Das Alter würde passen. Und die Augen …

„Wie hieß denn der junge Mann?" Ich bemühe mich, so belanglos wie möglich zu fragen. So ein paar Infos über meinen Vater …

„Laurent Marquis de Bailliencourt! Er stammte aus einer alten französischen Familie. Ein Dickkopf, wie er im Buche steht. Zweimal stand er kurz davor, aus dem Internat zu fliegen, aber sein alter

Herr ließ eine größere Summe springen und der Junior durfte bleiben. Ich glaube nicht, dass Sie das wussten … Marquise de Bailliencourt."

„Woher wissen Sie …"

„Als ich Sie sah, fragte ich mich, ob es sein kann. Sie sind eine perfekte Mischung von Laurent und Tiphaine. Als ich den Dickkopf erwähnte, huschte ein schelmisches Lächeln über ihr Gesicht. Ein Lächeln, das Sie von ihrer Mutter geerbt haben müssen. Während Sie wohl den Dickkopf von Laurent haben oder täusche ich mich?" Er sieht mich lächelnd an.

„Nein, Sie irren sich nicht. Böse Zungen behaupten, mein Kopf würde selbst die Mauern sprengen, die mein Vater nicht geschafft hat."

„Es freut mich, Laurents kleine Tochter kennenzulernen. Ich bedaure allerdings die Umstände, die dazu führten. Wie geht es Ihrem Vater?"

„Als ich ihn das letzte Mal sah, ging es ihm bestens. Wir sehen uns selten, haben uns nicht viel zu sagen. Wir führen sozusagen die Familientraditon fort. Sie verstehen?"

„Ich verstehe! Es hat sich also nichts geändert im Hause Bailliencourt. Er wurde, wie er nie werden wollte …"

„Wie sein Vater, sein grand-père und alle anderen davor. Ja! Er führt eine lange Reihe fort."

„Schade! Ich hoffe, Sie treten diesbezüglich nicht in seine Fußstapfen. Ich habe mich rechtzeitig von meiner Familie abgesetzt. Allerdings behaupten böse Zungen, ich hätte die Arroganz meiner Familie beibehalten."

„Dem ist nichts hinzuzufügen", stimme ich ihm grinsend zu. Er quittiert es mit einem herzhaften Lachen.

„Wenden wir uns nun unerfreulicheren Dingen zu. Ich habe ihre Akte gelesen. Wie Sie bereits wissen, kommt für Sie keine Operation in Betracht.

Bei jeder Operation streben wir eine vollständige Entfernung des Tumors an. Es kommt auch vor, dass wir nur einen Teil des Tumors entfernen können. Das ist besonders dann der Fall, wenn bei vollständiger Entfernung des Tumors ein Risiko für neurologische Ausfälle besteht. Es kommt auf die Größe des Tumors an, auf seine Lage und wie viel er bereits infiltriert hat.

Ihr Gliobastom hat den Thalamus infiltriert. Da wagt sich kein Chirurg mit Gewissen ran. Die Schäden wären irreparabel. Ich denke nicht, dass Sie den Rest ihres Lebens als Schwerstpflegefall verbringen wollen. Haben Sie irgendwelche Fragen?"

„Es gibt keine Chance auf eine Operation? Nicht die kleinste?"

„Leider nein! Wir würden wichtige Hirnareale verletzen, was zu diversen neurologischen Ausfällen führen würde."

„Kann man denn nicht mit einer Injektionsnadel ein Mittel in den Tumor injizieren? Ein Gift wie bei einer Chemotherapie?"

„Leider nein! Das wurde bereits in Versuchen erprobt. Die Versuchstiere haben es nicht überlebt. Glauben Sie mir, näheres wollen Sie darüber nicht erfahren."

„Dann gibt es wirklich keine Hoffnung? Nicht die kleinste?", frage ich voller Hoffnung.

Sonier schüttelt den Kopf. Ich hatte nichts anderes erwartet. Das Damoklesschwert schwebt über mir. Wieder schleicht sich dieses Gefühl ein. Atemnot! Herzrasen! Schwindel! Ich möchte schreien, laut schreien.

„Wir könnten versuchen, dem Wachstum mit einer Chemotherapie Einhalt zu gebieten, es zumindest zu verlangsamen. Aber das wäre in Ihrem Fall nur eine Verlängerung des Sterbens.

Wie ich aus Ihrer Akte ersehen kann, waren Sie bereits bei Prof. Ongoles vorstellig. Schenken Sie ihm Ihr Vertrauen. Er wird alles tun, was in seiner Macht steht.

Ich weiß, dass es ein Schock ist, wenn man diese Diagnose erhält. Vor allem in Ihrem Alter ist es schrecklich. In solchen Fällen hadere ich mit dem Schicksal. Aber der Medizin sind leider immer noch Grenzen gesetzt. Ich glaube auch nicht, dass sich in der Behandlung von Hirntumoren in den nächsten Jahrzehnten etwas ändern wird. Man wird Medikamente finden, die das Leben vielleicht um ein paar Monate verlängern werden. Das Leiden lindern werden. Aber eine Heilung – nein!

Es tut mir Leid für Sie. Ich würde Ihnen gerne helfen, aber es liegt nicht in meiner Macht."

„Danke für Ihre Ehrlichkeit!" Ich presse die Worte mühsam hervor. Meine Kehle ist zugeschnürt, mein Mund trocken.

„Ich bin mit Prof. Jablonski übereingekommen, dass wir noch ein paar Untersuchungen durchführen und Sie dann entlassen. Bei Ihrer nächsten stationären Aufnahme, werden wir Sie auf unsere Tumorstation legen. Dort ist eine ständige Betreuung gewährleistet. Prof. Jablonski wird an Ihrer weiteren Behandlung beteiligt sein. Aber künftig werden Sie meine Patientin sein. Vorausgesetzt, Sie sind einverstanden."

„Wann kann ich nach Hause? Alles andere interessiert mich im Augenblick nicht. Ich habe einiges zu erledigen. Mir läuft die Zeit davon. Sie verstehen?"

„Ich verstehe! Ich denke, in einer Woche dürfen Sie nach Hause. Wenn Sie möchten, zeige ich Ihnen die Station. Ich würde Sie auch gerne über die Pflegestation führen. Wenn wir dort sind, werden Sie verstehen, warum ich das möchte."

„Okay! Gehen wir! Meine Zeit läuft ab."

Er nickt verständnisvoll. Wo ist der arrogante Fatzke von vorhin geblieben?

Im Wartezimmer sitzt Georgette und schläft. Oh mon Dieu! Ich habe sie völlig vergessen. Sie wacht auf, als wir ins Zimmer treten und sieht uns verschlafen an.

„Madame Tarnat, Sie können uns gerne begleiten. Sie kennen die Örtlichkeiten bereits. Vielleicht können Sie Ihrer Freundin hilfreich zur Seite stehen?" Er sieht Georgette so seltsam an und sie nickt in stummem Einvernehmen.

Wir laufen über den Flur, öffnen eine Glastür und betreten einen Flur, der einen glauben lässt, man wäre in eine andere Welt eingetreten. Granitböden, Drucke von Dalis Werken an den zartgelb gestrichenen Wänden. Edle Ledersessel, zwischen denen Mahagoni Tischchen stehen. Orchideen in Limoges Porzellan. Ein Aufenthaltsraum, der an die Club Lounge eines Sternehotels erinnert. Einzelzimmer mit allem Komfort.

Schön und gut, aber nicht mein Zuhause. Ich komme wieder, wenn es nicht anders geht. Aber nur dann …

Eine Station weiter sieht es völlig anders aus. Georgette hakt mich unter und drückt meine Hand.

„Hier liegen sie! Schau sie dir an und dann rede nie wieder über eine Operation. Nie wieder!"

Oh mon Dieu! Im ersten Zimmer riecht es nach Fäkalien. Die Patientin hat das Steckbecken unter ihrem Po hervorgezogen und dessen Inhalt ins Bett gekippt. Jetzt spielt sie mit den Fingern in der braunen Masse herum und fährt sich damit durch die Haare und übers Gesicht. Oh mon Dieu!

Der Geruch verursacht Übelkeit und Brechreiz. Oh nein! So möchte ich nicht enden!

„Die Patientin ist 85 Jahre alt und hat ein metastasierendes Ewing Sarkom an der Wirbelsäule. Einige Metastasen sitzen im Hirn und verursachen somatosensorische Ausfälle. Sie weiß nicht, wo sie ihre Finger hineinsteckt und was sie anschließend damit macht.

Manchmal besuche ich sie und lese ihr etwas vor. Sie hat viele Verwandte, aber Krebs macht einsam." Georgette sieht sie mitleidig an.

Im nächsten Zimmer liegt ein junger Mann mit einem Rezidiv, nach unvollständiger, operativer Entfernung eines Glioblastoms im Schläfenlappen. Er starrt an die Decke und das Leben geht an ihm vorüber, ohne dass er etwas davon mitbekommt.

Nebenan ist das Zimmer einer Patientin, der zu viel tumoröses Gewebe entfernt wurde. Sie ist katatonisch, sabbert und trägt eine Windel, weil sie harn- und stuhlinkontinent ist.

Ich will das nicht mehr sehen, aber Georgette treibt mich durch die Station. In jedem Zimmer liegt das Grauen. Sabbernde, inkontinente, teilweise katatonische Menschen, die nur noch als Hülle existieren. Ihr Ich, der Mensch, der sie waren, ist nicht mehr da. Das soll noch Leben sein? Nein! Da sterbe ich lieber sofort!

Georgette hakt sich bei mir unter. Sie murmelt vor sich hin und zieht mich zum Ausgang. Meine Beine wollen mir nicht mehr gehorchen. Als wären sie plötzlich zu Gummi mutiert, biegen sie sich durch. Ich bewege mich wie eine Marionette. Georgette zieht mich auf einen Stuhl.

„Das will ich nicht! So will ich nicht enden! Grauenvoll! Das sind keine Menschen mehr, das sind atmende Leichen."

„Geh zu Prof. Ongoles. Rede mit ihm. Er wird dir helfen, dein Leben wieder in den Griff zu bekommen. Du stehst im Augenblick neben dir. Ich weiß, wie du dich fühlst. Ich habe es bereits zweimal durchgemacht. Nach meiner ersten Operation ging es mir gut. Ich hatte so große Hoffnung. Als dann das Rezidiv entdeckt wurde, fühlte ich mich schlechter als bei der Erstdiagnose.

Beim ersten Mal wollte ich kein Gespräch mit Ongoles. Ich dachte, ich schaffe es. Dass es nicht so sein könnte … daran habe ich keinen Gedanken verschwendet.

Nach der zweiten Operation hat Sonier mir so lange in den Ohren gelegen, bis ich eingewilligt habe, mit Ongoles zu reden. Ich habe es nicht bereut. Er kann zwar an der Diagnose nichts ändern, aber die Gespräche mit ihm gaben mir die Kraft, meinen letzten Weg zu gehen. Ich weiß, dass es bald zu Ende geht und ich will den Rest meines Lebens in Frieden mit mir selbst verbringen.

Ich nahm fast all seine Angebote an. Mit dem Gedanken, meine letzten Tage in einem Hospiz zu verbringen, kann ich mich noch nicht anfreunden. Aber ich habe mir vorsichtshalber gestern einen Platz reservieren lassen.

Inzwischen habe ich eine Haushaltshilfe, die die Einkäufe erledigt, kocht, putzt und die Wäsche macht. Manchmal, wenn ich mich fit genug fühle, koche ich selbst, wie du ja gesehen hast.

Allerdings fühle ich, wie meine Kräfte mich verlassen. Es gibt Tage, da möchte ich nicht aufstehen. An manchen Tagen geht es mir so schlecht, dass ich meinem Leben am liebsten ein Ende setzen möchte. Aber es gibt auch Tage, da fühle ich mich so gut, als sei ich gesund. Dann denke ich, es ist gut, dass ich noch da bin."

„Würdest du deinem Leben freiwillig ein Ende setzen?" Ich kann mir beim besten Willen nicht vorstellen, dass diese Frau sich umbringt.

„Ja, das werde ich, wenn ich spüre, dass es Zeit ist zu gehen. Ich habe mir bereits die nötigen Medikamente besorgt."

„Welche Medikamente? Wo hast du sie her? Wie wirst du es machen?" Die Fragen sprudeln nur so aus mir heraus. Ich habe auch schon mit diesem Gedanken gespielt, aber es wurde nie mehr daraus. Der Gedanke, meinem Leben selbst ein Ende zu setzen, flößt mir Furcht ein. Man will ihn denken und will es doch nicht.

„Ich habe Infusionsbesteck, Spritzen, Ringerlösung, ein Muskelrelaxans, ein Analgetikum, ein Hypnotikum und Insulin. Aus den Medikamenten mische ich mir einen Cocktail, den ich in die Infusionslösung spritze. Ich werde mir einen Zugang legen, schließe die Infusion an, öffne die Schlauchklemme und lege mich auf die Couch. Dann injiziere ich das Hypnotikum direkt in die Vene und sage dem Leben Adieu."

Ich kann nicht fassen, was ich da gehört habe. Sie hat alles genau geplant. Früher habe ich michgefragt, wie verzweifelt oder mutig man sein muss, einen Suizid zu begehen. Jetzt weiß ich, dass es manchmal die beste Lösung ist, sich menschenwürdig zu verabschieden.

„Lass uns spazieren gehen. Ich brauche frische Luft, muss die trüben Gedanken vertreiben", sage ich traurig. Ich will jetzt nicht ins Grübeln geraten.

„Sainte Claire? Madeleines und Macarons? Chocolat chaud und café au lait? Alles was verboten ist?"

„Ja! Leben wir noch ein bisschen …! Ich gönne mir eine riesige Portion Schokoladeneis mit Schlagsahne. Wenn mir danach übel ist, weiß ich wenigstens warum."

„Das weißt du sonst auch. Nur willst du es nicht wahrhaben und kämpfst dagegen an."

„Du hast recht! Ich hasse mein Glioblastoma multiforme", knurre ich. „Ich möchte selbst bestimmen, wann mir übel ist. Wenn ich dafür einen Berg Schlagsahne essen muss, dann tue ich es!"

„Du bist ein verrücktes Huhn. Aber ich finde die Idee gut. Also essen wir Eis mit Schlagsahne."

Der Bus kommt und wir steigen ein. Draußen fallen die ersten Regentropfen und ich fühle mich in dem stickigen, miefigen Bus sicher und geborgen. Das ist wohl so ein Moment, von dem Prof. Thevenon gesprochen hat. Die kleinen Freuden des Lebens. Ein trockenes Plätzchen im Regen. Schön!

Das Café ist bis auf den letzten Platz gefüllt. Lisanne hat uns entdeckt und winkt mit beiden Armen. Ségolène unterhält sich angeregt mit ihrem angebeteten Jean-Baptiste, der mich hilfesuchend ansieht. Geraldine streichelt den Philodendron und redet beruhigend auf ihn ein. Wen sieht sie bloß in dieser Pflanze?

Georgette macht sich mit den anderen bekannt und sieht mich fragend an, als Charlotta ihr die Wange tätschelt und etwas, das wie: „gutschigu" klingt, von sich gibt.

„Erzähle ich dir später", raune ich ihr zu und bestelle im nächsten Atemzug chocolat chaud und ganz viel Schlagsahne beim Kellner. Das Leben könnte so schön sein, wenn dieses Ding in meinem Kopf nicht wäre.

Früher habe ich so vor mich hin gelebt. Alles Schöne mitgenommen, das das Leben mir zu bieten hatte. Ich habe mir nie Gedanken über den Tod gemacht. Er war noch so weit weg. Mir wäre nie im Leben der Gedanke gekommen, dass ich mit dreißig sterben könnte. Warum auch? Jeder weiß, dass das Leben endlich ist … aber so ein frühes endlich …

„Wo bist du schon wieder mit deinen Gedanken? Schlagsahne! Ganz viel Schlagsahne! Schieb alle anderen Gedanken zur Seite." Georgette lächelt mich an und schaufelt Schlagsahne auf meine chocolat chaud.

Tja! Wenn man Schlagsahne mag, ist es wohl etwas Herrliches. Aber ich mag sie nicht. Warum habe ich sie bestellt? Weil ich kotzen will? Mir all den Schmerz von der Seele kotzen will? Ich weiß es nicht.

Die Gespräche der anderen gehen an mir vorbei. Ihr Lachen klingt aus unendlich weiter Ferne. Es erreicht mich nicht. Soll es auch nicht. Mir ist nicht nach Lachen zumute. Ich will kotzen. Nur kotzen!

Wenn grand-mère meine Gedanken lesen könnte … sie würde sich im Grabe umdrehen. Okay! Sie liegt im Mausoleum, das könnt gefährlich werden. Eine Drehung zu viel und der Sarg kippt. Oh mon Dieu! Was denke ich da? Ich sollte mich schämen. Aber ich will mich nicht schämen. Ich will endlich kotzen.

Was erwarte ich mir vom Kotzen? Das es mir besser geht? Das alles wieder ist wie früher, vor meinem Todesurteil? Manchmal spielt die Psyche uns böse Streiche. Dies ist so ein Streich. Schlagsahne! Ich bin verrückt!

Langsam schiebe ich die Tasse von mir weg. Georgette sieht es und lächelt. Ich vergaß! Sie hat das alles bereits hinter sich. Ich muss mich ausführlicher mit ihr unterhalten.

„Ich bin stolz auf dich. Du hast eine Lektion gelernt. Aber glaube mir, es wird sich noch oft wiederholen. Man weiß, dass es nichts ändern wird, außer der momentanen Befindlichkeit. Trotzdem tut man es immer und immer wieder. Manchmal ist es Schlagsahne, manchmal sind es Messer", sagt sie und schiebt den Ärmel ihres Pullovers etwas nach oben.

„Man will nur spüren, dass man noch lebt. Schlagsahne lässt dich kotzen, Messer lassen Blut fließen. Doch es ändert nichts. Der Tumor in deinem Kopf bleibt dir erhalten."

Ich möchte jetzt allein sein. Irgendwo weit weg auf einer Bergspitze sitzen und auf den Sonnenuntergang warten. Auf meinen Sonnenuntergang!

Ich habe meine Untersuchungen hinter mir. Heute steht noch ein Termin mit Prof. Ongoles an, dann habe ich es geschafft und darf nach Hause. Patricia, die Stationszicke, wurde heute Morgen entlassen. Niemand weint ihr eine Träne nach. Das Personal ist froh, dass sie sie endlich los sind.

Verständlich!

Fleur ist heute Nacht gestorben. Gestern Nachmittag verschlechterte sich ihr Zustand rapide und sie wurde auf die Intensivstation verlegt. Lisanne hörte, wie Schwester Sasette zu Ici sagte, dass es vorhersehbar war. Sie wussten nicht, wie sie sich diese Infektion zugezogen hat. Als sie eingeliefert wurde, trat der Tod mit ein. Jetzt hat er sie mitgenommen.

Geraldine hat einen gebrochenen Arm und ein Veilchen. Sie stand im Flur und unterhielt sich mit einem Infusionsständer, als Charlotta eine ihrer Einschlafattacken bekam und Geraldine samt Ständer umriss.

Schwester Malvine ist schwanger und die Gerüchteküche brodelt. Sie ist ledig und dem anderen Geschlecht sehr zugetan. In die engere Wahl als Kindsvater kommen Dr. Guilleminot und Dr. Piaubert. Die beiden sind die einzigen, von denen man sicher weiß, dass sie mit ihr geschlafen haben. Mit Guilleminot wurde sie inflagranti erwischt, als sie sich im Ärztezimmer verlustierten. Mit Piaubert trieb sie es auf der Toilette. Dort hatten sich einige Zuschauer eingefunden, bis die beiden bemerkten, dass sie beobachtet wurden.

Wenn ich die Wahl hätte, schwanger zu sein oder einem Glioblastoma multiforme Unterschlupf zu gewähren, ich bekäme ein Kind.

Die Zeit rast! Ich muss mich beeilen, dass ich noch rechtzeitig zu meinem Termin komme. Georgette hat mich gedrängt, mit Ongoles zu reden. Ich habe alle Fragen, die mir durch den Kopf gehen, aufgeschrieben und werde sie dem Professor stellen. Ich weiß, dass mich die Antworten nicht beruhigen werden. Nein, sie werden mich noch mehr belasten, noch mehr ins Grübeln bringen.

Immer wieder sehe ich die leeren Augen der Patienten, die eine Etage höher vor sich hin vegetieren. Ihr Sabbern verfolgt mich im Schlaf. Ich will nicht so enden. Das ist schrecklich!

„Freut mich, dass Sie gekommen sind", schreckt mich eine Stimme aus meinen Gedanken. Die sonore Stimme des Professors beruhigt mich etwas. Aber verscheuchen kann sie die Sabbernden nicht.

„So tief in Gedanken versunken? Lassen Sie mich daran teilhaben?" Seine blauen Augen mustern mich fragend.

„Gehen Sie auf die Pflegestation. Sehen Sie sich die Patienten an, die dort vor sich hin vegetieren. Wir reden nächstes Mal darüber."

„Ich verstehe! Was, zum Teufel, hat sie geritten, sich diese Station anzusehen? Wie kamen Sie überhaupt dort hinein?" Er ist ärgerlich. Soll er doch!

„Ich wusste nicht, dass diese Station Sperrgebiet ist. Muss man erst sabbern und Löcher in die Luft starren, bevor man da rein darf?", knurre ich ihn an.

„Sorry! So war das nicht gemeint! Warum tun Sie sich das an? Was ändert es an ihrer Lage? Nichts!"

„Ich wollte nur mal sehen, was mir ins Haus steht. Wie die letzte Zeit aussieht. Ich habe mir viele Gedanken darüber gemacht. Aber mit so etwas habe ich nicht gerechnet. Das ist schrecklich. Ich will nicht vor mich hin sterben. Nicht vegetieren, nicht sabbern und ins Bett machen. Das ist so würdelos, so unmenschlich."

„Madame, niemand kann Ihnen vorhersagen, wie ihr weiteres Leben abläuft. Niemand weiß, ob Sie eines Tages katatonisch werden. Niemand weiß, ob sie ein Pflegefall werden. Niemand! Verstehen Sie? Niemand!"

„Es war schrecklich, diese Menschen da liegen zu sehen. So hilflos, wehrlos! Warum hängt man sie an Schläuche und lässt ihr Leben von Geräten überwachen?"

„Weil wir Ärzte alles tun müssen, was in unserer Macht steht, um den Patienten ein schmerzfreies Sterben zu ermöglichen. Egal, wie lange es dauert. Wir lindern ihre Schmerzen und versorgen sie."

„Nennen Sie das menschenwürdig? Ich nenne es menschenverachtend. Ich möchte nicht an Maschinen hängen. Sämtliche Körperöffnungen mit Schläuchen verstopft. Gerätemedizin! Niemals! Ich will würdevoll sterben."

„Was macht Ihnen solch eine Angst? Sind es die Geräte, die Schläuche? Was … "

„Ich will nicht, dass man mein Sterben verlängert. Ich will nicht, dass mich jemand so sieht. So würdelos! Ich will das nicht!"

„Ich verstehe! Sie wollen im Schlaf sterben. Einschlafen und nie wieder aufwachen. Haben Sie es sich so vorgestellt?"

„Ich höre den Sarkasmus in Ihrer Stimme. Ich bin 29 Jahre alt. Da macht man sich keine Gedanken übers Sterben. Ich wollte alt werden und irgendwann hätte ich mir wohl den einen oder anderen Gedanken übers Sterben gemacht. Später, in fünfzig oder sechzig Jahren, aber doch nicht jetzt schon. Nicht jetzt schon!"

Tränen schießen mir in die Augen, laufen über die Wangen. Die Angst drückt mir die Kehle zu, macht das Atmen schwer, schüttelt meinen Körper und lässt mich beben. Ich will leben! Mehr will ich doch gar nicht. Leben! Ist das zu viel verlangt?

Ongoles bittet Georgette ins Zimmer und verlässt den Raum. Sie nimmt mich in den Arm und streicht mir tröstend über den Rücken. Es tut so weh, ich will nicht sterben. Es ist so ungerecht. Was habe ich getan? Nichts! Es gibt so viele schlechte Menschen auf der Welt. Warum trifft es nicht sie? Warum mich?

Ich krümme mich vor Leid, mein Körper bebt und ich kann mich nicht mehr auf den Beinen halten. Wir setzen uns auf den Boden und ich weine in Georgettes Armen bittere Tränen.

Die Untersuchungen gehen weiter. Ich frage mich inzwischen, was sie noch untersuchen. Mir schwirrt der Kopf von all den Werten und Daten, die sie mir immer wieder um die Ohren hauen. Ich bin Anwältin, keine Ärztin. Die Werte sagen mir nichts, sind mir völlig unbekannt. GOT, GPT, FSH, MCH und RDW, was ist das? Fragt man nach, erntet man bestenfalls ungläubige Blicke. Wie kann man als Patient aber auch so dumm sein und nicht wissen, was RDW ist. Vielleicht fühlen sie sich uns dadurch überlegen? Ich weiß es nicht, aber ich werde mir ein medizinisches Wörterbuch anschaffen. Ich lasse mich nicht wie ein Dummchen behandeln. Noch bin ich die Herrin über meine Sinne.

Ich bin froh, dass man mich auf dem Internat mit Latein und Altgriechisch gefüttert hat. So bin ich in der Lage, das Fachchinesisch zu verstehen. Zum Leidwesen einiger Ärzte, muss ich nicht nachfragen, um welche Organe oder Körperteile es sich handelt, wenn sie sie mir, in immer wieder neuen Vorträgen, um die Ohren hauen. Einige von ihnen hören sich gerne reden. Mich interessiert ihr Geschwätz nicht. Ich will meine Ergebnisse aus dem Mund von Prof. Jablonski hören. Schließlich zahle ich jeden Tag eine horrende Summe für seine Behandlung.

Seine Lakaien schwänzeln um ihn herum und biedern sich in fast schon erbärmlicher Weise an. Sie vergessen, dass ihr Professor auch mal ein kleiner Assistenzarzt war, der sich einschleimte.

Mein Kopf schwirrt inzwischen von all den Diagnosen und Werten. Es ist Zeit, nach Hause zu gehen, aber immer wieder fällt ihnen noch etwas ein, dass sie sich ansehen müssen, untersuchen müssen. Dass sie mehr Geld scheffeln müssen. Eine Klinik ist dankbar für jeden Privatpatienten. Er bringt mehr Geld ein als ein Kassenpatient. Fällt so ein armer Privatling in ihre Hände, wird er ausgequetscht bis zum letzten Franc.

Immer wieder legen sie mir neue Rechnungen vor, die sie liebevoll Liquidation nennen. Was passiert, wenn ein Privatling mal nicht mehr liquid ist und die Rechnungen offen bleiben? Werfen sie ihn raus oder liquidieren sie ihn?

Meine Behandlung wird viel Geld verschlingen. Wie oft werde ich in der Klinik landen? Wie viele Medikamente muss ich einnehmen? Ich muss mit meiner Versicherung reden. Fragen, welche Behandlungen sie übernehmen und auf welchen Kosten ich sitzen bleibe.

Was passiert mit den Patienten, die sich solch teure Behandlungen nicht leisten können? Fallen sie irgendwo aus dem System? Schickt man sie zum Sterben nach Hause? Tut uns leid, aber die Kasse muss stimmen? Hätten sie vielleicht ein Häuschen am Stadtrand, das sie zu Geld machen könnten? Non? Dann können wir leider nichts für sie tun.

Wenn das so weitergeht, reicht nicht mal eine Villa am Meer ...

Ich möchte nach Hause. Mir geht hier alles und jeder auf die Nerven. Ich bin von einer Unruhe erfüllt, die ich nicht kenne. Ich möchte davon laufen. Weg von hier. Weg von dem Ding in meinem Kopf. Weg! Einfach nur weg!

Mein Herz schlägt schneller, wenn ich an meinen ungebetenen Mitbewohner denke. Wo kommt er her? Warum hat er sich bei mir eingenistet? Ist es in meinem Kopf so schön, dass man dort einziehen muss? Ist mein Hirn so scheußlich, dass man es eliminieren muss? Warum ist er da? Warum? Ich verstehe es nicht.

Ich verstehe, wenn Raucher an Lungenkrebs erkranken, Alkoholiker mit Leberzirrhose oder einem Leberearzinom gestraft werden. Aber ich? Was habe ich getan? Zu viel gedacht?

Warum erkranken Kinder an Krebs? Warum Babys? Was haben sie getan? Zahlen Kinder für die Sünden der Eltern? Wenn ja, welche Sünden sind es? Wer hat eine Antwort? Wer?

Ich verstehe, dass Leute, die sich ungesund ernähren und zu viel fressen, fett werden. Ich verstehe, dass Leute, die dem Magerwahn verfallen sind, alsbald im Grab landen. Aber was ist mit Krebs? Warum befällt er auch Menschen, die sich gesund ernähren? Nichtraucher? Antialkoholiker? Kinder? Babys? Es ist alles so ungerecht. Ich hasse Krebs! Ich hasse Tumore! Ich hasse Glioblastome! Ich hasse meinen Hausbesetzer! Er soll gehen ...

Meine Kinder! Was haben sie getan, das man ihnen die Mutter nimmt? Sie brauchen mich! Sie werden Mutter in die Hände fallen. Ich darf nicht darüber nachdenken, welch einer Zukunft sie entgegen gehen, der Mutterliebe beraubt und mit grand-mère bestraft. Warum? Warum sie?

Die Tränen laufen aus meinen Augen und trüben meinen Blick. Mein Herz rast und das Blut rauscht in meinen Ohren. Ich will nicht sterben …

Kapitel 4

Stürme

Ich darf nach Hause. Endlich! Ich brauche ein paar Tage für mich. Danach werde ich mich auf den Weg machen, um allen, die es wissen müssen, die schlechte Nachricht zu überbringen. Die für mich schlechte Nachricht …

Marielle hat noch immer Anfälle. Das neue Medikament zeigt keine Wirkung. Sie wollen es wieder absetzen und durch ein anderes ersetzen. Das heißt, dass Marielle noch ein paar Wochen bleiben muss. Geraldine und Lisanne werden ihr Gesellschaft leisten. Sie sind traurig, dass ich sie verlasse, aber ich glaube, dass ich sie bald wiedersehen werde. Das Ding in meinem Kopf wird schon dafür sorgen. Ich will nicht zurückkehren, aber wenn mir der Schmarotzer, der sich ungefragt bei mir eingenistet hat, wieder das Licht ausschaltet … Wir werden sehen.

Der Abschied von meinen Mitpatientinnen fällt mir trotzdem etwas schwer. Vielleicht sehe ich sie nie wieder? Vielleicht geht es schneller, als die Ärzte sagen? Ich weiß es nicht. Alles, was in Zukunft geschieht, wird von meinem Schmarotzer bestimmt.

Mathieu hat versprochen, mich abzuholen. Er ist ein guter Freund. Wir leben zusammen in einer Wohngemeinschaft, die auch manchmal etwas mehr zulässt, als nur harmlose Küsschen auf die Wange. Nachdem wir nach einer langen, feuchten Nacht zusammen auf der Couch aufgewacht sind, teilen wir öfter das Bett, die Couch oder andere Möbelstücke, um übereinander herzufallen. Um einander zu geben, was man auch als Single ab und zu braucht.

Ich habe meinen Job und meine Kinder. Da bleibt keine Zeit für einen Mann. Mathieu ist Diplom Chemiker. Er verbringt mehr Zeit in seinem Labor, als all seine Kollegen. Manchmal übernachtet er sogar dort. Seine Polymere sind seine besten Freunde. Frauen haben in seinem Leben keinen Platz. Aber selbst er braucht manchmal mehr, als Polymere ihm geben können.

„Salut Charlene! Pardon, ich bin mal wieder zu spät. Ich habe eine neue Versuchsreihe angelegt und dabei völlig die Zeit vergessen. Mea culpa!"

„Du bist nur eine Stunde zu spät. So früh habe ich dich nicht erwartet", sage ich lächelnd.

Ich bin es gewohnt, dass er nie pünktlich ist. Immer kommt noch das ein oder andere Molekül dazwischen. Ich hasse Unpünktlichkeit, aber bei Mathieu gehört sie zum Leben. Man muss ihn immer zwei Stunden früher bestellen, damit er pünktlich ist. Joyce zieht ihn immer damit auf, nennt ihn einen schusseligen Professor. Mathieu lacht dann und sagt, bis zum Professor sei es noch ein langer Weg. Aber den wird er auch noch schaffen. Schade, dass ich nicht dabei sein werde, wenn es soweit ist.

„Es tut mir leid, dass ich dich nicht besucht habe" sagt er und sieht mich bedauernd an. „Du weißt … die Polymere!", fügt er augenzwinkernd hinzu. „Haben sie herausgefunden, warum du bewusstlos wurdest? Sie haben dich lange genug behalten."

„Sie kennen die Ursache. Können wir zuhause darüber reden? Ich möchte nicht im Auto darüber reden."

Mathieu sieht mich von der Seite an. Verkneift sich aber einen Kommentar. Ich schaue auf die Straße, damit ich ihn nicht ansehen muss. Er ist gut darin, in den Gesichtern seiner Mitmenschen zu lesen. Schweigend fahren wir nach Hause. Als wir die Einfahrt hochfahren setzt Regen ein. Der Himmel öffnet seine Schleusen und schickt sintflutartige Regenschauer auf die Erde. Dunkle, tiefhängende Wolken zaubern eine Weltuntergangsstimmung, passend zu meinem Gefühlsleben. Das Tor öffnet sich und Mathieu fährt den Wagen in die Garage. Er schaltet den Motor aus und sieht mich fragend an.

„Sprint durch das Unwetter oder erzählst du es mir im Wagen?"

„Ich bevorzuge den Lauf durch den Regen. Mein Gepäck können wir später holen. Ich bin erschöpft und möchte mich etwas ausruhen."

Mathieu nickt und steigt aus. Müde und mit steifen Gliedern folge ich. Er sprintet los und öffnet die Haustür. Ich schleiche hinter ihm her und der Regen durchnässt mich bis auf die Haut. Ich würde mich gerne vor der Aussprache drücken, aber Mathieu wird darauf bestehen.

Der Wind zerrt an mir und ich habe Mühe auf den Beinen zu bleiben. Regen peitscht mir ins Gesicht und mischt sich mit den Tränen, die unaufhaltsam aus meinen Augen fließen. Mit verschleiertem Blick stapfe ich zur Treppe, mühe mich die Stufen hoch und bin froh, als ich endlich die Haustür hinter mir zuziehen kann.

„Duschen oder baden?", fragt Mathieu und legt mir eine Decke um die Schultern. „Du siehst schrecklich aus. Ich lasse dir ein Bad ein. Bist du hungrig? Ich kann uns Tortellini kochen", sagt er, während er die Treppe hochsteigt.

„Erst mal einen Kaffee. Alles andere …" Ich schleppe mich die Treppe hoch und hoffe, dass Mathieu den Schock verkraften wird. Er ist der erste, dem ich von meinem Todesurteil erzählen werde. Sozusagen die Generalprobe. Aber man kann seine Reaktion nicht als Maßstab für die anderen nehmen. Männer und Frauen reagieren völlig verschieden auf schlechte Nachrichten.

Aus dem Badezimmer ist das Plätschern des einlaufenden Wassers zu hören. Der Duft von Lavendel dringt mir in die Nase. Er ist ein Schatz. Denkt an alles.

„Kann ich sonst noch was für dich tun?" fragt er mit besorgtem Blick. Ich schüttele den Kopf und er geht aus dem Raum.

Langsam ziehe ich die nassen Kleider aus, die mir am Körper kleben. Es ist beschwerlich und ich frage mich, ob ich irgendwann Probleme mit dem an- und auskleiden haben werde. Brauche ich Hilfe beim Einstieg in die Badewanne? Hilfe beim Duschen? Mein Herz ist mir so schwer und die Last auf meiner Seele wird unerträglich. Die Verzweiflung zwingt mich in die Knie und ich sacke wie ein Häufchen Elend auf die Bademattte. Schluchzen schüttelt meinen Körper und die Angst drückt mir die Kehle zu. Ich will nicht sterben.

Die Tür geht auf und Mathieu kommt mit dem Kaffee herein. Mein Anblick schockiert ihn. Er stellt die Tasse auf der kleinen Kommode ab und kniet sich neben mich.

„Ich habe Angst, vor dem, was du mir erzählen wirst. Ich weiß, tief in meinem Herzen, dass es etwas Schreckliches ist", flüstert er mit belegter Stimme und nimmt mich in den Arm.

„Ich habe einen inoperablen Hirntumor. Ich muss sterben", presse ich mühsam hervor.

Ich spüre, wie sein Körper sich verkrampft und sich seine Arme fester um mich legen. Spüre seine Tränen auf meiner Haut und fühle das Beben, das seinen Körper durchläuft. Ich weiß nicht, wie lange wir eng umschlungen zusammen auf dem Badezimmerboden sitzen. Es tut gut, jemanden zu haben, der mich hält, der mit mir weint. Es ändert nichts an meinem Todesurteil, aber es gibt mir Kraft, weil ich mich geborgen fühle.

Langsam und stockend erzähle ich ihm von den Untersuchungsergebnissen. Von den Gesprächen mit Ongoles und den anderen Professoren. Von meiner Georgette, die mir zur Freundin wurde. Im Laufe des Gesprächs fühle ich mich besser. Es ist, als würde ich mir alles Leid von der Seele reden. Die Worte sprudeln nur so aus mir heraus. Als ich fertig bin, fühle ich mich erleichtert. Es ist raus. Ich habe alles gesagt, was ich zu sagen hatte. Das Böse in meinem Kopf, es ist noch da.

Mathieu wischt sich die Tränen aus den Augen. Trauer und Entsetzen stehen ihm im Gesicht. Er küsst mich auf die Nase und ringt nach Worten.

„Das wird eine Wasserrechnung geben!", sagt er und versucht ein Lächeln. Er steht auf und dreht den Wasserhahn zu. „Zum Glück hat die Badewanne einen Überlauf, sonst hätten wir auch noch eine Überschwemmung."

Dieser liebe, verrückte Kerl! Er wird einen guten Professor abgeben. Wieder einmal bedaure ich, dass ich dann nicht mehr da bin. Ich stehe auf und nehme ihn in meine Arme. „Merci", hauche ich ihm ins Ohr. Er nimmt es zur Kenntnis und drückt mich noch einmal fest an sich.

„Du solltest jetzt wirklich ein Bad nehmen. Du bist völlig ausgekühlt und musst dich aufwärmen. Ich bringe dir einen neuen Kaffee. Der hier ist inzwischen kalt. Dann werde ich uns Tortellini kochen und wir werden in aller Ruhe essen. Danach reden wir. Ich muss erst zur Ruhe kommen. Das kann ich am besten beim Kochen. Wenn du mich brauchst, schrei nach mir." Ohne sich noch einmal umzudrehen verlässt er das Badezimmer.

Ich steige in die Badewanne und gleite in das warme, duftende Wasser. Es umhüllt mich, wie eine wärmende Decke. Ich schließe die Augen und lasse meine Gedanken fliegen. Dahin, wo es keine Glioblastome gibt und der Himmel niemals dunkel und bedrohlich ist. Der Duft von Kaffee steigt mir in die Nase und holt mich wieder auf die Erde zurück. Der heiße Kaffee wärmt mich von innen und trotz allem stellt sich ein klitzekleines Wohlfühlgefühl ein.

Ungern steige ich aus der Wanne, aber das Wasser kühlt ab und ich verspüre Hunger. In meinen Bademantel gehüllt, steige ich die Treppen hinab. Aus der Küche duftet es nach spinatgefüllten Tortellini. Endlich kein Klinikessen mehr. Endlich wieder mit Appetit essen. Ob ich den auch irgendwann verlieren werde? Ich muss unbedingt in die Bücherei und mir Lesestoff besorgen.

Kurz nach Mitternacht ist meine Nacht zu Ende. Kopfschmerzen! Schon wieder! Ich hatte vergessen, das Kopfteil meines Bettes zu erhöhen. Jetzt ist es zu spät. Der bohrende Schmerz macht mich kirre. Ich frage mich, ob ein erhöhtes Kopfteil vor Schmerzen schützt.

Ich schlüpfe in meinen Jogginganzug, schleiche die Treppe hinunter, ziehe Stiefel, Jacke und Mütze an, wickle mir einen Schal um den Hals. Es regnet in Strömen. Der Schirm steht an der Garderobe und es ist mir egal. Auf der Straße kommt mir ein Auto entgegen. Madame Gloussés Liebhaber fährt nach Hause. Ihr Mann ist beruflich viel unterwegs und sie nimmt sich, was sie braucht, bei ihrem Lover. Ich frage mich, was sie an ihm findet. Ihr Mann ist ein gutaussehender Mitfünfziger, mit grauen Schläfen und einem Body wie ein Leistungssportler. Ihr Lover ist ein kleiner, untersetzter Vierzigjähriger, mit Halbglatze und fehlerhaftem Gebiss. Er muss ein fantastischer Liebhaber sein …

Der Wind frischt auf. Der Wetterbericht hat Sturm vorhergesagt und Météo France hat eine Unwetterwarnung herausgegeben. Ein abgebrochener Ast landet mit einem lauten Knall auf der Straße und zerbricht in viele Teile. Der Wind zerrt an meiner Jacke und peitscht mir den Regen ins Gesicht. Ich ziehe die Mütze tiefer und den Schal fester um meinen Hals. Um mich wieder ins Haus zu treiben, muss er sich mehr anstrengen. So heftig kann kein Sturm dieser Welt werden, um dem Sturm, der in meinem Inneren tobt, das Wasser zu reichen.

Der nächste Ast kracht zu Boden. Noch vor ein paar Tagen hätte mich bei diesem Wetter niemand aus dem Haus gekriegt. Jetzt ist mir alles egal. Wenn mir ein Ast auf den Kopf fällt, habe ich es geschafft. Ich bin verrückt. Ich will nicht sterben. Warum laufe ich durch die Allee, während sich ein Sturm zusammenbraut und alles zerstört, was sich ihm in den Weg stellt?

Es wäre feige, sich einfach so davon zu machen. Man muss sich seinem Schicksal stellen. Ich muss mit meinen Eltern reden. Mit Zélie und Joyce. Ich muss jemand suchen, dem ich meine Kinder anvertrauen kann, der sie erzieht, ihnen Liebe und Geborgenheit schenkt. Aber wo finde ich so einen Menschen? Zélie? Joyce? Ich muss mir alles genau durch den Kopf gehen lassen. Ich muss mit ihnen reden.

Jemand greift nach meiner Hand und zieht mich herum. Mir wird schwindlig und ich kann mich nur mit Mühe auf den Beinen halten.

„Bist du wahnsinnig? Bei diesem Wetter aus dem Haus zu schleichen! Ich sollte dir eine Tracht Prügel verabreichen." Mathieu ist außer sich vor Wut.

„Ich hatte so starke Kopfschmerzen und konnte nicht schlafen", versuche ich mich zu verteidigen. Ich weiß selbst, wie dämlich das war. Er muss es mir nicht auch noch ins Gesicht schreien.

Er legt seinen Arm um meine Schulter und zieht mich mit sich fort. Der Sturm nimmt an Intensität zu und wirft mit Ästen nach uns. Von irgendwo bläst er eine blaue Plane durch die Luft. Die Abdeckung auf Madame Blanquis Brunnen klappert verdächtig. Sie lässt jedes Jahr im Herbst den Brunnen mit den beiden Nymphen, die mit einem Schwan spielen, von Fachleuten abdecken, damit er den kalten Winter unbeschadet übersteht. Jetzt sieht es ganz danach aus, als ob der Sturm die Abdeckung davonwehen wollte. Es ist Mai, warum ist er immer noch abgedeckt?

„Wir müssen Madame Blanqui anrufen. Es wäre schade um den schönen Brunnen. Ich würde …"

„Du würdest gar nichts! Ich bringe dich nach Hause und dann werde ich mich um die Abdeckung kümmern. Ich! Nicht du! Du gehst ins Bett und machst die Augen zu. Verstanden?" Mathieu sieht mich wütend an.

„Ich kann nicht schlafen. Meine Kopfschmerzen lassen es nicht zu. Zudem habe ich vergessen, das Kopfteil zu erhöhen. Ich …"

„Nein! Du gehörst ins Bett. Stapele ein paar Kissen und dann versuche zu schlafen. Ich werde nach dir sehen, wenn ich zurück bin." Sein Ton verrät, dass er keine Widerworte dulden wird.

Ich gebe mich geschlagen. Was bleibt mir auch anderes übrig? Er wird mich ab sofort bemuttern und dafür sorgen, dass es mir an nichts fehlen wird. Aber will ich das? Ich denke nicht …

Mir ist kalt und ich bin froh, als ich endlich im Trockenen bin. Ich schäle mich mühsam aus meinen nassen Kleidern. Die Jeans klebt an meinen Beinen und ich habe Mühe sie auszuziehen. Wieder überfällt mich dieses Gefühl. Wieder schnürt Angst meine Kehle zu. Hilflosigkeit, Trauer, Angst. Der Sturm heult in den schaurigsten Tönen und peitscht den Regen an die Scheiben. Ich will nicht sterben. Warum ich? Ich will schreien, aber nur ein Schluchzen dringt aus meinem Mund und schüttelt meinen Körper. Ich kann kaum atmen, Schwindel in meinem Kopf, Übelkeit. Die Tortellini bahnen sich ihren Weg zurück in die Freiheit. Ein Schwall nach dem anderen ergießt sich auf den Badezimmerboden. Nach dem achten liege ich völlig ermattet neben meinem ehemaligen Mageninhalt.

Warum kann ich nicht jetzt und hier sterben? Einfach aufhören zu atmen? Mein Kopf ist nicht bereit, jemals wieder aufzustehen, der Rest von mir schließt sich ihm an. Ich will nicht sterben, aber ich will auch nicht vor mich hin krepieren. Wenn das eben eine Vorschau auf die Zukunft war … oh mon Dieu!

Irgendwie ist mir seltsam im Kopf. Die vergoldeten Löwenfüße der Badewanne bewegen sich. Schleichen sich leise an, umrunden mich, scharren auf dem Boden, haben plötzlich Gesichter. Kleine, rote Augen, die mich ansehen und hypnotisieren. Kleine Kussmünder, die schmatzende Geräusche machen. Plötzlich verwandeln sich die Münder in aufgerissene Rachen mit spitzen Zähnen, die nach mir greifen und mich verschlingen wollen. Mein Herz rast, das Blut rauscht in meinen Ohren. Ich will weg, doch meine Beine bewegen sich nicht. Riesige Wurzeln sprießen aus dem Boden, winden sich wie Schlangen und greifen nach mir. Wickeln mich ein, drücken mir den Brustkorb zusammen und quetschen den letzten Atem aus meiner Lunge. Etwas klatscht gegen meine Wange. Schreit mich an. Sterben! Ich will nicht sterben …

„Wach auf! Wach doch auf … du kannst nicht einfach so sterben … verdammt … mach endlich die Augen auf."

Mühsam schieben sich die Lider über meine Augäpfel. Das grelle Licht blendet mich. Ist das der Himmel?

„Mach die Augen auf! Verdammt noch mal! Was ist los? Sag was!" Mathieu ist voller Panik. Er schüttelt mich und schreit mich immer wieder an.

„Nicht schreien! Nicht schreien! Mein Kopf … es tut weh … so laut … meine Ohren … mein Kopf …"

„Oh mon Dieu! Ich dachte schon du … Hast du mir einen Schrecken eingejagt. Was ist los? Was ist passiert?"

„Mir ist so übel … mein Kopf … er spinnt … die Füße … Gesichter … Augen … laufen … so übel … so …"

Dunkelheit umfängt mich, nimmt mich mit sich fort, weiter und immer weiter.

„Madame! Hören Sie mich? Öffnen Sie die Augen. Öffnen Sie die Augen", fordert eine harte Stimme, die aus weiter Ferne an mein Ohr dringt.

Eine Hand klatscht auf meine Wange. Immer und immer wieder. Ich hasse das. Das soll aufhören. Diese harte Stimme und diese Schläge. Mein Kopf ... er tut so weh ...

„Madame! Jetzt öffnen Sie endlich die Augen. Ich weiß, dass Sie wach sind." Wieder diese Stimme, wieder diese Schläge.

Alle Kraft in den Schlag ... alle Kraft in den Schlag, flüstert eine Stimme in meinem Kopf. Alle Kraft in den Schlag! Woher soll ich sie nehmen, diese Kraft? Mühsam gleiten meine Augenlider nach oben. Helles Licht, das mich blendet. Diese harte Stimme, ganz nah an meinem Ohr. Alle Kraft in den Schlag! Der dumpfe Aufprall meiner Faust an seinem Kopf. Ein spitzer Schrei, dann verstummt die harte Stimme und macht einem jämmerlichen Gewinsel Platz. Woher nahm ich die Kraft? Ich weiß es nicht. Aber sie hat aufgehört, diese harte Stimme. Dieses klatschen auf meiner Wange, es hat aufgehört.

Aufgeregte Stimmen, ein Summen und Brummen. Scharrende Füße, quietschen von Gummisohlen auf PVC-Belag. Helles Licht, das in den Augen brennt. Wo bin ich?

„Schön, dass Sie wieder bei uns sind", flüstert eine Stimme. „Kommen Sie erst mal richtig zu sich, dann werden wir uns um alles Weitere kümmern", flüstert die Stimme weiter.

Eine Hand drückt sanft meine Schulter. Langsam lichtet sich der Schleier. Ein Infusionsständer, an dem mehrere Flaschen hängen. Ein Schlauch, der in meinem Arm steckt. Etwas zwickt an meinem Kopf. Vorsichtig ertaste ich die Stelle, spüre einen seltsamen Verband. Was ist das? Mein Kopf ist so langsam. So schrecklich langsam. Alles läuft an mir vorbei. Ich kann nichts fassen. Alles scheint unerreichbar für mich. Ist es ein Traum, der mich gefangen hält? Drogen? Mein Herz schlägt schneller, immer schneller. Das Blut rauscht in meinen Ohren. Was ist nur los mit mir?

„Madame de Polignac! Beruhigen Sie sich. Sie sind in der Klinik. Alles wird gut. Sie hatten einen kleinen Unfall. Nichts tragisches, nur eine Platzwunde am Hinterkopf." Da ist sie wieder, diese flüsternde Stimme. An wen erinnert sie mich?

Ich spüre, wie etwas Kaltes in meinen Arm läuft. Es kriecht die Vene empor und hinterlässt ein seliges Gefühl in meinem Kopf. Alles ist plötzlich so leicht, so warm, so friedlich. Ich bin müde ... so müde.

Das Bett bewegt sich, gleitet sanft dahin wie ein Segelboot auf einem stillen See. Lichter ziehen über mich hinweg. Ein kleiner, summender Raum, mit Wänden aus Edelstahl, einer Holzdecke und vielen kleinen Knöpfen an der Wand. Ich habe das Gefühl zu schweben. Alles ist so leicht. Neue Lichter, schöne Lichter! Sie sehen aus wie kleine Sterne mit Strahlenkränzen. Orchideen wachsen aus den Wänden – schön. Dali hat sich an den Wänden verewigt. Seine weichen Uhren, Tiere auf Stelzenbeinen, brennende Giraffen. Ich liebe Dali. Ich kenne seine Bilder, habe die Namen vergessen ... warum?

Ein neuer Raum! Zartgelb gestrichene Wände mit einem riesigen Bild, das eine weiße Orchidee zeigt. Zwei cognacfarbene Ledersessel und ein Tisch aus edlem Holz gefertigt. Wie ist der Name des Holzes? Ich habe ihn vergessen ... warum? Wo ist meine Erinnerung? Was haben sie mit mir gemacht? Ein kleiner Unfall … nichts Schlimmes …

„Salut Charlene! Kannst du mich hören? Du hast mir den Schreck meines Lebens verpasst." Mathieu sieht mich sorgenvollem Blick an.

„Mathieu!" Ein warmes Gefühl durchflutet mich. Er wird mir die Wahrheit sagen. Die Wahrheit, warum ich hier bin, was sie mit mir gemacht haben.

Das Bett hält an. Zwei Arme heben mich hoch und schweben mit mir zu einem weiteren Bett, das ebenfalls aus diesem edlen Holz gefertigt ist. Warum erinnere ich mich nicht an dessen Namen? Es macht mich unruhig, verunsichert mich, dass ich mich nicht erinnern kann. Panik ergreift von mit Besitz. Was ist nur mit meinem Kopf los? Was?

„Was ist passiert? Ich fühle mich so seltsam. Alles ist so weit entfernt … wie im Nebel … undeutlich. Hilf mir!" Mühsam kommen die Worte über meine Lippen.

Ich strecke die Hand nach ihm aus und er ergreift sie. Ich sehe sein besorgtes Gesicht, die Tränen in seinen Augen.

„Du bist gestürzt und hast dir den Kopf an der Badewanne angeschlagen. Das hat dich ausgeknockt. Jetzt hast du eine riesige Beule und eine aufgeplatzte Kopfschwarte, sagt der Arzt. Sie haben die Wunde versorgt und dir etwas gegeben, das dich ruhig stellt. Du warst sehr aufgebracht, als du zu dir gekommen bist."

„Aufgebracht? Warum?" Noch während ich die Frage stelle, erinnere ich mich an den Schlag, den ich der harten Stimme verpasst habe. „Ah! Die Erinnerung kommt zurück. Diese ätzende Stimme, die mich geschlagen hat. Habe ich getroffen?"

„Ja! Das hast du. Das war ein Volltreffer. Deine Beule ist winzig, gegen das Hämatom, das du dem Arzt verpasst hast. Der wird wohl ein paar Tage das linke Auge nicht öffnen können. Geschieht ihm recht. Warum schlägt er dir ins Gesicht? Es war übrigens dieser blasierte Lackaffe, der sich dauernd mit dem Kamm durch die Haare fährt. Der hat dir ewige Rache geschworen."

„Guilleminot! Rache? Man schlägt keine Patienten."

„Falsch! Er schlägt, aber diesmal hat sich jemand gewehrt. Schade, dass du ihm nicht aufs Maul geschlagen hast. Das sage nicht nur ich, auch einige Schwestern waren dieser Meinung?" Mathieu grinst.

Welch ungewohnter Charakterzug dieses friedliebenden Menschen. Ich kenne ihn schon ein paar Jahre, aber entdecke immer wieder neue Eigenschaften an ihm, die er sicher vor mir verborgen hält, bis sie eines Tages an die Oberfläche huschen und ihn noch liebenswerter machen, als er ohnehin schon ist.

„Hast du noch Kopfschmerzen?" fragt er mich unvermittelt und ich habe das Gefühl, dass er die Antwort am liebsten gar nicht hören würde.

Kopfschmerzen? Irgendwo tief in meinem Hirn lichtet sich der Nebel und die Bestie bricht ins Licht. Glioblastoma multiforme! Schlagartig bin ich im hier und jetzt angekommen. Die Übelkeit, das schwallartige Erbrechen bis zum Umfallen. Die Löwenfüße, die Dunkelheit. Tränen schießen wie Sturzbäche aus meinen Augen. Die Angst ist zurück und schnürt mir die Kehle zu. Ich will nicht sterben. Ich will es nicht. Ich bin noch so jung, zu jung zum Sterben. Wellenartiges schluchzen schüttelt meinen Körper, lässt ihn erbeben vor Angst. Warum ich? Warum? Was habe ich so schreckliches getan, dass ich so gestraft werde?

Mathieu hält mich umschlungen. Wiegt mich wie ein Baby. Summt eine Melodie, die mir bekannt vorkommt, aber ich erinnere mich nicht an den Titel, an den Text. Warum? Hat es schon begonnen, das Vergessen?

Draußen tobt noch immer der Sturm. Peitscht den Regen an die Scheiben, jagt abgerissene Äste über die Wege, wirbelt den Inhalt der Mülltonnen durch die Luft. Weltuntergangstimmung, drinnen und draußen.

„Du musst ein bisschen schlafen. Das war zu viel für dich. Du hättest nicht …"

„Lass es! Du weißt, ich mag es nicht, wenn man mich bevormundet. Ich treffe meine eigenen Entscheidungen."

„Okay! Ich weiß, ich habe es nur gut gemeint. Okay! Ich weiß, dass du diese Plattitüden nicht magst. Trotzdem solltest du jetzt ein bisschen schlafen. Du brauchst Ruhe. Versuch es wenigstens. Bitte!" Er sieht mich flehentlich an. Er kann seine Angst nicht verbergen.

„Ich werde es versuchen. Du kannst beruhigt nach Hause gehen. Ich werde sicher nicht mehr spazierengehen. Ich verspreche es … nun ja … zumindest heute nicht."

Er sieht mich nachdenklich an, drückt mir einen Kuss auf die Stirn und streichelt mir über die Wange. In seinen Augen glitzert es und er wendet sich schnell ab, damit ich seine Tränen nicht sehe. Als er aus der Tür ist, zappe ich mit der Fernbedienung durch die Programme, die das Klinikfernsehen zur Verfügung stellt. Die Wunde an meinem Hinterkopf juckt und der Verband drückt. Mein Magen knurrt und verlangt nach Nahrung, doch mein Hirn erinnert sich noch an das schwallweise Erbrechen, das dieses heutige Drama erst in Gang gesetzt hat.

„Guten Morgen Madame! Ich bin Dr. Tibeuf, der diensthabende Arzt. Ich wollte nur noch mal nach Ihnen sehen und fragen, ob alles in Ordnung ist. Kann ich irgendetwas für Sie tun?"

„Befreien sie mich von dem Ding in meinem Kopf. Ich wäre Ihnen auf ewig dankbar."

„Das glaube ich. So gerne ich Ihnen helfen würde, aber Wunder liegen leider nicht in meiner Macht." Bedauernd hebt er die Schultern.

Diese Stimme! Ob er der Arzt aus der Notaufnahme ist? Er sieht nicht aus wie ein Arzt, der ein Herz für seine Patienten hat. Aber ich würde mich gerne irren.

„Kennen wir uns. Ihre Stimme …"

„Wir haben uns in der Notaufnahme kennengelernt. Erinnern Sie sich nicht mehr?" Er sieht mich prüfend an und erkennt, dass ich schon wieder an meinem Gedächtnis zweifele.

Er nimmt meine Hand und sagt: „Machen Sie sich keine Sorgen. So schnell geht das mit den Erinnerungslücken nicht. Sie stehen im Moment unter großem psychischem Stress. Da spielt einem das Gedächtnis schon mal Streiche. Hat Ihnen das niemand gesagt?"

„Nein! Ich hatte noch nicht viele Gelegenheiten, tiefergehende Gespräche zu führen. Ehrlich gesagt, habe ich Angst, mehr über meine Krankheit zu erfahren. Was ich bis jetzt weiß, kann ich noch nicht verarbeiten. Wenn ich daran denke, schnürt mir Angst die Kehle zu und zeigt mir meine

Hilflosigkeit. Ich fühle mich hilflos, schrecklich hilflos. Ich will nicht sterben und weiß doch, dass ich bald gehen muss. Ob ich will oder nicht. Keiner hat mich gefragt, ob ich diese Glioblastom haben will. Ich frage mich immer wieder, was ich falsch gemacht habe. Ich verstehe es nicht. Warum ich? Ich habe keine Antworten."

„Haben Sie schon mit einem Psychologen geredet?" Ich schüttele den Kopf. „Prof. Thevenon? Prof. Ongoles? Ich habe Ihre Krankenakte noch nicht gelesen. Nur die Anamnese überflogen."

„Ich habe mit beiden geredet. Bei Prof. Ongoles habe ich ambulante Termine. Ich hatte nicht gedacht, dass ich so schnell wieder hier einziehe. Zu Thevenon will ich nicht. Ich bin nicht verrückt, brauche keinen Seelenklempner." Mein Herz schlägt schneller, wenn ich an die Unterhaltung mit Passereau denke.

Dr. Tibeuf kann sich das Grinsen nicht verkneifen. Er spielt mit den Ohrstöpseln seines Stethoskops und wiegt seinen Kopf zu einer Melodie, die nur er hören kann.

„Rorschach-Test bei Passereau?"

„Er wollte mich dazu bringen, etwas in diesen dämlichen Tintenklecksen zu sehen, das nicht da ist. Ich hatte den Eindruck, er könnte sich selbst sein bester Patient sein. Ich glaube sowieso, jeder Psychofuzzi hat einen an der Klatsche."

„Na, jetzt urteilen Sie aber zu hart. Thevenon ist doch ein netter Mensch. Er könnte Ihnen sicherlich helfen. Glauben Sie mir, Sie brauchen Hilfe. Sie können das nicht allein durchstehen. Familie und Freunde können eine gute Hilfe sein, aber sie sind keine Profis. Ongoles ist ein Koryphäe auf seinem Gebiet, aber er ist allergisch gegen die Bezeichnung Psychofuzzi."

„Okay! Lassen wir Ongoles außen vor, aber Ausnahmen bestätigen nun mal die Regel. Ich werde meine Termine bei ihm wahrnehmen. Ich bezweifle allerdings, dass er mir helfen kann. Es sei denn, er kann das Ding aus meinem Kopf beamen."

„Das wiederum bezweifle ich!", sagt er und sieht mit skeptisch an. „Glauben Sie mir, bei Ongoles sind Sie in guten Händen. Sie können ihm vertrauen. Jetzt lasse ich Sie wieder allein. Sie sollten etwas schlafen. Schlaf ist zurzeit das beste Mittel gegen Ihre Kopfschmerzen."

Warum wollen mich alle in den Tiefschlaf legen? Schlaf ist der Bruder des Todes. Tot bin ich noch lange genug.

Die Nacht war kurz, wenig Schlaf, viele Gedanken. Immer wieder die gleichen Fragen: Warum? Warum ich? Warum jetzt? Was habe ich falsch gemacht? Falsche Ernährung? Zu wenig Schlaf? Zu viel Stress? Wie ein Endlosband laufen sie durch meinen Kopf. Warum … warum … warum …?

Werde ich enden wie die Patienten auf der NC 3? Sabbernd? Vegetierend? Eine lebende Tote? Ich würde gerne mehr über das Ding in meinem Kopf erfahren, aber ich habe Angst vor dem, was ich hören würde. Angst vor der Zukunft. Angst vor meinem zukünftigen Leben.

Schon immer habe ich gerne und viel gelesen. Ich muss in die Bibliothek und mir alles einverleiben, was sie an Infos über Glioblastome zu bieten haben. Egal, was kommen wird, ich kann es nicht ändern. Aber ich kann meine Ungewissheit beenden und mir so viel Wissen aneignen, bis ich es nicht mehr ertragen kann.

Als die Schwester kam, um mir das Frühstück zu bringen, habe ich mich schlafend gestellt. Ich wollte nicht schon wieder über mein Befinden Auskunft geben und mir anhören, was gut für mich ist und was nicht.

Kurz nach zehn kam Prof. Sonier mit einem Schwarm von Studenten, Praktikanten, Schwestern und Pflegern. Innerhalb Sekunden war mein Zimmer bis zum Bersten gefüllt. Alle starrten mich an. So muss sich ein exotisches Tier im Käfig fühlen, das von allen angestarrt wird. Ich habe allen Ernstes erwartet, dass mir einer von ihnen eine Banane oder ein Stück Zucker zusteckt.

Als Sonier begann, über meine Anamnese zu reden, bin ich ausgerastet. Was geht mein Glioblastom Studenten und Praktikanten an? Nichts! Ich bin keine Laborratte, der man beim Sterben zusieht.

Zwei dieser arroganten Weiber haben ihre hochmütigen Gesichter verzogen und etwas von fortgeschrittenem Hirnschaden geplappert. Sonier hat die Contenance verloren und die beiden aus dem Zimmer geworfen. Die anderen schauten betreten zu Boden und trauten sich kaum zu atmen. Mir war es egal. Ich wollte nur, dass sie alle verschwinden. Als sie nach fünf Minuten, die sich unendlich anfühlten, endlich gingen, war ich erleichtert.

Um mich herum Luxus pur und in meinem Kopf ein Glioblastom. Der Wind peitschte wieder den Regen gegen die Scheiben und pfiff in den schaurigsten Tönen. War das bereits mein Schwanengesang?

Panik kriecht in mir hoch. Fluchtgedanken! Georgette! Ich will zu ihr, muss zu ihr. Sie kann mir meine Fragen beantworten. Wie komme ich hier raus? Ob ich den Weg zu ihrem Haus wiederfinde? Ich bin von einer inneren Unruhe erfüllt. Etwas treibt mich an, lässt mich nicht zur Ruhe kommen. Wieder rast mein Herz, rauscht das Blut in meinen Ohren. Schwindel treibt mich in die Knie. Der Fußboden schlägt Wellen und bewegt sich auf mich zu. Ich suche Halt am Bett, doch es flüchtet vor mir. Fliegt davon, lässt mich haltlos und unsicher hier zurück. Dann wird es Nacht und ein dumpfer Schlag landet an meiner Schläfe …

Langsam wird es hell. Meine Schläfe pocht, die Beule wächst, Blutgeschmack im Mund. Es braucht eine Weil, bis ich verstehe, dass es kein Schlag war, der mich traf, dass ich mit dem Kopf auf dem Fußboden aufgeschlagen bin, als es mir das Licht ausgeschaltet hat. Das Bett steht noch an seinem Platz, hat sich nicht bewegt. Mühsam bewege ich meine Beine. Es fällt mir schwer aufzustehen. Der Weg zum Bett ist so weit, so beschwerlich. Was ist nur los mit mir? Wo ist meine Kraft geblieben? Ein Teil von mir scheint zu schweben, während der andere Teil schwer wie Blei ist.

Als ich endlich im Bett liege, bin ich schweißgebadet. Alles dreht sich, schwebt durchs Zimmer. Regen, der ans Fenster klatscht, allem die Kontur nimmt. Mir ist so übel … übel … ich muss … muss …

Ich komme zu mir, langsam und schwerfällig, als ein Geräusch von klirrendem Geschirr sich in mein Hirn bohrt. Ein Klopfen … eine Tür, die sich öffnet … eine weißgekleidete Gestalt … ein Tablett mit Geschirr … eine Stimme, die mir guten Appetit wünscht … eine Tür, die sich schließt …

Es ist, als würde ich aus einem Traum erwachen, der mich nicht loslassen will. Mich zurück ins

Land der Träume ziehen will, ins der Land der Albträume. Mich quälen will …

Der Geruch von Essen zieht in meine Nase und mein Magen beginnt zu knurren. Mein Kopf sagt nein, doch mein Magen lässt sich nicht beirren. Er will gefüttert werden. Ich setzte mich im Bett auf und wundere mich, dass es so leicht geht. Kein Blei in den Beinen, keine Watte im Kopf. Das Tablett zieht mich magisch an. Hunger! Ein Blick unter den Deckel. Kartoffelsuppe! Es fehlt ihr an Würze, aber die fehlt hier jeder Speise. Die Suppe rinnt durch meine Kehle und wärmt mich von innen. Die Würstchen mag ich nicht. Unter dem nächsten Deckel der Hauptgang.

Schweinefilet mit Champignons! Ich esse keine Tiere! Als Beilage gedämpfte Kartoffeln und Brokkoli. Eine Kartoffel und ein Brokkoliröschen und mein Magen rebelliert.

Nicht schon wieder! Alles soll bleiben, wo es ist. Nicht erbrechen! Bitte, bitte nicht!

Langsam sinke ich in mein Kissen zurück. Nicht zu stark bewegen, den Magen nicht reizen. Den Kopf bequem aufs Kissen betten und dann ruhig atmen. So schnell stirbt man nicht. Ein Jahr ist lang. Bleibt mir überhaupt noch ein Jahr? Was kann man alles in ein Jahr packen? Wie viel Zeit bleibt mir, von diesem Jahr? Wie viel Zeit habe ich, dieses Jahr vernünftig zu nutzen? Wann nimmt mir das Ding in meinem Kopf die Kraft? Wie lange muss ich sabbern? Nicht aufregen! Ruhig bleiben! Ruhig atmen! Ich will nicht sterben!

Prof. Sonier war noch mal hier. Diesmal ohne sein Gefolge. Ich hätte ihm gerne erzählt, was kurz zuvor erneut geschehen war, aber kein Wort kam über meine Lippen. Ich bin verwirrt. Meine Gedanken finden nicht mehr den richtigen Weg. Kreuzen durch meinen Kopf, als gäbe es da drin keine Regeln, denen sie folgen müssen.

Ich will mit Georgette reden. Ich will in die Bibliothek, um mir Lesestoff zu besorgen. Ich will noch so vieles, aber wie soll ich all das schaffen, wenn ich nicht mal in der Lage bin, aufzustehen, ohne dass es mir das Licht ausschaltet? Vielleicht wäre es besser, mich zuerst Prof. Ongoles anzuvertrauen. Ich weiß es nicht. Was weiß ich überhaupt noch? Nichts! Falsch! Ich muss sterben!

Es klopft und Schwester Minouche steckt den Kopf zur Tür herein. Sie war heute bei der Visite dabei.

„Störe ich? Ich wollte mich nur kurz vorstellen und Ihnen etwas über die Station und deren Abläufe erzählen?" Fragend sieht sie mich an und lächelt.

„Sie stören nicht. Wenn Sie mir einen Kaffee besorgen, sind sie herzlich willkommen."

„Ich werde sehen, was ich tun kann", sagt sie und verschwindet wieder.

Wieder klopft es. Die nächste Schwester. Ich kenne sie nicht, habe sie noch nie gesehen.

„Hallo!", lächelt sie mich an und kommt langsam an mein Bett. „Ich bin Ulrique, die Oberschwester", sagt sie während sie mir die Hand entgegen streckt. „Wie fühlen Sie sich? Kann ich etwas für Sie tun? Haben Sie irgendwelche Wünsche?"

Puh! Was Schwester Marthe von der Neuro fehlte, gibt es hier in Hülle und Fülle. Menschlichkeit!

„Ich fühle mich den Umständen entsprechend", flüstere ich und ein Grinsen huscht über mein Gesicht. „Ob Sie etwas für mich tun können? Vielleicht! Haben Sie Bücher über Glioblastome?"

„Im Arztzimmer stehen medizinische Fachbücher. Es gibt einen Band über Tumore des zentralen

Nervensystems. Wenn Sie damit etwas anfangen können?" Skeptisch sieht sie mich an.

„Wenn Sie so freundlich wären, mir dieses Buch zu bringen. Ich möchte gerne lesen, was ich in meinem Kopf habe. Wenn Sie auch noch einen Pschyrembel hätten … falls Fragen auftauchen …"

„Wenn Sie sonst keine Wünsche haben. Ich werde sehen, was ich für Sie tun kann." Sie reicht mir erneut die Hand, dreht sich um und geht aus dem Zimmer.

Wow! Hier ist nicht nur die Ausstattung gehobener, auch das Personal ist weitaus freundlicher, als auf der Jean-Martin Charcot. Hier klopft man an und stürmt nicht wie ein Trampeltier ins Zimmer. Auch das Ambiente ist freundlicher. Die Decke ist weiß gestrichen und in den Lampenschirmen liegen keine toten Fliegen.

Man könnte meinen, man sei in einem Hotelzimmer. Privatstationen für Totgeweihte sind wohl besser ausgestattet. Wenn ich die Wahl hätte, würde ich eine Bretterbude vorziehen. Alles wäre besser, als ein Glioblastom im Kopf zu haben.

Da ist es wieder, dieses Gefühl. Panik, Angst, Atemnot! Ich möchte schreien, aber die Angst schnürt mir die Kehle zu. Ich will nicht sterben! Tränen schießen mir in die Augen und laufen über mein Gesicht. Die salzige Flüssigkeit brennt auf meinen Lippen. Wieder beginnt mein Herz zu rasen und das Blut in meinen Ohren zu rauschen. Wie ein Fisch auf dem Trockenen japse ich nach Luft. Gleich schaltet es mir das Licht aus. Luft … ich brauche Luft!

„Ruhig atmen, nicht hecheln. Sie bekommen doch kein Baby. Tief ein- und ausatmen. Ganz ruhig!" Jemand streicht mir über den Rücken, hält meine Hand. „Sie dürfen nicht so schnell atmen. Sie atmen zu viel Kohlendioxid aus. Langsamer, viel langsamer.

Wir atmen jetzt zusammen. Tief ein und aus. Eins, zwei und einatmen, eins, zwei und ausatmen. Immer schön langsam."

Ich muss mich auf das Atmen konzentrieren. Es fällt mir schwer. Noch immer habe ich das Gefühl, nicht genug Sauerstoff zu bekommen. Das eins, zwei der Schwester klingt in meinen Ohren, durchbricht das Rauschen des Blutes. Langsam! Langsam! Das ist gut gesagt, wenn man am Ersticken ist.

Das eins, zwei zeigt erste Wirkung. Langsam normalisiert sich mein Herzschlag und die Enge in meiner Brust weicht einem tiefen Atemzug. Ein Zittern durchläuft meinen Körper, lässt meine Zähne klappern und zaubert eine Gänsehaut. Mir ist kalt und ich bin völlig erschöpft. Wie soll ich ein Jahr mit positiven Erlebnissen anfüllen, wenn ich hier sitze und vor mich hin zittere?

„Sehen Sie, wenn sie langsam atmen, geht die Panik vorbei und es geht Ihnen gleich besser. Hatten Sie das schon öfter?" Noch immer streicht sie beruhigend mit der Hand über meinen Rücken.

„Gestern zum ersten Mal. Das war beängstigend. Ich dachte schon, dass es zu Ende geht. Gestern hat es mir auch das Licht ausgeschaltet. Deshalb bin ich wieder hier gelandet." Wieder strömen die Tränen aus meinen Augen.

„Sie dürfen sich nicht so in Ihre Panik hineinsteigern. Sie beginnen zu hyperventilieren und werden irgendwann ohnmächtig. Ihr pH-Wert steigt und das ist nicht gut. Es kann schreckliche Folgen für Sie haben. Haben Sie schon mit einem Arzt darüber gesprochen?"

„Nein, ich dachte, das gehört zu den Nebenwirkungen des Tumors. Zudem möchte ich nicht über das Ding in meinem Kopf reden. Jetzt noch nicht. Ich habe Angst vor dem, was da kommt."

„Ich habe in Ihrer Krankenakte gelesen, dass Sie Patientin bei Prof. Ongoles sind. Reden Sie mit ihm darüber. Er wird Ihnen helfen."

„Helfen?" Ich schaue sie spöttisch an. Wer soll mir noch helfen? Kann mir noch helfen? Das Ding in meinem Kopf lässt keine Hilfe zu.

Schwester Minouche blickt beschämt zu Boden. Ich weiß, sie will mir Mut machen, aber den habe ich verloren, als ich mein Todesurteil vernahm. Alles, was jetzt noch kommt, alles was sie sagen, kann nichts mehr ändern. Ich muss sterben und ich muss es endlich akzeptieren. Wenn das nur so einfach wäre.

„Ist der Kaffee für mich?" Ich zeige auf den Becher, der auf meinem Nachttisch steht.

„Ich hole Ihnen einen neuen. Der ist inzwischen kalt." Sie steht auf und geht zur Tür. Dort dreht sie sich nochmal um und sagt: „Es tut mir so leid." Dann geht sie. Ihr dunkler Lockenkopf verschwindet im hellen Licht des Flurs und der Teppichboden verschluckt jeden ihrer Schritte.

Ich schaue aus dem Fenster. Der Sturm hat sich beruhigt und bläst nur noch als starker Wind über das Land. Ob die Abdeckung des Brunnens den Sturm überstanden hat? Ich muss Mathieu fragen. Es wäre schade um den schönen Brunnen.

Ich muss auch mit Madame Blanqui reden. Sie ist eine liebenswerte ältere Dame, die meine Kinder beaufsichtigt, wenn ich mal wieder länger im Büro bleiben muss und Mathieu noch in seinem Labor ist. Sie besitzt eine der größten Villen der Stadt, die auf einem Grundstück erbaut wurde, das bis ans Ufer der Vienne reicht. Sie ist eine sehr wohlhabende Frau, aber im Grunde ihres Herzens arm und einsam. Ihr Sohn besucht sie nur sporadisch, das heißt, immer wenn er Geld braucht. Ansonsten pflegt sie keine Kontakte. Ihre Freundinnen sind verstorben oder in den sonnigen Süden verzogen. Teile ihrer Villa hat sie vermietet, damit sie in dem großen Gebäude nicht allein ist.

Sie sagt immer, dass man mit Geld nicht das kaufen kann, was das Herz glücklich macht. Sie hat recht. Selbst wenn mein Vater all sein Geld für mich opfern würde, es würde nichts nützen. Mein Todesurteil kann durch alles Geld der Welt nicht aufgehoben werden.

Wieder klopft es. Schwester Minouche ist zurück. Sie schiebt einen Rollwagen vor sich her, auf dem zwei Tassen stehen und ein paar Bücher liegen.

„Die soll ich Ihnen von Schwester Ulrique geben", sagt sie und stapelt die Bücher auf dem kleinen Schreibtisch, der in der Ecke steht. „Da haben Sie sich aber viel vorgenommen. Schwere Kost für einen Laien. Wenn Sie jedes Fremdwort nachschlagen wollen … nun ja … das dauert."

„Ich spreche Latein und Altgriechisch. Es dürfte also kein großes Problem sein, die Fremdwörter zu verstehen. Wenn es dann doch hapern sollte, schlage ich nach."

„Pardon! So war das nicht gemeint", beschämt blickt sie zu Boden. Jetzt habe ich sie zum wiederholten Male düpiert, ohne es zu wollen. Sie tut mir Leid, aber manchmal ist es besser, zuerst zu denken und dann zu reden.

„Trinken wir zusammen eine Tasse Kaffee. Ich möchte Ihnen noch ein paar Dinge über die Station sagen." Sie stellt mir eine Tasse auf den Nachttisch und nimmt sich selbst die andere. „Für die Patienten, die gesundheitlich in der Lage sind, servieren wir das Essen im Speisesaal. Hier ist eine

Speisekarte, aus der sie sich das Essen für die kommende Woche zusammenstellen können. Sie können aber auch das Essen auf Ihrem Zimmer einnehmen …"

So geht es noch lange weiter. Badezimmer, Telefon, Fernsehen, Sprechanlage, Notruf und, und, und … Man könnte meinen, ich würde den Rest meines Lebens hier verbringen. Irgendwann summt es in meinem Kopf, wie in einem Bienenschwarm. Ich schaue aus dem Fenster und lasse alles an mir abprallen. Der Schlafmangel macht sich bemerkbar und meine Augenlider werden immer schwerer. Schwester Minouches Stimme kommt aus weiter Ferne und sanfte Dunkelheit senkt sich langsam herab und hüllt mich ein, wie ein weicher Bademantel.

Ein dringendes Bedürfnis weckt mich unsanft aus meinen Träumen. Das Badezimmer ist in zarten Pastelltönen gehalten. Kein Schnickschnack, nur das nötigste. Ein Seifenspender neben dem Waschbecken und kleine Handtücher auf einer chromblitzenden Ablage. Ein Zahnputzbecher mit einer eingeschweißten Einmalzahnbürste. Eine Minitube Zahnpasta und diverse Cremes und Lotions. Wie in einem Hotel.

Als ich ins Zimmer zurückschlurfe, fällt mein Blick auf die Uhr, die neben der Tür hängt. Kurz nach Mitternacht. Wow! So lange habe ich seit meinem Todesurteil nicht mehr geschlafen. Ich nehme mir ein Buch vom Stapel und vertiefe mich in die ungewohnte Lektüre. Tumore des ZNS! Oh mon Dieu! Welch Kabinett der Grausamkeiten. All diese Tumore sind für mich uninteressant. Mich interessiert nur einer: meiner!

Ich suche in der Inhaltsangabe und werde fündig. Er wird am Ende des Buches beschrieben und füllt mehrere Seiten. Glioblastoma multiforme! Mein Tumor und der vieler anderer Patienten. Wie viele Opfer er bereits gefordert hat? Wie viele er noch fordern wird, bis man ihm den Garaus machen kann? Es waren zu viele und es werden zu viele sein. Warum hat sich ausgerechnet das Scheusal unter den Tumoren in meinem Kopf eingenistet?

Die Beschreibung liest sich wie ein Thriller von Stephen King. Da ist von Mutationen die Rede, Kompression benachbarter Strukturen, zerebralen Hemisphären, einer stark verschobenen Kern-Plasmarelation. Als würde das nicht reichen, kann man das Ganze auf diversen schwarz-weiß-Fotos sehen. Schön für jeden, der sich damit auskennt. Ich habe nie zuvor eine MRT-Aufnahme gesehen. Kann ich auf einer Röntgenaufnahme noch diverse Knochen erkennen, so stehe ich jetzt vor einem fremden Universum. Fotos mit grau-weißen, undefinierbaren Schatten, unterbrochen von unregelmäßigen, hellen Flecken. Helle Flecken! Glioblastome! So also sieht es in meinem Hirn aus. Weiße Flecken, die da nicht hingehören. Ich muss die Aufnahmen meines Gehirns sehen. Die Bilder meines Eindringlings. Ich muss zu Prof. Sonier.

Als ich durch den spärlich beleuchteten Flur schleiche, fällt mir ein tanzender Schatten auf, der sich riesig auf den blitzenden Edelstahltüren des Aufzugs abzeichnet. Er gehört zu einer zusammengekauerten Person, die mitten auf dem Flur sitzt, der in die Sanitärräume führt. Sie wiegt gedankenverloren ihren Körper, zeichnet mit einem Stift dunkle Kringel auf den Boden und summt ein Lied, das mich an ein Wiegenlied erinnert. Die Situation hat etwas Gespenstisches und ich überlege, ob ich gehen oder bleiben soll.

„Madame Loubet!", reißt mich eine schrille Stimme aus meinen Überlegungen, „Lassen Sie das! Wir können nicht jeden Tag den Teppichboden reinigen." Schwester Armelles Stimme überschlägt sich, während sie die ältere Frau auf die Füße zieht. Sie reißt ihr den Stift aus der Hand, der sich bei genauer Betrachtung als Lippenstift entpuppt.

Der Schatten verkrümmt sich zu einer Kugel und rollt über den Boden bis er schließlich an eines der kleinen Tischchen stößt und die Vase mit den Orchideen herunter katapultiert. Schwester Armelle ist außer sich vor Wut. Ich lehne mich an die Wand und sehe dem Treiben zu. Während Armelle die Scherben aufsammelt, rollt die Kugel weiter und prallt gegen die Wand. Ich bin erstaunt, wie gelenkig Madame Loubet ist. Mit ihren 84 Jahren könnte sie noch im Zirkus auftreten. Ich weiß nicht, ob als Clown oder Artist. Jetzt werde ich gemein, aber es sind nun mal die Gedanken, die mir durch den Kopf schießen.

Madame Loubet hat ein Mamma-Karzinom und trotz Bestrahlung und Chemo ist der Tumor gewachsen. Nicht genug damit, er hat gestreut und Metastasen ins Gehirn geschickt. Jetzt macht sie verrückte Sachen und erzählt die tollsten Storys. Das Pflegepersonal nennt sie Märchentante, natürlich nur hinter vorgeschobener Hand. Sie hat sich kürzlich nachts von der Station entfernt, um in die italienische Botschaft zu gehen. Dort gäbe man ihr zu Ehren einen Empfang. Die Botschaft befand sich anscheinend auf der Jean-Martin Charcot und so kam es, dass Madame Loubet mitten in der Nacht bei Geraldine im Zimmer stand. Da hätte ich zu gern Mäuschen gespielt.

Tja! Noch kann ich darüber lächeln, noch ist alles so weit weg, aber das kann sich schlagartig ändern. Allerdings würde mir die italienische Botschaft nicht genügen. Ich bevorzuge eine Privataudienz bei der Queen. Ich stelle mir Lisbeths Gesicht vor, wenn ich mitten in der Nacht auf ihrem Bett Platz nehme. Die Vorstellung zaubert mir ein Lächeln ins Gesicht. Noch ist es eine Vorstellung, aber die Zukunft hält vielleicht eine grausame Realität für mich bereit.

Die Kugel bekommt Arme und Beine, einen Kopf und einen Rücken, der sich langsam aufrichtet. Schwester Armelle hat inzwischen den Schaden beseitigt und trockene Tücher auf den Wasserfleck gelegt. Die Putzfrau wird sich freuen, wenn sie den neuen Fleck im Teppichboden sieht. Das sind die Nachteile einer Luxusstation. Nobel vom Boden bis unter die Decke, allerdings mit einem kleinen Schandfleck auf dem Boden. Was soll's. Es gibt schlimmeres.

„Kindchen", sagt eine krächzende Stimme neben mir. „Du holst dir hier draußen noch den Tod. Komm mit mir in die warme Stube. Ich koche dir einen Tee und backe dir Kekse. Dann fühlst du dich gleich besser."

Madame Loubet harkt sich bei mir ein und zieht mich mit sich fort. Auf ins Abenteuer, schießt es mir durch den Kopf. Ich wollte mitten in der Nacht zu Sonier. Das war bescheuert von mir. So bescheuert, wie Tee zu kochen und Kekse zu backen. Also! Auf geht's.

Madame Loubet zieht mich in ihr Zimmer. Dort drückt sie mich auf einen Stuhl und deckt mich mit der Tischdecke zu. Sie schlurft durchs Zimmer zu ihrem Schrank und holt eine Flasche Cognac und zwei Gläser hervor. Auf dem Rückweg kramt sie eine zerdrückte Packung Madeleines aus ihrem Nachttisch. Sie kippt die Madeleines ins Bett und stellt die Gläser dazu. Der Cognac schwappt aus der Flasche und färbt das Betttuch goldgelb. Der Fleck breitet sich aus und man könnte meinen, sie hätte ins Bett genässt. Schwester Armelle wird begeistert sein.

„Es ist angerichtet", krächzt sie wieder. Komm an den Tisch und setzt dich zu mir. Der Tee ist ausgezeichnet und die Kekse noch warm." Sie deutet mit der ausgestreckten Hand auf ihr Bett. Bilde ich mir das nur ein oder riecht es hier nach Urin? Spielt mir mein Hirn einen Streich, beim Anblick des verdächtigen Flecks im Bett? Oh nein! Die Spuren an ihrer Hose zeigen deutlich, dass mein Hirn nicht fehlgeleitet wurde. Sie hat sich eingenässt. Der Geruch steigt mir in die Nase und verursacht einen Aufruhr in meinem Magen. Oh mon Dieu! Das ist ja eklig! Hoffentlich passiert mir das nicht auch irgendwann.

Ich drücke den Rufknopf für das Pflegepersonal und mache mich davon. Unterwegs kommt mir Armelle entgegen. Bevor sie etwas sagen kann, reiße ich die Orchidee aus dem Topf und leere meinen Mageninhalt hinein. Der Würgereiz will nicht enden, obwohl mein Magen bereits leer ist. Nicht mal mehr Galle findet ihren Weg nach draußen. Schwester Armelle streicht mir über den Rücken.

„Sie hat eingenässt", presse ich zwischen zwei Würgereizen hervor. „Es stinkt widerlich und mir ist übel."

„Ist schon gut. Ich bringe Sie jetzt auf ihr Zimmer und dann rufe ich den Diensthabenden. Er kann Ihnen etwas gegen den Brechreiz geben. Ich bringe Ihnen eine Schale, falls Sie sich nochmal übergeben müssen."

Ich hänge mehr in ihren Armen, als ich auf meinen Füßen stehe. Hoffentlich kriege ich diesen Gestank wieder aus meiner Nase. Ich presse mir den Blumentopf unters Kinn und denke an den schönen Teppichboden, der bereits einen Fleck hat und nicht noch mehr braucht. Als der Arzt kommt, geht es mir etwas besser. Er legt eine Infusion, gibt mir etwas gegen Übelkeit. Armelle bringt die versprochene Schale und ein paar Tücher. Sie wäscht mir das Gesicht und ich spüle mir den Mund aus. Mein Kopf schreit nach Schlaf, aber mein Magen will noch etwas wach bleiben.

Die Sonne scheint durchs Fenster und lässt Millionen feinster Staubpartikel tanzen. Die Uhr zeigt kurz vor acht und es dauert etwas, bis ich realisiere, wo ich bin. Der Geschmack in meinem Mund erinnert mich an letzte Nacht. Die Infusion läuft noch oder ist es bereits eine neue? Ich weiß es nicht, ist mir auch egal. Ich habe Halsschmerzen und mein Kopf tut weh. Vor der Tür klirrt Geschirr und dann klopft es an der Tür. Schwester Minouche steckt den Kopf herein und lächelt mich an.

„Guten Morgen! Wie geht es Ihnen? Haben sie das Drama gut überstanden? Wie wär's mit Frühstück? Die Sonne scheint und die Welt sieht gleich anders aus. Frühstück im Bett oder wollen, können Sie aufstehen?"

Wow! So gute Laune, so viele Worte und das am frühen Morgen! Was soll man dazu sagen? Noch ist mir jedes Wort zu viel. Zuerst muss ich meine Zähne putzen und mir den Mund ausspülen. Der Gedanke an Frühstück verursacht Übelkeit. Noch immer spukt mir der Anblick von der bepinkelten Hose im Kopf herum. Da vergeht einem der Hunger.

Minouche stellt das Tablett auf den Tisch und tauscht die Infusion aus. Ich schließe die Augen, damit sie mich in Ruhe lässt. Meine Gedanken kreisen um die eingenässte Hose. Etwas Peinlicheres kann ich mir zurzeit nicht vorstellen. Einnässen! Alles, nur das nicht! Das würde mir meine Würde nehmen. Mich zum Baby machen. Ich will das nicht. Nein! Das nicht! Aber, wer fragt mich schon? Niemand!

Als sie endlich das Zimmer verlassen hat, schleiche ich ins Badezimmer. Zähneputzen! Was kann es schöneres geben … Mund ausspülen … ausspülen … ausspülen … auch schön! Jetzt muss ich duschen, ich fühle mich so schmutzig. Langsam fallen meine Kleider zu Boden. Jede Bewegung schmerzt. Wo ist der Panzer, der mich heute Nacht überrollt hat? Das warme Wasser regnet auf mich herab und tut so gut. Die Seife duftet nach Zitrone und etwas, das ich nicht definieren kann. Der Schaum ist zart und hüllt meine Haut ein wie Seide. Welch ein Wohlfühlmoment!

Nur widerwillig drehe ich das Wasser ab. Das Handtuch ist weich und mit einer silbernen Rose bestickt. Gibt es Patienten, die darauf Wert legen? Mutter würde sich Handtücher von zuhause bringen lassen. Auf denen ist unser Familienwappen aufgestickt. Sie ist nun mal so. Ich lege keinen Wert auf solche Feinheiten. Ich brauche nur ein sauberes Handtuch, okay, weich soll es dann schon sein.

Es ist, als hätte die Dusche meine Lebensgeister wieder zum Leben erweckt. Ich denke, es ist an der Zeit, die Jean-Martin Charcot aufzusuchen und meine ehemaligen Mitpatienten zu besuchen. Mal sehen, wer noch stationär ist. In meiner Tasche finde ich eine Sporthose und ein Hoody. Typisch Mann! Wie soll ich die Infusionsflasche durch den Ärmel des Hoody schieben? Okay! Mathieu hat wenigstens an saubere Wäsche gedacht. Das verdient ein Lob.

Nachdem ich endlich angezogen bin, muss ich mich erstmal setzen. Ob es der Tumor ist, der mir die Kraft nimmt? Ist es die Anstrengung? Bin ich nicht mehr belastbar? Ich weiß es nicht. Ich muss mit jemanden reden. Aber ich will die Wahrheit doch gar nicht wissen. Ich habe Angst vor ihr. Mir spuckt immer noch das Szenario von Steven King im Kopf herum. Ich weiß, dass ich die Augen nicht vor der Wahrheit verschließen kann. Am besten beginne ich mit kleinen Schritten. Ich muss die Aufnahmen meines MRT's sehen. Ich will sehen, wer sich da bei mir eingenistet hat. Ich will ihn kennenlernen.

Prof. Sonier ist im OP. Vor heute Nachmittag ist er nicht zurück. Ich lasse mir vorsichtshalber einen Termin geben, damit er mir nicht entwischt. Madame Rigoulet schiebt mich irgendwo dazwischen. Der Chef sei ja völlig ausgebucht, aber sie habe Anweisung, mich immer vorzulassen. Gut, dass er mit Vater die Schulbank gedrückt hat.

Jetzt heißt es warten. Was soll ich tun? Marielle besuchen? Mit Prof. Ongoles reden? Zurück ins Bett gehen? Mein knurrender Magen sagt: „Frühstück!" Hoffentlich steht das Tablett noch auf dem Tisch. Auf dem Flur begegnet mir Dr. Hikmet.

„Laufen Sie mir nicht davon", sagt er und beeilt sich zu mir zu kommen. „Ich habe gehört, dass Sie wieder hier sind. Haben Sie einen Termin oder …"

„Ich habe Zeit", sage ich und denke: „Noch!" „Wenn Sie mir ins Séparée folgen wollen? Wenn Sie Glück haben, gibt es noch Frühstück."

„Toll! Ich habe noch nicht gefrühstückt. Jablonski hält mich schon den ganzen Morgen auf Trab. Jetzt habe ich mich davongeschlichen, um meiner Lieblingspatientin einen Besuch abzustatten."

Er ist erfreut, dass das Tablett noch auf dem Tisch steht. Während ich an einem Brötchen knabbere, isst er genüsslich den Brotkorb leer. Wurst, Käse, Schinken und Marmelade verschwinden in seinem hungrigen Magen. Über kleine Portionen kann sich hier niemand beschweren. Ich muss Minouche sagen, dass ich Vegetarierin bin. Es wäre Verschwendung, wenn jeden Tag Fleisch und Wurst in den Abfall wandern würden. Ich habe nicht jeden Tag einen dankbaren Abnehmer.

Nachdem er aufgegessen hat, kommt er zum Grund seines Besuchs. Er legt ein paar Broschüren vor mir auf den Tisch und sieht mich hoffnungsvoll an.

„Sie haben sicherlich schon einmal gehört, dass es Studien gibt, in denen man Medikamente gegen Tumore testet. Es gibt auch Studien, die sich mich Alternativmethoden befassen. Hyperthermie ist eine davon. Ich habe Ihnen ein paar Broschüren mitgebracht. Schauen Sie es sich bitte an und dann reden Sie mit Prof. Ongoles darüber. Er ist dieser Therapieform nicht abgeneigt. Angeblich hat man schon gute Erfahrungen damit gemacht und einigen Patienten eine längere Lebenszeit geschenkt. Ich weiß nicht, ob es Ihnen hilft, aber manchmal versetzt der Glaube Berge. Es wäre einen Versuch wert."

„Danke! Ich werde mir die Broschüren ansehen. Nun habe ich noch eine Frage. Haben Sie meine MRT-Aufnahmen gesehen?"

„Ja, Ich war bei Ihrer Besprechung mit Prof. Jablonski dabei. Sie erinnern sich?"

„Nein, das tue ich nicht. Ich erinnere mich nur, dass das Tribunal mein Todesurteil verkündet hat. Können Sie mir die Aufnahmen besorgen. Ich möchte sie gerne sehen."

„Na, dann folgen Sie mir unauffällig. Wenn wir Jablonski über den Weg laufen, bekomme ich Ärger. Ich sollte jetzt im Archiv sitzen und mir alte Patientenakten ansehen."

„Wenn Sie eines Tages dort sitzen und sich meine alte Akte ansehen, dann denken Sie an mich und an unser heutiges Frühstück."

„Ich hoffe, dass es noch sehr lange dauern wird, bis es soweit ist. Nutzen Sie alles, was man Ihnen anbietet. Greifen Sie zu und kämpfen Sie. Nehmen Sie jede Chance wahr, auch wenn sie noch so klein und unbedeutend erscheint. Kämpfen Sie! Geben Sie sich nicht auf!"

Wenn er wüsste, dass ich bereits in dem Moment aufgab, als ich mein Todesurteil vernahm. Ich weiß, Dr. Hikmet meint es gut, aber welche Chancen habe ich? Egal, was ich tue, ich kann ihm nicht davonlaufen. Er ist immer und überall dabei. Er ist mein Damoklesschwert, bereit jederzeit zuzuschlagen. Wie Damokles, habe auch ich meine Lektion gelernt. Macht und Reichtum bieten keinen Schutz vor Gefahren und keinen Schutz vor Glioblastomen.

Im Aktenzimmer sucht Dr. Hikmet nach den Aufnahmen. Ich bin aufgeregt und der Boden scheint unter meinen Füßen zu brennen. Ich kann nicht stillstehen und schiebe den Infusionsständer ständig hin und her. Hikmet sieht mich über den Rand seiner Brille missbilligend an. Dann sucht er weiter, aber er wird nicht fündig.

„Die Aufnahmen sind nicht hier", sagt er und hält ein gelbes Blatt hoch. „Die Aufnahmen wurden heute Morgen von Prof. Sonier angefordert. Sie werden sich wohl oder übel an ihn wenden müssen." Er hebt bedauernd die Schultern und wischt sich über die Augen.

„Trotzdem Danke für Ihre Bemühungen und den guten Willen, mir zu helfen. Ich habe heute Nachmittag einen Termin bei Sonier. Jetzt kommt es auf ein paar Stunden nicht mehr an." Hikmet sieht mich erschrocken an. Als die Tür hinter mir ins Schloss fällt, wird mir der Sinn meiner Worte bewusst. Ich habe aufgegeben, lebe nur noch in den Tag, ohne Sinn und Ziel.

Der Ausflug hat mich erschöpft. Ich bin müde und muss mich ausruhen. Ich würde gerne sagen, dass ich jede Sekunde meines restlichen Lebens auskosten will, aber das wäre gelogen. Ich will nur noch schlafen. Egal, welche Köstlichkeiten das Leben noch für mich bereithält, ich muss ins Bett.

Als die Tür hinter mir ins Schloss fällt, wird es dunkel. Etwas knallt gegen meinen Kopf und katapultiert mich in eine ferne Galaxie. Ein Wispern und murmeln dringt aus weiter Ferne in mein Hirn. Etwas macht sich an meinem Arm zu schaffen. Ein Tier? Will es mich zum Dinner verspeisen? Es wird sich wundern, wenn es sieht, was ich als Dessert in mein Hirn gepackt habe.

Mir wird kalt. Die Kälte strömt durch meinen Arm und fließt durch meinen Körper. Sucht sich ihren Weg durch meine Venen, rinnt in meine Arterien. Was ist es? Ein Schlangenbiss? Eine Spinne, die mir ihr Gift einverleibt hat?

Eine wohlige Wärme breitet sich aus, macht mich leicht und trägt mich auf einer Wolke göttlichen Wohlbefindens davon. Ein leises Summen erklingt, Engel, die mich erwarten, helles Licht … Das Summen wird lauter, wird zum Piepen, das Licht wird greller, die Engel bekommen Gesichter. Sehen aus wie Schwester Minouche und Prof. Sonier … was machen die in meiner Wohlfühlzone?

„Willkommen in meiner Welt", grinst mich Sonier an und steckt seine Augenlampe in die Brusttasche seines Kittels. „Jedes Wort wäre jetzt zu viel. Ihr Dickkopf bringt sie immer wieder in Schwierigkeiten. Was verstehen Sie nicht an dem kleinen Wörtchen Ruhe? Ausruhen ist nicht gleichbedeutend mit Bettruhe. Sie brauchen Ruhe, müssen erst mal mit der Diagnose ins Reine kommen. Sie können ihr nicht davon laufen. Nicht mal nachts, wenn sie über die Gänge schleichen."

Er tätschelt mir väterlich die Hand und beauftragt die Schwester, mir ein Pflaster auf die Stirn zu kleben.

„Das bedeutet noch mehr Kopfschmerzen", sagt er und deutet auf meine Stirn. Ich kann fühlen, dass sich da ein riesiges Hämatom zusammenbraut. „Sie wollen doch sicherlich irgendwann wieder nach Hause. Wenn Sie so weitermachen, verbringen sie den Rest ihres Lebens bei uns. Kommen Sie endlich zur Ruhe. Schlafen Sie ein bisschen. Wandern Sie nachts nicht umher. Meiden Sie alles, das Ihnen Übelkeit verursacht. Sie müssen bei Kräften bleiben. Ihnen steht eine harte Zeit bevor. Vergessen Sie alles schlimme, alles schreckliche, das Ihnen bis jetzt in Ihrem Leben widerfahren ist. Es ist harmlos gegen das, das Ihnen bald ins Haus steht. Es wird der Kampf Ihres Lebens. Glauben Sie mir."

Während Schwester Minouche mir das Pflaster auf die Stirn klebt und Schwester Raquel meinen Blutdruck misst, drückt Sonier meine Hand und verabschiedet sich.

Der Regen klatscht ans Fenster, als wolle auch er mir eine Standpauke halten. Alles ist so trist und grau in grau, dass ich am liebsten die Decke über meinen Kopf ziehen möchte, um all das nicht mehr sehen zu müssen.

Vor dem Ding, in meinem Kopf, kann ich mich nicht verstecken. Manchmal denke ich, es hat es sich in meinem Kopf gemütlich gemacht und lacht sich ins Fäustchen, während ich vor Angst fast vergehe.

Scheiß Glioblastoma multiforme! Meine grand-mère's mögen mir vergeben. Sonst bin ich sehr zurückhaltend, was Schimpfwörter betrifft, aber im Angesicht des Todes sei es mir gestattet.

Ich hasse diesen Tumor. Wenn ich könnte, würde ich ihn erschießen, aber es ist mein Kopf, in dem er sitzt. Da sollte man etwas vorsichtig mit dem Gebrauch von Schusswaffen sein.

Ich bin müde, mir ist schwindlig und Übelkeit zieht durch meinen Kopf. Sie kämpft mit den sich anbahnenden Kopfschmerzen um die Vorherrschaft, wandert in meinen Bauch und Bingo! Sieg der Übelkeit! Mein Mageninhalt ergießt sich ins Bett und färbt die blassgelbe Bettwäsche in ein zartes café au lait. Hat auch nicht jeder! Erst recht nicht die winzigen Bröckchen, die mal ein Brötchen waren.

Ich drücke den Notfallknopf und kurze Zeit später steckt Schwester Raquel den Kopf zur Tür herein.

„Oh mon Dieu! Das ging schneller als erwartet."

Während ich mich wasche, bezieht sie mein Bett mit blütenweißer Wäsche. Ich stelle mir vor, wie sie in café au lait aussieht und der nächste Schwall bahnt sich seinen Weg. Zum Glück stehe ich vorm Waschbecken und verursache nicht schon wieder einen Wäschewechsel.

Nachdem ich mein Shirt gewechselt habe, will ich nichts weiter als schlafen. Endlich ins Reich der Träume gleiten und erst wieder aufwachen, wenn der Alptraum in meinem Kopf zu Ende ist.

Kapitel 5

Georgette

Ich wache auf, als jemand an die Tür klopft und mich ins hier und jetzt zurückholt. Georgette steckt ihren Kopf zur Tür herein und sieht sich vorsichtig im Zimmer um.

„Hallo! Habe ich dich … geweckt, du siehst … so verschlafen aus. Soll ich … später wiederkommen?" Sie sieht mich erwartungsvoll an. Ich weiß, dass auch ihr Leben aus abgezählten Stunden besteht. Wie soll man da ja sagen?

„Komm rein, schlafen kann ich noch lange genug. Ich bin froh, endlich wieder jemanden um mich zu haben, der mich nicht mit diesem mitleidigen Blick ansieht."

„Ich verstehe … zu gut. Mir … mir geht es … genauso. Manchmal … frage ich mich … ich frage mich, ob … die Menschen … Angst haben, ich könnte … in ihrer Gegenwart … könnte ich … den Löffel abgeben." Sie lacht verschmitzt und kratzt sich am Kopf.

Ich bin schockiert. Sie spricht langsam und abgehackt. Sucht nach Worten. Schweißperlen stehen auf ihrer Stirn und laufen in kleinen Rinnsalen über ihr Gesicht. Ihr Blick flackert, sie kann die Augen kaum still halten.

„Ich denke manchmal, sie haben Angst, sie könnten sich anstecken. Die meisten wissen, dass das nicht geht, aber sie haben trotzdem Angst. Es ist Blödsinn, aber es ist so. Weißt du, was ich auch in ihren Augen sehe? Den unausgesprochenen Gedanken: Besser du als ich!"

„Du … du hast recht, das sehe … ich sehe das auch. Am schlimmsten … fand ich die Heuchler … die Heuchler, die mir … die mir ihre Hilfe anboten, aber die … die insgeheim hofften, dass … dass ich nie … nie darauf zurückkomme. Nach und nach … da haben sich immer mehr … sie haben sich … von mir zurückgezogen. Irgendwann war … ich war allein. Mein Mann … er ist … gestorben, ich habe … keine Kinder … habe ich und … und keine Familie. Wer … wer soll da … zu mir stehen? Man sagt … dass nur … in der Not … nur in der Not … erkennt man seinen … wahren Freund. Ich muss sagen … muss ich sagen … ich hatte nie … wahre Freunde. Ich dachte … ich hätte sie … dachte ich … aber … ich habe mich geirrt."

„Ich hoffe sehr, dass ich welche habe. Ich habe Kinder, aber sie sind zu klein. Ich habe auch eine Familie. Es würde schon an ein Wunder grenzen, wenn sie für mich da wären. Ich glaube nicht, dass sie ihr Leben ändern werden, um sich um mich zu kümmern. Ehrlich gesagt, möchte ich das auch nicht.

Ich wäre bitter enttäuscht, wenn meine Freundinnen nicht zu mir stehen würden. Sie sind mir mehr Familie, als meine eigene es je war. Ich habe ehrlich gesagt Angst, es ihnen zu sagen. Ich weiß, dass sie sehr leiden werden. Da bin ich mir sicher. Sie können zwar nicht mit mir leiden, aber sie werden wegen mir leiden und das ist grausam. Das sollte kein Freund einem anderen antun müssen. Aber niemand hat mich gefragt. Verdammt noch mal, dieser scheiß Krebs. Ich fluche normalerweise nicht, aber diese Situation lässt es zu, treibt mich quasi dazu, meinen Anstand über Bord zu werfen.

Ich sollte mich schämen, aber ich tue es nicht. Ich bin so wütend. So schrecklich wütend. Verdammt nochmal, ich will nicht sterben."

Georgette lässt meinen Wutanfall an sich abprallen. Sie nickt wissend und mitfühlend.

„Du hast recht. Man vergisst seine … seine gute Erziehung, weil Wut und … und Angst die Führung… sie haben sie übernommen. Du wirst … fluchen … noch oft fluchen und … und du wirst noch … wirst du … oft verzweifelt sein. Lass es … einfach raus, mach dir … Luft. Wir … wir sind dem Tode … geweiht, da steht uns … ein bisschen Narrenfreiheit … steht uns zu."

Narrenfreiheit! Abraham Lincoln sagte: „Besser schweigen und als Narr scheinen, als sprechen und jeden Zweifel beseitigen." Ich denke an Madame Loubet und Geraldine. Sie sind die fleischgewordenen Worte Lincolns. Zwei Narren, die nicht müde werden, jeden Zweifel zu beseitigen. Es ist meine größte Angst, zu werden wie sie.

„Heute ist … herrliches Wetter. Es … wird endlich … Frühling. Hast … du Lust, mit mir einen … kleinen Spaziergang … mit mir … zu machen? Alles grünt und … es blüht. Es hat … den Anschein, als sei … als sei die Natur … sei endlich aus ihrem … ihrem Winterschlaf … erwacht. Ich war es … so leid, immer … immer nur untätig … im Haus herumzusitzen. Ich will … spüren, dass ich … noch lebe. Ich will … ich will die Sonne … auf meinem Gesicht … spüren, keine Regentropfen. Ich … will durch saftiges … grünes Gras laufen, nicht … nicht durch die welken … welken Reste des vergangenen … Jahres. Ich will … will an Blumen riechen, unter … unter blühenden … Bäumen sitzen. Ich will … will all das … noch ein letztes … letztes Mal in mir … aufsaugen. Wenn … wenn der nächste … Frühling … kommt, bin ich … bin ich längst … bin ich ein Teil … von Mutter Natur. Dünger … für den Wald … in … in dem … meine Asche … ausgestreut … wurde."

Tränen laufen über mein Gesicht, meine Kehle wird mir zu eng. Georgette sieht aus dem Fenster und wiegt sich zu einer Melodie, die nur sie hören kann. Ich kann ihre Tränen nicht sehen, aber ich weiß, sie sind da. Die dunklen Ringe, unter ihren Augen, waren bei unserem letzten Treffen noch nicht da. Die zittrige Hand auch nicht. Die letzten Tage haben ihren Tribut gefordert. Wenn das pure Leben seinen Tribut fordert, das Atmen jede Kraft raubt, sollte man daran denken zu gehen. Ich weiß, dass sie es tut, dass dies heute ein Abschied wird. Ich weiß es, kann es spüren. Trauer greift mit ihrer kalten Hand nach meinem Herz. Mein Verstand will sie daran hindern, aber mein Herz sagt, lass sie gehen. Und für einen Moment, einen klitzekleinen Moment, sagt es nimm mich mit!

Ich bin noch immer erschöpft und mein Kopf dröhnt, aber ich werde meine Kraft zusammennehmen und ihren Wunsch erfüllen. Wenn wir Totgeweihten nicht zusammenhalten, wer soll es dann tun?

Ich ziehe meine Schuhe an, nehme meine Jacke und hake mich bei Georgette unter. Jetzt muss mir nur noch eine Schwester die Infusion abnehmen. Den Infusionsständer möchte ich nicht mitnehmen. Langsam schlendern wir zum Stationszimmer. Der junge Mann, der dort sitzt und Formulare ausfüllt, sieht uns fragend an.

„Würden Sie mir bitte die Infusion abnehmen. Ich möchte spazieren gehen", sage ich und strecke ihm meine Hand entgegen. Ich bin froh, wenn die Braunüle endlich draußen ist.

„Das darf ich nicht und sie dürfen nicht spazieren gehen. Gehen Sie bitte wieder auf Ihre Zimmer.

Es gibt bald Mittagessen. Wir geben Bescheid, wenn das Essen serviert wird oder essen Sie auf Ihren Zimmern?"

Blablabla! Kennt uns nicht, aber Verbote und Anweisungen erteilen. Kommt auch nicht auf die Idee, sich vorzustellen oder nach unseren Namen zu fragen. Welch arroganter Fatzke!

„Sie … sie nehmen sich … wichtiger, als … sie sind. Sie kennen … nicht mal … ihre Patienten. Blasen sie … sich nicht so … auf … sie Gnom."

Der Gnom atmet tief ein und weiß nicht, was er erwidern soll. Anscheinend wird ihm bewusst, dass er uns nicht kennt. Jetzt überlegt er, wie er sich aus dieser peinlichen Situation herauswinden kann. Ich hoffe nur, er wird nicht ausfallend.

„Die Dame hat recht", tönt eine Stimme hinter uns. „Ich möchte, dass Sie mir die Patientinnen vorstellen. Jetzt!" Prof. Soniers Stimme klingt drohend.

„Ähm! Nun ja … ich … ich bin mir nicht sicher …", druckst er herum. Georgette atmet tief ein, als sie das hört.

„Äffen … Sie mich … sie mich jetzt nach … Sie Gnom … Sie dummer …" Sie ist sehr aufgeregt und findet nicht die richtigen Worte.

„Nehmen Sie der Patientin die Infusion ab. Dann warten Sie in meinem Büro auf mich. Verlassen Sie die Station aber erst, nachdem Sie sich bei der Oberschwester abgemeldet haben. Laden Sie sich nicht noch mehr Probleme auf." Er lächelt mir zu, dreht sich um und geht mit großen Schritten davon. Ich möchte jetzt nicht in der Haut des Pflegers stecken.

Georgette wird unruhig, pendelt hin und her, fängt an zu summen und hat wieder diesen Blick, der in weite Ferne geht. Ihre Hand nestelt an ihrer Bluse herum und dreht einen Knopf zwischen den Fingern. Schwester Minouche schiebt ihr einen Stuhl unter und hilft ihr sich zu setzen. Mitleidvoll streicht sie ihr über die Haare. Ihr Blick spricht Bände.

Mir ist flau im Magen. Wenn so meine Zukunft aussieht, muss ich mir ernsthaft überlegen, ob ich meinem Leben nicht auch ein vorzeitiges Ende setzen sollte. Ich bin schockiert, dass die Krankheit so schnell fortgeschritten ist. Der Verfall ist unübersehbar.

Georgette pendelt noch immer. Der Knopf hat sich gelöst und liegt auf ihrem Schoß, sie bemerkt es nicht mal. Ich streiche ihr über den Arm und sie hebt den Kopf, wendet sich mir aber nicht zu. Sie summt weiter diese Melodie, die mich wieder an ein Wiegenlied erinnert. Ist sie in Gedanken weit in ihre Vergangenheit zurückgekehrt und wieder ein Kind? Ihre Gedanken sind weit fort. Sie sieht aus dem Fenster und sieht doch nicht hinaus. Sie sieht nicht den kleinen Vogel, der auf der Fensterbank sitzt und an einem Stückchen Apfel pickt, dass ihm jemand hingelegt hat. Als Dank entleert er seinen Darm und fliegt davon.

„Was machen wir mit ihr? Sie wollte mit mir spazieren gehen, aber in diesem Zustand wird das nichts. Sie hat keine Familie und keine Freunde. Ich weiß nicht, in welchem Hospiz sie einen Platz reserviert hat und ob sie jederzeit einziehen kann. Jemand muss sich um sie kümmern."

„Wir können sie nicht gegen ihren Willen hierbehalten. Sie hat diesbezüglich klare Anweisungen gemacht. Prof. Ongoles hatte ihr nahegelegt, sich nach einem Pflegeplatz umzusehen, aber sie wollte das nicht. Ich bin mit meinem Latein am Ende. Am besten, ich rufe den Professor an und frage, was nun geschehen soll." Sie greift zum Telefon und wählt eine Nummer.

Ich schaue aus dem Fenster. Die Sonne lacht aus einem blauen Himmel. Kein Regen, kein tristes grau in grau. Georgette hat recht. Der Frühling kommt mit riesigen Schritten. Der Flieder blüht und die Wiese ist übersät mit Maiglöckchen, die sich im sanften Wind wiegen. Werde ich sie jemals wiedersehen? Ist dies mein letzter Frühling? Werde ich noch einmal ein Jahr durchschreiten und gehen, wenn der Winter kommt? Mir ist so weh ums Herz. Ich möchte weinen, aber ich habe keine Tränen mehr. Im Moment …

„Was ist … was ist los? Du bist … so … traurig. Wir können … können wir … gehen? Jetzt? … Gleich? … Sofort? Das Gras… so grün. So schön … grün. Ich werde … barfuß … laufen … gleich … im Gras … werde ich … barfuß … laufen. Ich will … an den Blumen … will ich … an den … Blumen … riechen. Willst du … auch … willst du?"

Sie pendelt jetzt so schnell, dass ich Angst habe, sie fällt um. Ich habe nicht die Kraft, sie aufzufangen. Sie verfällt vor meinen Augen. Es ist schrecklich! Ich würde gerne mit ihr in den Park gehen, aber, was soll ich machen, wenn sie wieder pendelt und in die Ferne sieht, die nur sie sieht?

„Madame Tarnat! Wie geht es Ihnen? Ich habe gehört, sie wären heute nicht so gut drauf. Kann ich etwas für Sie tun? Sie nach Hause bringen? Jemanden anrufen? Mit Ihnen spazieren gehen?" Prof. Ongoles hat seine Hand auf ihre Schulter gelegt und bringt sie langsam dazu, sich zu beruhigen und mit dem Pendeln aufzuhören.

Sie sieht zu ihm auf und schenkt ihm ein Lächeln. Ein seltsames, entrücktes Lächeln. Ihr Kopf schwankt auf ihrem Hals herum, als wäre es ein Stück Holz, das von den Wellen des Meeres getragen wird. Sie hat kaum noch Gewalt über ihren Körper.

„Können wir sie in einen Rollstuhl setzen und mit ihr in den Park fahren? Sie möchte noch einmal ihre Füße ins Gras setzen. Noch einmal am Flieder riechen. Ich kann sie gut verstehen." Mir ist so schwer ums Herz, dass ich die Worte herauspressen muss.

„Wir werden ihr diesen Wunsch erfüllen. Schwester, holen Sie einen Rollstuhl. Wir machen einen Ausflug." Ongoles spricht jetzt in einem Befehlston, den ich noch von ihm gehört habe. Ich dachte, er ist ein ruhiger, ausgeglichener Mann, aber jetzt zeigt er, dass er Gefühle hat und sich von ihnen leiten lässt.

Minouche bringt den Rollstuhl und mit Ongoles Hilfe setzt sie Georgette hinein. Sie breitet eine Wolldecke über ihre Beine und drückt ihre Hand. Ich sehe Tränen in ihren Augen. Tränen des Abschieds. Ongoles löst die Bremse und wir gehen los. Ich höre Minouche leise „Adieu Madame" sagen, dann ist es ruhig.

Georgette summt wieder das Wiegenlied. Au clair de la lune, mon ami Pierrot ! Ongoles summt jetzt auch. Er kann keinen Ton halten, hört sich an, als würde eine Schallplatte eiern und jemand am Geschwindigkeitsregler drehen. Zum Glück sind wir allein im Aufzug. Nachdem ich ihm einen gequälten Blick zugeworfen habe, gibt er auf. Merci!

Ich bin froh, als wir endlich im Park angelangt sind. Es ist herrlich. Der Duft von Flieder und Maiglöckchen liegt in der Luft. Ein laues Lüftchen weht und bewegt sanft die Blumen auf der Wiese. Es scheint, als nickten sie uns zu. Die Vögel zwitschern in den Bäumen und in der Ferne klopft ein

Specht. Es ist alles so idyllisch und könnte so schön sein, wenn der Anlass nicht so traurig wäre.

Ongoles schiebt den Rollstuhl neben eine Bank. Wir nehmen Platz und lauschen den Vögeln. Georgette ist eingeschlafen. Sie atmet schwer, ihr Gesicht ist gerötet und sie schwitzt sehr stark.

„Haben Sie ihre Pupillen gesehen? Sie sind eng. Ich glaube, sie hat sich Morphium gespritzt. Sie hat wohl nicht damit gerechnet, dass es so schnell wirkt. Vielleicht hat sie aber auch zu viel genommen. Vielleicht um die Schmerzen zu betäuben, um ein letztes Mal mit Ihnen zusammen zu sein. Wissen Sie, sie hat Sie sehr gern. Sie hat es mir erzählt. Ich weiß, wie Sie sich begegnet sind, dass sie Sie mit nach Hause genommen hat. Ich weiß auch, dass Georgette sich aus dem Leben schleichen will. Ich heiße es nicht gut, kann es aber verstehen und werde nicht versuchen, sie davon abzuhalten. Es ist ihre Entscheidung, ihr Leben, ihr Krebs. Sie hat schon so viel hinter sich gebracht. Zwei Operationen, Chemotherapie und allerhand andere Therapien, die aber letztendlich nichts gebracht haben. Zweimal hatte sie Hoffnung, zweimal wurde sie enttäuscht. Wie soll man da noch die Kraft für eine dritte Hoffnung aufbringen? Wo soll man sie hernehmen?

Ein Arzt sollte sich eingestehen, wenn er an die Grenzen der Medizin gestoßen ist, an seine eigenen Grenzen gekommen ist. Ich weiß, dass ich meine Patienten verliere. Ich kann keinem von ihnen das Leben retten. Wenn sie zu mir kommen, ist ihr Leben bereits verwirkt. Ich kann nur versuchen, ihnen die letzte Zeit zu erleichtern. Allerdings würde ich ihnen nie beim Sterben helfen. Das lässt mein Gewissen nicht zu und dazu würde mir auch der Mut fehlen.

Wenn Sie also mit dem Gedanken spielen, den Freitod zu wählen, dann sind Sie bei mir an der falschen Adresse."

„Ich habe noch nicht ernsthaft darüber nachgedacht. Der heutige Tag hat mir vor Augen geführt, wie ich einmal krepieren werde. Da lohnt es sich, über gewisse Dinge nachzudenken. Ich kann Georgette verstehen, aber ich verstehe nicht, warum sie es schon jetzt getan hat. Letzte Woche ging es ihr doch noch gut."

„Das letzte CT hat gezeigt, dass das Rezidiv stark gewachsen ist. Es ist nur noch eine Frage der Zeit und damit meine ich keine Wochen, bis es soweit ist. Bei manchen Patienten entwickeln sich die Tumore langsam, bei manchen schneller. Bei Georgette geht jetzt alles sehr schnell. Das Rezidiv wächst rapide. Ich wusste, dass sie es in absehbarer Zeit tun würde."

„Soll das heißen, ein Tumor kann lange Zeit langsam vor sich hin wachsen und dann plötzlich den Turbo einschalten? Dass aus ein paar Monaten plötzlich ein paar Wochen werden können?"

Ich bin schockiert und merke, wie mir die Luft wegbleibt und mein Herz wieder zu rasen beginnt. Oh mon Dieu! Nicht schon wieder!

„Ruhig! Atmen Sie ganz tief ein und aus. Nicht aufregen, das ist nicht gut für sie. Verschränken Sie die Arme hinter dem Kopf und atmen ruhig weiter. Sehen Sie mich an und atmen Sie."

Ongoles Stimme ist ruhig und lullt mich ein. Es scheint, als würde er mich hypnotisieren. Ich weiß, dass ich mich nicht aufregen darf, nicht in die aufkommende Panik hineinsteigern darf. Aber das ist alles leichter gesagt als getan. Wenn die Panik von mir Besitz ergreift, schaltet mein Hirn den Verstand aus und ich bin verloren.

Langsam wird meine Atmung ruhiger, gleichmäßiger. Das Herzrasen klingt ab und ich fühle mich freier. Das Gefühl der Hilflosigkeit bleibt. Es wird immer bleiben, den Rest meines Lebens zu mir gehören. Ich muss versuchen, damit klar zu kommen. Panik macht mir das Leben unnötig schwer. Ob ich es mal mit Yoga versuche?

„Sie können ihre Panikattacken über ihre Atmung steuern. Sie dürfen sich ihrer Panik nicht hingeben. Wenn Sie möchten, kann ich Ihnen eine Therapie verordnen. Ein bisschen Entspannung würde Ihnen gut tun. Denken Sie darüber nach."

„Haben Sie schon mal etwas von der Hyperthermie-Therapie gehört? Man soll damit schon Erfolge in der Krebstherapie erzielt haben. Jemand hat mir gesagt, ich soll jede Gelegenheit ergreifen, jede Chance nutzen. Nur weiß ich nicht, ob das eine Chance ist."

„Ich bin grundsätzlich allen Behandlungen gegenüber aufgeschlossen. Allerdings muss ich sagen, bei dieser Therapie bin ich sehr skeptisch. Der Körper wird sehr stark erhitzt, manchmal bis 44°. Die Hitze soll helfen, den Tumor zu zerstören. Die Hitze belastet den kranken Körper über alle Maßen. Überlegen Sie, was die Hitze mit Ihrem Hirn macht, wenn man Ihren Kopf in eine Wärmedecke packt.

Ich würde mich nie einer solchen Therapie unterziehen. Es gibt zurzeit mehrere Studien, die sich mit dieser Therapie beschäftigen. Viele meiner Kollegen sind äußerst skeptisch.

Wenn Sie es wünschen, werde ich Ihnen Infomaterial besorgen. Wir können jederzeit darüber reden. Letztendlich treffen Sie die Entscheidung, welcher Therapie Sie sich unterziehen wollen."

„Wie Sie bereits erwähnten, gibt es für mich keine Therapie. Ich muss Ihnen glauben, aber die Hoffnung will einfach nicht sterben. Ich will nicht sterben. Ich will nicht! Manchmal denke ich, alles war nur ein böser Traum, aus dem ich wieder aufgewacht bin. Dann denke ich, es ist ein böser Traum und ich muss nur aufwachen und alles ist gut. Ich schaffe es nicht, mich mit der Tatsache abzufinden, dass ich sterben muss. Ich will nicht sterben.

Immer wieder frage ich mich: warum? Warum ich? Warum jetzt schon? Was habe ich falsch gemacht? Warum traf es mich? Warum, warum, warum? Immer und immer wieder geistert dieses Wort in meinem Kopf herum. Manchmal denke ich, es muss doch irgendwann auf meinen ungebetenen Mitbewohner treffen und ihn mit der Frage konfrontieren. Dann würde ich endlich eine Antwort auf meine Frage bekommen. Warum? Ich hätte nie gedacht, was dieses kleine Wort ausdrücken kann. Hilflosigkeit, Angst, Panik, Traurigkeit, Schmerz!"

„Du wirst … nie … wirst du … eine Antwort … wirst du nie … bekommen. … Niemals! Du musst … das Beste … musst du daraus … machen. Lebe! Genieße … jeden Tag … du … musst jeden Tag … genießen. Versprich … es … mir." Sie streckt mir ihre Hand entgegen, die stark zittert.

„Ich verspreche es dir. Ich werde so viel genießen, wie mir möglich ist. Solange es mir möglich ist." Ich drücke ihre Hand, die kalt in meiner liegt.

„Jetzt … ich will … aufstehen … ins Gras … einmal … noch … bitte … aufstehen … helfen …"

Ongoles zieht ihr die Schuhe aus und hilft ihr aus dem Rollstuhl. Sie steht auf wackeligen Beinen und er muss sie stützen. Langsam, in Zeitlupe, bewegt sie einen Fuß, schiebt ihn ins Gras. Versucht das Gleichgewicht zu halten.

Ich verstehe es nicht. Letzte Woche ging es ihr doch noch gut. Wie kann das sein? So schnell? Es macht mir Angst. Wie lange ist es jetzt her, seit sie Kartoffelsuppe gekocht hat? Jetzt kann sie nicht mehr alleine stehen. Vor einer Stunde oder waren es zwei, kam sie auf ihren eigenen Füßen in mein Zimmer und jetzt das.

Sie hat recht. Ich muss jeden Augenblick genießen. Das hört sich so einfach an, aber wie kann man etwas genießen, wenn die Angst einem im Nacken sitzt?

Im November haben Zélie und ich einen dreiwöchigen Urlaub auf Culebra, einer Insel vor Puerto Rico, gebucht. Ich habe mich darauf gefreut, jetzt frage ich mich, ob ich den Urlaub antreten soll. In 25 Tagen sitze ich in der Maschine, die mich zu meinem letzten Urlaubsort bringt. Vielleicht sterbe ich in der Karibik? Das kann ich Zélie nicht antun, aber ich werde nicht gefragt.

Georgette hat ihren letzten Schritt gemacht, jetzt sitzt sie im Rollstuhl und hat kaum noch Kraft, ihren Kopf aufrecht zu halten. Ich pflücke ein Maiglöckchen und halte es ihr unter die Nase. Ongoles bricht einen Zweig Flieder ab.

„Der Gärtner möge es mir verzeihen", sagt er traurig und legt den Zweig Georgette in den Schoß. Sie lächelt glücklich und sieht ihn dankbar an. Ihr Blick ist der Welt bereits entrückt. Es wird nicht mehr lange dauern und sie wird ihm folgen.

„Ich sollte sie jetzt nach Hause bringen. Sie will zuhause sterben. Sie hat es uns untersagt, sie in der Klinik zu behalten, wenn es zu Ende geht. Ich werde solange bei ihr bleiben, bis es vorbei ist. Möchten Sie uns begleiten?"

„So gerne ich es tun würde, ich kann nicht. Es würde mir nur mein baldiges Ende vor Augen führen. Das ertrage ich nicht. Georgette würde es verstehen."

Ich stehe auf, nehme sie noch einmal in die Arme und hauche ihr ein gepresstes Adieu ins Ohr. Zu mehr reicht es nicht. Die Trauer ergreift Besitz von mir und ich habe Angst, wieder in Atemnot zu geraten. Ohne mich noch einmal umzudrehen, gehe ich davon. Ich würde sie gerne begleiten, aber ich kann es einfach nicht. Ich habe noch nie jemanden sterben sehen und ich will nicht ausgerechnet jetzt damit anfangen.

Der Ausflug in den Park, der Verfall Georgettes, all das hat an meinen Kräften gezehrt. Ich weiß nicht, wie lange ich unter der Dusche stand und versuchte, die Gedanken an Georgettes Verfall aus meinem Kopf zu spülen. Irgendwann war ich so erschöpft, dass ich nur noch ins Bett wollte, um noch ein bisschen zu schlafen, bevor ich zu Sonier gehe. Als mich die Schwester weckte, um mir eine Spritze zu setzen, hatte ich noch eine Viertelstunde, bis zu meinem Termin beim Professor.

Den hätte ich verschlafen, hätte mich die Schwester, die sich als Raquel vorgestellt hat, nicht geweckt. Ich muss mich noch ankleiden, denn ich trage nichts außer meiner Unterwäsche. Schon wieder habe ich mich in eine stressige Situation hineinmanövriert. Wie soll ich da zur Ruhe kommen? Ich möchte nach Hause und mich auf die Couch legen, wenn ich müde bin. Vor mich hin faulenzen und erst wieder arbeiten, wenn ich dazu in der Lage bin. Ich frage mich allerdings, ob ich je wieder arbeiten kann, wenn ja wie lange?

Im Letzten Augenblick trete ich vor Soniers Sekretärin. Sie hebt mürrisch den Kopf, verkneift sich aber einen Kommentar. Auf ihrem Schreibtisch liegt eine Mappe, die mehrere große Röntgenbilder enthält. Mein Name steht in große Buchstaben darauf. Das sind sie also, die Aufnahmen, die mein Todesurteil zeigen, mein Glioblastoma multiforme.

Mein Magen verkrampft sich und mir wird übel. Ich merke, dass die Panik wieder Besitz von mir ergreifen will. Diesmal nicht, das kann ich jetzt nicht gebrauchen. Was denke ich da für einen Blödsinn? Wann kann ich schon mal Panik gebrauchen? Nie!

Ich verschränke die Arme hinter meinem Kopf und atme langsam und tief ein und aus. Immer und immer wieder. Madame Rigoulet beobachtet mich interessiert. Als aus einem kleinen Lautsprecher die Stimme Soniers ertönt, zuckt sie zusammen und beeilt sich, ihrem Chef zu antworten.

„Sie können jetzt zu Prof. Sonier gehen. Er empfängt Sie." Ihre Stimme trieft vor Arroganz und ihre Geieraugen fixieren mich. „Vergessen Sie nicht anzuklopfen", fügt sie spitz hinzu.

„Wenn Sie das nächste Mal den Mund zu voll nehmen, könnte es sein, dass Sie sich daran verschlucken." Mit einem spöttischen Lächeln und hoch erhobenen Hauptes rausche ich an ihr vorbei. Dumme Schnepfe!

Als die Tür hinter mir zufällt, atme ich hörbar auf. Alles andere als ladylike lasse ich mich auf den Sessel fallen, den mir Sonier anbietet. Der Tag war hart und der Drachen in Soniers Vorzimmer hat mir den Rest gegeben. Ich hasse diese arroganten Biester, die meinen, sie seien etwas Besseres, als der Rest der Welt.

„Sie haben es meiner Sekretärin aber gegeben. Chapeau! Alle zittern vor ihr, es wurde Zeit, dass sie von einer Patientin in ihre Schranken gewiesen wurde. Sie entwickeln sich zum Alptraum aller Sekretärinnen. Wie man hört, haben Sie auch Jablonskis Sekretärin mundtot gemacht." Er kann sich das Grinsen nicht verkneifen.

„So sehr ich mich auch bemühe, nicht in die Fußstapfen meiner Familie zu treten, muss ich dennoch sagen, in manchen Situationen bricht die Tradition aus mir heraus. Niemand redet in diesem Ton mit mir."

Vergessen ist die aufkommende Panik, der Schock um Georgettes Verfall. Niemand redet in diesem Ton mit mir. Sonier grinst noch immer. Soll er, es ist seine Sekretärin und ich denke, es wäre an der Zeit, dass er der Dame Grenzen setzt und keinen Zweifel daran lässt, dass sie ersetzbar ist. Das sage ich ihm ohne Umschweife und er grinst immer noch.

„Ganz der Papa! Er kann stolz auf sich sein. Sie glauben gar nicht, wie oft ich mir schon gewünscht habe, ich hätte seine Durchsetzungskraft und seine unverblümte Art, die Dinge anzusprechen."

„Spielt es eine Rolle, was ich glaube? Aber lassen wir das. Ich möchte gerne meine MRT-Aufnahmen sehen. Ich möchte, dass Sie mir erklären, was man darauf sehen kann. Ich will meinen Tod sehen."

„Das habe ich mir bereits gedacht", sagt er und drückt auf einen Knopf, der ihn mit dem Drachen verbindet. „Bringen Sie bitte die Aufnahmen von Dr. de Polignac herein und unterwegs üben Sie schon mal an Ihrer Entschuldigung." Wieder grinst er.

Es klopft und Madame Rigoulet steckt ihren puterroten Kopf zur Tür herein. Mit unsicheren Schritten geht sie zu Soniers Schreibtisch und legt ihm den Umschlag hin. Dann dreht sie sich um und geht zurück zur Tür.

„Haben Sie nicht etwas vergessen?", ruft Sonier ihr nach.

„Nicht das ich wüsste", sagt sie in einem Tonfall, der mich auf die Palme bringt.

„Dann nehmen Sie nun Ihre Abmahnung zur Kenntnis. Beim nächsten Mal bekommen Sie ihre Kündigung. Sie haben lange genug auf meinen Patienten herumgetrampelt. Selbstverständlich geht Ihnen die Abmahnung noch schriftlich zu. Jetzt schließen Sie die Tür von außen."

Mit einem lauten Knall fällt die Tür ins Schloss. Ich bin beeindruckt. Dieser arrogante, selbstgefällige Mann, ließ sich jahrelang von seiner Sekretärin auf der Nase herumtanzen. Jetzt hat er ihr gezeigt, wer der Herr im Haus ist. Ob sie das einfach so hinnimmt? Ich habe meine Zweifel.

Sonier atmet hörbar auf, erhebt sich von seinem Stuhl und nimmt den Umschlag mit meinen MRT-Aufnahmen, schaltet das Licht des Röntgenbildbetrachters ein und klemmt zwei Bilder davor.

So sieht es also in meinem Kopf aus. Ich erkenne die Umrisse meines Schädels, die Augen, das Gehirn, das aussieht, als hätte man es in Scheiben geschnitten. Ich sehe einen hellen Fleck, der da nicht hingehört. Man muss kein Fachmann sein, um das zu erkennen. Das also ist Charlie!

Charlie? Wie komme ich jetzt auf diesen Namen? Er war plötzlich da. Einfach so! Er ist kein Oscar, keine Lilian und kein Pierre. Er ist ein Charlie. Vielleicht ist es besser, wenn das Ding einen Namen hat? Vielleicht aber auch nicht. Egal! Jetzt hat er einen Namen und wer weiß, warum er einen hat.

„Er ist so winzig. Wie kommt es, dass er mir solche Kopfschmerzen bereitet? Ich kann es kaum glauben, dass er mir das Leben nehmen wird. Bleibt er so klein oder wird er noch wachsen? Wenn ja, wie viel?"

In meinem Kopf schwirren so viele Gedanken herum, dass mir schwindlig wird. So klein! Wie kann mir so ein kleines Ding das Leben nehmen? Wo kommt es her? Wie kam es da hin? Ich will es nicht. Er soll gehen!

„Ja, er ist noch winzig, aber er wird wachsen. Er wird das umliegende Gewebe infiltrieren. Normalerweise werden Hirntumore erst entdeckt, wenn sie bedeutend größer sind. Sie hatten Glück, dass Ihr Tumor ihnen, in diesem frühen Stadium, starke Kopfschmerzen verursacht hat. Ihnen bleibt also noch mehr Zeit, als manch anderem Patienten nach der Diagnose."

Mehr Zeit? Mir fällt Georgette ein, deren Tumor sich mit Lichtgeschwindigkeit vergrößert hat. Schmerzen? Wenn mir dieses kleinen Ding schon solch extreme Kopfschmerzen verursacht, was macht es mit meinem Kopf, wenn es erst mal gewachsen ist?

„Erklären Sie mir bitte, was auf diesen Bilder zu sehen ist. Da sieht ja jedes anders aus."

„Das sind axiale Aufnahmen. Wir schauen von oben in Ihren Kopf. Das hier sind sagittale Aufnahmen. Wir sehen von der Seite in Ihren Kopf. So können wir anhand der Aufnahmen die genaue Lage des Tumors bestimmen. Sehen Sie hier. Ihr Tumor sitzt mittendrin im rechten Thalamus."

„Ich habe mir von Schwester Minouche ein Buch über Glioblastome bringen lassen. Ich habe alles gelesen, was dort über die bösartigsten der Hirntumore geschrieben stand. Hätten Sie ein Buch, das die Funktionen des Thalamus beschreibt? Ich würde es lieber lesen. Es zu hören ist zu grausam."

„Ich verstehe! Ich habe ein medizinisches Lehrbuch über das Gehirn." Er steht auf und nimmt ein Buch aus dem Bücherregal, das eine ganze Wand in seinem Büro einnimmt. „Sie finden hier ein Kapitel über den Thalamus und seine Funktionen. Lesen Sie es durch. Wenn Sie Fragen haben, kommen Sie zu mir und wir reden darüber.

Kann ich Ihnen sonst noch helfen? Oder waren es genug Informationen für heute?"

"Merci! Es reicht mir. Ich muss das alles erst mal verarbeiten. Zudem hatte ich heute einen anstrengenden Tag. Wir sehen uns wieder."

Ich reiche ihm die Hand zum Abschied. An der Tür drehe ich mich nochmal um. „Wann darf ich nach Hause?"

„Übermorgen!"

Die Überraschung ist groß, als ich mein Zimmer betrete. Mathieu sitzt im Sessel und schläft. Die leeren Tassen auf dem Tisch lassen mich ahnen, wie lange er schon hier ist. Ein Lichtblick in diesem dunklen Tag.

Die Sonne geht unter und taucht den Himmel in rotes Licht, das sich in den Fensterscheiben bricht. Ich liebe Sonnenuntergänge, aber heute steht mir nicht der Kopf danach. Mathieu bewegt sich und knurrt leise vor sich hin. Dann kippt sein Kopf zur Seite, er erschrickt und wacht auf.

„Schön, dass du da bist. Ich brauche dringend eine Umarmung. Mein Tag war alles andere als schön. Ich habe heute Charlie kennengelernt."

„Wer ist Charlie?", fragt er schlaftrunken. „Du siehst schlecht aus. Geben sie dir hier nichts zu essen? Deine Wangen sind eingefallen und du hast dunkle Ringe unter den Augen. Es wird Zeit, dass du nach Hause kommst. Ich kann mir Urlaub nehmen, ich habe heute mit meinem Chef geredet."

„Nimm mich nur in den Arm, alles andere ist im Augenblick unwichtig." Während ich das sage, bricht es aus mir heraus. Die Tränen schießen aus meinen Augen, ich zittere und meine Kehle verengt sich. Atmen! Tief ein und aus. Atmen!

Mathieu wiegt mich wie ein Kind. Er summt eine Melodie und ich muss an Georgette denken. Ob sie noch lebt? Hat sie es getan? Konnte sie es noch tun? Es macht mich traurig. Alles macht mich traurig. Ich will nicht sterben. Warum ich? Warum?

Weinkrämpfe schütteln mich und außer schluchzen dringt nichts aus meiner Kehle. Warum tut er mir das an? Was habe ich ihm getan? Wie lange ist er schon in meinem Kopf? Warum hat er sich entschlossen, ein Kamikaze zu werden? Wenn ich gehe, geht er mit. Hat er das bedacht? Er ist noch so klein, so winzig. Ein Tumorbaby. Warum kann er nicht so klein bleiben? Mit Kopfschmerzen kann man leben.

Immer wieder warum! So viele warum und keine Antworten. Ich fühle mich so hilflos. So allein! Ich will nicht sterben!

Das Abendrot verblasst und macht einer hereinbrechenden Dunkelheit Platz. Am Himmel thront der Mond. Er ist fast voll. Sein Licht fällt auf den Park und taucht ihn in silbriges Licht. Das Leben geht einfach weiter, schert sich keinen Deut darum, dass man mir mein Todesurteil verkündet hat. Die Welt dreht sich weiter und irgendwann falle ich einfach irgendwo runter und sie dreht sich trotzdem weiter, ohne sich darum zu scheren.

Charlie verfolgt mich in meine Träume. Aus dem winzigen Tumor wurde ein riesiger Felsbrocken, der in meinem Hirn herumpolterte. Meine Hirnwindungen wurden zu Straßen, über die Millionen von Killerzellen rannten, auf der Suche nach dem potentiellen Mörder. Charlie ist ihnen immer wieder entkommen und wurde mit jeder Minute, die verging, größer und größer. Irgendwann hat sich mein Kopf vom Körper gelöst und ist ins All entschwunden. Der Vollmond wunderte sich über den fremden Besucher, der sich nur kurz nach ihm umdrehte und dann in den Tiefen des Alls verschwand.

Nur langsam wache ich auf. Mein Hirn ist noch müde und will sich nicht mit Gedanken belasten. Auf dem Tisch steht das Tablett mit dem Frühstück. Ich habe nicht bemerkt, dass jemand im Zimmer war. Ein Blick auf die Uhr und ich bin schlagartig wach. Halb elf! Mein Termin bei Ongoles! Selbst wenn ich mich jetzt zu ihm beamen könnte, würde ich ungewaschen und im Schlafanzug vor ihm sitzen.

Charlie hat mein Leben auf den Kopf gestellt. Was wird das erst, wenn er die Führung vollends übernommen hat? Brauche ich irgendwann einen Pfleger? Jemand, der mein Leben für mich regelt? Der Gedanke daran macht mich fast verrückt. Ich will nicht von anderen abhängig sein. Ich will mein Leben selbst bestimmen.

Es klopft und ein Mann im weißen OP-Anzug betritt das Zimmer. Er hat meine Krankenakte dabei und einen Stapel Papiere.

„Guten Morgen Madame! Ich bin Victor, stellvertretende Pflegeleitung. Oberschwester Ulrique ist erkrankt und ich übernehme heute ihren Dienst. Ich hätte einiges mit Ihnen zu besprechen. Haben Sie einen Moment Zeit?"

Mit wenigen Worten erkläre ich ihm, dass ich jetzt bei Ongoles sitzen müsste. Er sagt, dass er das regeln wird und verschwindet durch die Tür. Ich rappele mich auf und schlurfe ins Badezimmer. Das Gesicht, das mich im Spiegel ansieht, jagt mir einen Schrecken ein. Hat sich dieses Gespenst verflogen oder will es mir einen Schrecken einjagen? Selbst einem begnadeten Visagisten würde es schwerfallen, aus dieser Fratze ein menschliches Gesicht zu machen.

Ich brauche Schlaf! Ungestörten Schlaf! Keine Albträume, keinen Charlie, kein Todesurteil! Ruhe! Nichts als Ruhe! Ich will in meinem Bett schlafen, morgens aus dem Fenster auf die Vienne schauen und meine Söhne durchs Haus tollen hören.

Meine Söhne! Sie ahnen nicht mal, dass sie bald Waisenkinder sind, die in die Hände ihrer grandmère fallen und ein Leben streng nach Etikette führen werden. Das Internat schwebt bereits wie ein Damoklesschwert über ihnen. Ich wollte ihnen eine schöne, unbeschwerte Kindheit bieten. Warum werden sie gestraft? Sie haben nichts getan, dass solch eine Strafe verdient.

Es klopft und Victor kommt zurück. Er hat eine Kanne Kaffee dabei und zwei Tassen. Der Duft, der sofort das Zimmer durchflutet, weckt meine Lebensgeister. Schwarz und dampfend fließt er in die Tassen und kitzelt meine Geruchsnerven. Wird Charlie eines Tages diese Nervenverbindung kappen? Einfach den Geruch nicht mehr weiterleiten, wo immer der auch hingeleitet werden sollte? So ähnlich stand es im schlauen Buch. Glioblastome im Thalamus tun so was. Die tun noch mehr und sie lassen noch viel mehr. Schon wieder Charlie! Ist er jetzt immer in meinen Gedanken? Vermiest er mir von nun an alles?

„Können wir jetzt über administrative Dinge reden?" Victors Stimme holt mich aus meinen trüben Gedanken. Ich nicke, zu mehr bin ich nicht bereit.

„Ich habe hier einige Formular, die Sie ausfüllen müssen. Versorgung im Notfall, Reanimation oder nicht, Medikamentengabe, nächste Angehörige und vieles mehr. Lesen Sie sich die Erläuterungen durch und wenn Fragen auftreten, melden Sie sich bei mir.

Dann wäre hier noch die Einzugsermächtigung der Abschlagszahlung ihrer Behandlung und ..."

„Stopp! Das ist eine Frechheit! Einzugsermächtigung! Haben Sie Angst, dass ich den Löffel abgebe, bevor ich meine Rechnung bezahlt habe? Das werde ich nicht ausfüllen. Über meine Finanzen entscheidet nur einer und das bin ich. Noch! Was irgendwann einmal sein wird, wird geregelt, bevor der Notfall eintritt. Jetzt gehen Sie besser."

Ich stehe auf und lasse Victor einfach sitzen. Ich schlurfe ins Badezimmer und verschließe die Tür hinter mir. So eine Unverschämtheit! Wollen sich an meinem Geld bedienen, ohne dass ich eine Rechnung gesehen habe. Aber nicht mit mir!

Ich drehe die Dusche bis zum Anschlag auf und lasse das Wasser auf mich herunterprasseln. Wenn ich doch nur diesen ganzen Mist abspülen könnte. Einfach einseifen, abspülen und runter damit in den Gully. Das Wasser vermischt sich mit meinen Tränen.

Es ist frustrierend. Ich stehe mit Charlie auf, nehme ihn mit ins Badezimmer, unter die Dusche, er begleitet mich den ganzen Tag und geht abends mit mir zu Bett. Dort verfolgt er mich in meine Träume. Ich hätte gerne fünf Minuten, nur fünf Minuten, ganz für mich allein.

Der Geist, der mich im Spiegel ansieht, hat etwas Farbe bekommen. Die dunklen Ringe unter den Augen sind geblieben. Die vormals struppeligen Haare liegen feucht und nach hinten gekämmt an seinem Kopf. Man sieht ihm seine miese Laune an. Vielleicht kann ein Nebel Poison ihn aus seiner Lethargie holen?

Poison, mein Lieblingsparfüm! Bisher hat es mich noch aus jedem Stimmungstief geholt. Auch wenn es künftig nicht mehr hilft, die Laune zu bessern, der Duft ist fantastisch.

Wenn der Duft nicht ausreicht, die Laune zu heben, versuchen wir es mal mit Mode. Meine Gucci-Jeans und das weiße Versace Shirt, dazu ein Tuch von Hermès und die Slipper von Prada. Charlie soll sich wohlfühlen. Vielleicht bleibt er dann so winzig. Ich bin verrückt. Warum sollte sich ein Tumor in edler Mode wohler fühlen, als in Klamotten aus der Altkleiderkammer? Ihm ist es egal, wie alt sein Wirt ist, wie groß oder klein, dick oder dünn, arm oder reich. Er kommt, frisst sich durchs Gehirn, wächst und gedeiht und dann stürzt er sich kamikazemäßig in den Abgrund und reißt seinen Wirt mit. Ich könnte nackt auf die Straße gehen und es wäre ihm egal.

Ich mache mich auf den Weg zu Ongoles. Ich muss wissen, was mit Georgette ist. Sie spuckt in meinem Kopf herum und lässt mich nicht zur Ruhe kommen. Anschließend will ich auf der Jean-Martin Charcot vorbei gehen. Vielleicht ist Marielle noch stationär. Ich hätte Lust auf einen Ausflug ins Sainte Claire.

Im Treppenhaus begegne ich einem jungen Mann, der bewundernd durch die Zähne pfeift und mich von Kopf bis Fuß taxiert. Sieht er nicht meine Augenringe? Die eingefallenen Wangen? Vielleicht steht er auf Zombies?

Die Schwester, die mir im Flur begegnet, sieht mich neidisch an. Ich weiß, dass mein Outfit mehr kostet, als sie in einem Monat verdient. Aber ich muss sterben und kann mir meinen Umgang nicht aussuchen. Wenn ich gehe, muss ich alles zurücklassen. Da spielt es keine Rolle, was man hat oder ist. Tot ist tot!

Ongoles ist nicht in seinem Zimmer. An der Tür hängt ein handgeschriebener Zettel. Bin gleich zurück! Na, das hoffe ich doch. Ich setze mich auf eine Bank, die in der Nähe steht und anscheinend noch aus Napoleons Zeit stammt. Alt, abgenutzt und mit mindestens zwanzig Lagen Farbe bestrichen, die an vielen Stellen bereits abgeplatzt ist. Sogar rosa war sie mal. An der Wand hängt ein Poster, das ein Bild von Frida Kahlo zeigt. Jemand hat die zusammengewachsenen Brauen der Künstlerin mit einer Brille kaschiert.

Die Kakteen auf der Fensterbank sind vertrocknet. Sie haben monatelang kein Wasser gesehen.

Der Aschenbecher quillt über und der Abfalleimer stinkt zum Gotterbarmen.

Man kann kaum glauben, dass sich drei Etagen höher eine Station der Luxusklasse befindet. Warum darf man in einer Klinik rauchen? Gibt es noch nicht genügend Patienten mit Lungenkrebs? Müssen sie das auch noch unterstützen? Neue Patienten züchten?

„Wenn Sie auf Ongoles warten, haben Sie Pech. Er hat die Klinik bereits vor einer Stunde verlassen. Er kommt erst heute Nachmittag zurück." Der Pfleger sieht mich im Vorbeigehen nur kurz an und verschwindet dann in einem der vielen Zimmer.

Nun ja! Dann besuche ich jetzt die Jean-Martin Charcot. Vielleicht habe ich dort mehr Glück. Ich bin zu müde zum Treppensteigen und nehme den Aufzug. Nathalie, eine vierzigjährige Apoplex-Patientin, lehnt an der Wand des Aufzugs. Ihre Gehhilfe liegt vor ihr auf dem Boden. Sie sieht mich böse an und knurrt etwas, das ich nicht verstehe.

Ich bin froh, als sich die Tür öffnet und ich die Kabine verlassen kann. Sie riecht schlecht, wer weiß, wann sie sich das letzte Mal gewaschen hat. Mit der Körperhygiene nehmen es viele Pateinten nicht so ernst. Stinken ist angesagt.

Schwester Sasette kommt mir entgegen. Sie wirkt gestresst wie immer. Ein kurzes Nicken und weg ist sie. Lisanne tritt aus ihrem Zimmer und winkt mir zu. Auf dem Flur steht noch der Essenswagen mit den Resten des Frühstücks. Alles ist wie immer.

Marielle und Geraldine sitzen auf dem Balkon und genießen die Sonne. Das Radio ist so laut, dass sie mich nicht hören, als ich auf den Balkon trete.

Geraldine führt Selbstgespräche und Marielle liest in einer Frauenzeitschrift. Madonna singt ihr „Like a Prayer" so laut, dass der Lautsprecher des Radios scheppert. Marielle liebt dieses Lied und wiegt ihren Körper zum Klang der Musik. Die Leute im Park sehen zum Balkon hoch und schütteln die Köpfe.

„Es gibt da eine Spezies, die sich Ohrenärzte nennt. Wäre vielleicht angebracht, mal einen von ihnen zu konsultieren", schreie ich Marille ins Ohr.

Sie sieht mich verständnislos an. Wenn sie jetzt sagt, sie kann mich nicht verstehen, weil die Musik zu laut ist, werfe ich das Radio vom Balkon. Jemand umfasst mich und jubelt laut über das unverhoffte Wiedersehen. Geraldine ist in die Realität zurückgekehrt.

„Du bist wieder da. Ist das schön! Wie lange bleibst du? Hast du wieder dein altes Zimmer?"

Ich erkläre ihr, warum ich wieder stationär bin und dass ich jetzt auf einer anderen Station liege. Sie sieht verständnislos zu Marielle, die endlich das Radio leiser dreht. Die zuckt nur mit den Schultern und sieht mich fragend an.

„Du kommst wie gerufen. Lust auf Sainte Claire? Ich kann die Klinik nicht mehr sehen. Tagaus, tagein der gleiche Trott. Außer Geraldine ist niemand mehr hier, den ich mag." Sie verdreht theatralisch die Augen und macht eine Geste, die eindeutig zeigt, was sie von der Klinik hält.

„Deshalb bin ich gekommen. Ich muss auf andere Gedanken kommen. Charlie verfolgt mich auf Schritt und Tritt …"

„Charlie? Wer zum Teufel ist Charlie und warum verfolgt er dich? Ist er auch Patient? Wo hast du ihn aufgegabelt?" Marielles Fragen kommen schneller, als ich sie beantworten kann.

Ich erkläre ihnen, wer Charlie ist und warum ich Abstand brauche, den er mir nicht gewähren will, nicht gewähren kann. Geraldine nickt verständnisvoll. Marielle drückt mich und ich lasse es über mich ergehen. So langsam geht mir die ewige Drückerei meiner Mitmenschen auf die Nerven.

Marielle hakt sich bei Geraldine unter und wir machen uns auf den Weg. Ich bin ihn Geberlaune und werde uns ein Taxi spendieren. Mir steht nicht der Kopf nach einem langen Spaziergang. Zudem würde ich den Weg nicht bewältigen. Die Erschöpfung macht sich schon wieder bemerkbar. Vielleicht wäre es besser, hier zu bleiben und auszuruhen.

„Erinnerst du dich an Madame Tempet? Die mit dem Mammakarzinom? Sie wurde damals mit starken Kopfschmerzen eingeliefert. Nach langer Suche haben die Ärzte endlich die Ursache gefunden. Sie hat Metastasen im Gehirn. Was noch viel schlimmer ist, sie ist HIV positiv und Schwester Jorinde will sie nicht mehr anfassen. Sie hat Angst, dass sie sich anstecken könnte."

„Das ist deren Problem. Mich interessiert nur mein Kinderwunsch und ich will endlich loslegen. Wenn sie nicht endlich ein Medikament finden, auf das ich positiv anspreche, bin ich zu alt zum Kinderkriegen."

Ich würde fünf Kinder kriegen, wenn ich dadurch Charlie verlieren würde. Aber Charlie wird mich ins Grab bringen. Was ist schon der Verzicht auf ein eigenes Kind, im Gegensatz zum eigenen Leben? Wenn ich sonst kein Problem hätte, wäre ich der glücklichste Mensch auf der Welt.

Geraldine hat bemerkt, wie sehr mir Marielles Geschwätz auf die Nerven geht und bemüht sich, das Gespräch in andere Bahnen zu lenken. So plappert sie munter drauf los und ist sichtlich erleichtert, als wir endlich im Taxi sitzen.

Die kurze Fahrt verläuft ruhig, weil jeder seinen Gedanken nachhängt. Ich bin überrascht, wie sehr sich die Landschaft verändert hat. Da vorn stand vor kurzem noch ein altes Gebäude, inmitten eines riesigen Grundstücks voller Bäume und Sträucher. Jetzt machen Bulldozer alles platt. Gegenüber hebt ein Bagger tonnenweise Erde aus einer Baugrube. Die Bäume, die früher dort standen, sind alle verschwunden. Der Lauf der Welt. Heute noch da und im nächsten Moment errichten sie ein Gebäude über deinen Resten.

Als das Taxi vor dem Sainte Claire hält, machen sich die ersten Anzeichen einer Panikattacke bemerkbar. Atmen! Tief ein und aus. Die Arme hinterm Kopf verschränken und atmen. Wann hört das endlich auf? Der Taxifahrer sieht mich an und fragt, ob er den Notarzt alarmieren soll. Geraldine sagt geistesgegenwärtig, dass der Anfall bald zu Ende ist. Marielle zahlt das Taxi und wir steigen aus.

Die Leute gaffen mich an. Wie sollte es auch anders sein? Hat ihnen niemand beigebracht, dass man das nicht tut? Ein Polizist auf Streife kommt, fragt, ob er helfen kann. Kann er, sagt Geraldine und er vertreibt die Gaffer.

Was für ein Leben! Zum Tode verurteilt und Opfer von hirnlosen Gaffern. Ich sollte mich zuhause einbunkern und warten, bis man mich in einer Kiste aus dem Haus trägt.

„Das sind doch alles Idioten. Reg dich nicht über sie auf. Wir trinken jetzt Kaffee und essen Madeleines. Was gibt es besseres für uns Aussätzige?" Geraldine lächelt mich an.

Aussätzige! Werde ich eine Aussätzige, wenn ich meinen Mitmenschen erzähle, dass ich zum Tode verurteilt wurde? Was stelle ich da für eine dumme Frage? Jeder, der nicht so funktioniert, wie er soll, wird zum Aussätzigen. Man muss dafür nicht mit Palmen reden oder jedermann seinen Kinderwunsch mitteilen. Es genügt auch, wenn man ein Todeskandidat ist.

Ich bin froh, dass ich endlich im Bett liege. Der Ausflug war anstrengend und ich habe mich mehr geärgert, als gut für mich war. Marielle ging mir mit ihrem ewigen Gejammer wegen ihres Kinderwunsches auf die Nerven und Geraldine klammerte sich dauernd an mich. Manchmal musste ich mich vergewissern, dass ich keinen Affen im Arm hatte. So seltsam klangen die Geräusche, die sie immer wieder von sich gab.

Victor hat mir mein Mittagessen aufgewärmt. Tortellini mit Spinatfüllung in Käsesahnesoße. Lecker! Minouche brachte mir einen gelben Zettel. Termin bei Ongoles! Mir graut vor dem, was er mir erzählen wird. Aber zuerst muss ich schlafen. Alles andere kann warten.

Tja! Wenn schlafen so einfach wäre. Die Gedanken rasen durch meinen Kopf und lassen mich nicht zur Ruhe kommen. Ich wollte Charlie für ein paar Minuten entkommen. Jetzt wäre ich froh, ich müsste mich nur mit ihm beschäftigen. Marielle steigert sich immer mehr in ihren Kinderwunsch und Geraldine wird immer verrückter. Dazu kommt die Sorge um Georgette. Wie soll ich schlafen, bei diesem Übermaß an Sorgen?

Nachdem ich mich geschätzte hundertmal von einer Seite auf die andere gewälzt habe, stehe ich auf und schaue aus dem Fenster. Der Anblick der blühenden Bäume und Sträucher senkt meinen Herzschlag. Ich liebe den Frühling. Auch wenn es mein letzter ist, hoffe ich dennoch auf den nächsten.

Ob es das Leben nach dem Tod wirklich gibt? Ob es dort auch einen Frühling gibt? Gibt es dort auch Schmerzen, Kummer und Leid? Stirbt man dort auch? Geht man dann weiter in das nächste Leben? Weiter und weiter? Kommt man als Mensch wieder oder als Wurm? Gut, dass das niemand weiß.

Im Park stellen ein paar Männer Bänke auf. Andere schneiden Hecken oder pflanzen Blumen. Kinder rennen lachend über den Rasen und niemand hindert sie daran. Zwei Frauen sitzen strickend auf der Mauer am Brunnen. Ein alter Mann füttert die Vögel und mehrere Patienten laufen, in Bademäntel gehüllt, über die geschlungenen Wege. Das Leben kann so schön sein.

Ich habe nicht bemerkt, dass sich meine Augen mit Tränen füllen und schließlich überlaufen. Mein Herz weint, heimlich, still und leise.

Als ich mich auf den Weg zu Ongoles mache, sind meine Augen geschwollen und meine Nase rot. Ich laufe über die Flure, begegne Patienten, Schwestern, Ärzten. Niemand nimmt davon Kenntnis. Alle sind zu sehr mit sich selbst beschäftigt. Draußen, in der bösen Welt, wird man angegafft. Hier, in der Klinik, ist man nur einer von vielen Aussätzigen, die es nicht mal mehr lohnt anzustarren.

Die Tür zu Ongoles Zimmer steht offen. Drinnen wuseln Männer in blauen Overalls herum und verpacken alles, was nicht niet- und nagelfest ist. Oh! Ich erinnere mich! Er sagte, dass er bald umziehen wird. Er freut sich sicher, dass er endlich aus diesem alten Muff rauskommt.

„Salut Madame! Schön, dass Sie gekommen sind. Allerdings sind mir die Stühle abhandengekommen. Wie wäre es mit einem Spaziergang? Es ist herrliches Wetter und frische Luft wird uns beiden guttun."

Schon wieder frische Luft! Ich bin zu faul, auch nur einen Schritt zu machen, aber ich will nicht hier im Chaos sitzen und mit Ongoles reden. Also, auf geht's!

„Was ist mit Georgette?" Ich traue mich kaum, die Worte laut auszusprechen. Ich habe Angst vor der Antwort.

„Es geht ihr besser. Nachdem die Wirkung des Morphins nachließ, konnte sie wieder besser artikulieren und auch ihre Füße trugen sie wieder. Sie hat wohl einen Versuchsballon gestartet. Selbstmordversuch – der erste!

Ich habe vor ein paar Minuten mit ihr telefoniert. Sie klang nicht, als würde sie unter Drogen stehen. Aber ich traue ihr nicht. Wir haben letzte Woche ihr neues MRT ausgewertet und fanden ein Rezidiv, das sich innerhalb vier Wochen verdreifacht hat. Es bleibt ihr nicht mehr viel Zeit, die sie selbstbestimmt verbringen kann. Sie wissen selbst, was sie geplant hat."

„Ich bin erleichtert, dass sie noch lebt, aber gleichzeitig graut mir vor dem, was da kommt. Ich war schockiert, als ich ihren Verfall sah. Ich konnte nicht ahnen, dass sie unter Drogen stand. Es war schrecklich. Warum tut sie so etwas? Hat sie nicht den Mut aufgebracht, es durchzuziehen? Sie schien so erpicht darauf, selbst zu bestimmen, wann sie von dieser Welt scheidet. Ist sie jetzt allein?"

„Davon zu reden und es dann letztendlich zu tun ... dazwischen liegen Welten. Sie sollten das bedenken, falls Sie sich mit dem Gedanken tragen, es ihr gleichzutun.

Ihre Haushaltshilfe hat sich gestern bereit erklärt, bei ihr zu bleiben, bis ich jemanden gefunden habe der sich um sie kümmert. Ich habe bereits alles in die Wege geleitet. Ab morgen kümmert sich eine Pflegerin um sie, bis sie ins Hospiz kann. Der nächste freie Platz gehört ihr."

„Sie ist damit einverstanden?"

„Nein, das ist sie nicht. Aber sie ist nicht mehr Herr ihrer Sinne. Sie braucht Hilfe und sie braucht Aufsicht."

„Sie vergessen eines! Als sie ihre Verfügung getroffen hat, war sie Herr ihrer Sinne. Es geht hier um den Willen von Georgette, nicht um Ihren. Sie will keine Hilfe! So sehr es mich schmerzt, wir müssen sie gehen lassen. Sie wusste gestern sehr wohl, was sie will. Noch einmal das Gras unter ihren Füßen spüren, bevor sie geht. Also lassen wir sie gehen. Lassen wir sie nicht krepieren."

„Ich bin Arzt, ich habe ..."

„Kein Recht, Georgette ihren letzten Willen zu verwehren. Zudem haben sie nicht gesehen, dass sie irgendwelche Medikamente hat, mit denen sie ihren Freitod herbeiführen kann. Jetzt lassen Sie uns über etwas anderes reden."

Diese Ärzte! Leben retten um jeden Preis. Wer denkt an den Patienten? Wer fragt, was der will? Wer hört ihm zu, wenn er sagt, was er will und was nicht? Diese Halbgötter in Weiß. Denken, sie wären Herr über Leben und Tod. Ich sollte zusehen, dass ich mich aus ihren Klauen befreie.

„Ich verlasse morgen die Klinik. Warum soll ich bleiben, wenn man mir doch nicht mehr helfen kann? Außer Chemotherapie haben sie mir nichts zu bieten. Ich will keine Chemo, die mir das Leben zur Hölle macht und am Ende doch nichts bringt.

Man muss wissen, wann es sich lohnt zu kämpfen und wann man sagen muss, es ist vorbei. Wann ich sage, es ist vorbei. Ich brauche wohl noch lange, bis ich mich mit dem Gedanken ans Sterben beschäftigen kann, ohne Herzrasen und Atemnot zu bekommen.

Vielleicht kommt irgendwann der Tag, an dem ich den Tod herbei sehne, weil es mir so schlecht geht, dass ich ihn als Erlösung sehe. Ich weiß es nicht. Ich muss alles nehmen wie es kommt. Es kommt wie es kommt. Daran kann ich nichts ändern und daran können Sie und Ihre Kollegen nichts ändern. Ich weiß es und Sie wissen es. Belassen wir es jetzt dabei. Ich will nicht mehr darüber reden.

Es gibt nur noch ein paar Dinge, die ich regeln muss. Dinge, die ich erledigen muss und ich muss ein paar Menschen sagen, dass ich bald sterben muss."

Ongoles blickt mich schweigend an. In diesem Schweigen liegt seine Zustimmung, die ihm wohl nie über die Lippen kommen würde. Er ist Arzt, ich kann ihn verstehen. Aber es ist mein Leben und darüber bestimme ich.

Kapitel 6

Wie sag ich's meinem Kinde?

Das Taxi bringt mich bis vor die Haustür. Der Fahrer stellt meine Reisetasche auf die Stufen und nimmt seine Mütze ab, als er sich noch einmal umdreht und mir alles Gute für die Zukunft wünscht. Er hat mich auf Station abgeholt und mich nur traurig angesehen. Anscheinend weiß er, wer auf dieser Station liegt, hat sein Leben gelebt. Ich sehe ihm zu, wie er ins Taxi steigt und davonfährt. Hinein ins Leben.

Ich sehe mich um, alles ist wie immer. Nichts deutet darauf hin, dass hier bald jemand sterben muss. Der betörende Duft von Flieder liegt in der Luft. Pfingstrosen, Taglilien und Felberich wiegen sich im sanften Wind. Die Klematis, die ich letztes Jahr gepflanzt habe, hat den Stamm der alten Kiefer erklommen und ihre ersten Blüten geöffnet. Im Garten spiegelt sich die Sonne im Teich, um den blau-grüne Libellen schwirren. Vögel zwitschern und die Katze von Monsieur Singh schlummert im Gras. Alles ist so friedlich. Es könnte so schön sein, wenn da nicht in meinem Hirn dieses Ding wachsen würde. Nächstes Jahr wird es wieder so sein. Nächstes Jahr ...

In der Küche stapelt sich das Geschirr. Mathieu! Wäre er in unserer Küche so pingelig, wie in seinem Labor, wir könnten bedenkenlos vom Boden essen, denn der wäre keimfrei. Okay! Mathieu sagt immer, so etwas wie keimfrei gibt es nur im Sterilisator. Nennen wir es keimarm ...

Der BH hinter der Couch ... die leere Champagnerflasche im Kübel ... das Höschen, nicht mehr als ein Hauch von Stoff ... Mathieu hat sich mal wieder daran erinnert, dass er nicht nur ein begnadeter Chemiker, sondern auch ein Mann ist. Nun ja, da wird er sich spätestens heute Abend wieder daran erinnern, wenn er hier aufräumt.

Ich werde ein paar Telefonate führen und dann meine Kinder bei Madame Blanqui abholen. Sie fehlen mir sehr. Seit ihrem Geburtstag habe ich sie nicht mehr gesehen. Madame Blanqui hat sich bereit erklärt, sich um die Jungs zu kümmern, bis ich wieder zuhause bin. Wenn Mathieu zuhause war, hat er sie zu sich genommen und sie konnten in ihren eigenen Betten schlafen. Wenigstens etwas Normalität für die beiden.

Wie soll es weitergehen? Ich werde eine Nanny einstellen. Irgendwann schaffe ich es nicht mehr, mich um sie zu kümmern. Irgendwann wird es Zeit, sie in die Obhut meiner Eltern zu geben. Sie sollen mir nicht beim Sterben zusehen.

Nachdem ich weder meine Mutter noch meinen Vater telefonisch erreicht habe, versuche ich es bei Joyce. Der Anrufbeantworter teilt mir mit, dass leider niemand erreichbar ist. Ich hasse diese Dinger und ich hasse es, mit Maschinen zu reden. Aber was bleibt mir anderes übrig. Ich hinterlasse eine Nachricht, sage, dass ich am Wochenende in Paris bin und wir uns mit Zélie treffen. Ich wüsste zwar noch nicht, ob sie Zeit hat, aber ich würde es alsbald herausfinden und mich noch mal melden.

Zélie ist nicht im Büro. Ihre Sekretärin sagt, sie wäre noch bei Gericht und anschließend habe sie einen Termin außer Haus. Ich leiere auch hier meine Nachricht herunter. Uff! Das wäre erstmal geschafft. Sie werden jetzt miteinander telefonieren und mir sagen, wann und wo wir uns treffen. So läuft es immer ab. Ich habe eine Frist bis zum Wochenende. Hätte ich eine von ihnen erreicht, hätte sie mir Löcher in den Bauch gefragt und ich hätte Ausreden suchen müssen.

Ich rufe die Sekretärin meines Vaters an. Traurig, dass ich mir bei ihr einen Termin geben lassen muss, um mit meinem Vater zu reden. Madame Concourt ist untröstlich, dass ich ihn um ein paar Minuten verpasst habe. Sie ist immer untröstlich, immer habe ich ihn nur um ein paar Minuten verpasst. Ich glaube ihr nicht, das tue ich schon lange nicht mehr. Hatte ich manchmal den Verdacht, sie würde mich nur vertrösten oder er wolle nicht mit mir reden, so wurde ich bei einigen unangekündigten Besuchen in seinem Büro eines besseren belehrt. Er war nie da.

Meine Frage, wann er zurück erwartet würde, beantwortet sie mit vielen Erklärungen, die mich nicht im Geringsten interessieren. Sie ist immer so dienstbeflissen. Warum sollte ich Interesse an den Geschäften meines Erzeugers heucheln. Sie interessieren mich genauso wenig, wie er sich für mich und mein Leben interessiert. Nachdem ich ihren Redefluss unterbrochen habe, erfahre ich, dass er seit Sonntag geschäftlich in Stockholm ist und diese Woche nicht mehr ins Büro kommt. Mutter und er geben Freitagabend, in ihrem Stadthaus, einen Empfang für ein paar Gäste. Dort würde ich ihn antreffen, danach hätte ich Pech, weil er Samstag nach Madrid fliegt.

Na, dann werde ich meinen Eltern Freitag einen Besuch abstatten. Mal sehen, ob ich ihnen ihren kleinen Empfang vermiesen kann. Es wäre zwar zu schön, aber ich denke, ich werde meiner Mutter einen großen Auftritt ermöglichen, weil sie dann jedermann ihr Leid klagen kann. Was erdreistet sich ihre Tochter aber auch, einem Hirntumor Unterschlupf zu gewähren? Da muss man doch einem Nervenzusammenbruch nahe sein. Aber erst, nachdem jeder Bescheid weiß.

Wie oft hat sie mir schon gesagt, dass ich sie eines Tage mit meinen Eskapaden noch ins Grab bringe. Dabei waren es immer nur Kleinigkeiten. Ich bin weder Kettenraucher, noch Alkoholiker oder Junkie, wie die Kinder ihrer Freundinnen. Ich habe mein Bac gemacht, mein Studium durchgezogen und mein Examen mit summa cum laude abgeschlossen. Jede Mutter wäre hocherfreut, mich ihre Tochter zu nennen. Meine nicht!

Ich habe ihre Figur ruiniert, ihr Dehnungsstreifen verpasst und einen Hängebusen. Anstatt zu schlafen, schrie ich wie am Spieß und habe das Personal nächtelang wachgehalten. Ich weigerte mich ein kleines Wunderkind am Flügel zu werden und Sonaten von Bach und Beethoven zu spielen. Ich liebe klassische Musik, aber ich hasse Flügel, vor allem, wenn ich selbst darauf spielen muss.

Ich hasse das Ballett und ich hasse es heute noch. Das Tutu, für meinen ersten Soloauftritt mit dem Kinderballett, habe ich mit der Schere etwas umgestaltet, was meiner Ballettlehrerin einen Ohnmachtsanfall bescherte. Das Publikum war überrascht, dachte aber, das Tutu müsse so aussehen. Spielverderber!

Im Umgang mit der Schere wurde ich im Laufe der Jahre ein wahrer Künstler. Ich kürzte das Abendkleid, das sie zu einem Empfang bei Präsident de Gaulle tragen wollte, ungefähr auf Knielänge. Na ja, sagen wir mal so ... wäre sie etwa einen Meter groß ... knielang ... aber bei ihrer Größe ... mini ... supermini ... fast Po frei ...? Ist es meine Schuld, dass sie zu groß geraten ist?

Dann war da noch das Kleid ... dieses wunderschöne ... rote ... Seide ... supereng ... (Sie hatte inzwischen einen Chirurgen, der ein Virtuose mit dem Skalpell war, an sich rumschnippeln lassen und alles saß wieder da, wo es war, bevor ich kam.) ... atemberaubend sah sie aus ... sagte zumindest mein Vater. Nun ja, sagen wir mal so ... zum Glück ist die Naht aufgeplatzt, bevor sie der Queen gegenüberstand. Mutter war einer Ohnmacht nahe und Vater hielt mir eine seiner seltenen Strafpredigten, die er mir immer hielt, wenn ich es seiner Meinung nach übertrieben hatte. Zum Glück war er selten zuhause. Dabei wollte ich Lisbeth doch nur das Leben retten. Man stelle sich vor, sie hätte Mutter in dem atemberaubenden Kleid gesehen ... auch eine Queen muss atmen ... da hatte ich doch atemberaubend mit atemraubend verwechselt ...

Dann gab es da noch den hässlichen Hermès-Schal, der einer Nachbearbeitung bedurfte. Die Lederjacke mit den Franzen... sie war weder Winnetou noch Nscho-tschi ... aber vielleicht wollte sie insgeheim einer sein ... ein Indianer ... sie trauerte um jede Franze. Sie tat mir ein bisschen ... ein klitzekleines bisschen ... leid. Ich habe dann ihr Stirnband aus Zobel umgestaltet ... mit einer Feder beklebt ... weil Indianer doch alle diese Stirnbänder tragen. Nun ja, sagen wir mal so ... die Feder stammte von einem der Pfaue, die grand-mère im Park hielt ... nun ja ... es war keine Mauser und der Pfau sah etwas gerupft aus ... mit abgeschnittenen Federn. Ich fand das Stirnband toll ... Mutter bekam einen Schreikrampf und begab sich anschließend in ein Sanatorium nach Italien.

Sie kam zurück mit dem neuen Wagen, diesem Porsche-Cabrio, das ich verschönerte, indem ich ein paar Tupfen aufmalte. Silber mit orange-roten Tupfen ... ich fand's schön ... Mutter nicht und fuhr wieder nach Italien.

Ach ja, die langweilige Kelly-Bag. Monatelang hat sie von nichts anderem geredet, als von ihrer neuen Kelly-Bag, die sie bestellt hatte. Straußenleder! Noch so ein Ding. Die sahen alle gleich aus, nur die Farbe war anders. Nun ja ... diese war weiß ... langweilig ... ich, mit meinem gnadenlosen Talent eines Top-Designers ... Coco Chanel hätte mich sicherlich engagiert, hätte sie von meiner Gabe gewusst. Mutter fand, diese Gabe hätte mir der Teufel persönlich eingepflanzt. Nur weil ich ihre neue Tasche mit einem Bild von Fred Feuerstein verschönert hatte ... nun ja ... wo Fred ist ... ist Barney nicht weit. Barney Geröllheimer. Mutter gefiel mein Werk nicht. Vielleicht lag es daran, dass ich Barney nicht so gut getroffen habe ...

Nun ja ... das waren alles klitzekleine Fehltritte meines schöpferischen Genies ... Richtig gemein war ich nur einmal. Sie hatte mich aber auch herausgefordert, als sie mich im Café de Flore vergessen hatte, während sie weiter auf Shoppingtour ging. Vor ihrer nächsten Tour ... nun ja ... ich nahm aus ihrem Portefeuille alle Kreditkarten, Schecks und alles Bargeld und steckte stattdessen eine Karte des Café de Flore hinein, die ich mit einem kleinen Spruch verziert hatte. Man stelle sich vor, wie die Ärmste bei Coco steht und nicht einen Cent in der Tasche hat. Ich fand es lustig, sie nicht. Etwas Gutes hatte die Sache ... ich musste nie wieder mit auf Shoppingtour.

Nun ja, das ist lange her. Heute muss ich über meine Kreativität lächeln. Ich würde sonst was tun, wenn ich ihr Freitag den großen Auftritt vermasseln könnte. Schließlich wird es dabei um mich gehen. Von der Wahrung der Intimsphäre dritter hält meine Mutter nichts. Ich hoffe, dass sie eines Tages ihre Strafe erhält ... Vielleicht lässt mich Charlie leben ...

Ich war so sehr in Gedanken vertieft, dass ich nicht merkte, dass ich an Madame Blanquis Haus vorbeigelaufen bin. Das Gekicher hinter mir, holt mich in die Gegenwart zurück. Dann überfallen mich zwei Jungs mit Indianergeheul und klammern sich an mir fest.

„Mama, du bist wieder zuhause ... endlich ... schön ... geh nie wieder fort ... spielen Indianer ... Madame Blanqui ... grand-mère ..."

Sie reden auf mich ein und ich verstehe nur Bruchstücke. Das Wort grand-mère versetzt mich allerdings in Alarmbereitschaft.

„Was ist mit grand-mère?" Warum stelle ich diese Frage? Ich kenne die Antwort bereits. Sie brauchte wieder mal jemanden, den sie für ihre Zwecke einspannen konnte. Also muss ich davon ausgehen, dass sie etwas von mir will und versucht, es über den Umweg „Enkel" zu bekommen.

„Grand-mère war vorgestern hier. Mathieu wollte sie erst nicht ins Haus lassen, aber sie hat darauf bestanden, ihre Enkel zu sehen. Uns! Sie hatte ein Buch dabei und hat uns Bilder gezeigt. Da waren Häuser drauf und Kinder. Das sah so aus, wie deine Schule. Sie hat uns erzählt, wie schön es dort ist und dass wir dort sehr viel lernen können. Wohnen wir dann alle dort? Du, Mathieu und wir?"

Das ist schlimmer als alles, was ich erwartet hatte. Sie will meine Kinder auf ein Internat schicken. Abschieben, wie sie mich abgeschoben hat. Es sind meine Kinder! Meine! Dieses falsche Biest! In Bruchteilen von Sekunden schießen mir die schlimmsten Dinge, die ich ihr antun könnte, durch den Kopf. Dann wird mir schlagartig bewusst, dass es das Schicksal meiner Kinder sein wird, in meine Fußstapfen zu treten und in das Eliteinternat für den Nachwuchs der Superreichen zu ziehen. Ich hasse meine Mutter und ich hasse Charlie! Nachdem ich mich bei Madame Blanqui bedankt habe, mache ich mich mit meinen Jungs auf den Heimweg.

Zuhause muss ich mit ihnen in den Garten. Sie nehmen mich bei den Händen und ziehen mich zum Teich. Dort wimmelt es von kleinen Fischen. Um den Teich herum stehen diverse Skulpturen, die sie zusammen mit Mathieu gebastelt haben, um die Vögel von den Babyfischen fernzuhalten. Neben dem Apfelbaum steht eine Vogelscheuche und weiß nicht, was sie da soll. Im Baum singen die Vögel und warten darauf, dass sie irgendwann eine reiche Ernte einbringen können. Die Jungs sind erbost, dass sich die Vögel trotz ihrem Kunstwerk im Baum niedergelassen haben. Ich denke, wenn die Vögel könnten, würden sie sich vor Lachen die Bäuche halten. Die Vogelscheuche ist allerliebst anzusehen und jagt nicht mal den Vögeln Angst ein.

„Am Wochenende machen wir mit der Vorschule einen Ausflug ins Indianerdorf. Man kann dort auch übernachten. Mathieu würde uns begleiten. Dürfen wir dort schlafen? Biiiitte!" Cédric sieht mich mit seinen großen Kulleraugen flehend an.

„Du kannst auch mitkommen, wenn du willst. Aber du musst dich als Indianer verkleiden" fügt Nicholas grinsend hinzu. Er weiß genau, dass verkleiden nicht mein Ding ist.

Jedes Jahr im Sommer finden die Festspiele statt. Dort tummeln sich Indianer, Cowboys und fliegende Händler. Ein Event, der Leute aus der ganzen Gegend anzieht. Sie spielen das Leben nach, das die Indianer damals führten. Das Wasser wird aus dem Bach geholt, das Holz sammeln sie im Wald, es wird geangelt und mit Pfeil und Bogen geschossen. Dass es mit der Körperpflege hapert, muss nicht extra erwähnt werden. Ich bin nicht begeistert, aber unter der Aufsicht von Mathieu werden sie ihren Spaß haben. Zudem kann ich unbesorgt nach Paris fahren und mich auf die anstehenden Gespräche konzentrieren.

Der Jubel, der losbricht, als ich es ihnen erlaube, ist ohrenbetäubend und sie üben schon mal den Kriegstanz. Die Vögel erschrecken sich und ergreifen die Flucht. Das Leben geht weiter, als wenn nichts geschehen wäre. Als hätte es dieses Todesurteil nie gegeben.

Die Landschaft fliegt an mir vorbei. Mir steht nicht der Sinn nach gemütlichem Dahintuckern. Ich will alles so schnell wie möglich hinter mich bringen. Als ich mich Paris nähere, wird der Verkehr dichter und ich muss meine Fahrt verlangsamen. In der Stadt wird es noch schlimmer werden. Verstopfte Straßen gehören zum Stadtbild. Ich bevorzuge die Metro. Man kommt überall hin und steht nicht stundenlang im Stau.

Mutter verabscheut die Metro. Sie sagt, sie fördere die Verbreitung von Krankheiten und man finge sich Läuse ein. Ich mag den Multikulti, den man in den Wagen findet. Manchmal machen Leute Musik oder jemand erzählt schmutzige Witze. Mutter fiel fast in Ohnmacht, als sie davon hörte. Sie hat mir damals strikt verboten, die Metro zu benutzen, aber ich habe nicht auf sie gehört. Wie hätte sie mich kontrollieren wollen? Sie hasst die Metro und wäre nie in einen der vielen Gänge hinabgestiegen.

Ich habe spontan beschlossen, einen kurzen Stopp beim Eiffelturm einzulegen und mir ein Crêpe zu gönnen. Immer wenn ich in Paris bin, gönne ich mir einen Crêpe. In der Nähe des Eiffelturms gibt es eine Bude, in der die besten Crêpe der Welt gebacken werden. Gefüllt mit Nüssen, Rosinen und Schokolade, sind sie eine Köstlichkeit, die nicht mal Bocuse toppen kann.

Danach werde ich die Champs hinauffahren und den Arc de Triomphe umrunden. Ich liebe meine Heimatstadt und freue mich immer, sie zu sehen. Nur hier fühle ich mich heimisch. Hier wurde ich geboren und ich denke, hier wäre der ideale Platz zum Sterben.

Als ich die Schlange vor dem Crêpestand sehe, vergeht mir die Lust. Morgen ist auch noch ein Tag. Wenn ich in aller Frühe komme, kann ich vielleicht auf den Turm steigen. Nein! Nicht vielleicht! Es ist vielleicht das letzte Mal, dass ich die vielen Stufen bewältigen kann. Zum letzten Mal …

Wieder schießen mir Tränen in die Augen. Die erwartete Enge in der Kehle bleibt aus. Nur das Herzrasen und ein Engegefühl in der Brust sind da. Es ist noch kein Abschied für immer, sage ich mir, doch die Tränen laufen weiter.

Ich fahre weiter, fahre über die Avenue Winston Churchill, vorbei am Grande Palais, vor dem eine lange Schlange steht und dem Petit Palais, auf dessen Treppe Touristen sitzen und fotografieren. Ich biege auf die Champs, fahre nach rechts zum Place de la Concorde, eine Umrundung und es geht zurück auf die Champs, Richtung Arc de Triomphe. Mein Paris, die schönste Stadt der Welt.

Heute wird mein Besuch durch das bevorstehende Gespräch mit meinen Eltern getrübt. Mein Magen rebelliert, mein Kopf sagt nein, aber es muss sein. Als ich durch das große Tor fahre und all die Pracht und Schönheit des Anwesens sehe, wird mir bewusst, dass auch dies ein Abschied sein wird. Ich habe nicht die Absicht, noch einmal zurück zu kommen.

Es war mir nie ein Zuhause, nur ein Haus, in dem ich manchmal geparkt wurde. Ein Haus von vielen, die mir nie zum Zuhause wurden. Wieder einmal wird mir bewusst, dass mir all der Reichtum meiner Familie kein neues Leben kaufen kann. Ich will gar kein Leben in Reichtum, ich will nur ein Leben … mein Leben …

Anthony steht in der offenen Tür und als ich aussteige eilt er mir entgegen. Sein Gesicht ist unbewegt wie immer. Als Kind dachte ich immer, er kann nicht lachen. Anscheinend erlernen Butler das ausdruckslose Gesicht in der Ausbildung.

„Milady, ich bin erfreut Sie zu sehen. Hatten sie eine gute Reise?"

„Danke, ja! Sind meine Eltern zuhause?" Die Worte kommen mir nur schwer über die Lippen. Ich möchte jetzt irgendwo auf der Welt sein, egal wo, nur weit weg von hier. Arktis wäre gut …

„Die Herrschaften sind in ihren Gemächern. Ich werde das Mädchen schicken …"

„Nein! Ich werde gehen. Kümmern Sie sich um mein Gepäck und parken den Wagen." Gespräche mit Butlern sind anstrengend. Sie wollen nobler erscheinen als ihre Herrschaften.

Vater kommt mir auf der Treppe entgegen. Er versucht, sich seine Überraschung nicht anmerken zu lassen. Er scheint nicht begeistert, mich zu sehen. Kein Wunder, in den sogenannten besseren Kreisen erscheint man nicht unangemeldet. Nicht mal, wenn man die Tochter des Hauses ist.

„Du hier!" presst er zwischen seinen Lippen hervor. Das klingt alles andere als erfreut. „Ist etwas geschehen?"

„Phhh! Muss erst ein Unglück geschehen, bevor ich hier erscheinen darf?" Als wäre ein Todesurteil kein Unglück! „Ich muss mit euch reden. Wo ist Mutter?"

„Wir haben heute Abend Gäste. Ein kleiner Empfang mit ein paar Geschäftsfreunden. Hat dein Anliegen nicht Zeit bis morgen?" Er trägt seine Ungeduld offen zur Schau. Mal sehen, ob er nach unserem Gespräch noch immer so abweisend ist.

„Nein! Es eilt. Zudem bist du morgen in Madrid. Hast du nicht mal fünf Minuten Zeit für deine Tochter? Mehr als fünf Minuten deiner kostbaren Zeit werde ich nicht benötigen. Dann bist du mich wieder los." Den letzten Satz presse ich fast aus mir heraus. Zu gerne hätte ich noch hinzugefügt: Bald bist du mich für immer los, aber ich will die Pointe nicht vorwegnehmen.

„Wenn du im Salon Platz nehmen möchtest. Ich werde deine Mutter bitten, sich zu uns zu gesellen." Er dreht sich um und steigt die Treppe wieder hoch.

Hier hat sich nicht viel verändert. Ein paar Accessoires sind verschwunden, ausgetauscht durch andere Scheußlichkeiten. Auf dem kleinen Tisch in der Ecke steht ein hässlicher, bunter Vogel aus Porzellan. Früher standen dort tanzende Putten, die Büste einer nackten Frau, ein goldener Pokal, ein Kandelaber und diverser anderer Kram. Antiquitäten, teurer Kitsch, austauschbar …

Die antiken, dunklen Möbel sind mit vielen Schnitzereien verziert. An den Fenstern hängen schwere, weinrote Seidenbrokatvorhänge mit goldfarbenen, floralen Mustern. Die zierlichen Sessel sind ebenfalls neu und ebenso unbequem, wie all ihre Vorgänger. Warum tauscht sie alle Nase lang das gesamte Interieur aus? Der Dachboden muss überquellen von all den abgelegten Sachen.

Das Zimmer nennt sich roter Salon. Es gibt noch den grünen, in dem immer alles zierlich war und sehr zerbrechlich aussah. Ob dort auch alles ausgetauscht wurde? Gegenüber liegt der Blaue Salon. Dorthin zieht sich mein Vater mit seinen männlichen Gästen zurück. Es ist der einzige Raum im Haus, in dem geraucht werden darf. Gemütlich ist keiner dieser Salons. Es gibt keine Couch, auf der man sich ausstrecken kann. Keinen Fernseher, kein Radio, keine Stereoanlage. Gemütlichkeit, wenn man das so nennen kann, findet sich nur in den privaten Gemächern. Ob mein ehemaliges Zimmer noch eingerichtet ist? Ich würde es mir gerne ansehen.

„Falls du gekommen bist, um mit uns über deine Söhne zu reden, ist das der falsche Zeitpunkt. Wir empfangen heute Abend Gäste und wir …"

„Ich bin nicht gekommen, um mir deine Einmischung in die Erziehung meiner Kinder zu verbitten. Ich will auch nicht wissen, ob du hinter meinem Rücken bereits die Anmeldung bei der Internatsleitung eingereicht hast.

Ich war drei Wochen in der Klinik …"

„Um uns das zu sagen, hättest du nicht kommen müssen, das hättest du uns auch am Telefon sagen können." Mutter ist sichtlich genervt und streicht sich über ihre Haare.

„Ich habe einen Hirntumor. Ein Glioblastoma multiforme. Er sitzt im Thalamus und ist inoperabel. Die Ärzte geben mir noch ein paar Monate. Dann seid ihr mich los."

Die Worte hallen wie Gewehrsalven durch den Raum. Vater fasst sich zuerst und verlässt fluchtartig den Raum. Noch während ich ihm hinterhersehe, fällt mir meine Mutter vor die Füße. Habe ich es nicht gewusst. Er flüchtet und sie fällt in Ohnmacht. Ich steige über sie hinweg und sage: „Du ruinierst deine Frisur." Als würde mich die ganze Sache nichts angehen, verlasse ich den Raum.

In mir brodelt es. Ich wusste es! Ich hasse sie … beide! Sollen sie zum Teufel gehen. Mit einer

Handbewegung wische ich eine Vase von ihrem Sockel und hoffe, sie war teuer. Geld, Macht und Ansehen, das ist alles, was meine Eltern begehren. Ich hasse sie ... Fast hätte ich Anthony umgerissen, der am Fuß der Treppe steht und mich wissend ansieht.

„Ihr Gepäck ist noch im Wagen und der steht abfahrbereit vor dem Haus. Der Schlüssel steckt. Es hat mich gefreut, Sie wiederzusehen." Er verbeugt sich und lächelt mich traurig an. „Alles Gute!"

Ich kann es nicht fassen. Ich musste mir erst einen Tumor einfangen, um Anthony einmal lächeln zu sehen. Nicht nur das. Er hat Gefühle! Mitgefühl! Ein Mensch, in einem Haus voller seelenloser Kreaturen, die sich Menschen nennen.

„Ihnen auch! Leben Sie wohl!" Ich wende mich schnell ab, damit er meine Tränen nicht sieht. Ich weiß nicht, warum ich weine. Wegen meiner herzlosen Eltern? Wegen Anthony, der zum ersten Mal zeigte, dass unter der butlerischen Starre Gefühle stecken? Oder weine ich um mich?

Mit tränenverschleiertem Blick fahre ich los. Mein Herz treibt mich an die Seine. Ich parke den Wagen und laufe am Ufer des Flusses entlang. Spaziergänger kommen mir entgegen. Kinder spielen Ball und Hunde tollen durchs hohe Gras. Ein Junge klettert auf einen Baum und seine Mutter steht schimpfend darunter.

Auf dem Fluss schippern Kähne und ziehen breite Wellen hinter sich her. Ein paar Ruderboote kommen ins Schlingern und die Männer haben Mühe das Gleichgewicht zu halten. Ein ganz normaler Tag in Paris.

Ein kleines Mädchen füttert die Enten, die über den Weg watscheln. Sie bietet mir ein Stück ihres Brotes an.

„Jetzt musst du aber aufhören zu weinen", sagt sie und lächelt mich an. Ich bringe ein missglücktes Lächeln über die Lippen und bedanke mich für das Brot.

Eine kleine, weiße Ente steht vor mir und schnattert munter drauf los. Ob sie mir sagen will, mach schneller, ich bin am Verhungern? Ich zerbrösele das Brot und verteile es unter die Entenschar. Das Mädchen sieht mich an und geht winkend davon. Ich blicke ihr nach, bis sie mit ihrer Nanny in der Menschenmenge verschwindet.

Ich kaufe mir ein Eis und nehme ein zweites für den Clochard, der glücklich lächelnd in der Sonne sitzt und verträumt in den blauen Himmel blickt. Er bedankt sich vielmals und wünscht mir alles Gute. Schon der zweite für heute.

Ich setze mich neben ihn und lasse den Tag noch einmal Revue passieren. Die Leute laufen an uns vorbei und betrachten das ungleiche Paar, das da zu ihren Füßen sitzt. Wenn die wüssten, wo ich vor einer Stunde saß und dass mir der Platz auf dem Boden tausendmal lieber ist. Aber wen interessiert das schon? Wenn interessiert es, dass ich bald sterben muss? Meine Eltern ganz sicher nicht!

Es wird kühler, mein Magen knurrt und die Kopfschmerzen melden sich. Ich brauche eine Unterkunft für die Nacht und muss Mathieu anrufen, ob Joyce oder Zélie eine Nachricht auf dem Anrufbeantworter hinterlassen haben. Lustlos mache ich mich auf den Weg.

Ich gönne mir ein Zimmer im Ritz, ein feudales Abendessen und eine ausgiebige Dusche. Im Fernsehen läuft Love Story und ich frage mich, in wessen Armen ich sterben werde. Ich will Mathieu anrufen, aber mir fällt ein, dass er heute als Indianer durch die Büsche schleicht und in einem Tipi schlafen wird.

Mir bleibt nichts anderes übrig, als Joyce anzurufen. Der Anrufbeantworter sagt mir, dass niemand zuhause ist. Bei Zélie meldet sich niemand. Was soll's, ich versuche es morgen früh noch einmal. Jetzt werde ich versuchen zu schlafen und etwas Schönes zu träumen. Meine Kopfschmerzen werden stärker. Nur ein bisschen schlafen …

Der gestrige Tag hat seinen Tribut gefordert. Ich habe tief und fest geschlafen ohne zu träumen. Aber es heißt ja, dass man sich selten an seine Träume erinnern kann. Vielleicht ist es besser so. Wer weiß, was ich letzte Nacht aufarbeiten musste. Ob sie einen schönen Abend hatten? Hat Mutter sich wieder in Szene gesetzt, diesmal auf meine Kosten? Haben sie wenigstens ein bisschen Mitleid? Ich glaube nicht. Als Vaters Mutter starb, flog er nach Rom und kam erst zu ihrer Beerdigung zurück. Trauer? Ich konnte keine erkennen. Ihr Verhältnis war nicht das Beste. Man sollte annehmen, dass er es bei seiner Tochter besser machen würde. Aber nein, er ist ebenso gefühlskalt wie seine Eltern. Es wundert mich, dass ich meine Söhne liebe. Wirklich, aufrichtig und aus ganzem Herzen lieben kann.

Bevor ich das Bett verlasse, rufe ich bei Joyce an. Sie meldet sich nach dem zweiten Klingeln, um mir ein kurzes: „Bin in Eile", ins Ohr zu brüllen. „Heute Nachmittag um drei bei Zélie." Dann ist das Gespräch zu Ende. Mit wem sie jetzt wieder in der Kiste liegt?

Ich bestelle mir Frühstück aufs Zimmer. Pochierte Eier und gebutterter Toast, dazu viel Kaffee. Ich liebe es, im Bett zu frühstücken. Zuhause mache ich das am Wochenende öfter mit meinen Jungs. Hinterher muss man zwar die Bettwäsche wechseln, aber das ist mir die Sache wert.

Als der Zimmerkellner das Frühstück bringt, bin ich bester Laune. So gut habe ich mich schon lange nicht mehr gefühlt. Es wäre schön, wenn alles nur ein böser Traum gewesen wäre, aber leider ist dem nicht so. Das Frühstück schmeckt lecker und der Kaffee ist sehr gut. Der Kaffee im Ritz ist immer gut. Er wird nur vom Kaffee im Café de Flore übertroffen.

Da fällt mir ein, dass ich heute Morgen noch mal zum Eiffelturm muss. Der Crêpe wartet. Ich könnte aber auch ins Café de Flore und mir ein zweites Frühstück gönnen. Mal sehen, bis drei Uhr ist noch lange. Zudem habe ich Zeit bis morgen Abend. Ich brauche nur drei Stunden für die Fahrt. Ich fliege zwar manchmal etwas zu tief, aber bis jetzt hatte ich immer Glück und geriet noch nie in eine Radarfalle.

Im Radio dudelt Fats Dominos „Hello Josephine" und ich tanze durchs Zimmer. Draußen scheint die Sonne und tausende Touristen bummeln oder hetzen durch die Stadt. Auf dem Place Vendôme wuseln die Touristen umher. Sie drücken sich ihre Nasen an den Schaufenstern der Luxus-Shops platt, bewundern die Auslagen, die sie ins Schwärmen bringen, die sie sich aber nicht leisten können. Aber träumen werden sie davon. Ich träume von einem langen Leben und weiß, dass ich es nicht haben kann. Auf Luxus kann man verzichten, auf sein Leben nicht.

Nach der Morgentoilette entscheide ich mich für ein blaues Sommerkleid und eine leichte Strickjacke. Ein paar bequeme Sandalen, meine Handtasche und es kann losgehen. Wie lange bin ich schon nicht mehr mit der Metro gefahren? Monate? Jahre? Als Studentin habe ich sie täglich genutzt. In Limoges fahre ich mit dem Auto. Limoges ist eine schöne Stadt, aber mit Paris nicht zu vergleichen.

Paris … das klingt wie Vanilleeis mit heißen Himbeeren und Schokosplittern.

Als ich aus der Tür trete, empfängt mich ein Blitzlichtgewitter. Japanische Touristen lichten das Ritz ab und alle, die aus der Tür treten. Es könnte ein Promi dabei sein, den man zwar nicht kennt, mit dem man aber zuhause angeben kann. Wer weiß dort schon, ob ich eine bekannte Schauspielerin oder ein Supermodel bin? Okay! Für ein Modell fehlt mir die nötige Körpergröße, aber meine Figur kann gut mithalten.

An Cartier kann ich nicht vorbeigehen. Ob ich … nur mal kurz … nur mal schauen … das Armband mit den kleinen Diamanten ist aber auch wirklich schön … passt wunderbar zu meiner Uhr … warum? Ich muss sterben, da brauche ich sowas nicht mehr. Nein! Ich lasse mir meine gute Laune nicht verderben. Wer weiß, wie lange sie hält?

Der Mann in der roten Livree hält mir die Tür auf. Ein Herr im edlen, schwarzen Zwirn eilt auf mich zu und taxiert mich dabei. Meine Louis Vuitton beruhigt ihn und er begrüßt mich überschwänglich. Ich äußere meinen Wunsch und er eilt davon um einer jungen Frau aufzutragen, das Original aus dem Tresor zu holen. Bei dem Wort Tresor ahne ich fürchterliches, etwas, das mindestens fünfstellig ist.

Der Herr im edlen Zwirn geleitet mich zu einem kleinen Tisch und bietet mir Kaffee und diverse andere Köstlichkeiten an. Champagner in aller Frühe ist nicht mein Ding. Ich nehme einen Kaffee, denn ich ahne, dass ich etwas brauche, an dem ich mich festhalten kann, wenn ich den Preis für das edle Stück höre.

Das edle Stück trifft gleichzeitig mit dem Kaffee ein. Es ist aus der Nähe betrachtet noch schöner. Okay, es ist das Original, während die Auslage nur ein Duplikat ist. Der Herr im edlen Zwirn legt es mir an und ich bin begeistert. Klein, fein, mein, denke ich und frage nach dem Preis. Hatte ich mir etwas in Cartiers unterem Preissegment erhofft, so wurde ich eines besseren belehrt. 45.000 Francs! Guter Geschmack war schon immer teuer. Zudem ist es das letzte, das ich mir gönne, bevor ich über den Jordan gehe.

Ich behalte das Armband und zahle, ohne mit der Wimper zu zucken, den Kaufpreis. Grandmère's Erbe sei Dank! Als er den Namen auf meiner Kreditkarte liest, wird er noch unterwürfiger. Ich hasse diese, nun ja, solche Worte kommen nicht aus meinem Mund. Aber er kriecht doch gerne dort hinein …

Der Livrierte öffnet mir die Tür und ich trete hinaus in den Sonnenschein. Welch ein schöner Tag. Die Sonne scheint und Charlie hält sich diskret zurück. Ich hoffe inständig, dass ich die Panikattacken endlich hinter mir gelassen habe. Solange die Kopfschmerzen überwiegend abends auftreten und sich tagsüber zurückhalten, kann ich damit leben.

Ich fahre mit der Metro bis zur Station Saint-Germain-des-Prés und schlendere gemütlich zum Café de Flore. Um diese Uhrzeit sind noch wenig Touristen im Kaffee. Die wenigen, die hier sind, sitzen im Freien und bestellen in schrecklichem Französisch Speisen und Getränke von der Karte. Die Kellner sind schon in aller Frühe genervt und ich steige die Treppe zur zweiten Etage hoch. Warum sollte ich vor der Tür sitzen, wenn doch nur hier drin das wahre Flair des Café's zu spüren ist?

Ich bestelle mir eine chocolat chaud. Etwas Besseres gibt es nicht. Selbst der Kaffee kann da nicht mithalten. Ich bitte den Kellner um den Le Monde und vertiefe mich kurze Zeit später in die Zeitung. So viel Elend auf dieser Welt. Autobomben, Schießereien und Morde. Das schlimmste jedoch ist kaum fassbar. Da ist doch wirklich einem dieser Sternchen, aus einer dieser amerikanischen Seifenopern, ein Brustimplantat geplatzt. Wen interessiert denn so ein Mist? Es hat sie doch niemand gezwungen, ihre Titten aufzupolstern.

Warum spielen Leute mit ihrem Leben Russisch-Roulette? Es käme wohl niemand auf die Idee, sich ein Glioblastom ins Hirn pflanzen zu lassen. Schon seltsam, früher war mir das alles egal. Man musste mir erst mein Todesurteil vor die Füße werfen, bevor ich wahrnahm, wie kostbar so ein Körper doch ist, so ein Leben ist …

Ich bestelle mir eine zweite chocolat chaud und betrachte das Treiben auf der Straße. So viele Menschen, die durch die Stadt hetzen. Wie viele von ihnen haben Krebs? Wie viele von denen wissen es schon? Wie viele haben ihr Todesurteil bereits erhalten? Wie lange leben sie noch? Der Alte im roten Jogginganzug, der sich im Zeitlupentempo bewegt. Die kleine Dicke, die herzhaft in ihren Burger beißt. Der Typ im Designeranzug, der sich mit rotem Kopf seinen Weg durch die Menschenmenge bahnt. Ich möchte mit keinem tauschen. Es könnte ein schlechter Tausch werden.

Die Zeit verging wie im Flug und es wird Zeit, dass ich mich auf den Weg mache. Ich schlendere über den Boulevard Saint-Germain, kaufe mir eine Banane und sehe einem Straßenkünstler bei seiner Arbeit zu. Eine junge Frau, die ein Kopftuch trägt und weder Augenbrauen noch Wimpern hat, sitzt auf einer Bank und sieht gebannt dem jungen Mann zu, der Mona Lisa in Übergröße auf das Trottoir malt. Sie sieht so glücklich aus. Ob ihre Chemotherapie angeschlagen hat? Ob ihr eine neue Chance geschenkt wurde? Ich würde mich für sie freuen.

Meine gute Laune bekommt einen Dämpfer, wenn ich an das bevorstehende Gespräch mit Joyce und Zélie denke. Bei ihnen kann ich nicht mit der Tür ins Haus fallen. Ich muss es ihnen so schonend wie möglich beibringen. Ich überlege immer noch, wie ich am besten anfange.

In den Tiefen der Metro klingt ein Lied, das ich schon immer mochte, Forever young von Bob Dylan. Ich bleibe vor dem alten, verzotteten Musiker stehen und höre ihm zu.

May you build a ladder to the stars and climb on every rung. May you stay forever young, forever young … forever young. May you stay forever young …

When the winds of changes shift, may your heart always be joyful. May your song always be sung, May you stay forever young, forever young … forever young. May you stay forever young …

Der Wind hat sich gedreht, doch mein Herz kann nicht mehr fröhlich sein. Bald steige ich zu den Sternen auf und bleibe für immer jung. Für immer jung … für immer jung …

Plötzlich weiß ich, was ich Joyce und Zélie sagen werde. Jetzt ist mir leichter ums Herz und ich kann dem Gespräch gelassen entgegensehen.

Die Metro bringt mich sicher zum Place Charles de Gaulles und Bob Dylan begleitet mich den Rest des Weges. Ich schlendere wieder, denn ich habe es nicht mehr eilig. Meine Zeit läuft ab, warum sollte ich hetzen? Jede Sekunde genießen, sagte Georgette. Wie es ihr wohl geht? Ob sie schon … Nein! Nicht jetzt, das jetzt gehört meinen Freundinnen. Sie haben ein Recht darauf.

Die automatische Türöffnung summt, als ich vor die Tür trete. Man könnte meinen, Zélie habe auf mein Erscheinen gelauert. Sie wohnt in einem Appartement, in der fünften Etage eines Hauses, das Paris der Haussmannisierung zu verdanken hat. Die Decken sind stuckverziert und Treppen und Böden aus feinstem Granit. Überall riesige Jardinieren mit opulenten Blumenarrangements. Früher bewohnte Zélies Familie das Haus allein. Nach dem Tod ihrer Mutter und dem Umzug ihres Vaters in seine kleinere Stadtwohnung, hat Zélie das Haus in Appartements aufgeteilt und einen größeren Aufzug einbauen lassen.

Als sich die Tür zu Zélies Appartement öffnet, empfangen mich zwei ernste Gesichter, aus denen mich verweinte Augen ansehen. Mutter! Die Erkenntnis überfällt mich und lässt Wut in mir aufsteigen. Sie hat es also getan. Warum kann sie nicht einmal ihr loses Mundwerk im Zaum halten?

„Ist es wahr?" Zélie wirft mir die Frage vor die Füße und wartet erst gar nicht auf eine Antwort.

„Jeder weiß es! Alles reden darüber. Wann hattest du vor, uns einzuweihen? Ich dachte, wir sind Freundinnen."

Wumm! Was soll ich dazu sagen? Dass meine Mutter eine große Klappe hat? Dass sie ihre Liebe zur Selbstdarstellung kennen? Mir fällt ein Zitat von Nitzsche ein. Die Menschen drängen sich zum Lichte, nicht um besser zu sehen, sondern um besser zu glänzen. Wäre er nicht bereits vor 89 Jahren gestorben, würde ich sagen, Mutter hat ihn zu diesem Ausspruch inspiriert.

„Ich habe es ihnen erst gestern Nachmittag erzählt. Sie hat ganze Arbeit geleistet. Ich weiß es selbst erst seit ein paar Tagen. Ich wollte es euch nicht am Telefon erzählen. Ich konnte nicht früher kommen. Ich war bis Mittwoch in der Klinik."

Jetzt bricht es aus Joyce hervor. Sie wird von Schluchzen geschüttelt und kann sich nicht artikulieren. Sie hält mich krampfhaft umschlungen und schnieft mir immer wieder ins Ohr. Zèlie erlöst mich schließlich von ihr und zieht mich zu sich aufs Sofa.

„Es tut mir so leid", sagt sie und streichelt mir über die Wange. „Es tut mir so leid!" Dann fängt auch sie an zu weinen und die Stimme versagt ihr.

Oh mon Dieu! So schlimm habe ich es mir nicht vorgestellt. Wie soll ich sie trösten? Was soll ich ihnen sagen? Wie kann ich ihnen den Schmerz nehmen? Soll ich auch noch für sie leiden?

„Erinnert ihr euch noch an Ostern, als ich starke Kopfschmerzen hatte?" Beide nicken schluchzend. „Ich habe mehrere Ärzte konsultiert. Es war die Rede von Stress und Migräne. Niemand kam auf die Idee, dass etwas in meinem Kopf sein könnte, das da nicht hingehört. Erst nachdem es mir das Licht ausgeknipst hat, begannen die Ärzte in der CHU nach der Ursache zu suchen. Sie stellten keine Vermutungen an, sie suchten das Problem. Sie suchten und sie fanden. Sie nennen es Glioblastoma multiforme. Ich nenne ihn Charlie.

Er wohnt in meinem Thalamus und kann nicht entfernt werden. Noch ist er winzig, sozusagen ein Tumorbaby. Aber bald wird er wachsen und groß werden. Je größer er wird, umso mehr Probleme wird er mir machen. Eines Tages wird er so viel Platz in Anspruch nehmen, dass für mich kein Platz mehr ist. Dann muss ich gehen.

Charlie und ich sind jetzt eine untrennbare Einheit. Eines Tages werden wir gemeinsam diese Welt verlassen. Dieser Tag ist nicht mehr fern. Die Ärzte sagen, noch neun Monate. Die maximale Überlebensdauer beträgt ein Jahr. Drei Monate sind bereits um. Alles, was dieses Jahr noch bringen wird, wird für mich das letzte Mal sein. Der Frühling ist fast zu Ende. Der Sommer, der Herbst, der Winter. Jede Jahreszeit ist meine letzte. Ich werde gehen, wenn der nächste Winter kommt. Ich will nicht sterben. Ich würde alles tun, um weiterzuleben, aber es gibt kein Leben mehr für mich. Nur noch eine kleine Frist, dann ist es zu Ende."

Sie haben mir schweigend zugehört. Mit tränenüberströmten Gesichtern sitzen sie neben mir und halten sich krampfhaft an den Händen.

„Ich lasse dich nicht gehen. Du kannst dich nicht einfach so vom Acker machen. Wir haben noch so viel vor. Du bleibst hier und damit basta!" Joyce ist wütend. „He du da drin", sagt sie und klopft mir leicht gegen die Stirn, „sie gehört uns! Hörst du? Uns! Verschwinde und niste dich sonst wo ein."

Wenn das doch so einfach wäre. Einmal laut schreien und toben und schon ist man Tumorfrei. Nach meinem Ausbruch auf dem Parkplatz hätte er sich schleunigst vom Acker gemacht.

Zèlie legt ihren Kopf in meinen Schoss. Dieses kleine Persönchen, das sich von nichts und niemand unterkriegen lässt, hat keine Worte mehr. Liegt wie ein Häufchen Elend da und lässt ihren Tränen freien Lauf. Sie weinen um mich, meine besten Freundinnen. Das tun beste Freundinnen nun mal. Warum hatten meine Eltern keine Tränen? Auch wenn ich nichts anderes erwartet hatte, so tut es dennoch weh. Verdammt weh!

Joyce rappelt sich schließlich auf und geht in die Küche, um uns Kaffee zu machen. Sie klappert mit dem Geschirr und Zélie hat Angst um ihre Lieblingstasse, die sie schon seit Internatstagen hütet wie ihren Augapfel. Sie war das letzte Geschenk ihrer Mutter.

„Auf der Anrichte steht ein Tablett mit Madeleines. Die hatte ich besorgt, bevor ich die Hiobsbotschaft bekam. Im Kühlschrank steht Schlagsahne und Erdbeeren sind in der Vorratskammer."

„Wer hat es dir erzählt?" Ich ahne es zwar, aber möchte es aus ihrem Mund hören.

„Scott hat mich heue morgen angerufen und fragte mich, ob es stimme, was seine Mutter ihm erzählt habe. Er konnte es nicht glauben, weil Joyce ihm nichts darüber erzählt hatte. Normalerweise müsste sie vor allen anderen Bescheid wissen. Du kannst dir denken, von wem seine Mutter es erfahren hat."

„Wow! Da ruft Scotts Mutter aus London an, um ihn zu fragen, ob ich wirklich bald den Löffel abgebe?"

„Sie hat es doch nicht böse gemeint. Sie war schockiert, als sie es erfahren hat. Du weißt, ihre Schwester ist eine Klatschbase und die hat es von ihrer Freundin, die gestern Abend mit ihrem Mann, einem Geschäftsfreund deines Vaters, bei deinen Eltern war. Jetzt ist jedes weitere Wort wohl überflüssig."

„Oh ja, das ist es. Manchmal könnte ich sie … aber lassen wir das. Ich will nicht mehr über sie reden."

„Was wird aus unserem Urlaub? Kannst du, darfst du fliegen? Ich habe mich schon so darauf gefreut. Letzte Woche habe ich ein paar Läden in der Avenue Marceau aufgesucht und jetzt ist meine Reisegarderobe komplett." Zélie sieht etwas zerknirscht aus.

„Da es mein letzter Urlaub sein wird, habe ich mich entschlossen, ihn anzutreten. Vielleicht habe ich Glück und darf unter Palmen sterben." Ich übersehe die entsetzten Gesichter meiner Freundinnen. Mir fiel gerade ein, dass ich noch mit meinem Chef reden muss. Ich darf arbeiten, sofern mein Gesundheitszustand es erlaubt. Sonier sagte, dass ich mir keine Illusionen machen soll. Es wird nicht mehr lange dauern, bis Charlie mich in die Knie zwingt.

Wie aufs Stichwort legt er los. Meine Kopfschmerzen überfallen mich ohne Vorankündigung. Heftige Schmerzattacken malträtieren meinen Kopf. Mentaler Stress! Prof. Jablonski hat mich davor gewarnt. Ich müsse lernen, damit umzugehen. Dürfe mich nicht zu sehr dem Geschehen hingeben. Alles Negative ausblenden! Wie soll ich negatives ausblenden? Es sitzt in meinem Kopf und lässt sich nicht einfach ausblenden.

Ich brauche Ruhe. Zélie bietet mir ihr Gästezimmer an, aber ich will zurück ins Hotel. Hier hätte ich immer Zélie im Nacken und das wäre nicht gut für mich. Sie ist mir im Moment keine Hilfe. Sie muss erst mal selbst mit der Nachricht klar kommen. Bliebe ich hier, würde sie alle fünf Minuten nach mir sehen.

Sie drückt mich zum Abschied und geht wortlos zurück in ihr Appartement, damit ich ihre Tränen nicht sehen kann. Wir sehen uns in drei Wochen auf dem Flughafen. Zwischendurch werden wir telefonieren. Ich hoffe nur, dass ich ihr nicht den Urlaub verderben werde.

Joyce fährt mich zum Hotel und begleitet mich auf mein Zimmer. Ich merke, dass sie etwas auf dem Herzen hat. Sie wird von einer inneren Unruhe getrieben und läuft unruhig durchs Zimmer.

„Ich habe mich verliebt. Lach nicht, verdreh nicht die Augen. Diesmal ist es die große Liebe."

Oho! Wieder mal! Wann ist es für Joyce mal nicht die große Liebe? Normalerweise würde ich mich nicht wundern, aber diesmal ist etwas anderes. Warum fängt sie jetzt davon an? Warum hat sie es nicht erzählt, als Zélie dabei war?

„Okay! Sieh mich nicht so an! Es ist Armand, Zélies Cousin! Du weißt, dass sie immer sagt, ihre Verwandtschaft ist für meine Liebesabenteuer tabu. Aber es ist einfach so passiert. Was soll ich dagegen tun? Er will es auch. Wir sind erwachsen und …"

„Sei still!" fahre ich ihr ins Wort. „Was denkst du dir eigentlich? Erwachsen hin oder her! Du bist erwachsen, ja! Warum benimmst du dich dann wie ein liebeskranker Teenager? Irgendwann muss doch mal Schluss sein mit diesen Eskapaden. Übernimm endlich mal Verantwortung! Du hast einen Sohn. Hast du jemals darüber nachgedacht, wie er sich fühlt? Kaum hat er sich an einen Mann gewöhnt, schleppst du den nächsten an. Hast du dir mal überlegt, warum er so viel Zeit in Limoges verbringt? Er ist inzwischen fast zu meinem dritten Kind geworden. Damit ist jetzt Schluss. So gern ich den kleinen Mann auch habe, ich muss mich um meine Kinder kümmern. Ihnen ein neues Zuhause suchen. Übernimm endlich Verantwortung für dein Kind. Beende die Affäre. Tu es schnell und rede nie wieder darüber. Sie würde dir nie verzeihen."

Ich bin wütend. Alles, was sich die letzten Jahre in mir aufgestaut hat, hat sich seinen Weg gebahnt. Ihre ständigen Eskapaden, ihre Sorglosigkeit Wayne gegenüber, immer habe ich geschwiegen, weil sie meine Freundin ist. Aber jetzt ist Schluss mit dem Schweigen. Ich kann keine Rücksicht mehr nehmen, auf niemanden. Es ist eine Sache, wenn sie mit ihrem Mann eine offene Ehe führt, aber eine andere, wenn ihr Kind darunter leiden muss. Wenn Zélie erfährt, dass sie mit Armand eine Affäre hat, ja mehr als eine Affäre ist es nicht, kündigt sie ihr die Freundschaft. Joyce hat eine Grenze überschritten, die Zélie ihr gesetzt hat. Das bedeutet Krieg und dafür habe ich keine Nerven mehr.

Sie dreht sich um und verlässt den Raum, ohne ein Wort zu sagen. In meinem Kopf dröhnt es und ich will nur noch meine Ruhe. Jahrelang habe ich geschwiegen, aber jetzt ist Schluss. Ich habe meine eigenen Probleme und kann mich nicht noch um das Liebesleben von Joyce kümmern. Ich werde auch meine Freundschaft zu Zélie nicht wegen ihr aufs Spiel setzen. Zudem bin ich mit meinem baldigen Ende so beschäftigt, da bleibt keine Zeit für Streitigkeiten.

Heute kann nicht mal die Dusche meine Laune verbessern. Mir wird übel und ich stolpere ins Bett. Der kristallene Lüster löst sich auf, wird zu einem hellen Licht. Es ist, als würden Millionen kleiner Sterne vom Himmel herabregnen und über meinem Kopf schweben. Die Musik klingt aus weiter Ferne zu mir her. Die Töne verschmelzen zu einem Heulton, der sich in meinen Kopf bohrt. Aufhören! Es soll aufhören!

Als ich wieder zu mir komme, ist es bereits dunkel. Ich taste nach der Wasserflasche neben meinem Bett. Sie ist leer. Mein Kopf dröhnt und ich würde am liebsten davon laufen. Einfach losgehen und nicht mehr zurückkommen. Aber wo sollte ich hin?

In der kleinen Bar finde ich eine Flasche Perrier. Meine Hände zittern und ich habe Schwierigkeiten, die Flasche zu öffnen. Ich brauche frische Luft. Das Ankleiden fällt schwer. Als ich mich bücke, um die Schuhe anzuziehen, überfällt mich Schwindel und ich kippe nach vorn. Mein erster Gedanke:

Nie wieder aufstehen! Etwas später entscheide ich mich fürs Gegenteil. Mühsam ziehe ich mich am Bett hoch. Schlafen! Soll die frische Luft bleiben, wo sie ist. Ich muss versuchen, mentalen Stress von mir fernzuhalten. Es ist nicht Charlie, der mir das Licht ausschaltet, noch nicht. Ich muss nur noch eine Hürde überwinden, dann gehe ich mentalem Stress aus dem Weg. Das verspreche ich mir. Ich weiß zwar nicht, wie ich das anstellen soll, aber ich werde es versuchen.

Während meine Gedanken noch um den Stress kreisen, überfällt mich eine bleierne Müdigkeit, die mich in einen kurzen Schlaf fallen lässt. Kurz vor zwei bin ich hellwach. Eine innere Unruhe treibt mich an, lässt mich nicht mehr schlafen. Ein Spaziergang lässt mich vielleicht ruhiger werden.

Der Nachtportier hebt fragend den Kopf und wendet sich wieder seiner Arbeit zu, als ich abwinke. Ich laufe über den Place Vendôme zur Rue Saint-Honoré und weiter zum Place de la Concorde. Ein paar Clochards sitzen am Brunnen und lassen ihre Füße ins Wasser baumeln. Eine Flasche macht die Runde und einer bietet mir einen Schluck an. Ich lehne dankend ab und schlendere weiter. Mein Kopf dröhnt und treibt mich weiter. Runter zur Seine! Vielleicht beruhigt mich das ruhig dahin fließende Wasser? Am Ufer ankern kleine Yachten deren Positionsleuchten sich im Wasser spiegeln. Alles ist ruhig und friedlich. Wo ist das Treiben des Tages geblieben?

Ich setze mich an den Rand des Kais und lasse die Beine baumeln. Ein paar Jugendliche gehen kichernd vorüber und ein Clochard schimpft hinter ihnen her. Auf einer Bank knutscht ein Pärchen und vergisst die Welt um sich herum. Von einer der Yachten klingt Musik und ich wiege mich in ihrem Klang. Das Leben geht weiter, nimmt keine Rücksicht auf mich. Warum sollte es? Es kann nicht jedes Mal stehen bleiben und trauern, wenn jemand zum Tode verurteilt wurde.

Mir wird kalt und ich rappele mich auf, um weiter zu gehen. Am Louvre betrete ich den Jardin des Tuileries. Tagsüber herrscht hier ein geselliges Treiben. Überall stehen Bänke, die zum Ruhen einladen. Um das Bassin herum stehen Stühle und an schönen Tagen hat man Glück, wenn man einen davon in Beschlag nehmen kann. Jetzt habe ich die Auswahl und entscheide mich für einen Liegestuhl. Es wäre schön, wenn ich jetzt den Sternenhimmel betrachten könnte, aber die Stadt, mit ihren vielen Lichtern, macht es unmöglich.

Ein paar Clochards liegen auf den Stühlen und schlafen. Ihr Schnarchen dringt an mein Ohr und hat eine seltsam beruhigende Wirkung auf mich. Ich gehe in Gedanken das Gespräch mit meinem Chef durch, frage mich, wie er reagieren wird. Seine Frau ist letztes Jahr an Brustkrebs verstorben, seitdem ist er traumatisiert und wenn es um das Thema Krebs und den Tod geht, blockt er ab und will nichts davon hören. Mir wird er zuhören müssen.

Die Sonne geht auf. Die ersten Jogger laufen durch den Park. Menschen, die den Park als Abkürzung benutzen, laufen mit gesenkten Köpfen an mir vorbei. Sie haben keinen Blick für die Schönheit eines Sonnenaufgangs. Ich habe sie schon als Kind geliebt. Sonnenuntergänge mag ich noch mehr. Ich werde mir viele davon ansehen, will sie mir ins Gedächtnis brennen. Eines Tages werde ich vergessen, dass es sie gibt. Und irgendwann wir mein letzter Sonnenaufgang kommen …

Ich mache mich auf den Weg ins Hotel. Vielleicht kann ich noch ein bisschen schlafen. Um 12 Uhr muss ich auschecken. Bis dahin muss ich mich noch ausruhen. Der Crêpe wartet und der Heimweg ist lang …

Kapitel 7

Die lieben Kollegen

Es war nicht leicht, Madame Abily zu überreden, dass sie mir einen Termin bei Monsieur Cavaignac gibt. Sie wacht über seine Termine und sorgt dafür, dass er zwischendurch immer mal wieder eine Pause einlegen kann. So eine Pause habe ich mir erkämpft. Ich hätte auch zur wöchentlichen Mitarbeiterkonferenz gehen können, aber ich will nicht vor all meinen Kollegen über meinen bevorstehenden Tod reden.

Monsieur Cavaignac bittet mich in sein Büro und weist Madame Abily an, uns Kaffee zu bringen. Sie mag es nicht, wenn sie Mitarbeiter der Kanzlei bewirten muss und zeigt das mehr als deutlich. Mich berührt das nicht mal peripher und ich lächle sie mit einer übergroßen Portion Arroganz an. Sie ist schon seit Jahren heimlich ihn Cavaignac verliebt. Seit dem Tod seiner Frau macht sie sich ernsthaft Hoffnung, dass sie deren Nachfolge antritt. Aber Cavaignac ist blind für ihre Avancen.

Albert Cavaignac ist einer der besten Anwälte Frankreichs. Er hielt während meines Studiums an der Sorbonne einige Gastvorlesungen. Nach meinem Grundstudium hat er mir eine Stelle in seiner Kanzlei angeboten. Ich war begeistert und habe in den Semesterferien schon mal in meinen zukünftigen Job reingeschnuppert. Es war toll. Cavaignac hat mich zu seinen Verhandlungen mitgenommen. Es war herrlich mit anzusehen, wie er seine Gegner zerlegte. Er wurde mein Mentor und hat mich immer gefördert und gefordert.

„Was haben Sie auf dem Herzen? Wenn Sie eigens einen Termin vereinbaren, muss es sich um etwas Wichtiges handeln." Er lächelt mich an und nippt an seinem Kaffee.

„Ich habe einen inoperablen Hirntumor und werde bald sterben." So, es ist raus.

Im Vorzimmer fällt etwas zu Boden und zerschellt. Sie hat mal wieder gelauscht, wie sie es immer tut, wenn ein Mitarbeiter mit Cavaignac eine Besprechung hat. Jetzt wird sie es ihrer Busenfreundin Michelle Hobél erzählen und dann macht es die Runde durch die Kanzlei. Soll mir recht sein, dann muss ich es nicht tun.

Mein Chef sitzt unbeweglich vor mir im Sessel und sieht mich ungläubig an. Ich kann die Gedanken sehen, die durch seinen Kopf rasen.

„Es ist kein Scherz?" fragt er mit einem Funken Hoffnung in der Stimme, die mir sagt, dass ich doch bitte lachen soll.

„Es ist leider kein Scherz. Meine Kopfschmerzen und meine Ohnmacht waren nur die Vorboten. Es wird alles noch viel schlimmer. Die Ärzte sagen, dass die Überlebensrate bei einem Jahr liegt. Mir bleiben also noch neun Monate. Sie sagen auch, dass ich arbeiten kann und darf, solange es mein Gesundheitszustand zulässt. Ich frage mich allerdings, wie ich meinen Job machen soll, wenn mein Kopf dröhnt und die Übelkeit mir den Magen umdreht. Wir werden uns bald trennen müssen. So leid es mir auch tut."

Er räuspert sich mehrmals und muss erst einen weiteren Schluck Kaffee nehmen, bevor er mir antworten kann. Sie sehe seine Traurigkeit und würde gerne etwas Tröstendes sagen, aber was sagt ein Totgeweihter zu einem, der leben darf?

„Machen Sie sich über ihren Job keine Gedanken. Wir werden das schon irgendwie regeln. Denken Sie an sich und genießen Sie Ihr Leben. Nehmen Sie sich Zeit für Ihre Kinder. Machen Sie Urlaub, gönnen Sie sich etwas Gutes. Tun Sie, worauf immer Sie Lust haben. Nutzen Sie die Zeit, die Ihnen noch bleibt."

Tun, worauf ich Lust habe. Ich habe Lust aufs Leben, auf mein Leben. Ich will alt werden. Ich will nicht sterben. Tränen schießen mir in die Augen und eine kalte Faust legt sich auf meine Brust. Alles, was ich tun wollte, alles ist in unerreichbare Ferne gerückt. Mein Leben endet, bevor es richtig begann.

Ich wollte eine berühmte Anwältin werden, eine, vor der jeder Gegner zittert. Jetzt bin ich eine Anwältin, die vor einem Gegner zittert, der in ihrem Kopf sitzt und ihr das Leben Stück für Stück nehmen wird.

Ich habe das Gefühl, alles gesagt zu haben, was gesagt werden musste. Cavaignac verabschiedet mich mit vielen guten Wünschen und der nochmaligen Bestätigung, dass ich mir um meinen Job keine Sorgen machen muss.

Madame Abily ist nicht im Vorzimmer. Sie wird damit beschäftigt sein, die Kanzlei in Kenntnis meines baldigen Ablebens zu setzen. Vor der Tür begegne ich Rosalie, einer jungen Anwältin, die erst seit kurzem in der Kanzlei ist. Sie läuft mit gesenktem Kopf an mir vorbei und grüßt knapp und leise. Mein Kollege Jacques nimmt mich kurz in den Arm, drückt mich und murmelt etwas, das wie: „Tut mir leid für dich", klingt. Dann eilt er davon. Wohin? Keine Ahnung, nur weit weg von mir. Es könnte eventuell ansteckend sein.

Susan, die Kanzleizicke, versprüht bereits ihr Gift in der Lounge. Sie steht mir dem Rücken zu mir und bemerkt mich erst, als ihr das seltsame Verhalten ihrer Kollegen auffällt, die nicht wissen, wohin mit ihren Blicken und sich bei meinem Eintritt leise räuspern.

Von ausgleichender Gerechtigkeit war die Rede. Von dem Marquis'chen, das nun auch mal das normale Leben kennenlernt. Vor dem Tod würde auch der goldene Löffel im Mund nicht schützen. Wer weiß, was ich für Drogen eingeworfen hätte. Irgendwann würde sich das Lotterleben rächen. Zudem wäre es an der Zeit, dass meine Mandanten mal in die richtigen Hände kämen. Sie wäre besser geeignet, die schwierigen Fälle zu meistern.

Als meine Faust in ihrem Gesicht landet, bleibt ihr nicht mal mehr Zeit, sich einen Halt zu suchen. Sie torkelt und stürzt wie eine gefällte Eiche zu Boden. Meine Kollegen verstreuen sich in alle Winde und lassen sich nicht mehr blicken. Es ist auch besser so. Sie haben eben ihr wahres Gesicht gezeigt. Alle haben ihr zugehört. Keiner hat seine Stimme gegen sie erhoben. Ich könnte kotzen!

Monsieur Bredout, einer der Seniorpartner von Cavaignac, steht staunend da und runzelt die Stirn, als sich Susan aufrappelt.

„Ich an Ihrer Stelle, würde liegenbleiben, bis Thors Hammer die Kanzlei verlassen hat." Er dreht sich um und verlässt den Raum. Im Hinausgehen dreht er sich noch einmal um. „Den Schmerz haben Sie verdient. Tragen sie ihn mit Würde." Dann ist er verschwunden.

Susan funkelt mich böse an. Ich weiß, was jetzt in ihrem Kopf vorgeht. Auf solch eine Chance hat sie nur gewartet.

„Verklag mich! Einen größeren Gefallen könntest du mir nicht tun." Mit spöttischem Blick sehe ich auf sie hinab. „Du bist da, wo du hingehörst: auf dem Boden. Noch lebe ich und das werde ich dich spüren lassen."

Der Teufel reitet mich und ich mache einen großen Schritt über sie hinweg. Ich hätte ihr gerne noch einen Tritt verpasst, aber man tritt keinen, der schon am Boden liegt.

Mit einer Mischung aus Wut und Ärger verlasse ich die Kanzlei. Im Treppenhaus höre ich jemanden weinen. Eine Etage höher sitzt Yve, meine Sekretärin und weint sich die Augen aus. Sie erschrickt, als sie mich bemerkt. Was soll ich sagen? Weinen sie nicht, noch lebe ich?

„Was wird aus mir, wenn Sie nicht mehr hier sind? Was soll ich nur ohne sie machen?" schluchzt sie und sieht mich fragend an.

„Weiterarbeiten? Was sonst? Das Leben geht weiter, glauben Sie mir. Es geht schon weiter, seit ich mein Todesurteil erhielt. Es kümmert sich keinen Deut darum, dass es mich bald nicht mehr gibt. Es sterben jeden Tag Menschen und das Leben schert sich nicht darum. Sie hatten ein Leben vor mir und sie werden ein Leben nach mir haben."

„Aber die Arbeit mit Ihnen hat mir sehr gut gefallen. Auch wenn Sie sehr anspruchsvoll sind, es hat Spaß gemacht."

Was erwartet sie von mir? Ein Lob? Trost? Einen Plan für die Zukunft? Es ist schon seltsam, ich muss sterben und andere fürchten um ihre Zukunft.

„Cavaignac wird sie nicht entlassen. Sie werden sicherlich meinem Nachfolger gute Dienste leisten." Mit diesen Worten ist die Sache für mich erledigt. Ich gehe zum Aufzug und denke über meine Worte nach. Die Sache mit den guten Diensten treibt mir ein Lächeln ins Gesicht. Hatte Yve nicht ihre letzte Stelle verloren, weil sie ihrem Chef zu sehr zu Diensten war und dessen Frau dem ganzen einen Riegel vorgeschoben hat? Ups!

Susan hat es schon lange auf meine Mandanten abgesehen. Sie wird mit einfachen Fällen abgespeist, die sie leider meistens vermasselt und einer der Juniorpartner helfend eingreifen muss. Sie ist die Nichte eines unserer besten Mandanten und nur auf sein Betreiben in der Kanzlei. Auf Grund dieser verwandtschaftlichen Verstrickungen, kann sie sich viel erlauben. Cavaignac hat Angst, dass er die Bécaud-Croup verliert, wenn er Susan entlässt oder in ihre Schranken weist. Ich glaube nicht, dass sich Monsieur Bécaud derart echauffieren würde und die langjährige Geschäftsverbindung beenden würde. Der Mann ist weder blind noch taub und kennt seine Nichte. Böse Zungen behaupten, sie hätte das Wesen ihrer Mutter geerbt. Das sagt doch alles. Wie die Mutter so die Tochter. Wie die Schwester, so die Nichte. Aber warum soll ich mir den Kopf darüber zerbrechen? Die längste Zeit habe ich in dieser Kanzlei verbracht. Bald ist es vorüber und ich habe nichts mehr damit zu tun.

Ich werde meine Arbeit vermissen, die langen Gespräch mit Cavaignac und den guten Kaffee von Madame Fleury, der guten Seele der Kanzlei. Meine Kollegen, nun ja, sagen wir mal so ... es wird kein Verlust für mich sein.

Sie werden es genau so sehen, ich bin auch für sie kein Verlust. In der Kanzlei herrschen harte Sitten. Jeder gegen jeden. Jeder will Juniorpartner werden. Einen sicheren Platz für den Rest des Arbeitslebens haben. Mein Arbeitsleben ist bald zu Ende. Ich weiß nicht, ob ich mir das noch mal antun soll. Vor meinem Urlaub soll ich nicht mehr arbeiten. Ob ich nach dem Urlaub noch arbeiten kann, steht in den Sternen.

Im Moment könnte ich es nicht. Mein Kopf dröhnt und ich weiß, es ist wieder der mentale Stress. Wie schalte ich ihn ab? Wie blende ich ihn aus? Keine Ahnung! Ich sollte vielleicht doch ein Gespräch mit Prof. Thevenon führen.

Ich rufe mir ein Taxi, das mich nach Hause bringen soll. Der Fahrer ist einer von denen, der seinen Fahrgästen seine ganze Lebensgeschichte erzählt. Er redet ununterbrochen und sieht dabei dauernd in den Rückspiegel, ob ich ihm auch zuhöre. Ich sehe demonstrativ aus dem Fenster, aber er redet weiter. Es fängt an zu regnen und die Menschen hetzen durch die Straßen. Ich würde jetzt gerne im Café de Flore sitzen und eine chocolat chaud zu mir nehmen. Dazu ein paar Madeleines, das wär's.

Ich versuche ruhig und gleichmäßig zu atmen, aber das Geplapper geht mir auf die Nerven. Er hat jetzt seine Kindheit hinter sich gelassen und ist auf Brautschau. Wen interessiert das? Mich nicht.

„Habla espagnol?", frage ich und sehe ihn erwartungsvoll an. „No entiendo! No hablo francés", füge ich vorsichtshalber noch hinzu.

Das saß! Er wirft mir einen vorwurfsvollen Blick zu, dreht das Radio lauter und brummelt vor sich hin. Warum ist mir das nicht früher eingefallen? Im Radio läuft Marielles Lieblingssong und zum ersten Mal höre ich zu.

Life is a mystery, everyone must stand alone. Wie wahr! Ich lehne mich in den Sitz zurück und betrachte mir die bunten Regenschirme, die sich durch die Stadt schieben. Als Kind ging ich oft im Regen spazieren. Ich könnte doch ... nun ja ... ich lasse den Fahrer anhalten und er wundert sich, warum die französischen Worte nur so aus meinem Mund strömen. Soll er sich wundern! Ich zahle mehr als ich muss. Er wundert sich noch immer und ich gehe einfach davon.

Nach zwei Schritten bin ich völlig durchnässt. Es ist kein angenehmer Regen, keiner, der leise vor sich hin fällt. Er ist kalt und hart, prasselt vom Himmel und verwandelt die Stadt in ein graues Meer aus Stein. Wo sind die Farben geblieben? Es scheint, als hätte der Regen alles abgewaschen. Die Welt ist grau und trüb. Sie passt zu mir.

Als ich eine Stunde später durchgefroren nach Hause komme, bin ich glücklich. Es scheint, als hätte der Regen auch meine Seele gereinigt. Ich lasse mir ein Bad ein, mache mir einen Kaffee und steige in die Wanne. Das warme Wasser ist herrlich und der Schaum meiner neuen Seife duftet angenehm nach Orangen. Mathieu hat sie auf dem Wochenmarkt gekauft, als er auf der Suche nach Obst und Gemüse aus biologischem Anbau war. Wir haben jetzt auch Seife, die nach Kaffee duftet und in seinem Schrank liegt ein Sachet, das seine Kleider in einen Duft aus Patschuli und Bergamotte hüllt. Seine Kolleginnen mögen den Duft. Sie sagen, er hätte so etwas Erotisches. Ich fragte, wen sie meinen, ihn oder den Duft. Er hat so seltsam gelächelt und ich denke mir, dass es auch in einem Labor manch ungestörtes Plätzchen geben muss.

Aus der Küche hört man das Klirren von Geschirr. Jemand lässt einen deftigen Fluch los und ich denke: „Hoffentlich hat es diesmal die hässliche Kanne erwischt, die er auf dem Flohmarkt erstanden hat."

Das Lachen meiner Kinder lässt mir warm ums Herz werden. Sie sind noch so unbeschwert. Ich mache mir große Sorgen um sie. Wie soll ich sie Mutter anvertrauen, wenn ich genau weiß, dass sie sich nicht um sie kümmern wird. Sie wird sie ins Internat stecken. Sie hat bereits alles vorbereitet, als hätte sie es geahnt.

Ich schlurfe zur Küche und bleibe in der Tür stehen. Der Anblick erfreut mein Herz und ich vergesse meinem ungebetenen Gast für einen Augenblick. Mathieu kniet auf dem Boden und fegt die Reste der Kanne zusammen. Endlich!

Ich muss lachen und ernte dafür einen bösen Blick von Mathieu. Meine Jungs fallen mir in die Arme und schmiegen sich an mich. Schön! Ich muss sie genießen, diese seltenen Augenblicke der Zärtlichkeit. Ob ich irgendwann auch meine Kinder vergessen werde? Ich hoffe nicht. Ich hoffe sehr, dass ich vorher sterbe. Was würden sie denken, wenn ihre eigene Mutter sie nicht mehr erkennt? Würden sie denken, sie hätten meine Liebe verloren? Das wäre schrecklich. Wer auch immer dafür zuständig ist … lass mich bitte vorher sterben.

Die Jungs stürmen aus dem Zimmer und verschwinden aus meinem Blickfeld. Ich höre, wie sie sich über die neuen Transformers unterhalten, die Mathieu ihnen gekauft hat. Dann werden ihre Stimmen leiser und ich wende mich Mathieu zu.

„Wie war deine Unterhaltung mit Cavaignac? Was hat er gesagt? Er hat doch was gesagt?", fragt er mit einer Anspielung auf die Unterhaltung mit meinen Eltern.

Ich möchte jetzt nicht darüber reden, aber je schneller ich es hinter mich bringe, umso besser ist es. Im Augenblick würde ich lieber aus dem Fenster schauen und dem Regen beim Fallen zusehen. Die Welt ist in tristes Grau getaucht. Es scheint, als hätte sie wenigstens ein bisschen Mitleid mit mir.

Ich erzähle Mathieu von meinem Gespräch mit Cavaignac, von meinen lieben Kollegen und als Krönung, von meiner Sekretärin. Er schüttelt verständnislos den Kopf und nimmt mich tröstend in den Arm.

„Steck es weg! Denk nicht mehr dran. Ich denke, es wäre das Beste, wenn du nicht mehr in die Kanzlei gehst. Mach dir noch ein paar schöne Tage. Warum willst du dich mit Menschen umgegeben, denen du nichts bedeutest?"

Das frage ich mich auch. Allerdings will ich noch arbeiten. Ich will spüren, dass ich noch zu etwas nutze bin. Vor mich hin sterben kann ich noch lange genug. Lange genug? Wenn ich nur wüsste, wie lange das Sterben dauert. Wenn ich nur wüsste, wie schrecklich es werden wird.

Die Kopfschmerzen kamen pünktlich um gute Nacht zu sagen. Anfangs waren sie erträglich, steigerten sich dann aber und ließen mich nicht zur Ruhe kommen. Kurz nach drei zog ich meinen Jogginganzug an, streifte die Regenjacke über und machte mich auf den Weg. Der Regen war kalt und fiel in harten Tropfen aus den Wolken.

Die Straße glänzte und warf das Licht der Laternen in kleinen Punkten zurück. Der Garten meiner Nachbarin Ashima Singh war wie immer von unzähligen Lampions erhellt. Der Wind spielte mit ihnen und die Lichtkegel tanzten über den Rasen. Madame Blanquis Brunnen spie seine Fontänen in den Himmel und mischte sein Wasser mit dem Regen.

Madame Gloussés Liebhaber fuhr nach Hause. Zehn Minuten später kam mir der Jaguar ihres Mannes entgegen. Noch mal Glück gehabt. Wie's aussieht, hat Madame Gloussé heute eine lange Nacht vor sich.

Der Zeitungsbote war bereits unterwegs und verstaute die Zeitungen in ihren Boxen. Die ersten Jogger drehten ihre Runden und Monsieur Obraniak fuhr in seine Firma. Sie alle hatten ihr Leben noch vor sich, nur ich war dem Tode geweiht. Charlie drosselte den Schmerz und ich machte mich auf den Heimweg.

Zuhause erwartete mich Kaffeeduft. Mathieu konnte nicht schlafen und hatte bereits das Frühstück vorbereitet. Ich hörte das Plätschern der Dusche und schlich auf mein Zimmer. Mir war nicht nach langen Gesprächen in der Nacht: Ich wollte noch ein bisschen schlafen, bevor mich die Jungs in Beschlag nahmen.

Dieses unaufhörliche, aufdringliche Klingeln holte mich aus dem Schlaf. Es ist kurz vor sieben und ich bin müde. Nicholas steht an der Sprechanlage und schimpft wie ein Rohrspatz in die Muschel. Das Klingeln geht weiter. Stress am frühen Morgen, das hat mir noch gefehlt. Ich nehme Nicholas den Hörer ab und pfeife in die Muschel. Der Klingelton verstummt und stattdessen erklingt ein Geheul, das seines Gleichen sucht.

Gut so! Welcher Crétin klingelt um sieben Uhr morgens Sturm? Vor der Tür steht ein Mann, der ein riesiges Sargbukett vor seinen Füßen abgestellt hat.

„Das ist für sie", sagt er und drückt mir eine Karte in die Hand. Dann lässt er mich einfach stehen, geht zu seinem Lieferwagen und fährt davon.

Was war das denn? Verwechselt er mich mit der Leichenhalle? Ich schiebe das Bukett ins Haus und schlurfe in die Küche. Ich brauche jetzt einen Kaffee. Nachdem der Kaffee in die Kanne läuft und die chocolat chaud der Jungs erwärmt ist, öffne ich die Karte. Ein Genesungswunsch meine Kollegen. Alle haben unterschrieben. Welch Heuchelei!

Genesungswünsche, garniert mit einem Sargbukett. Wem habe ich das zu verdanken? Ich könnte kotzen.

Kapitel 8

Frustrationen

Zélie und Joyce rufen jeden Tag an und erkundigen sich nach meinem Wohlergehen. Sie sind ernsthaft besorgt. Mathieu kümmert sich liebevoll um mich. Morgens bringt er Cédric und Nicholas in die Vorschule, geht einkaufen und kocht. Manchmal sitzen wir zusammen und reden. Ich habe immer seltener Lust, mich zu bewegen. Am liebsten würde ich den ganzen Tag auf der Couch liegen und mir leidtun. Mathieu schafft es immer wieder, mich aus meiner Lethargie zu holen.

Ich kann dem Leben nichts Positives abgewinnen. Alles ist so trostlos. Meine Eltern haben sich nicht gemeldet. Zélie geht mir mit ihrer Freude auf unseren Urlaub auf die Nerven und Joyce trifft sich noch immer mit Armand.

Ich will nicht ohne meine Jungs Urlaub machen, aber sie verbringen drei Wochen mit ihrer grand-mère. Sie hat darauf bestanden, ihre Enkel im Sommer zu betreuen. Sie ist kein Deut besser als Mutter, aber sie hat ihren Sohn verloren und human gesehen ein Recht auf den Umgang mit ihren Enkeln. Sie besteht zum Glück nur auf diese drei Wochen und Besuche an ihrem Geburtstag und Ostern. Ich hege insgeheim die Hoffnung, dass sie irgendwann das Interesse an ihnen verliert.

Madame Blanqui ist verreist und ich habe ihr versprochen, ein wachsames Auge auf ihr Anwesen zu haben. Was habe ich mir da eingebrockt? Ich habe weder Lust, das Zimmer zu verlassen, noch will ich irgendetwas tun, wobei ich mich mehr als nötig bewegen muss. Mathieu hatte ein Einsehen und hat meine Verpflichtung übernommen.

Er schimpft immer wieder, dass ich nicht nur auf der Couch liegen soll. Ich bräuchte frische Luft und Bewegung. Er will mit mir spazieren gehen, aber dabei müsste ich mich bewegen. Lieber lasse ich mich vom Fernsehprogramm anöden. Manchmal ertappe ich mich dabei, dass ich auf die Kopfschmerzen lauere. Dann habe ich einen Grund, mich zu schonen. Eine Ausrede, warum ich liege und mich bedauere.

Seltsamerweise überfallen sie mich nur selten tagsüber. Gegen Abend kommen sie langsam hervor und quälen mich. Jede Nacht schleiche ich mich aus dem Haus und versuche ihnen zu entkommen, Charlie zu entkommen. Dann ist es vorbei mit der Lethargie und der Bewegungsverweigerung.

Mathieu hat es glücklicherweise noch nicht mitbekommen. Wie ein Einbrecher schleiche ich durchs Haus. Kann ich tagsüber kaum die Füße heben und schlurfe durchs Haus, so bin ich bei meinen nächtlichen Ausflügen behände wie ein Dieb.

Mein Kopf weiß, dass ich Charlie nicht davonlaufen kann, trotzdem versuche ich es immer wieder. Ich überhäufe ihn mit wüsten Beschimpfungen und er rächt sich mit Kopfschmerzattacken, die mich fast in die Knie zwingen.

Manchmal sind die Schmerzen so stark, dass ich kaum denken kann. Dann will ich nur noch schlafen, aber er lässt es nicht zu. Quält mich weiter, bis ich völlig erschöpft in einen kurzen Schlaf falle. Danach fühle ich mich gerädert und könnte heulen.

Immer wieder frage ich mich warum. Warum dies, warum das? Warum ich? Immer wieder, warum ich. Ich rede mit Charlie, frage ihn, warum. Er hüllt sich in Schweigen. Das macht mich wütend und ich würde ihm gerne eine Tracht Prügel verabreichen, aber wie prügelt man ein Glioblastom?

Ich spüre in mich hinein, ob sich bereits eines der anderen Symptome bemerkbar macht, sich anschleicht, lauert. Ist meine Lethargie ein Vorbote? Beginne ich mich zu verändern? Lief ich sonst jeden Tag Kilometerweit durch den Wald, über Wiesen und an der Vienne entlang, so übermannt mich jetzt die Faulheit.

Manchmal frage ich mich, ob sich die Ärzte vielleicht geirrt haben. Man hört ja so manches darüber. Ärztepfusch! Okay! Sie pfuschen nicht an mir herum. Aber … es könnte doch sein … vielleicht war es nicht mein Kopf, in dem sie ein Glioblastom fanden …

Es gibt Momente, das rasen die Gedanken so schnell durch meinen Kopf, dass mir schwindlig wird. Alles ist undeutlich und ich bin nicht mehr in der Lage, einen klaren Gedanken zu fassen. Denke ich überhaupt in diesen Momenten? Ich weiß es nicht. Manchmal stört mich der Lärm, den meine Gedanken machen, wenn sie so durch mein Hirn rasen. Farben und Formen verschwimmen zu einem hässlichen Gemälde und werden dunkler, immer dunkler, bis sie schwarz sind und mir Angst machen.

Ich will das nicht. Mein Hirn soll denken wie früher. Alles soll sich in geregelten Bahnen bewegen. Im Augenblick dreht sich alles um Charlie. Selbst die kleinste Freude verdirbt er mir. Ich höre ihn in meinem Kopf wispern. Das ist das letzte Mal … nie wieder … sag leb wohl … gib auf …

Ich hasse Charlie! Ich hasse die Ärzte, die mir mein Todesurteil an den Kopf geworfen haben. Ich hasse meine karrieregeilen Kollegen. Ich hasse Zélie und Joyce, die mir mit ihren ewigen Anrufen auf die Nerven gehen. Ich hasse Mathieu, der mich betüttelt. Ich hasse meine Eltern, denen es egal ist, ob ich lebe oder tot bin. Und ich hasse mich, weil ich etwas getan habe oder nicht getan habe, das mir dieses Scheusal in meinem Kopf beschert hat.

Nur meine Jungs, die liebe ich. Aus tiefstem Herzen! Für immer und ewig!

Heute Morgen trieben mich heftige Ohrenschmerzen aus dem Bett. Nun frage ich mich, ob Charlie mein Ohr beschießt. Georgette sagte, dass die Schmerzen ausstrahlen und es mal hier drückt und dann wieder dort zwackt. Man hat Zahnschmerzen und der Zahnarzt steht vor einem Rätsel. Ob es mit meinen Ohrenschmerzen genauso ist?

Ich schlurfe in die Küche, um mir einen Kaffee zu holen. Mathieu deckt den Frühstückstisch und tanzt nach der Musik, die aus der Stereoanlage dröhnt. Mein Ohr schreit Hilfe und ich schlurfe etwas schneller, um den Lärm auszuschalten.

Als ich mich setze, sieht Mathieu mich skeptisch an. Er hat seit neuestem diesen Röntgenblick, mit dem er mich zu durchleuchten scheint. Ihm entgeht nichts.

„Was ist los? Sonst kann dir die Musik nicht laut genug sein, jetzt stellst du sie ab."

„Ich habe Ohrenschmerzen. Der Lärm verstärkt sie nur noch. Kann ich einen Kaffee haben?"

Er schenkt mir ein und sieht mich an, als sei ich eins seiner Polymere, das sich soeben vor seinen Augen in ein lästiges Insekt verwandelt.

„Warum schlurfst du in letzter Zeit nur noch durchs Haus? Kannst du die Füße nicht mehr heben oder ist das ein Ausdruck deiner Lustlosigkeit? Mir geht diese Schlurferei auf den Geist. Du bist weder alt noch gebrechlich. Heb also deine Füße beim Gehen und reiß dich endlich mal zusammen. Die Jungs stellen schon unangenehme Fragen."

„Welche Fragen? Sieh mich nicht an wie eine Kuh, sag's mir. Welche Fragen stellen sie?"

„Was mit dir los ist. Ob du krank bist. Warum du immer auf der Couch liegst. Warum du so seltsam bist. Warum du durch die Gegend schlurfst. Warum du nachts aus dem Haus schleichst. Ja, wir wissen, dass du nachts verschwindest. Versuch erst gar nicht es zu leugnen. Warum redest du nicht mit mir? Ich weiß, ich kann dir nicht helfen, aber ich will für dich da sein. Wozu hat man Freunde, wenn man sie links liegen lässt? Lass mich für dich da sein … Bitte!"

„Ich brauche keine Krankenschwester, pardon, keinen Pfleger. Ich kann ganz gut für mich selbst sorgen."

„Ach ja? Kannst du das? Warum liegst du dann den ganzen Tag auf der Couch und bedauerst dich? Wir könnten spazieren gehen. Du könntest dich auf die Terrasse setzen und dort faulenzen. Wir könnten shoppen gehen …"

„Ich will aber nicht können. Es gefällt mir, den ganzen Tag auf der Couch zu liegen und mich zu bedauern. Ich will faul sein, ich …"

„Gut! Du willst faul sein. Das heißt aber noch lange nicht, dass du auch so riechen musst. Wie wäre es, wenn du mal wieder duschen würdest? Zähne putzen wäre auch nicht schlecht."

Ups! Er hat einen wunden Punkt getroffen. Meine Hygiene lässt zu wünschen übrig, das weiß ich selbst. Aber ich habe einfach keine Lust, mich zu duschen und meine Zähne zu putzen.

„Schau mich nicht so entsetzt an. Selbst deine Kinder fragen sich, warum du dich so gehen lässt und sie sind erst fünf. Du sagst, du hast Ohrenschmerzen. Willst du in diesem Aufzug, mit diesem Parfum einen Arzt aufsuchen? Der fällt in Ohnmacht, noch bevor er dich untersuchen kann." Mathieu ist wütend und zeigt es deutlich.

„Warum fällt der Arzt in Ohnmacht?" Nicholas sieht Mathieu mit einem Blick an, der sagt, dass er keine Ausreden duldet.

„Weil er Mamas Parfum gerochen hat." Cédric sieht mich böse an. „Du sagst immer, wir müssen uns waschen, wir müssen duschen, wir müssen baden, wir müssen Zähne putzen. Jetzt weiß ich warum. Ich dusche in Zukunft freiwillig. Ich will nicht riechen wie … hmmm … so ein Parfum haben wie du."

Wow! Das saß! Hätte er mir eine Ohrfeige verpasst, sie hätte nicht mehr schmerzen können. Man sagt, Kindermund tut Wahrheit kund. Diese Wahrheit tut weh. Die verbale Ohrfeige holt mich auf den Boden zurück. Will ich wirklich an meinem eigenen Gestank ersticken? Sollen meine Zähne faulen und ausfallen? Nein! Definitiv nein! Wie konnte ich mich nur so gehen lassen?

Beschämt schleiche ich mich davon, bemüht, meine Füße vom Boden zu heben. Mein Ohr zwackt mich und ich weiß, dass ich zum Arzt muss. Während ich die Treppe hochsteige, drehe ich mich noch einmal um und rufe: „Fährst du mich nachher zum Arzt?" Von unten dröhnt ein: „Jaaa!" aus drei Kehlen.

Das Wasser läuft über meinen Körper und spült den Dreck der letzten Tage weg. Der Schaum des sündhaft teuren Duschgels hüllt mich in einen betörenden Duft. Bereits nach dem Zähneputzen fühlte ich mich wohler. Jetzt bin ich bereit für den Tag.

Ein Blick aus dem Fenster zeigt mir, dass es heute wieder sonnig und warm wird. Ich wähle ein weißes Leinenkleid und gelbe Sandalen. Die passende Handtasche dazu und es kann losgehen.

Mathieu traut seinen Augen nicht, als ich in die Küche komme. Er pfeift durch die Zähne und lächelt mich an. Ich weiß, dass ich ihm Kummer gemacht habe. Ich kann es nicht ändern, es hatte mich einfach so gepackt, in seine Klauen genommen und nicht mehr losgelassen. Waren es Depressionen? Ich glaube nicht, denn die kann man nicht ein- und ausschalten, wie es einem beliebt. Vielleicht Frustrationen? Vielleicht Verletzungen? Zu viel hat sich in letzter Zeit zugetragen. Am schlimmsten hat mich das Verhalten meiner Eltern verletzt. Dass sie herzlos sind wusste ich, aber dass sie so weit gehen … Es tat weh … sehr weh!

Ich weiß nicht, wie oft ich mich schon gefragt habe, warum sie mich überhaupt in die Welt gesetzt haben, wenn ich ihnen doch nichts bedeute, ihnen immer und überall im Weg bin. Einzig und allein damit die Erbfolge gesichert ist, dass das Vermögen der Familie nicht in die falschen Hände gerät? Grand-mère Martha-Louise war erfreut, als ihr Sohn und Erbe des Titels und Familienvermögens Nachwuchs bekam. Grand-père Fernand legte Wert auf einen Stammhalter, aber Mutter war nicht gewillt ihre Figur einem weiteren Kind zu opfern. Ich wuchs in der Gewissheit auf, eines Tages Kinder in diese Welt zu setzen, damit die Erbfolge gesichert ist. Grand-mère sorgte dafür, dass ich es nie vergaß, indem sie mich bei jeder passenden und unpassenden Gelegenheit daran erinnerte.

Die Eltern meiner Mutter waren froh, dass sie überhaupt ein Enkelkind hatten. Sie waren allerdings entsetzt, als sich das Prinzesschen als Wildfang entpuppte. Wenn man das Leben meiner grands-parents führt, ist man bereits nicht mehr salonfähig, wenn sich eine Strähne aus der Hochsteckfrisur löst oder die Schuhe die falsche Farbe haben. In nehme an, die Nachricht, dass ihre Enkelin ein Glioblastom ihr Eigen nennt, hat sie etwas aus der Bahn geworfen. So etwas gab es in unserer Familie noch nie. Ein Makel, auf den man liebend gern verzichtet hätte.

Zum Glück leben Vaters Eltern nicht mehr. Sie hätten mich auf eine einsame Insel verbannt und behauptet, es hätte mich nie gegeben. Ein Hirntumor! Doch nicht in ihrer Familie!

Nun ja! Ich habe meinen Beitrag zur Erbfolge geleistet, sogar in doppelter Ausführung. Es ist mir sogar gelungen, einen adeligen Vater für sie zu finden. Ich habe meine Pflicht erfüllt und kann gehen. Wohin auch immer.

Mutter ist bemüht, die Jungs auf einer, ihren Ansprüchen genügenden, Schule anzumelden. Was lag da näher, als sie auf dasselbe Internat zu schicken, auf das sie bereits ihre Tochter verbannt hatte? Okay! Eine gute Schulausbildung ist sehr wichtig. Aber es gibt auch gute Privatschulen, es muss nicht unbedingt ein Internat sein.

Ich bin so in meine Gedanken vertieft, dass ich Mathieus Frage überhört habe. Erst beim zweiten Mal dringt sie bis in mein Hirn vor. Zu welchem Arzt will ich? Wie wäre es mit Dr. Aumont? Ich war schon öfter mit den Jungs in ihrer Praxis.

Einmal hat sie Cédric eine Perle aus der Nase geholt, ein anderes Mal Nicholas eine Erbse. Wie das Kaugummi in Cédrics Ohr gelangt war, ist mir heute ein Rätsel. Beide Jungs schworen, dass sie nichts damit zu tun hatten.

Als wir endlich an der Anmeldung stehen, fragt die Empfangsdame, in welchem der Jungs etwas steckt, das dort nicht hin gehört. Nun ja! Da gab es Bohnen und Schokolade, ein Stück Seife und andere diverse Dinge, über die man besser den Mantel des Schweigens deckt. Als ich ihr sage, dass ich Ohrenschmerzen habe, ist sie sichtlich enttäuscht. Verständlich! Sind die Fundstücke, die sie aus meinen Kindern puhlen, doch immer für eine Überraschung gut.

Sie ruft eine Schwester, die mich in einen Behandlungsraum bringt. Es riecht nach Desinfektionsmittel und Raumspray. Das gerahmte Foto an der Wand, erinnert an Frankensteins Junior und ich fühle mich etwas unbehaglich.

„Guten Morgen Dr. de Polignac. Wie ich höre, haben sie Ohrenschmerzen. Ich muss wohl nicht fragen, ob sie eventuell …"

„Nein", falle ich ihr ins Wort. „Ich bin kein Kleinkind und habe keine Kostbarkeiten in meinem Ohr versteckt. Ich habe ein Glioblastoma multiforme und weiß nicht, ob die Schmerzen ausstrahlen oder ich einfach nur Ohrenschmerzen habe."

Dr. Aumont sieht mich mit großen Augen an. Ich kann ihr Unbehagen sehen. Inzwischen habe ich einen sechsten Sinn dafür entwickelt. Da ist er wieder, dieser Blick. Ängstlich, dass wider besseres Wissen doch eine Ansteckung erfolgen könnte. Erleichtert, dass man nicht selbst betroffen ist. Ratlos, was man sagen soll.

Sie überspielt ihre Sprachlosigkeit, indem sie mir mit einem Otoskop ins Ohr sieht. Sie macht sich Notizen und stellt mir ein Rezept aus.

„Sie haben eine Mittelohrentzündung. Ich habe ihnen ein Medikament verordnet, dass sie zweimal täglich in den Gehörgang einträufeln müssen. In ein bis zwei Wochen sollte die Entzündung abgeheilt sein. Wenn es zu keiner Verschlimmerung kommt, sehen wir uns in acht Tagen wieder."

Ich bedanke mich und bin froh, dass es nichts Schlimmeres ist. Ich kann im Urlaub keine weitere Krankheit brauchen. Ein ungebetener Gast ist mehr als genug. Ich habe vergessen, dass ich in acht Tagen bereits auf Culebra bin. Aber das ist jetzt nebensächlich. Ich habe Sonier versprochen, einen Tag vor meiner Abreise noch einmal zur Kontrolle zu kommen. Er kann mir ins Ohr schauen. So spare ich mir den Weg zu Dr. Aumont.

Ich will diese Woche Georgette aufsuchen. Ich habe schreckliche Bilder im Kopf. Meine Vorstellungen, was ihren Zustand betrifft, sind grauenvoll und machen mir Angst. Ich will mich mit eigenen Augen überzeugen, will sehen, wie ich eines Tages enden werde.

Mathieu hat mir davon abgeraten, Sonier ebenfalls. Es ist meine Entscheidung und ich werde gehen. Es ist eine Sache, darüber zu lesen und eine andere, zu sehen, wie das Ende aussieht. Die Aktion mit dem Morphin spuckt mir noch immer im Kopf herum. Ist es so schrecklich oder wird es noch schlimmer?

Die Sonne scheint vom wolkenlosen Himmel und Mathieu überredet mich zu einem kleinen Spaziergang. Die Altstadt von Limoges ist sehenswert. Das lockt Jahr für Jahr viele Touristen an. Zudem gibt es in vielen Geschäften das berühmte Limoges Porzellan zu kaufen. Heute tummeln sich besonders viele Touristen in der Stadt. Wir laufen durch die verwinkelten Gässchen, um dem Trubel zu entkommen. Am Ufer der Vienne gibt es ein kleines Café, das Mathieu zielsicher ansteuert. Das gemütliche Ambiente und die vielen Blumen machen es zu einem beliebten Ausflugsziel der Einheimischen. Touristen verlaufen sich selten hierher.

Wir finden einen freien Tisch, mit Aussicht auf den Fluss und bestellen Kaffee und die beliebten Madeleines. Mathieu ordert noch eine große Portion Erdbeeren mit Schlagsahne. Er ist ein Leckermäulchen und seiner Figur schadet selbst die größte Portion Schlagsahne nicht.

Meine Ohrenschmerzen werden stärker und vermiesen mir den Ausflug. Auf dem kleinen Spielplatz, der in der Nähe des Cafés liegt, toben Kinder und jagen Schockwellen durch mein Trommelfell. Meine Nervosität steigt und ich habe Angst vor dem sich anbahnenden, mentalen Stress. Hinter meinen Augen zucken Blitze und schießen Schmerzen durch mein Hirn.

Mathieu sieht mich besorgt an. Kopfschüttelnd stehe ich auf und flüchte an den Fluss. Weiter und weiter laufe ich, nur weg von den lärmenden Kids. Mein Kopf dröhnt, die Blitze zucken und dann wird es dunkel.

Mathieu ist mir gefolgt und sorgt dafür, dass mir niemand zu nahe kommt. Keiner den Notarzt ruft. Als es langsam hell wird, blicke ich in viele neugierige Gesichter. Gaffer! Wie ich diese Spezies hasse!

Zwei Fahrradpolizisten, vertreiben die Gaffer, bieten Hilfe an. Mathieu regelt alles. Am Himmel ziehen zwei Raubvögel ihre Bahnen. Haben sie mich als fette Beute ausgemacht oder sind das bereits die Geier, die Leichenfledderer? Eine Entenmutter watschelt mit ihren Jungen über den Weg, stört sich nicht an der Person die da auf dem Boden liegt. Ein Rabe hüpft neugierig näher und blickt mich mit seinen schwarzen Knopfaugen durchdringend an. Ist er gekommen, um mir den richtigen Weg zu zeigen? Ich strecke meine Hand nach ihm aus und er hüpft näher. Näher und näher, bis er schließlich auf meiner Hand landet und nach meiner Uhr pickt. Ein Dieb! Kein Wegweiser aus der Finsternis.

Mathieu lacht und vertreibt ihn. Die Polizisten helfen mir auf die Füße und bringen mich zu einer Bank, im Schatten eines Baumes. Der Rabe lässt sich in der Nähe nieder und beäugt mich nach wie vor.

Die Kellnerin kommt und bringt ein Tablett, das sie lächelnd neben mir auf die Bank stellt. Der Duft von Kaffee steigt mir in die Nase und lässt mich für einen Augenblick alles andere vergessen.

Die Gaffer haben sich in der Nähe versammelt, hecheln alles durch und warten nur darauf, dass ich zum zweiten Mal den Abgang probe. Ich hasse diese Menschen. Mathieu sieht mich nachdenklich an und rümpft angeekelt die Nase.

„Sieh nicht hin! Sie sind es nicht wert, dass du dich ihretwegen aufregst. Sie sind Abschaum, einfach nur ekelhaft. Sieh mich an, sieh mir in die Augen. Jede Aufregung kostet dich wertvolle Lebenszeit. Trink deinen Kaffee und dann gehen wir langsam weiter. Okay?"

Es fällt mir schwer, die Augen von dem Pöbel abzuwenden. Was bewegt sie dazu, hier auszuharren und zu gaffen? Mangelnde Intelligenz? Schlechte Kinderstube? Keine Ahnung! Will ich es wirklich wissen? Ich denke nicht, trotzdem ärgere ich mich über sie.

Nur widerwillig nicke ich, um Mathieus Frage zu beantworten. Ich würde gerne sofort gehen. Die Gaffer machen mich nervös. Der Rabe hüpft näher und krächzt ein paarmal heiser. Mathieu wirft einen Stein nach ihm und er flattert schwerfällig davon. Es raschelt in den Blättern, als er sich auf einem Ast über uns niederlässt. Seine Knopfaugen verfolgen mich. Mathieus Stimme reißt mich aus meinen Gedanken.

„Sieh mal auf dem Fluss, die Segelboote. Siehst du die lustigen Wimpel, die sie an ihren Masten befestigt haben? Ich habe letzte Woche in der Zeitung gelesen, dass am Wochenende eine Regatta stattfindet. Der Erlös ist zu Gunsten eines Kinderheimes. Das werden die ersten Teilnehmer sein."

Was interessiert mich eine Segelregatta? Ich hasse Boote, ich ... aua! Was war das? Der Beschuss kommt aus den Ästen über mir. Der Rabe pflückt die noch unreifen Kirschen und bombardiert mich damit. Blödes Vieh! Denkt er, ich überlasse ihm meine Uhr, wenn er mich piesackt?

Jetzt reicht's! Ich greife nach einem Stein und werfe ihn in die Baumkrone. Der Rabe krächzt, als würde er mich auslachen. Blödes Vieh! Der Beschuss geht weiter. Er hat sich hinter einem Meer aus Blättern verschanzt und fühlt sich sicher. Was soll ich mich aufregen? Die Gaffer auf einer Seite, der Rabe über mir, Ohrenschmerzen und Charlie. Das ist zu viel!

„Hast du bezahlt? Können wir gehen?", frage ich schon im Aufbruch. Er nickt.

„Lass mich nur noch schnell das Tablett zurückbringen. Ich will …"

„Ich werde vorausgehen. Wir treffen uns am Auto", blaffe ich ihn an. Es ist nicht seine Aufgabe, Ordnung zu schaffen. Hier Ordnung zu schaffen. Zuhause vergisst er es immer wieder. Typisch Mann!

Meine Blicke wandern zurück zum Kirschbaum. Verjagt von einem Raben! Ich könnte lachen, aber ich will mich in meinem Unglück suhlen. Die Welt hat sich gegen mich verschworen. Wenn mich nicht mal meine Eltern haben wollen, wieso sollte es der Rest der Welt tun? Nur mühsam gelingt es mir, die Tränen zurück zu halten.

Warum habe ich überhaupt mit ihnen geredet? Was habe ich erwartet? Mitleid? Mitgefühl? Was denke ich da? Mitgefühl? Sie haben keine Gefühle, wo sollten sie das Mitgefühl hernehmen? Es würde mich nicht wundern, wenn mir Mutter ein paar sündhaft teure Schuhe schicken würde oder eine Louis Vuitton. Seit meiner frühesten Kindheit hat sie damit jedes Problem, jedes Wehwehchen aus der Welt geschafft. Für sich aus der Welt geschafft …

Ein aufgeschürftes Knie … Mutter heilte es mit einer Designerjeans. Das gebrochene Bein … ein paar putzige Kinderpumps taten Wunder. Der schwere Unfall und die Wochen auf der Intensivstation … Mutter verwandelte das Zimmer in ein Paradies aus Stofftieren und allerhand unnützem Krimskrams. Sie hat nie verstanden, dass ich all diese Dinge nicht wollte. Ich wollte eine Mutter. Eine Mutter, die mich in den Arm nimmt und tröstet. Keine herzlose Modepuppe, die mich mit teuren Geschenken ruhigstellt.

Jetzt strömen sie doch, die Tränen. Bahnen sich ihren Weg zwischen Frustration und Schmerz. Verschleiern die Segelboote auf dem Fluss, die üppig blühenden Sträucher am Wegrand und die Kinder, die mit ihren Rollschuhen Pirouetten drehen und dabei glücklich lachen.

Warum kann ich nicht auf der Stelle tot umfallen? Ich will nicht sterben, aber dieser bohrende Schmerz, tief in meinem Herz, der mich schon mein ganzes Leben lange begleitet, soll endlich aufhören.

Nur noch drei Tage, dann fliege ich nach Culebra. Im November hatte ich mich auf diesen Urlaub gefreut, heute stehe ich ihm skeptisch gegenüber. Anstatt nachts durch leere Straßen zu laufen, werde ich wohl oder übel am Strand spazieren gehen. Seit Wochen schlafe ich nachts nicht mehr. Die Kopfschmerzen treiben mich aus dem Haus und jagen mich durch die Nacht. Immer öfter greife ich nach dem Analgetika, das mir Sonier verordnet hat. Novalgin! Bei Bedarf nehme ich zehn Tropfen. Die Dosierung wird im Laufe der Zeit erhöht. Irgendwann wird auf ein stärkeres Medikament umgestellt, bis ich schließlich bei Morphium lande. Ich bemühe mich, die Tropfen so selten wie möglich zu nehmen. Ich will mich nicht jetzt schon von ihnen abhängig machen.

Ob und wie ich den Flug überstehe weiß ich nicht. Heute kann ich schon mal proben, wie mir ein Kurzstreckenflug bekommt. Ich bringe meine Jungs zu meiner ehemaligen Schwiegermutter. Die Marquise de Polignac erwartet uns in ihrem Sommerdomizil in Nizza. Cédric jammert die ganze Zeit, weil er nicht zu seiner grand-mère will und Nicholas bringt seinen Unmut durch Schweigen zum Ausdruck. Ich kann sie verstehen. Hätte ich die Wahl zwischen Amalie-Antoinette und Mutter … ich nähme Ferien auf dem Bauernhof.

Als das Flugzeug abhebt scheint es, ich könnte die böse Welt hinter mir lassen und allem einfach davonfliegen. Wenn es nur so einfach wäre. Ich denke schon die ganze Zeit darüber nach, ob ich

Amalie von meinem Todesurteil erzählen soll. Will ich eine weitere Gleichgültigkeit über mich ergehen lassen? Wieder Abweisung pur erfahren? Ich denke nicht, dass ich mir das ein weiteres Mal antun werde.

Nicholas redet noch immer nicht mit mir. Er blättert in einem Comic, den ihm die Stewardess geschenkt hat. Cédric hat die Aussicht auf sein Pferd milde gestimmt. Nicholas mag keine Pferde, was Amalie aber nicht daran gehindert hat, ihm eins zu schenken. Ich liebe Pferde, besaß selbst eins. Schwarz wie die Nacht und Feuer im Blut. Noch heute füllen Tränen meine Augen, wenn ich an ihn denke. Vielleicht gibt es diese andere Welt, in die wir alle angeblich irgendwann hinüber gehen. Dann würde ich ihn wiedersehen und das würde mein Herz mit Freude erfüllen.

Ich war so in Gedanken versunken, dass ich nicht merkte, wie schnell die Zeit verging. Die Maschine geht in den Sinkflug und meine Ohrenschmerzen wallen wieder auf. Der steigende Kabinendruck bekommt meinem Trommelfell nicht. Ich kaue auf dem Kaugummi herum und hoffe auf Linderung. Ich hasse Kaugummis. Man sieht aus wie eine Kuh, die ihre Nahrung verdaut.

Als sich endlich die Türen öffnen, stehe ich kurz vorm Kollaps. Charlie hat sich meinem Trommelfell angeschlossen und topediert mich mit Pfeilen, die er quer durch meinen Kopf schießt.

Die Stewardess, die uns freundlich verabschiedet, sieht mein Leid und rät mir, herzhaft zu gähnen, das wäre oftmals hilfreich. Es schickt sich nicht, in der Öffentlichkeit zu gähnen, aber ich mache eine Ausnahme. Hinter Nicholas Comic verborgen, gähne ich, so herzhaft es mir möglich ist.

„Würdest du nachts schlafen, statt spazieren zu gehen, müsstest du jetzt nicht gähnen. Du wärst ausgeruht und frisch wie ich." Nicholas sieht mich strafend an. Was soll ich darauf erwidern? Er hat recht! Er weiß es und ich weiß es auch.

Amalies Limousine steht vorm Flughafen. Louis hält uns die Tür auf und verstaut das Gepäck der Jungs. Schweigend fahren wir zur Sommerresidenz. Die Straßen sind von Zitrusbäumen gesäumt, die voller Früchte hängen. Ihr Duft steigt durchs offene Fenster in den Wagen, mischt sich mit dem Duft von tausenden Blüten, die auf den weiten Wiesen wachsen und sich im sanften Wind wiegen. Kinder spielen, ein Reiter prescht in weiter Ferne durchs hohe Gras … Leben pur. Zum letzten Mal Nizza. Ein weiterer Abschied. Wieder wird mir weh ums Herz. Ich ahne, dass mein Leben bald nur noch aus Abschieden bestehen wird.

Als der Wagen vor der Residenz hält, wische ich mir verstohlen ein paar Tränen aus den Augen. Es muss nicht sein, dass mich Amalie weinen sieht. Die Jungs stürmen los. Sie haben Misia, Amalies Köchin entdeckt. Sie streitet sich mit einem Lieferanten und ihre Worte sind weithin hörbar. Das gibt wieder Ärger mit Amalie, aber das stört Misia nicht. Sie geniest so etwas wie Narrenfreiheit, zu gut ist ihre Küche und Amalie würde um nichts in der Welt darauf verzichten.

Hugh, Amalies Butler, steht bereit uns zu empfangen. Mir ist übel, die Hitze macht mir zu schaffen. Meine Kopfschmerzen haben sich auf ein erträgliches Maß reduziert, nur mein Trommelfell peinigt mich nach wie vor. Während Louis das Gepäck auslädt, mache ich mich auf den Weg, meine Jungs einzufangen und noch einmal auf das Unvermeidliche einzustimmen. Sie folgen mir murrend und schweigen, nachdem ich sie böse ansehe.

Hugh hat alles im Blick, ohne jedoch eine Regung zu zeigen. Louis kann sich ein Grinsen nicht verkneifen und erntet dafür einen bösen Blick von Hugh. Anscheinend muss man schon als verkniffener, hochnäsiger Stiefellecker geboren werden, um als Erwachsener den Beruf eines Butlers auszuüben.

Schweigend und gesittet folgen wir Hugh auf die riesige Terrasse, wo Amalie uns bereits erwartet. Sie steht da, wie in Bronze gegossen, in einem weißen Chanel Kostüm mit blauer Bordierung, blauer Bluse und blauen Schuhen. Wie hält sie das in der Hitze aus und wie schafft sie es, so gut auszusehen? Keine Schweißperle zeigt sich auf ihrem Antlitz. Nun ja! Ihr eisiges Herz sorgt sicherlich für innere Aircondition.

Ihr hochmütiges Gesicht zuckt nicht einmal, als sie mich mit ihren Fischaugen von Kopf bis Fuß in Augenschein nimmt. Mein maritimes, blaues Sommerkleid von Dior scheint ihr nicht zu gefallen. Während meine Mutter Dior liebt, bevorzugt Amalie Chanel. Nun ja! Mir ist heiß, ich besitze kein eisiges Herz, das mir innere Kühlung verschafft. Zudem bin ich kein Chanel-Typ. Ich bevorzuge Gucci und Versace, aber für Amalie sind sie Hippiedesigner. Um einer Provokation aus dem Weg zu gehen, trage ich dieses Kleid.

Designer! Chanel, Dior, Versace, Gucci … spielt es eine Rolle? Sie entwerfen Mode, für die man tief in die Tasche greifen muss. Eine gut geölte Modemaschinerie. Wo bleiben die Pharmakonzerne? Warum designen sie nicht ein Medikament, das einem kleinen Hirntumor den Garaus macht? Egal, was es kostet, die Totgeweihten würden es bezahlen. Haben sie eventuell schon ein Medikament gefunden, bringen es aber nicht auf den Markt, weil sie mit Forschungsgeldern und Studien Milliarden machen? Stattdessen werfen sie die, was weiß ich wievielte Kopfschmerztablette auf den Markt. Neuer Wirkstoff? Nein, nur neuer Name, das bringt Geld in die Kassen, lässt es sprudeln, wie eine unerschöpfliche Quelle.

„Charlene!" Oh mon Dieu! Diese Stimme klingt wie eine Kreissäge, die einen Felsbrocken malträtiert. „Wo bist du schon wieder mit deinen Gedanken? Ich habe dich etwas gefragt und erwarte eine Antwort." Amalie klingt verärgert, aber wann klingt sie mal nicht verärgert?

Was soll ich antworten? Das mir ihre Fragen irgendwo vorbeigehen? Sie mich nicht interessieren? Ich mein Hirn in ihrer Gegenwart gerne in den Ruhemodus versetze?

„Du tust es schon wieder! Unterlass endlich dein kapriziöses Verhalten. Du siehst töricht aus, wenn du so da stehst. Beantworte mir meine Frage, ich …"

„Amalie, du gehst mir auf die Nerven!" So, es ist raus, endlich raus. Ich habe lange genug geschwiegen, lange genug alles geschluckt. Es reicht …

Amalie ringt nach Atem, sieht mich ungläubig an. Noch nie zuvor ist ihr so etwas untergekommen. Noch nie hat es jemand gewagt, Hoheit die Stirn zu bieten. Aber für alles gibt es irgendwann das erste Mal.

Hugh nimmt die Jungs bei den Schultern und treibt sie ins Haus. Schön die Contenance wahren, aber er kennt seine Chefin und weiß, dass sie diese, wenn sie allein ist, nur zu gerne verliert. Dass sich ein Orkan anbahnt, ist auf ihrem Gesicht zu lesen. Deshalb bringt er die Kinder in Sicherheit.

„Du wagst es so mit mir zu reden? Nenn mich bei meinem Vornamen, wenn du mir schon das Messer ins Herz bohrst. Ich heiße Amalie-Antoinette. Sieh mich nicht so irre an und hör endlich auf, dir an den Kopf zu fassen. Das sieht krank aus." Wow! War das schon alles? Es war nicht viel, aber es war der berühmte Tropfen, der das Fass zum Überlaufen brachte.

„Es sieht nicht nur krank aus, ich bin krank. Ich habe einen inoperablen Hirntumor. Ich muss sterben." Ich schleudere ihr die Worte ins Gesicht.

„Wir müssen alle einmal sterben. Wenn du glaubst, du kannst deine Kinder bei mir abladen, dann täuschst du dich. Bring sie in einem Internat unter. Für die Ferien wird sich jemand finden, der sie betreut. Sie werden auch ohne dich aufwachsen. Sie wachsen auch ohne ihren Vater auf." Sie lächelt mir höhnisch ins Gesicht, dreht sich um und geht. Lässt mich einfach stehen. Typisch Amalie!

Nun ja! Ich bin nicht mal entsetzt. Ich hatte nichts anderes erwartet. Deshalb hatte ich mich entschlossen, ihr nichts über meinen bevorstehenden Tod zu sagen. Mutter schweigt und Amalie verhöhnt mich. Aber tief in mir regt sich etwas, etwas Böses, arglistiges, das Amalie zu gerne langsam und qualvoll in Einzelteile zerlegen möchte. In klitzekleine Einzelteile, Häppchen, sozusagen.

Seit dem Tod von Lucien ist sie unausstehlich. Wie hat er seine Mutter nur all die Jahre ertragen? Ich vergesse nie den Tag, als er mich ihr vorgestellt hat. Vergesse nie ihren Gesichtsausdruck, voller Abscheu und Ekel. Er gehörte ihr, ihr allein und ich nahm mir die Frechheit heraus, ihn ihr zu nehmen.

Mutter war erfreut, dass ihr endlich jemand die Tochter abnahm. Keine der beiden ahnte, dass wir uns zusammenschlossen, um unseren herzlosen Müttern zu entkommen. Das Beste, das diese Allianz bot, waren meine Söhne. Den Rest buche ich unter mittelmäßigen Erfahrungen ab. Liebe wird es für mich nie geben. Damit muss ich mich abfinden.

Charlie ist anscheinend schockiert, dass jemand derart boshaft sein kann. Er hält seine Torpedos zurück und schweigt. Sogar mein Trommelfell hat seine Attacken eingestellt. Vielleich ist Amalie die ideale Therapie, um Charlie zum Schweigen zu bringen?

Amalie lässt den Tee auf der Terrasse servieren. Der Sonnenschirm schützt vor den Strahlen der Sonne, aber nicht vor der Hitze, die wie ein bleiernes Band auf dem Land liegt. Obwohl die Blumen täglich stundenlang berieselt werden, lassen sie die Köpfe hängen. Der Rasen zeigt Schwäche und hier und da ein paar braune Stellen, sehr zum Unmut der Gärtner.

Ich würde gerne in den riesigen Pool springen, der anscheinend nur Zierde ist. Ich habe noch nie jemanden darin schwimmen sehen. Die Jungs werfen ebenfalls sehnsüchtige Blicke auf die schimmernde Wasserfläche. Heißer Tee, statt kühlem Wasser. Ich bin begeistert.

Ich hasse Tee! Gieße ich sonst damit die Blumen, muss ich mir heute etwas anderes einfallen lassen. Sie leiden schon genug unter der Hitze. Das Dienstmädchen wirkt angespannt, als sie den Tee serviert. Der Disput hat sich bereits herumgesprochen und jeder weiß, dass Amalie im Laufe des Tages ausrastet und einer von ihnen zum Opfer wird. Auch ein Unterschied zwischen Amalie und Mutter. Mutter bestraft nur den Täter, keine Unschuldigen, sie wartet auch nicht, sondern erledigt alles schnellstmöglich. Amalie wartet, bis ihre aufgestaute Wut sich Bahn bricht und der erste, der ihr über den Weg läuft, fällt ihr zum Opfer.

Die Hitze ist mir inzwischen unerträglich und ich verabschiede mich schnell. Ich spüre, dass mein Mageninhalt nach Freiheit strebt und blicke mich suchend nach einem passenden Gefäß um. Die große Bodenvase scheint angemessen und erfüllt ihren Zweck. Wieder und wieder übergebe ich mich, bis ich völlig erschöpft auf dem Boden liege und nur noch sterben will.

Hugh hilft mir auf die Beine und geleitet mich auf eines der vielen Gästezimmer. Ich hasse diesen überladenen Raum. Überall Blumen, ich komme mir vor, als stünde ich in einem Blumenladen. An den Wänden Tapeten mit riesigen floralen Mustern. Behängt mit zahlreichen, goldgerahmten Bildern. Pferde mit unnatürlich langen Beinen, Stillleben mit Blumen und Äpfeln, Urahnen mit toten Augen. Jardinieren, Amphoren und Silberschalen mit Seidenblumen. Ein Sammelsurium das sonst nirgendwo hinpasste.

Hier möchte ich nicht wohnen. Zwar bin ich mit allem Pomp aufgewachsen, aber was zu viel ist, ist zu viel. Amelie kann sich von nichts trennen. Im Laufe der Jahrhunderte hat diese Familie so viel Kram angesammelt, dass jeder Auktionator feuchte Augen bekäme, wenn er sich hier austoben dürfte.

Nachdem ich mich gewaschen habe, falle ich erschöpft aufs Bett. Mit geschlossenen Augen verschwindet der Pomp. Schlafen, nur ein bisschen. Hugh wird mich in einer Stunde wecken. Ich muss mein Flugzeug erreichen, muss heute noch nach Hause. Ich muss …

Als das Dienstmädchen an die Tür klopft, ist es, als habe es die Stunde nie gegeben. Mein Kopf dröhnt und mir ist übel. Ich weiß nicht, wie ich diesen Flug überstehe, aber ich will nach Hause. Hier weg, weit weg. Das Haus erdrückt mich. Neben mir rührt sich was. Ich traue meinen Augen nicht. Cédric liegt neben mir und ist in einen Comic vertieft. Nicholas kuschelt schlafend in meinen Armen. Mein Herz läuft über vor Glück. Meine Schätze! Um nichts in der Welt möchte ich sie missen.

„Mama! Können wir dich zum Flughafen bringen? Vielleicht … nun ja … vielleicht könnten wir auch wieder mit dir nach Hause fliegen. Wir haben grand-mère besucht und für mich war die Zeit ausreichend."

„Für mich auch", nuschelt Nicholas schlaftrunken neben mir. „Ich mag grand-mère nicht."

Nun ja! Ich mag sie auch nicht, aber sie hat nun mal das Recht ihre Enkel zu sehen. Es kostet mich einige Überwindung, meinen Jungs den Aufenthalt zu erklären. Ich verschweige ihnen, dass ihre grand-mère mich nicht dabei haben will, dass sie ihre Enkel für sich allein will, ohne unliebsamen Anhang. Sie murren und schimpfen, aber die Aussicht auf Misia's Gesellschaft ist verlockend. Ich hoffe sehr, dass sie sich wieder um die Jungs kümmert. Amalie hat für die Dauer ihres Aufenthalts eine Nanny eingestellt, die sie mir aber nicht vorstellen will. Es tut mir in der Seele weh, sie zurückzulassen. Mathieu hat versprochen sie abzuholen, wenn sie nach Hause wollen. Amalie hat es zur Kenntnis genommen. Sie weiß genau, dass sie sich daran halten muss. Wollen die Jungs nach Hause und sie untersagt es, wird sie sie nie wieder sehen. Das französische Recht kennt keine Gnade, wenn es um das Wohl von Kindern geht.

Trotz allem ist der Abschied tränenreich. Am liebsten würde ich sie einpacken und mit nach Culebra nehmen. Aber es soll nicht sein. Louis bringt mich zum Flughafen und schweigt wie immer. Als ich aussteigen will, bittet er mich um die Nummer von Mathieu. Er verspricht, ihn anzurufen, wenn die Jungs Heimweh haben. Das beruhigt mich und mir wird wohler ums Herz.

Als die Maschine startet, fallen mir die Augen zu, erst als der Pilot die Triebwerke abschaltet, wache ich auf. Keine Ohrenschmerzen, kein dröhnendes Hirn. Erleichtert steige ich aus und mache mich auf den Weg zum Ausgang. Mathieu lehnt an einer Säule und unterhält sich angeregt mit einer vollbusigen Schönheit. Sie flirtet ihn an und er schmilzt wie Eis in der Sonne. Ich merke wieder einmal, dass ich nicht einen Funken Liebe für ihn verspüre. Der Sex mit ihm, so ab und zu, ist toll, mehr aber auch nicht.

Als er mich sieht, atmet er hörbar auf. Er nimmt mich in die Arme und drückt mich so liebevoll, als sei ich von einer langen Reise zurückgekehrt.

„Du bist meine Frau und ich liebe dich", flüstert er mir zu. „Sie will mich wiedersehen, aber ich will nicht. Flirten ja, aber nicht mehr. Hilf mir, bitte!"

Bevor ich etwas sagen kann, wendet sich die Schönheit ab und hat bereits ihr nächstes Opfer auserkoren. Ich kann mir nur mit Mühe das Lachen verkneifen. Mathieu hat eine fünf Minuten Nutte aufgetan.

Im Wagen erzähle ich von meinem Kurztrip nach Nizza. Er hört mir schweigend zu und nimmt tröstend meine Hand. Während er zu einer Antwort ansetzt, fallen mir die Augen zu und ich schwebe davon in die Welt der Träume.

Dr. Aumont ist zufrieden mit dem Heilungsfortschritt meines Mittelohrs. Noch eine Woche weitertropfen und es dürfte ausgeheilt sein. Für den Flug gibt sie mir ein Spray, das ich fünfzehn Minuten vor Start und Landung in die Nase sprühen soll. Es würde abschwellend wirken und ich würde die Druckveränderungen besser überstehen. Zudem solle ich durch den geöffneten Mund atmen. Wir werden sehen.

Den Termin bei Sonier habe ich abgesagt. Ich will vor meinem Urlaub nichts mehr über Charlie hören. Nichts mehr über meinen baldigen Abgang. Ich habe mich damit abgefunden, dass es keine Heilung gibt. Mein Herz schreit immer noch nein, ich will nicht sterben, aber mein Kopf, der vernünftige von den beiden, sagt man kann es nicht ändern.

Mathieu hat mich zum Essen eingeladen. Es ist ein kleines Restaurant, mit Blick auf die Vienne. Der Koch ist ein alter Freund von Mathieu und erfreut, ihn wiederzusehen. Es gibt eine vegetarische Karte und ich bin begeistert. Während ich noch überlege, was ich nehmen soll, schießen Pfeile durch mein Hirn. Oh nein! Ich will mir diesen Abend nicht verderben lassen. Zehn Tropfen Novalgin und es muss besser werden. Ich weiß nicht, ob ich bestelle oder besser warte, bis die Schmerzen wenigstens erträglich werden.

Während ich meinen Saft trinke, stellt sich Besserung ein. Der Appetit ist mir vergangen und ich möchte nach Hause. Allerdings will ich Mathieu den Abend nicht verderben und ringe mich durch, einen Salat zu bestellen. Ob ich ihn essen werde, weiß ich nicht. Nach der Einnahme von Novalgin, ist mein Magen nicht bereit feste Nahrung aufzunehmen.

Mathieu sieht mich wieder mit diesem Röntgenblick an. Anscheinend kann ich nichts vor ihm verbergen. Ich weiß, was er fragen will, was er hören will.

„Die Tropfen bekommen mir nicht. Sie lindern die Kopfschmerzen, aber verursachen Übelkeit. Mein Magen muss sich erst daran gewöhnen. Ich fühle mich unwohl. Ich will dir nicht den Abend verderben, aber ich möchte nach Hause."

Er nickt, ruft den Ober und macht unsere Bestellung rückgängig. Ich bin erleichtert. Er ist ein guter Freund, mitfühlend und herzlich. Die Frau, die ihn eines Tages an ihrer Seite hat, kann sich glücklich schätzen. Ich weiß, dass er sich tief in seinem Herzen wünscht, ich wäre diese Frau, aber ich liebe ihn nicht. Ich weiß nicht, ob ich überhaupt jemals in der Lage sein werde, einen Mann zu lieben. Was denke ich da? Ich werde es nie herausfinden. Dafür fehlt mir die Zeit. Selbst wenn ich mich noch verlieben würde, was würde es bringen? Wer will schon eine Frau auf Zeit? Eine Frau, die bald zum Pflegefall wird. Wer ist schon so selbstlos?

Nachdem ich gestern Abend noch einmal mein Innerstes nach außen gekehrt hatte, fiel ich in einen kurzen unruhigen Schlaf. Die Kopfschmerzen weckten mich, trieben mich aus dem Haus, durch die Straßen, ruhelos und gehetzt, unglücklich und frustriert. Die Teilnahmslosigkeit meiner Eltern, die Bosheit von Amalie, die lieben Kollegen, alles lief Revue in meinem Kopf und trieb mir die Tränen in die Augen. Joyce und Zélie rufen jeden Tag an, geben mir das Gefühl doch etwas wert zu sein, gebraucht zu werden. Mathieu gibt sein bestes, betüttelt mich und passt auf mich auf. Ich weiß, sie meinen es gut, aber langsam wird mir alles zu viel. Vielleicht finde ich auf Culebra endlich etwas Ruhe.

Das Haus ist so leer ohne die Jungs. Mathieu hat Frühstück gemacht und schenkt mir Kaffee ein, als ich mich müde und lustlos zu ihm an den Tisch setze. Vor dem Fenster sitzen zwei Spatzen und beobachten uns. Wochenlang war das Wetter schlecht, bevor der Frühling endlich Einzug hielt. Jetzt geht es mit großen Schritten Richtung Sommer, doch es will nicht warm werden. In Nizza ist es zu heiß, hier zu kühl für die Jahreszeit. Ich sehne mich nach Wärme, nach Strand und Meer. Heute Abend geht es endlich los. War ich lange Zeit skeptisch, hat sich die Skepsis in Vorfreude verwandelt.

Wenn das Packen nicht wäre ... der Gedanke daran ... ich schiebe es immer solange vor mir her, bis ich irgendwann in Zeitnot gerate. Das würde mir heute schlecht bekommen, würde Stress verursachen, der mich wieder in die Knie zwingen würde. Also! Auf geht's! Mathieu lacht, als er mein Gesicht sieht, das vor Begeisterung strahlt. Ich verreise immer mit leichtem Gepäck, okay, manchmal vergesse ich etwas, aber nichts wichtiges, denn das packe ich immer zuerst ein. Einmal mussten die Jungs in ihren T-Shirts schlafen, weil ich ihre Schlafanzüge vergessen hatte. Ansonsten waren es meistens Zahnbürsten, Sonnencreme und Taschentücher, die ich vergessen hatte. Aber wem passiert das nicht? Zudem kann man alles kaufen, was man vergessen hat.

Lustlos mache ich mich ans Werk. Für einen Urlaub in der Karibik reicht ein Bikini, ein Handtuch und Sonnencreme. Schön wär's! Nach zwanzig Minuten ist der Koffer gepackt und ich bin erschöpft. Wieder eine Nacht mit wenig Schlaf. Wie soll das weitergehen? Schlafen in Etappen? Hier ein Stündchen und da ein Stündchen? Verteilt auf den Tag? Okay! Irgendwann bin ich froh, wenn ich ein Viertelstündchen wach bleibe. Ich habe gelesen, dass Patienten mit Hirntumoren gegen Ende meistens schlafen, ansonsten verbringen sie ihre Zeit damit, an die Decke zu starren und auf den Tod zu warten.

Die Müdigkeit übermannt mich. Ich muss mich ausruhen, ein bisschen schlafen. Die Couch ruft! Tagsüber liegt man nicht im Bett, das schickt sich nicht. Während ich mich ins Kissen kuschele, übermannt mich der Schlaf und erlöst mich von meinen Gedanken, die sich immer noch um die Herzlosigkeit mancher Menschen drehen.

Ein fernes Klingeln holt mich aus dem Schlaf. Ich höre Stimmen, eine Tür, die ins Schloss fällt und Mathieu, der wieder einmal gegen den Türrahmen gelaufen ist. Mit einem lauten Bumm fällt etwas zu Boden. Ein leises Fluchen, dann ist es still.

Ich blinzle, um auch optisch wieder in der wahren Welt anzukommen. Mathieu steht mitten im Zimmer und hält sich den Arm. Vor ihm liegt ein Paket auf dem Boden.

„Ein Bote hat ein Paket gebracht. Es kommt von Louis Vuitton! Hast du eingekauft, als du in Paris warst?" Er grinst, wahrscheinlich kennt er die Antwort bereits.

Ich kenne sie auch, will es aber nicht wahrhaben. Widerwillig mache ich mich ans auspacken. Ich wusste es! Eine Tasche! Damit ist die Sache für Mutter erledigt. Sie hat das Problem aus der Welt geschafft. Eine Louis Vuitton als Trostpflaster für ein Todesurteil. 9.000 Francs für eine Tasche! Eine Umarmung hätte sie nicht einen Centime gekostet.

„Sie hat einen exklusiven Geschmack. Das muss man ihr lassen." Mathieu betrachtet anerkennend die Tasche. Ein edles Teil, das ich weder will noch brauche. Aber wenn ich sie nun mal habe ... sie ist wirklich schön ... *Immer nur lächeln ... doch wie's da drin aussieht, geht niemand was an.*

„Wie wär's, wenn wir unser Essen nachholen? Ich bin hungrig und habe keine Lust zu kochen. Die Einladung steht noch."

Ich bin erfreut, verspüre ich doch Hunger. Wann habe ich das letzte Mal feste Nahrung zu mir genommen? Ich war nie ein großer Esser, aber in letzter Zeit stehe ich mit der Nahrungsaufnahme auf Kriegsfuß.

„Gerne! Diesmal werde ich keine Tropfen nehmen, egal was kommt. Wer weiß, wovon ich mich in den nächsten drei Wochen ernähren muss."

Mathieu lacht und sagt, dass ich sicherlich nicht verhungern werde. Notfalls soll ich anrufen und er holt auch mich aus der Hölle. Er ist ein Schatz, aber leider nicht meiner. Liebe kann man nicht erzwingen.

Obwohl die Sonne scheint, ist es kühl. Ich friere und hülle mich in meine Strickjacke. Mathieu sieht mich wieder mit seinem Röntgenblick an. François, unser Nachbar bringt seinen Hausschlüssel. Er verbringt seinen Urlaub auf Hawaii und Mathieu hat versprochen, zweimal täglich eine Runde ums Haus zu drehen.

„Salut Charlene! Du bist so blass um die Nase, hast du Reisefieber?" François nimmt mich genauer in Augenschein. „Du hast Ringe unter den Augen und siehst angeschlagen aus. Ist alles in Ordnung mit dir?" Er ist jetzt ernsthaft besorgt, der Gute.

Wie gerne würde ich ihm sagen, was nicht in Ordnung ist, aber das hat Zeit bis nach meinem Urlaub. Ich habe beschlossen, auch meine Nachbarn in Kenntnis zu setzen. Es könnte sein, dass sie mich irgendwann im Garten liegend vorfinden oder ich einfach schnelle Hilfe brauche. Sie werden schweigen, es nicht herumerzählen, sich wichtig damit machen. Es gibt auch solche Menschen. Ja, es gibt sie.

„So weit ist alles in Ordnung. Ich bin nur hungrig und habe wenig geschlafen. Aber Mathieu führt mich aus und wenn ich nach Hause komme, geht es mir besser."

Er nickt, aber zufriedengestellt hat ihn meine Antwort nicht. François ist Ingenieur und kommt oftmals spät nach Hause, manchmal so spät, dass er mich nachts auf der Straße sieht. Er weiß von meinem Aufenthalt in der Klinik und wird sich seine Gedanken gemacht haben. Nun ja, auf die Wahrheit muss er noch drei Wochen warten.

Als wir endlich losfahren, bin ich erleichtert. Noch ein paar Stunden, dann habe ich endlich Ruhe. Es ist mein letzter Urlaub, er muss was ganz besonderes werden. Culebra, ein noch wenig bekanntes Juwel in der Tourismusbranche. Keine überlaufenen Strände, keine Deutschen, die mit Engländern Handtuchschlachten um Liegestühle schlagen. Ein paar Hotels und Resorts, ansonsten Culebra pur. Je mehr ich darüber nachdenke, umso mehr freue ich mich auf die Insel.

Auf der Vienne segeln wieder Boote und Kinder spielen im Park. Alles ist heute so friedlich, keine Raben, keine Rollschuhläufer. Wir finden einen Platz auf der Terrasse und ich genieße die warmen Sonnenstrahlen. Das Restaurant hat einen mittelalterlichen Touch und die Kellner tragen Pumphosen und Samtjäckchen. Das ist mir gestern nicht aufgefallen. Ich komme mir vor, als hätte man mich in ein kitschiges Mittelalterepos katapultiert.

Ich bestelle gebackenen Käse mit Salat und einen Saft. Mathieu bevorzugt ein Steak mit allem Drum und Dran. Als der Kellner das Essen bringt, geht ein Leuchten über sein Gesicht. Ein Steak, aus dem Schinken eines T-Rex geschnitten, könnte nicht größer sein. Hinter dem Berg aus Pommes könnte man sich verschanzen.

Mein gebackener Käse sieht gut aus, ist allerdings ebenfalls für Vielfraße gedacht. Wo ist mein Hunger geblieben? Lustlos stochere ich im Salat herum, schneide winzige Stückchen vom Käse ab und schiebe sie auf dem Teller herum. Mathieu hat wieder seinen Röntgenblick und sieht mich abschätzend an.

„Wieder kein Hunger? Versuch es wenigstens. Dein Körper braucht Vitamine und Eiweiß. Er arbeitet weiter, auch wenn er jetzt Charlie mitversorgen muss. Iss etwas! Spiel nicht mit dem Essen herum."

Er redet wie meine grand-mère. Du musst dies essen, du musst das essen, das macht dick und das macht Pickel. Wie ich das hasse!

Ich schiebe mir einen Bissen Käse in den Mund und kaue darauf herum. Warum habe ich das Gefühl, dass sich der Käse in meinem Mund vermehrt? Mir die Luft zum Atmen nimmt? Der Käse muss raus aus meinem Mund. Zum Glück habe ich ein paar Tissues dabei. Die Damen meine Familie würden vor Abscheu in Ohnmacht fallen. Sie hätten nicht mal die Zeit, mir zu sagen, dass sich das nicht schickt. Aber das weiß ich selbst.

„Trink! Du hast zu wenig getrunken und dein Mund produziert nicht genug Speichel, um das Essen einzuspeicheln. Trink jetzt! Verdammt noch mal! Du und dein verdammter Dickkopf. Man sollte dich übers Knie legen und dir eine Abreibung verpassen. Vielleicht bringt das deinen Verstand wieder auf Touren." Mathieu ist wütend. Ich kann ihn verstehen. Ich würde ebenso reagieren, wenn ich an seiner Stelle wäre.

Ich leere das Glas in einem Zug. Das tut gut. Ich glaube, ich mache mir selbst das Leben schwer. Lasse mich von meinen Frustrationen einlullen und treiben. Ich gelobe mir Besserung.

Brav schiebe ich Bissen um Bissen in den Mund. Der Käse ist lecker, der Salat zu salzig. Nachdem ich fast ein Viertel des Käses verspeist habe, bin ich gesättigt. Noch einen Kaffee und dann ein Schläfchen. Das wär's!

Den Kaffee bekomme ich, das Schäfchen muss warten. Mathieu überredet mich zu einem Spaziergang. Obwohl Freitag ist, herrscht wenig Treiben auf der Promenade. Die Blumen, in den Kübeln, verströmen ihren betörenden Duft und locken hunderte Bienen an. Es summt und brummt in den Blüten, dass es sich anhört, als würden sie ein Konzert geben.

„Du kannst noch lächeln. Ich dachte, dass hättest du für immer verloren", sagt Mathieu und lächelt mich an. „Ich habe Angst vor dem Tag, an dem du für immer gehst." Der Satz kommt völlig unerwartet, wie ein Schlag in die Magengrube.

Ich nehme ihn in den Arm und drücke ihm einen Kuss auf die Wange. Was soll ich dazu sagen? Meine Angst ist größer? Meine Panik stärker? Hilf mir? Was?

Schweigend gehen wir weiter, der kurze, schöne Moment ist vergangen. Er weiß, dass er ihn zerstört hat und wendet seinen Blick nicht von seinen Füßen. Das Schweigen ist belastend und gleichzeitig erleichtert es mich. Ich weiß, dass er mich liebt, er weiß, dass ich ihn nicht liebe. Es ist nur noch eine Frage der Zeit, wann unsere Freundschaft daran zerbricht. Vielleicht bin ich schneller und gehe, bevor es zum Bruch kommt.

Als wir zuhause ankommen, werden wir bereits erwartet. Ein Kollege von Mathieu ist gekommen, weil er ein paar Unterlagen braucht. Ich muss duschen, meine neue Tasche einräumen, einen Kaffee trinken, dann kann's losgehen. Das warme Wasser perlt aus der Dusche, hüllt mich ein und wärmt mich auf. Der Duft von Poison gibt mir ein gutes Gefühl und als ich in meine Reisekleidung steige, fühle ich mich so frisch, wie schon lange nicht mehr.

Meine Kreditkarte, die Tickets, der Reisepass, die Travellerschecks, alles verstaut, es kann losgehen.

Eine halbe Stunde später sitzen wir im Auto, die Fahrt verläuft gut, der Verkehr ist fließend und am Flughafen finden wir einen Kurzzeitparkplatz in der Nähe des Eingangs. Mathieu holt meinen Koffer aus dem Wagen und drückt mich zum Abschied. Dann fährt er davon. Lange Abschiede sind nicht sein Ding. Gut so!

Ich checke ein und eine halbe Stunde später sitze ich im Flieger nach Paris. Ich lasse die letzten Wochen zurück. Alles Leid, alle Traurigkeit, allen Frust, alle Trauer. Ich würde auch ihn zurücklassen, aber er hat sich bei mir eingenistet und fliegt mit, ob ich will oder nicht.

Kapitel 9

Der Fremde

Airport Charles-de-Gaulle! Endlich! Der Flug von Limoges nach Paris verlief ohne Probleme. Mein Trommelfell hielt sich dezent zurück und Charlie war brav.

Als ich am Meeting Point ankomme, werde ich bereits von Joyce und Zélie erwartet. Wie immer sind sie viel zu früh. Ich sehe, wie sie mich heimlich betrachten, jeden Schritt beobachten, sich vielsagende Blicke zuwerfen. Wenn das im Urlaub so weitergeht, dann gute Nacht!

Zélie betrachtet meine neue Tasche und legt die Stirn in Falten.

„Das gute Gewissen deiner Mutter?", fragt sie kopfschüttelnd. „Ich habe so etwas bereits erwartet. Ich würde sagen, für ein Todesurteil muss sie noch etwas drauflegen." Wie recht sie doch hat.

Es wird Zeit einzuchecken. Joyce nimmt mich in den Arm und drückt mich, als würde ich sie für immer verlassen. Zélie zieht mich weg und sagt, dass es Zeit ist zu gehen. Joyce fängt an zu weinen. Die mühsam unterdrückten Tränen fließen ihr übers Gesicht. Wenn man jetzt auch noch auf die Wahl seiner Worte achten muss, oh mon Dieu!

Auf dem Flughafen herrscht reges Treiben. Menschen wuseln umher, hetzten durch die Halle, rempeln sich an, fluchen und sind genervt. Wir checken ein und gehen zum Zoll. Der Anblick der langen Warteschlange vermiest mir die Laune. Der Eingang für first class Passagiere ist frei. Aufatmen! Die einzige Zöllnerin unterzieht mich einer Leibesvisitation, schiebt mich weiter. Ein Zöllner fasst in meine Jeans, ich versetzte ihm einen Stoß, der ihn torkeln lässt. Kein Mann darf mich abtasten. Erst recht nicht in die Hose fassen. Sein Chef ist nicht begeistert. Ich auch nicht. Er hofft, dass ich den Vorfall nicht melden werde. Der Zöllner müsse sich disziplinarischen Maßnahmen unterziehen. Wer's glaubt …. Nach vielen bedauernden Worten, kann ich gehen.

Zélie findet es nicht lustig, trotzdem lächelt sie. Sie lässt ihren Blick über meinen Körper schweifen und lacht.

„Du ziehst die Männer an, wie die Motten das Licht. Es war nur eine Frage der Zeit, wann einer zu weit geht. Ich würde gerne sagen, nimm's als Kompliment, aber das wäre zu makaber."

Makaber? Sexuelle Belästigung ist nicht makaber. Selbst wenn ich Anzeige erstatten würde, würde ich nicht lange genug leben, um dem Prozess beizuwohnen.

Zélie will in den duty-free Shop. Sie hat ihr nécessaire vergessen und muss noch ein paar Dinge besorgen. Im Shop herrscht Gedränge, jemand wird beim Diebstahl erwischt und flüchtet. Die Masse gafft, wie sollte es auch anders sein. Ich kaufe Poison und für Zélie belgische Pralinen. Sie liebt diese Dinger, kauft aber nie welche, weil sie sagt, sie machen dick. Im Flugzeug jammert sie dann über die verpasste Chance. Eine ihrer liebenswerten Macken.

Es wird Zeit, dass wir uns ein ruhiges Plätzchen suchen. Ich bin erschöpft, brauche meine Kaffeedröhnung. Vor dem Café hat sich eine lange Schlange gebildet, vor dem Bistro ebenfalls. Im Vorraum der Toilettenanlage steht ein Getränkeautomat. Non, merci! Das ist eklig. Toilettengang, nicht die Wände waschen, aber am Getränkeautomat herumfingern.

Die Toilettenfrau zeigt uns den Weg zu einem Bistro, das in einer kleinen Halle liegt, die nur von Selbstfliegern genutzt wird. Sie liegt in der Nähe unseres Gates und ich bin froh, dass ich mich endlich setzen kann. Der Kaffee ist heiß und frisch gebrüht, kein Kaffee aus einer Riesenkanne, der vor Stunden aufgegossen wurde. Dazu gibt es Madeleines, Croissants und Tartines. Ich bin begeistert.

Frisch gestärkt und mit einem Becher Kaffee in der Hand, machen wir uns auf den Weg zur Wartehalle. Wir kommen gerade recht, um dem Aufruf der first class Passagiere zu folgen und einzusteigen. In der economy class herrscht reges Durcheinander. In der first class gibt es viele freie Plätze, doch auch hier stehen die Passagiere neben ihren Sitzen und versperren den Durchgang.

Zélie bahnt sich einen Weg, sie kennt keine Gnade. Ein Stupser hier, ein Stoß dort und schon ist der Weg frei. Die vielen Menschen, das Summen der Turbinen, all das macht mich unruhig, nervös. Ich bin froh, als ich endlich auf meinen Platz sinke. Zélie versinkt sofort in ihre Zeitung. Als die Maschine startet, streikt mein Magen. Der Kaffee kommt hoch und bringt die Madeleines mit.

Der Service beginnt. Zélie legt die Zeitung zur Seite und macht sich über den Hummer her. Ich kann nichts essen. Die Übelkeit nimmt zu. Ich hoffe, dass ich ein bisschen schlafen kann. Hinter mir schmatzt die vornehme Dame im Chanel Kostüm. Ihr Mann ordert bereits die zweite Portion Hummer Thermidor.

Ich frage mich, warum ich mir das antue. Ist der Urlaub das wert? Zuhause hätte ich meine Ruhe, aber ruhen kann ich noch …

San Juan, Puerto Rico. Vorm Zoll eine lange Warteschlange, die sich nur langsam bewegt. Ein wissbegieriger Zöllner, der mir mit seinem schlechten englisch auf die Nerven geht. Alles ist so anstrengend. Ich würde mich gerne hinlegen und nie wieder aufstehen.

Die Bänder der Gepäckausgabe stehen still. Ich sitze eingekeilt zwischen zwei ältlichen Frauen mit mangelnder Körperhygiene. Die Luft ist muffig und abgestanden. Dazu die Ausdünstungen meiner Nachbarinnen, das ist zu viel. Ich brauche frische Luft! Beim Aufstehen dreht sich alles. Die Welt verschwimmt vor meinen Augen und eine Welle trägt mich in unendliche Dunkelheit.

Als sich das Dunkel lichtet, bin ich umringt von Gaffern. Ein Raunen, aus weiter Ferne, dringt durch den Schleier der Betäubung in meinem Kopf. Nur langsam realisiere ich, was eben geschehen ist. Wieder mal geschehen ist.

Jemand hält mich im Arm, ich rieche After Shave. Ein Mann! Sein Gesicht ist mir so nah. Er sieht mir in die Augen und ich habe das Gefühl, er sieht direkt in meine Seele. Mein Herz rast und ich habe den unbändigen Wunsch ihn zu küssen. Er sieht mich an, als ob er mich mit den Augen aufsaugen wolle.

Ich höre eine Stimme, die meinen Namen ruft. Zélie! Sie drängt sich durch die gaffende Menge und setzt dabei immer wieder ihre Ellenbogen ein.

„Alles in Ordnung? Wie geht es dir?" Sie ist völlig durch den Wind.

„Sie können sie jetzt loslassen", wendet sie sich an meinen Retter und legt ihren Arm um mich.

Fast widerwillig lässt er mich los und geht. Mein Herz verspürt einen klitzekleinen Stich. Es will ihn nicht gehen lassen. Ich schaue ihm hinterher, sehe, wie er in der Menge verschwindet. Mein Herz schlägt schneller. Ein warmes, unbekanntes Gefühl durchflutet es. Noch während ich über dieses Gefühl nachdenke, zieht mich Zélie auf die Füße. Etwas unsicher wanke ich zu einem Stuhl, den mir ein netter Herr freimacht.

Die Menge verläuft sich und gibt den Blick auf das Band frei. Da steht er und lächelt mich an. Ich lächle zurück und die Schmetterlinge flattern. Unser Gepäck kommt, Zélie wuchtet es vom Band und wir gehen. Ich drehe mich um und er sieht mir lächelnd hinterher.

Vorm Flughafen steht ein Wagen, der uns zum Helikopter bringt. Wir fliegen nach Culebra. Die Fahrt mit dem Wagen und das benutzen der Fähre sind mir zu anstrengend. Im Augenblick macht mir die Hitze zu schaffen. Sie liegt wie eine Glocke über der Stadt und macht das Atmen schwer.

Ich habe keinen Blick für die Schönheit der Landschaft. Die Übelkeit verdrießt mir jetzt schon den Urlaub. Nachdem wir den Flughafen fast umrundet haben, hält der Wagen vor einem Hangar. Der Fahrer zeigt auf ein kleines Gebäude, in dem sich das Büro befindet.

Zélie regelt die Formalitäten und zehn Minuten später sitzen wir im Heli. Eine Klimaanlage besitzt diese fliegende Sauna nicht. Meine Übelkeit steigert sich und mein Mageninhalt verschwindet in der Tüte, die ich mir vorsichtshalber vors Gesicht gehalten habe. Mehr als Galle habe ich nicht zu bieten. Der Pilot sieht mich grinsend an. „Luftkrank oder Höhenangst?", fragt er.

„Hirntumor", sage ich und stecke meine Nase ein weiteres Mal in die Tüte.

Als wir auf Culebra landen, habe ich das letzte Bisschen aus mir herausgespien. Ich bin leer. Leer, müde und voller Sehnsucht nach einem Bett.

Als die Rotorblätter zum Stehen kommen, dürfen wir aussteigen. Zwei Boys kümmern sich um unser Gepäck. Eine junge Frau steht zur Begrüßung bereit und bittet uns auf einen Drink in die Lobby. Ich möchte ihr nicht folgen. Lieber würde ich hier stehen und den Augenblick genießen.

Die Insel hält mich bereits gefangen. Die Aussicht ist atemberaubend. Die exotischen Blumen und die grüne Fülle gefallen mir. Vom Meer weht eine leichte Brise herüber und ich atme tief ein. Herrlich!

Zélie zieht mich hinter sich her. Sie grummelt vor sich hin und sieht mich immer wieder besorgt an. Als ich die Lobby betrete, traue ich meinen Augen nicht. An der Rezeption steht er. Der Mann, der mir mit einem Blick den Kopf verdreht hat.

Ich habe Schmetterlinge im Bauch - Millionen von Schmetterlingen. Es ist ein schönes, ein warmes Gefühl. Ein neues, unbekanntes Gefühl.

Schreckliche Nacht! Es bedurfte einer dreimaligen Dröhnung mit Novalgin, bevor ich vor Erschöpfung einschlief. Nach nur drei Stunden Schlaf fühle ich mich schlapp und unausgeruht. Eine warme Dusche wird mir guttun und Energie für den Tag geben. Ich vermisse meine Jungs, frage mich, ob es ihnen gut geht. Hoffe, dass sie Spaß haben und ihre grand-mère sie nicht erdrückt.

Die Übelkeit ist verschwunden, der Hunger da. Ich will frühstücken! Wir schlendern durch die weitläufige Anlage und betreten einen großen, luftigen Speisesaal. Zélie trottet müde hinter mir her.

Ich habe es eilig. Vielleicht … wenn ich nur an ihn denke, macht mein Herz einen kleinen Hüpfer.

Er ist da! Er lächelt mich an und ich spüre die Schmetterlinge. Wir setzen uns an einen Tisch mit Meerblick, bestellen Kaffee und Orangensaft. Als der Ober geht, ist sein Tisch leer. Wieder ist da dieser klitzekleine Stich in meinem Herz. Traurig schlendere ich zum Büffet.

Plötzlich steht er neben mir. Er lächelt mich an und legt eine kleine Banane auf meinen Teller. „Schmeckt gut", sagt er und lächelt wieder. Oh, diese Augen. So viele Schmetterlinge!

Zélie macht Pläne für den Tag. Zuerst will sie die Anlage erkunden und sich dann einen Platz am Pool suchen. Zwischendurch mal einen Kaffee und den ein oder anderen Cocktail. Ausruhen, faulenzen, lesen, schwimmen. Urlaub pur! Ich habe nichts dagegen einzuwenden. Nach den anstrengenden Wochen, die hinter mir liegen, brauche ich eine Auszeit. Ich habe mir ein Buch mitgebracht, das ich lesen werde, wenn mir der Kopf danach steht. Im Augenblick sehne ich mich nach Ruhe.

Während Zélie auf Erkundungstour geht, mache ich es mir am Pool bequem. Im Hintergrund klingt leise Musik und der Duft von frisch gebrühtem Kaffee weht zu mir herüber. Der Urlaub beginnt! Eine warme, angenehme Müdigkeit überflutet mich, trägt mich ins Land der Träume. Einem Land, in dem es für mich nur einen Traum gibt. Den Traum von einem Mann, der mich in seinen Armen hält und zärtlich küsst. Alles kribbelt und verlangt nach mehr. Der Ball, der auf meinen Füßen landet, holt mich in die Realität zurück. Schade! Es fühlte sich so echt an, so warm, jetzt ist alles so trist.

Nun ja! Von trist kann keine Rede sein. Der Pool liegt inmitten eines Paradieses. Grün, wohin das Auge blickt. Palmen, Hibiskus hoch wie Bäume, riesige Engelstrompeten, Teppiche aus rosa blühendem Immergrün, Hecken aus Wandelröschen und viele Blumen, deren Namen ich nicht kenne. Wunderschön!

Der Kellner bringt mir Kaffee und Gebäck, rückt den Sonnenschirm zurecht und verschwindet so lautlos wie er kam. Neben mir liegt Zélie und schläft. Sie hat auf dem Flug kein Auge zugetan, aus Sorge um mich. Letzte Nacht haben sie meine Kopfschmerzen wach gehalten. Nachdem ich endlich eingeschlafen war, fiel sie in einen unruhigen Schlaf.

Ich fühle mich gut, ausgeschlafen und fit für den Rest des Tages. Auch wenn es mir besser geht, als die letzten Tage, bin ich zu faul etwas zu unternehmen. Ich beschließe zu lesen. Noah Gordons The Physician. Kaum habe ich die erste Seite gelesen, klopft mir jemand auf den Oberschenkel und ein Piepsstimmchen fragt, was ich lese. Neben mir steht ein entzückendes, kleines, kaffeebraunes Mädchen mit großen blauen Augen und einem dunklen Lockenkopf. Sie sieht mich an und lächelt.

„Du bist hübsch", näselt sie. „Ich bin auch hübsch, sagt mein Papa. Willst du mal meinen Spiegel sehen? Der ist schön und rosa. Ich liebe rosa. Magst du auch rosa?" Sie sieht mich erwartungsvoll an.

Ihr Lächeln ist bezaubernd und ihre Augen ziehen mich in ihren Bann. Sie hat eine rosa Schleife im Haar und trägt ein rosafarbenes Kleid, sogar ihre Schuhe sind rosa. Ja! Sie mag rosa.

„Ich mag auch rosa", sage ich und schwindele ein bisschen. Warum soll ich einem kleinen Mädchen sagen, dass ich rosa kitschig finde? „Dein Papa hat recht, du bist ein hübsches, kleines Mädchen. Deine Schleife gefällt mir."

„Mir gefällt dein Bikini. Ist der von Miguel? Miguel hat viele schöne Bikinis. Mama kauft dort immer meine Badeanzüge. Bikinis darf ich noch nicht tragen, sagt Papa, ich wäre noch zu klein. Aber wenn ich mal groß bin, so wie du, darf ich Bikinis tragen. Hast du einen Mann?" Wieder sieht sie mich erwartungsvoll an.

„Nein, ich habe keinen Mann. Aber ich habe zwei Söhne, sie sind fünf Jahre alt. Wie alt bist du?"

„Ich bin auch fünf Jahre alt. Sind deine Söhne auch hier? Ich könnte mit ihnen spielen."

„Nein! Sie sind bei ihrer grand-mère. Sie lebt in Nizza, das ist eine Stadt in Frankreich. Kennst du Frankreich?"

„Ja! Ich war schon mal mit meiner Mama dort, in Paris, weißt du, das ist eine große Stadt, größer als Culebra, sagt Mama. Kennst du Paris?"

„Ja, ich kenne Paris. Ich bin dort geboren. Es ist meine Heimatstadt und ich liebe sie sehr."

„Lucia! Du sollst die Gäste nicht stören." Eine Frau im rosa Kleid steht neben meinem Liegestuhl und nimmt die Schokomaus an der Hand. „Entschuldigen Sie bitte", sagt sie und winkt dem Kellner, der sich sofort in Bewegung setzt und zu uns kommt. „Kann ich Ihnen eine Erfrischung anbieten, als Entschuldigung?"

„Danke, aber sie hat mich nicht gestört. Sie ist ein liebenswertes, kleines Mädchen. Sie kann gerne noch bleiben."

„Marisol Vouillon, ich bin die Mutter von Lucia. Trinken Sie einen Kaffee mit mir?"

„Gerne!"

Nach einem Tag voller Ruhe, den ich schlafend und lesend am Pool verbrachte, der Bekanntschaft zweier netter Ladys, einem warmen Schaumbad und einem Diner voller kleiner Köstlichkeiten, steht zum Abschluss des Tages ein Besuch der Bar an. Zélie liebt dieses allabendliche Ritual. Sie zelebriert es jeden Urlaub.

Schon beim Betreten der Bar, kann ich ihn sehen. Er ist nicht allein, sitzt bei zwei Frauen und einem jungen Mann. Zélie steuert auf ihren Tisch zu, von wo aus die jüngere der beiden Frauen ihr zuwinkt. Sie heißt Aimée. Zélie hat sie beim Frühstück kennengelernt. Sie lädt uns ein, an ihrem Tisch Platz zu nehmen. Eine Einladung, die ich nur zu gerne annehme. Aimée stellt uns ihre Familie vor und Zélie macht uns bekannt.

Er heißt Maurice. Seine Frau heißt Edwige, ich mag sie nicht. Sie ist eine Megäre und sehr unzufrieden. Bereits zweimal hat sie die Blicke aller auf sich gezogen, als sie lauthals ihren Unmut kundtat. Seine Schwägerin Aimée ist nett, aber sie hat so traurige Augen.

Der Wind weht meinen Schal vom Stuhl und Maurice fängt ihn auf. Als er ihn mir zurückgibt, berühren sich unsere Hände und ein angenehmes Kribbeln schießt durch meinen Körper. Wieder sieht er mich mit diesem Blick an und erneut flattern die Schmetterlinge.

Morgen wollen wir uns alle zur Happy Hour treffen. Ich kann es kaum erwarten. Mir ist übel, ich habe Kopfschmerzen und Schmetterlinge im Bauch.

Es war eine lange Nacht! Noch in der Bar überfielen mich die Kopfschmerzen und Übelkeit plagte mich. Ich wollte mich nicht schon wieder mit Novalgin zu dröhnen und ging spazieren. Am Strand war es still, nur der kühle Wind war unangenehm. Gegen Morgen wurden die Schmerzen erträglich und der Schlaf schenkte mir ein wenig Erholung.

Die Frühstückzeit ist fast vorüber, als ich mich endlich aufraffe. Zélie ist bereits zurück. Sie will am Strand joggen. Wo nimmt dieses zarte Persönchen nur diese Energie her?

Im Speisesaal sitzen nur noch zwei Gäste. Maurice steht am Büffet und unterhält sich mit dem Koch. Er sieht mich lächelnd an. Wieder gibt es eine Banane. Was soll das? Ich würde ihn gerne fragen. Vielleicht will er das! Und der Blick aus diesen Augen. Dieser Blick, der mich langsam kirre macht. Ich kann es kaum erwarten, bis endlich Happy Hour ist!

Zélie fragt, ob wir heute die Gegend erkunden. Bei ihrem Lauf am Strand, war sie von dessen herrlicher Weite begeistert. Mir ist es recht. Nach großen Unternehmungen steht mir nicht der Sinn. Es ist windig und kühl. Zu kühl um am Pool zu liegen. Bewegung tut gut und wärmt. Trotzdem ziehe ich eine Strickjacke über.

Unterwegs lernen wir Margaux und Cato Vaquier kennen. Sie sind nett. Cato sagt, dass man die Insel nur im Taxi erkunden sollte. Ein Mietwagen sei nicht ratsam. Wegen des Linksverkehrs gibt es viele Unfälle mit Touristen. Ich muss sterben, aber es muss nicht schon jetzt und hier sein.

Beim Nachmittagskaffee unterhalte ich mich mit Marisol. Sie fragt, was mich bedrückt. Ich weiß nicht warum, aber ich erzähle ihr, dass ich krank bin und sterben muss. Sie ist traurig und nimmt mich tröstend in die Arme. Sie ist eine bemerkenswerte Frau. Ihre Tochter ist ihr wie aus dem Gesicht geschnitten, nur die Augenfarbe hat sie von ihrem Papa. Ihr Vater ist Kanadier, Manager des Hotels und einer der beiden Hotelbesitzer. Sie sagt, Lucia habe mich in ihr Herz geschlossen. Sie redet nur noch von der weißen Frau mit den schwarzen Augen. Ich habe sie auch gern. Sie ist so ein herziges Kind.

Jetzt ist mir wieder übel und ich gehöre ins Bett. Aber es ist gleich Happy Hour und die möchte ich um nichts in der Welt verpassen. Zélie wird wieder stundenlang das Badezimmer in Beschlag nehmen. Ich brauche dringend meine Kaffee-Dröhnung. Ein kleines Stückchen des verführerisch aussehenden Obsttörtchens wäre auch nicht schlecht. Nur mal probieren … hmm … vielleicht mehr als nur probieren … hmm … vielleicht noch eins? Schaden kann es nicht … okay … überredet … noch zwei.

Mit prall gefülltem Magen lasse ich mich schwerfällig in einen Liegestuhl fallen. Jetzt ein kleines Schläfchen und die Welt könnte so schön sein …

„Darf ich mich zu dir setzen?", fragt eine bekannte Stimme neben mir.

Da steht er. Maurice! Er lächelt wieder dieses Lächeln, das mich schweben lässt. Ob er sich zu mir setzen darf? Nichts lieber als das!

Nach meinem vierten Kaffee, weiß er mehr über mich, als die meisten meiner Bekannten. Ich weiß nicht, wie oft er sagt: „Das mag ich auch, das gefällt mir auch".

Auch er liebt Spaziergänge am Strand. Sonnenauf- und Untergänge, Mondschein, den Sternenhimmel. Den warmen Sand unter den Füssen spüren, den Geschmack von Salz auf den Lippen …

Er lacht, als ich ihm erzähle, dass ich früher Cricket gespielt habe. Als ich ihm erzähle, dass ich lieber ein Junge gewesen wäre, sagt er, ein Glück, dass es nicht so ist. Wieder sieht er mich mit diesem Blick an und ich würde ihn so gerne küssen. Ich bin völlig verrückt. Er ist 45 Jahre alt, 15 Jahre älter als ich. Aber ich denke, ich bin auf dem besten Weg, mich in ihn zu verlieben.

Seine Familie ist auf dem Weg zur Bar und wir müssen unser Gespräch beenden. Leider! Marisol lächelt so wissend. Joseph, Cléments Compagnon, der aus Belgien kommt, hat mir erzählt, dass sie das zweite Gesicht besitzt. Aberglaube …

So viele Schmetterlinge! Eigentlich müsste ich fliegen. Doch mein Bauch ist so voll, dass an fliegen nicht zu denken ist. Zélie drängt zum Aufbruch, denn sie will unter die Dusche. Auch ich sehne mich nach warmem Wasser und duftendem Schaum.

Das Dinner findet heute bei geschlossenen Türen statt. Der Wind hat aufgefrischt und treibt Regenwolken heran. So habe ich mir meinen letzten Urlaub nicht vorgestellt. Das Essen ist lecker und ich bin froh, dass die Auswahl an vegetarischen Speisen groß ist.

Nach dem Dinner sitzen wir alle zusammen. Aimée hat mir von ihrem Anhänger erzählt. Sie liebt Schmuck, ist behängt damit. Sie hat von einer Verwandten alten Goldschmuck bekommen und sich einen Stern daraus machen lassen. Er ist schön, aber viel zu protzig.

Sie will mir unbedingt die Fingernägel lackieren. Ich hasse lackierte Nägel. Sie sagt, sie wird nicht aufgeben. Ihre Nägel sind pink, einer sogar golden. Ich mag sie. Sie wäre mir bestimmt eine gute Freundin. Sie ist unkompliziert und ein sehr herzlicher Mensch.

Morgen wollen wir alle zusammen an den Stand gehen. Maurice sieht mich wieder mit diesem Blick an und die Schmetterlinge flattern.

Letzte Nacht trieben mich starke Kopfschmerzen an den Strand. Es war windig und kalt, trotzdem entschloss ich mich zu einem Spaziergang. Unterwegs überkam mich große Übelkeit. Vielleicht sollte ich das Essen etwas einschränken. Zuhause esse ich nicht so viel.

Die Sonne ging bereits auf, als ich in den Bungalow kam. Zélie schlief tief und fest. Nicht mal ein Erdbeben holt sie aus ihrem Schlaf. Ich genehmigte mir eine Novalgindröhnung, um wenigstens ein bisschen zu schlafen. Trotzdem dauerte es lange, bis sich der ersehnte Schlaf einstellte. Irgendwann nahm mich Morpheus in seine Arme und trieb mich durch grauenvolle Träume. Überall Glioblastome, die mir den Garaus machen wollten. Schweißgebadet und mit Herzrasen schreckte ich aus dem Schlaf. Ich hasse Charlie!

Charlie schürt den Hass noch ein wenig und schießt Pfeile durch meinen Kopf. Das Wetter ist schlecht. Nach einer halben Stunde hat sich die Sonne verzogen. Dunkle Wolken ziehen auf, verleihen der Insel ein düsteres Aussehen. Es zieht mich nicht aus dem Bett. Viel lieber würde ich mir die Decke über den Kopf ziehen und noch ein bisschen schlafen. Aber ich bin hungrig und die Frühstückszeit endet bald.

Der Speisesaal ist fast leer, als ich endlich eintrete. Maurice steht am Büffet und wartet auf mich. Wieder bekomme ich eine Banane und wieder schenkt er mir dieses Lächeln. Er sagt, dass er sich auf den Strand freut und seine Augen funkeln. Oh ja! Ich freue mich auch!

Nach einem ausgiebigen Frühstück mit Obst und Quark, sehne ich mich nach Ruhe. Ich spüre, dass sich in meinem Kopf die nächsten Schmerzen ankündigen. Die dunklen Wolken haben sich verzogen. Der Badeausflug soll stattfinden. So sehr ich mich auf Maurice freue, so sehr wünscht sich mein Kopf Ruhe. Aber ich möchte Zélie den Spaß nicht verderben und mache mich auf den Weg zum Strand.

Das Wetter ist schlecht. Nach einer Stunde hüllt sich die Sonne in dunkle Wolken. Ich habe Kopfschmerzen, Aimée ist es zu kalt und Edwige nörgelt die ganze Zeit. Blablabla! Nerv tötend!

Zélie und Aimée machen einen Spaziergang. Edwige und Edmond, Aimées Mann, gehen zurück zum Hotel. Nur Margaux bleibt bei uns. Unsere Anstandsdame! Maurice liegt neben mir. Margaux cremt mir den Rücken ein, weil, wie sie sagt, die Sonne ihre UV-Strahlen auch durch die Wolken schickt. Gute Margaux! Als sie den Blick von Maurice sieht, sieht sie uns erstaunt an und sagt lächelnd: „Ja, es wäre schön, aber es ist besser so." Aber ich darf ja träumen und ich glaube, er tat es auch.

Der Traum wird jäh unterbrochen, als es anfängt zu regnen. Der Himmel hat seine Schleusen geöffnet und der Regen prasselt auf uns herab. Wir packen unsere Sachen zusammen und machen uns auf den Heimweg. Zélie und Aimée kommen angerannt. Warum haben sie es so eilig? Wir sind bereits nass, noch schlimmer kann's nicht werden. Sie rennen weiter, während wir durch den Regen spazieren. Mir wird kalt und Maurice nimmt es lächelnd zur Kenntnis. Margaux legt mir ihr Handtuch um die Schultern und sieht ihn böse an. Schade!

Noch bevor wir am Hotel ankommen, hat sich der Regen wieder verzogen. Ich nehme eine warme Dusche und meine Fantasie geht mit mir durch. Was wäre geschehen, wenn Margaux nicht bei uns gewesen wäre? Hätte er getan, was sein Blick versprach? Hätte ich bekommen, was ich mir insgeheim wünsche? Die Schmetterlinge flattern so heftig, dass mir ganz warm wird und eine angenehme Welle meinen Körper durchflutet. Ich bin verrückt, herrlich verrückt.

Zélie will zum Pool und ich einen Kaffee. Auf dem Rasen spielen ein paar Gäste Croquet. Sie amüsieren sich gut und ich glaube, der Tag war feucht fröhlich. Einige wanken bedenklich und andere können kaum noch stehen. Jemand umfasst von hinten meine Hüften mit einem Jubelschrei.

„Hola Charlene! Spielst du mit mir Croquet? Biiiitte! Das macht Spaß. Deine Freundin kann auch mitspielen, dann macht es noch mehr Spaß." Lucia sieht mich bittend an.

„Ich stimme dir zu, das macht wirklich Spaß. Komm, wir holen die Schläger", sagt Zélie und nimmt Lucia bei der Hand.

In meinem Kopf macht sich ein leichtes Ziehen bemerkbar. Nicht schon wieder. Es hieß doch, die Schmerzen kämen meistens abends oder in der Nacht. Meine Schmerzen wissen das anscheinend nicht und kommen, wann immer sie wollen. Meine Laune sinkt in den Keller und Frust macht sich breit. Warum kann sich dieses Tumorbaby nicht benehmen? Warum musste sich dieser Rüpel ausgerechnet bei mir einnisten?

„Warum siehst du so grimmig aus? Willst du nicht mit den beiden Croquet spielen?"

Oh, diese Augen! Ein wohliger Schauer läuft über meinen Körper und macht mich kribbelig. Meine Fantasie geht wieder mit mir durch und ich könnte eine kalte Dusche gebrauchen.

„Komm, wir haben die Schläger geholt. Es kann losgehen." Lucia strahlt übers ganze Gesicht.

„Onkel", wendet sie sich an Maurice, „willst du auch mitspielen?" Maurice sieht mich fragend an und lächelt.

Zélie drückt ihm einen Schläger in die Hand und geht zum Abschlag. Ich mag dieses Spiel nicht sonderlich. Ich bevorzuge Cricket, das hat Power. Croquet ist ein Spiel für Kinder oder ältere Semester. Vielleicht sollte ich mich langsam damit abfinden, dass für mich in Zukunft nur noch langsame, ruhige Spielarten in Frage kommen.

Lucia darf beginnen. Sie ist sehr geschickt und schlägt den Ball durchs erste Tor. Zélies Ball landet weitab im Gebüsch, so stark war ihr Schlag. Maurice erwischt das Tor beim ersten Schlag. Jetzt bin ich dran. Das Ziehen in meinem Kopf wird stärker. Nein! Er soll doch nicht sehen, dass mit mir etwas nicht stimmt. Ich schlage und der Ball landet im Pool. Ups! Ausgeschieden! Die drei spielen die Runde zu Ende. Zélie gewinnt und hüpft jubelnd umher.

„Der Verlierer gibt eine Runde Eis aus!", ruft sie lachend. Ich habe inzwischen meinen Ball aus dem Pool geholt und gebe mich gerne geschlagen. Wir bestellen Eis und Kaffee und setzen uns an den Pool. Lucia plappert ununterbrochen. Ihr kleiner Mund steht nicht mal still, als sie sich das Eis hineinschiebt.

Maurice hört ihr lächelnd zu. Er versteht nicht ein Wort, aber er findet die Kleine süß. Zélie übersetzt den einen oder anderen Satz und Maurice lacht über die Fantasie der jungen Dame. Immer wieder sieht er mich an und mir scheint, als würden seine Augen sagen: küss mich. Ob meine Fantasie wieder mit mir durchgeht? Ich würde ihn gerne küssen.

Wir spielen noch eine Runde. Diesmal bilden wir Teams. Lucia und Zélie schließen sich zusammen, weil keine der beiden mit einem Loser spielen will. Maurice hat nichts gegen einen Loser und wir beginnen unser Spiel. Es scheint, als würde mich mein Partner beflügeln und wir liegen bald vorn. Unsere Gegnerinnen schimpfen und jammern, doch wir bauen unseren Vorsprung immer weiter aus.

Das nächste Tor steht neben dem Pool. Mein Ball schlägt dagegen und prallt ab. Die Gegner jubeln. Lucias Ball geht durchs Tor und der Jubel kennt keine Grenzen. Übermütig stößt sie mich in den Pool. Das Wasser ist kalt. Das Shirt klebt an mir, wie eine zweite Haut. Es scheint, als wären mein weißer BH und das weiße Shirt verschwunden.

Ich sehe die lüsternen Blicke der Männer am Pool. Sehe die wütenden Blicke ihrer Ehefrauen. Ist das peinlich! Ich sehe Maurice, der mich anstarrt, mit einem Blick, den mein kirrer Kopf vielleicht überbewertet. Er zieht sein Shirt aus und gibt es mir. Oh! Dieser Duft! Mon Dieu!

Er sagt, so solle mich nur der Mann sehen, dem ich diesen Anblick und noch mehr gestatten würde. Was ein wundervoller Mann. Ich glaube, ich würde es ihm gestatten. Mon Dieu! Macht mich dieser Mann verrückt.

Wieder ein langer Spaziergang in der Nacht, Kopfschmerzen, Übelkeit. Ich brauche eine Pause!!! Eine Pause von was? Vom Leben? Das geht schon an mir vorbei. Ich bin auf einer der schönsten Inseln, die diese Welt zu bieten hat und was tue ich? Leiden!

Zélie fährt mit Margaux und Cato in die Stadt. Anschließend wollen sie zum Playa Flamingo und die Sonne genießen. Ich habe keine Lust, fühle mich zu schwach. Mir steht der Sinn nach Ruhe. Wenn Charlie es zulässt, werde ich lesen. Ein bisschen schlafen und ansonsten faulenzen. Die Sonne kann ich auch hier genießen.

Marisol hat mir einen Liegestuhl reserviert, den sie mit vielen Kissen gepolstert hat. Daneben steht ein kleiner Tisch, auf dem eine Schale mit Obst steht. Clément bringt mir eine Karaffe mit frisch gepresstem Orangensaft. Sie haben ein paar Orangenbäume im Garten und nutzen die Früchte zum Eigenbedarf.

Neben mir liegt ein älteres Ehepaar, das sich mit diesem Urlaub einen langgehegten Wunsch erfüllt hat. Sie reden wenig und verschlafen fast den ganzen Tag, weil sie noch immer vom Jetlag geplagt werden. Monsieur Legrom hat eine frische Narbe, die quer über seinen Bauch verläuft. Er ist stark abgemagert, hat einen spärlichen Haarwuchs, keine Augenbrauen und dunkle Ringe unter den Augen. Seine Frau betüttelt ihn und streicht ihm immer wieder über den Kopf.

Die beiden lieben sich. Es muss schön sein, einen Partner zu haben, mit dem man durch dick und dünn gehen kann. Während ich den beiden beim Händchenhalten zusehe, übermannt mich die Müdigkeit und die letzte Nacht fordert ihren Tribut. Als ich aufwache, steht die Sonne bereits hoch am Himmel und neben mir steckt ein Sonnenschirm in der Erde.

„Ausgeschlafen?", fragt mein Nachbar und cremt sich umständlich sein Gesicht ein. Sie sehen morgens immer so erschöpft aus. Können sie nachts auch nicht schlafen?"

„Nein, ich habe Probleme mit dem Schlaf, weil mich nachts immer Kopfschmerzen plagen. Dann gehe ich stundenlang am Strand spazieren. Die Zeit fehlt mir und ich muss den Schlaf tagsüber nachholen. Ich bin hier zur Erholung und der Schlaf im Liegestuhl ist sehr entspannend." Er nickt zustimmend.

Die Sonne scheint, der Himmel ist blau, die Aussicht herrlich, fast schon zu herrlich. Ein perfektes Motiv für eine kitschige Postkarte. Welch herrlicher Tag. Ich lese, schlafe, drehe ein paar Runden durch den Pool, schlafe noch ein bisschen und genieße den Tag. Ich fühle mich besser, bin ausgeruht. Wenn jetzt noch die Coffeindröhnung stimmt, kann es mir nicht besser gehen.

Clément hat mir bereits einen Kaffee aufgebrüht. Er ist etwas genervt von den Deutschen, die mal wieder den lieben langen Tag seine Nerven strapaziert haben. Man kann ihnen nichts recht machen. Sie denken, weil sie viel Geld für ihren Urlaub ausgegeben haben, gehört ihnen hier alles. Alles muss nach ihrer Pfeife tanzen. Sie werden ihrem Image voll und ganz gerecht. Ich hatte gehofft, hier keine anzutreffen, aber sie tauchen überall auf dieser Welt auf.

Maurice kommt an die Bar. Es war nicht geplant, hat sich einfach so ergeben. Wieder schenkt er mir dieses bezaubernde Lächeln, das mich ganz kirre macht. Joseph sieht es und lächelt so wissend. Er fachsimpelt schon den ganzen Tag mit Clément über das Thema Liebe. Sie verwickeln Maurice in ihr Gespräch und ich muss mir das Lachen verkneifen. Männer und das Thema Liebe!

Plötzlich dreht sich Maurice zu mir um und fragt: „Was ist Liebe für Dich?" Wieder sieht er mich mit diesem Blick an. Auch Clément wartet auf eine Antwort. Obwohl es mir etwas unangenehm ist, beantworte ich seine Frage.

„Liebe fragt nicht, was du hast oder bist. Liebe nimmt nicht, sie gibt. Liebe macht dir ein Geschenk. Einen liebevollen Blick, eine zarte Berührung, einen zärtlichen Kuss. Eine sanfte Umarmung, ein zärtliches Liebesspiel. Liebe kostet nichts. Sie ist bedingungslos und stellt keine Forderungen. Man schenkt dem anderen sein Herz und man schenkt sich selbst. Das alles ist Liebe."

Maurice sieht mich an, so liebevoll, dass ich den Wunsch habe, ihn in meine Arme zu nehmen. Leider kommt in diesem Moment Edmond und bewahrt mich davor, eine Dummheit zu machen. Denn es wäre eine Dummheit, einen verheirateten Mann zu umarmen. So zu umarmen, wie ich es gerne möchte.

Letzte Nacht waren die Schmerzen erträglich. Nach einem kurzen Spaziergang fühlte ich mich angenehm erschöpft und fiel müde ins Bett. Ich bekam ausreichend Schlaf und wache ausgeruht auf. Zélie hüpft singend durch den Bungalow. Sie genießt die Ruhe der Insel und freut sich auf einen schönen Tag. Sie hat Hunger. Öfter mal was neues. Wann hat dieses Klappergestell keinen Hunger?

Die Sonne scheint vom wolkenlosen Himmel, die Palmen wiegen sich im sanften Wind und die Geckos sonnen sich auf den warmen Steinen. Die Katzen streunen um die Bungalows, auf der Suche nach Leckereien und balgen sich um die besten Bissen. Mopa und Teckel, die beiden Mischlingshunde, liegen dösend in der Sonne. Alle sind friedlich, nur die Papageien machen einen Höllenlärm. Der Gärtner hat die Obstbäume mit Netzen abgedeckt und sie von ihrem Gabentisch abgeschnitten.

Im Speisesaal treffen wir Aimée und Maurice. Sie sind bereits im Aufbruch. Während Zélie sich noch mit Aimée unterhält, schlendert Maurice zum Buffet. Frühstück mit Banane! Ich hasse diese süßen Dinger. Aber den Mann, der sie mir gibt …

Zélie und Aimée haben den Tag verplant. Wir machen einen Ausflug zum Playa Flamenco. Mir soll's recht sein. Ich will heute nur Faulenzen. Ich spüre, dass ich alsbald mit einer neuen Kopfschmerzattacke rechnen muss. Lustlos knabbere ich an einem Sesamriegel herum. Nach fünf café con leche, schreit mein Magen nach fester Nahrung. Ich würde gerne Obst essen, aber das Angebot missfällt mir. Ich mag diese kleinen, zuckersüßen Bananen nicht. Ich hasse Papaya, Mango und Passiflora. Ananas brennt auf der Zunge und Kokosnüsse sind mir zuwider.

Was soll's! Frühstück wird sowieso überbewertet. Ich nehme noch einen café con leche und schaue aus dem Fenster. Am Strand lassen ein paar Männer ein kleines Boot zu Wasser. Am Steg steigen Frauen in ein Motorboot, das ein Dach aus gestreiftem Stoff hat, an dem bunte Wimpel und Fähnchen flattern. Typisch für diese Insel.

Ich denke an Georgette, die mir ans Herz legte, mein restliches Leben zu genießen. Im Augenblick fällt es mir schwer, denn ich fühle mich so leer, so antriebslos. Zèlie geht zum vierten Mal zum Büfett. Wo steckt sie das alles hin?

„Beeil dich, wir müssen bald los. Aimée hat die Taxis für zehn Uhr bestellt. Ich hoffe, Margaux und Cato kommen mit. Ich freue mich auf den Gedankenaustausch mit Cato. Weißt du, dass er früher Perry Rhodan Hefte gelesen hat? Erinnerst du dich, dass ich auch mal so eine Phase hatte?"

Wie könnte ich das vergessen. Sie hat die Hefte verschlungen. Ihr Vater hatte ein Abo, damit seiner Tochter keines dieser Heftchen durch die Lappen ging. Ich kann mit dieser seichten Literatur, sofern man sie so nennen mag, nichts anfangen.

„Ich gehe zum Bungalow und packe unsere Badesachen. Frühstücke in Ruhe zu Ende. Wir treffen uns am Taxi. Iss deinen Sesamriegel auf und nimm diese süßen Dinger mit. Die esse ich am Strand."

Im Hinausgehen nimmt sie sich noch einen Churro vom Büffet. Wie kann sie nur dieses fettige Gebäck essen? Ich würde mich übergeben, würde ich auch nur einen Bissen davon nehmen.

Ich habe den Kampf mit dem Sesamriegel aufgegeben und bestelle mir noch einen café con leche. Gustavo, der Kellner, bringt mir eine kleine Frischhaltedose, in der eine geschälte und in Stücke zerteilte Charentais-Melone liegt.

„Morgen besorgt der Chef Weintrauben und Erdbeeren für Sie. Unsere neuen Gäste haben heute Morgen die Obstschüsseln geplündert." Bedauernd hebt er die Schultern. Ich schenke ihm ein Lächeln. Er bemüht sich immer, französisch zu sprechen. Was tut man nicht alles für die Gäste.

Schön! Weißer Strand und türkisblaues Meer. Eine leichte Brise weht vom Meer zu uns herüber. Palmen wiegen sich im Wind, der den Duft von unzähligen Blüten zu uns trägt. Hier werde ich meine Decke ausbreiten und mich keinen Zentimeter davon wegbewegen. Den ganzen Tag in der Sonne liegen und nichts tun, außer lesen und schlafen. Die anderen wollen einen Spaziergang machen und sich, in einer der kleinen Strandbars, einen Cocktail gönnen. Ich will nicht, habe schon wieder Kopfschmerzen.

Maurice sagt, er kann jetzt nicht. Edwige zickt. So langsam verstehe ich! Sie will, dass Maurice mitkommt. Er will nicht! Nach langen Diskussionen gehen sie ohne ihn. Endlich!

„Geht's du mit mir ins Meer?", frage ich hoffnungsvoll.

„Kann nicht aufstehen!", brummt er und sieht mich lächelnd an.

„Schade". Ich hatte insgeheim gehofft, dass … ach, an was ich da denke ist ein unerfüllbarer Wunsch. Ich gehe alleine baden. Das Wasser ist kalt. Als ich zum Strand zurückgehe, ist da wieder dieser Blick, den er hatte, als ich in den Pool fiel. Ich frage, ob er noch immer nicht aufstehen kann.

„Jetzt erst recht nicht!", sagt er und sieht mich mit lustvollem Blick an.

Ich folge seinem Blick und verstehe. Mon Dieu! Es war nicht nur das kalte Meer! Und er konnte nicht aufstehen! Mir wird heiß und in meinem Bauch macht sich ein angenehmes Gefühl breit.

Die Abkühlung kommt in Gestalt von Cato, der zurück gehumpelt kommt. Er ist in eine Muschel getreten und hat sich den Fuß aufgeschnitten. Armer Cato! Armer Maurice! Armes Ich!

Ich verbinde ihm notdürftig den Fuß und wir begleiten ihn zum Hotel. Maurice sieht mich immer wieder sehnsuchtsvoll an. Seine Blicke machen mich kirre. Cato jammert und vermiest mir meine schönen Gefühle. Ich bin erleichtert, als wir endlich im Hotel ankommen. Ein Angestellter kümmert sich um Cato und bringt ihn zum Arzt.

„Wie wär's mit Kaffee? Die Poolbar ist geöffnet."

Ich stimme zu. Wie könnte ich diesem Blick widerstehen? Ich würde so vielem zustimmen. Ich erkenne mich nicht wieder. Noch nie zuvor hat ein Mann solche Gefühle in mir geweckt.

Wir unterhalten uns und irgendwann platze ich mit der Frage heraus, ob Edwige immer so ist.

„Schlimmer", sagt er.

Sie hat so einen wundervollen Menschen zum Mann. Sieht sie es nicht? Will sie es nicht sehen?

Nein, sie liebt nur einen Menschen: sich!

Joseph nickt, als hätte er meine Gedanken erraten und stimme mir wortlos zu. Er ist heute Morgen beim Frühstück mit ihr aneinander geraten. Sie hat behauptet, bei ihren Eggs Benedict fehle der Käse. Zudem gehöre die weiße Creme nicht drauf. Sie hat keine Ahnung und davon hat sie sehr viel. An allem hat sie etwas auszusetzen. Mal fehlt Salz, mal ist zu viel davon am ihrem Essen. Wer sein Chateaubriand well done bestellt, darf sich nicht beschweren, wenn er es durchgebraten bekommt. Wer sich die kleinen Bällchen auf den Teller häuft, die ja so lecker schmecken, darf nicht schreien, wenn er erfährt, dass Caracoles Schnecken sind.

Man gestatte mir ein bisschen Schadenfreude …

Der Abend ist mild, kein Lüftchen weht. Wir sitzen in der Bar und genießen die letzten Stunden des Tages. Ich unterhalte mich mit Marisol über Poison. Sie beherrscht die französische Sprache nur ungenügend und spricht es aus wie Poisson. Maurice lacht und fragt, warum wir den Geruch von Fisch mögen. Wir lachen. Ich erkläre ihm, dass Poison ein französisches Parfüm sei. Es würde englisch ausgesprochen, weil für den Rest der Welt Fisch und Gift, in unserer Sprache, ähnlich klingt. Wer will schon nach Fisch riechen? Er stimmt mir lachend zu.

Ich sage ihm, dass Poison sehr gut riecht, ich es liebe und darin baden könnte. Marisol fordert ihn auf, an meinem Hals zu schnuppern, ich hätte es aufgelegt. Er tut es! Sein Gesicht ist mir wieder so nah und diesmal ist es ein Blick, der mich in einen Rausch versetzt.

In diesem Moment zerschellt eine Flasche Scotch auf dem Granitboden. Alle sehen zu Clément, der mit entsetztem Gesicht dasteht und sichtbar aufatmet, als Maurice wieder geziemt auf seinem Stuhl sitzt. Wie soll ich diese Nacht schlafen?

Das frage ich mich auch noch, als ich im Bett liege. Diese Augen, dieser Mund, dieser Mann!

Schlechte Nacht! Kein Spaziergang! Große Übelkeit! Kopfschmerzen! Schmetterlinge!

Kein Frühstück – Übelkeit. Margaux besucht mich und bringt mir Tee. Tee! Tee ist was für Kranke. Ich bin nicht krank! Ich muss nur sterben!

Margaux ist entsetzt, als ich ihr erzähle, warum mir übel ist und verspricht, es niemand zu erzählen. Sie ist wie eine Mutter zu mir. Mutter! Das Wort sagt mir was. Ich habe so was auch. Sie ist eine, aber sie ist keine für mich! Sie wird ihre Tochter verlieren, aber nicht mich! Sie wird für ihr schreckliches Schicksal bedauert!

Wer bedauert mich? Es spielt keine Rolle, ob ich lebe oder tot bin. Nicht für sie! Ich bin ein Accessoire, schön anzusehen. Wenn es unansehnlich wird, kommt es auf den Dachboden, zu all den anderen Accessoires, die da stehen, an denen man sich sattgesehen hat. Die ersetzt wurden, durch anderen unnützen Schnickschnack. Aber ich werde nicht auf dem Dachboden verstauben. Ich sterbe!

Margaux sagt: „Manchmal vollbringt Liebe Wunder. Du musst nur dein Herz öffnen. Du weißt für wen!"

Wir haben ein Telegramm aufgegeben. Joyce hat morgen Geburtstag. Ich denke an den Geburtstag meiner Kinder. Sie wurden fünf Jahre alt. Ihr letzter Geburtstag mit einer Mama. Warum bin ich jetzt hier und nicht bei ihnen? Abschied auf Raten!

Eigentlich wollten wir an den Strand, aber es ist windig und kühl. Wir beschließen, uns ins Café zu setzen und ein paar dieser leckeren Törtchen zu essen. Ich weiß nicht, ob sie drin bleiben, aber ich will es zumindest versuchen. Auf der Terrasse sind all unsere Urlaubsbekanntschaften versammelt. Sie wollen morgen zum Hochseeangeln um einen Marlin zu fangen. Non, merci! Mir ist schon übel! Edmond will nicht. Er sagt, er leidet unter Seekrankheit.

Aimée sagt, sie habe Tröpfchen dabei, die helfen gegen Reisekrankheit jedweder Art. Wers glaubt … Ich vertraue auf Vomex und Novalgin. Aber ich möchte mich nicht freiwillig dieser Gefahr aussetzen. Charlie malträtiert mich schon mehr als genug. Margaux nimmt mich in den Arm und lächelt mich an.

„Ich weiß um deine Übelkeit, aber es ist eine Chance ihm nahe zu sein. Überleg es dir! Überleg dir, welch ungeahnte Chancen dieser Ausflug birgt" flüstert sie und zwinkert mir verschwörerisch zu.

Ich weiß, sie hat recht. Auf einem Boot … der Wellengang … man stolpert sich in die Arme … es wäre so schön … einmal in seinen Armen liegen … ihm ganz nah zu sein … Meine Fantasie geht wieder spazieren.

„Jetzt sag doch auch mal was dazu", sagt Zélie und verpasst mir einen Stoß in die Rippen. „Wo bist du nur dauernd mit deinen Gedanken? Du hast doch Tabletten gegen Übelkeit dabei. Lass uns den Ausflug mitmachen."

Ich gebe mich geschlagen und hoffe inständig, dass Vomex hält, was es verspricht.

Happy Hour! Mir ist übel und ich bin traurig. Cédric und Nicholas machen Urlaub - ohne mich. Sie werden bald alles ohne mich machen. Meine Schätze! Wie soll ich ihnen sagen, dass ich sterben muss? Marisol sagt, ich soll an etwas Schönes denken. Clément spendiert mir eine riesige Tasse Kaffee. Was für gute Menschen!

Maurice kommt, fragt, was los ist. Ich bitte ihn, sich zu mir zu setzen. Ich brauche seine Nähe. Ich habe ihn so gern. Er lässt sich auf dem Hocker neben mir nieder und sieht mich fragend an. Lächelnd sieht er mir in die Augen und sagt: „Egal was es ist, alles wird wieder gut." Wenn es doch nur so wäre. „Komm, ich nehme dich mal in den Arm", flüstert er.

Ich sehe die Sehnsucht in seinen Augen und spüre die Sehnsucht in meinem Herzen. Er legt seinen Arm um meine Schultern und zieht mich zu sich heran. Ganz nah zu sich heran, ich lehne meinen Kopf an seine Brust und es ist schön. Ich spüre seine Wange an meiner Stirn. Er hält mich fest umschlungen. Ich höre sein Herz schlagen. Immer schneller, wie mein eigenes. Ich fühle mich wohl in seinen Armen, so glücklich.

Plötzlich stößt Clément die Vase um. Das Wasser ergießt sich über meine Hose. Ich erschrecke und löse mich aus der Umarmung. Clément nickt mit dem Kopf Richtung Bungalows. Die Familie ist im Anmarsch. Schade!

„Pardon, es war die einzige Möglichkeit das Feuer zu löschen." Clément lächelt uns an.

Mir ist schwindlig, in meinem Kopf dreht sich alles, aber es ist nicht Charlie, der es verursacht. Ich hoffe sehr, dass niemand merkt, wie ich mich fühle. Marisol sieht mich an und lächelt so wissend. Sie gibt eine Runde Alooda Rum aus. Für mich gibt es Ginger-Ale. Die Gespräche gehen an mir vorbei. Meine Gedanken sind bei Maurice, seiner Umarmung, seiner Wärme, seiner Nähe. Es war schön und hätte ewig so weiter gehen können.

Sie reden wieder über den morgigen Ausflug. Mir wird übel. Diesmal ist es Charlie, mein Tumorbaby. Die Übelkeit überflutet mein Hirn. Breitet sich aus. Ich kann mich kaum auf den Beinen halten, will ins Bett. Aimée begleitet mich zum Bungalow. Sorgenvoll sieht sie mich an.

„Was stimmt mit dir nicht? Irgendetwas ist mit dir."

Ich bitte sie, mir etwas Zeit zu geben. Ich kann es ihr nicht sagen. Ich rede nicht gerne über mein baldiges Ende. Als Aimée weg ist, muss ich mich übergeben. Dreimal kehre ich mein Innerstes nach außen. Ich bin völlig erschöpft.

Jetzt sitze ich auf der Terrasse und denke über diesen Tag nach. Einen Tag voller Glück, der vor der Toilettenschüssel endete. Ich kann mich nicht mehr aufrecht halten, muss ins Bett. Ich muss früh raus. Hochseeangeln! Ich werde wohl mein Innerstes nach außen kehren. Ich habe es heute schon getestet.

5:30 Uhr Frühstück! Wie kann man um diese Uhrzeit essen? Der Koch bringt mir einen Teller mit einer Minibanane.

„Die isst du auf dem Boot", sagt Margaux. Mama hat gesprochen. Jetzt muss ich lachen.

Aimée füllt Edmond und mich mit Tröpfchen ab. Ich hoffe auf die Dinger, aber ich traue ihnen nicht. Ich nehme vorsichtshalber eine Vomex. Man kann nie wissen.

Ich denke an meine Söhne! Sie fehlen mir. Mein Herzchen und mein Seelchen. Ich hoffe, sie haben schöne Ferien. Ferien mit ihrer grand-mère. Nizza, weit weg von mir. Amalie meinte, es wäre besser, wenn sie ihre Mutter nicht immer in diesem erbärmlichen Zustand sehen müssen. Besser für mich, vielleicht ein letztes Mal etwas anderes zu sehen als Krankenhausflure. Sehr einfühlsam. Aber so ist sie. In gewisser Weise hat sie recht. Sie begannen schon Fragen zu stellen.

Marina! Das Boot ist eine Hochseeyacht, die Angeln sind beeindruckend. Der Boden schwankt. Edmond geht in den zweiten Steuerstand, weil er denkt, dass es ihm dort nicht so schnell übel wird. Die anderen verteilen sich an Bord. Als wir losfahren wird mir übel. Ich muss hier runter, doch es ist zu spät. Aimée verfrachtet mich auf einen Stuhl. Edmond übergibt sich. Es läuft an der Außenseite des Fensters runter. Im nächsten Moment läuft es auf der anderen Seite. Dort übergibt sich noch jemand. Ich kann nicht hinsehen. Mir dreht sich der Magen um.

Als wir übers Riff sind, auf dem offenen Meer, geht es los. Einer nach dem anderen gibt auf und legt sich. So langsam wird der Platz knapp. Maurice steht an der Reling. Es geht ihm gut. Zélie liegt auf dem Oberdeck und sonnt sich. Ich will sterben! Mir ist so übel. Von wegen Tröpfchen! Wo bleibt die Wirkung der Vomex?

Aimée ist übel, aber sie kümmert sich liebevoll um alle. Überall liegen die „Leichen", stehen

Schüsseln und Eimer. Margaux klammert sich an eine Schüssel, als wäre es ein Rettungsring, der sie vorm Sterben bewahrt. Zélie ist eingeschlafen und bekommt von all dem nichts mit. Sie hat es gut. Ich würde auch gerne schlafen, aber ich muss leiden. Leiden, wie alle andern auch.

Ich habe meinen Blick an eine Boje geheftet, die in der Ferne auf dem Meer treibt. Sie ist kaum zu sehen. Ich habe das Gefühl, dass mein Hirn in meinem Kopf herumschwimmt, getragen von Wellen starker Übelkeit. Warum habe ich mich auf dieses Abenteuer eingelassen? Ich hätte ihn auch an Land gesehen.

Große Aufregung. Edmond hat sich wieder übergeben und ist fast über Bord gegangen. Jetzt hängt er in den Seilen. Dieser große, kräftige Mann, liegt wie ein Häufchen Elend auf dem Boden.

Aimée sagt, dass wir umkehren. Der Kapitän übernimmt keine Verantwortung mehr für die vielen „Leichen". Merci! Die Boje kommt näher. Viel zu langsam. Warum fährt er nicht schneller? Mir ist speiübel. Die Boje wird größer und größer. Endlich gleiten wir an ihr vorbei. Noch hundert Meter, dann betrete ich wieder festen Boden. Hundert Meter, die mir erscheinen wie tausend. Dann endlich, das Riff, die Marina, fester Boden. Ich habe überlebt! Merci!

Der Kapitän gibt eine Runde Salzgebäck und Cola aus. Ich kann nichts essen. Ich bin froh, wenn die Cola drin bleibt. Mein Hirn schwimmt immer noch und die Übelkeit kriecht weiter durch meinen Kopf.

Alle hängen in den Stühlen, sehen aus wie lebende Tote. Ich will ins Bett! Plötzlich verschwinden alle, wollen liegen, nur noch liegen. Nur noch Maurice und ich. Er nimmt meine Hand. Sagt: „Mehr geht jetzt nicht!" Aber das reicht auch.

Wir fahren zurück zum Hotel. Mit zitternden Händen nehme ich zwei Vomex und zehn Tropfen Novalgin. Ich brauche Ruhe! Schlaf! Ich bin völlig erschöpft. Mein Kopf dröhnt und die Übelkeit schwappt durch mein Hirn. Langsam dämmere ich hinüber und lasse alles zurück im jetzt und hier.

Zwei Stunden Schlaf! Es geht mir besser. Ich bin sehr erleichtert, dass es vorbei ist. Gleich ist Happy Hour. Ich hoffe sehr, dass er da ist.

Zélie sonnt sich am Pool. Sie hat den Ausflug gut überstanden. Jetzt lümmelt sie in einer Hängematte, die sanft hin und her schaukelt. Schon der Anblick verursacht mir Übelkeit. Joseph schlendert vorbei und zwinkert mir zu. Er wedelt mit einem Umschlag und bedeutet mir, ihm zu folgen.

Maurice wartet bereits an der Bar. Joseph öffnet den Umschlag und nimmt ein paar Fotos heraus. Die Fotos, die er gestern gemacht hat. Fotos von Maurice und mir. Als ich die Fotos sehe, wird mir so warm. Ich sehe zwei Menschen, die sich engumschlungen halten. Zwei Menschen die glücklich sind. Ein Liebespaar! Und endlich wird mir bewusst, was ich nicht zu denken wagte. Ich habe ihn mehr als gern. Ich liebe ihn!

Bevor ich etwas sagen oder tun kann, kommt Cato. Ich spüre, dass Maurice auch nicht begeistert ist. Die Bar füllt sich und der Lärmpegel steigt. Ich bleibe nicht mehr lange. Das Bett ruft.

Schreckliche Nacht! Kopfschmerzen Übelkeit, Brechreiz! Ich hätte nicht auf die Yacht steigen sollen! Die Sonne ging bereits auf, als ich zum Bungalow zurückging. Ich sah Maurice, der vor seinem Bungalow stand und kam kurz in Versuchung umzukehren. Aber ich war müde und wollte, musste ins Bett.

Ich frühstücke nicht. Ich will den Brechreiz nicht füttern. Zélie isst sich durchs Buffet. Ich ertrage den Geruch frisch gebratenen Specks nicht mehr. Fluchtartig verlasse ich den Speisesaal. Ich schaffe es noch bis hinter einen Busch und dann bricht die Hölle los.

Joseph, der auf dem Weg zum Büro ist, hört mich würgen und kommt mir zur Hilfe. Als das Würgen aufhört, bringt er mich in meinen Bungalow. Sein Angebot, einen Arzt zu rufen, lehne ich dankend ab. Er könnte sowieso nichts tun. Völlig erschöpft lasse ich mich aufs Bett fallen. In meinem Kopf wabert Nebel, der mich langsam ins Reich der Träume trägt.

Nach ein paar Stunden Schlaf geht es mir besser. Zélie sitzt an meinem Bett, als ich aufwache. Sie sieht besorgt aus. Sie will mit Margaux spazieren gehen und fragt, ob ich mitkommen möchte. Nun ja! Mehr als schiefgehen kann es nicht.

Wir treffen Margaux und Cato vor unserem Bungalow. Sie sind froh, dass es mir besser geht. Margaux hakt sich bei mir ein und wir wandern zusammen über den Strand. Es ist schön. Wir werfen gestrandete Seesterne ins Meer zurück und beobachten winzige Krabben, die über die Felsen rennen.

Margaux macht sich Sorgen um mich. Mutter Margaux! Sie hat keine Kinder. Es war ihnen nicht vergönnt. Ich erzähle ihr von meinen Schätzen. Sie fragt, ob es auch einen Mann in meinem Herzen gibt. Ich muss ihr nicht antworten. Sie nickt und nimmt mich in den Arm. Flüstert mir zu, dass sie sich für mich freut.

Oh ja! Ich liebe ihn. Aber kann ich haben, was ich mir so sehr wünsche? Ihn!

Der Spaziergang ermüdet mich. Margaux bietet mir an, mich zum Hotel zu begleiten. Wir beschließen, noch einen Kaffee zu trinken. Als wir das Hotel betreten, kommen Aimée und Familie zurück von ihrem Ausflug. Edwige zickt wieder und macht Maurice Vorwürfe. Ich verstehe nicht warum.

Wir setzen uns auf die Terrasse und bestellen Kaffee und Gebäck. Margaux erzählt, dass Edwige Maurice oft mit Vorwürfen überhäuft. Alles, was er tut, ist entweder falsch oder nicht ausreichend. Sie wollte sich bei Feliciano eine Kette kaufen. Maurice sagte, sie ist zu teuer. Sie zickte und warf ihm vor, zu wenig zu verdienen. Er solle mehr arbeiten. Ihr bieten, was sie braucht.

Margaux sagt, Maurice würde ihr leidtun. Sie kann nicht verstehen, warum er sich das bieten lässt. Margaux und Cato wohnen neben Edwige und Maurice. Sie hören mehr, als ihnen lieb ist. Ich verstehe es nicht. Warum tut sie ihm weh? Immer und immer wieder? Es tut mir weh!

Nachdem sich Margaux zurückgezogen hat, um sich für den Abend zurechtzumachen, mache ich mich auf den Weg zur Bar. Duschen kann ich später immer noch. Zudem melden sich meine Kopfschmerzen wieder und ich weiß nicht, ob es ein langer Abend wird. Ob ich überhaupt zum Dinner gehe.

Happy Hour! Nur Maurice und ich! Er sagt, die anderen kommen später. Er sieht müde aus. Wir trinken zusammen Kaffee. Dann stellt er mir eine Frage, die mich völlig überrumpelt.

„Wenn du meine Frau wärst und hättest drei Wünsche frei, was würdest du dir wünschen?"

Ich bin etwas irritiert.

„Bitte gib mir eine Antwort. Bitte! Wunsch Nummer eins!"

„Ich wünsche mir, dass du glücklich bist."

Er ist über meine Antwort verwundert, lächelt aber. Sagt, ich solle mir etwas wünschen, das mich glücklich macht.

„Wenn ich deine Frau wäre, dann wäre ich glücklich, wenn du glücklich bist."

Er lächelt mich an und fragt nach meinem zweiten Wunsch. Ich habe einen Wunsch. Während ich ihn ausspreche, wird mir bewusst, dass diese Frage: wenn du meine Frau wärst, für mich mehr war, als eine Frage. Es war mein Wunsch. Geboren tief in meinem Herzen.

„Ich wünsche mir, dass du mich liebst."

Wieder lächelt er. Dann will er meinen dritten Wunsch hören.

„Das müsste ich mir nicht wünschen. Wenn ich deine Frau wäre, würden wir es tun. Wieder und wieder." Und ich denke: „Mon Dieu! Was tue ich hier?"

Maurice lächelt mich an. Er sieht plötzlich so glücklich aus.

„Ja, du müsstest es dir nicht wünschen. Wenn wir verheiratet wären, würden wir es tun. Wieder und wieder. Und ich wäre glücklich, weil ich meine Frau sehr liebe."

Mein Herz rast. Seine Augen funkeln. War das eine Liebeserklärung? Plötzlich fällt die Blumenvase um. Clément hat sie umgestoßen. Wieder einmal. Die Familie kommt und an der Bar stehen zwei Menschen in Flammen. Ich darf nicht darüber nachdenken, was geschehen wäre, wenn seine Familie etwas mitbekommen hätte.

Kapitel 10

Einfach nur glücklich

Meine Kopfschmerzen sind so stark, dass ich sie kaum ertrage. Ich laufe am Strand entlang, weiter und weiter, bis ich völlig erschöpft bin. Meine Beine knicken ein und ich falle wie ein nasser Sack auf den Strand, der noch immer Wärme abgibt und mich sanft zu schaukeln scheint. Mein Kopf dröhnt, ich möchte den Schmerzen davonschaukeln, einschlafen und nie wieder aufwachen. Ich rolle mich zusammen wie ein Baby und weine, bis ich völlig erschöpft einschlafe.

Welch ein schöner Traum. Ich liege am Strand und genieße die Nähe von Maurice, der mir zärtlich die Wange streichelt. Das Verlangen schleicht durch meinen Körper und sehnt sich nach mehr. In meinem Kopf singen ABBA *Andante, andante* und ich singe mit. Es ist ein schöner Traum, so real, so voller Gefühl. Ich kann seine Hand spüren, als wäre sie wirklich da ... wirklich da ...

Maurice! Er kniet neben mir und lächelt mich an. Ich denke nur: küss mich! Seine Augen versprechen so viel und ich will alles. Er nimmt mich in seine Arme und hält mich umfangen. Ich kann spüren, dass er mich genauso begehrt wie ich ihn ...

Take it easy with me; please ... Touch me gently like a summer evening breeze ...

Er haucht mir einen zarten Kuss auf die Wange und dann endlich ... sein Kuss ist so sanft und voller Zärtlichkeit. Es ist wunderschön. Er sieht mir in die Augen und sagt: „Ich liebe dich."

Ich bin so glücklich. Mein Herz schlägt Salto. „Ich liebe dich auch", bringe ich flüsternd über die Lippen.

Take your time, make it slow ... Andante, andante ... Just let the feeling grow ...

Seine Küsse sind so zärtlich und verlangen nach mehr. Seine Hände wandern über meinen Rücken und wecken eine Begierde in mir, die ich noch nie zuvor verspürt habe. Voller Verlangen ziehen wir einander aus. So, wie unsere Kleider zu Boden fallen, fallen auch unsere Hemmungen.

Make your fingers soft and light ... Let your body be the velvet of the night ... Touch my soul, you know how ... Andante, andante ... Go slowly with me now ...

Wir liegen im warmen Sand, küssen uns voller Begierde und kommen uns immer näher. Mein Herz rast vor Verlangen. Seine Hände erkunden meinen Körper und meine Lust kennt keine Grenzen mehr. Dann ist es endlich soweit. Wir sind eins. Sind uns so nah, wie man sich nur sein kann. Ich spüre ihn in mir, so tief in mir. Es ist wunderschön. Er ist so liebevoll und zärtlich. Ich laufe über vor Glück.

I'm your music ... I'm your song ... Play me time and time again and make me strong ... Make me sing, make me sound ... Andante, andante ... Tread lightly on my ground ... Andante, andante ... Oh please don't let me down ...

Er hat Tränen in den Augen und sieht so glücklich aus. „Ich hatte noch nie so schönen Sex und war noch nie so glücklich. Es ist so wundervoll, jemand zu lieben, der nicht nur nimmt, sondern auch gibt, so viel gibt.

There's a shimmer in your eyes ... Like the feeling of a thousand butterflies ... Please don't talk, go on play ... Andante, andante ... And let me float away ...

Dann verschmelzen unsere Körper ein zweites Mal und es ist schöner als zuvor. So wunderschön! Wir sind beide glücklich. Es tut weh, als wir uns trennen müssen. Aber in der nächsten Nacht gibt es nur uns zwei.

Welch wundervolle Nacht. Es erscheint wie ein schöner Traum, aber es ist Wirklichkeit. Ich schwebe auf einer Wolke, bin unendlich glücklich. Das Frühstück lasse ich ausfallen. Ich bin erfüllt von Liebe, da ist kein Platz für Hunger. Zélie sieht mich verwundert an, sagt aber nichts. Zum Glück! Ich wüsste nicht, was ich antworten sollte. Zu viele Jahre trennen uns. Sie würde es nicht verstehen. Liebe fragt nicht nach dem Alter. Sie ist einfach da ... plötzlich und unerwartet. Sie macht mich glücklich und zaubert Schmetterlinge in meinen Bauch. Wundervoll!

Die Toulousains sind heute auf der Insel unterwegs. Zélie will zum Strand, lesen, schwimmen und faulenzen. Mir soll's recht sein. So kann ich am Strand liegen und träumen. Träumen, von dem Mann, den ich liebe. Eine kurze Zeit vergessen, dass ich nicht allein bin, dass es Charlie gibt. Zum Glück ist er nicht eifersüchtig, kann mir nicht zusehen, wenn wir uns lieben. Nur ich weiß, dass er da ist. Ob er mich auch lieben würde, wenn er wüsste, was ich in meinem Kopf mit mir herumtrage?

Am Playa Flamenco treffe ich einen Bekannten meines Großvaters. Ares de Jonker. Er ist über achtzig und hat eine 18-jährige Freundin. Wenn's ihn glücklich macht. Ich sehe seit letzter Nacht manches mit anderen Augen.

Ich vermisse ihn. Ich frage mich die ganze Zeit, wie es weitergeht. Er wird seine Frau nicht verlassen. Auch wenn er sagt, dass er mich liebt. Nein! Er sagt es nicht nur so daher, er meint es ehrlich. Aber ist es vielleicht nur eine Urlaubsliebe? Ich hoffe so sehr, dass es mehr ist. Ich liebe ihn. Ich habe ihm letzte Nacht nicht nur mein Herz geschenkt, sondern mich selbst. Noch nie hat mir ein Mensch so viel gegeben wie er. Liebe! Noch nie zuvor hatte ich solch ein Gefühl. Ich bin glücklich. Ich möchte ihn für immer bei mir haben. Mit ihm glücklich sein.

Ich träume mit offenen Augen. Ob er für mich die gleiche Liebe hat, die ich für ihn empfinde? So tief? So ehrlich? Ich denke ja. Seine Augen waren so offen. Sein Herz lief über. Er ist so ein wundervoller Mensch.

Make your fingers soft and light ... Let your body be the velvet of the night ... Touch my soul, you know how ... Andante, andante ...

Die Kopfschmerzen ballern durch meinen Kopf und lassen keinen Platz für schöne Gedanken. Ich muss schlafen, sonst wird die Nacht zum Desaster. Ich kann es kaum erwarten, wieder in seinen Armen zu liegen, alles zu tun, das uns letzte Nacht fliegen ließ. Andante, andante ... Die Gedanken fliegen und eine sanfte Wärme durchflutet mich. Herrlich! Es ist so schön verliebt zu sein.

Es ist kurz vor sieben, als mich Zélie weckt. Ich blinzle verschlafen in den Sonnenuntergang, der das Meer in Flammen taucht.

„Du hast stundenlang geschlafen. Geht es dir besser? Ich würde gerne zum Hotel gehen, ich bin verschwitzt und hungrig."

Wir machen uns auf den Weg, die Sonne verschwindet im Meer und das Mondlicht verwandelt das Meer in glitzerndes Silber. Ich kann es kaum noch erwarten, ihn wiederzusehen, ihn in die Arme zu schließen. Ich will es wieder spüren, dieses herrliche Gefühl der Liebe, der Seligkeit.

Als wir endlich bereit sind fürs Dinner, ist es schon spät. Das Büffet sieht toll aus. Die Meute fällt darüber her und räumt die Platten leer. Ich bin nicht hungrig, aber man soll Novalgin nicht auf den nüchternen Magen nehmen. Es stellt sich Übelkeit ein und der Magen rebelliert.

Zélie isst mal wieder für drei. Manchmal frage ich mich, ob sie einen Bandwurm hat. Als sie auch noch ein zweites Dessert zu sich nimmt, bin ich mir fast sicher.

Wie sollte sie wissen, dass mir jeder ihrer Bissen Zeit mit Maurice raubt? Aber selbst dann würde sie sich nicht vom Essen abhalten lassen.

„Warum bist du so nervös? Du machst mich mit deinem Gezappel ganz kirre. Ist alles in Ordnung?" Sie sieht mich besorgt an.

Mit Mühe fällt mir eine Ausrede ein, die sie zufriedenstellt. Aber wie lange nimmt sie mir noch ab, dass es nur Nebenwirkungen der Medikamente sind? Sie kennt mich so gut, dass ich sie wohl nicht mehr lange im Unklaren lassen kann.

Wir nehmen einen Schlummertrunk an der Bar. Ich kann mich nicht erinnern, wann ich zum letzten Mal so nervös war. So aufgeregt. Edmond ist noch immer leidend. Ihm ging es sehr schlecht. Verständlich, dass er nicht gut drauf ist.

Aimée sieht unglücklich aus. Ich denke schon die ganze Zeit, dass sie etwas bedrückt. Ich würde sie gerne fragen, aber ich glaube, ich habe kein Recht dazu.

Maurice lächelt mich glücklich an. Ich sehe in seinen Augen, dass er sich auf unsere Nacht freut. Marisol sieht mich so seltsam an. Sieht von Maurice zu mir. Ob uns jemand gesehen hat? Wir waren unvorsichtig. Aber letzte Nacht war nur Zeit für Liebe. Alles andere war uns egal. Ich kann es kaum erwarten, ihn in meine Arme zu nehmen. Wäre doch nur schon Nacht. Die Gespräche laufen an mir vorbei. Ich verabschiede mich früh. Ich habe Angst, ich könnte mich verraten. Maurice verraten.

Lieber kuschele ich mich in mein Bett und denke an ihn. Male mir aus, was wäre wenn …

Kopfschmerzen! Ich verzweifele. Er soll nicht sehen, wie es ist, wenn ich leide. Zum wiederholten Mal nehme ich die Tropfen, die mir Sonier gab und mache einen Spaziergang am Strand. Langsam entfalten die Tropfen ihre Wirkung und die Schmerzen werden erträglich. Ich weiß, dass irgendwann der Tag kommt, an dem ich sie nur noch mit starken Medikamenten im Zaum halten kann.

Maurice kommt spät, konnte nicht früher los. Er nimmt mich in seine Arme und hält mich fest. Eine ganze Weile stehen wir engumschlungen da. Keiner spricht. Es ist schön. Nichts tun, nichts sagen. Nur genießen, dass er da ist. Mich in seinen Armen hält. Seine Wärme zu spüren, seinen Atem zu hören. Es macht mich glücklich. Er sieht mich an und sagt: „Du hast mir so gefehlt. Ich liebe dich."

Und ich liebe ihn. Wir lieben uns, küssen uns, lieben uns, kuscheln, reden, lieben uns, sind glücklich.

„Kennst du das Wolgalied? Ich liebe die Stelle: Hast du da oben vergessen auch mich. Es sehnt doch mein Herz auch nach Liebe sich. Du hast im Himmel die Engel bei dir. Schick doch einen davon auch zu mir.

Ich habe mir immer einen Engel gewünscht. Auf dem Flug nach Puerto Rico hatte ich wieder Zoff mit Edwige. Danach habe ich mir so sehr einen Engel gewünscht, dass mein Wunsch erfüllt wurde. Ein Engel fiel vom Himmel, direkt in meine Arme. Und dieser Engel hatte die schönsten Augen, die ich jemals gesehen habe. Ein Engel mit schwarzen Augen. Diese Augen sahen mich an und eine wunderbare Wärme strömte durch meinen Körper. Ich hätte diesen Engel gerne geküsst. Als ich ihr Gesicht sah, wusste ich, dass sie etwas ganz Besonderes ist. Ich konnte meine Augen nicht mehr von meinem Engel lassen. Ich war glücklich, dass es ihr anscheinend genauso ging. Als sie dann in den Wagen stieg und losfuhr war ich traurig. Ich hoffte, dass ich sie in drei Wochen wiedersehen würde.

Als ich am nächsten Morgen beim Frühstück saß und mein Engel zur Tür herein kam, war ich überglücklich. Zum ersten Mal wurde mir bewusst, wie jung mein Engel war. Ich sah die Blicke der Männer im Speisesaal. Die meisten waren jünger als ich. Sie würden besser zu ihr passen. Sie beachtete die Blicke nicht, übersah die Männer. Aber sie lächelte mich an und mein Herz schlug Purzelbaum. Ich dachte einen Augenblick, sie flirtet nur mit mir. Aber abends an der Bar wurde mir klar, dass sich so keine Frau verhält, die nur flirten will und vielleicht auf ein schnelles Abenteuer aus ist.

Als ich zum ersten Mal mit ihr an der Bar saß, wusste ich, dass ich mich in sie verliebt hatte. Nach unserem Gespräch über Liebe wusste ich, dass es mehr war, als verliebt sein. Ich liebte sie. Dich!"

Ich nehme alles in mir auf. Er streichelt mein Gesicht. Seine Hand rutscht tiefer. Liegt auf meiner Brust. Er sieht mich an und lächelt.

„So raste mein Herz, als du mir deine drei Wünsche verraten hast. Ich dachte, sie liebt mich. Hoffte es. Wünschte es mir aus tiefstem Herzen. Als wir uns letzte Nacht liebten, war ich der glücklichste Mensch auf der Welt."

„Diesen Platz musst du mit mir teilen."

Lächelnd stimmt er zu. Dann machen wir einander noch einmal glücklich. Der Abschied fällt uns noch schwerer als letzte Nacht. Ich darf nicht an nächste Woche denken, dann geht er für immer.

Auf dem Weg zum Bungalow setzen die Schmerzen ein. Ich bin dankbar, dass die Tropfen ihre Wirkung so lange entfaltet haben. Ich hatte gedacht, dass ich nach solch einer wunderbaren Liebesnacht besonders gut schlafen würde, aber Charlie macht mir mal wieder das Leben schwer. Es bleibt mir nichts anderes übrig, als mir noch eine Ladung Novalgin zu verpassen. Ich muss diesen Urlaub so gut es geht durchstehen. Jede Kopfschmerzattacke wegdröhnen. Wie es zuhause weitergeht spielt jetzt keine Rolle. Ich will glücklich sein, einmal in meinem Leben glücklich sein. Dafür nehme ich alles in Kauf. Egal, wie viele Tropfen ich täglich nehmen muss. Ich will mit ihm zusammen sein, ohne von Kopfschmerzen gequält zu werden.

Ich weiß, dass ich bald auf ein stärkeres Medikament umgestellt werden muss, wenn ich jetzt schon zu viel Novalgin nehme, aber das nehme ich gerne in Kauf. Maurice ist es wert. Der Himmel hat ihn mir geschickt, dass ich einmal in meinem Leben glücklich sein kann. Wen interessieren da ein paar Tropfen mehr ...

Wir machen eine Inselrundfahrt. Herrliche Insel. Wunderschöner Tag. Antonio, unser Taxifahrer, hat uns schon viel gezeigt. Viele Touristen-Attraktionen, viele Insider-Highlights. Schön!

Zélie hat sich quer über die Insel gefuttert. So viele Spezialitäten, aber muss man die alle an einem Tag kosten? Ich bin inzwischen mit dem Essen vorsichtiger geworden. Übelkeit, die aus meinem Kopf in den Körper kriecht, ist mehr als genug. Da muss ich mir nicht noch den Magen vollschlagen.

Im Augenblick bin ich überwältigt. Der Ausblick über die Bucht mit ihren Klippen ist herrlich. Kleine Segelboote huschen übers Meer, Menschen tummeln sich am Strand. Palmen wiegen sich im Wind und rascheln mit ihren Wedeln. Ein Junge klettert auf eine Palme und erntet Kokosnüssen. Zélie steht da, mit der Welt entrücktem Gesicht und den Händen tief in den Hosentaschen.

„Ich habe schon viel Schönes gesehen, das hier gehört für mich zu den Top ten. Es ist eine Bucht, wie jede andere, aber sie hat eine Ausstrahlung, ein Flair, das man nicht in Worte fassen kann."

Ich gebe ihr recht. So muss es im Paradies aussehen. Ich sehne mich nach Maurice. Wie gerne würde ich mit ihm diesen Ausblick genießen, über diese herrliche Bucht und ihre Magie reden. Mein Herz flattert aufgeregt bei dem Gedanken an ihn. Warum bin ich ihm nicht früher begegnet? Warum ist das Schicksal so grausam und schickt ihn mir jetzt, wo es zu spät ist?

Tränen laufen über meine Wangen, machen mich blind für die Schönheit der Bucht. Zélie nimmt mich in die Arme, drückt mich und weint mit mir. Es tut so gut, sie an meiner Seite zu haben.

Happy Hour! Als ich zur Bar komme, lächelt mich Clément an, sagt aber nichts. Er stellt lächelnd einen Kaffee vor mich und verschwindet. Maurice nimmt meine Hände.

„Ich muss immerzu an dich denken und spüre eine zarte Sehnsucht in meiner Brust."

Er sieht mich an und ich würde ihn so gerne in meine Arme nehmen, ihn küssen. Oh ja! Ich habe ein unbändiges Verlangen nach ihm. Ich will ihn spüren. Tief in mir.

„Ich möchte es auch."

In diesem Moment kommt Joseph. Mit einem verschmitzten Lächeln drückt er Maurice einen Schlüssel in die Hand.

„Unbewohnt und abseits!", sagt er und werkelt hinter der Bar herum.

Maurice sieht mich mit hoffnungsvollem Blick an. Ich nicke und wir gehen. Er durch den Garten, ich durch die Lobby. In Bungalow 16 treffen wir uns. Wir fallen übereinander her, als würden wir kurze Zeit später sterben. Es ist Leidenschaft pur. Wir beben vor Lust. Nie zuvor hatte ich solch ein Gefühl. Mir ist, als würde ich verglühen. Dann ist es soweit und ich glaube, es zerreißt mich vor Glück. Er sieht mich lächelnd an und küsst mich auf die Nase.

„Was machst du nur mit mir? Ich hätte nie gedacht, dass es so etwas Schönes gibt. Seit ich dich liebe ist alles anders geworden. Schöner, besser. Ich bin glücklich. Zum ersten Mal in meinem Leben, bin ich aus tiefstem Herzen glücklich."

Er küsst mich zärtlich und mir laufen die Tränen. Ich laufe über vor Glück. Ich liebe ihn. Alles andere ist plötzlich unwichtig.

Wieder müssen wir uns trennen. Er geht durch den Wald zurück. Ich nehme den Weg durch die Lobby. Unterwegs treffe ich Lucia und Marisol, die von einem Trip nach Puerto Rico zurückkommen.

Lucia besucht eine Ballettschule und wird bei einer Aufführung den Part der Prinzessin tanzen. Heute haben sie das nötige Outfit gekauft. Sie kramt in ihrer Tasche und zeigt mir ihre neuen Ballettschuhe. Rosa! Sie hat auch ein neues Tutu, das sie bei der Aufführung tragen wird. Rosa! Lucia ist begeistert und wird sicher nichts daran designen. Sie wird zuckersüß darin aussehen.

Wir holen uns noch ein Eis und gehen Hand in Hand zur Bar. Dort werde ich bereits vermisst. Joseph sagt, wenn sie Lucia hat, vergisst sie alles andere. Danke Joseph!

Joseph hat mir einen Schlüssel in die Hand gedrückt, damit keiner vor der Tür stehen muss. Der Bungalow ist mit Plüsch und Prunk eingerichtet. Seidene Tücher an den Fenstern und über dem Himmelbett. Dicke, kuschelige Seidendecken und Kissen. Mehrere Spiegel an den Wänden, in denen man sich aus und in allen Lagen betrachten kann. In der Ecke gibt es eine kleine, gut gefüllte Bar und auf dem Tresen steht eine Flasche Champagner in einem eisgefüllten Kübel.

Ich mag keinen Alkohol, bin gerne Herr über meine Sinne. Wenn ich jetzt damit anfange und das Novalgin damit putsche, gute Nacht! Die Erdbeeren mit Schlagsahne gefallen mir besser und regen meine Fantasie an. Was Joseph hier alles anstellt? Ich weiß es nicht, aber ich weiß, was ich mit Maurice machen werde und der Gedanke daran macht mich kirre.

Maurice kommt kurz nach mir in den Bungalow. Er ist traurig, hatte wieder Streit mit Edwige. Seit sie auf Culebra sind, hat er nicht mit ihr geschlafen. Sie hat ihn einen Schlappschwanz genannt und wollte, dass er sie anderweitig befriedigt.

Wow! Diese Frau nimmt einen Vibrator mit in den Urlaub! Groß und dick. Das wäre genau die Größe, die sie befriedigt. Maurice ist das Vorspiel und der Vibrator das Finale. Das ist pervers. Was ist das für ein Mensch? Warum demütigt sie Maurice? Schlimmer noch, warum lässt er es zu? Warum geht er nicht?

Das ist alles so unfassbar, man könnte gewillt sein, es nicht zu glauben. Aber es passt zu dem, was Margaux erzählt und Cato bestätigt hat. Es war derart abstoßend, dass ich es nicht glauben wollte. Aber jetzt verstehe ich. Solch vulgäre Ausdrücke ... widerlich!

Margaux erzählte mir, dass Edwige in der zweiten Nacht auf der Terrasse saß und lautstark von Maurice forderte, er solle ihr Mr. Big vorn und Mr. Little hinten rein stecken Oooh! Abgespült hätte sie schon. (Mr. Big und Mr. Little?). Er müsse nur noch Gleitgel drauf streichen. Dann könne es losgehen. Sie wolle endlich durchge… werden. Dann kann sie ihm zeigen, zu was er nicht fähig ist. Sie mit seinem xxx zu befriedigen. Als Vorspiel wäre er eben mal tauglich, aber für den richtigen xxx (oooh!) ist er unbrauchbar. Als Maurice nicht wollte, gab es Streit und Edwige hat es selbst gemacht. Sie hat es auch am nächsten Abend wieder getan.

Im Paradise Gift Shop hatte sich Edwige vergoldete Liebeskugeln gekauft. Große für vorn und kleinere für hinten. Die wären hier so günstig. Zudem wäre Gold sicher ein besseres Gefühl als

Edelstahl. Wow! Jedem, wie es ihm gefällt. War nicht Margaux's Sache. Meine ist es auch nicht. Nicht die Kugeln und nicht Mr. Big und Co! Nun ja!

„Seit ich hier bin, kann und will ich nicht mehr mit ihr schlafen. Auch nicht um des lieben Friedens willen. Ich habe Angst, dass ich mir vorstellen könnte, ich würde mit dir schlafen und dann käme, was immer kommt. Ich will dich. Seit ich dich auf dem Flughafen in den Armen hielt. Seit wir uns zum ersten Mal geliebt haben, empfinde ich fast schon Abscheu für Edwige."

Ich glaube ihm jedes Wort. Ich sehe sein Gesicht, seine Augen. Mon Dieu! Was gibt das nächste Woche, wenn wir alle wieder zuhause sind? Wenn ich jetzt auf mein Herz hören würde ...

Ich habe ein paar Tage nicht daran gedacht, dass ich bald sterbe. Er hat mich so glücklich gemacht. Ich möchte bei ihm sein. Für immer! Aber wie lange ist für immer? 6 Monate? 3 Monate? Diese Liebe hat keine Zukunft. Nicht, weil sie nicht stark oder tief genug ist. Nein, weil diese Liebe sterben wird. Sterben mit mir!

Ich nehme ihn in meine Arme, sage ihm, dass ich ihn liebe und es für jedes Problem eine Lösung gibt.

„Für fast jedes", denke ich!

Wir liegen lange engumschlungen auf dem Bett. Er hält mich so fest, dass ich kaum atmen kann. Der Gedanke, nur noch sieben Nächte mit ihm zu teilen, macht mich so unendlich traurig. Er wischt mir die Tränen aus den Augen und ich möchte ihm nah sein. Eine kurze Zeit vergessen, dass ich ihn bald verliere. Eine kurze Zeit glücklich sein. Ihn spüren, tief in mir. Ihm ganz nah sein. So nah, wie ich noch nie zuvor einem Mann war. Weil ich noch nie zuvor geliebt habe.

Warum treffe ich ihn jetzt? Jetzt, nach meinem Todesurteil! Wie sagte Margaux: „Manchmal vollbringt die Liebe Wunder." So ein Wunder brauche ich. Brauchen wir. Maurice und ich.

Wir lieben uns. So eng, so innig, als wäre es das letzte, was wir auf dieser Welt tun würden. Er macht mich unendlich glücklich. Würde es doch nie enden. Für heute wird es enden. Als ich unter der Dusche stehe, begibt sich meine Fantasie wieder auf die Reise. Fliegt in eine Zukunft, die es für mich nicht geben wird. Meine Tränen vermischen sich mit dem Wasser, das unaufhörlich auf mich niederprasselt. Er soll nicht sehen, dass ich weine, er würde Fragen stellen. Fragen, die ich nicht beantworten kann, beantworten will.

Zukunft, das ist etwas, über das wir nicht reden, weil wir beide wissen, dass es keine gemeinsame Zukunft für uns geben kann. Es wird eine Liebe sein, die hier begann und für den Rest meines Lebens in meinem Herzen bleiben wird.

Zélie ist in Shoppinglaune. Regelmäßig überfällt sie diese Lust und dann muss sie auf die Piste. Mir steht nicht der Kopf nach shoppen, aber ich lasse mich breitschlagen. Sie hat ja recht. Ich muss auch mal was anderes sehen, als immer nur den Pool und das Meer. Also gehen wir auf Shoppingtour.

Wir bummeln durch die Geschäfte und treffen Margaux und Cato. Cato macht Großeinkauf und schleppt bereits mehrere Tüten mit sich herum. Er will noch mal in den kleinen Laden, mit den geschnitzten Masken. Zélie ist begeistert und will ihn begleiten. Mir steht der Kopf nach Kaffee und ich möchte mich gerne ein bisschen ausruhen.

„Das ist der Laden mit den Liebeskugeln", flüstert mit Margaux zu. „Da müssen wir hin. Du musst dir die Dinger unbedingt ansehen." Sie zwinkert mir verschwörerisch zu.

Meine Neugier ist geweckt und mein Verlangen nach Kaffee tritt in den Hintergrund. Zum Glück sind Cato und Zélie derart von den Masken angetan, dass sie uns nicht mehr beachten. Wir schlendern durch den Laden und Margaux steuert zielsicher die Auslage mit den Kugeln an.

Wow! Ich wundere mich über Edwiges Anatomie. Ich glaube, ich würde platzen. Kein Wunder, dass sie – oooh nein! Er macht mich glücklich. Ich bin ja nicht ausgeleiert. Puh! Madame wird boshaft! Was soll's!

Zélie will noch mit Cato in ein Trafic, um Zigarren zu kaufen. Sie besorgt die edelsten Sorten für ihren Nachbarn, der ein Genussraucher ist. Nun ja! Raucher ist Raucher ... Sucht ist Sucht! Krebs ist Krebs!

Ich schlendere mit Margaux durch die Stadt. Auf der Terrasse eines kleinen Cafés finden wir einen freien Platz und bestellen café con leche und Obsttörtchen. Diese leckeren, kleinen Dinger werde ich zuhause vermissen.

„Ich beneide dich. Cato hat mich noch nie so angesehen, wie Maurice dich ansieht. Man kann die Liebe sehen, die er für dich empfindet. Es muss schön sein, mit ihm zu schlafen." Sie sieht mich verträumt an. „Würde Cato mich nur einmal mit solch einem zärtlichen Blick ansehen…"

„Woher weißt du …?" Ich bin bestürzt. „Hat uns jemand gesehen und es macht bereits die Runde?"

„Nicht, dass ich wüsste. Das sieht man, dass ihr euch liebt … so und nun ja … so auch! Es wundert mich, dass es noch niemand aufgefallen ist. Aber alle sind zu sehr mit sich selbst und ihren Problemen beschäftigt. Ich denke, in Maurices Familie gibt es sehr viele Probleme und ich bin froh, dass es so ist. Die anderen Gäste … nun ja … sie sind nicht blind."

„Dann hoffe ich jetzt, dass alle stumm sind und es auch bleiben …"

Als wir von unserer Shoppingtour zurückkommen, nimmt mich Lucia in Beschlag. Wir spielen Badminton. Ich mag die kleine Schokomaus und sie mag mich. Sie sagt, ich soll bleiben, für immer. Ich kann bei ihr im Zimmer schlafen.

Clément versteht die Welt nicht mehr. Seine verwöhnte Prinzessin ließ sonst keine Fremden an sich heran. Mich würde sie schon fast vergöttern. Sie würde sogar abends für mich beten, damit es mir gut geht. Lucia möchte, dass ich für immer auf Culebra bleibe.

Das wär's! Maurice, ich und die Schokomaus oder unsere eigene Maus. Ach, träumen ist etwas Schönes. Aber die Realität sieht anders aus. Ich bin erschöpft und muss eine Weile ausruhen. Die Kopfschmerzen melden sich zurück und Übelkeit kriecht durch meinen Körper.

Ich schaffe es noch bis ins Badezimmer, dann melden sich die Törtchen zurück. Merde! Ich liebe diese Dinger, aber ich bin es leid, sie immer zweimal zu sehen. Zudem sehen beim zweiten Mal nicht mehr so lecker aus …

Wir treffen uns an der Bar! Aimée will mir unbedingt die Nägel lackieren. Pink! Ich bin nicht der Typ für lackierte Nägel. Marisol fragt, ob sie Lucia die Nägel lackieren würde. Hier tragen auch die kleinen Mädchen Nagellack. Aimée ist begeistert. Sie wird der Schokomaus die Nägel lackieren.

Cato erzählt von seinen Einkäufen und Margaux verdreht die Augen. Sie sagt, das Beste, das wir heute erstanden haben, seien die Hemden für meine Jungs. Aimée will sie unbedingt sehen. Ich werde sie holen, denn ich brauche meine Dröhnung. Unterwegs holt mich Maurice ein. Ich schmiege mich in seine Arme und wünsche mir, dass wir uns nie wieder trennen müssen.

„Ich habe gesagt, dass ich meine Zigaretten vergessen habe. Joseph hat sie in der Jardiniere versteckt. Ich wollte dich nur kurz in die Arme nehmen. Bis heute Nacht ist noch so lang."

Wie soll ich dem wiedersprechen! Er ist so herrlich verrückt. Zum Glück lege ich abends kein Parfum auf. Der Duft ist intensiv und jeder würde es riechen. Im Bungalow duschen wir, damit man es nicht riecht! Ach wäre doch schon Nacht!

Aimée ist begeistert von den Hemden. Ich zeige ihr ein Foto von meinen Schätzen. Sie ist entzückt. Ich würde sie gerne fragen, ob sie auch Kinder möchte, aber ich habe das Gefühl, ich würde in ein Wespennest stechen. Deshalb lasse ich es.

Maurice wartet bereits. Er ist auf der Flucht.

„Ich hasse dieses Versteckspiel. Ich würde gerne der ganzen Welt zeigen: Seht her, das ist meine große Liebe."

An mir soll es nicht scheitern, doch da gibt es noch eine gewisse Ehefrau! Aber die interessiert jetzt nicht. Er ist verheiratet und ich lebe mit einem Mann zusammen, mit dem ich ab und zu schlafe. Es spielt keine Rolle. Er liebt mich und ich liebe ihn. Jetzt und hier wollen wir glücklich sein. Und das sind wir.

Oh ja! Mon Dieu! Ich bin froh, dass ich so gelenkig bin. Wir schreiben unser eigenes Kamasutra. Es gibt keinen Zentimeter am Körper des andern, den wir nicht kennen.

„Es ist so schön dich zu lieben. Was du mit mir machst, hätte ich nicht mal zu träumen gewagt."

Nun gut! Abgesehen davon, dass ich nichts habe, dass ihn mich tief in sich spüren lässt, er ist auch nicht gerade einfallslos. Sex ist wunderschön, wenn das Herz dabei mitspielt. Wenn ich dann in seinen Armen liege und in seine Augen blicke, sein Lächeln sehe, bin ich unendlich glücklich. Ich wäre noch glücklicher, wenn es für die Ewigkeit wäre.

Ich würde es ihm so gerne sagen, aber ich möchte nicht, dass er sich bedrängt fühlt. Denkt, er müsse eine Entscheidung treffen. Also schweige ich. Sterben werde ich auch ohne sein Wissen. Aber ich weiß, wenn es Freitag heißt Abschied nehmen, dann stirbt ein Teil von mir.

Schönes Wetter! Viel Sonne! Mutter Margaux cremt meinen Rücken ein. Sie hat Cato sein Basecap abgenommen und mir aufgesetzt. Die Sonne wäre schlecht für, ich wüsste schon wen! Ja, ich weiß!

Ich liege stundenlang am Strand und träume von Maurice. Dieser wundervolle Mann hat einen neuen Menschen aus mir gemacht. Ich kann lieben! Habe Gefühle! Der erste Mensch in meiner Familie, der liebt. Aufrichtig, ehrlich und aus tiefstem Herzen. Joyce sagt immer, dass ich meine Kinder liebe, aber nicht fähig bin zu lieben. Einen Mann zu lieben, aus tiefstem Herzen. So sehr, dass es weh tut. Sie hatte recht. Dazu war ich nicht fähig. Nicht fähig, bis ich in Maurices Arme fiel. Er hat mein Herz geöffnet und eine Liebe hinein gepflanzt, die er hegt und pflegt. Eine Liebe, die ich mitnehme, wenn ich gehen muss. Wenn sein Engel ein Engel wird.

Dass es bald soweit sein wird, machen mir meine plötzlich einsetzenden Kopfschmerzen klar. Ich frage mich, wann ich mit einfachen Schmerzmitteln nicht mehr dagegen ankomme. Wann die Ärzte stärkere Geschütze auffahren werden.

Die Schmerzen werden heftiger. Ob es an der Zeit ist, die Dosis zu erhöhen? Ich werde es versuchen, bis heute Nacht ist noch lang. Dennoch plagt mich die Angst, dass mir übel wird und ich ihn nicht treffen kann. Sonier sagte, ich solle die Dosis langsam erhöhen, wenn die Schmerzen stärker oder die Intervalle kürzer werden. Von Intervallen kann man nicht sprechen. Sie kommen, wann immer sie kommen wollen. Sie fragen nicht nach Zeit und Häufigkeit. Sie sind einfach da.

Kurz nach der Einnahme setzt die Wirkung ein. Ich bin erschöpft wie immer, wenn mich die Schmerzen plagen. Es dauert nicht lange und ich schlafe ein. Den Schlaf, der mir nachts fehlt, muss ich tagsüber nachholen. Ich muss nachts fit sein.

Ich schlafe tief und fest und bemerke nicht, dass Margaux mich nachdenklich betrachtet. Das sie leise mit mir redet. Mir erzählt, wie sehr sie sich für mich freut und wie sehr sie auf ein Wunder für mich hofft. Das sie Maurice sein Glück mit mir gönnt, es ihm für den Rest seines Lebens gönnen würde. Und wie sehr sie uns beneidet …

Wieder findet unser allabendliches Treffen an der Bar statt. Aimée ist wieder so traurig. Marisol hat heute Nachmittag gemeint, dass sie es nicht leicht im Leben hat. Hatte! Nie haben wird! Sie fühlt es! Ich wünschte, Marisol würde sich irren. Aimée ist ein liebenswerter Mensch.

Sie hat mir erzählt, dass sie nur Kleider mitnimmt, die zuhause in den Altkleidersack kämen. Hier verteilt sie es an die Menschen, die ihr am Herzen liegen. So kommt es bei jenen an, die es brauchen. Ich verstehe die gute Absicht, die dahinter steckt. Allerdings würde ich nie abgelegte Kleidung an andere Menschen verteilen. Ich käme mir zu gönnerhaft vor.

Marisol hat es nicht nötig, Almosen anzunehmen. Das Hotel floriert und sie sind das ganze Jahr über ausgebucht. Sie trägt Kleider von Yves Saint-Laurent und maßgefertigte Schuhe. Ihren Urlaub verbringt sie auf Martinique und jettet immer wieder um die Welt. Sie mag es nicht, wenn ihre Gäste sich gönnerhaft geben. Sie sagt, die Menschen auf Culebra arbeiten für ihr Geld und haben keine Almosen nötig. Aber Aimée lässt sich nicht von ihrem Vorhaben abbringen. Es ist ihre Entscheidung, die Marisol mit einem Achselzucken quittiert.

Maurice kommt immer früher zum Bungalow. Er hatte wieder Zoff mit Edwige und erzählt von den neuen Bosheiten, den ewigen Vorwürfen. Sie ist so unzufrieden. Er erzählt auch von seinem Sohn, dass er wird, wie seine Mutter. Das Edwige es ihm vorlebt. Ich frage, warum er es zulässt. Seine Antwort schockiert mich.

„Ich habe schon vor vielen Jahren aufgegeben. Ich mache, was sie wollen, damit ich meine Ruhe habe. Ich dachte immer, es wäre normal, weil alle Frauen in dieser Familie so sind. Bei meinen

Freunden ist es auch nicht anders.

Meine Familie ist keine Vorzeigefamilie. Ehrlichkeit und Treue, das sind Worte. Edwige hatte Männer vor mir und sie hat auch jetzt noch Affären. Ich weiß es, dulde es inzwischen auch."

Ich kann nicht fassen, was er mir erzählt. Wie kann man sich so in sein Schicksal ergeben?

„Was du bis jetzt von Edwige weißt, ist nur die Spitze des Eisbergs. Nicht mal die Familie weiß alles. Über Ihre Affären schweigt sie. Sie streut nur, was gut für sie ist. Auch wenn es nicht immer der Wahrheit entspricht."

Ich bin schockiert. Und ich dachte immer, meine Familie wäre schrecklich. Sicher, ich weiß auch nicht über alles Bescheid, möchte ich auch nicht. Aber ich bin mir sicher, wenn meine Mutter meinen Vater so behandeln würde, mon Dieu, er hätte sie schon lange abserviert. Ob sie Affären haben? Oh mon Dieu! Darüber will ich nicht nachdenken. Der Sex meiner Eltern … wegwischen … raus aus meinen Gedanken … Welches Kind denkt schon an das Sexleben seiner Eltern? Ich ganz sicher nicht!

Ich frage, ob Aimée auch so ist. Er vereint. Meint, sie wäre auch ein Opfer. Sie würde noch viel Leid erleben, wenn sie nichts dagegen tut. Aber das müsse sie wissen.

Jetzt kann ich mir denken, warum sie so traurige Augen hat. Was sind das für Menschen? Ich nehme ihn in meine Arme. Die Tränen laufen über meine Wangen. Ich bin so traurig. Der Mann, den ich über alles liebe, ist so unglücklich. Hat kein schönes Leben. Muss so viel leiden. Ich verstehe, warum er sich einen Engel wünschte.

Ich ahne, was er sich wünscht, es aber nicht ausspricht. Aus welchem Grund auch immer. Vielleicht, weil er nicht aufgeben will, wofür er die ganzen Jahre gearbeitet hat. Vielleicht, weil er nicht die ganze Familie gegen sich haben will. Ich muss ihm sagen, dass ich sterben muss und es keine gemeinsame Zukunft geben kann. Aber nicht jetzt. Ich kann es nicht.

Wir liegen engumschlungen auf dem Bett. Was ist das für ein Unrecht? Ich liebe ihn über alles. Möchte nichts mehr, als mit ihm leben und ihn glücklich machen, doch ich muss sterben. Aber heute Nacht soll er glücklich sein. Glücklich mit mir.

Und wir sind glücklich. Dreimal glücklich. Kein Kamasutra, nur ganz einfacher Kuschelsex. Wunderschön!

Der Abschied macht mich traurig. Ich laufe am Strand entlang und denke über unser Gespräch nach. Wie verzweifelt oder abgestumpft muss man sein, das zu ertragen?

Schönes Wetter! Fast sechs Stunden Sonne. Ich bin zu müde, um aufzustehen und werde von starken Kopfschmerzen geplagt. Zudem mache ich mir Sorgen um Maurice. Ich frage mich immer wieder, warum jetzt? Wären es noch zwei oder drei Jahre, alles wäre anders. Aber so? Ich würde alles für ihn aufgeben. Alles wäre egal, wenn ich nur bei ihm sein könnte. Aber wie lange? Ich weiß, es kann alles ganz schnell gehen. Es kann auch noch 6 Monate dauern. Am 15. Mai hieß es, noch maximal neun Monate. Wie viele es werden, niemand weiß es!

Zélie überredet mich, wenigstens zum Dinner aufzustehen. Ich habe keine Lust, doch mein Magen schreit: Hunger! Die Dusche wirkt Wunder und ich fühle mich herrlich erfrischt.

Das Dinner findet heute bei Kerzenschein statt. Leise Musik erklingt, die Kellner tragen Frack und Kummerbund. Ist heute ein besonderer Tag? Niemand weiß etwas, alle tuscheln und ein Raunen liegt in der Luft.

Alles geht seinen gewohnten Gang. Maurice sieht mich immer wieder an und lächelt mir zu. Ich würde jetzt gerne in seinen Armen liegen und zur Musik tanzen. Alles ausblenden und nur bei ihm sein. Ein lauter Gongschlag holt mich in die Realität zurück.

Ein junger Mann steht auf und wischt sich nervös übers Gesicht. Er fingert an der Jacke seines Jacketts herum und wird immer nervöser. Endlich hat er gefunden, wonach er gesucht hat. Er holt eine kleine Schachtel hervor und öffnet sie. Seine Freundin wird nun sichtbar nervös. Er kniet vor ihr nieder und fragt: „Willst du meine Frau werden?" Sie haucht ein leises „Ja" und die Musik setzt wieder ein. Sie umarmen sich unter dem Applaus der anderen Gäste. Küssen sich und die Gäste applaudieren weiter.

Einige haben Tränen in den Augen, andere sind peinlich berührt. Ich finde, so etwas macht man unter vier Augen, nicht unter den Augen vieler Fremden. Warum zieht er so eine Schau ab? Hat er Angst, sie läuft schreiend davon, wenn er sie im stillen Kämmerlein fragt? Oder braucht sein Ego die vielen Zuschauer? Keine Ahnung! Ich will auch nicht weiter darüber nachdenken.

Zélie sieht mich an und verdreht die Augen. Sie findet es genauso affig wie ich. Am Nachbartisch wird getuschelt, während das zukünftige Ehepaar tanzt. Die Show ist wohl noch nicht zu Ende? Für mich ist sie es. Ich will ins Bett, brauche Schlaf!

2 Uhr und Maurice ist schon da. Er umfasst meine Taille und küsst mich voller Zärtlichkeit. Dieser Mann macht mich völlig kirre … und unendlich glücklich.

„Liebst du mich wirklich so, wie du immer sagst oder ist alles nur ein wunderschöner Traum?"

„Schau mir in die Augen und dann sage mir, was du siehst", sage ich lächelnd.

„Liebe! Ich kann es immer noch nicht glauben, dass es eine Frau gibt, die mich liebt, mich glücklich macht und die dafür nur geliebt werden will. Ich habe Angst, die Augen zu schließen, denn wenn ich sie wieder öffne, könnte alles vorbei sein, weil es nur ein wunderschöner Traum war."

Ich nehme ihn in meine Arme und zeige ihm, dass es kein Traum war. Wir lieben uns viermal. Zärtlich, stürmisch, mit Kamasutra und letztlich voller Begierde. Es ist, als wolle einer den anderen aufnehmen, um ihn für immer bei sich zu haben.

Als wir uns trennen, geht bereits die Sonne auf. Ich muss noch ein bisschen schlafen. Die Kopfschmerzen klopfen bereits an und ich fühle mich schlecht. Im Bungalow falle ich erschöpft ins Bett. Zélie brummelt im Schlaf und dreht sich auf den Rücken. In dieser Lage macht sie immer eine kleine Schnute. Sie sieht so niedlich aus.

Playa Flamenco! Schlechtes Wetter! Die Sonne lässt sich selten blicken. Die Stimmung ist düster. Margaux will spazieren gehen. Die Begeisterung hält sich in Grenzen. Maurice und ich begleiten sie. Wir spazieren am Ufer entlang, sehen den Pelikanen zu, die auf Fischfang gehen und weichen den kleinen Krabben aus, die über den Sand flitzen. Plötzlich wird Mutter Margaux von einer unergründlichen Müdigkeit gepackt, die nach sofortiger Ruhe verlangt. Sie weigert sich, auch nur einen Schritt weiter zugehen. Maurice streckt mir seine Hand entgegen.

„Einmal als glückliches Paar am Strand spazieren gehen?"

Oh ja! Einmal! Wir laufen Hand in Hand den Strand entlang. Immer weiter, bis es nur noch Strand, Meer und uns beide gibt.

Er nimmt mich in seine Arme und küsst mich zärtlich. Sein Mund streicht über meinen Hals und macht mich kirre. Seine Hände gleiten über meinen Körper und lassen ihn vor Verlangen vibrieren. Sein Mund findet meine empfindlichsten Stellen und liebkost sie, bis mich ein wohliger Schauer durchläuft und auf einer Woge der Lust davonträgt.

Wir lieben uns noch zweimal und kuscheln uns danach erschöpft aneinander. Wunderschön! Noch nie zuvor hatte ich so tollen Sex, wie mit diesem Mann. Er streichelt mein Gesicht und lächelt mich an.

„Du bist die wundervollste Frau, die mir je begegnet ist. Ich liebe dich so sehr, dass es fast schon weh tut."

Statt einer Antwort küsse ich ihn. Ein Duft dringt in meine Nase, der mir sehr bekannt vorkommt.

„Du riechst nach Poison. Egal, wie beschäftigt alle mit sich sind, das wird ihnen auffallen."

„Da muss man Abhilfe schaffen", lacht er, springt auf und rennt ins Meer.

Er bespritzt mich mit Wasser und ruft: „Komm rein. Das Wasser ist herrlich warm und erfrischt nach dieser Anstrengung."

Anstrengung? Na warte! Ich laufe ins Wasser, tauche ihn unter und lache, als er prustend wieder auftaucht. Wie Kinder bespritzen wir uns mit Wasser und sind völlig losgelöst von allem andern.

Er nimmt mich in seine Arme, küsst mich und lässt seine Hände spazieren gehen. Sex im Meer! Es ist toll! Erschöpft fallen wir auf den Strand. Jetzt die Zeit anhalten. Das wäre schön. Für immer hier bleiben, den Tumor stoppen. Das wäre noch schöner. Aber die Zeit lässt sich nicht anhalten und das Schicksal hat es anders geplant.

Es fängt an zu regnen und wir machen uns auf den Rückweg. Margaux lächelt, als sie uns sieht. Engumschlungen laufen wir am Strand entlang, bleiben immer wieder stehen und küssen uns. Margaux quittiert es mit einem Lächeln. Als die ersten Sonnenschirme auftauchten, trennen wir uns schweren Herzens. Margaux lächelt immer noch …

Es ist Happy Hour! Aimée lackiert Lucia die Fingernägel. Es ist lustig. Lucia plappert munter drauf los und Aimée versteht kein Wort. Ich muss alles übersetzen. Es ist mühsam, weil Lucia ohne Unterlass plappert. Aber … was gibt es über lackierte Fingernägel schon viel zu sagen?

Joseph sieht mich fragend an, sieht zu Maurice, der sich mit Zélie unterhält. Ich lächle und er nickt zustimmend. Er redet mit Clément und beide lächeln. Sie kennen die Wahrheit und schweigen …

Lucia präsentiert mir stolz ihre lackierten Nägel. Rosa, was sonst! Ihr ganzes Leben ist rosa. Ihre Kleider, ihr Zimmer, ihre Spielsachen. Rosa, wo immer man hinblickt. Eine kleine Prinzessin, die mir in der kurzen Zeit ans Herz gewachsen ist. Mir wird warm ums Herz, als sich meine Fantasie wieder auf die Reise macht. Es wäre wundervoll, selbst eine kleine Prinzessin zu haben. Maurices Prinzessin.

Die Jungs wären froh, wenn sie eine kleine Schwester hätten. Ihr Freund Jérôme hat eine, sie ist erst ein paar Wochen alt und er liebt sie abgöttisch. Seitdem wünschen sich Cédric und Nicholas auch eine Babyschwester. Sie können nicht ahnen, dass aus einem süßen, kleinen Baby, ein kleines Biest werden kann. Ich bezweifle, dass ihnen das auch gefallen würde …

Kapitel 11

Liebe ohne Zukunft

2 Uhr! Maurice hat mir einen kleinen Blumenstrauß mitgebracht. Er ist nervös.

„Würdest du dich bitte zu mir aufs Bett setzen?", flüstert er und zieht mich zu sich heran. „Sag jetzt bitte nichts, hör nur zu oder besser, beantworte mir erst eine Frage, dann hör zu."

Was ist los? Ich nehme ihn in die Arme, aber er ist so nervös. Ich denke, etwas brennt ihm auf der Seele. Hoffentlich sagt er nicht, dass wir uns nicht mehr treffen können. Er küsst mich und nimmt meine Hände.

„Kannst du dir vorstellen mit mir zu leben?"

Mon Dieu! Ich würde so gern ja sagen, aber Charlie hat etwas dagegen.

„Sag nur ja, wenn du es auch wirklich so meinst."

Tränen schießen mir in die Augen. Es zerreißt mir das Herz. Alles in mir schreit ja! Ich würde nichts lieber tun, als mein Leben mit ihm zu verbringen. Aber ich habe leider kein langes Leben mehr. Ich liebe ihn. Mehr als alles andere. Wir kennen uns noch nicht lange, aber er ist mir so nah, wie noch nie ein Mensch zuvor.

„Vielleicht fällt es dir leichter, wenn ich dir noch etwas dazu sage." Er sieht mich fast flehentlich an. Es tut weh, so unsagbar weh. Er tut mir so leid. Ich küsse ihn, lange und zärtlich.

„Rede dir alles von der Seele und dann gebe ich dir eine Antwort. Ich werde dir auch etwas dazu sagen."

„Kann ich wenigstens ein bisschen Hoffnung haben?"

„Du weißt doch, die Hoffnung stirbt zuletzt."

Er sieht mich so seltsam an. Tausend Gedanken schießen mir durch den Kopf. Hat sich Zélie verplappert? Hatten vielleicht Margaux oder Marisol? Ahnt er nur etwas?

„Ich habe in den letzten Tagen sehr viel nachgedacht. Ich bin mir absolut sicher. Ich liebe dich. Ich hätte nie gedacht, dass ich jemals jemanden so lieben könnte. Dass mich jemals eine Frau glücklich machen würde. Mit dir bin ich glücklich. Bei dir öffnet sich mein Herz. Ich möchte immer mit dir zusammen sein. Für dich würde ich alles aufgeben. Auf alles verzichten. Edwige kann alles haben. Alles was ich besitze.

Geld und Besitz, das ist alles, was für sie zählt. Das für sie wichtig ist. Nicht ich. Ich will das alles nicht mehr. Ich will endlich glücklich sein. Glücklich mit dir. Jeden Tag, nicht nur ein paar gestohlene Stunden in der Nacht."

Mein Herz schreit vor Schmerz. Jetzt war sie da, die Stunde der Wahrheit. Ich kann die Tränen nicht stoppen. Gleich ist alles aus. Ich werde ihn noch heute Nacht verlieren.

Ich schaue ihm in die Augen, halte seine Hände fest in meinen. *Oh Please, don't let me down.*

„Ich würde nichts lieber tun, als mein Leben mit dir zu verbringen. Aber ich habe kein Leben mehr, das ich mit dir teilen kann. Ich habe einen inoperablen Hirntumor. Ich werde bald sterben.

Noch sechs Monate, dann hat dein Engel Flügel. Ist ein richtiger Engel. Ein Engel, der die Liebe zu dem Mann, dem er in die Arme geplumpst war, mit in die Ewigkeit genommen hat."

Ich sehe den Schmerz in seinen Augen. Die Tränen laufen über seine Wangen. Er hält mich fest. So fest, dass es wehtut. Wir schweigen zusammen. Wir weinen zusammen. Dann sieht er mir in die Augen.

„Ich möchte bei dir sein. Egal was kommt. Egal wie schlimm es wird. Ich will für dich da sein, deine Hand halten. Ich will diesen schweren Weg mit dir gehen. Dich nie mehr allein lassen."

„Ich kann in deinen Augen sehen, dass jedes Wort ernst gemeint ist. Mein Herz will ja sagen, aber mein Verstand verbietet es ihm. Du darfst nicht alles für mich aufgeben. In ein paar Monaten hast du alles verloren. Hast nichts mehr und das alles wegen mir. Diese Schuld möchte ich mir nicht aufbürden. Es würde meine letzten Wochen zur Hölle machen. Ich liebe dich. Ich will, dass du glücklich bist."

Er will nichts davon hören. Ich rede mit Engelszungen auf ihn ein. Es hilft nichts. Er hat sich entschieden. Ich frage, woher er plötzlich diese Entschlossenheit nimmt.

„Durch meine Liebe zu dir."

„Stehst du auch noch zu dieser Entscheidung, wenn ich nicht mehr da bin? Dieser Halt plötzlich fehlt. Hast du dann auch noch die Kraft?"

Er sieht mich nur verständnislos an. Ich glaube, dass er unter Schock steht und nehme ihn in die Arme. Er hält mich fest.

„Gibt es keine Hoffnung? Nicht einen kleinen Funken?"

„Nein, die gibt es nicht."

„Wenn du mich liebst, dann lässt du mich bei dir sein."

Was soll ich darauf sagen? Ich bin im Augenblick nicht in der Lage, mich weiter darauf einzulassen. Ich habe, wovor mich Prof. Jablonski gewarnt hat. Mentalen Stress! Ich erkläre Maurice die Situation. Er streicht mir zärtlich über die Wange und nickt.

„Es tut mir leid. Ich wollte dir nicht wehtun."

Oh dieser wundervolle Mann. Er will bei mir sein. Aber er darf doch nicht alles aufgeben, wegen mir! Ich ziehe ihn aufs Bett. Sein Kopf liegt auf meiner Brust. Ich streiche ihm durch die Haare, halte seine Hand. Seine Tränen durchnässen mein Shirt und kleben es auf meine Brust.

„So etwas Schönes, Wundervolles darf doch nicht einfach so sterben." Ich kann ihn kaum verstehen.

Er geht im Moment durch die Hölle, die ich bereits hinter mir habe. Die Warum-Hölle. Ich kann ihn verstehen. Ich würde an seiner Stelle genauso handeln. Er sieht mich an, mit einem Blick voller Schmerz. Es ist erschreckend, er sieht so traurig aus.

„Ich möchte dir nahe sein. Bitte!" Die Worte kommen nur flüsternd über meine Lippen.

Ich beginne ihn zu streicheln. Überall! So wie meine Erregung steigt, sinkt mein Unwohlsein. Wir sind beide unglücklich, aber unsere Liebe lässt uns für ein paar Minuten alles vergessen, lässt uns glücklich sein. Ich weiß, dass ich ihn brauche, ihn liebe. So unendlich liebe. Für einen Moment, einen winzigen Moment, bin ich bereit auf seinen Wunsch einzugehen. Aber wirklich nur für einen Moment.

„Edwige wird dich nicht einfach ziehen lassen. Sie wird uns das Leben zur Hölle machen. Ich habe dazu bald keine Kraft mehr. Wenn ich nicht krank wäre, würde ich den Kampf aufnehmen. Dieses herzlose Biest würde seinen Meister finden. Aber ich kann nicht, du musst allein durch diesen Kampf. Es wäre alles so einfach, wenn ich gesund wäre. Dann könntest du auch deinen Job aufgeben und zu mir ziehen. Ich verdiene genug für uns beide. Wir hätten ein schönes Leben. Aber wir werden kein schönes Leben haben, weil ich bald kein Leben mehr habe. Und die nächsten Wochen werden die Hölle.

Wenn du gehen willst, geh. Aber geh, um dich von einer Tyrannei zu befreien. Nicht, um von einer Hölle in die nächste zu gehen. Ich will nicht, dass du irgendwann alles bereust, nur weil du kampflos aufgegeben hast und mit leeren Händen da stehst. Dich vielleicht eines Tage fragst, warum habe ich alles aufgegeben, für sie? Dass du vielleicht irgendwann sogar böse oder wütend auf mich bist. Du weißt doch heute nicht, was in ein paar Monaten oder Jahren ist.

Ich möchte, dass du dich mit einem Lächeln an mich erinnerst. Das du lächelst, wenn du an den Engel denkst, der aus dem Himmel fiel und in deinen Armen landete. Du sollst denken, dass die da oben leider viel zu schnell bemerkten, dass ein Engel fehlt und sie ihn zurückgeholt haben. Und dass dieser Engel all seine Liebe mitgenommen hat und sie für immer in seinem Herzen bewahrt.

Wenn du die Kraft hast zu gehen, wirst du eine Frau finden, die du lieben kannst. Und irgendwann, wirst du an mich denken und dein Herz wird lächeln, doch ein Hauch von Wehmut huscht über dein Gesicht. Aber jetzt musst du mich gehen lassen. Los lassen. Eines Tages ist der Schmerz vergangen. Denk bitte darüber nach."

Draußen war es bereits hell. Wir mussten gehen. Das Herz war mir noch nie so schwer. Der Schmerz in meinem Kopf ist nicht mehr so schlimm wie der Gedanke, ihn schon bald zu verlieren.

Ich kann nicht schlafen, muss immer wieder an Maurices Worte denken. Wie gerne hätte ich ja gesagt, wäre für immer bei ihm geblieben. Der Schmerz zerreißt mich fast. Meine große Liebe! Wie muss es jetzt in ihm aussehen, was fühlt er? Kann er auch nicht schlafen? So viele Gedanken, die mir den Schlaf rauben. Wenn ich auf mein Herz hören würde, wäre alles so einfach. Aber es ist nicht einfach, deshalb hat mein Kopf entschieden. Mein Herz ist wütend auf meinen Kopf, würde ihn verprügeln, wenn es könnte. Mein Kopf weint und sagt, er kann nicht anders. Sei nicht böse kleines Herz.

Irgendwann übermannt mich die Erschöpfung und ich schwebe in Morpheus Arme. Der zeigt mir das Paradies, in dem ich mit Maurice und unserer kleinen Maus lebe. Glücklich und unbeschwert. Der Wecker reißt mich aus seinen Armen. Mein Herz ist so schwer. Mühsam kämpfe ich gegen die Tränen, die doch gewinnen.

Ich schlurfe ins Bad, tränenblind und totunglücklich. Mir wird übel und Schwindel erfasst mich. Dann wird es dunkel. Zélie springt aus dem Bett und als sie neben mir kniet lichtet sich das Dunkel.

„Was ist los? Was kann ich tun? Kann ich etwas tun?" Ihre Worte überschlagen sich vor Aufregung. Sie streicht mir übers Gesicht. Ich sehe die Tränen in ihren Augen. Wie viele Menschen habe ich schon zum Weinen gebracht? Vier! Georgette, Joyce, Zélie und Maurice. Menschen, die mir etwas bedeuten, die ich gern habe, die ich liebe. Ich nehme sie in die Arme und wir weinen gemeinsam.

Schlechtes Wetter! Wir machen einen Bummel über den Markt und geben viel Geld aus. Zélies Koffer wird sich wohl nicht schließen lassen.

Heute Morgen haben wir uns von Margaux und Cato verabschiedet. Sie fliegen nach Hause. Der Abschied fiel ihr sichtlich schwer. Mit tausend Wünschen ließ sie mich zurück. Wenn sie doch nur in Erfüllung gingen. Mutter Margaux, ich werde sie vermissen.

Mein Herz ist so schwer und ich kämpfe immer wieder gegen die Tränen an. Zélie tut ihr bestes, mich auf andere Gedanken zu bringen. Sie glaubt, ich sei wegen Charlie so traurig. Die Gute, wenn sie wüsste. Ich würde sie so gerne ins Vertrauen ziehen, aber ich kenne ihren Standpunkt. Sie hat ihre Probleme mit Joyces Liebesleben, ihren immer wieder wechselnden Partnern. In bestimmten Ansichten ist sie erzkonservativ. Das gilt auch für Paare mit großem Altersunterschied. Sie hasst Sugar Daddys, diese älteren Männer, die sich mit jungen Frauen schmücken. Bei uns wäre ich wohl das Sugar Girl. Jeder würde denken, dass ich ihn aushalte, weil er besondere körperliche Vorzüge aufzuweisen hat.

Meine Familie würde Amok laufen. Es wäre eine andere Sache, könnte er mit einem gewissen Vermögen aufwarten. Aber ein Haus und ein Mittelklassewagen ... oh mon Dieu! Mutter würde ein ums andere Mal in Ohnmacht fallen und irgendwann einen Auftragskiller anheuern. Nun ja! Ich könnte es mir zumindest vorstellen.

Ich darf nicht daran denken, dass ich ihr meine Kinder anvertrauen muss. Ich werde Joyces und Zélie bitten, ihr auf die Finger zu sehen und das Schlimmste zu verhindern. Aber wie bremst man eine Lance-Rakete, wenn sie erst mal abgeschossen wurde?

Heute Abend kein Happy Hour! Kein Dinner! Keine Bar! Ich will niemand sehen. Der Schmerz, der in meinem Herz tobt, will nicht gestört werden.

Maurice kommt erst um 3 Uhr. Er sieht schlecht aus. Er hat den ganzen Tag nachgedacht. Er nimmt mich in seine Arme und hält mich zärtlich umfangen.

„Ich stehe noch immer zu dem, was ich dir gestern sagte. Ich möchte bei dir sein. Aber ich kann dich verstehen. Ich werde deinen Wunsch respektieren, aber du musst mir etwas versprechen. Willst du das tun?" Er sieht mich flehentlich an und ich sehe die Tränen, die in seinen Augen schimmern.

Ich nicke, mein Hals ist wie zugeschnürt. Ich würde gerne etwas sagen, aber die Worte kommen nicht aus meinem Mund.

„Versprich mir, alles zu tun, um zu überleben. Egal, was es ist, egal, wie schwer es dir fällt. Du wirst kämpfen und dich nie unterkriegen lassen. Wenn du es geschafft hast, sehen wir uns wieder."

„Ich werde alles tun, um diese Krankheit zu überleben und wenn ich es geschafft habe, sehen wir uns wieder. Egal wie lange es dauert." Mühsam kommen die Worte aus meinem Mund. Meine Kehle ist trocken und meine Augen laufen über.

„Dann ist ja alles gut", zwinkert er mir zu. „Das bisschen schaffst du auf einer Pobacke."

Ich wische ihm die Tränen aus dem Gesicht. Jetzt muss ich ihm nur noch die letzte Wahrheit sagen. Dass ich bald alles vergessen werde. Es fällt mir schwer. Er nimmt es gefasst auf. Ich muss ihm aber versprechen, alles zu tun, um ihn nicht zu vergessen.

„Ich verspreche, dass ich einen Weg finden werde, dass du in meiner Erinnerung bleibst. Ich verspreche dir, wenn ich es nicht schaffe, wirst du für immer in meinem Herz bleiben. Vielleicht geschieht Margaux's Wunder und ich werde wieder gesund. Dann werden wir uns wiedersehen."

Er ist hartnäckig, will meine Adresse oder wenigstens meine Telefonnummer. Aber ich weiß genau, wenn er sie hat, hält ihn nichts mehr auf und er wird seinem Herzen folgen.

Er gibt mir die Nummer eines Freundes in Montauban. Er heißt Louis Payssan. Er wird mit ihm reden. Ich soll Louis anrufen, wenn ich wieder gesund bin und ich soll anrufen, wenn ich es mir anders überlege und ihn doch an meiner Seite haben wollte. Er käme sofort. Und, er kann es kaum aussprechen, jemand solle anrufen, wenn ich ein richtiger Engel geworden bin. Die Tränen laufen über meine Wangen, als ich es ihm verspreche.

Ich muss ihm auch versprechen, dass wir bis Freitag noch zusammen glücklich sind. Soviel Zeit wie möglich zusammen verbringen. Das verspreche ich ihm sehr gern. Er nimmt mich in seine Arme und lächelt. Ein seltsames Lächeln. Aber vielleicht bin ich einfach nur überspannt.

Er küsst mich und beginnt, mich auszuziehen. Er macht mich völlig kirre. Ich darf ihn nicht berühren. Soll nur genießen und das tue ich. Es ist wunderschön. Ich revanchiere mich und mache ihn fast wahnsinnig. Er soll mich in guter Erinnerung behalten. Aber er will nicht allein glücklich sein und so lieben wir uns voller Leidenschaft. Vergessen sind die Kopfschmerzen, die mich wieder plagen. Vergessen ist der baldige Abschied. An diesem Morgen zählt nur das jetzt und hier. Zählen nur noch wir beide.

Den Rest der Nacht habe ich verschlafen. Ich fiel vor Erschöpfung aufs Bett und wachte erst auf, als Zélie singend durch Zimmer tanzte. Sie sah, dass ich bereits angezogen war und fragte, ob ich wieder spazieren war. Was sollte ich ihr antworten? Sie mag Maurice, aber sie würde es nicht gutheißen, auch wenn sie mir meine Liebe gönnen würde. Sie hat ihre Prinzipien und davon weicht sie keinen Millimeter ab.

Ich zögere das Frühstück so lange hinaus wie möglich. Ich darf ihn heute Morgen nicht sehen, weil ich mich ansonsten in seine Arme stürzen und meine Worte Lügen strafen würde. Als ich in den Frühstücksraum komme, wird bereits das Büffet abgeräumt.

Der Kellner bringt mir Kaffee und eine Schale Erdbeeren. Ein kleiner Lichtblick, nach langer Düsternis. Marisol setzt sich zu mir. Sie hat etwas auf dem Herzen. Ich habe gestern zufällig gehört, dass sie eine Augenerkrankung hat, die sie bald erblinden lässt. In Paris gäbe es einen Arzt, der diese Erkrankung schon erfolgreich behandelt hat. Er heißt Berlereque und ist Professor am Salpetrière, einer Klink der CHU. Ich sagte, dass ich ihn kenne und schon davon gehört habe, dass er ein hervorragender Augenspezialist sei.

„Ich habe eine Bitte an dich", sagt sie zögerlich. „Ich will dich nicht damit belasten, aber ich dachte, fragen kann ich. Du sagtest gestern, dass du Prof. Berlereque kennst. Wie gut kennst du ihn?"

„Er ist ein Schulfreund meiner Mutter. Sie treffen sich noch regelmäßig. Soll ich mit ihm reden?"

„Das würdest du tun? Wirklich? Das würde ich dir nie vergessen." Sie hat Tränen der Rührung in den Augen.

„Hast du medizinische Unterlagen, die ich mitnehmen könnte? Ich würde sie ihm zukommen lassen, damit er sich einen Überblick verschaffen und mir sagen kann, ob du für seine Behandlung in Betracht kommst."

„Ich habe viele Arztbriefe und Untersuchungsberichte. Ich werde alles kopieren und sie dir geben. Du bist ein Schatz." Sie drückt mich und ich bin froh, dass ich für diese liebenswerte, herzliche Frau etwas tun kann.

Wir trinken zusammen Kaffee und reden über ihre Augenprobleme. Ich erzähle ihr von meinen Kindern und mir wird schwer ums Herz. Sie fehlen mir sehr. Es ist fast Mittag, als ich endlich aufbreche.

Heute stand ein Ausflug in den Nationalpark auf dem Programm. Antonios Schwager ist Wildhüter und war so freundlich uns zu führen. Ich hätte nicht gedacht, dass ein Nationalpark so interessant sein könnte. Wir waren stundenlang unterwegs, aber die Zeit verging wie im Flug. In einer Baumschule trafen wir die beiden englischen Parkleiter. Sie sahen aus wie Dressmans aus dem letzten Jahrhundert. Weiße Hemden, hochgekrempelte Ärmel, khakifarbene Shorts, Boots, Wollstrümpfe mit Zopfmuster. Ich war hin und weg. Sie erinnerten mich an ein Foto im Büro meines grand-père! Es zeigt seinen Vater und seinen grand-père bei einer Reise durch Indien. Sie standen vor einer Herde Elefanten und trugen ein ähnliches Outfit. Wenn hier plötzlich Elefanten aufgetaucht wären – toll! Kamen aber keine.

Ich liebe diese Insel. Ich käme gerne noch einmal zurück. Aber leider! Lucia hat so recht. Ich sollte hier bleiben. Forever! Mit Maurice, das wäre schön!

Maurice! Schon sein Name lässt mich träumen. Ich denke an die vielen Male, die wir uns schon geliebt haben. Das Kribbeln, das durch meinen Körper zieht ist angenehm und warm ... *go on play and let me float away ...*

Treffpunkt Bar! Maurice und Edwige haben Zoff. Er sitzt neben mir. Zum ersten Mal sitzt Aimée nicht zwischen uns. Er legt es darauf an. Ich kann ihn verstehen. Ich würde ihn auch gern in den Arm nehmen, aber ich darf es nicht. Wir müssen unsere Liebe im geheimen leben, versteckt vor der Welt, der ich sie gerne zeigen würde. Nicht genug damit, dass sie sich weiterdreht, trotz meinem Todesurteil, nein, jetzt darf ich auch meine Liebe nicht leben. Scheiß Welt! Ich werde es ihr zeigen, werde es allen zeigen. Ich werde nicht sterben!

Ich hatte mich schon damit abgefunden, bald zu sterben, doch dann kam Maurice. Jetzt möchte ich leben. Ich hatte nie vor, mich irgendwelchen Therapien zu unterwerfen. Jetzt werde ich es tun. Auch wenn es nichts bringt. Ich tue es für ihn. Für meine Kinder. Ich möchte leben! Leben für ihn! Es wäre so schön, mit ihm alt zu werden. Okay! Er hat mir 15 Jahre voraus. Wir würden nicht zusammen von dieser Welt gehen, aber wir wären zusammen. Wir wären glücklich. Es ist ein wundervolles Gefühl, ihn zu lieben.

Nun sitzt er neben mir. Er sieht mich immer wieder an und diese Blicke brennen Löcher in mein Herz. Ich würde ihn gerne bei der Hand nehmen und einfach mit ihm losgehen. Egal wo hin. Nur weit weg von hier ... nach Nizza, zu meinen Kindern.

Aimée fragt, warum ich heute so traurig bin. Noch trauriger als sonst. Es steckt viel Wärme in ihrer Stimme. Ich erzähle es ihr, erzähle, warum ich immer traurig bin. Sie sieht mich aus ihren großen Augen an, nimmt meine Hände und sagt: „Du schaffst das! Da bin ich mir ganz sicher!"

Es kam tief aus ihrem Herzen. Sie ist eine Fremde für mich, die ich in den letzten Tagen lieb gewonnen habe. Sie ist so warmherzig. Ich hätte sie gerne zur Freundin. Aber mein Leben ist leider zu kurz.

Mir ist übel. Die letzten Tage waren anstrengend. Ich muss wenigstens ein bisschen schlafen, bevor ich in seinen Armen liegen darf.

1:10 Uhr! Maurice kommt sehr früh. Schon sein Anblick macht mich glücklich.

„Du hast mir gefehlt", flüstert er mir ins Ohr.

Er hält mich in seinen Armen und seine Hände wandern über meinen Rücken, bleiben auf meinem Po liegen. Ich kann spüren, dass er mich begehrt. Ich begehre ihn auch. Langsam fallen die Kleider zu Boden. Er ist so zärtlich, so sanft, als wär ich zerbrechlich. Es ist so schön.

„Ich liebe es, dich glücklich zu machen. Ich bin glücklich. Ich liebe dich und du liebst mich. Wir lieben uns, wieder und immer wieder! Doch das, was ich am liebsten möchte, geht jetzt leider noch nicht. Aber wenn unser Wunder geschieht, dann wird es gehen. Dann werde ich frei sein. Frei für dich. Aber ich möchte dir schon heute eine Frage stellen. Darf ich?"

Er ist plötzlich so ernst. Ich spüre, etwas ganz besonderes wird gleich geschehen.

„Du darfst."

Er legt mir eine weiße Rose auf den Bauch, nimmt meine Hand und sieht mir in die Augen.

„Willst du meine Frau werden?"

„Oh ja! Das will ich." Ich bringe die Worte kaum über die Lippen.

„Jetzt warten wir auf unser Wunder" flüstert er und nimmt mich in die Arme.

Ich bin glücklich. Dieser wundervolle Mann, den ich so sehr liebe, will mich heiraten. Wenn das kein Anreiz ist, mich dieser grässlichen Chemo zu unterziehen.

„Wir werden jetzt gegen unsere Dämonen kämpfen. Du, gegen den in deinem Kopf. Ich, gegen den, den ich geheiratet habe. Versprochen?"

„Versprochen!"

„Entweder wir gewinnen beide oder ich verliere auch!"

Dem kann ich nichts entgegnen. Aber ich ahne schreckliches. Wir liegen auf dem Bett und stellen uns vor, wie es sein könnte, wenn wir ein Paar wären. Ein Ehepaar!

Er fragt, ob wir auch ein Baby haben würden. Seine Augen funkeln. Mir wird schlagartig bewusst, dass wir nie verhütet haben. Mir wird flau im Magen. Wie konnte ich so verantwortungslos sein?

„Hast du schon mal daran gedacht, dass wir nie verhütet haben?"

Er lächelt. „Ich habe gehofft, dass du nie davon redest. Ich hatte dein Gespräch mit Margaux gehört und wusste, dass du nur bei Bedarf verhütest. Ich habe gehofft, dass es ein Wunder gibt. Ein kleines Wunder, das mich aus solch schönen Augen ansieht wie seine Mama. Sei mir bitte nicht böse, ich konnte ja nicht wissen …

„Nein, das konntest du nicht."

Mon Dieu! Ich würde nicht mal lange genug leben, um dieses Baby auszutragen. Aber es wäre so schön, ihm ein Baby zu schenken.

„Ich glaube, ganz tief in mir, habe ich es mir auch gewünscht. Du bist etwas Besonderes für mich. Ich liebe dich."

Wie sollte ich ihm böse sein. Ein Mann, der sich ein Baby wünscht, von der Frau, die er liebt. Schön! Gut, es war etwas unkonventionell, aber trotzdem schön.

Er sieht mich liebevoll an. „Vielleicht sollten wir noch etwas üben, damit wir es auch können, wenn die Zeit gekommen ist."

Ich hatte nichts dagegen. Hatte dreimal nichts dagegen. Es war wunderschön! Mit diesen Gedanken trennen wir uns. Die Zeit war wieder zu schnell vorbei.

Schlechtes Wetter! Dauerregen! Es kommt mir vor, als würde der Himmel weinen. Ich würde gerne, aber ich darf nicht.

Wir treffen Manon und Armand Noguier im Frühstücksraum. Sie sind aus Belgien und kamen gestern an. Sie wollten tauchen, aber bei diesem Wetter ist es zu gefährlich. Jetzt sind sie frustriert.

Lucia kommt und nimmt mich unter ihre Fittiche. Ich spiele Scrabble mit ihr. Scabble for kids 3-5 years old! Wow! Ich habe keine Chance gegen sie. Ich mag diese Schokomaus. Ich würde sie gerne mit nach Hause nehmen. Marisol hat etwas dagegen. Okay! Ich nehme Marisol auch mit. Sie lacht. Fragt, ob man in Frankreich auch spanisch spricht.

Leider nicht! Langsam schleicht sich Übelkeit ein. Kriecht durch meinen Körper. Macht mich müde. Ich muss mich hinlegen. Diese beschissene Übelkeit! Sie taucht zu den ungünstigsten Momenten auf und setzt mich außer Gefecht.

Treffpunkt Bar! Maurice sitzt neben mir. Immer wieder zufällige Berührungen. Kribbeln, das durch meinen Körper krabbelt. Unerfüllte Wünsche. Morgen soll es besseres Wetter geben. Wir wollen alle zusammen zum Playa Flamenco.

Liebe im Meer! Zwei Herzen ein Gedanke. Maurice sieht mich an und lächelt. Ich kann fast seine Gedanken lesen. Oh ja, noch einmal Liebe im Meer. Das ist so schön! Er sieht mich an und ich kann die Liebe in seinen Augen sehen. Ich freue mich auf die Nacht. Aber die Übelkeit kriecht bereits wieder durch meinen Körper. Er sieht es und fragt, ob ich nicht besser zu Bett gehe. Ich hätte gerne gesagt: „Wenn du mich begleitest", aber ich verkneife es mir. Ich möchte gerne noch bleiben. Bei ihm bleiben, aber ich denke, ich werde mich bald übergeben. Ich muss ins Bett!

Zélie bringt mich zu unserem Bungalow. Fragt besorgt, ob sie bleiben soll. Ich will nur meine

Ruhe und schicke sie weg. Als sich die Tür hinter ihr schließt, übergebe ich mich. Ich schaffe es noch bis ins Bett, dann fallen mir die Augen zu.

Ich übergebe mich noch dreimal. Jetzt bin ich leer! Ausgelaugt! Ich muss zu Maurice. Nur noch zwei Nächte, dann ist es vorbei.

Ich komme sehr spät zum Bungalow. Maurice ist besorgt. Er fragt, ob ich das öfter habe, ob es schlimmer wird. Er nimmt mich in seine Arme und hält mich fest.

„Ich würde dich gerne für immer halten. Da sein, wenn es dir schlecht geht. Sag ja", sagt er und sieht mich wieder so flehentlich an.

Statt einer Antwort küsse ich ihn. Ich kann mich nicht wieder darauf einlassen. Ich würde ja sagen. Alles in mir schreit ja. Ja, bleib bei mir. Bleib bei mir, bis ich gehe. Aber ich kann nicht. Darf nicht! Ich will nicht, dass er sein ganzes Leben hart gearbeitet hat und am Ende mit leeren Händen dasteht. Er würde alles aufgeben für mich. Doch wenn ich nicht mehr da bin, hat er nichts mehr. Ich will ja nicht gehen. Keiner hat mich gefragt! Ich will bleiben! Leben! Leben mit ihm!

„Ich kann sehen, wie deine Gedanken dich quälen. Es tut mir weh, zu sehen, wie du dich quälst. Es macht mich unglücklich. Ich würde dich so gerne glücklich machen. Kann ich etwas tun, irgendetwas, das dir hilft?"

„Liebe mich! Mehr kannst du nicht für mich tun."

Wir halten uns, küssen uns, klammern uns aneinander, weinen zusammen, trösten uns, sind traurig und schweigen zusammen.

„Für den, der geht, ist es immer leichter. Für den, der bleibt, ist es die Hölle. Es tut so schrecklich weh, dich zu verlieren. Ich will dich behalten, für immer."

Trotz unserer Traurigkeit fallen wir übereinander her. Wir beben vor Lust. Betäuben unsere Trauer mit dem besten Sex, den wir je hatten. Oh ja! Wir haben immer schönen Sex. Aber diesmal toppen wir alles. Wir glühen, unsere Körper sind überzogen von Schweiß. Noch nie zuvor hatte ich solch ein Lustgefühl. Ich dachte, mein Körper zerspringt. Als wir völlig erschöpft nebeneinander liegen, nimmt er meine Hand und drückt sie. Wir sind zu erschöpft zum Reden.

Irgendwann dreht er sich zur Seite und legt seinen Kopf auf meine Brust. Seine Hand wandert über meinen Bauch und rutscht tiefer. Sein Verlangen drückt gegen meine Hüfte. Dann spüre ich ihn in mir, tief in mir. Es ist schön und soll nie mehr enden. Aber es endet. Wir duschen, schäumen uns gegenseitig ein und treiben uns wieder an den Rand des Wahnsinns. Wir liegen auf dem Boden und lieben uns, während von oben das Wasser der Dusche auf uns niederprasselt.

Wir sind einfach nur verrückt. Maurice ist glücklich und ich bin es auch. Und beide wissen wir, dass es morgen vorbei ist.

Heute Morgen lagen eine kleine Banane und ein Herz aus Schokolade auf meinem Teller. Dieser wundervolle Mann. Ich liebe ihn! Das Herz nehme ich mit nach Hause. Die Banane wird Zélie am Strand verspeisen.

Zélie trödelt mal wieder. Der Strand wartet. Die anderen sind schon fort. Zélie mutiert zum Langschläfer, vor zehn kommt sie nicht in die Gänge. Sie ist durch nichts zu bewegen, auf ein ausgiebiges Frühstück zu verzichten. Als wir endlich im Taxi sitzen, ist es kurz vor Mittag. Wenn sie wüsste, wie sehr es mich heute an den Strand drängt. Ein letztes Mal Liebe im Meer. Der Abschied rückt immer näher und ich will so viel Zeit wie möglich mit Maurice verbringen.

Playa Flamenco! Herrliches Wetter, es ist warm, blauer Himmel, keine Wolke zu sehen. Der Strand ist fast leer. Wir entdecken ein paar bunte Tücher im Sand, auf denen ein einsamer Sonnenhungriger liegt.

„Da seid ihr ja endlich. Die anderen sind essen. Sie haben auf euch gewartet, aber jetzt rufen die Tapas."

„Hm! Tapas! Da verspürt man doch sofort Hunger. Ich werde mich ebenfalls auf den Weg machen. Kommst du mit?" Sie sieht Edmond fragend an.

„Nein, ich habe mir gestern Abend wohl einen Piña Colada zu viel gegönnt. Jetzt ist mein Kopf schwer."

„Ja, das war der eine, dem dann noch ein paar andere folgten", lacht Zélie. Dann dreht sie sich um, denn die Tapas warten.

Ich gehe spazieren. Weiter, immer weiter. Nur noch Strand, weiter Strand. Die Stelle, wo wir uns im Meer liebten. Jemand umfasst von hinten meine Taille. Ich rieche sein After shave. Er ist an der Straße entlang gelaufen. Es sollte doch nicht auffallen.

Wir laufen ins Wasser. Niemand weit und breit. Er zieht mir mein Oberteil aus. Es fällt ins Meer und wird von den Wellen davon getragen. Jetzt heißt es schnell sein. Drei kräftige Züge und er hat es erwischt. Er grinst und wedelt damit herum.

„Hol es dir", ruft er und lacht. Er sieht so jung aus, so glücklich. „Lass uns noch eine Woche bleiben. Nur du und ich. Das wäre schön."

Oh ja! Das wäre schön, so schön. Aber wieder einmal: Leider!

Er küsst mich und seine Hände wandern. Wie mir das fehlen wird. Ich hätte nie gedacht, dass ich einmal so viel Spaß haben würde. Soviel Liebe, soviel Zärtlichkeit, soviel Lust und so tollen Sex. Seine Hände machen mich kirre. Alles in mir schreit: Ich will dich! Und er wollte mich! Es war schön.

Wir laufen zurück ans Ufer. Der Strand ist einsam, Palmen wiegen sich im Wind und ein Seeadler zieht seinen Kreise. Wir liegen nackt auf dem Sand. Küssen uns. Die Sonne brennt auf meinen Po und hinterlässt ihre Spuren. Sonnenbrand am Allerwertesten. Wow! Maurice lacht und zieht mich ins Meer.

„Es mildert die Hitze."

Welche Hitze? Die Hitze in mir? In meinem Bauch? Das Meer kühlt mein Hinterteil, aber nicht die Begierde, die in mir lodert. Nur er kann mich davon erlösen, doch zuvor steigert sich die Hitze und wird zu einem Lavastrom, der sich über uns ergießt. Es ist so schön ihn zu lieben.

Wir haben die Zeit völlig vergessen. Die Sonne ist gewandert und es ist an der Zeit zurückzugehen. Wir ziehen uns an, küssen uns, können die Hände nicht voneinander lassen, würden gern erneut

… aber die Zeit drängt. Hand in Hand laufen wir zurück, bis die ersten Häuser in Sicht kommen. Dann geht er zur Straße, ich weiter über den Strand.

Aimée liegt auf ihrem Tuch und schläft. Sonst ist niemand zu sehen. Am Strand spielen ein paar Kinder Badminton und andere plantschen im Meer. Ich lege mich auf mein Strandtuch um zu lesen, doch Sex am Strand macht müde und ich schlafe ein.

Irgendwann weckt mich Aimée. Wir sind immer noch allein. Sie macht sich auf die Suche nach den anderen, während ich mir einen Kaffee hole. Maurice kommt zurück, freut sich, dass ich allein bin und küsst mich vor den Augen unserer Strandnachbarn. Er hat unterwegs Joseph getroffen und noch ein Bier mit ihm getrunken. Joseph ist wieder auf der Pirsch. Was finden die Frauen an ihm? Hat er das gewisse Etwas, das mir verborgen bleibt?

Nach und nach trudeln alle ein. Edwige hat wieder schlechte Laune und Edmond jammert über seinen dicken Kopf. Die beiden wollen zurück ins Hotel. Aimee ergibt sich in ihr Schicksal und packt ihre Sachen zusammen. Maurice stellt sich stur und sagt, er will noch bleiben, er habe nicht gesoffen. Jetzt zickt Edwige. Sie will ihren Mann nicht mit mir allein lassen. Maurice legt es darauf an. Er wird doch nicht …

„Ich werde mir einen Kaffee gönnen und vielleicht ein leckeres Törtchen. Vielleicht treffe ich unterwegs Zélie. Macht eure schlechte Laune unter euch aus." Wütend stapfe ich davon.

Aus den Augenwinkeln sehe ich Maurice, der ins Meer läuft. Als ich im Café sitze, fährt das Taxi mit Aimée, Edmond und Edwige an mir vorbei. Hat er es also geschafft! Ich könnte ihn küssen …

„Coucou! Sitzt du schon lange hier?", flötet Zélie und lässt sich auf einen Stuhl fallen.

„Wo warst du den ganzen Nachmittag?"

„Ich habe ein paar Leute kennengelernt, die ein kleines Boot haben. Sie haben mich eingeladen, mit ihnen raus zu fahren. Es war herrlich. Hast du mich vermisst?"

Nun ja! Jetzt müsste ich lügen … Bevor ich mich zu einer Antwort durchringen kann, kommen ein paar junge Leute.

„Hast du etwas dagegen, wenn ich noch ein Stündchen mit ihnen durch die Gegend ziehe? Ich bin spätestens um sechs zurück."

„Wenn's unbedingt sein muss", knurre ich und freue mich, dass ich noch ein bisschen Zeit mit Maurice allein verbringen kann.

Kaum ist Zélie verschwunden, mache ich mich auf den Weg zu ihm. Er liegt auf seinem Strandtuch und schläft. Der Ärmste. Ich habe mich noch nie gefragt, wann er den Schlaf nachholt, den er nachts versäumt.

Ich lege mich zu ihm, streiche durch seine Haare, küsse ihn sanft auf den Mund. Er wird unruhig und öffnet langsam die Augen.

„Welch schöner Traum! Würde ich doch nie wieder aufwachen. Weitermachen!" flüstert er kaum hörbar.

Ich weiß nicht, ob ich es wagen soll. Das Taxi mit den Toulousains wird nicht mehr zurückkommen. Und Zélie … sie wäre das kleinere Problem. Allerdings weiß ich nicht, ob sie sich für mich freuen würde. Ich glaube, sie wäre entsetzt.

Maurices Kuss reißt mich aus meinen Gedanken. Seine Lippen schmecken salzig und machen Lust auf mehr. Aber hier, am Strand? Als ob er meine Gedanken gelesen hätte, flüstert er: „Wie wär's mit der alten Hütte hinter der Lifeguard-Station? Dort ist niemand."

Die Aussicht lässt mein Herz schneller schlagen. Ich kann nicht schnell genug zur Hütte kommen.

„Du hast es aber eilig. Ich laufe dir nicht davon", sagt er lachend.

„Aber die Zeit tut es."

Was dann geschieht, lässt uns die Zeit vergessen. Er ist so liebevoll, so zärtlich. Er macht mich kirre und treibt mich von einem Höhepunkt zum nächsten. Wie wird mir das fehlen. Wie wird er mir fehlen. Ich darf nicht daran denken. Ich weiß nicht, ob die Tränen dem tollen Sex oder der baldigen Trennung geschuldet sind.

„Nicht weinen! Du musst hoffen und an Margaux's Wunder glauben. Ich tue es auch."

Er hält mich umschlungen und wir weinen ein bisschen zusammen. Von draußen dringen Stimmen herein. Die Lifeguards schließen ihren Turm. Es wird Zeit zu gehen.

Wir räumen unsere Sachen zusammen, als Zélie auftaucht. Sie hat einen Schwips und trällert fröhlich vor sich hin. *She's got the look* am Strand … *She's got the look* im Taxi … *She's got the look* in der Lobby … *She's got the look* im Bungalow. Dieses Lied wird mich künftig in meinen Träumen heimsuchen.

Die kalte Dusche vertreibt den Schwips und sie ist bereit fürs Dinner. Ich muss aufhören mich zu fragen, wo sie all die kleinen Köstlichkeiten hin packt, die sie im Laufe eines Tages in sich hineinschaufelt.

Treffpunkt Bar! Dicke Luft in Toulouse! Ich unterhalte mich mit Marisol. Alle sind traurig, dass wir morgen abreisen. Was soll ich sagen? Für mich wird der morgige Tag schrecklich! Ich verliere Maurice! Er sieht auch traurig aus.

Ich unterhalte mich mit Aimée. Sie sagt mir noch einmal, dass ich es schaffe. Es tut so gut. Eigentlich interessiert es niemand, ob ich lebe oder sterbe. Meine Familie ist mit sich selbst beschäftigt und meine Mutter sieht verdammt gut aus in schwarz. Da kann ich in meiner Kiste nicht mithalten. Aber ich werde kremiert und gegen eine Edelstahlurne kommt auch Dior nicht an!

Maurice sitzt neben mir und streichelt meinen Oberschenkel. Da wir heute sehr beengt sitzen, fällt es nicht auf. Marisol, Joseph und Clément haben sich zu uns gesellt.

Mit jedem Glas Piña Colada steigt die Stimmung. Die Neuankömmlinge stehen an der Bar. Ich beneide sie. Drei Wochen auf dieser herrlichen Insel. Wie gerne wäre ich auch heute erst angekommen. Dann hätten wir noch drei Wochen vor uns. Drei Wochen voller Liebe.

Ich kämpfe gegen die aufsteigenden Tränen an. Ich will ihn nicht verlieren. Warum gibt es dieses Miststück Edwige? Ich hasse sie!

In der Bar herrscht eine Fröhlichkeit, die mir unerträglich wird. Mir ist übel und ich habe Kopfschmerzen. Ich brauche noch ein bisschen Schlaf, bevor ich mich zu meinem letzten Rendezvous aufmache.

Nur widerwillig lässt Maurice meine Hand los, die er die ganze Zeit unterm Tischtuch gehalten hat. Ich fühle mich schon den ganzen Abend beobachtet. Die Bar war noch nie so voll wie heute Abend. Manche starren ungeniert in unsere Richtung. Ob sie etwas ahnen, etwas wissen? Egal! Morgen ist alles vorbei!

Noch ein letztes Mal im Mondlicht über den Strand laufen. Wie wird mir das fehlen. Von der Erinnerung daran werde ich die nächsten Wochen und Monate, sofern ich noch Monate habe, zehren.

„Du wolltest doch nicht mehr weinen", flüstert Maurice mir ins Ohr. Wir sehen uns wieder. Du musst nur ganz fest daran glauben. Ich tue es. Glaub mir."

Ich klammere mich an ihn. Will ihn nie wieder loslassen. Es wäre so schön, ihn immer bei mir zu haben. Aber wie lange ist mein immer?

Er küsst mich zärtlich. „Oh bitte, hör nie wieder damit auf", denke ich. Aus der Ferne sind Stimmen zu hören. Sie kommen näher und jemand hebt grüßend den Arm. Armand und Manon! Wir winken zurück, bevor wir uns trennen. In ein paar Stunden sehen wir uns wieder. Bis dahin muss ich etwas gegen meine Übelkeit und die Kopfschmerzen tun.

Unsere letzte Nacht. Maurice hat mir wieder eine weiße Rose mitgebracht. Er ist traurig. Hält mich so fest, dass ich kaum atmen kann. Ich laufe über. Die Tränen rinnen ohne Halt.

„Weine nicht. Wir sehen uns wieder!"

Er küsst mich, als wäre es das letzte, das er tun würde. Wir lieben uns zärtlich. So sanft, als hätte er Angst, etwas kaputt zu machen. Es ist schön, so warm. Wir liegen aneinander gekuschelt auf dem Bett. Er sieht mir in die Augen.

„Ich werde diese Augen und die Frau, zu der sie gehören, nie vergessen. Was immer auch kommt, ich werde immer an diese schöne Zeit denken. Die vielen Male, die wir uns geliebt haben. Ich werde nie wieder eine Frau so lieben, wie ich dich liebe. Ich bin so traurig. Es ist so schön dich zu lieben.

Ich wünsche mir nichts mehr, als dich irgendwann wieder in meine Arme zu nehmen und wenn es nicht sein soll, dann wird mein Herz für immer Trauer tragen. Ich werde nie wieder mit einer Frau das tun, dass ich mit dir getan habe. Liebe ohne Tabu. So eine Liebe finde ich nie wieder. Eine Liebe, die so ehrlich und so tief ist."

Meine Tränen laufen und ich bin traurig. Der Gedanke, dass er mir einer anderen Frau schläft, tut weh, sehr weh! Warum muss ich sterben? Er würde nur noch mich lieben.

Er sagt, dass er irgendwann wieder mit Edwige schlafen muss. Dass es wieder Blümchensex gibt. Rein, zack-zack, fertig, raus. Ich will mir das nicht verstellen. Es zerreißt mir das Herz. Soll sie sich mit ihrem Mister Big vergnügen. Sie hat, was ich so gerne hätte: Maurice. Sie weiß nicht zu schätzen, was sie hat. Saugt ihn aus, nimmt ihn aus. Es tut so weh. Ich will ihn ganz für mich.

Warum muss ich sterben? Warum? Ich will nicht, dass sie ihn demütigt, ihn erniedrigt, er für sie schuften muss. Nein! Warum geht er nicht? Er sagt, er bleibt so lange, bis er mich wieder hat! Bleibt er für immer? Die Vorstellung ist grausam. Ich hoffe, dass er sich von ihr befreit. Sein Leben geht weiter. Es wäre schöner und leichter für ihn. Vielleicht findet er auch eine neue Frau. Oh nein! Die Vorstellung tut so weh.

„Denk nicht dran. Mir geht es genauso. Dich in den Armen eines anderen zu wissen, macht mich rasend. Niemand soll haben, was ich nicht mehr haben darf. Nicht mehr haben kann."

Er küsst mich, wieder und wieder. Überall! Macht mich kirre. Meine Trauer weicht Begierde, grenzenloser Begierde. Wir fallen übereinander her. Tun die verrücktesten Dinge. Lieben uns so intensiv, wie nie zuvor. Klammern uns aneinander, wollen uns nicht mehr loslassen.

„Wie soll ich ohne dich weiterleben?", fragt er traurig und wir weinen zusammen. Die Sonne war bereits aufgegangen. Es war soweit. Wir müssen uns trennen.

Wir stehen bereits an der Tür, als er sagt: „Nur noch einmal. Bitte!"

Und es ist Glück pur. Trauer pur! Wir können uns kaum voneinander lösen. Es tut so schrecklich weh. Nach einer langen Umarmung müssen wir gehen. Ich möchte schreien vor Schmerz.

Frühstück! Auf meinem Teller liegen zwei Bananen. Sie bilden ein Herz. Darin liegen viele kleine Gummidrops. Rot, herzförmig.

Joseph sagt: „Zum Abschied, du weißt von wem." Ich weiß es und mein Herz schreit vor Schmerz.

Zélies Appetit ist besser denn je. Ich kann nichts essen, meine Kehle ist zugeschnürt und ich habe Mühe, die Tränen zurückzuhalten. Ich fühle mich ausgehöhlt, so leer, verlassen und allein. Nicht mal meine Fantasie will auf Reisen gehen.

Es ist noch Zeit bis zur Abreise. Ich besuche Clément in seinem Büro. Ich brauche einen Ort, an dem ich meine Wunden lecken kann. An dem mich niemand stört in meiner Trauer. Ich weiß, wenn ich Maurice jetzt begegne, falle ich ihm in die Arme und lasse ihn nie wieder los. Clément stellt eine große Packung Kleenex vor mich auf den Tisch, sieht mich voller Mitleid an.

„Warum lässt du ihn gehen? Er liebt dich von ganzem Herzen, er sagt es nicht nur so dahin. Wir sehen hier so viele Paare, die sich für einen Urlaub finden, zusammen Spaß haben und sich dann wieder trennen. Manchmal fallen auch ein paar Tränen. Urlaubsflirts eben. Aber bei euch beiden ist es anders. Ihr liebt euch, ihr gehört zusammen. Lass ihn nicht gehen."

„Wenn ich ihn jetzt nicht gehen lasse, muss er mich gehen lassen. Glaub mir, das wird schrecklich für ihn, denn dann sieht er mir beim Sterben zu." Ich presse die Worte heraus, meine Kehle ist zugeschnürt und das Atmen fällt mir schwer. Clément legt den Arm um meine Schulter und drückt mich.

„Wenn ich dir doch helfen könnte." Seine Augen füllen sich mit Tränen und wieder weint ein Mensch um mich. Ein Mensch, den ich vor drei Wochen noch nicht kannte. Ein bisschen Balsam für meine geschundene Seele.

Die Koffer sind gepackt. Das, was für mich am wertvollsten ist, muss ich zurücklassen. Maurice! Mein Herz schreit vor Schmerz. Maurice. Die Liebe meines Lebens. Die Sonne scheint. Es ist herrliches Wetter. So schön, wie noch nie in den letzten Wochen. Lucia sitzt auf meinem Schoß und bietet mir sogar ihr Bett an, wenn ich bei ihr bleibe. Meine Schokomaus! Vielleicht könnte ich auch irgendwann eine kleine Maus in den Armen halten. Einen kleinen Engel. Maurices Engel.

Was, wenn ich Maurice im Herzen trage und ein Baby unter meinem Herzen? Es wäre so wundervoll, wenn ich noch eine Zukunft hätte. Über das „wenn doch", mache ich mir Sorgen. Ich nehme nur noch Vomex gegen die Übelkeit. Sie sind auch bei Schwangerschaftserbrechen indiziert. Welch Ironie! Das Novalgin habe ich abgesetzt. Der Wirkstoff soll im ersten Schwangerschaftsdrittel nicht angewendet werden. Wie soll ich diese Schmerzen ohne Medikament überstehen? Ich weiß es nicht.

Lucia hat mir ihren Spiegel geschenkt, damit sie ich nie vergesse. Den kleinen, rosa Spiegel, den sie über alles liebt.

Heimlich gebe ich Joseph den Schlüssel zurück. Ich kämpfe ununterbrochen mit den Tränen, kann nicht mal danke sagen. Ich will ihn nicht verlieren. Warum ich?

„Ich wünsche dir alle Kraft der Welt und hoffe, dass für dich ein Wunder geschieht. Er drückt mich und wischt sich eine Träne aus den Augen.

Marisol nimmt mich zum Abschied in die Arme. Tränen stehen in ihren Augen.

„Ich werde immer für dich beten. Wo du auch bist, meine Gedanken begleiten dich immer. Ich wünsche dir alles Glück und viel Kraft für den Weg, den du jetzt gehen musst."

Der Abschied von diesen guten Menschen fällt mir schwer. Joseph und Clément drücken mich zum Abschied. Lucia hält mich fest umschlungen und will mich nie wieder loslassen.

„Du kommst wieder. Versprich es mir!", sagt sie unter Tränen.

Wie gerne würde ich es ihr versprechen, aber wie kann ich einem Kind etwas versprechen, das ich nicht halten kann?

„Ich werde es versuchen. Mehr kann ich dir nicht versprechen."

Sie gibt mir ein Kuss auf die Wange. „Das reicht schon", sagt sie unter Tränen.

Mein Herz schreit. Hier weinen fremde Menschen um mich, während meine Eltern nicht mal eine Träne für mich hatten.

Als der Helikopter abhebt, um uns nach Puerto Rico zu bringen, ist Maurice schon unterwegs. Sie fahren mit dem Travel-Bus und nehmen die Fähre. Ich habe keine Tränen mehr. Fühle mich leer. Nur dieser Schmerz füllt mich aus.

Wir treffen die Toulousains vorm Flughafen. Die Stimmung ist gedrückt. Maurice sieht mich traurig an. Aimée sagt, dass dicke Luft die Stimmung vermiest. Maurice wäre unausstehlich, so kenne sie ihn nicht. Ich weiß, warum er so ist, warum ich so schlecht drauf bin.

Wir geben unser Gepäck auf, werden am Zoll kontrolliert. Ich muss mit ins Séparée und mich bis auf die Unterwäsche ausziehen. Die Zöllnerin fragt, was ich mit nach Haus nehme. Ich sage, ein gebrochenes Herz. Sie findet es nicht lustig. Ich weiß nicht, ob ich auch ein kleines Herz mitnehme. Ganz tief in meinem Herz wünsche ich es mir. Mon Dieu! Ich bin verrückt.

Die Luft im Airport ist heiß und stickig. Wir haben noch Zeit bis zum Abflug und setzen uns in ein Café. Ich nehme koffeinfreien Kaffee. Maurice lächelt und flüstert mir zu: „Man darf ja träumen." Oh ja! Das darf man. Und hoffen auch. Hoffen auf Margaux's Wunder. Mir ist übel und ich habe Kopfschmerzen. Da fällt das Hoffen schwer.

Zélie ist schon wieder hungrig. Mein entsetztes Gesicht nimmt sie nicht wahr, will es nicht wahrnehmen. Sie schiebt zwei Sandwiches ein und ein paar Churros hinterher.

Die Fluggäste, gebucht für Air France Flug 308 nach Paris werden zu Gate 32 gebeten. Langsam machen wir uns auf den Weg. Es gibt kein Laufband, keine Rolltreppe, nur lange Wege zwischen den Gates. Die Luft ist stickig, die Hitze macht mir zu schaffen. Menschen hetzen zu den Flugsteigen, beladen mit riesigem Handgepäck, nehmen keine Rücksicht auf andere. Mit ist übel und mein Kopf sehnt sich nach Ruhe. Maurice sieht mich besorgt an, ich schüttele den Kopf und gehe weiter. Zélie hakt mich unter, zieht mich mit.

Wir warten am Gate. Die Hitze ist unerträglich. Aircondition Fehlanzeige! Alle stöhnen und wedeln sich mit den Händen Luft zu. Warme, abgestandene Luft.

„Die Fluggäste, gebucht für Air France Flug 308 nach Paris werden gebeten sich an Gate 17 einzufinden." Die Stimme aus dem Lautsprecher treibt uns von den Sitzen.

Wir wandern von Gate 32 zu Gate 17. Einmal quer durch den Airport. Die Anzeigentafel schickt uns zurück zu Gate 32. Wir wandern zurück. Niemand kann uns Auskunft geben. Wieder werden wir zu Gate 17 geschickt. Schaden an der Maschine. Der Flug wird um zwei Stunden verschoben. Dann die Durchsage, dass sich die Flugdaten geändert haben. Wir fliegen nach Madrid und steigen um in eine Maschine nach Paris. Voraussichtliche Verspätung: sechs Stunden. Begeisterung!

Aimée kommt aus dem duty-free Shop. Dort wurden ein paar Fenster geöffnet, damit frische Luft einströmen kann. Zélie schiebt mich durch den Shop Richtung Fenster. Sie sind vergittert und ich komme mir vor wie im Gefängnis. Innerlich fühle ich mich so. Eingesperrt von meinen eigenen Gefühlen, dem Verlangen nach Maurice und dem Wissen, dass es vorbei ist.

Ich muss mich ablenken. Stöbere im Shop. Keine große Auswahl. 250 ml Poison für 385 Dollar. Toll, das ist mir zu teuer. Ich habe noch nie so einen großen Poison Flakon gesehen. Ich kaufe zwei Swatch-Uhren für meine Jungs und belgische Pralinen für Zélie.

Vorm Shop sitzt ein Karikaturist. Mit ein paar Strichen hat er Zélie karikiert. Sie ist entrüstet über die Karikatur, aber er hat das wesentliche getroffen, sie eingefangen. Er bemalt auch kleine Tüten und hat viel zu tun. Er will mich karikieren. Kostenlos, weil ich so schöne Augen hätte. No, Gracias!

Ich muss mich setzten. Mon Dieu! Ist mir übel. Maurice sieht mich wieder besorgt an. In kann die Sehnsucht in seinen Augen sehen und ich spüre die Sehnsucht in meinem Herzen. Am liebsten würde ich ihn in die Arme nehmen, ihn festhalten und nie wieder loslassen.

Zélie reißt mich aus meinen Gedanken. Sie drückt mir eine Tüte Scones in die Hand. Schon der Anblick verursacht mir Brechreiz. Edmond nimmt sie mir dankend ab.

Bei den Toulousains herrscht immer noch dicke Luft. Die Stimmung ist schlecht und ich will mir meine Trauer dadurch nicht stören lassen. Ich kann Maurice nicht ansehen, ohne dass mir die Tränen kommen.

Die Stimme aus dem Lautsprecher hat schlechte Nachrichten. Die Ersatzmaschine wird verspätet auf dem Airport landen. Der Abflug verschiebt sich um weitere zwei Stunden.

Ich brauche frische Luft und gehe auf die Terrasse. Es ist windig und ich suche mir ein geschütztes Plätzchen. Hier draußen, von der Dunkelheit eingehüllt und geschützt vor Aller Augen, kann ich endlich loslassen und die Tränen bahnen sich ihren Weg.

Ich weiß, was ich verlieren werde. Ich konnte es den ganzen Abend sehen. Es zerreißt mir das

Herz. Ich sehe ihn und weiß, dass ich ihn nicht berühren kann. Nicht berühren darf. Wie wird es sein, wenn ich zuhause bin und er ist weit weg? Wenn ich ihn nie wiedersehe?

Der Schmerz in meinem Herz, ist stärker, als der Schmerz in meinem Kopf. Warum kann ich nicht jetzt sterben?

Zwei Arme legen sich um meine Taille und jemand legt den Kopf auf meine Schulter. Ich rieche Aramis, spüre seinen Atem und seine Tränen auf meiner Schulter. Still stehen wir da und teilen unsere Trauer und unseren Schmerz.

Wir sitzen endlich im Flugzeug. Ich bin vollgepumpt mit Vomex. Die Übelkeit ist erträglich, die Kopfschmerzen ebenso. Gegen den Schmerz, der in meinem Herz tobt, gibt es kein Mittel.

Der Stewart sagt, wenn ich möchte, kann ich mich hinlegen. Er wird das nötige veranlassen. Ich bedanke mich und werde später darauf zurückkommen.

Ich bin happy. Der Karikaturist hat mir eine weiße Tüte gebracht, die er bemalt hatte. Eine Badewanne, in Form eines Poison Flakons. Darin sitzt eine Frau, die mir verdammt ähnlich sieht. In der Tüte war der Riesenflakon Poison. Er sagte, in einem Mix aus Französisch und spanisch, dass ich jetzt darin baden könnte. Der Monsieur, im fliederfarbenen Hemd, hatte der Verkäuferin aufgetragen, es mir zu übermitteln. Ist das schön!

Er hatte mich vorgestern gefragt, was ich mir wünschen würde. Aber ein Wunsch für mich. Er würde mir so gerne etwas schenken. Ich wünschte mir etwas, das nichts kostet. Einmal in seinen Armen einschlafen und morgens neben ihm aufwachen. Es wird für immer ein unerfüllter Traum bleiben.

Mon Dieu!! Ist mir übel. Der Stewart hat zwei Sitze frei gemacht und ich kann mich endlich hinlegen.

Die Übelkeit ist verschwunden, mein Herz schreit lauter denn je. Wir werden in Kürze in Madrid landen. Wie soll ich es schaffen, Maurice in Paris die Hand zu reichen, wie allen anderen? Es zerreißt mich. Ich will ihn nicht verlieren. Nein! Nein! Nein! Ich will ihn behalten. Für immer!

Zollabfertigung! Ich bin der Liebling aller Zöllner. Ich muss wieder mit ins Séparée, mich wieder bis auf die Unterwäsche ausziehen. Meine weiße Spitzenwäsche gefällt auch der Zöllnerin.

Er fehlt mir! Toulouse wartet hinterm Zoll. Sie wollen frühstücken. Non, merci! Mir ist schon übel! Mein Kopf dröhnt, aber ich gehe mit. Ich will bei Maurice sein. Alle bestellen Chorizos und Tapas. Am frühen Morgen!

Ich nehme einen koffeinfreien Kaffee. Maurice sieht mich an und lächelt so wissend. Vorsicht ist besser! Ich habe den Kaffee noch nicht angerührt, als die Chorizo serviert werden. Der Geruch steigt in meine Nase und verursacht mir erneut Übelkeit. Ich komme noch bis zur Toilette, dann brechen alle Dämme. Schrecklich! Ich kann kaum noch stehen, muss mich hinlegen. Dann geht das Licht aus.

Als ich wieder zu mir komme, liege ich auf einer Bank, zugedeckt und mit einem Kissen unter dem Kopf. Zélie und Aimée stehen vor mir mit besorgten Gesichtern. Als ich nicht zurückkam, haben sie sich auf die Suche gemacht und mich im Aufenthaltsraum der Reinigungskräfte gefunden. Inzwischen ist auch ein Sanitäter vom Cruz Rojas hier. Die Toilettenfrau hat ihn gerufen. Blutdruck im Keller, bleich, liegenbleiben, sagt er mir im bestem Französisch. Aimée will bei mir bleiben, aber ich schicke sie zurück zu ihrem Frühstück. Dieser gute Mensch! Sie wird mir fehlen.

Nach einer halben Stunde geht es mir besser. Vomex wirkt. Noch! Es sind noch drei Stunden bis zum Check-up. Ich möchte spazieren gehen und schicke Zélie weg, ich will alleine sein!

Ich fühle mich schlecht. Mein Herz weint. Weint um seine große Liebe.

Das kleine Bistro liegt in der ersten Etage, versteckt hinter Palmen hat man eine gute Aussicht auf die Mall. Ich brauche Ruhe und Abstand von den anderen. Ich ignoriere meinen knurrenden Magen und gebe mich mit einem cf-Kaffee zufrieden. Edwige ist im Kaufrausch. Aimée und Edmond sitzen mit Zélie in einem Café. Wo ist Maurice? Versteckt er sich wie ich? Will auch er allein sein?

Aramis! Ein Kuss in meinen Nacken. Er ist da! Mein Herz schlägt schneller.

„Du hast mir so gefehlt. Wie soll ich nur ohne dich weiterleben?", fragt er und legt seine Arme um mich.

„Das frage ich mich auch. Aber ich weiß, dass es das Beste ist. Das Beste für dich. Warten wir auf unser Wunder."

Ich möchte ihm nahe sein. Den Trennungsschmerz lindern. Ich weiß, es ist verrückt. Manchmal frage ich mich, ob ich süchtig bin nach seiner Zärtlichkeit. Ja, das bin ich. Süchtig nach ihm. Nach seiner Liebe, seiner Zärtlichkeit, nach ihm.

„Ich habe unterwegs einen Wickelraum gesehen. Wie wär's? Ein letztes Mal? Zum Abschied? Noch einmal glücklich sein?"

Er nimmt mich bei der Hand, zieht mich von meinem Stuhl hoch. Wir machen uns auf den Weg zum Wickelraum. Noch einmal glücklich sein mit ihm.

Die Tür ist unverschlossen. Weit und breit keine Mutter mit Kind. Geradezu einladend liegt der Raum vor uns. Wir treten ein, verschließen die Tür und sind ein letztes Mal zusammen glücklich.

Wow! Liebe im Wickelraum! Kurz und schön. Liebe zum Abschied. Viele Tränen.

„10:30 Uhr vor der Gepäckaufbewahrung", flüstert er mir zu.

„Okay!"

Das wird dann wohl der endgültige Abschied. Er will auf die Besucherterrasse, denn er braucht eine Ausrede für die roten Augen. Draußen stürmt es und der starke Wind wird eine glaubhafte Ausrede sein.

Vor dem Wickelraum steht eine junge Mutter mit Baby. Sie wirkt gestresst. Als sie uns sieht, hellt sich ihre düstere Mine auf.

„Ein Plätzchen für die Liebe gibt es überall", sagt sie lächelnd.

Oh ja! Für uns war es das letzte Plätzchen. Ich kämpfe mit den Tränen und will nur noch weg von hier. Leider laufe ich Monsieur Chandon und seiner Frau direkt in die Arme. Es sind Bekannte meiner Eltern. Er ist nett, sie eine dumme Gans. Zudem hat sie das halbe Flugzeuginventar in der Tasche.

„Das arme Kind", höre ich ihn sagen. „So jung und schon dem Tode geweiht." Mutter leistet ganze Arbeit.

Das beleuchtete Schild, der Gepäckaufbewahrung, ist nicht zu übersehen. Maurice ist schon da. Er schenkt mir eine rote Rose und sieht mich traurig an.
„Ich habe dir eine Cassette gekauft. Wenn du dir die Lieder immer und immer wieder anhörst, wirst du mich nicht vergessen. Du wirst immer wissen, wie sehr ich mich nach dir sehne und dass ich dich nie vergessen werde. Nie! Ich liebe dich!"
Er hat die Cassette im Musikshop gekauft. Für mich, gegen das Vergessen. Er ist so traurig. Die Tränen in seinen Augen tun weh.
„Ich weiß jetzt, was Liebe ist. Was es heißt: Für immer. Es war noch nie so schön, jemanden zu lieben. Du weißt schon wie. Ohne tabu. Ich weiß jetzt, was du meintest. Man schenkt sein Herz und man schenkt sich selbst. Es ist so schmerzhaft, diese Liebe wieder zu verlieren. Dich zu verlieren.
Bitte! Sag ja und ich nehme dich bei der Hand und gehe deinen letzten Weg mit dir. Jetzt! Sofort!"
Dieser wundervolle Mann. Meine Tränen laufen wieder. Ich schüttele den Kopf. Ich weiß, wenn er es wiederholt, sage ich ja. Er nimmt mich in die Arme.
„Wenn wir ein Baby bekommen, rufst du mich an. Versprich es mir."
Ich verspreche es. Jetzt warten wir auf unser Wunder. Er sagt, ich hätte noch meinen Wunsch, den er mir erfüllen möchte. Ich dachte an vorgestern Abend. Er war so traurig und hatte Tränen in den Augen.
Ich sagte: „Das wird mein Foto für die Ewigkeit. Einmal lächeln bitte. Denk an etwas Schönes."
Er lächelte und sah so glücklich aus. Ich machte mein Foto und fragte, an was er gedacht habe.
„An den Morgen, an dem du neben mir aufwachst."
Mir schossen die Tränen in die Augen. Clément ging weg und Joseph wischte seine Augen. Und wieder war sie da, seine grenzenlose Hoffnung. Dieser wundervolle Mann. Mein Herz schrie.
Er sagt: „Ich liebe dich!" Küsst mich ein letztes Mal. Wir klammern uns aneinander. Dann müssen wir uns trennen. Er dreht sich noch einmal um, sagt: „Vergiss mich nicht."
Dann geht er. Ich würde mal liebsten laut schreien. Meinen Schmerz hinaus brüllen. Ich weiß, es ist ein Abschied für immer. Ich werde ihn nie wiedersehen.

Ich habe ihn nicht in der Maschine nach Paris gesehen. Wir saßen first class. Die Toulousains ganz hinten in der Maschine. Als wir in Paris auf unser Gepäck warten, ist Maurice nicht da.
Wir verabschieden uns von Edwige, Edmond und Aimée. Sie drückt mich und sagt nochmal: „Du schaffst das! Glaub mir!"
Dann müssen wir gehen, denn der Zug würde ohne mich abfahren. Der Zug, der mich zum Flughafen Paris-Orly bringen würde. Der letzte, der es mir noch ermöglicht den Flug nach Hause zu erwischen. Den Flug nach Limoges.
Ich drehe mich immer wieder um, so lange wir durch die Gepäckausgabe laufen. Aber Maurice kommt nicht. Ich weiß warum. Dann schließen sich die Türen hinter mir. Es ist vorbei. Alles wäre

besser, als diesen schrecklichen Schmerz zu ertragen.

Ich habe den Zug noch erreicht. Wenn ich aussteige, endet die schönste Zeit meines Lebens. Noch nie war ich so glücklich.

Playa Flamenco! Leb wohl! Maurice, ich liebe dich. Für immer.

Je t'aime à jamais!

Kapitel 12

Zuhause

Mein Herz weint, weint so sehr. Der Schmerz lässt nicht nach. Nein, er wird immer stärker. Mit jedem Tag, der vergeht, wächst die Sehnsucht. Ich fühle mich so allein. Er ist so weit weg und fehlt mir so sehr.

Mathieu sagt, ich habe mich verändert, sei so traurig. Ich ertrage seine Umarmung nicht, würde am liebsten flüchten. Ich weiß, dass meine Reaktion ihn verletzt, weiß, dass er das nicht verdient hat. Doch ich kann es nicht ändern.

Er hat mich am Flughafen abgeholt, mir Rosen mitgebracht. Er zeigt mir offen, was er für mich empfindet. Was soll ich sagen? Dass ich mich verliebt habe? Dass es einen Mann gibt, dem mein Herz gehört, ich ihn aber weggeschickt habe? Das ich vor Sehnsucht nach ihm fast vergehe? Egal, was ich sage oder tue, es würde ihn verletzen und das will ich nicht, also schweige ich.

Ich habe die Unterlagen, die mir Marisol gegeben hat, an Prof. Berlereque geschickt, nach dem ich mit ihm telefoniert hatte. Er hat versprochen, sie anzusehen und sich auf jeden Fall bei ihr zu melden. Jetzt hoffe ich, dass er ihr helfen kann.

Georgette ist letzte Woche gestorben. Ongoles hat mich angerufen, um mir von ihrem Tod zu berichten. Über das wie schweigt er sich aus. Ich bin froh, dass sie es geschafft hat, ob mit oder ohne Hilfe. Ich hätte sie gerne wiedergesehen, aber es sollte nicht sein. Sie wird mir fehlen.

Morgen fliege ich nach Nizza, um meine Kinder abzuholen. Amelie hat umdisponiert und kann die Kinder nicht wie versprochen nach Limoges bringen. Ich soll nach Nizza kommen. Mathieu hat mehrmals mit ihnen telefoniert. Sie hatten Spaß mit ihrer Nanny. Ihre grand-mère war eine Spaßbremse. Zu viele Regeln, zu viele Konventionen. Sie freuen sich auf Zuhause, ihre Freiheit. Ich freue mich auf sie.

Selbst die Freude auf meine Kinder, kann den Schmerz in meinem Herz nicht vertreiben. Ich muss auf andere Gedanken kommen und besuche Madame Blanqui. Sie sitzt im Garten und freut sich mich zu sehen. Sie sieht gut aus. Ihr dezentes Make-up verleiht ihr ein jüngeres Aussehen. Ihre neue Kosmetikerin hat es geschafft, ihr das übertriebene Make-up, das viele Rouge und die dicken Lidstriche auszureden. Sie sieht mich lächelnd an und ihre Grübchen graben sich tief in ihre Wangen.

„Du bist verliebt! Ich glaube es nicht! Dass ich das noch erleben darf. Aber da ist auch eine tiefe Traurigkeit in deinen Augen. Erzähl mir davon." Sie zieht mich zu sich auf die Bank und kann es kaum erwarten, von meiner Liebe zu hören.

Das Hausmädchen schenkt mir Kaffee ein. Auf dem Tisch stehen frisch gebackene Madeleines. Ich kann nicht widerstehen und greife zu.

„Jetzt stopf dich nicht mit Madeleines voll. Erzähl mir erst von ihm. Wie heißt er, wie alt ist er, was …"

„Eins nach dem anderen. Ich brauche erst eine kleine Stärkung und eine große Packung Kleenex."

„So schlimm?", fragt sie und drückt meine Hand. „Er muss etwas ganz Besonderes sein, denn es ist ihm gelungen, dein Herz zu gewinnen. Das grenzt schon an ein Wunder."

Ich schiebe mir noch ein Madeleine in den Mund, damit ich etwas Zeit gewinne. Ich weiß nicht, ob sie die Richtige ist, der ich mein Geheimnis anvertrauen kann. Aber sonst fällt mir niemand ein.

„Er heißt Maurice und ich habe ihn auf Culebra kennengelernt. Ich denke, es war Liebe auf den ersten Blick. So richtig schön kitschig. Tagelang schlichen wir herum, wie die Katze um den heißen Brei und machten Annäherungsversuche. Dann ist es einfach passiert. Ich war so glücklich, so unsagbar glücklich. Jetzt bin ich unglücklich und selbst daran schuld." Die Tränen brechen aus mir heraus und kullern übers Gesicht.

„Warum bist du selbst schuld daran? Lass dir doch nicht alles aus der Nase ziehen." Madame Blanqui wird ungeduldig.

„Er hat mich gefragt, ob ich mit ihm leben will. Ich hätte gerne ja gesagt, aber ich konnte nicht, durfte nicht …"

„Warum durftest du nicht? Du sprichst in Rätseln. Komm doch endlich zum Punkt. Da ist doch noch etwas, das du auf dem Herzen hast. Sag es mir, bitte!"

„Ich habe einen Hirntumor, er ist inoperabel. Ich muss bald sterben." So, es ist heraus und ich bin erleichtert.

Sie sieht mich entsetzt an, ringt nach Worten, kämpft mit den Tränen.

„Du bist noch so jung … du hast doch noch dein ganzes Leben vor dir … deine Kinder … mon Dieu … das ist schrecklich … ich kann es nicht fassen … warum du … ich …" Sie weint leise Tränen, nimmt mich in den Arm und drückt mir einen Kuss auf die Stirn.

„Ich bin immer für dich da, werde helfen, wo immer ich kann. Sag mir, was ich tun kann und ich tue es." Jetzt weint sie hemmungslos. Wieder ein Mensch der um mich weint. Warum haben meine Eltern keine Tränen für mich?

Wir weinen zusammen und sie schaukelt mich in ihren Armen. Sie verhält sich wie eine Mutter. Warum kann meine Mutter nicht einmal eine Mutter sein?

„Er hat mich gefragt, ob ich seine Frau werden will. Ich habe ja gesagt. Aber es wird nie dazu kommen. Ich bin so unglücklich." Ich putze mir die Nase und trockne die Tränen um Platz für neue zu schaffen.

„Weiß er, dass du sterben wirst?" Sie sieht mich durchdringend an. „Hast du es ihm gesagt?" Wieder dieser Blick. „Du hast es ihm doch gesagt?" Sie hat ihre Stimme erhoben und wartet auf eine Antwort.

„Ja, er weiß es. Er wollte bei mir sein, den schweren Weg mit mir gehen, sogar bis zum Ende. Aber es geht nicht. Ich will ihn nicht unglücklich machen." Wieder bricht es aus mir heraus. Das Schluchzen nimmt mir die Stimme.

„Du sprichst immer noch in Rätseln. Fang am besten ganz von vorn an und erzähle mir alles der Reihe nach."

Das tue ich. Ich erzähle ihr alles. Rede mir alles von der Seele. Es tut gut, mit jemand darüber zu reden. Es befreit und das Wissen, das da jemand ist, der mich an ihn erinnert, wenn ich ihn vergessen habe, ist beruhigend, nimmt mir einen Teil der Angst. Sie verspricht mir, dass sie mich erinnern wird, solange ich dazu in der Lage bin, mich zu erinnern.

Sie besteht darauf, dass ich das Dinner mit ihr einnehme. Sie ist ebenfalls Vegetarierin und hat eine wunderbare Köchin, die die leckersten Gerichte zaubert. Heute gibt es selbstgemachte Tortellini mit Spinatfüllung in einer Käsecreme. Dazu wird Salat gereicht. Ich bin begeistert. Den Wein muss ich ablehnen. Er würde sich nicht mit meinen Kopfschmerzen vertragen und … falls ich schwanger bin … dem Baby schaden. Ich bin verrückt!

Es ist mitten in der Nacht, als ich nach Hause gehe. Der Wecker klingelt in drei Stunden und ich denke daran, wie glücklich ich auf Culebra mitten in der Nacht war. Meine Augen brennen von all den Tränen, die heute schon geweint habe.

Kann ich sonst unter der Dusche entspannen, bringt sie mir heute Erinnerungen, die mich zum Weinen bringen. Warum gibt es keinen Schalter, der Gefühle an und abschaltet? Als sich auch noch Kopfschmerzen ankündigen, frage ich mich, ob ich überhaupt zu Bett gehen soll. Schließlich übermannt mich die Müdigkeit und als der Wecker mich aus dem Schlaf holt, bin ich wie gerädert.

Mein Spiegelbild jagt mir einen Schrecken ein. Graue Haut, eingefallene Wangen, Ringe unter den Augen. Eine alte Frau! Nein! Ein Zombie! Ich brauche mehr Schlaf. Nächste Woche will ich wieder arbeiten. Wie soll ich mich konzentrieren, wenn ich müde bin? Soll ich meinen Klienten als Zombie gegenübertreten? Meine Kollegen würden sich die Mäuler zerreißen.

Nach einer ausgiebigen Dusche sehe ich etwas menschlicher aus. Mathieu klappert in der Küche mit dem Geschirr. Kaffeeduft liegt in der Luft und hebt meine Stimmung. Was täte ich ohne dieses Gebräu?

„Du siehst schlecht aus. Konntest du nicht schlafen?" Wieder setzt er seinen Röntgenblick auf.

„Wenig, ich bin auch sehr spät nach Hause gekommen. Madame Blanqui ließ mich nicht gehen. Ich habe ihr alles erzählt." Was ich damit meine verschweige ich.

Mir ist nicht nach Konversation. Meine Gedanken wollen nach Culebra, wollen zu Maurice. Ob er manchmal an mich denkt? Ob er mich vermisst? Ich spüre, wie die Tränen in meine Augen treten und wende mich ab. Er soll nicht sehen, dass ich weine.

Als wir eine Stunde später im Auto sitzen, fordert die letzte Nacht ihren Tribut. Ich schlafe ein und Mathieu muss mich schütteln, dass ich aufwache.

„Du brauchst mehr Schlaf! Bist du auf Culebra auch jede Nacht gewandert?", fragt er lauernd. Sein Blick durchbohrt mich und ich frage mich, was er mit dieser Frage bezweckt.

„Fast jede Nacht. Tagsüber habe ich viel geschlafen. Am Pool, am Strand, manchmal lag ich auch nur faul in der Sonne. Es war pure Entspannung. Ein erholsamer Urlaub, nur leider viel zu kurz."

Ich drücke ihm einen Kuss auf die Wange und verabschiede mich, bevor er versucht mich auszuhorchen. Er ist ein lieber Kerl und wird eine Frau finden, die ihn aus ganzem Herzen liebt. Eines Tages …

Der Flug ist ausgebucht. Nizza hat Hochsaison! Mein Sitznachbar stopft unaufhörlich Weintrauben in sich hinein. Er schmatzt und sabbert, dass ich mich angewidert abwende. Nachdem ich die

Kopfhörer aufgesetzt und die Musik aufgedreht habe, kann ich sein Schmatzen nicht mehr hören. Obwohl die Musik laut ist, lullt sie mich ein, trägt mich davon und setzt mich auf Culebra wieder ab.

Liebe am Strand, Liebe im Meer, Liebe ... Liebe ... Liebe ... Maurice! Seine Augen ... seine Hände ... *go on play and let me float away* ...

Die Stewardess holt mich aus meinem Traum in die harte Wirklichkeit. Wir sind im Landeanflug und ich muss meinen Sitz in die aufrechte Position bringen. Mein Nachbar schmatzt immer noch und der Sabber läuft ihm in den Hemdkragen.

Ich bin froh, als ich endlich aussteigen darf. Im Flughafen fallen zwei Indianer über mich her. Sie umarmen mich so stürmisch, dass sie mir die Luft zum Atmen nehmen. Ich bin glücklich, dass ich sie wieder habe. Sie haben mir gefehlt. Jetzt werde ich jede Sekunde mit ihnen genießen.

Die Nanny begleitet uns zum Wagen. Louis steht neben der Limousine und wartet. Als er uns sieht, öffnet er den Kofferraum und holt das Gepäck der Jungs raus. Ich bin erstaunt, was soll das? Wir wollten erst morgen nach Hause fliegen.

„Hoheit ist heute Morgen verreist. Sie wünscht, dass ihre Enkel das Anwesen bereits heute verlassen. Hier ist das Gepäck." Er dreht sich um und lässt mich einfach stehen. Eine Frechheit ohne Gleichen.

„Was den Anstand betrifft, haben sie sich ihrer Herrin angepasst. Sofern sie jemals welchen hatten", rufe ich ihm hinterher. Grand-mère Louise wäre über meinen Ausbruch entsetzt. Es ist unter meinem Niveau, aber es musste sein. Dieser arrogante Lackaffe! Er ist ein Chauffeur, mehr nicht.

Was jetzt? Flugtickets für morgen Nachmittag! Hochsaison! Ausgebuchte Hotels! Ein Mietwagen! Wir fahren nach Cannes und übernachten in der Sommerresidenz meiner Eltern. 35 km sind eine Kleinigkeit.

Ich miete ein Cabrio und die Jungs sind begeistert. Sie lieben Cannes, vor allem den Hafen, in dem die Yacht meines grand-pères liegt. Seit seinem Tod dümpelt sie die meiste Zeit vor sich hin. Mutter nutzt sie manchmal, um ihre Freundinnen zu beeindrucken. Vater lädt Geschäftspartner zu Kurztrips entlang der Küste ein.

Wir fahren die Küste entlang und lassen uns den Wind durch die Haare wehen. Die Jungs singen lauthals ihren neuen Lieblingssong: She's got the look! Oh mon Dieu! Nicht dieser Song! Ich wusste, er wird mich verfolgen, aber doch nicht so!

Die Straße ist mit Palmen gesäumt, dazwischen wachsen Bougainvilleas in allen Farben. Sie erinnern mich an Culebra und das Herz wird mir schwer.

„Mama! Warum weinst du? Fühlst du dich schlecht?" Nicholas sieht mich besorgt an und Cédric wirft ihm einen bösen Blick zu. Ich ahne schlimmes!

Ich bin erleichtert, als wir endlich vor der Villa stehen. Vor der Garage steht Mutters Cabrio, das sie nur in Cannes fährt. Ein junger Mann poliert den Lack und sieht uns abschätzend an.

„Die Party war gestern, Sie sind zu spät", ruft er uns zu und gafft mich ungeniert an.

Ich beachte ihn nicht weiter und steige aus dem Wagen. Das hat mir gerade noch gefehlt. Mutter!

„Ist grand-mère auch hier? Können wir nicht nach Hause fahren?" Meine Jungs sind begeistert. Vom Regen in die Traufe.

Die Haustür öffnet sich und Mutter tritt aus dem Haus. Sie sieht uns an, als hätten wir eine ansteckende Krankheit. Pest oder Cholera …

„Was willst du denn hier?" Sie versteckt ihren Unmut nicht mal. „Ich habe eine Verabredung zum Abendessen. Wie lange hast du vor zu bleiben?"

Ich würde am liebsten sofort wieder fahren, aber die Jungs sind bereits ausgestiegen und im Park verschwunden. Das kann ja heiter werden.

„Erträgst du mich bis morgen Nachmittag oder ist dir das zu lang? Wir können uns auch ein Zimmer nehmen." Der spöttische Unterton in meiner Stimme ist ihr nicht entgangen.

„Stell dich nicht so an. Ich komme erst spät zurück, warte also nicht auf mich. Sie steigt in ihren Wagen und der junge Mann bringt seinen Hintern in Sicherheit.

„Vergiss nicht, dich bei deiner Verabredung über meinen Tumor auszulassen" rufe ich ihr spöttisch hinterher. Die Klatsche saß. Ein Schlag ins Gesicht hätte sie nicht unerwarteter getroffen.

Wir verbringen einen schönen Nachmittag am Pool und gehen früh zu Bett. Ich schlafe gut und lange. Keine Kopfschmerzen! Vielleicht sollte ich öfter meinem Unmut Luft machen.

Wir fahren in die Stadt und frühstücken in einem kleinen Café. Anschließend laufen wir zum Hafen und die Jungs sehen sich die Boote und Yachten an. Grand-pères Yacht liegt nicht vor Anker. Sie sind enttäuscht. Langsam machen wir uns auf den Rückweg. Die Koffer sind bereits im Wagen verstaut und ohne Abschied fahren wir davon.

Es ist Sonntag und die Uferstraße ist stark befahren. Ich nehme die Straße landeinwärts und wir kommen schneller voran. Die Jungs singen wieder ihren Song und ich bin in Gedanken bei Maurice. Er fehlt mir.

Zwei Stunden später sitzen wir im Flugzeug und sind endlich auf dem Weg nach Hause.

Montag, mein erster Arbeitstag nach dem Urlaub, ich quäle mich mit Kopfschmerzen durch den Tag. Kopfschmerzen! Stark und doch nicht so stark wie der Schmerz, der in meinem Herzen tobt. Mein Chef ist froh, dass ich gekommen bin, meine Kollegen wissen nicht so recht, wie sie sich verhalten sollen. Meine Sekretärin hat sich krankgemeldet, Susan lässt sich nicht blicken, Jacques benötigt meine Hilfe bei einem Fall und Madame Fleury versorgt mich mit Kaffee und Madeleines. Die Arbeit verursacht keinen Stress, aber die Sehnsucht nach Maurice fordert ihren Tribut. Kurz vor Feierabend werde ich bewusstlos. Ich erwache im Notarztwagen. Es hat begonnen, das Sterben.

In der Klinik komme ich auf die Intensivstation. Es ist genau das geschehen, was ich nie wollte. Sie haben mich in ihren Krallen. Ich bin zu schwach, mich zu wehren. Aber morgen, morgen werde ich nach Hause gehen.

Am frühen Morgen kommt Prof. Jablonski und man verlegt mich auf Station. Sie wollen mir Medikamente geben. Ich will nicht. Ich will auf meine Periode warten.

Die Ärzte schütteln nur die Köpfe. Jemand murmelt etwas, das wie ruhigstellen klingt. Ruhigstellen wäre gut. Eine Zeitlang ohne diese Sehnsucht, diesen Schmerz, der mein Herz auffrisst.

Am nächsten Tag schicken sie mich an Hause. Arbeitsunfähig. Gegen die Übelkeit nehme ich

Vomex. Die Kopfschmerzen muss ich aushalten.

Der Tag x kommt näher, meine Periode bleibt aus. Es würde mit mir sterben. Nach vier Wochen gehe ich zu Dr. Héloise Pelletier. Der Schwangerschaftstest ist nicht eindeutig. Sie schickt mich in die Klinik zu Prof. Lamalle. Er hält Rücksprache mit Prof. Jablonski. Sie kommen zu dem Ergebnis, dass mein Körper die Produktion von Gelbkörperhormonen eingestellt hat. Ich bin unfruchtbar.

Ich kann es nicht glauben, will es nicht glauben. Irgendetwas in mir hat sich geändert. Die Übelkeit kommt aus dem Bauch, dem Magen. Nicht nur aus dem Kopf. Sie müssen sich irren. Sie müssen!

Prof. Jablonski sagt, dass es Wunschdenken sei, dass ich mir ein Baby wünsche. Blablabla! Ich muss es hinnehmen. Ich bin nicht schwanger. All meine Hoffnung dahin. Hoffnung auf ein kleines Wunder, Hoffnung, ihn wiederzusehen.

Ich nehme jetzt Vomex A und übergebe mich trotzdem. Habe Kopfschmerzen. Tingele zwischen Klinik und Zuhause. Übelkeit, Kopfschmerzen, Vomex A. Sehnsucht, Traurigkeit, Kummer. Übelkeit aus dem Kopf, Übelkeit aus dem Bauch. Ich kollabiere, komme in die Klinik, darf nach Hause. Kopfschmerzen! Übelkeit! Brechreiz! Ich übergebe mich, werde bewusstlos. Soll Schmerzmittel nehmen, will ich nicht. Mein Bauch sagt nein!

Die Kopfschmerzen werden stärker. Ich verliere immer öfter das Bewusstsein. Immer häufiger kommt der Notarzt und bringt mich in die Klinik. Der Tod kommt näher. Ich muss ins CT. Sie finden ein riesiges Ödem in meinem Hirn. Ich soll Cortison nehmen, will ich nicht.

Die Angst, ich könnte schwanger sein und mein Baby mit den Medikamenten schädigen, ist groß. Irgendwo, tief in meinem Herz, glüht noch immer ein Funken Hoffnung, der nicht verglimmen will. Den die Sehnsucht am Leben hält.

Ich rede mit Prof. Jablonski. Er sagt, ich brauche Hilfe. Ich sei nicht schwanger. Zudem sei Prednisolon nicht fruchtschädigend. Okay! Ich will keinen Psycho. Ich bekomme Infusionen. Prednisolon 12 mg! Volle Dröhnung.

Ich frage mich inzwischen, ob der Wunsch nach einem Baby nicht doch mein Denken und Handeln bestimmt oder ob mein Herz das Baby nur vorschiebt, weil ich dann Maurice wiedersehen würde. Ich hatte es ihm versprochen. Wenn ich schwanger wäre, würde ich anrufen und er dürfe kommen. Dürfe bei mir sein. Oh wie sehr ich mir das wünsche. Ihn wieder in die Arme zu schließen. Ich wünsche es mir mehr, als alles andere.

Madame Blanqui kümmert sich tagsüber um die Jungs. Mathieu übernimmt die Nachtschicht. Alle sind im Ausnahmezustand. Zélie und Joyce tun ihr Bestes, mich auf andere Gedanken zu bringen. Sie glauben, meine Gemütsverfassung wäre die Folge meines Tumors. Ich will ihnen nichts von meiner Hoffnung auf ein Baby erzählen. Ich will ihnen auch nichts von Maurice erzählen. Obwohl ich mir schon die ganze Zeit den Kopf darüber zermartere, wem ich noch von ihm erzählen kann. Madame Blanqui ist über siebzig, sie kann jederzeit sterben ... was dann?

Ich habe versprochen, dass ich dafür sorgen werde, dass ich mich an ihn erinnere. Dabei brauche ich wohl schon bald Hilfe. Ich denke, ich werde es meiner Neurologin anvertrauen. Sie wird noch da sein, wenn das Wunder geschieht und ich wieder gesund werde. Da sein, wenn ich ihn vergessen habe. Da sein, um anzurufen, wenn sein Engel seine Flügel hat.

Aber wie kann ich ihn vergessen, wenn der Schmerz in meinem Herz mich immerzu an ihn erinnert? Aber mein Herz kann nicht reden, ich muss mit meiner Neurologin reden.

Mutter plant meine Geburtstagparty. Ich will keine, will meine Ruhe. Meine Sehnsucht nach Maurice wird immer stärker. Der Schmerz in meinem Herz ist stärker, als der Schmerz in meinem Kopf. Ich will ihn wieder. Doch ich sterbe, langsam aber sicher.

Oh, the rhythm of my heart is beating like a drum,
with the words "I love you" rolling off my tongue
No, never will I roam for I know my place is home
where the ocean meets the sky i'll be sailing

Mein Geburtstag kommt näher. Mein letzter! 30 Jahre und das war's. Neues CT, das Ödem ist kleiner geworden, der Kopfschmerz erträglicher. Die Übelkeit bleibt. Ich übergebe mich immer öfter. Wäre es doch nur Schwangerschaftserbrechen, aber nein, es ist Übelkeit, die aus dem Kopf kommt.

Mein Herz weint, weint um Maurice. Ich möchte so gerne bei ihm sein. Warum muss ich sterben? Ich wäre so gerne glücklich mit ihm.

Sonntagnachmittag holt mich das Klingeln des Telefons aus dem Schlaf. Meine Neurologin Dr. Monique Barles hat schlechte Neuigkeiten. Die Ergebnisse meiner letzten Blutuntersuchung sind da und ein Wert hat sich drastisch verschlechtert. Grrr! Dafür ruft sie mich sonntags an! Das hätte auch morgen noch Zeit gehabt. Sie ist überbesorgt und es wäre ihr lieb, wenn ich mich sofort in die Klink begebe.

Definitiv nein! Anscheinend bin ich ihr erstes Glioblastom und sie ist übervorsichtig. Ich werde nicht gleich tot umfallen, wenn ich den Besuch in der Klinik auf morgen verschiebe. Nachdem ich versprochen habe, sie morgen früh in der Praxis zu konsultieren, beendet sie das Gespräch. Meine Laune sinkt. Werden sie mich jetzt auf Schritt und Tritt verfolgen? Bei jeder Kleinigkeit Alarm schlagen? So habe ich mir das nicht vorgestellt. Es reicht, wenn sie für mich da sind, wenn ich sie brauche.

Am nächsten Morgen suche ich sie in ihrer Praxis auf. Sie umgibt sich mit antiken Möbeln und alten Meistern. Nur das Untersuchungszimmer ist mit den modernsten Geräten ausgestattet. Ich lasse ein EEG über mich ergehen und mache den paba-Test, um meine Konzentration zu testen. Nach 1:53 Minuten habe ich alle 70 paba's gefunden. Dr. Barles ist entzückt. Das hatte sie in ihrer Zeit als Neurologin noch nie. Versuchen wir's in ein paar Wochen noch einmal ...

In einem langen Gespräch erzähle ich ihr von Maurice, bitte sie, mich an ihn zu erinnern, wenn ich ihn vergessen habe. Sie versucht mich davon zu überzeugen, dass ich mit seiner Unterstützung meine letzten Tage besser durchstehen würde. Ich weiß selbst, dass mir alles leichter wäre, mit ihm an meiner Seite. Aber was wird aus ihm, wenn ich nicht mehr bin?

Meine Jungs genießen die Zeit mir ihrer Mama. Wir nutzen jede Minute um zusammen zu sein. Manchmal denke ich, sie ahnen etwas. Spüren die Urangst des Verlustes. Ich mache mir mehr Sorgen um meine Kinder als um mich. Wenn ich die Augen für immer schließe, ist mein Schmerz vorbei, doch ihrer beginnt. Wie gerne würde ich ihnen diesen Schmerz ersparen.

Zélies Mutter starb, als sie fünf war. Es hat lange gedauert, bis sie diesen Verlust überwunden hatte. Überwunden ist vielleicht das falsche Wort, solch einen Verlust überwindet man nie. Sie trauert noch heute um sie. Wenn sie von ihr spricht, werden ihre Augen feucht und ihre Stimme vibriert.

Ich würde nie um meine Mutter weinen. Warum auch? In meinem Herz sitzt ein Eiskristall an der Stelle, die für die Liebe zur Mutter reserviert ist. Hineingerammt von einer Mutter, deren Herz aus Eis besteht.

20. Oktober - Meine Party! Ich sehe die mitleidigen Blicke. Tolle Inszenierung! Die Rolle meines Lebens. Ich sehne mich nach Maurice. Mutter hat ihre Freunde eingeladen. Ihre Freunde, zu meiner Geburtstagsparty. Typisch! 250 Menschen, von denen ich die meisten nicht mal kenne. Aber Mutter liebt es, sich in Szene zu setzen. Ich bleibe dabei auf der Strecke. Aber das interessiert sie nicht. Warum auch? Sie hat sich nie für mich interessiert.

Ich flüchte nach einer Stunde, habe keine Kraft mehr. Mir geht es immer schlechter. Ich baue jeden Tag mehr ab. Zélie bringt mich zu Bett und ich höre, wie sie sich mit Joyce unterhält. Sie fragen sich, ob da nicht noch etwas anderes ist, etwas, das nichts mit meinem Tumor zu tun hat. Wenn sie wüssten, wie nahe sie der Wahrheit kamen.

Am nächsten Tag findet mich Joyce bewusstlos im Badezimmer. Wieder kommt der Notarzt, wieder dieselbe Besatzung. Dr. Gael Coulange, der Rettungsassistent Albert Dumas und der Medizinstudent Roland Pontagnac.

Dr. Coulange hat einen Ruf wie Donnerhall. Er ist sehr beliebt bei den Schwestern und seinen Studentinnen. Seine Nächte verbringt er nie allein. Sein Bett wird niemals kalt. Roland steht ihm in nichts nach. Er steht allerdings mehr auf Ärztinnen, wobei er jene bevorzugt, die ihm von Nutzen sein können.

Albert ist ein lustiger Kerl. Trotz allem, was er täglich sieht, hat er sich seinen Humor bewahrt. Ich glaube, dass muss man in diesem harten Beruf auch, sonst geht man unter. Auch an diesem Tag ist er guter Dinge. Er meint, es wäre jetzt an der Zeit, mit dem ewigen Umfallen aufzuhören. Sie hätten auch noch andere Patienten, und der Gast, der sich in meinem Kopf eingenistet hat, müsse sich jetzt endlich verabschieden.

Das wünsche ich mir auch. Aber ich glaube nicht mehr, dass mir dieser Wunsch erfüllt wird. Vielleicht hat mir der Himmel Maurice geschickt, damit ich einmal in meinem Leben glücklich sein konnte. Das wollte ich doch immer – auch einmal glücklich sein.

Tränen laufen über mein Gesicht. Joyce hält meine Hand, sieht den Arzt an und ich kann ihre Tränen sehen, die sie immer so tapfer vor mir versteckt. Joyce, diese gute Seele, die vor ein paar

Wochen ungefragt bei mir einzog. Warum kann ich ihr nicht von Maurice erzählen?

Sie trifft sich immer noch mit Armand, heimlich, in einem kleinen Hotel, damit es Zélie nicht mitkriegt. Es ist keine Liebe, aber sie können nicht voneinander lassen, sagt sie. Ich kann es verstehen, aber nicht gut heißen. Sie hintergeht Zélie und das ist mir zuwider.

Ich mag es auch nicht, dass sie mich zu ihrer Komplizin macht. Sie weiß, dass ich sie nicht verraten werde, das ginge gegen meine Prinzipien. Ich hoffe, das Armand den Weg geht, den schon viele seiner Vorgänger gegangen sind … raus aus Joyces Leben.

24. Oktober - In der Nacht erwache ich mit Bauchschmerzen. Starke Übelkeit! Joyce fährt mich in die Klinik, doch dort kann man mit meinen Schmerzen nichts anfangen. Sie rufen einen Internisten zu Rate, weil sie denken, es wären Nebenwirkungen der Medikamente! Welche Medikamente? Ich nehme nur Vomex A und bekomme Prednisolon.

Sollte das Prednisolon diese Schmerzen verursachen? Ich sehe in die ahnungslosen Gesichter der Ärzte. Prof. Jablonski kommt. Er sieht mich so seltsam an.

Mein Bauch ist steinhart. Jetzt kommen die Schmerzen in Wellen. Aus Schmerzen werden Krämpfe. Man verlegt mich in die Gynäkologie. Joyce schicken sie nach Hause. Sie macht sich große Sorgen, will nicht gehen und muss sich dennoch fügen.

Die Ärzte reden von Nebenwirkungen. Nebenwirkungen von was? Vomex A verursacht keine solchen Nebenwirkungen. Prednisolon hat angeblich keine.

Ich bin verzweifelt. Prof. Lamalle kommt, ordnet einen Ultraschall an. Jetzt! Nach Wochen des Bitten und Bettelns. Verdacht auf Gebärmutterentzündung. Haha! Sie fragen nach meiner letzten Periode und sind erstaunt über die Antwort. Sie reden von Anzeichen. Anzeichen? Anzeichen für was? Krebs? Hirntumore streuen nicht!

Der Ultraschall zeigt, was ich längst weiß. Ich bin schwanger. Circa 16. Woche. Es tut weh. So schrecklich weh. Maurice hatte Recht. Ich weiß nicht, ob er es geahnt oder nur gehofft hat. Verzweifelt gehofft! Ich hätte ihn so gerne an meiner Seite, doch zum Anrufen ist es zu spät.

Ich ahne, dass es Wehen sind, aber warum? Prof. Lamalle sagt, es ist zu spät. Ich hätte gleich eine Fehlgeburt. Ich würde am liebsten laut schreien. Die Wehen werden stärker. Mein ganzer Körper verkrampft sich.

Um 17:05 Uhr ist es soweit. Unser Baby wird geboren. 9,7 cm vom Scheitel bis zum Steiß. 83 Gramm leicht. Ein BDP von 29 mm.

Ein winziger Mensch mit Finger- und Zehennägeln. Fast durchsichtig. Ein winziges Gesicht, das erst noch ein richtiges Gesicht werden sollte. Kleine Finger, kleine Zehen. Alles so winzig. Aber ein Mensch, ein kleiner Mensch. Ein toter Mensch. Mein Baby, Maurices Baby.

Ich schreie, schreie so laut, dass Prof. Lamalle mir eine Beruhigungsspritze gibt. Sie wollen mein Baby in den Abfalleimer werfen. Ich verpasse der Schwester einen Tritt. Nehme ihr mein Baby ab. Ich bin wie von Sinnen. Ein Teil von mir. Ein Teil von Maurice und sie wollte es in den Abfall werfen.

Prof. Lamalle winkt ab. Wenn mir einer zu nahe gekommen wäre … ich wäre ausgerastet. Er sagt, man müsse den Fötus entsorgen, so wäre es geregelt. Stünde so im Gesetz.

ENTSORGEN! Mein Baby! Maurices Baby! Niemals! Ich bin verzweifelt. Warum musste es sterben? Warum hat mir niemand geglaubt. Alle dachten, ich hätte eine Psychose.

Prof. Lamalle schickt alle aus dem Kreissaal. Er sagt, er würde sich gerne das Baby mit mir ansehen. Er wickelt es aus dem Tuch. Es ist so winzig. Er erklärt mir alles. Alles läuft an mir vorbei. Mein Herz schreit vor Schmerz.

Mein Baby ist tot. Ich habe verloren, von dem alle sagten, ich hätte es nie besessen. Es wäre nur ein Produkt meiner Fantasie. Prof. Lamalle legt sie auf meine Hand. Sie ist noch warm. Hat noch die Nabelschnur. Eine winzige Nabelschnur. Es ist ein Mädchen. Ein winziges Mädchen.

Ich denke an die Nacht, als Maurice und ich über unsere Zukunft sprachen, eine Zukunft, wie wir sie uns wünschten. Eine Zukunft, die es nie geben würde. Er sagte, dass wir einmal eine kleine Tochter haben würden. Sie wäre wunderschön und hätte Augen wie ihre Mama. Sie sollte Claire heißen oder Sophie. Ich kann nicht sehen, welche Farbe ihre Augen haben. Aber ich denke, sie hat die Augen eines Engels.

Ich verhandele mit dem Professor. Er sagt, er wird mir etwas Zeit geben, um mich von meinem Baby zu verabschieden. Ich rufe grand-mère an. Sie besucht in Saint-Léonard eine Freundin. Eine halbe Stunde später ist sie da. Als sie sieht, was auf meiner Brust liegt, laufen ihr die Tränen übers Gesicht. Sie fragt von wem, hört mir zu, sagt, sie hätte so etwas schon geahnt. Sie ruft meinen Vater an, sagt, er solle sofort kommen, sie dulde keinen Aufschub.

Er steigt ins nächste Flugzeug. Zwei Stunden später ist er da. Er verliert für den Bruchteil einer Sekunde die Contenance. Er will alles wissen. Ich erzähle alles. Okay, nicht jedes Detail. Grand-mère sagt, dass ich das Baby beerdigen will, aber Vater besteht darauf, dass sie zu seinem Vater in die Gruft kommt. Dort wäre sie gut aufgehoben, bis ich auch dort liege. In der Kammer daneben.

Ich will eingeäschert werden und im Friedwald enden, niemals in die Gruft. Vater besteht vehement darauf. Schweren Herzens willige ich ein. Ich will bei meinem Baby sein, bei Maurices Baby. Er geht aus dem Raum.

Grand-mère nimmt ein Spitzentaschentuch aus ihrer Handtasche und wickelt das Baby darin ein. Sie sieht aus wie ein kleines Geschenk. Maurices Geschenk für mich. Kurze Zeit später holen sie das Baby. Vater sagt, sie kommt in den Kühlraum. Ich müsse etwas schlafen. Sie bringen mich auf ein Zimmer, geben mir eine Spritze. Es dauert lange, bis ich einschlafe. Ich habe mein Baby verloren, da schläft man nicht sorglos ein.

Nach einer Nacht mit wenig Schlaf und vielen Alpträumen, wecken sie mich um fünf Uhr. Mit einer Kühltasche im Kofferraum fahren Vater und ich nach Paris zum Père Lachaise.

Wir gehen zum Mausoleum unserer Familie. In der Aussegnungshalle wartet ein Bestatter. Er hat einen winzigen Sarg dabei. Weißes Holz, ausgelegt mit rosafarbener Seide.

Pastor Pithou kommt. Er segnet das Baby. Ich sage, er soll sie taufen. Sie soll einen Namen haben, Claire-Sophie. Wie ihr Papa es wollte. Er tut es. Ich bin kein gläubiger Mensch. Aber es soll alles seine Ordnung haben. Er fragt nach dem Nachnamen. Der Ordnung halber. Sie soll ins Taufbuch eingetragen werden.

„De Bailliencourt – Ledoux", sagte ich und er nickt. Ich kann mich kaum auf den Beinen halten. Papa stützt mich. Er zeigt etwas sehr seltenes: Gefühl! Er beerdigt seine Enkelin. Das Kind seiner Tochter.

Der Bestatter legt Claire-Sophie in den Sarg. Ich krümme mich vor Schmerz. Seelischem Schmerz. Mein Baby ist tot. Ich will sterben.

Der Pastor füllt eine Totenkarte aus. Claire-Sophie de Bailliencourt – Ledoux. Tochter von Charlene de Bailliencourt und Maurice Ledoux. Geboren 24. August 1989 gestorben 24. August 1989. Sie wäre ein glückliches Kind gewesen.

Papa sieht mich an und lächelt. Er lächelt! Er hat doch ein Herz!

Der Bestatter stellt den kleinen Sarg in grand-pères Gruft und verschließt sie wieder. Ich bin so unglücklich. Jetzt habe ich beide verloren.

Wir fahren los. Vater sagt, dass niemals jemand davon erfahren darf. Ich kann mir denken, dass es ihn sehr viel Geld gekostet hatte. Ein Geheimnis! Für immer!

In ein paar Wochen würden sie mich in die Gruft legen und Claire-Sophie käme zu mir. Sie wäre bei ihrer Mama und nie mehr allein.

Vater sagt noch einmal, ich darf mit niemand darüber reden. Auch mit Maurice nicht. Ich muss auch an seine Gefühle denken. Er wusste, dass er die Frau verliert, die er liebt. Jetzt würde er erfahren, dass er auch seine Tochter verloren hat. Es wäre schrecklich für ihn. Wenn ich ihn so sehr lieben würde, wie ich sage, muss ich es verstehen und schweigen.

Warum muss meine Liebe immer als Rechtfertigung dienen? Ich habe es ihm versprochen. Ich widerspreche Vater, doch er meint, ich hätte versprochen anzurufen, wenn ich schwanger wäre. Aber ich bin nicht schwanger! Nicht mehr! Ich muss endlich einsehen, dass auch Maurice nichts daran ändern kann. Das Baby ist tot. In diesem Moment starb etwas in mir.

Wir schlafen in einem kleinen Hotel, in der Nähe des Friedhofs. Vater will nicht, dass Mutter davon erfährt. Dass sie sich aufregen würde, ist ihm egal. Er will nicht, dass sie es in die Welt hinausposaunt. Er verspricht mir, dass wir morgen früh noch einmal zum Père Lachaise fahren.

Die Nacht will kein Ende nehmen. Mein Herz weint um mein Baby, weint um Maurice. Er wird nie erfahren, dass er Vater geworden wäre, dass er eine Tochter gehabt hätte. Vater hat recht, es würde ihm wehtun. Aber ich frage mich, ob es recht ist, ihm die Wahrheit vorzuenthalten. Das Schicksal ist grausam.

Ich habe eine weiße Rose gekauft. Für meinen kleinen Engel, den ich bald wiedersehe. Eine weiße Rose, als Erinnerung an den Mann, den ich über alles liebe. Und wenn es diesen Himmel gibt, werde ich beide wiedersehen. Claire-Sophie schon bald. Maurice erst in ein paar Jahren. Gut, dass er mir fünfzehn Jahre voraus hatte. Er fehlt mir so sehr.

Auch wenn ich vor Trauer fast vergehe, so freue ich mich dennoch über das Geschenk, das er mir gemacht hatte. Das Geschenk, das ich nicht behalten durfte.

Mir fällt ein Spruch ein, den ich mal irgendwo gelesen hatte.

Wenn aus Liebe Leben wird, hat das Glück einen Namen. Mein Glück hieß Claire-Sophie.

Wie soll ich über diesen Verlust hinwegkommen? Ich weiß, sie wird immer in meinem Herz sein. In diesem Herz, das vor Sehnsucht nach ihrem Papa weint.

Was muss ich noch alles ertragen? Ist das Ding in meinem Kopf nicht genug? Warum ist das Schicksal so grausam?

In meinen Träumen sind sie bei mir. Claire-Sophie und Maurice. Dann laufen wir über einen weißen Sandstrand und die Wellen umspielen unsere Füße. Wir haben unsere eigene Schokomaus, so hell, wie weiße Schokolade.

Wenn ich aufwache, bin ich traurig und mein Herz weint. Weint um die Liebe meines Lebens und das Kind, das ich verloren habe.

Kapitel 13

Die Studie

Ich ertrug das Leben in Limoges nicht mehr. Ich konnte und wollte die Klinik nicht mehr sehen. Die Klinik mit den Ärzten, die mir mein Baby gestohlen hatten. Ich wollte dahin, wo ich ihr nah sein konnte, wenigstens ihr Grab besuchen konnte. Auch wenn es mir jedes Mal aufs Neue das Herz brechen würde.

Mitte November zog ich wieder nach Paris. Der Abschied von Limoges fiel mir nicht schwer. Die Freunde zu verlassen schon mehr. Mathieu würde in der Villa wohnen bleiben. Meine Eltern hatten nichts dagegen.

Ich hatte Mathieu erzählt, dass ich mich verliebt hatte. Näheres wollte ich ihm nicht erzählen. Er hat nicht nachgefragt. Er nahm die Trennung leichter, als ich erwartet hatte. Für mich war es nur eine lose Beziehung, die mehr auf gemeinsamen Unternehmungen ausgerichtet war, als auf Liebe oder etwas, das Liebe nahe kam. Für ihn war es mehr.

Prof. Jablonski bedauerte meine Entscheidung, aber er wusste, dass ich ihm und Prof. Lamalle nie verzeihen würde. Er erzählte mir von einer Studie, die man in Paris durchführen wollte. Einer Studie, an der nur Patienten mit inoperablen Glioblastomen teilnehmen würden. Er hatte bereits meine Unterlagen nach Paris geschickt und mit dem leitenden Professor telefoniert. Zögernd gab er zu, dass der Professor nur wiederstrebend zugesagt hätte, mich zu empfangen.

Selbstverständlich hatte er auch mit ihm meine Beharrlichkeit, meine Schwangerschaft betreffend, erörtert. Stirnrunzelnd gab er zu, dass ich es allein dieser Beharrlichkeit zu verdanken hatte, dass ich einen Termin bei Prof. Carraud bekam. Nun ja! Auch wenn er meine Schwangerschaft als Psychose abgetan hatte, so hatte er sich doch immer um mein Wohlergehen bemüht und sein Bestes gegeben.

Ende November wurde ich in der CHU vorstellig. Prof. Carraud hatte sich meine Befunde angesehen, mich untersucht, ins CT und auf eine Rundreise durch die einzelnen Abteilungen und Labore geschickt.

Zwei Tage später bedauerte er, aber man könne mich nicht in die Studie aufnehmen, da meine Werte zu schlecht wären und das Wachstum meines Tumors bereits zu fortgeschritten sei. Zudem seien die Plätze bereits vergeben und er habe sich nur aus Hochachtung vor Prof. Jablonski auf eine Vorstellung meinerseits eingelassen. Dieser arrogante Fatzke. Vertane Zeit. Am liebsten hätte ich ihn verprügelt.

Zélie tut ihr bestes, mich auf andere Gedanken zu bringen. Es gelingt ihr nicht. Immer wieder denke ich an Maurice. Wie sehr er mir fehlt, wie sehr ich ihn liebe, wie gerne ich ihn wieder in meine Arme nehmen würde. Ich will ihn wieder! Dafür muss ich leben. Wenn mich diese personifizierte Arroganz nicht will, muss ich mir eine andere Möglichkeit suchen. Vielleicht gibt es noch andere Studien für Totgeweihte.

In meinem Kopf dröhnen die Kopfschmerzen und mein Herz schreit vor Sehnsucht. An gebrochenem Herzen ist noch niemand gestorben, an einem Glioblastom unzählige Menschen. Will ich den Schmerz aus meinem Herz vertreiben, muss der Tumor in meinem Kopf verschwinden, aber wie stelle ich es an? Die Worte meiner Ärzte schwirren mir durch den Kopf. Unheilbar! Inoperabel! Sie werden sterben! Ich will nicht sterben! Wollte ich nie, jetzt erst recht nicht. Was kann ich tun? Auf Margaux's Wunder hoffen? Auf ein Wunder, das es nie geben wird?

Joyce ist am Verzweifeln. Alles, was sie und Zélie unternehmen, um mich von meinem Schmerz abzulenken, trifft auf taube Ohren. Ich würde ihnen so gerne sagen, dass ich mich vor Sehnsucht verzehre, aber dann müsste ich ihnen alles erzählen. Auch wenn sie es zuerst nicht verstehen würden, verstehen wollten, so würden sie nichts unversucht lassen, Maurice zu finden. Wieder beißt sich der Hund in den eigenen Schwanz. Das kann nicht sein, darf nicht sein. Also schweige ich und leide heimlich weiter.

Zélie findet, dass es an der Zeit ist, endlich wieder aus dem Haus zu gehen und wenigstens ein bisschen Abstand zu gewinnen. Auf andere Gedanken zu kommen. Sie hat gut reden. Trug ich früher Charlie in meinem Kopf spazieren, so begleitet mich jetzt auch Maurice auf Schritt und Tritt. Charlie war manchmal unerträglich und ich habe ihn zum Teufel gewünscht, doch jetzt wünsche ich mir manchmal, er würde endlich Schluss machen und wir würden gehen.

Nach langem Hin und Her gebe ich auf und beuge mich der Übermacht. Joyce hat vor ein paar Wochen ein neues Restaurant entdeckt. Noch ist es ein Geheimtipp, aber wenn es so weitergeht, wird es ein Renner. Dorthin schleppt sie Zélie und mich. Jimmys Steakhouse! Hm, was soll ich hier? Ich, der überzeugte Vegetarier, der seit 27 Jahren keine Tiere verspeist. Der Innenraum wirkt, als habe man ihn aus Texas her gebeamt. Fehlen nur noch die ausgestopften Tiere an den Wänden und die Hörner über dem Grill.

Am liebsten würde ich sofort wieder gehen, aber ich will den beiden nicht den Spaß verderben. Die Kellnerin, ein Abklatsch eines Cowboys, bringt die Karte und weist uns auf die neueste Kreation hin. Ich traue meinen Augen nicht! Gegrillter Schafskäse mit Knoblauch und Kräutern. Zwar wird er als Vorspeise angeboten, was mich aber nicht davon abhalten kann, ihn als Hauptgericht zu bestellen. Selbst wenn es nur ein Häppchen sein sollte, bei meinem Appetit wäre es ausreichend. Joyce und Zélie bestellen Steaks und diverse Beilagen.

Als die Kellnerin mit dem Schafskäse kommt, bin ich sprachlos. Wenn das eine Vorspeise ist, wie sieht dann das Hauptgericht aus? Zwei Minuten später weiß ich Bescheid. Stammen die Steaks von einem T-Rex? Sie sind riesig und passen fast nicht auf die extragroßen Teller. Zélies kleiner Salat ist größer als alle Salatteller, die ich bis heute gesehen habe. Von den backed potatoes könnte sich eine vierköpfige Familie ernähren und die Sauciere würde als Suppenterrine durchgehen.

Ich probiere meinen Schafskäse und meine Geschmacksknospen feiern Weihnachten. Ein Feuerwerk verschiedener Aromen. Noch nie zuvor habe ich so einen leckeren Käse gegessen. Fest und doch cremig auf der Zunge. Einfach nur lecker! Hier können wir öfter essen, nun ja, solange ich es noch kann.

30. November - Ein Anruf der CHU. Der Herr Professor lässt ausrichten, ich möchte ihn noch an selbigem Tag aufsuchen. Es sei lebenswichtig.

Tzzzz! Arroganter Fatzke! Ich mag diesen eingebildeten Mann nicht. Trotzdem treibt mich etwas in die Klinik.

Prof. Carraud kommt mir schon an der Tür entgegen und führt mich zu einem Sessel. Mit steinerner Miene nimmt er mir gegenüber Platz und verkündet, sehr sachlich, dass man sich entschlossen habe, mich doch in die Studie aufzunehmen. Ich kann ihm diesen Sinneswandel nicht abnehmen. Was ist vorgefallen?

„Was hat Sie dazu bewogen, mich doch noch aufzunehmen? Wie viele Ihrer potentiellen Probanden sind Ihnen abhandengekommen?"

Grinsend sagt er: „Einer! Der junge Mann hat sich entschlossen, einer anderen Studie den Vorzug zu geben."

Ich bin überrascht und kann mir meinen Kommentar nicht verkneifen.

„Anscheinend gibt es Patienten, für die es Studien vom Himmel regnet. Ich habe gesucht und nur eine einzige kam für mich in Frage. Diese Studie!"

Prof. Carraud lacht: „Madame, Sie sind nicht auf den Mund gefallen. Es gibt eine lange Warteliste, auf der Patienten stehen, die für die Studie weitaus besser geeignet sind als Sie. Aber mein Bauch sagt mir, ich soll Sie aufnehmen, muss Sie aufnehmen. Sie würden es schaffen, obwohl mein Kopf sich diesem Gefühl nicht anschließen kann. Jetzt zeigen Sie mir, dass mein Bauch sich nicht geirrt hat." Mit diesen Worten überlässt er mich einer Schwester, die die Formalitäten erledigt.

Morgen ziehe ich auf der NC 10 ein.

Die Frau, mit der ich das Zimmer teile, ist nett. Ihr Tumor ist kleiner als meiner, sitzt im Corpus callosum. Sie gibt sich stark, aber ihre Augen sagen etwas anderes.

Die Station füllt sich. Dreißig Personen werden an dieser Studie teilnehmen. Es herrscht eine eigenartige Stimmung. Spannung, Aufregung, Angst, Hoffnung! Ich ertrage das nicht. Ich muss hier raus. Ich habe gelesen, dass die Klinik einen großen Park hat. Ich werde mir dort ein lauschiges Plätzchen suchen und die ganze Welt kann mich mal.

Am Nachmittag ist ein erstes Treffen angesagt. Ein Ärzteteam und Vertreter des Pharmakonzerns werden die Studie erläutern und Fragen beantworten. Mich interessiert nur eine Frage: „Werde ich überleben?"

Meine Leidensgefährtin heißt Claudine. Sie ist 49 Jahre alt und Architektin. Vor fünf Wochen hatte sie auf einer Baustelle einen Blackout und ist die Treppe hinuntergestürzt. In der Klinik wurde ein CT gemacht und dabei hat man ihren Tumor gefunden. Er ist 2 mm klein, aber groß genug Claudine dem Tode zu weihen. Ihr Mann und ihre Töchter haben den Schock noch immer nicht verkraftet. Meine Söhne wissen nicht Bescheid. Sie sind zu klein, um die Wahrheit zu verstehen. Meine Familie ist mit sich selbst beschäftigt. Da bleibt kein Platz für Totgeweihte.

Der Raum, in dem die Veranstaltung stattfindet, ist der Gemeinschaftsraum der Probanden. Für die Studie hat man eine komplette Station geräumt. Hier gibt es nur uns und das Personal. Abgeschottet von der Welt. Fast wie Knast. Aber nur fast. Wir dürfen uns auf dem Gelände der Klinik bewegen. Es gibt einen schönen Park … aber Paris ist groß … die nächste Métro nicht weit …

Wir werden von Prof. Dr. Dr. Erich Hubacher, dem wissenschaftlichen Leiter der Studie und Prof. Carraud, dem Leiter der klinischen Studie, begrüßt. Dann folgt eine lange Reihe von Chemikern, Medizinern, wissenschaftlichem Personal, Schwestern und Pflegern, die von Prof. Hubacher vorgestellt werden. Viel Blabla! Wen interessiert es, wer das Gift gemischt hat, dass sie uns verabreichen werden? Hier zählt nur der Erfolg.

Zuerst müssen wir uns einer Chemotherapie unterziehen und der Körper wird mit allerhand Tabletten und Kapseln auf das eigentliche Medikament eingestellt. Der Wirkstoff ist in der Lage, die Blut-Hirn-Schranke zu durchbrechen. Er soll an den Zellen des Tumors andocken, um ihn zu verkapseln. Quasi in einen Kokon stecken, der ihn am weiteren Wachstum hindern soll. Die Wirksamkeit wurde im Labor getestet und man habe bei den laboratory animals deutliche Erfolge erzielt.

Nun werde der neue Wirkstoff in einer Therapiestudie der Phase I an Patienten getestet. Man könne nicht vorhersagen, ob die Behandlung auch beim Menschen die gewünschte Wirkung haben wird.

Man werde herausfinden, unter welchen Voraussetzungen die Behandlung am besten wirkt. Auftretende Nebenwirkungen werden beobachtet und wenn möglich therapiert.

Die Teilnahme an Phase I ist allerdings auch mit hohen Risiken verbunden, die sogar zum vorzeitigen Tod führen können. Es werden daher nur Patienten teilnehmen, für die es heute keine andere Therapie gibt. Man hoffe sehr, dass man das Leiden lindern, das Tumorwachstum verhindern und die Lebenserwartung verlängern könne. Eine Heilung sei jedoch, zum jetzigen Zeitpunkt ausgeschlossen.

Als Prof. Hubacher seine Rede beendet, ist es totenstill im Raum. Man kann die Gedanken fliegen sehen. Sie erheben sich, schweben unter die Decke, finden sich in einem Chor und summen unaufhörlich: Keine Heilung! Tumorwachstum verhindern! Lebenserwartung verlängern! Keine Heilung! Keine Heilung!

Mein Kopf dröhnt. Ich habe es ihm versprochen! Keine Heilung! Lebenserwartung verlängern!

Irgendwo schwirrt ein tiefer Seufzer durch den Saal. Leises Weinen, lautes Schluchzen. So hatten wir uns das nicht vorgestellt. Keine Heilung!

Ein großer, schlanker Mann mit blonden Haaren erhebt sich. Alle Augen richten sich auf ihn. Es ist, als hätten wir ihn, ohne Worte, doch einstimmig, zu unserem Sprecher erwählt. Er räuspert sich mehrmals, muss sich seinen Schock von den Stimmbändern husten.

„Erklären Sie uns doch bitte, was wir uns unter verlängerter Lebenserwartung vorstellen können, vorstellen müssen. Wie lange verlängern? Unter welchen Bedingungen? Was sagen Ihre Labormäuse dazu?"

Prof. Hubacher blickt ernst durch den Saal, während seine Augenbrauen nach oben wandern, seine Stirn sich in Falten legt und die Brille ihm auf die Nase rutscht. Ich kenne diesen Blick. Ich sehe grand-mère Martha-Louise vor mir, wenn sie die Augenbrauen hob, die Stirn runzelte während die Brille sich ihrer Nasenspitze näherte, um dann mit einem Blick, der einem das Blut gefrieren ließ, zu sagen: „Charlene, wir tun so etwas nicht."

Der Professor sieht diese Veranstaltung anscheinend nur als Pflicht. Die Fragen sind ihm lästig. Er schiebt einen seiner Mitarbeiter ans Rednerpult.

„Dr. Urs Orreli", stellt er sich vor. Anscheinend ist es nicht das erste Mal, dass er für den Professor in die Bresche springen muss.

Er ist einer der führenden Köpfe des Teams, das den neuen Wirkstoff entwickelt hat. Er wird uns in Zukunft als Ansprechpartner zur Verfügung stehen. Es ist nicht die erste Studie, die er begleitet.

„Gegenstand der Studie ist es, einen neuen Wirkstoff zu testen, der uns im Augenblick als Pulver, das sie in Kapselform einnehmen werden und als kristalline Suspension, die man ihnen in verschiedenen Infusionslösungen infundieren wird, zur Verfügung steht.

Wir werden sie in drei Gruppen aufteilen. Gruppe eins erhält den Wirkstoff in Kapselform. Gruppe zwei wird der Wirkstoff infundiert. Gruppe drei wird den Wirkstoff sowohl oral, als auch parenteral aufnehmen. Jeder von ihnen wird Kapseln einnehmen und Infusionen erhalten. Niemand wird wissen, zu welcher Gruppe er gehört.

Ab sofort werden sie strengste Diät halten. Wir werden in den kommenden Tagen und Wochen verschiedene Untersuchungen vornehmen und so viele Daten wie möglich sammeln.

Zuerst werden sie sich einer Chemotherapie unterziehen. Danach werden weitere Untersuchungen durchgeführt. Im Anschluss an diese Untersuchungen, werden sie in die entsprechenden Gruppen eingeteilt.

Im Augenblick steht uns leider nur ein Wirkstoff zur Verfügung, der im Laborversuch das Tumorwachstum verringert bzw. ganz oder teilweise unterbunden hat. Bei vierzig Prozent der Probanden wurde auch der Rückgang des Tumors beobachtet. Allerdings ändert sich an der Raumforderung nur noch wenig, sobald der Wirkstoff an den äußeren Tumorzellen angedockt hat und diese absterben. Sie den Tumor quasi in einen Kokon hüllen. Zu einer vollständigen Zerstörung kam es in keinem der Fälle.

Im Tierversuch kam es zu einer mittleren Überlebensrate von 17,5 Monaten. Die Einjahresüberlebensrate lag bei 47%. Die Zweijahresüberlebensrate bei 19%. Nach drei Jahren liegt sie bei 2%. Zu Rezidiven kam es in keinem der Fälle. Die Patienten konnten, bei relativ guter Gesundheit, längere Zeit überleben. Zu einer Heilung kam es nicht."

Da war sie nun, die Wahrheit, die keiner von uns hören wollte. Es gab keine Heilung. Nur eine Lebensverlängerung, bei relativ guter Gesundheit. Die Patienten, dass ich nicht lache. Laboratory animals! Das ist ein schlechter Witz. Er nennt sie Patienten. Was sind wir? Riesige Labormäuse?

„Stellt sich nur die kleine, keineswegs unbedeutende Frage: Was verstehen sie unter relativ?", ertönt eine dunkle Stimme, die einem großen, stattlichen Mann gehört.

Dr. Orreli räuspert sich kurz. Anscheinend hatte er diese Frage erwartet.

„Man kann das Verhalten der Versuchstiere nicht 1:1 auf den Menschen übertragen. Wir führen diese Studie durch, um auch Kenntnisse über die Befindlichkeiten menschlicher Probanden zu erhalten."

Befindlichkeiten! Oh wie nett, dass er uns nicht mit seinen Labormäusen verglichen hat. Ich habe nicht die Absicht, in einem Laufrad um mein Leben zu rennen.

Nach einigen weiteren Fragen, die mich nicht sonderlich interessieren, wird die Veranstaltung beendet. Mein Kopf dröhnt und ich bin enttäuscht. Ich habe es versprochen, ich will mein Versprechen halten, aber so?

Lebensverlängerung? Wie lange? Relativ gute Gesundheit? Aber auf welche Art? Sie war wie russisches Roulette, die Studie, auf die ich mich einlassen wollte. Aber wollte ich es wirklich? Es gab zu viele ungeklärte Fragen.

Sollte ich mich quälen, nur um ein paar Tage mehr zu haben? Wie würden diese Tage aussehen? Relativ? Alles vage, vieles unklar, wenig Hoffnung. Ja, das war das einzige, das ich aus dieser Veranstaltung mitnahm. Wenig Hoffnung!

Überlebensrate! Das heißt, nach einem Jahr leben noch 14 von uns. Nach zwei Jahren sind es noch 5,7 Patienten. Was ist mit dem 0,7 Patient? Geht es dem beschissen? Mussten sie ihm einige Teile entfernen? Nach drei Jahren bleiben 0,6 eines Patienten übrig. 0,6 eines Menschen!

Mir graut davor, den Gedanken weiter zu denken. Ein 0,6 Mensch? Ich denke an die Patienten, die ich auf der Pflegestation der CHU Limoges sah. Patienten mit Hirntumoren. Operierte und Inoperable. Sabbernde Reste von etwas, das einmal ein Mensch war.

Sogar als ich im Bett liege, schwirren mir die Gedanken durch den Kopf. Wollen einfach nicht zur Ruhe kommen. Mein weinendes Herz ist keine Hilfe. Es erinnert mich nur immer und immer wieder an mein Versprechen. Alles tun, um zu leben, zu leben für ihn. Zu leben für meine Kinder …

Ich werde mein Versprechen nicht einhalten können. Keine Heilung! Die Worte haben sich in mein Hirn gebrannt. Lebensverlängerung! Für wie lange? Relativ gute Gesundheit! Auch ein sabbernder, vor sich hin siechender Mensch kann relativ gesund sein.

Statt eines Glioblastoma multiforme, habe ich dann einen Kokon, aus abgestorbenen Krebszellen, mit aktivem Kern, im Kopf. Was, wenn es eines Tages zur Kernschmelze kommt?

Russisches Roulette! Tod oder Leben? Leben oder Tod? Wie leben? Wie sterben? Leben für ihn, für meine Kinder. Aber welch ein Leben?

Ich bin völlig erschöpft. Ein Traum hüllt mich ein, schwebt mit mir davon, lässt mich am Playa Flamenco aufwachen und ich bin nicht mehr allein.

Wir sollen einen Probandenvertreter wählen. Die spinnen. Was ist, wenn er oder sie nicht durchhält? Wie oft sollen wir wählen? Wenn unser Vertreter den Löffel abgibt, heißt es dann: auf ein Neues?

Oh! Pardon! Ich vergaß … Lebensverlängerung! Fragt sich nur, wessen Leben, wie lange verlängert wird.

Ich protestiere, sage, dass ich mich an dieser Farce nicht beteiligen werde. Claudine nickt. Sie will auch nicht. Immer mehr wenden sich dagegen. Unser erster Aufstand! Das geht schon gut los!

Nachdem wir diesem Schwachsinn eine Absage erteilt haben, kümmern wir uns um etwas wirklich Wichtiges – uns. Wir sollen uns kennenlernen. Dagegen habe ich nichts.

Achtzehn Frauen und zwölf Männer sind angetreten, den Kampf ihres Lebens zu kämpfen. Den Kampf um ihr Leben. Menschen zwischen dreißig und siebzig. Kleine, große, dicke, dünne, Akademiker, Handwerker, Angestellte, Hausfrauen, Lehrer, Piloten, vereint im Kampf gegen den Krebs. Im Kampf gegen den Tod.

Menschen mit Familien, Menschen, die ein Leben hatten, aus dem sie durch den Krebs gerissen und in einen fremden Kosmos katapultiert wurden.

Nachdem ich mich vergeblich bemüht habe, mir Namen und vielleicht noch etwas mehr von meinen Mitpatienten zu merken, habe ich es aufgegeben. Im Augenblick interessiert es mich auch nicht. Ich weiß nur eins. Wir alle haben Glioblastome. Wir alle sind inoperabel. Wir alle sind dem Tode geweiht.

Als Prof. Carraud den Raum betritt, kann ich mich nicht mehr halten. Es bricht einfach so aus mir heraus. Ich stehe auf und sage laut und vernehmlich:

„Ave Carraud, morituri te salutant."

Carraud sieht mich kopfschüttelnd an. „Salvete!", sagt er grinsend.

Ich habe zum dritten Mal mein Geheimnis verraten. Ich hatte es nicht vor, aber es hat sich so ergeben. Wir morituri haben wieder mal lange Gespräche geführt. Jemand sagte, dass es doch traurig sei, dass mit einem Menschen auch all seine Wünsche, Träume, Gefühle und Erinnerungen sterben werden. Dass jeder Mensch doch ein Geheimnis hat, das er hütet wie einen Schatz. Es wäre doch schön, wenn man dieses Geheimnis jemanden anvertrauen könnte. Jemanden, der es weiterhütet, wenn man gehen muss. Einem morituri, der es dann für immer mit sich nimmt, wenn er gehen muss. Es würde für immer ein Geheimnis bleiben, aber man wäre von einer Last befreit.

Meine Mitpatienten waren begeistert. Briefpapier wurde geholt, Stifte gezückt und alle begannen eifrig zu schreiben. Auch ich schrieb. Ich habe nur von dieser einen Nacht am Strand erzählt. Von dem Mann, den ich über alles liebe und den ich nie wiedersehe.

Am Abend habe ich den Brief auf Claudines Kopfkissen gelegt. Sie wurde mir in der kurzen Zeit zu einer guten Freundin. Ihre Aussichten sind besser als meine. Ihr Tumor Miou ist kleiner als Charlie. Sie wird mein Geheimnis bewahren, so lange sie lebt. Und wenn ich gehen muss, wird sie anrufen und Maurice sagen, dass sein Engel seine Flügel hat.

Ich war nicht überrascht, als ich ihren Brief auf meinem Kopfkissen fand. Als ich jedoch einen ganzen Stapel Briefe in meinem Postfach fand, war ich es. Pablo sagte, man könne sehen, welch große Hoffnung die morituri in ihr Küken setzen.

Hoffnung! Das hörte sich gut an, erinnerte mich an Margaux's Worte. Man dürfe die Hoffnung nie aufgeben. Vielleicht geschieht irgendwann ein Wunder.

Der Schmerz schnürte mir die Kehle zu. Mein Herz schrie, Tränen rannen über mein Gesicht. Ich hatte unser kleines Wunder verloren. Ich fühlte mich so schuldig. So allein, so verloren. Ich will ihn wieder haben.

Die Untersuchungen nehmen kein Ende. Es gibt keine Körperöffnung, in die sie noch nicht geblickt haben. Wir wurden verkabelt, vermessen, gewogen, geröntgt, mussten ins CT und MRT. Man nahm uns gefühlte hundert Liter Blut ab und ließ uns in ungezählte Becher pinkeln. Wir machten Seh- und

Hörtests, mussten an stinkenden Sticks, mit den Aromen von irgendwas riechen und widerliche Säfte trinken. Wir standen Psychologen und Psychiatern Rede und Antwort, bauten Türmchen aus bunten Holzklötzchen und setzten Puzzles zusammen. Man pickte uns Elektroden in den Körper und filmte uns beim Schlafen. Jetzt warten wir auf die Ergebnisse und hoffen, dass wir noch als Menschen durchgehen.

Die Stimmung ist gedrückt. Wir haben den berühmten Lagerkoller und wollen nach Hause. Wenn man Wochenlang nichts anderes sieht, als Krankenhausflure, Untersuchungszimmer und übelgelauntes Personal, einem dazu Krankenhauskost vorgesetzt wird und man auf durchgelegenen Matratzen schlafen muss, ist es mehr als verständlich.

Meine Mitpatienten zeigen immer öfter ihr wahres Gesicht. Hier muss niemand mit einer Maske leben. Wir haben alle dasselbe Schicksal. Niemand wird bevorzugt. Unsere Tumore sind knallhart. Sie wollen uns aufs Schafott führen und mit uns unter gehen.

Mir wird alles zu viel. Mein Herz weint. Würde ich auf sein Flehen hören, ich würde anrufen. Aber ich habe meine Entscheidung getroffen und muss dazu stehen.

Der Tag der Wahrheit ist da. Die Ergebnisse liegen vor. Wieder gibt es eine Versammlung. Niemand weiß, nach welchen Kriterien sie uns aufteilen. Niemand weiß, ob er den Wirkstoff schluckt, ob er ihm infundiert wird oder ob man gar in der Gruppe ist, in der man beides bekommt.

Wir fragen uns, ob sich das Kämpfen überhaupt noch lohnt. Meine neun Monate sind um. Meine Defizite häufen sich. Den anderen geht es ebenso. Die Zeit läuft uns davon. Vier Wochen haben sie damit vergeudet, uns zu untersuchen. Spielt es eine Rolle, ob mein Blut rot, blau oder grün ist oder ich inzwischen Champagner pinkele? Sie sollen meinen Kopf behandeln. Meinen Tumor bekämpfen. Mein Leben retten. Pardon! Verlängern! Sie sollen endlich etwas tun!

Dr. Friedli hält wieder einen seiner langen Vorträge. Immer dieselbe Leier. Armand, der Choleriker, der laut Prof. Carraud ein begnadeter Arzt war, steht genervt auf und stellt die Frage, die uns alle beschäftigt.

„Sind die Untersuchungsergebnisse geheim oder werden wir auch erfahren, wie es um uns steht? Wir wollen nicht wissen, in welche Gruppe sie uns stecken, aber wir wollen wissen, ob es sich noch zu kämpfen lohnt."

Dr. Friedli räuspert sich und blickt hilfesuchend zu Carraud. Damit haben sie anscheinend nicht gerechnet. Wir sind totgeweiht, aber noch nicht tot. Carraud springt ihm hilfreich zur Seite.

„Wenn Sie es wünschen, werden wir jedem einzelnen seine Untersuchungsergebnisse, in einem vertraulichen Gespräch, mitteilen. Sie müssen verstehen, dass wir jetzt und hier nicht auf alle Einzelheiten eingehen können."

Jetzt steht Claudine kurz vor der Explosion. Ich lege beruhigend meine Hand auf ihren Arm. Sie sieht mich an und schüttelt fast unmerklich ihren Kopf. Sie will sich nicht beruhigen.

„Ich fühle mich verarscht! Was soll dieses Larifari? Haben Sie Angst, dass Ihnen am Ende Ihre Versuchskaninchen davonlaufen? Sagen Sie es frei heraus! Das Kämpfen lohnt sich für keinen mehr."

Plötzlich summt es wie in einem Bienenstock. Alle blicken erwartungsvoll zu Carraud. Der würde sich wohl am liebsten irgendwo verkriechen.

„Wir wollen hier niemanden verarschen. Es ist völlig egal, wie ihre Ergebnisse aussehen. Wir schenken ihnen Hoffnung! Ein Funke Hoffnung im Kampf gegen den Krebs."

Betretenes Schweigen! Hoffnung!

Weihnachten steht vor der Tür und wir dürfen über die Feiertage nach Hause. Keiner weiß, ob wir uns alle wiedersehen werden. Glioblastome sind schreckliche Menschenfresser. Es kann ganz schnell gehen. Manchmal hoffe ich, dass es schnell geht. Ich habe in Limoges schon einige Patienten sterben sehen. Das war grauenvoll. Solch ein Siechtum möchte ich nicht durchmachen. Ohne jedes bisschen Menschlichkeit, ohne Würde. Das war kein Sterben, das war Grausamkeit.

Zélie und Joyce holen mich von der Klinik ab. Wir werden Weihnachten zusammen mit meinen Kindern und Wayne, Joyce Sohn, verbringen. Meine Eltern feiern Weihnachten mit Freunden in St. Moritz. Gut so! Muss ich mich wenigstens an Weihnachten nicht über Mutter ärgern.

Joyce hat die Geschenke für Cédric und Nicolas besorgt. Das ist so lieb von ihr. Ich habe dazu keine Kraft. Die Klinik hat mir das letzte bisschen ausgesaugt.

Am zweiten Januar muss ich wieder einrücken. Für den dritten steht meine erste Chemo auf dem Plan. Bis dahin will ich nicht mehr an die Studie denken. Ich will die Zeit mit meinen Söhnen genießen. Mich nachts in den Schlaf weinen und hoffen, dass ich am Playa Flamenco aufwache, so wie jede Nacht. Dann gehört er wieder mir. Mir ganz allein. Aber wenn ich aufwache, bin ich allein.

Das Weihnachtsfest verläuft in allgemeiner Traurigkeit. Sogar meine Kinder spüren, dass etwas nicht stimmt. Sie sind sehr anhänglich und wir kuscheln viel. Normalerweise sind sie keine Kuschelfans, finden kuscheln sei was für Babys. Doch während meines Heimaturlaubs ist kuscheln ganz plötzlich auch was für große Kinder. Es ist schön und ich genieße jede Minute mit ihnen.

Immer wieder steigen mir Tränen in die Augen. Meine Schätze, mein ein und alles. Ich darf nicht daran denken, dass sie das nächste Weihnachtsfest ohne mich verbringen werden. Ich würde es gerne ändern, aber es liegt nicht in meiner Hand. Es macht mich traurig, dass ich sie der Fürsorge meiner Eltern überlassen muss. Was das heißt, habe ich selbst erlebt. Mutter sorgt für sich und sorgt sich um sich. Vater ist zu sehr mit seinen Geschäften beschäftigt, da bleibt keine Zeit für die Familie. Aber er hat mir versprochen, dass es ihnen gut gehen wird. In gewisser Weise wird es das auch …

Zélie und Joyce kommen nicht als Vormund in Betracht. Zélie ist zu sehr mit ihrer Arbeit beschäftigt und an ihrem beruflichen Aufstieg interessiert, da ist kein Platz für Kinder. Joyce hat zu viele wechselnde Partnerschaften. Es gibt keine Beständigkeit. Ihr Sohn lebt bei seinem Vater.

Meine Eltern. Nun ja! Meine Schätze werden den Weg gehen, den ich auch ging. Internat! Ich muss es akzeptieren. Ich kann sie nicht mitnehmen.

Ich genieße die Zeit mit meinen Kindern. Sauge jede Kleinigkeit in mir auf, mit der Hoffnung, sie nie zu vergessen. Wenn das so einfach wäre. Wenn ich einen Wunsch äußern dürfte, wovor mich diese Krankheit verschonen solle, dann würde ich mir wünschen, die Erinnerung an meine Kinder nie zu verlieren. Man wird ja so genügsam, im Angesicht des Todes. Beschränkt sich auf das wirklich wichtige im Leben und das sind meine Kinder. Auch wenn ich hoffe, die Erinnerung an Maurice aufrecht zu erhalten, so sind es meine Kinder, die für mich das Wichtigste auf der Welt sind …

Schweren Herzens packe ich ein paar Sachen zusammen und Joyce verstaut meine Tasche im Wagen. Der Abschied fällt uns allen schwer. Die nächsten sechs Wochen werden hart. Chemotherapie - da haben Kinder nichts zu suchen.

Kapitel 14

Der Kampf beginnt

1990

02. Januar - Gestern Abend hat Vater die Jungs abgeholt. Er war kurz angebunden, hat aber noch einmal seine Hilfe zugesagt. Auf das Thema Internat ließ er sich nicht ein, sagte, das sei Sache meiner Mutter und ich müsse ihre Entscheidungen akzeptieren, wenn ich möchte, dass meine Kinder bei ihnen leben. Seit der Entscheidung, die Erziehung der Jungs in die Hände meiner Eltern zu legen, umklammert eine Faust mein Herz und jemand rührt meinen Mageninhalt um.

Es kostete mich große Überwindung, mit Vater zu reden. Ich habe ihn in seinem Büro aufgesucht, ohne Voranmeldung. Madame Concourt bedauerte, er habe wichtige Termine, aber was ist wichtiger als meine Kinder? Ohne sie weiter zu beachten, stürmte ich ins Vaters Büro und erwischte ihn sozusagen zwischen Tür und Angel. Seit Claire-Sophies Beisetzung weiß ich, dass er ein Herz hat, wenn auch ein klitzekleines, das keine allzu großen Gefühle zulässt.

Er ahnte den Grund meines Besuches und sagte sofort, dass alles geregelt würde. Ich solle sagen wann und wo er die Kinder abholen soll und er käme. Vater, der Herr weniger Worte. Mutter erwähnte er mit keinem Wort.

Nachdem ich die Zukunft meiner Kinder gesichert hatte, zwischen Tür und Angel, im Stehen, kam ich mir wie der letzte Dreck vor. Mein Herz schrie, du hast sie verkauft. Verkauft für dein Seelenheil ...

Tränen schossen aus meinen Augen und das schlechte Gewissen schnürte mir die Kehle zu. Hätte ich sie aufs Schafott geführt, ich könnte mich nicht schlechter fühlen. Madame Concourt legte ihren Arm um mich und strich mir über die Haare. Zum Glück waren alle Angestellten bereits im Weihnachtsurlaub und mir wurden weitere Gaffer erspart.

Die Jungs waren nicht begeistert, als ich ihnen sagte, sie würden künftig bei ihren grands-parents wohnen. Nur das Versprechen, dass Joyce und Zélie sie jederzeit besuchen dürfen, ließ ihnen ihre Zukunft nicht gar so düster erscheinen. Vater hat es versprochen und er steht immer zu seinem Wort.

An das Drama, das sich gestern abspielte, als er kam um die Jungs abzuholen, will ich nicht mehr denken. Es liegt wie ein Felsbrocken auf meinem Herzen und macht mich unendlich traurig. Nur die Hoffnung auf ein Wunder hält mich noch aufrecht ...

Auf der Station hat sich einiges geändert. Chima Pharm ließ sich nicht lumpen und hat neue Betten und Matratzen geordert. Das neueste vom Neuen. Die Station wurde gestrichen und das Gemeinschaftszimmer neu möbliert. Toll! Jetzt sind wir Labormäuse im Nobelkäfig.

Christin, Léonie und Jean sind bereits seit ein paar Tagen wieder stationär. Christin hat epileptische Anfälle und muss medikamentös eingestellt werden. Ob sie an der Chemo teilnehmen kann, ist zurzeit offen.

Sie wird jetzt auf Tegretal eingestellt. Es erhöht die Krampfschwelle. Niemand weiß, wie sich das Medikament mit der Chemo verträgt. Aber ist das noch wichtig? Sie darf nur mit Helm herumlaufen. Die Gefahr, dass sie sich bei einem Sturz schwere Kopfverletzungen zuzieht, ist groß.

Léonie ist zuhause gestürzt und hat sich an der Hüfte verletzt. Sie sitzt im Rollstuhl und winkt uns huldvoll lächelnd zu, wenn man sie an uns vorüberfährt. Ben nennt sie liebevoll Queen.

Jean hat Bewegungseinschränkungen im linken Arm. Man hat ihn Heiligabend mit Verdacht auf Apoplex eingeliefert. Zum Glück war es nur sein Tumor, nicht noch mehr Leid.

Die drei haben in den letzten Tagen allerlei Pläne geschmiedet. Viele davon gelten für alle morituri. Einige davon finde ich wirklich gut, mit anderen kann ich leben, mit einigen nicht.

Jeder von uns soll eine Lebenskerze bekommen. Bei jedem Patiententreffen sollen die Kerzen brennen. Muss einer von uns gehen, leuchtet seine Kerze beim nächsten Treffen ein letztes Mal. Einer von uns wird sie für immer löschen.

Mir graut bei dem Gedanken, er macht mich traurig, wütend. Wir löschen Kerzen, der Krebs löscht Leben aus. Für immer!

Demnächst werden wir basteln. Drachen! Jeder seinen eigenen. Wenn uns ein moriturus für immer verlassen musste, lassen wir seinen Drachen in den Himmels steigen. In meinem Kopf steigt ein Bild hoch. Dreißig Drachen, die in den Himmel steigen, einer nach dem anderen.

Ich hoffe, dass ein starker Wind weht, wenn mein Drachen in den Himmel steigt. Er soll hoch in die Wolken steigen, bis er der Sonne zu nah kommt, sie ihn verbrennt und der Wind seine Asche davon weht. Ein schöner Gedanke.

Die erste Besprechung, im neuen Jahr, ist eine Einstimmung auf die Chemotherapie, die morgen beginnt. Begeistert ist niemand.

Christin, Federico und Brunhild haben bereits eine Chemotherapie hinter sich. Geholfen hat sie nicht. Niemand versteht, warum sie sich jetzt einer erneuerten Therapie unterziehen sollen.

Brunhild hat sich erfolglos einer Strahlentherapie unterzogen. Die kahlen Stellen an ihrem Kopf sind noch zu sehen. Die Verbrennungen auch. Die Schäden im Kopf sind unsichtbar. Aber sie machen sich bemerkbar. Sie redet langsam und wenn sie müde wird, dehnt sie die Wörter ins Unermessliche. Unterhaltungen mit ihr sind langwierig.

Sie sagt, dass es eine falsche Entscheidung war. Die Ärzte in Marseille hatten sie dazu gedrängt. Heute fragt sie sich, ob sie nicht nur als Versuchskaninchen diente.

Ich würde mir nie das Hirn bestrahlen lassen. Die Strahlen treffen nicht nur den Tumor. Sie fressen sich ihren Weg durch gesundes Gewebe, bis sie auf den Tumor treffen. Der liegt nun mal im Thalamus und der mitten im Hirn.

Brunhild ist Ärztin, sie müsste wissen, welche Folge eine Strahlentherapie hat. Aber was tut man nicht alles, um das bisschen Leben zu retten, das man besitzt. Sie wusste auch, dass sich in ihrem Kopf etwas befand, dass da nicht hingehörte. Sie erkannte die Symptome, schob es lange auf, sich in

Behandlung zu begeben. Hatte Angst vor der Wahrheit, die sie doch schon ahnte.

Sie freute sich auf den Ruhestand, hatte bereits ihre Unterlagen eingereicht. Ruhestand mit sechzig, kann sich nicht jeder leisten. Sie gönnte sich den Luxus. Wollte noch was vom Leben haben.

Pablo hat einen Vorschlag gemacht, den wir alle toll fanden. Prof. Carraud soll einen klitzekleinen Teil aus dem Buch der Erkenntnisse, wie Ben es nennt, preisgeben.

Das Buch der Erkenntnisse! Das geheime Buch, in dem alle Untersuchungsergebnisse aufgeführt sind, alle Prognosen, Einschätzungen und Wahrheiten stehen. Wer zu welcher Gruppe gehört, wer die größten Aussichten auf ein bisschen Weiterleben hat.

Wir wollen wissen, wie hoch unsere Chancen sind, zu überleben. Dabei ist es nur eine Lebensverlängerung auf unbestimmte Zeit. Aber das spielt keine Rolle.

Carraud hat sich geziert, gewunden wie ein Wurm, tausend Argumente dagegen vorgebracht und hat am Ende doch kapituliert. Allerdings mit einer Einschränkung und die hat es in sich.

Wir werden unsere eigene Chance nie erfahren. Er wird die Prognosen versiegeln und die Kuverts dürfen erst nach dem Tod geöffnet werden. Wenn die Kerze erlischt und der Drachen in den Himmel steigt.

Es gibt viel Gezeter, aber er lässt sich nicht erweichen. Er will nicht, dass wir aufgeben. Braucht es da noch Worte?

03. Januar - Die erste Chemo steht an. Auf dem Flur stehen die bestückten Infusionsständer. Aufgereiht, wie eine Kompanie Soldaten. Soldaten, die in den Krieg ziehen, in den Krieg gegen dreißig Glioblastome.

Prof. Carraud legt die ersten Infusionen höchstpersönlich. Er kommt mit einer Abordnung von Ärzten und Pflegern ins Zimmer. Sie sind vermummt, als hätten wir eine ansteckende Krankheit. Claudines Frage, warum sie nicht auch noch Schutzanzüge tragen, wird ignoriert.

„Die Lage ist zu ernst, um Scherze zu machen", antwortet ihr Dr. Orreli unwirsch.

Das ist zu viel. Sie rastet aus. Als er ihren Blick sieht, ihre geballten Fäuste, geht er zwei Schritte zurück.

„Was ist in diesen Flaschen?", schreit sie. „Welches Gift wollen sie uns verabreichen? Wenn sie derart vermummt sind, muss es sich um etwas Gefährliches handeln."

Wie von Sinnen reißt sie dem Professor den Mundschutz aus dem Gesicht. Er sieht sie erschrocken an.

„Wir wollen uns schützen, weil der Wirkstoff, gesundes Gewebe angreifen kann."

Ich bin schockiert. Sie schützen sich, damit sie keine Spritzer abbekommen und uns jagen sie das Gift in die Venen.

„Keine Sorge, der Wirkstoff ist nur äußerlich so aggressiv. Innerlich greift er nur kranke Zellen an."

Soll mich das beruhigen? Aggressiv gegen gesunde Haut? Ich muss zu Christiane. Sie hängt seit einer Stunde am Tropf. Wie ein Häufchen Elend liegt sie in den Kissen.

„Nur ein bisschen übel", flüstert sie, als sie mich sieht. Ein bisschen übel? Man erkennt kaum einen Unterschied zwischen der weißen Bettdecke und ihrem bleichen Gesicht.

Ein Zimmer weiter liegen Armand und Frédéric. Sie sehen auch nicht besser aus.

„Übelkeit und Brechreiz, mehr nicht. Lass es über dich ergehen. Wir konnten die Revolte in Zimmer acht hören. Das wird schon."

Armand, der 68-jährige, jähzornige, aufbrausende Unfallchirurg aus Nantes, mit einem Glioblastom im Tegmentum mesencephali. Hier lag er nun, wie ein kleines, zerbrechliches, sich in sein Schicksal ergebenes Hündchen. Wo war seine Stärke geblieben?

Frédéric, der 70-jährige Gerichtsmediziner aus Marseille, der sich am liebsten selbst obduzieren würde, pflichtet ihm bei.

Okay! Ich werde mich wohl oder übel in mein Schicksal ergeben. Ich habe es versprochen. Wenn ich jetzt damit anfangen muss, dann muss es wohl so sein. Trübsinnig mache ich mich auf den Weg, in mein Zimmer. Claudine sieht mich fragend an.

„Auf geht's!", sage ich lustlos und sie lacht hysterisch.

Die Tropfen fallen langsam. Bei jedem Tropfen frage ich: „Bist du für oder gegen mich?"

Langsam, langsam, langsam … So langsam, wie die Tropfen fallen, so langsam schleicht sich Übelkeit ein. Überzieht Nebel mein Hirn! Wabert! Verursacht Schwindel! Kopfschmerzen!

Ich will mich übergeben. Geht nicht! Übelkeit aus dem Hirn ist zum Kotzen, aber man kotzt nicht. Nur schreckliche Übelkeit. Schwindel! Ich kann nicht aufstehen. Die Tropfen fallen immer noch. Stunde um Stunde!

Wieviel Tropfen sind in dieser Flasche? Mit jedem Tropfen rinnt Gift in meinen Körper. Gift für Charlie. Ob er es überlebt? Ob ich es überlebe? Was passiert, wenn er sich wehrt? Wenn ich gehe, geht er mit. Ist ihm wohl egal!

Ich muss aufhören zu denken. Die Tropfen fallen weiter …

09. Januar - Kurze Steppvisite in der Onkologie. Ich vermisse Francine. Joseph schüttelt den Kopf. Oh nein! Nicht diese liebenswerte alte Lady. Diese Frau hat zwei Weltkriege und vier Ehemänner überlebt. Jetzt wurde sie von einem Colon-Ca besiegt. Schade! Die Gespräche mit ihr werden mir fehlen.

Nicht genug, dass Francine über den Jordan ging, nein! Auch Francis, mit Mamma-Ca und Lisa, mit Blasenkarzinom, sind gegangen. Frauen in den Sechzigern. Der Krebs hat sie sich gekrallt.

10. Januar - Nächste Chemo! Wir haben uns noch nicht von der ersten erholt, da kommt auch schon der Nachschub. Ich habe mich noch nie so krank gefühlt, wie in den letzten Tagen.

Die Übelkeit war mein ständiger Begleiter. Sie kriecht durch den Körper und wenn sie den Magen erreicht, geht es los. Das Fieber schwankte zwischen 38,5° und 40,3°. Das Denken fällt schwer, das Übergeben auch. Und jetzt geht es weiter, auf ein Neues.

Nach einer Viertelstunde übergebe ich mich. Mein Magen ist leer, nur Galle ergießt sich in meine Schüssel. Neben mir erleidet Claudine das gleiche Schicksal. Wie zwei Leichen liegen wir in unseren

Betten.

Auf was habe ich mich hier eingelassen? Aber ich wollte es so. Ich will kämpfen, kämpfen für ihn. Wenn ich diesen Kampf gewinne, bekomme ich Maurice und meine Kinder behalten ihre Mama. Das kämpfen lohnt sich.

11. Januar - Schlechte Träume, schlechte Laune, Frustration, Zweifel, Angst! Morpheus zeigte mir mein Leben ohne Maurice, sein Leben mit Edwige. Mein Wunder geschah, doch er war nicht da. Hatte mich vergessen, wollte mich nicht mehr. Ich wachte schweißgebadet auf und brauchte lange um zu verstehen, dass es nur ein schlechter Traum war.

Ja! Er wird da sein! Ich will ihn wiederhaben! Ich weiß selbst, dass es meine eigene Schuld ist, dass er jetzt nicht bei mir ist. Meinen letzten Weg mit mir geht. Ja! Meinen letzten Weg. Ich glaube nicht an den Erfolg der Studie. Es wird nur eine Lebensverlängerung. Man weiß nicht mal, für wie lange, aber ich werde alles versuchen. Vielleicht geschieht Margaux's Wunder.

Please, don't let me down!

13. Januar- Mein erster Tag auf zwei Beinen. Drei Tage hat mich Übelkeit ans Bett gefesselt. Mein Körper ist leer, mein Gesicht eingefallen. Eine menschliche Ruine.

Patiententreffen! Was gibt es neues? Wem geht es schlecht? Was nützt mir das Wissen, dass auch andere sich das Leben aus dem Leib gekotzt haben? Nichts!

Oberschwester Nadège hat uns Kerzen besorgt. Grün wie die Hoffnung, 10 cm dick und 30 cm hoch. Wer möchte, kann seine Kerze verzieren. Zumindest seinen Namen ins Wachs ritzen. Leichter gesagt, als getan. Wenn der Kopf dröhnt, der Magen rebelliert und man sich fühlt, als sei man in Watte gepackt, ist das Schreiben des eigenen Namens Schwerstarbeit.

Auch wenn mir mein Gekrakel nicht gefällt, es ist im Wachs verewigt und wird mich immer daran erinnern, dass nichts mehr ist wie es war.

Auf dem Tisch stehen dreißig Kerzen. Alle mit Namenszug am unteren Rand. Verziert ist nicht eine. Warum auch?

14. Januar - Langsam wird aus einem zusammengewürfelten Haufen ein Team. Hier muss niemand um seinen Platz kämpfen. Für keinen von uns gibt es Heilung. Sie versprachen uns nichts und wir haben unsere Erwartungen auf ein Minimum reduziert. Auf das Minimum, ein paar Tage, Wochen, vielleicht sogar Monate länger zu leben.

Die Aussicht, dass ich diese Zeit vielleicht in der Klinik verbringen muss, gefällt mir nicht. Ich weiß, dass ich jederzeit abbrechen kann, das macht es mir leichter. Was ist die Alternative? Zuhause vor mich hin zu sterben, mit der Gewissheit, es ist bald vorbei? Oder ist es besser, hier zu bleiben, meine Zeit in der Klinik zu verbringen und Hoffnung zu haben? Hoffnung, dass vielleicht mir dieses Wunder geschieht, dieses Wunder, das noch keinem laboratory animal zu Teil wurde? Heilung?

Mein Kopf sagt, nein, das wird nicht geschehen. Sie sagten keine Heilung. Mein Herz sagt ja, lass es uns versuchen. Lass uns das Versprechen halten, das wir ihm gegeben haben. Schenk deinen

Kindern ihre Mutter.

15. Januar - Ich habe Absencen, darf kein Auto mehr führen. Haha! Ich führe mein Auto nicht, ich fahre es!

Diese Absencen machen mir Angst. Es ist, als wäre mein Hirn für kurze Zeit auf Pause gestellt. Allerdings läuft das Leben weiter, läuft für Sekunden ohne mich weiter. Die fehlenden Sekunden machen mich fast verrückt. Auch wenn nichts Wichtiges passiert, in diesen Sekunden. Sie fehlen mir. Wurden mir gestohlen. Einfach so!

Es ist, als würde man auf dem Bahnhof stehen und auf den Zug warten. Eine klitzekleine Absence und schwupps, ist der Bahnsteig leer, der Zug weg. Der Zug, in den man steigen wollte, den man aber nie gesehen hat, nie sehen wird, weil er kam und wieder abfuhr, während man sich im Nirgendwo befand.

Ätzend!

17. Januar - Nächste Chemo! Wieder fallen die Tropfen. Gegen die Übelkeit haben sie uns ein Medikament verabreicht. Dass es nicht wirkt, ist aus allen Zimmern zu hören. Ich frage mich, ob sich die Mäuse auch übergeben mussten.

Ich sehne mich nach Maurice und versuche, nicht zu sehr an die fallenden Tropfen zu denken. Das ist leichter gesagt als getan. Die Tropfen werden zum Strom, der sich durch meinen Körper frisst, während sich meine Eingeweide winden und die Galle ihre Säfte direkt in meine Schüssel spuckt.

Meine Kehle brennt wie Feuer und meine Zunge schwillt an. Galle! Gelbes Gift, das meine Geschmacksknospen tötet.

20. Januar - Wir nennen die Patiententreffen jetzt Mahnwache. Keine Ahnung, wer auf diesen Einfall kam. Ben meint, wegen der Kerzen. Pierre erinnern die Kerzen eher an eine Séance, mich an Okkultismus.

Vielleicht sollten wir es mal mit Geisterbeschwörung versuchen. In unserer Situation sollte man nach jedem Strohhalm greifen.

Pablo liest Bücher über alternative Heilungsmethoden. Jede esoterische Zeitschrift, die der Markt zu bieten hat. Er regt sich immer wieder aufs Neue auf, fragt uns, ob die Autoren ihre Leser für geistig minderbemittelt halten. Er beantwortet seine Frage selbst. Im Angesicht des Todes greift man nach jedem Strohhalm, selbst wenn er ein Vermögen kostet.

Manchmal liest er uns ein paar Passagen vor, dann lachen wir alle und fragen uns, wann der erste von uns darauf anspringt.

Da gibt es einen Geistheiler im Himalaya. Man schickt ihm ein Foto und er schickt die Heilung. Oh, ich vergaß, ohne den Scheck kann die Heilung nicht fließen. Damit der Scheck auf der weiten Reise in den Himalaya nicht verloren geht, schickt man ihn an ein Postfach in der Schweiz. Die Eidgenossen sind ja bekannt für ihre Diskretion und Sorgfalt in finanziellen Dingen.

Noch besser gefällt mir diese Alte, die mit einem Silberlöffel energetische Kraft ins Wasser rührt. Damit sie nicht zu viel ihrer kostbaren Kraft vergeudet und es schneller geht, lässt sie die Badewanne volllaufen und rührt dann um. Wäre es nicht einfacher, sie würde sich hineinsetzen und ihre Kraft ins Wasser abgeben? Okay! Wenn man sämtliche hygienische Bedenken außer Acht lässt ...

Ben bevorzugt die Methode „Heilung: Erleuchtung durch Verschlankung. Was es damit auf sich hat, wissen wir leider nicht, weil niemand bereit ist, einen Scheck in atemberaubender Höhe an ein Postfach nach Italien zu schicken. Erst der Scheck, dann die Erleuchtung. Die kommt allerdings schnell, wenn man merkt, dass man über den Tisch gezogen wurde.

Claudine würde es gerne mit den heilenden Händen von Guru Assaswami versuchen. Der schwarzgelockte Guru, mit einem Body wie Michelangelos David, der nichts als ein winziges Tuch um die Hüfte trägt und die Leserinnen mit seinem Blick in den Bann zieht. Nun ja! Seine Hände könnten so manches Problemchen in Wollust aufgehen lassen, aber sicherlich kein Glioblastom in seine Einzelteile zerlegen.

Pierre hat sich für eine Anzeige auf der letzten Seite entschieden. Gespielin, mit viel dran, sucht Ihn für die etwas härtere Gangart.

Auch eine Art von Esoterik ...

22. Januar - Prof. Cheminant hat ein neues Medikament mitgebracht. Es heißt Ivemend und wird gegen Übelkeit bei Chemotherapie eingesetzt. Bisher habe man gute Ergebnisse damit erzielt.

Wir werden sehen, ob es hält, was der Professor verspricht.

24. Januar - Vierte Chemo! Scheiß Tag! Gewöhnt man sich irgendwann daran?

Ivemend wirkt nicht. Mein Magen rebelliert. Meine Kehle brennt noch immer und meine Zunge erkennt nur noch eine Geschmacksrichtung: bitter. Jede neue Ladung Galle, die sich durch meine Kehle brennt, verstärkt den Schmerz.

Ich denke mit Wehmut an die erste Zeit meiner Erkrankung zurück. Damals, als die Übelkeit zum ersten Mal so stark wurde, dass ich mich übergeben musste. Ich hatte Spagetti gegessen, bevor mich die Übelkeit überrannte.

Schon mal Spagetti aus der Nase geholt? Es war, als könnte sich mein Mageninhalt nicht schnell genug seinen Weg ins Freie bahnen und müsse sich eine andere Route suchen.

Ich hätte nie geglaubt, dass mir eines Tages Tomatensoße aus der Nase schießen würde. Sogar mit Spagetti als Beilage!

26. Januar - Dr. Orreli hat einen Vortrag gehalten. Wieder mal. Wir sind nicht blöd. Wir haben alle verstanden, dass es keine Heilung gibt. Wir haben alle unterschrieben, dass wir es verstanden haben.

Cinzia fängt an zu summen. Erst leise, dann immer lauter. Whatever you want. Ben fängt an zu singen, immer mehr stimmen ein. Plötzlich wird der Raum zum Tollhaus. Alles tanzt, Stühle fliegen, Menschen tanzen auf den Tischen. Ein Song, der aus den Tiefen unserer Herzen kommt. Unsere Hymne!

Die Schwestern stehen in der Tür. Wippen mit den Füßen, schwingen die Hüften, fangen an zu tanzen. Der Bann ist gebrochen. Wir sind endlich eine eingeschworene Truppe.

28. Januar - Termin in der Onkologie! Alle jammern über Übelkeit und Erbrechen während der Chemotherapie. Viele verlieren ihre Haare. Ich habe meine noch. Ich habe mir nie viele Gedanken über meine Haare gemacht. Waschen, föhnen, fertig. Jetzt hänge ich an jedem einzelnen von ihnen. Ich will sie nicht verlieren.

Ben trägt den Navy Seal Look. Raspelkurz! Thomas hat sich den Kopf kahlgeschoren. Ganz so mutig war Sascha zwar nicht, aber auch er trägt seine Haare jetzt kürzer.

„Wow! Ich wusste nicht, dass ich solch einen Eierkopf habe. Wenn ich Ostern noch erlebe, dürft ihr mir den Hinterkopf bemalen", sagt Thomas, nach einem Blick, in den Spiegel und lacht."

„Ich werde dich beim Wort nehmen", flachst Elke und fügt sehr leise hinzu „falls ich dann noch lebe."

Die Stimmung ist gedrückt. Zu viele Krebspatienten werden täglich hier durch geschleust. In der Klinik werden zurzeit viele Studien durchgeführt. Heute ist sogenannter Studientag. Ben nennt ihn so. Studien, wohin man blickt. Gehirn, Bronchien, Brust, Darm, Nieren, Zervix, Prostata, Blut.

Immer dieselben Patienten. Dieselben leeren Augen, hohlen Gesichter, ausgemergelten Körper, Cortisonköpfe. Überall Krebs!

Wir sind vereint in unserem Leid. Man kennt sich inzwischen. Es fällt auf, wenn jemand fehlt. Und es fehlen immer wieder welche. Noch sind die morituri komplett. Fragt sich nur wie lange noch.

30. Januar - Sehnsucht – Sehnsucht – Sehnsucht – Sehnsucht – Sehnsucht!

Sie erdrückt mich fast. Macht einen Schmerz, dem man durch nichts entfliehen kann. Habe ich die falsche Entscheidung getroffen? Ich schwanke zwischen anrufen und wegrennen. Davonlaufen ist keine Lösung. Ich würde all meine Probleme, all meinen Schmerz mitnehmen. Wohin ich auch gehen würde.

Oh, the rhythm of my heart …

31. Januar - Scheiß Chemo! Ich bin leer. Trotzdem bahnen sich wahre Fluten aus Galle ihren Weg ins Freie. Inzwischen schießt sie auch aus meiner Nase. Alles riecht und schmeckt nach Galle. Sage mir noch mal jemand was von grüner Galle. Sie ist gelb. Gelb wie ein Sonnenblumenfeld. Werde ich jemals wieder eine Sonnenblume ansehen können, ohne an diese schreckliche Chemo zu denken?

Neben mir liegt Claudine und schaut mit leerem Blick an die Decke und doch nirgendwo hin. Ab und zu wird ihr Körper von Krämpfen geschüttelt. Dann läuft ein kleines Rinnsal sonnenblumengelber Galle aus ihrem Mundwinkel. Sie hat nicht mehr die Kraft sich aufzurichten und die Nierenschale zu benutzen.

Schwester Alice kommt regelmäßig, um ihr das Gesicht abzuwischen. Danach cremt sie ihr das Kinn ein, weil die Galle die Haut reizt. Kotzen, wischen, cremen. Sie sind ein eingespieltes Team.

Stehen sonst alle Türen offen, so sind sie seit heute geschlossen. Dabei haben wir uns an die Geräuschkulisse, bestehend aus Würgen und dem Plätschern der Gallefluten, längst gewöhnt.

Erster Februar - Ich bin traurig. Cédric hat angerufen und sich bitter über seine grand-mère beklagt. Sie findet es niedlich, wenn die Jungs in Anzügen stecken. Sie würden aussehen wie kleine Herren.

Sie findet es niedlich, wenn die Jungs in Anzügen stecken. Sie würden aussehen wie kleine Herren.
　Er findet Anzüge doof. Man kann sich nicht richtig darin bewegen. Er findet auch Krawatten doof. Das Ding zieht ihm den Hals zu und er kann kaum atmen.
　Sie müssen diese Anzüge jetzt jeden Tag tragen. Jeans sind tabu. Sie kämen schließlich nicht aus der Gosse.
　Ich muss mit Mutter reden. Das geht so nicht. Es sind Kinder, meine Kinder. Sie sind keine Modepüppchen, die man dreimal täglich umkleidet.

03. Februar. - Seit gestern plagen mich Schmerzen in meiner rechten Niere. Sie sind dauerhaft und treiben mich langsam in den Wahnsinn. Schwester Henriette begleitet mich in die Nephrologie. Ich bin zu schwach zum Laufen. Die Chemo fordert ihren Tribut. Ich muss in den Rollstuhl. Ich hasse es, im Rollstuhl zu fahren, aber das interessiert niemand.
　Die Notaufnahme ist wie immer überfüllt, aber als Studienteilnehmer ist man immer willkommen. Unsereiner lässt die Einnahmen sprudeln und so jemand lässt man nicht warten.
　Wir lassen das Wartezimmer hinter uns und fahren direkt zu den Behandlungsräumen. Auf dem Flur treffen wir Benise. Sie ist ebenfalls Patientin und nimmt an einer Studie teil. Vor drei Monaten hat man bei ihr ein Pankreaskarzinom festgestellt, seitdem verbringt sie ihr Leben in der CHU.
　Sie sieht schlecht aus. Ausgemergelt und gelbstichig. Ihre Haare sind stumpf und hängen ihr in wirren Strähnen um den Kopf. Ob man heute Morgen vergessen hat sie zu kämmen?
　Mühsam hebt sie den Kopf, um mich zu begrüßen. Sie spricht so leise, dass ich sie kaum verstehen kann. Ein Speichelfaden hängt an ihrem Mundwinkel und glitzert im Licht der Neonlampen.
　An Ihrem Rollstuhl ist eine Stange befestigt, an der zwei Infusionsflaschen aus Glas baumeln.
　„Mein Mittagessen", murmelt sie und lässt den Kopf wieder hängen.
　Schwester Henriette schiebt meinen Rollstuhl neben Benise. Da stehen wir nun, von der Welt verlassen, auf einem Krankenhausflur und warten auf Hilfe.
　Henriette ist in einem der vielen Behandlungszimmer verschwunden und hat die Tür hinter sich geschlossen. Ich glaube sie wird jetzt erst mal ein Schwätzchen halten und dabei ein paar Tassen Kaffee trinken und die ein oder andere Zigarette rauchen. Ben hat erzählt, dass sie neulich über eine Stunde verschwunden war, während er mutterseelenallein in einem menschenleeren Raum saß, den er sich nur mit einem MRT teilte.
　Nun ja! MRT's machen einen schrecklichen Lärm, wenn sie in Betrieb sind. Aber schaltet man sie aus, schweigen sie einen an. Armer Ben!
　Ein junger Arzt kommt vorbei, sieht mich an und sieht durch mich hindurch. Während er davon eilt, gibt sein Melder Alarm. Nach einem kurzen Blick auf das Teil, verschwindet er im Treppenhaus.

Ich habe Schmerzen und will endlich Hilfe. Aber das interessiert hier niemand. Hier herrscht Totenstille. Niemand zu sehen. Ich rutsche tiefer auf den Sitz und versuche zu schlafen, was sich als unmöglich erweist. Die Schmerzen lassen es nicht zu.

Die große Uhr an der Wand bewegt ihre Zeiger unaufhaltsam weiter. Ich bin wütend. Schon eine halbe Stunde auf dem Flur verbracht. Während ich bemüht bin, die beste Sitzposition zu finden, gibt Benise plötzlich seltsame, schnaubende, grunzende Geräusche von sich. Ihr Körper windet sich vor Schmerz. Ihr Gesicht ist verzerrt, gleicht einer schrecklichen Fratze. Die Augen treten aus den Höhlen hervor und ihr Mund bläst schaumigen Speichel aus.

Blut tropft auf den Boden. Sie hat sich den Infusionsschlauch aus dem Arm gerissen. Das Blut vermischt sich mit den Infusionslösungen, die aus den Flaschen tropfen.

Ihr Oberkörper fällt nach vorn und sie stürzt kopfüber aus dem Rollstuhl. Zuckend und von Krämpfen geschüttelt liegt sie auf dem Boden. Ihr Atem erinnert an eine Dampflokomotive.

Ich bin schockiert. So etwas Schreckliches habe ich noch nie zuvor gesehen. Ich kann ihr nicht helfen. Bin zu schwach, um aufzustehen. Sie braucht Hilfe. Wo sind nur alle?

Ich schreie nach Henriette. Schreie um Hilfe. Nichts tut sich. Samstag! Wenig Personal! Aber irgendwo muss doch jemand sein, das Wartezimmer platzt aus allen Nähten. Ich schreie weiter. Mein Hals kratzt. Meine Stimmbänder hissen die weiße Fahne. Ich schreie weiter. Niemand kommt.

Das Zucken vor mir verlangsamt sich. Der Atem wird flacher, hört schließlich auf. Benise liegt vor mir. Ihre leeren Augen starren an die Decke. Obwohl ich kein Arzt bin, weiß ich, dass sie tot ist.

Die Uhr bewegt ihre Zeiger weiter. Benises leere Augen starren weiter an die Decke. Oh mon Dieu! Warum kommt nicht endlich jemand vorbei?

Ein surrendes Geräusch reißt mich aus meinem Entsetzen. Mit einem lauten Plopp öffnen sich die Türen des Aufzugs. Zwei Pfleger treten auf den Flur, starren auf Benise, die noch immer auf dem Boden liegt. Wo sollte sie auch sonst liegen? Starren auf mich. Bewegen ihre Lippen ohne etwas zu sagen. Was ist los mit denen? Sind die bescheuert? Warum tun sie nichts. Warum decken sie Benise nicht zu. Das wäre das mindeste, das sie tun könnten. Es ist entwürdigend, wie sie da liegt. Die aufgerissenen Augen, der schaumige Mund, der verdrehte Körper. Entwürdigend!

Die Tür zum Treppenhaus fliegt auf. Ein älterer Arzt stürmt auf den Flur. Beim Anblick, der sich ihm bietet, bleibt er abrupt stehen. Er hat sich schnell wieder im Griff und kommt näher. Nach einem kurzen Blick auf Benise zuckt er mit den Schultern und sagt: „Na, hat sie es endlich geschafft."

Er wendet sich an die beiden Pfleger. „Holen sie eine Trage und schaffen sie die Leiche von hier fort. Danach beseitigen sie den Dreck. In einer halben Stunde ist Besuchszeit. Was würden die Besucher denken, wenn sie das hier sehen würden." Sagt's und verschwindet.

Ich bin schockiert von so viel Kaltschnäuzigkeit. Okay! Er kann nicht mit jedem Patienten sterben, aber etwas Mitgefühl wäre wohl angebracht.

Ohne mich zu beachten schleichen die Pfleger davon. Eine weitere Tür öffnet sich und eine Schwester kommt aus einem Behandlungszimmer. Sie starrt auf Benise und blickt entsetzt in meine Richtung.

„Was haben Sie getan?", stammelt sie fassungslos. Sie fasst sich theatralisch ans Herz und stammelt ein paar zusammenhanglose Worte.

Das schlägt dem Fass den Boden aus. Ich schreie mir die Seele aus dem Leib und niemand kommt. Jetzt beschuldigt sie mich, ich hätte Benise über den Jordan geschickt. Das wird ja immer toller. Wo war sie, als ich um Hilfe schrie? Wenn ich könnte, würde ich ihr Verstand einbläuen.

Frau Dr. Cornet kommt zum Dienst. Sie blickt auf Benise, auf die Schwester und die beiden Pfleger, die mit einer Trage aus dem Aufzug kommen. Die blicken schweigend zu Boden. Das darf doch alles nicht wahr sein.

Ich sehe mich gezwungen, die Ärztin über das Geschehene in Kenntnis zu setzen. Sie hört mir schweigend zu. Dann nickt sie und schiebt die Trage mit Benise in das nächste Behandlungszimmer.

„Machen Sie sich keine Sorgen. Wir kümmern uns um die Patientin."

„Sie meinen die Tote", sage ich mit einem Blick auf Benise. „Ich werde Prof. Carraud davon berichten. Wir werden sehen, was er davon hält. Er ist sicherlich begeistert, dass Sie eine seiner Patientinnen hier Stunden lang auf dem Flur stehen lassen, dass sie den Todeskampf einer Patientin mitansehen muss und dann auch noch von einer unfähige Schwester beschuldigt wird, diese Patientin ins Jenseits verfrachtetet zu haben." Ich schnaube vor Wut. Meine Schmerzen treten in den Hintergrund. Rufen Sie jetzt bitte Schwester Henriette, damit sie mich zurück auf mein Zimmer bringt."

Sie sieht mich fragend an. „Wer bitte ist Schwester Henriette? Wir haben hier keine Henriette."

Das ist mir jetzt aber zu blöd. Mit meiner ganzen Kraft bewege ich den Rollstuhl zum Telefon, das auf dem Schreibtisch steht. Ich wähle die Nummer meiner Station und hoffe das Beste.

Schwester Henriette meldet sich. Ich habe keine Worte. Was macht sie auf Station? Sie sollte bei mir sein. Ich sage, dass mich jemand abholen soll. Sofort! Sie verspricht, sich gleich auf den Weg zu machen.

Was soll man zu der ganzen Situation sagen? Benise war sehr krank. Pankreas-Ca im Endstadium. Aber deshalb muss sie doch nicht auf einem Krankenhausflur krepieren. Warum stand sie überhaupt dort? Ach, was soll's. Auch wenn ich mir den Kopf darüber zermartere, es ändert nichts daran.

Zehn Minuten später steht Schwester Henriette vor mir. Ich ziehe es vor zu schweigen. Aber mit Carraud werde ich reden!

Oh mon Dieu! Ich möchte das Geschehen aus meinen Gedanken vertreiben, aber es hat sich in mein Hirn gefressen.

07. Februar - Letzte Chemo! Sie verlangt mir alles ab. Ich habe hohes Fieber. Übergebe mich, falle erschöpft in die Kissen, um im nächsten Moment von Krämpfen geschüttelt zu werden. Hitze- und Kältewellen wechseln sich ab. Meine Zähne klappern und machen Musik zu Claudines rhythmischem Stöhnen.

„Ich bin froh, wenn die Flasche leer ist. Mir ist so übel. Wenn ich die Wahl hätte Chemo oder sterben, ich würde freiwillig gehen", stöhnt Claudine.

Sie sieht aus wie ein Gespenst. Gestern war ihr Mann zu Besuch. Das Entsetzen über ihren Anblick stand deutlich in seinem Gesicht. Zum Glück war er allein gekommen, ohne ihre Töchter. Sie haben die Nachricht, dass ihre Mutter sterben wird, noch immer nicht verkraftet. Wie sollten sie, es ist ihre Mutter, die sterben wird.

Allerdings muss ich sagen, es sind Kinder. Von den Erwachsenen könnte man mehr Contenance erwarten. Aber nein, was sich hier manchmal abspielt, erinnert an Szenen aus einem schlechten Theaterstück. Angehörige die sich in ihrem Leid suhlen, die jammern und klagen. Ich verstehe nicht, was das soll. Sie müssen doch nicht sterben.

Helmut-Didiers Frau verfällt jedes Mal in lautes Wehklagen, wenn sie die Station betritt. Helmut-Didier ist das peinlich. Wäre es mir auch. Ich würde allerdings nicht schweigend danebenstehen, wenn einer meiner Angehörigen sich so aufführen würde. Ach, ich habe doch großes Glück, dass sich meine Eltern hier nicht sehen lassen. Meine Mutter wäre sicherlich in der Lage, Helmut-Didiers Ehefrau zu übertreffen. Sie würde ganz sicher voller Theatralik in Ohnmacht fallen, um dann hingebungsvoll zu klagen: „Ach das arme Kind. Es zerreißt mir das Herz."

08. Februar - Sie gönnen uns keinen Tag Pause. Keine Erholung! Sie karren uns von einer Untersuchung zur nächsten. Überall bekannte Gesichter. Krebs, wohin man blickt. Totgeweihte, soweit das Auge reicht.

Kinder! Warum sie? Das Leben ist ungerecht. Mir fallen jede Menge Menschen ein, die man sich mit Krebs von der Seite schaffen könnte. Die es verdient hätten. Aber es liegt zum Glück nicht in meiner Hand.

Sonntag ist Rosalie, eine von vielen mit Mammakarzinom, gestorben. Sie wurde 37 Jahre alt. Jetzt ist ihr Mann mit den beiden Kindern allein. Zwei Mädchen von 2 und 4 Jahren. Es ist einfach nur traurig, wie ungerecht das Leben manchmal ist.

12. Februar - Es geht los. Fünf Wochen lang wird der Wirkstoff infundiert. Einmal wöchentlich hängen wir wieder am Tropf. Zehn von uns gehen leer aus, bekommen wirkungsloses Wasser. Die Kapseln nehmen wir drei Mal täglich ein. Wieder blicken zehn in die Röhre, schlucken Placebos. Hinzu kommen diverse Vitamine, Mineralstoffe und Spurenelemente. Die sind für uns alle da.

Die Infusionen sind alle in ungezeichneten Flaschen. Die Kapseln gleichen sich wie ein Ei dem anderen. Man kann keine Unterschiede feststellen. Hatte ich auch nicht erwartet. Die sind nicht blöd!

Nun ja! Man könnte die Kapseln doch öffnen, ich meine ja nur. Claudine meint auch nur und so kommt es, dass wir uns an die Untersuchung des Inhalts machen. Das Öffnen der Kapseln gestaltet sich schwieriger als gedacht. Sind die zusammengeklebt? Nun ja! Auf eine Kapsel werden wir bei unserer Behandlung wohl verzichten können. Jetzt muss ein Messer her. Besser noch eine Schere.

Gesagt, getan! Mit einer Nagelschere schneidet Claudine ihre Kapsel auf. Der Inhalt ist gelblich-beige. Ein Pulver, das einen eigenartigen Geruch hat. So einen Apothekengeruch. Ich schneide meine auf und der Inhalt unterscheidet sich in nichts von Claudines Kapsel. Mist!

Nun ja! Wir müssten einundzwanzig Kapseln öffnen, um zu sehen, ob alle Inhalte gleich sind. Nur dann wüssten wir, dass wir eine mit Wirkstoff geöffnet haben.

Wen könnten wir noch fragen, ob er oder sie sich an unserem Test beteiligen wollen? Wir müssen nicht lange überlegen. Die Tür öffnet sich und Ben und Pierre kommen herein.

„Da war jemand genau so schlau wie wir", flüstert Ben und lacht. „Wie sieht's aus?", fragt er und beugt sich über unsere aufgeschnittenen Kapseln. „Wie unsere", sagt er enttäuscht. „Wir werden wohl oder übel noch weitere Kapseln öffnen müssen."

Pierre bietet sich an, sich auf die Suche zu machen. Pfeifend verlässt er das Zimmer. Es dauert nicht lange und er steckt seinen Kopf zur Tür herein.

„Ihr werdet es nicht glauben. In allen Zimmern liegen aufgeschnitten Kapseln und alle sind gleichen Inhalts. Die Obrigkeit hat ihre Hausaufgaben gemacht."

13. Februar - Wir leben alle noch! Keiner hat irgendwelche Nebenwirkungen. Keine Änderung der Befindlichkeiten. Nein, keine! Meine Sehnsucht ist immer noch stark. Sie macht mich traurig.

Immer öfter frage ich mich, wie es ihm geht, was er gerade macht, wie sehr er mich vermisst. Aber diese Fragen wird mir keiner beantworten.

Ich glaube noch immer nicht an ein Wunder. Denn ein Wunder würde ich brauchen, wenn ich aus dieser Sache heil heraus kommen soll.

Das Mittel macht Hoffnung auf ein paar geschenkte Wochen oder Monate. Von Jahren war noch nie die Rede. Allerdings frage ich mich, wie dieses Leben aussehen würde. Wenn sich an der Raumforderung nichts ändert, bleiben all die Probleme bestehen, die Charlie mir jetzt verursacht. Zudem weiß ich nicht, wie groß Charlie werden kann, bevor das Mittel Wirkung zeigt. Wenn es überhaupt Wirkung zeigt.

Die Absencen kommen immer häufiger. Mir fehlen schon so viele Momente, die ich nicht erlebt habe. Die an mir vorbeigingen, während ich mich im Nirgendwo befand. Danach stellt sich ein Gefühl der Verzweiflung ein. Hilflosigkeit! Schon wieder außen vor. Ich will es nicht, aber ich kann nichts dagegen tun. Es ist plötzlich da. Überfällt mich aus dem Nichts. Lässt mich verzweifelt zurück. Ich hasse Absencen.

Pierre hat seit letzter Woche auch Besuch von diesen tückischen Biestern. Sie überfallen ihn jetzt schon häufiger als mich.

Thomas hatte gestern einen epileptischen Anfall. Das war grauenhaft. Sein Körper zuckte und er verdrehte die Augen. Vor seinem Mund bildete sich Schaum. Claudine meinte zuerst, er hätte Tollwut, aber Armand sagte, es wäre ein epileptischer Anfall. Er hat so etwas schon öfter gesehen.

Ich musste wieder an Benise denken, die zuckend auf dem Boden lag. Das verfolgt mich nachts in meinen Träumen. Carraud sagt, dass ich mit einem Psychologen darüber reden soll. Will ich nicht! Ich brauche keinen Seelenklempner.

Meine Frage, ob die Sache für den Bereitschaftsdienst irgendwelche Folgen haben würde, verneinte er, sagte, es würde keine Repressalien geben. Niemand hat meine Schreie gehört. Zudem wäre die Patientin in absehbarer Zeit gestorben. Ich solle mir keine Gedanken darüber machen.

Ich weiß, es geht mich nichts an, aber ich mache mir Gedanken darüber. Gedanken über fehlende Menschlichkeit in der CHU. Ich frage mich, ob ich auch irgendwann auf dem Boden krepieren werde.

14. Februar - Diese verrückten Weiber haben mir zum Valentinstag einen Mann geschenkt. Jung, knackig und angeblich super im Bett. Sie sagten, ich wäre immer so traurig und naja! Ich müsste das alte zurücklassen und mit dem neuen beginnen.

Ich habe ihn zurückgelassen, nur in meinen Erinnerungen ist er bei mir, aber wie lange noch? Wie soll ich mit dem neuen beginnen, wo ich doch nur das alte will? Den Mann, den ich liebe, den ich zurückhaben will.

Was sollte ich sagen? Ihr schenkt mir einen Mann, aber es ist der Falsche. Nur Claudine weiß, nach wem mein Herz sich sehnt, dass ich ihn nie betrügen würde. Nicht mal mit dem Adonis, den diese Verrückten für mich ausgesucht haben.

Christin hat dankend zugegriffen, als klar war, dass ich ihn nicht will. Sie ist verheiratet, aber das hindert sie nicht, sich auch mal mit anderen Männern zu vergnügen.

Ich bin so unglücklich. Warum traf ich ihn, als es zu spät war? Warum? Es tut so weh. So unendlich weh. Ich will ihn wieder!!!

15. Februar - Mir ist übel. Ingeborg hat sich letzte Nacht mehrmals übergeben, bis sie bewusstlos zusammenbrach. Jetzt liegt sie auf der Intensivstation. Federico reagiert allergisch auf etwas, von dem wir nicht wissen, was es ist. Wirkstoff oder Placebo? Sein Körper ist übersät mit Pusteln. Judith hat starke Kopfschmerzen und Rainier ständig Schluckauf.

Für Dr. Orreli kommt das alles nicht unerwartet. Anscheinend ging es den Labormäusen ähnlich. Er will uns immer noch nicht verraten, an welchen Tieren der Wirkstoff getestet wurde. Ich bevorzuge Mäuse. Ich möchte nicht mit einer Laborratte gleichgesetzt werden.

Welche Tiere auch herhalten mussten, es ist grausam. Tierquälerei! Sie wurden gequält, damit wir ein paar Tage länger leben. Vielleicht länger leben …

17. Februar - Zélie ist mit Cédric und Nicholas zu Besuch. Ich wollte nicht, dass sie auf Station kommen. Ich wollte nicht, dass sie in die Klinik kommen. Sie sollen ihre Mutter nicht schwach sehen. Sie sollen keiner Mumie im Rollstuhl begegnen. Davon gibt es hier leider viele.

Aber jetzt sind sie hier und meine Kinder sind glücklich. Ich habe nie bedacht, dass es ihnen gleichgültig ist, wie ihre Mutter aussieht. Hauptsache, sie nimmt sie in ihre Arme.

„Grand-mère sagt, wir dürfen in ihrer Gegenwart keine Jeans tragen. Das schickt sich nicht. Grand-père sagt, sie hat recht. Man muss immer ordentlich gekleidet sein. Aber zum Glück sind die beiden nicht häufig zuhause. Dann lässt uns Camelia Jeans tragen." Cédric grinst.

„Mama, wann kommst du wieder nach Hause? Du fehlst mir so sehr. Grand-père hat neulich zu Monsieur Rouge gesagt, du wirst nie wieder nach Hause kommen. Warum sagt er das? Will er dich nicht mehr haben?" Nicholas sieht mich fragend an.

Soll ich ihm die Wahrheit sagen, die Wahrheit, die er nicht verstehen würde? Die Wahrheit, dass er mich noch nie haben wollte? Dass es ihm egal ist, ob ich wieder nach Hause komme, dass in seinem Leben kein Platz für mich ist, noch nie Platz war?

„Mein kleiner Schatz, du weißt doch, dass ich sehr krank bin. Ich muss noch ein bisschen hier bleiben. Spätestens Ostern bin ich wieder bei euch. Dann machen wir es uns gemütlich. Danach muss ich wieder in die Klinik. Aber ihr dürft mich künftig besuchen. Ist das okay?"

„Jaaa", tönt es aus zwei Kehlen. „Können wir auch jeden Tag kommen?", fragt Cédric und sieht mich flehentlich an?

„Warum können wir nicht auch hier wohnen. Wir schlafen auch zu zweit in einem Bett. Wir machen auch keinen Schmutz." Nicholas sieht mich mit seinen großen Augen an.

„Weil ihr beide gesund seid. Ich bin glücklich, dass ihr gesund seid. Die Klinik ist nur für Kranke."

Traurig umarmen sie mich. Nicholas zieht die Nase hoch und handelt sich damit eine Rüge von Cédric ein.

Ja! Wir tun so was nicht!

20. Februar - Er fehlt mir so sehr. Mit jedem Tag der vergeht, bereue ich mehr, ihn nicht bei mir zu haben. Mein Kopf sagt, es war die richtige Entscheidung. Mein Herz verdammt mich dafür.

Mein Kopf sagt, dass er ihn bald vergessen wird. Mein Herz sagt, es wird sich immer an ihn erinnern. Erinnern, solange ich lebe!

23. Februar - Heute war wieder Großkampftag in der Onkologie. Fließbandarbeit für die Ärzte. Glioblastome, Pankreas-Ca's, Basaliome, Colon-Ca's, Magenkarzinome, Bronchial-Ca's, Non-Hodgkin-Lymphome Cervix-Ca's und … und … und …

Überall Schmerz und Leid, Hoffen und Bangen, verhärmte Gesichter und ausgemergelte Körper. Krebs, überall Krebs!

Georges hustet sich die Lunge aus dem Leib. Im Auswurf sind Blutfäden. Carola sieht aus wie eine Mirabelle. Gelb von Kopf bis Fuß. Sogar ihre Augen haben die Farbe gewechselt und erinnern jetzt an einen Alien. Auch Maribel wechselt langsam aber sicher ihre Farbe. Leberkrebs ist schrecklich.

Philippe, der Schwarm aller Frauen, hat Lungenentzündung und kann kaum atmen. Trotzdem muss er hier antreten. Sie kennen keine Gnade. Labormäuse müssen sich in ihr Schicksal fügen. Er fügt sich gerne, hat Angst seine Hoden zu verlieren. Ich gäbe wer weiß was, wenn ich dafür mein Leben behalten dürfte.

25. Februar - Das Leben plätschert so dahin. Jean zieht sich immer mehr zurück, beteiligt sich nicht mehr. Er ist zwar immer anwesend, aber doch schon so weit weg. Er ist ein ruhiger Zeitgenosse. Manchmal erzählt er von früher, als seine Frau noch lebte. Sie starb vor zehn Jahren an Krebs. Mammakarzinom. Es ging schnell. Sie musste nicht viel leiden. Innerhalb vier Monaten hatte sie es überstanden. Er hat sich nie von diesem Verlust erholt.

Letztes Jahr ging er in den Ruhestand. Fünfzig Jahre hat er als Bergmann gearbeitet und war nie krank. Dann überfielen ihn starke Kopfschmerzen, die Ärzte schoben es auf den plötzlichen Ruhestand. Nannten die Schmerzen psychosomatisch. Immer, wenn sie mit ihrem Latein am Ende sind, schieben sie es auf die Psyche.

Nach einem Unfall wurde ein CT angeordnet und sein Tumor im Gyrus cinguli gefunden. Die Ärzte meinten, es sei unwichtig, wann der Tumor diagnostiziert wurde. Jean müsse sterben, egal wann die Diagnose gestellt wurde. Herzlos, gefühllos, fehlerfrei!

Seine Schwiegertochter kommt oft zu Besuch. Manchmal bringt sie seine Enkelin mit. Sein Sohn drückt sich vor den Besuchen. Er hat Angst vor dem Verfall. Er möchte seinen Vater als agilen Menschen in Erinnerung behalten. Jean versteht das. Es will nicht, dass sein Sohn leidet.

Ich verstehe das nicht. Sein Sohn ist ein erwachsener Mann. Er soll sich nicht so anstellen. Sein Vater stirbt. Er sollte an seiner Seite sein. Die letzte Zeit mit ihm verbringen. Auch wenn er ihn leiden sieht, es wird ihm viel geben. Diese Zeit kann er nie wieder zurückholen.

28. Februar - Maurice, wo bist du? Du fehlst mir so sehr. Ich bedaure es jeden Tag, dass ich nicht ja gesagt habe. Aber ich weiß, dass es die beste Lösung war. Claudine ist anderer Meinung. Sie sagt, ich soll anrufen, soll endlich auf mein Herz hören. Mein Herz schreit ja, ruf ihn an, doch mein Kopf weigert sich. Er ist der vernünftigere der beiden und sitzt am längeren Hebel.

Alle Argumente, die Claudine vorbringt, verwerfe ich, mit Blick auf meine Zukunft, auf seine Zukunft. Man darf einem Menschen nicht alles nehmen, um selbst glücklich zu sein. Eine kurze Zeit glücklich zu sein.

01. März - Gestern ist Maribel gestorben. Ihre Leber hat versagt und alles ging schnell. Schnell! Das ist relativ! Wenn man so lange gelitten hat, kann es am Ende nicht schnell genug gehen.

Wir leiden alle, hoffen auf Besserung, auf Heilung. Aber niemand hat uns Heilung versprochen. Eine Lebensverlängerung haben sie uns in Aussicht gestellt. Nicht mal die haben sie uns versprochen.

Meine Defizite häufen sich von Tag zu Tag. Ich frage mich, ob ich sie noch erleben werde, diese Lebensverlängerung oder ob ich vorher das Handtuch werfe. Wenn Charlie der Wirkstoff nicht schmeckt, wenn er beschließt sich vom Acker zu machen, dann nimmt er mich mit.

03. März - Besuch von meinen Schätzen. Sie haben mir Bilder gemalt.
Cédric zieht es vor, mir zu erklären, was er gemalt hat. Das ist nicht immer eindeutig zu erkennen. Nachdem ich einmal das schöne Pferd lobte, das er gemalt hatte, dies sich aber als Bildnis seiner Mama herausstellte, sorgt er immer dafür, dass solch ein faux-pas nicht wieder vorkommt.

„Das ist eine Yacht. Wir dürfen mit grand-père einen Ausflug machen. Er hat sich eine neue Yacht gekauft und will sie jetzt testen. Ist das nicht toll?"

„Ja, mein Schatz, das ist toll", sage ich, aber ich denke etwas völlig anderes. Warum kauft er sich eine neue Yacht? Er schippert nie damit. Eine Testfahrt und das war's. Ansonsten lässt er seine Geschäftspartner damit über die Meere schippern. Dafür würde ich mein Geld nicht ausgeben. Aber es ist seine Sache.

Kapitel 15

Das Sterben beginnt

05. März - Wir haben den ersten morituri verloren. Er ist heute Nacht im Schlaf gestorben. Welch ein schöner, friedlicher Tod. Ich beneide ihn.

Armand raucht nicht mehr. Die Tabakkonzerne haben einen ihrer besten Kunden an den Krebs verloren. Man wunderte sich, dass er kein Bronchial-Ca hatte. Er war ein morituri. Hatte ein Glioblastoma multiforme.

Sein ganzes Berufsleben hat er in den Kampf gegen den Krebs gestellt. Er hat vielen Menschen das Leben gerettet. Nun hat er seinen Kampf verloren. Ist das Gerechtigkeit? Ist das der Dank?

Armand war ein Choleriker ersten Grades. Nichts konnte man ihm recht machen. Recht hatte sowieso nur er. Er konnte alles besser, wusste alles besser. Wir anderen waren nur unliebsames Beiwerk in seinem Leben. Mit Thomas geriet er oft in Streit. Zwei aufgeblähte Egos …

Seine Frau hat erzählt, dass er schon immer ein schwieriger Mensch war. Der Tumor hatte seine schlechte Seite noch mehr herausgedrängt.

Die letzten 14 Tage waren schrecklich. Er blaffte jeden an. Rechnete mit jedem ab. Mal war es zu warm, dann war es zu kalt. Er schimpfte, wenn es regnete und beschwerte sich, wenn die Sonne schien und ihn blendete.

Claudine sagt, es sei ungerecht, dass ausgerechnet er so friedlich sterben durfte.

06. März - Die erste Kerze ist für immer erloschen. Der erste Drachen in den Himmel gestiegen. Wer jetzt sein Geheimnis hütet? Frédéric hat das Couvert geöffnet und Armands Prognose vorgelesen. 28 Prozent! Es erschließt sich mir nicht, wie diese 28 Prozent berechnet wurden. Aber es ist egal. Ob 28 oder 98. Jetzt ist er tot und es spielt keine Rolle mehr.

07. März - Thomas hat Geburtstag. Er vollendet sein vierzigstes Lebensjahr. Die morituri haben ihm ein schönes Fest bereitet. Es gab eine Käsetorte, zuckerfrei und fettarm, mit ganz vielen Kerzen. Thomas hat sich gefreut. Ich hätte nie gedacht, dass dieser Holzkopf Freude empfinden kann.

Ich hatte starke Kopfschmerzen und konnte nicht lange bleiben. Christin ging es nicht gut. Ich glaube, sie verlässt uns bald. Es ist nur eine Ahnung, aber …

Claudine blieb bis zum Ende. Sie haben getanzt und wieder zusammen gesungen. Nun ja! Tanzen ist nicht mein Ding und singen kann ich auch nicht.

Ich muss oft an Simons Spruch denken:

Lächle und sei froh, es könnte schlimmer kommen.

Ich lächelte und war froh und es kam schlimmer.

08. März - Der zweite morituri hat uns verlassen. Jean leb wohl! Er ist heute Nacht gegangen. Ir-

gendwie ging alles schnell. Ich glaube, er hatte nicht mal Gelegenheit zu kämpfen. Sein Unterbewusstsein hat einfach auf Aufgeben geschaltet. Er hatte keine Schmerzen. Der Krebs hat so schnell einen Schleier über ihn gelegt, dass er den Verfall nicht wirklich gespürt hat. Ihm fehlte der Wille, die Kraft.

Wir alle, wir wachsen über uns hinaus. Jeden Tag ein Stückchen mehr und wenn der Tag des Abschiednehmens gekommen ist, weiß man, dies ist die einzig vertretbare Lösung.

Es hat uns niemand gefragt, ob wir ihn haben wollen. Es hat uns niemand gefragt, ob wir gehen wollen. Wir wollen nicht, aber wir gehen, weil es am Ende das Beste für uns ist.

09. März - Jeans Drache stieg in den Himmel. Seine Kerze ist erloschen. Sein Couvert geöffnet. 7 Prozent! Das ist weniger als Armand hatte. Das macht nachdenklich. Stellt die Prognosen in Frage. Fünf Tage länger und 21% weniger Hoffnung! Ich hatte in Armand auch mehr Hoffnung gesetzt. Jean war schlecht einzuschätzen. Er brachte sich nie ein, hielt sich immer zurück. War in sich gekehrt, ruhig, sprach selten. Jetzt schweigt er für immer.

10. März - Ich höre zum wer weiß wievielten Mal „In mir klingt ein Lied". Er sagte, jedes Mal, wenn ich das Lied höre, werde ich mich erinnern. Erinnern, wie sehr er mich liebt und dass er sich immer nach mir sehnen wird. Daran, wie sehr er sich wünscht und hofft, mich irgendwann wieder in seine Arme zu nehmen. Das wünsche und hoffe ich auch!

Er sagte, so lange ich immerzu an ihn denke, werde ich ihn nicht vergessen. Er war so voller Hoffnung, dieser wundervolle Mann. Er fehlt mir sehr!

Ach ich hab in meinem Herzen da drinnen, einen wundersamen Schmerz.

12. März - Die ersten fünf Wochen sind um. 28 Labormäuse leben noch. Aber wie sie leben: Kopfschmerzen, Übelkeit, Ausschlag, Sprachdefizite, Gedächtnislücken, aber alle bei relativ guter Gesundheit.

Ich wundere mich jeden Tag, dass ich noch lebe. Nach den Prognosen der Ärzte vom CHU Limoges müsste ich tot sein. Bens Prognose betrug sechs Monate, als man ihm im August sein Todesurteil verkündete. Er fühlt sich gut, hat kaum Probleme. Ein paar Kopfschmerzen, mehr nicht.

Um Lonie mache ich mir Sorgen. Sie hat stark abgebaut. Ihre Defizite sind für jeden sichtbar. Ohne Hilfe kommt sie nicht mehr durchs Leben. Das bisschen, das sie isst, bleibt nicht lange drin. Ihr Bauch ist aufgedunsen und ihr Gesicht gleicht einer Melone. Sie findet die Worte nicht mehr und was sie brabbelt, versteht niemand. Erlösung wäre eine Gnade.

Lonie erscheint mir etwas weltfremd. Sie ist nett, aber sehr introvertiert. Mit ihren 56 Jahren verhält sie sich oftmals wie ein kleines Kind. Sie arbeitet in einer Bäckerei als Verkäuferin. Ihre Kolleginnen nutzen sie aus, weil sie nicht nein sagen kann. Zu schwach ist, sich zu Wehr zu setzen. Gegen ihren Tumor hat sie keine Chance. Die Ärzte in der Klinik von Narbonne haben sie zu dieser Studie angemeldet. Lonie ergab sich in ihr Schicksal. Jetzt ist sie hier und hofft auf ein Wunder wie wir alle.

13. März - Die Untersuchungen beginnen. Blutentnahme, in diverse Becher gepinkelt, wieder sämtliche Körperöffnungen untersucht. Drei Stunden im MRT verbracht, zweimal erbrechen in der Röhre geübt. Nächstes Mal wollen sie mich sedieren. Verständlich! So eine Röhre ist nicht einfach zu reinigen. Madame Lareine hätte Probleme mit ihrem Rücken und Madame Courou würde nicht in die Röhre passen. Aber sicherlich haben sie extra schlanke Reinigungskräfte, die sämtliche Röhren reinigen, die dort unten im Keller stehen.

Mir ist übel. Ich sehne mich nach einem von Marisols Törtchen. Ich dürfte es nicht essen, aber ich würde es dennoch tun.

14. März - Gestern sind Karin, ein Magenkarzinom und Louise, ein Leber-Ca gestorben. Der Tod schleicht durch die CHU und holt sich, was immer er holen will. Keiner wird gefragt. Wenn er mit dem Finger auf dich zeigt, musst du ihm folgen. Wohin auch immer …

15. März - Wieder hat Gevatter Tod zugeschlagen. Verlangt er jetzt täglich ein neues Opfer? Marie, einem Colon-Ca gab man nur sechs Monate. Als man die Diagnose stellte, war es bereits zu spät. Trotzdem wurde sie in eine Studie aufgenommen. Warum wecken sie Hoffnung, wo keine mehr ist?

Suchen sie sich Patienten, die kurz davor stehen, über den Jordan zu gehen? An ihnen kann man nichts mehr falsch machen. Wenn doch, wen interessiert's? Sie wären sowieso gestorben.

Ich muss an Prof. Hubachers Worte denken: „Die Teilnahme an Phase I ist allerdings auch mit hohen Risiken verbunden, die sogar zum vorzeitigen Tod führen können. Es werden daher nur Patienten teilnehmen, für die es heute keine andere Therapie gibt."

Versuchstiere, die sich freiwillig gemeldet haben!

16. März - Lonie konnte nicht nein sagen. Auch zum Tod nicht. Aber wer kann das schon? Erst recht nicht, wenn sich Krebs durch das Gehirn frisst. Ihr Krebs fraß ihren Corpus fornicis und ließ ihr keine Chance.

Wir wollen ihren Drachen steigen lassen, aber es regnet in Strömen. Nach unserem Treffen bläst Brunhild ihre Kerze aus. Niemand will das Couvert öffnen. Mittlerweile verfluche ich Carraud, dass er sich darauf eingelassen hat.

Ich will nicht wissen, ob Lonie ihre Prognose getoppt oder gefloppt hat. Pierre erbarmt sich und öffnet das Couvert. 11 Prozent!

Macht es Hoffnung? Nimmt es welche? Keine Ahnung!

17. März - Ein Wochenende zuhause. Meine Schätze! Sie haben mir so sehr gefehlt. Zélie hat sie heute Morgen bei meinen Eltern abgeholt.

Es reicht nicht aus, jeden Tag mehrmals mit ihnen zu telefonieren. Ich hätte sie gerne immer bei mir, aber das ist unmöglich. Das ist keine Mutter-Kind-Station. Das ist eine morituri-Station. Da gehören keine Kinder hin. Nicht mal als Besucher.

Cédric ist froh wieder zuhause zu sein. Er kann seine grand-mère nicht mehr sehen.

„Sie hat einen Schuhtick. Sie hat ein Zimmer, das voller Schuhe ist, die stehen da auf Regalen und Samantha muss sie abstauben. Es sieht aus wie in einem Schuhgeschäft.

Vorgestern hat sie uns Lackschuhe gekauft. Nicholas wollte sie nicht anprobieren. Er sagte, er ist doch kein Mädchen, nur Mädchen tragen Lackschuhe. Grand-mère hat es nicht interessiert. Sie hat ein Paar gekauft, ohne dass er sie anprobiert hat. Jetzt hat er Schuhe, die ihm nicht passen. Nächste Woche müssen wir mit ihr in die Oper gehen und dabei diese blöden Schuhe tragen.

Ich will nicht in die Oper, aber es wird sicher lustig, wenn Nicholas mit den großen Schuhen durch die Oper schlappt."

Nicholas findet es nicht lustig und schmollt. Ich hoffe, er hat ein bisschen Talent zum Designer, dann löst sich sein Problem von selbst. Vielleicht sollte ich ihm eine Geschichte erzählen? Die Geschichte von der Prinzessin, die kein Tutu anziehen wollte? Warum nicht?

Nachdem ich die Geschichte erzählt habe, strahlt er wie ein Honigkuchenpferd. Er drückt mir einen Kuss auf die Wange.

„Das war eine tolle Prinzessin." Er nickt anerkennend. „Mama, haben wir irgendwo Farbe? Der Prinz hat eine Idee …" Er zwinkert mir verschwörerisch zu.

Nun ja! Junge Designer muss man unterstützen …

18. März - Ich werde niemals aufhören ihn zu lieben. Meine Gedanken drehen sich nur noch um ihn. Ich kann mich auf nichts anderes konzentrieren. Ich will ihn wiederhaben.

Make me sing, make me sound … Andante, andante … Tread lightly on my ground … Andante, Andante … Oh please don't let me down …

19. März - Elke war in Österreich zum Skilanglauf. Sie ist verrückt! Carraud tobt.

„Sind sie von allen guten Geistern verlassen? Was haben sie sich dabei gedacht? Haben sie überhaupt gedacht? Sie setzen ihr Leben aufs Spiel, um auf Skiern durch den Schnee zu rutschen! Was soll man dazu sagen? Wo haben sie ihren Verstand gelassen?"

„In Österreich, auf der Loipe? Oder hat mir Glio den Verstand geraubt? Keine Ahnung! Aber ich bin mir sicher, dass ich von allen guten Geistern verlassen bin. Die wurden nämlich von meinem Tumor vertrieben."

Carraud ist sprachlos. Das erlebt man selten. Ich hoffe, dass ich mich noch lange an diesen Augenblick erinnern werde.

20. März - Wir wollen Lonies Drachen steigen lassen. Es weht nicht mal ein laues Lüftchen und er stürzt immer wieder ab.

Dr. Orreli weiß Rat. Er hat noch eine Rakete von Silvester im Kofferraum. Es ist verboten, aber wen stört es? Uns nicht! Wir wollen den Drachen in den Himmel schicken.

Nach dem Diner schleichen wir uns aus der Klinik und laufen in den Park. Sascha bindet den Drachen an die Rakete und zündet die Lunte. In einem Sternenhagel aus goldenem Glitzer verschwindet er für immer. Adieu Lonie!

21. März - Christin wird mir fehlen. Sie war so stark, hatte den kleinsten Tumor und musste doch gehen.

Heute Nacht wachte sie mit starken Schmerzen auf. Ihre rechte Körperhälfte war gelähmt. Sie konnte nicht artikulieren und sabberte.

Dr. Bouchoir hatte den Verdacht auf Apoplex und ließ sie ins CT bringen. Während der Vorbereitung zur Untersuchung ist sie gestorben.

Ihr Mann kam und hat getobt. Er verlangte eine Autopsie. Er schrie immer wieder, dass Christins Tod die Folge eines Behandlungsfehlers sei. Das Medikament sei das falsche gewesen. Die Studie habe seine Frau auf dem Gewissen. Dr. Bouchoir habe seine Frau unbeaufsichtigt ins CT geschickt.

So viel dummes Geschwätz. Charles ist Lehrer, tyrannisiert normalerweise seine Schüler. Früher hat er auch Christin gequält. Dann hat er seine Frau an den Tumor verloren. Christin, das Spielzeug, das er quälen und tyrannisieren konnte. Jetzt will er Geld sehen.

Behandlungsfehler, Vernachlässigung der Aufsichtspflicht, unterlassene Hilfeleistung! Das hört sich nach viel Geld an. Charles hat bereits Dollarzeichen in den Augen.

Von wegen, der Verlust seiner geliebten Frau. Das ich nicht lache. Pierre sagt, dass er es nicht zulassen wird, dass Charles aus Christins Tod Nutzen zieht.

Er hütet jetzt Christins Geheimnis. Sie hat ihm einen Brief geschrieben und als Beweis Fotos beigefügt. Ich bin schockiert. Er hat sie misshandelt, aufs Übelste zugerichtet. Jetzt verstehe ich die langärmeligen Rollkragenpullover und ihre Weigerung, sich in Gegenwart anderer im Engelshemd zu zeigen. Es erklärt auch den krummen Ringfinger und die lange Narbe in ihrem Nacken.

Christin war 52 Jahre alt und Lehrerin. Sie hat ihren Mann während des Studiums kennengelernt. Sie verliebten sich und haben geheiratet. Dann begann ihr Martyrium. Es endete 30 Jahre später, an dem Tag, als er sie die Treppe hinunterstieß und die Ärzte im CT das Glioblastom in ihrem Septum pellucidum fanden.

Ich werde sehen, was ich tun kann, dass Christin noch posthum Gerechtigkeit widerfährt ... ein kurzer Anruf bei unserem Familienanwalt ... ein Bote, der ein Couvert mit einem Brief und Fotos abholt ... ein Staatsanwalt, der sich der Sache annimmt ... Dollarzeichen Adieu!

In der Klinik brodelt es. Man ist eifrig dabei, den Idioten zu finden, der gestern Abend eine Rakete gezündet hat. Ich muss lachen. Die reden, als hätte jemand eine Lance-Rakete abgefeuert.

Wären sie doch bei der Suche nach gesunden Lebensmitteln ebenso eifrig bei der Sache.

22. März - Ich frage mich, ob diese Sehnsucht, dieser Schmerz aufhört, wenn ich ihn vergessen habe. Können Herzen auch vergessen? Nein! Sie weinen noch nach vielen Jahren. Aber in vielen Jahren bin ich nicht mehr da.

Immer wieder ertappe ich mich dabei, dass ich den Hörer in die Hand nehme und diese Nummer wähle, die Nummer seines Freundes. Immer wieder höre ich ihn Payssan sagen, ihn fragen, wer denn am Telefon sei. Wie gern würde ich ihm sagen, bring ihn mir. Ich will ihn wieder. Es tut mir leid. Ich sterbe ohne ihn.

Dann sagt mein Kopf, wir sterben auch ohne ihn … leg auf!

23. März - Pierre hat starke Kopfschmerzen und muss das Bett hüten. Ben ist wütend. Cinzia treibt es mit Bettins Vater in der Kaffeeküche! Ihre Lustschreie hallen über die Station. Schwester Laetitia zuckt mit den Schultern und lächelt ergeben. Ben macht seinem Unmut Luft.

„Das ist nur noch widerlich! Treibt sie es jetzt mit jedem?

„Es geht uns nichts an. Es ist ihr Tumor, der sie nymphoman macht. Was soll sie dagegen tun?"

Pierre lächelt gequält. Seine Kopfschmerzen lassen keine ausfernden Diskussionen zu. Er ist es überdrüssig, immer wieder an seine eigenen Unzulänglichkeiten erinnert zu werden. Seine Gedanken wandern zu Caitlin, seiner ehemaligen Freundin. Ein Lächeln huscht über sein Gesicht, als er an die vielen schönen Stunden zurückdenkt, die er mit ihr verbracht hat.

Wehmut schleicht sich ein. Traurigkeit! Wut! Caitlin hatte ihn verlassen, nachdem feststand, dass er an einem Glioblastom litt. Sie hatte ihm unverblümt gesagt, dass sie sich einem anderen zugewendet hatte. Einem gesunden Mann, der keine Potenzprobleme hatte.

Dr. Adrien Lagard! Sein Vater war zwar nicht im Besitz einer eigenen Klinik, aber immerhin nannte er eine Praxis sein Eigen.

Tief in seinem Innern hatte er es immer geahnt, dass Caitlin mehr hinter der Klinik seines Vaters her war, als hinter seiner Liebe zu ihr. Jetzt hatte sie ihr wahres Gesicht gezeigt. Es tat weh, sehr weh!

„Verfluchtes Miststück! Soll sie zur Hölle fahren und verrotten."

„Denkst du wieder an deine Freundin? Du hast wieder diesen Blick drauf." Ich will nicht neugierig sein, aber er tut mir leid.

„Ja! Ich denke oft an sie. Ich vermisse sie nicht. Nein, ganz sicher nicht. Ich fühle mich nur so gedemütigt. Da hat sie mir immer ins Ohr gesäuselt, wie sehr sie mich liebt und dass sie nicht mehr ohne mich leben könnte und dann das. Ausgerechnet Lagard! Dieser schmierige Schleimscheisser."

„Oh! Welch Wort aus deinem Mund. Ist es Lagard oder Alain Delon geschuldet?"

„Lagard! Alain Delon kann man nicht für alles verantwortlich machen. Obwohl ich ohne ihn noch immer mit diesem Miststück liiert wäre. Ich muss ihm dankbar sein. Er hat mir die Augen geöffnet. Ab sofort lebe ich nur noch von der Hand in den Mund."

„Oh! Das möchte ich mir jetzt wirklich nicht vorstellen. Findest du keine andere Formulierung?" Ben schüttelt sich angewidert.

„Haha! Stell es dir nicht vor. Das ist nicht wörtlich gemeint. Du müsstest inzwischen wissen, dass wir eine sehr blumige Sprache haben. Ich könnte auch sagen, ich kaufe mir keine Brauerei, nur weil ich ab und zu ein Glas Bier trinken will."

„Das gefällt mir bedeutend besser. Lassen wir es dabei. Wie steht es um deine Potenz? Hast du auch manchmal Erektionsprobleme?"

„Anfangs, als ich meine Diagnose bekam, hatte ich welche. Inzwischen hat es sich wieder gelegt. Es war wohl eher psychisch bedingt. Der Schock war groß. Anstatt mir beizustehen, hat mich Caitlin verhöhnt. Da konnte ich dann erst recht nicht mehr."

„Bei mir tut sich schon eine Weile nichts mehr. Carraud sagt, das wäre normal. In der Schaltzentrale sitzt jetzt Mason und der steht nicht auf Sex."

„Das hast du aber schön gesagt. Ich stelle mir vor, wie Mason das Kabel zu deinem besten Stück kappt ..."

„Hör auf damit. Das könnte mir wehtun."

„Sorry! War doch nur bildlich gesprochen."

„Ich stelle mir ja auch nicht vor, wie Alain Delon deine Potenz regelt."

Da kann man nur den Kopf schütteln. Ich bin froh, dass ich kein Mann bin.

24. März - Christins Drachen stieg in den Himmel. Ihre Kerze ist für immer erloschen. Es tut weh. Immer mehr verlassen uns. Ihre Prognose war erstaunlich. 28 Prozent!

28 Prozent, die sich in Luft aufgelöst haben, mit dem Drachen in den Himmel stiegen.

25. März - Zélie hat angerufen um mir etwas Lustiges zu erzählen. Immer wieder brach sie in schallendes Gelächter aus. Irgendwann hat sie sich beruhigt und fing wieder von vorne an.

Mutter wollte mit den Jungs in die Oper. Sie hatte sie neu eingekleidet, um mit ihren Enkeln ein bisschen zu prahlen. Zwei süße kleine Jungs in Samtanzügen, weißen Hemden, Fliegen und Lackschuhen. So hatte sie sich das vorgestellt. So wäre es auch gekommen, hätte da nicht ein kleiner Designer letzte Hand angelegt.

Als sie aufbrechen wollten, erschienen die Süßen in abgeschnittenen Hosen und mit weißen Gesichtern auf den Schuhspitzen. Mutter hat sich furchtbar aufgeregt und sie angeschrien, sie wären definitiv die Söhne ihrer Mutter, da wäre sie sich jetzt absolut sicher.

Sie ist dann allein in die Oper gegangen und die Jungs verbrachten einen schönen Abend zu Hause. Ich bin stolz auf meine Jungs ... sehr stolz!

26. März - Die Untersuchungsergebnisse liegen vor. Die Tumore sind alle gewachsen. Vielleicht haben sie einen Fehler gemacht. Etwas vertauscht? Frogmanns Futterkalk für Tumore, statt Wirkstoff 75N2!

Ingeborg ist entsetzt. Ihr Tumor hat sich fast verdoppelt. Okay! Er war nicht groß, aber wenn innerhalb sechs Wochen aus zwei vier Zentimeter Durchmesser werden ... terrible!

„Ich habe es geahnt. Mir ist in letzter Zeit immer übel. Ich sehe auf einem Auge schlecht. Ich traue mich nicht, es Carraud zu erzählen. Wer weiß, welche zusätzlichen Torturen er mir auferlegen würde."

„Hast du noch andere neuaufgetretenen Probleme? Du hast neuerdings einen starken Linksdrang."

„Ach Charlene, wenn du wüsstest. Meine Kopfschmerzen machen mich fast verrückt. Manchmal sprudeln Worte aus meinem Mund, die ich nie zuvor gedacht habe. Erinnerst du dich an Sonntagabend? Meine kleine Rede über die Herstellung von Speiseeis? Ich wollte Thomas einfach nur bitten, mir die Marmelade zu reichen. Was da aus meinem Mund kam, macht mich völlig fertig."

„Du musst zu Carraud gehen. Sag ihm, was du mir gesagt hast. Vertrau dich auch Monique an. Sie muss wissen, was mit dir los ist. Überleg doch mal! Was geschieht, wenn du Hilfe brauchst und ihr, statt sie darum zu bitten, eine Story über Wale erzählst."

„Daran habe ich noch gar nicht gedacht. Du hast recht. Ich muss mich Monique anvertrauen. Sie wird es verstehen. Sie hat selbst viele Probleme. Aber die würde unser Küken nicht verstehen. Bis du in die Menopause kommst, gehen noch viele Jahre ins Land."

„Merci! Ich werde mich bemühen dahin zu kommen, dass ich mitreden kann, wenn es um Beschwerden der Wechseljahre geht."

„Gern geschehen!", sagt sie und drückt mich.

Ich mag sie. Ingeborg ist Staatsanwältin. Wir haben schon so manche hitzige Diskussion geführt. Im Berufsleben würden wir nie auf einer Seite stehen. Hier kämpfen wir gemeinsam um unser Leben.

27. März - Wortfindungsstörungen! Schlaflose Nächte! Maurice!

Wenn ich ihm jetzt sagen würde, dass ich ihn liebe, wäre es enorm zeitaufwendig. Mir fehlen immer öfter die Worte. Sie geistern durch meinen Kopf, wollen aber nicht raus.

Aimée sagte: „Du schaffst das! Ich bin mir ganz sicher!" Immer wieder rufe ich mir diesen Satz ins Gedächtnis.

29. März - „Mama das war so toll. Wir müssen uns auch eine Yacht kaufen. Damit fahren wir dann auf der Seine. Das wäre Klasse! Wenn du nach Hause kommst, können wir uns doch mal die Yachten im Hafen ansehen. Wenn du wieder gesund bist, kaufen wir uns eine. Das wäre so toll!" Nicholas Begeisterung ist ansteckend. Claudine will auch mit, wenn wir uns die Yachten ansehen.

„Mama", sagt Cédric, in einem flehentlichen Tonfall, „wenn du wieder gesund bist, kaufen wir eine Yacht. Nur für uns drei. Versprich es! Biiittteeee!"

„Muss es gleich eine Yacht sein. Können wir nicht erst mal mit einem Dingi anfangen?"

Die beiden sehen mich entsetzt an. „Aber das ist doch was für Babys", sagt Cédric und Nicholas fügt hinzu: „Wir sind doch kleine Männer. Schließlich tragen wir schon Anzüge."

Wie kann man da widersprechen? Aber was soll ich mit einer Yacht?

30. März - Ich habe mir Methanol besorgt. Die Menge reicht! Ich hätte gerne etwas wirkungsvolleres, aber ich konnte mir nichts besorgen. Im Stationszimmer werden keine Anästhetika aufbewahrt und das Morphium ist unter Verschluss. Pierre wollte sich am Medikamentenschrank seines Vaters bedienen, als er ihn neulich in der Klinik besucht hat. Aber die starken Medikamente waren alle weggesperrt.

Bleibt uns nur das Methanol. Aber was nicht ist, kann ja noch werden. Warten wir's ab.

1. April - Kein Aprilscherz. Christelle wohnt jetzt im Himmel.

Ich bin traurig. Ich hatte sie gern. Sie war ein liebenswerter Mensch. Vor zehn Jahren ist sie an Hautkrebs erkrankt. Es dauerte fast fünf Jahre, bis sie als geheilt galt. Seitdem durfte sie nicht mehr in ihrem Beruf als Chemikerin arbeiten. Sie wechselte in die Lehre und unterrichtete Studenten an der Universität. Als die Kopfschmerzen einsetzten, schoben sie es auf die Menopause. Als sie stärker wurden, schickte ihr Hausarzt sie ins CT. Die Diagnose war niederschmetternd: Glioblastoma multiforme im Corpus fornicis.

Einer ihrer behandelnden Ärzte in Calais hatte von dieser Studie gehört und sie angemeldet. Jetzt ist sie gestorben. Sie wurde 55 Jahre alt, zu jung zum Sterben.

Trotz allem, was sie hinter sich hatte, strahlte sie eine Ruhe aus, die sie auch auf uns übertrug. Ihr Mann ist Alkoholiker und sie stirbt. Ungerecht!

Wir ließen ihren Drachen steigen, haben ihre Kerze ausgeblasen und das Couvert geöffnet. 21 Prozent!

02. April - Das Sterben hat begonnen. Die ersten Kerzen sind für immer erloschen. Die ersten Drachen flogen in den Himmel. Die ersten Briefe wurden geöffnet. Hoffnungen wurden zerstört. Die ersten Geheimnisse sind für immer verschwunden.

Es macht traurig, melancholisch. Dreißig begannen voller Hoffnung. Nach drei Monaten fehlen fünf. Wie soll man da noch hoffen? Hoffen – worauf? Auf ein Wunder? Ein Wunder, es wäre die einzige Chance.

An den Wirkstoff glaubt keiner mehr. Einige wollen abbrechen. Ich nicht. Er ist meine einzige Hoffnung. Wenn er anschlägt, bekomme ich das einzige Mittel, das gegen meine Sehnsucht hilft. Maurice!

Ich frage mich oft, ob er manchmal an mich denkt. Ob er mich immer noch in seine Arme schließen möchte. Claudine liegt mir in den Ohren, dass ich anrufen soll. Alles würde gut werden. Meine Sehnsucht hätte ein Ende.

Das weiß ich selbst. Ich kann mir nichts Schöneres vorstellen, als ihn wieder in die Arme zu nehmen. Okay …! Aber wenn ich ihn erst mal in den Armen halte, kommt der Rest von selbst …

05. April - Heute Nacht ist Astrid, ein Mamma-Ca gestorben. Vor vierzehn Tagen hat man ihr noch Hoffnung gemacht. Bei der Operation hätte man das tumoröse Gewebe vollständig entfernt. Die Tumormarker seien zurückgegangen. Man gehe davon aus, dass die Chemo die letzten verbliebenen Zellen zerstören würde.

Jetzt haben die Zellen Astrid zerstört. Warum machen sie Hoffnung, wenn es noch so viele unbekannte Gefahren gibt? So viele tickende Zeitbomben.

09. April - Ich habe mit Helmut-Didiers Enkel den Nachmittag verbracht. Helmut-Didier wollte sich mit seinem Sohn aussprechen. Seine Schwiegertochter hat Sohn und Mann verlassen. Sie erträgt die Trauer nicht.

Welche Trauer? Helmut-Didier lebt noch! Ich denke, es ist nur eine faule Ausrede. Welche Mutter verlässt ein dreijähriges Kind, wenn sie nicht sterben muss?

Alexandre ist der einzig normale Mensch in Helmut-Didiers Familie. Alle anderen drehen langsam durch. Seine Frau weint immer. Das macht Helmut-Didier traurig. Seine Tochter fühlt sich durch seine Krankheit gestraft.

Wen interessiert es, wie sich Helmut-Didier fühlt? Welche Schmerzen er ertragen muss? Wenn seine Frau zu Besuch ist, zeigt er sie nicht. Wenn sie im Anmarsch ist, sind wir auf der Flucht. Wir ertragen ihr Gejammer nicht.

12. April - Elke hat genug mit ihrer Familie zu tun. Cinzia ist immer auf Männerjagd und Monja hat sich in die Laborantin verliebt.

Von meiner Familie lässt sich niemand blicken. Gut so! Mutter ist damit beschäftigt, sich bedauern zu lassen. Wie sollte es auch anders sein. Mein Vater jettet durch die Welt, um noch mehr Geld zu scheffeln. Da kann er nicht zu mir kommen. Das kostet nur und bringt nichts ein. Meine grands-parents … sie sind nur die grands-parents …

Claudine hat ein schlechtes Gewissen. Sie bringt es nicht fertig, ihrem Mann die Wahrheit zu sagen. Es wird wohl ein Geheimnis bleiben. Für immer!

14. April - Ostersamstag! Elke ist heute voller Tatendrang. Der Eierkopf will bemalt werden oder will er doch nicht? Bei Thomas weiß man nie, woran man ist. Heute hüh und morgen hott. Er wechselt seine Meinung schneller, als andere die Hosen.

Diesmal hat er sich mit der Falschen eingelassen. Elke wird seinen Kopf bemalen und wenn sie ihn dafür in Narkose legen muss.

Thomas ziert sich, druckst herum und will sich drücken, aber Elke packt den Stier bei den Hörnern und Thomas bei seiner Ehre. Sie flüstert ihm ins Ohr und plötzlich ist er begeistert. Ich vergaß, sie hütet sein Geheimnis. Ein Geheimnis, das ihn plötzlich zum Lämmchen mutieren lässt … Ohoh!

Schwester Seraphine ist für jeden Blödsinn zu haben. Sie hat Elke den Farbenkasten ihres Sohnes mitgebracht. Jetzt wartet sie gespannt auf das Ergebnis. Sie wartet nicht allein. Der Raum hat sich gefüllt und alle morituri freuen sich auf das Ergebnis.

Elke mischt ein paar Farben und macht sich ans Werk. Das Gesicht von Thomas verwandelt sich in ein Hasengesicht. Sein Hinterkopf wird zu einem bemalten Ei. Als sie fertig ist, steckt sie ihm noch Hasenohren auf und heftet einen Puschel an seinen Po.

Die Begeisterung ist groß, der Applaus will nicht enden. Thomas betrachtet sich im Spiegel und gefällt sich. Ich traue meinen Ohren nicht. Eine positive Äußerung von Mister Meckerfritze. Ihm gefällt etwas, dass ein anderer gemacht hat! Ein Wunder ist geschehen!

Als wäre das nicht genug, er setzt noch einen drauf. Er marschiert auf die Kinderonkologie und liest den Kindern Geschichten vom Osterhasen vor. Hat sein Tumor ein Wunder vollbracht und ihn zu einem guten Menschen gemacht?

Zwei Stunden später wissen wir, dass es nur ein kurzer Ausflug in die Menschlichkeit war. Er liefert sich wieder ein Streitgespräch mit Pablo, der ihm seinen Sinneswandel nicht abgekauft hatte.

15. April - Heimaturlaub bis 18 Uhr! Meine Kinder freuen sich. Ich bin glücklich, endlich wieder zuhause zu sein. Zélie hat die Wohnung gelüftet und in allen Zimmern frische Blumen verteilt.

Tja! Wie sage ich es ihr, ohne sie vor den Kopf zu stoßen? Schnittblumen sind tabu, wegen der Bakterien. Sie nimmt es besser auf, als ich dachte. Es ist ihr peinlich, dass sie nicht mehr daran gedacht hat.

Aber auch ohne Schnittblumen geht es mir schlecht. Nachdem wir gegessen haben, rutscht die Übelkeit aus meinem Kopf in den Magen. Ich schaffe es nicht mehr ins Badezimmer und übergebe mich im Flur. Mir wird schwindlig, Watte im Kopf, Nebel wabert. Dunkelheit!

Als sich die Dunkelheit lichtet, blicke ich in das Gesicht von Dr. Labarbe.

„Welcome back", sagt er und tätschelt mir die Wange.

Zehn Minuten später fahren wir vorm Salpetrière vor. Das Gefängnis hat mich wieder.

17. April - Frédéric, dieser feine Mensch, ist gegangen.

Dr. Frédéric Boucher, ein Gerichtsmediziner. Er hätte sich so gern selbst obduziert. Seinen Tumor kennengelernt, der sich in seinem Corpus callosum eingenistet hatte. Er hatte einen seltsamen Humor.

Ich mochte ihn. Wir haben lange Gespräche geführt und so manche Nacht gingen wir zusammen im Park spazieren. Wir freuten uns auf den Frühling, wollten unter einem blühenden Apfelbaum sitzen und den Wolken zusehen, die am blauen Himmel dahinzogen. Der Apfelbaum wird blühen, die Wolken werden dahinziehen, aber Frédéric wird nicht mehr da sein, um es zu sehen.

Sein Drachen stieg bei strahlendem Sonnenschein in den wolkenlosen Himmel. Seine Kerze ist erloschen. Seine Prognose: 19 Prozent!

Er wird mir fehlen!

20. April - Spaziergang mit meinen Kindern. Es ist schön, sie bei mir zu haben. Sie fehlen mir so sehr, wenn sie nicht bei mir sind. Joyce hat uns zum Père Lachaise gebracht und holt uns in einer Stunde wieder ab. Sie gehen gerne auf den Friedhof. Hier ist es so friedlich und die vielen Grabstätten und Mausoleen faszinieren sie. Sie besuchen auch gerne das Mausoleum unserer Familie. Sie nennen es unser kleines Häuschen. Sie haben recht. Es ist ein kleines Häuschen. Ein seltsames Häuschen. Wer einmal dort einzieht, der kommt nie wieder heraus.

Sie wissen nicht, wer auch in diesem Häuschen wohnt. Wissen nichts von der kleinen Schwester, die sie hätten haben können, hätten die Ärzte ihrer Mutter geglaubt. Diese Ärzte haben sie auf dem Gewissen.

Ich weiß, dass dies nicht ganz korrekt ist, aber sie hätte länger durchgehalten, wenn man sie dabei unterstützt hätte. Vielleicht sogar solange, bis sie lebensfähig gewesen wäre.

Mein Herz schreit vor Schmerz. Es war unser kleines Wunder. Wenn dieses Wunder geschehen konnte, hätte sie doch auch zum Wunder werden können. Er würde sie lieben und sie hätte ihm die Kraft gegeben, ein neues Leben zu beginnen.

Die Tränen machen mich blind und mein Kummer nimmt mir die Luft zum Atmen. Mon Dieu! Doch nicht jetzt! Nicht hier! Meine Kinder! Atmen! Tief ein- und ausatmen. Atmen … immer weiter atmen. Arme hinterm Kopf verschränken und atmen …

Sie spielen mit einer der vielen Katzen, die auf dem Friedhof wohnen. Merken zum Glück nicht, dass ihre Mutter Probleme hat. Das tiefe Atmen hilft und langsam werde ich ruhiger. Erschöpfung überfällt mich und zwingt mich in die Knie. Ich lasse mich auf den Stufen des Mausoleums nieder, lehne mich an die Tür und hoffe, dass das Schwächegefühl bald endet.

Joyce legt ihren Arm um meine Schulter. Streicht mir übers Haar.

„Ich dachte mir doch, dass du das nicht überstehst. Ich hätte gleich mitkommen sollen." Sie wischt mir die Tränen aus dem Gesicht und hält mir ein Taschentuch vor die Nase. „Schnäuzten musst du allein."

Langsam machen wir uns auf den Weg zum Ausgang. Zum Glück geht es bergab. Ich bin erschöpft und will nur noch ins Bett.

21. April - Mein Wochenende zuhause endete schneller, als mir lieb war. Der Notarzt kam heute Morgen, die Besatzung wohlbekannt. Warum gehe ich überhaupt noch nach Hause?

Dr. Labarbe sagte, er würde mich mal zum Kaffee einladen, dann müsse ich nicht immer in Ohnmacht fallen, damit wir uns sehen können.

Vincent lachte und meinte, ich würde viel lieber mit ihm ausgehen. Labarbe sei zu alt für mich. Das hat mich zum Weinen gebracht. Zu alt für mich! Maurice ist 15 Jahre älter als ich und hat mich glücklich gemacht. Wer will schon einen Vincent oder gar einen Labarbe, wenn er Maurice hatte?

23. April - Es geht weiter. Der zweite Zyklus beginnt. Meine Werte sind schlecht. Meine Nieren arbeiten nicht zur Zufriedenheit der Ärzte. Mal zwackt es rechts, mal zwickt es links. Prof. Aucler hat mir zwei Medikamente verordnet, die ich jetzt auch noch schlucken muss.

Jeannes Nieren arbeiten nicht mehr. Sie muss jetzt drei Mal die Woche zur Dialyse. Dr. Friedli befürchtet, dass dabei auch ein Teil des Wirkstoffs ausgespült wird.

Tja! Dieses Problem hatten sie mit den Labormäusen anscheinend nicht.

Léonie leidet am Cushing-Syndrom. Wurden die Hypertonie und die Gewichtszunahme einzig der Cortison-Einnahme zugeschrieben, so mussten sie jetzt ihre Meinung revidieren. Seit ein paar Tagen gleicht ihr Gesicht einem roten Vollmond.

Wir haben uns gewundert, dass ihre Fetteinlagerungen sich überwiegend am Oberkörper befinden. Jetzt wissen wir warum. Allerdings fragen wir uns, warum es den Ärzten nicht aufgefallen ist.

27. April - Heute Morgen ist Carola gestorben. Organversagen. Der Krebs hatte gestreut, nicht nur ihre Leber zerfressen. Jetzt hat sie es überstanden. Die letzten Tage waren nur noch ein Dahinsiechen. Man hatte sie ins Sterbezimmer geschoben und ihr die Schmerzen genommen.

Ihr Mann hatte sie in der letzten Zeit nur noch mein kleines Mirabellchen genannt. Sie liebte Mirabellen und hatte schon vor Wochen deren Farbe angenommen. Jetzt hat der Tod Mirabellchen geerntet und ihr Mann weint um die Liebe seines Lebens.

28. April - Ich habe einen metallischen Geschmack im Mund. Es fing gestern an. Pierre hat es auch. Bei Monique riecht alles chemisch. Jeanne hat sowohl als auch. Monja duscht dauernd, weil sie glaubt sie stinkt.

Was kommt noch alles? Rosten wir irgendwann oder fangen an zu leuchten?

29. April - Jeannine hat's geschafft. Ihr laues Lüftchen hat geweht. Sie war fest davon überzeugt, dass ein laues Lüftchen wehen würde, bevor man stirbt. Es wehte, weil ein Engel den Raum betrat, um die Seele in den Himmel zu begleiten.

Ihr Tumor saß in ihrem Vermis cerebelli. Er hatte sich in den letzten beiden Wochen fast verdoppelt. Man konnte ihr beim Sterben zusehen. Es war schrecklich. Am Ende konnte sie nicht mehr stehen. Sie lag apathisch im Bett und starrte an die Decke. Ihre Mutter kam jeden Tag, jammerte uns die Ohren voll und verschwand wieder, weil sie den Anblick ihrer sterbenden Tochter nicht mehr ertrug.

Wie ließen sie nicht allein. Rund um die Uhr saß jemand von uns an ihrem Bett. Wir wollten ihr das Gefühl geben, nicht allein zu sein. Ihren letzten Weg musste sie allein gehen. Aber wir werden ihr folgen. Einer nach dem anderen.

30. April - Vorgestern ist Michel gestorben. Der Gastronom mit dem Bronchial-Ca hat uns verlassen. Wie oft hat er uns Geschichten aus seinem Leben erzählt. Von seinen Reisen durch die Welt, um neue Gerichte kennenzulernen und auszuprobieren. Jetzt lernt er die himmlischen Genüsse kennen.

Wir machen einen Ausflug zum Fischweiher von Dr. Bouchoir's Schwiegervater. Er ist riesig und die Anlage ist schön. Es gibt eine Hütte mit Gastronomie und Außenbestuhlung. Alte Bäume spenden Schatten und unzählige Blumen verströmen ihren Duft. Lauschige Plätze unter hängenden Zweigen … Wäre ich doch nicht mitgefahren. Überall Liebespaare. Es tut so weh. Er fehlt mir so!

Wir lassen Jeannines Drachen steigen. Die Menge jubelt, als er in den Wolken verschwindet. Sie wissen ja nicht, dass wir damit Jeannines Seele in den Himmel schicken. Wir trauen der Sache mit dem Engel und seinem lauen Lüftchen nicht.

Heute Morgen haben wir ihre Kerze gelöscht. Ihre Prognose war niederschmetternd. 8 Prozent!

Sie hat nicht an Wunder geglaubt. Ihr Leben war ihrer Arbeit und dem Wohlergehen ihres Mannes gewidmet. Er hatte MS und sie pflegte ihn jahrelang. Sie sorgte sich mehr um ihn, als um ihre Gesundheit. Fragte immer, was aus ihm wird, wenn sie nicht mehr ist.

Ich fragte mich, wie sie den Spagat zwischen Job und Pflege geschafft hat. Sie war Personalchefin bei einer großen Bank. Als Frau muss man in solch einem Job mehr leisten, sich immer wieder neu beweisen und besser sein als die Männer, die auf diesen Job scharf waren. Jetzt steht ihnen die Tür offen, Jeannine hat ihren Stuhl geräumt. Mit 54 Jahren!

31. April - Rainier fliegt jetzt mit den Engeln.

Air France hat einen Flugkapitän weniger. Er war sich so sicher, dass er es schaffen und schon bald wieder das Cockpit eines Jumbos übernehmen würde.

Er hat nie geglaubt, dass er das Cockpit für immer verlassen hatte, als die Kopfschmerzen von Flimmern und Doppelbildern unterstützt wurden und er wankend aus der Maschine torkelte.

Wie konnte er ahnen, dass es der Anfang vom Ende war? Mit einem Glioblastom im Pons war seine Karriere als Flugkapitän vorbei. Er sagte, wenn er geahnt hätte, was da kommen würde … er wäre mit dem Kopf voran von der Gangway gesprungen. Jetzt hat er es überstanden und ist nach 51 Jahren für immer aufgestiegen.

Sein Drachen wird nie die Höhen erreichen, in die sein Jumbo aufstieg. Aber wir schicken in los, mit einem letzten Gruß. Beim Nachmittagskaffee löschen wir seine Kerze. Judith öffnet sein Couvert. 15 Prozent!

Ben kennt jetzt mein Geheimnis. Ich habe es ihm heute erzählt. Er sagt, dass er sich so was schon gedacht hat. Als er mich zum ersten Mal sah, hatte er so eine Ahnung, dass es da mehr gibt, als mein Glioblastom. Da sei etwas in meinen Augen.

Er versteht meine Entscheidung, findet sie aber nicht richtig. Ich hätte Maurice die Entscheidung überlassen müssen. Er hätte sich über die Konsequenzen Gedanken gemacht. Wenn er das Risiko eingegangen wäre, am Ende mit leeren Händen da zu stehen, so wäre es seine Entscheidung gewesen. Er hätte sie nicht nur mit dem Herzen, sondern auch mit dem Kopf getroffen. Vielleicht hätte es auch eine andere Lösung gegeben.

Ja, vielleicht hätte es das. Vielleicht hätte auch unser Baby eine Chance gehabt. Aber jetzt ist es zu spät.

Kapitel 16

Ein Monat voller Tod

Erster Mai – Nicholas ist mit dem Skateboard gestürzt und hat sich den Arm gebrochen. Camelia hat ihn in die Klinik gebracht und dann alle verrückt gemacht. Sie wollte, dass sie mich suchen und finden. Sie hat Angst, meine Mutter würde sie entlassen, weil sie nicht auf den Jungen aufgepasst hat.

Pierre begleitet mich in die Notaufnahme. Nicholas sitzt auf einem Stuhl und hält seinen Arm, der in einer Schlinge steckt. Er ist etwas blass um die Nase.

„Mama, endlich! Ich habe so auf dich gewartet. Die sagen, ich habe mir den Arm gebrochen. Er muss eingegipst werden. Ist das nicht toll. Jetzt bin ich auch krank und kann bei dir bleiben."

Kindliche Logik! Was soll ich dazu sagen? Bevor ich darüber nachdenken kann, übernimmt Pierre.

„Das finde ich toll, dass du hier bleiben willst. Aber weißt du, wir beide müssen uns darüber noch etwas genauer unterhalten. Das machen wir ohne deine Mama. Sie regt sich immer auf. Typisch Frau."

„Ja", stimmt ihm Nicholas zu, „typisch Frau!"

Ich nehme mein Herzchen in den Arm und drücke ihm heimlich einen Schmatzer auf die Stirn. Er quittiert es mit einem bösen Blick. Ich weiß, er ist kein Baby mehr und will nicht in der Öffentlichkeit abgeschmatzt werden. Aber was sein muss, muss nun mal sein.

Inzwischen sind auch Ben und Claudine eingetroffen und stehen im Behandlungszimmer.

„Wir sind sozusagen als moralische Unterstützung hier", lacht Ben und schiebt mich zur Seite. „Das ist eine Sache für echte Kerle. Geh mit Claudine einen Kaffee trinken. Wir machen das hier."

„Mama, ist schon okay. Geh mit Claudine Kaffee trinken. Wir Kerle machen das ohne dich."

Mein Baby, ein ganzer Kerl. Claudine lacht. „Er wird schneller erwachsen, als dir lieb ist."

Als wir aus dem Café kommen, werden wir bereits erwartet. Der Arm ist eingegipst und die blasse Nase hat wieder etwas Farbe.

„Ich begleite dich noch auf dein Zimmer", sagt mein Sohn, ganz Kavalier. „Allerdings könnte ich zuerst noch eine chocolat chaud vertragen. Gegen den Stress, den ich habe."

Ich bin überredet und lade mein Herzchen auf eine chocolat chaud ein. Er überlegt es sich noch mal und nimmt statt der Schokolade einen großen Eisbecher. Der Stress ist wohl doch etwas größer.

Wir fahren auf Station und Nicholas tippelt aufgeregt herum. Vor meinem Zimmer wartet Aristide mit einem neuen Bett, während Schwester Seraphine Claudines Bett aus der Tür schiebt. Was soll das?

Noch bevor ich fragen kann, rollt sie das neue Bett vom Flur ins Zimmer. Pierre und Ben folgen.

„Was wird das?" frage ich etwas irritiert.

„Der Patient verbringt diese Nacht in der Klinik. Ärztliche Anordnung!", ertönt Carrauds Stimme. Nicholas strahlt übers ganze Gesicht.

„Und da ein Zwilling selten allein kommt, bleibt der zweite als moralische Unterstützung ebenfalls hier.

Hinter mir ertönt ein Jubelschrei und Cédric umarmt mich stürmisch. Ich schaue zu Ben und Pierre. Das haben doch die beiden eingefädelt. Sie grinsen mit Carraud um die Wette.

Kerle! Ich sag's ja!

02. Mai - Es war eine lange Nacht. Die beiden konnten vor Aufregung nicht schlafen. Weit nach Mitternacht schlossen sich ihre Augen. Sie haben noch mit uns gefrühstückt, bevor Camelia sie abgeholt hat. Ich gab ihnen noch die Warnung mit auf den Weg, dass dies eine einmalige Sache war und provozierte Unfälle von der Obrigkeit nicht toleriert würden.

„Oui, mon Général!", sagen sie mit Engelsmienen. Warum traue ich ihnen nicht?

Ich war schon lange nicht mehr so glücklich. Ich umarme Ben und Pierre und hauche jedem einen Kuss auf die Wange.

„Merci!"

04. Mai - Federico ist vor einer Stunde gegangen. Er starb in Elkes Armen. Durfte nur 53 Jahre alt werden.

Der heißblütige Italiener, der überall auf der Welt Häuser gebaut hat, konnte seinem ungebetenen Gast leider kein Häuschen bauen. Der hatte sich in seinem Septum pellucidum einquartiert und nicht die Absicht, jemals wieder auszuziehen. Er verspürte auch nicht den Wunsch nach einem eigenen Haus.

Bis gestern ging es Federico relativ gut. Heute Nacht kamen die Kopfschmerzen. Sie waren so heftig, dass er nur noch mit Morphin ruhiggestellt werden konnte. Während seiner letzten Stunden verfiel er vor unseren Augen. Das Fieber stieg auf 41°. Er halluzinierte und lallte nur noch. Der Speichel lief aus seinem Mund und dann begannen die Zuckungen. Seine Augen drehten sich wie Kreisel.

Im Laufe des Tages nahm seine Unruhe zu und er war nur mit Mühe im Bett zu halten. Irgendwann hat man ihn festgebunden. Eine neue Dosis Morphin stellte ihn endgültig ruhig. Wir saßen abwechselnd an seinem Bett. Ließen ihn nie allein.

Seine Familie zog es vor, zu Hause zu bleiben. Sie hatten ihn schon lange abgeschrieben. Sascha sang ihm leise Schlaflieder vor. Sie hatten auf uns alle eine beruhigende Wirkung. Cinzia tupfte ihm den Schweiß von der Stirn. Er schwitzte, als läge er in der Sauna und nicht in einem Krankenhausbett.

Heute Abend ließen wir seinen Drachen steigen. Er flog in den Sonnenuntergang. Seine Kerze erlosch und sein Couvert wurde geöffnet. 27 Prozent!

05. Mai - Ein Traum von stiller Liebe. Ein kleines Lied. Sehnsucht! Er fehlt mir!

Wieder plagen mich Zweifel. Hätte ich Maurice die Entscheidung überlassen sollen, überlassen müssen? Ich weiß, wie er sich entschieden hätte. Er wäre seinem Herzen gefolgt. Ich folgte meinem

Verstand und vergehe jetzt vor Sehnsucht. Wäre es leichter, wenn er an meiner Seite wäre? Er würde mir die Sehnsucht nehmen, aber nicht den Schmerz, die Defizite, das Sterben. Er würde leiden, weil er mich beim Sterben begleiten würde. Auch wenn mein Herz schreit, du hast einen Fehler gemacht, weiß ich, dass mein Kopf sich richtig entschieden hat.

Oh the Rhythm of my heart ...

06. Mai - Gestern ist Germaine gestorben. Sie hatte ein Gliosarkom. Ihre Aussichten waren schlecht. Sie wusste von Anfang an, dass es keine Rettung gab. Keine Studie, die ihr hätte Hoffnung geben können. Unsere Hoffnung schwindet mit jedem morituri, der uns verlässt.

Auf Station geht es mal wieder rund. Cinzia vernascht Jules unter der Dusche. Sie treibt es jetzt mit jedem! Sogar mit diesem Pickelbubi! Fettige Haare, Mundgeruch und erst seine Füße! Igitt! Und so einer will Arzt werden. Das ist nur noch eklig ...

Ich glaube, Cinzia will alles nachholen, was sie versäumt hat oder von dem sie glaubt, es versäumt zu haben. Alles, was sie versäumen wird. Sex! Mit 34 Jahren steht sie in der Blüte ihres Lebens und doch ist sie bereits verwelkt.

Sie weiß um die Diagnose Glioblastoma multiforme im Septum pellucidum, kennt die Folgen und läuft vor ihrem Wissen davon. Sie ist Krankenschwester in der Neurochirurgie der CHU von Bordeaux. Wie muss sie sich gefühlt haben, als sie ihre Diagnose bekam? Sie wusste, wie sie enden würde und musste überredet werden, an dieser Studie teilzunehmen.

07. Mai - Ich habe Probleme beim Laufen. Starker Rechtsdrang, knicke immer wieder im rechten Knie ein. Das ist schrecklich! Ich ecke überall an.

Ben sagt, wenn ich an meiner Tür links gehe, bin ich, ganz ohne Zutun, bei ihm angekommen. Er wohnt schräg gegenüber. Wenn es schlimmer wird, kann ich nur noch Helmut-Didier besuchen. Der wohnt rechts nebenan. Helmut-Didier sagt, dann werden wir uns wohl bald sehr oft sehen. Der redet, als wäre ich eine Strafe.

Manchmal habe ich das Gefühl, als hätte meine linke Seite nichts mehr zu sagen. Die rechte hat übernommen und macht was sie will. Ich musste auf einer geraden Linie laufen, ich habe es nicht geschafft. Am Ende stand ich einen Meter daneben. Wo soll das noch hinführen?

08. Mai - Sie sterben immer schneller. Gestern starben Jean-Claude und Pierrick. Jean-Claude, dieser nette alte Mann. Man hat ihm schon zu Lebzeiten einige Körperteile entfernt. Er hatte Knochenkrebs. Es begann im linken Schienbein. Der Krebs breitete sich aus. Bildete Metastasen. Erst wurde ihm der Unterschenkel amputiert, danach der Oberschenkel. Die Metastasen, in seinem rechten Arm, machten es nötig, ihm auch den Arm zu amputieren. Dann fraß sich der Krebs durch seinen rechten Oberschenkel und sie nahmen ihm das Bein ab. Als sich dann Metastasen in seiner Wirbelsäule bildeten, waren die Ärzte mit ihrem Können am Ende. Die Wirbelsäule zu entfernen, um den Krebs aufzuhalten, wäre ein Ding der Unmöglichkeit.

Jean-Claude hat alles ertragen. Er war immer guter Dinge, trotz allem, was ihm widerfahren war.

Er sah in allem das Gute. Nur das Übel würde uns die Augen für das Schöne in der Welt öffnen.

Pierrick, das Pankreas-Ca. In der Klinik ist man nicht der Patient X mit dem Krebs namens Glioblastom oder Mammakarzinom. Nein, man ist das Glioblastom, das Mamma-Ca, das Non-Hodgkin-Lymphom. Entwürdigend!

Pierrick definierte sich doch nicht über seinen Tumor. Er war ein Mensch! Ein Mensch wie alle Patienten mit Krebsgeschwüren. Es sind die Tumore, die sich durch die Körper fressen und ihrem Wirt die Menschlichkeit, die Würde nehmen.

Heute in aller Frühe durfte Joseph-Emilian diese Welt verlassen. So grauenvoll möchte ich nicht sterben. Letztes Jahr hat man bei ihm ein Magenkarzinom diagnostiziert. Man riet ihm zur Operation, aber er wollte seinen Magen behalten. Er bekam Chemo und Bestrahlung. Danach musste sein Magen entfernt werden. Leider zu spät, denn der Krebs hatte bereits gestreut und war in die Speiseröhre gewachsen. Man entfernte sie gleich mit.

Man hat seinen Dünndarm an das verbleibende Stückchen des Oesophagus genäht und gehofft, dass alles gut wird. Dem war nicht so. Die Wunde verheilte nicht und macht Probleme. Er wurde über eine Dünndarmsonde ernährt. Man konnte ihm beim Verfall zusehen. Zuletzt war er nur noch ein Schatten seiner selbst. Eine Mumie, die man im Rollstuhl über die Krankenhausflure karrte.

Claudine hatte Jean-Claude gern. Sie war sehr traurig, als sie von seinem Tod erfuhr. Wir haben ein bisschen zusammen geweint. Es tat gut! Ich bin so froh, dass ich sie habe.

Dieser Tag hatte auch etwas Positives zu bieten. Meine Söhne haben Geburtstag. Joyce hatte bei Cecilie einen Tisch bestellt und wir feierten mit Kuchen und Törtchen. Ben und Pierre, die tollen Kerle waren auch eingeladen. Claudine sowieso, sie wird von meinen Söhnen heiß und innig geliebt. Sie passt immer so gut auf ihre Mama auf, dafür muss man sie ganz einfach lieben.

Leider ging diese kleine Feier viel zu schnell zu Ende. Mit der Gewissheit, dass ich den letzten Geburtstag meiner Kinder gefeiert habe, weine ich mich in den Schlaf.

09. Mai - Die zarte Ingeborg hat es geschafft.

Nie wieder leiden müssen. Ich beneide sie! Ingeborg, die zarte Staatanwältin aus Marseille. Zartes Wesen, knallhart im Job. Glioblastoma multiforme im Pons.

Monja hat ihre Kerze ausgeblasen und das Couvert geöffnet. 29 Prozent! Mehr als erwartet … Anschließend waren wir im Park und schickten ihren Drachen in den Himmel. Es tut jedes Mal weh, wenn die Schnur gekappt wird.

Jetzt hüte ich ihr Geheimnis. Ingeborg, nach 45 Jahren ungeöffnet zurück!

10. Mai - Am Nachmittag besuchten wir ein Konzert in der Klinikkirche. Es war schön und hat mich sehr bewegt. Am Ende sang ein Chor ein Lied, das ich noch nie zuvor gehört habe. Take thou my hand and lead me …

Mir liefen die Tränen und wollten nicht mehr versiegen. Ben sagte, der Chor singt, was ich mir aus ganzem Herzen wünsche, was Maurice wollte. Bei mir sein, meine Hand halten und meinen letzten Weg mit mir gehen.

Oh, diese Sehnsucht. Dieser unendliche Schmerz, so tief in mir. Wann hört er endlich auf? Warum kann ich nicht gehen? Tot sein ist besser, als diese Sehnsucht nach ihm und das Wissen, ihn nie mehr wiederzusehen.

Lass mich doch endlich sterben!

11. Mai - CEA im Liquor! Toll! Hat auch nicht jeder. Niemand hat mich gefragt, ob ich es haben will. Es ist einfach da. So wie Charlie plötzlich da war.

Ich lerne hier Werte kennen, die ich nie kennenlernen wollte. Sie interessieren mich nicht. Nur die nachdenklichen Blicke der Ärzte machen mir zu schaffen. Welche Werte Charlie beeinflusst? Keine Ahnung! Welche Werte die Chemo beeinflusst hat? Welche der Wirkstoff beeinflusst, all die anderen Medikamente, mit denen sie mich vollstopfen? Ich weiß es nicht und ich will es auch nicht wissen.

14. Mai - Valentin ist gestorben. Das siebzigjährige Colon-Ca. Oh nein! Nicht das Colon-Ca war so alt. Die Ärzte mit ihrem Medizinerjargon ...

Er war bis zuletzt noch sehr agil. Durch nichts in seinem Tatendrang zu bremsen. Abgemagert, mit aufgeblähtem Bauch und Mundschutz tigerte er durch die Klinik. Bezirzte die älteren Mädels und flirtete mit den jüngeren.

Er hat mir mal erzählt, dass er früher ein schlimmer Finger war, ein Hansdampf in allen Betten. Er war fünf Mal verheiratet, hatte vier Kinder von verschiedenen Frauen und mit keiner von ihnen war er verheiratet. Ob es da vielleicht noch das ein oder andere Kind gab, das seine Gene trug ... nun ja ... wer weiß das so genau?

Er hat sein Leben gelebt und in vollen Zügen genossen. Jetzt ist er für immer gegangen und die Mädels weinen um ihn.

15. Mai - Ein Jahr geschafft! Von wegen, noch sechs, maximal neun Monate. Ich bin noch da! Fragt sich nur, wie lange noch!

Meine Kopfschmerzen werden stärker. Meine Defizite häufen sich. Aber ich lebe noch! Vielleicht ist es ein gutes Omen? Vielleicht gibt es doch ein Wunder? Ein klitzekleines?

Ich würde gerne den Ärzten in Limoges schreiben, dass sie sich geirrt haben, dass sie sich künftig mit Prognosen zurückhalten sollen. Aber dann denke ich, sie würden müde darüber lächeln und die Nasen in ihren arroganten Gesichtern rümpfen. Aber wenn ich überlebe ... dann werde ich schreiben ... wenn ich es bis dahin nicht vergessen habe.

16. Mai - Der heutige Kalenderspruch:

Das hat man doch nicht in seiner Macht, in wen man sich verliebt.

Wie wahr! Monsieur Ibsen hat den Nagel auf den Kopf getroffen.

17. Mai - Ute ist gestorben.

Der Krebs hat auch ihren verbliebenen Lungenflügel gefressen. Das Island Hopping war ihr letzter Wunsch. Sie wusste, dass sie nicht wieder zurückkommt. Friedlich eingeschlafen unterm Sternenzelt, auf einem Bett aus Sand. Die Wellen spielten ihre Abschiedsmelodie. Alles war so, wie sie es wollte. Ich freue mich für sie.

Helaine hat es auch geschafft. Irgendwann gibt es keine Hoffnung mehr. Dann ist das Sterben eine Erlösung. Auch für ein 47-jähriges Zervix-Ca. Sie wollte immer Kinder, hat es immer wieder vor sich hergeschoben. Dann war es zu spät. Den Kinderwunsch zu Gunsten der Karriere geopfert. Sie hat es bis zum Schluss bereut.

Ich muss an Marielle denken. Ob sich ihr Kinderwunsch inzwischen erfüllt hat? Wie es Geraldine geht? Spricht sie immer noch mit den Pflanzen oder redet sie bereits mit den Engeln? Ségolène, konnten sie ihre Schübe hinauszögern, kann sie noch laufen oder sitzt sie bereits im Rollstuhl?

Ich würde sie gerne wiedersehen, aber die Zeit mit ihnen ist vorbei. Meine letzte Zeit gehört den morituri. Mit ihnen werde ich aufstehen oder untergehen.

18. Mai - Jean-Pierre hat Geburtstag. Er vollendet sein sechzigstes Lebensjahr. Seine Familie und viele seiner Freunde sind gekommen, um mit ihm zu feiern. Es ist ein schönes Fest. Manchmal fließt eine Träne und manchmal wird gelacht. Doch man spürt die Angst und die Traurigkeit, die durch den Raum schwebt und alles in ihrem Bann hat.

Diese Angst, die uns Tag für Tag begleitet, uns in den Magen fährt und die Tränen in die Augen treibt. Sie ist stärker als die Hoffnung, die doch in jedem von uns wohnt. Hoffnung, auf ein bisschen Lebensverlängerung. Hoffnung auf ein Wunder …

19. Mai - Heute Nachmittag! Kaffeezeit! Das Radio dudelt. RFI grüßt la France oder so ähnlich. Ben und Claudine sind nervös. Jedes Mal, wenn die Musik endet, drehen sie die Lautstärke hoch. Ich höre schlecht, aber ich bin nicht taub.

Plötzlich dröhnt eine Stimme aus dem Lautsprecher: „Jetzt ein ganz besonderer Gruß. Ja, heute grüßen bei uns auch die Engel. Ob der Gruß direkt aus dem Himmel kommt? Jedenfalls kommt er aus tiefstem Herzen. Der Engel mit den schwarzen Augen grüßt ihren Maurice mit: „Dein ist mein ganzes Herz."

Die Musik begann, eine Sopranistin sang und mir liefen die Tränen. Pablo, der neben mir saß, nahm mich in den Arm, sagte: „Jetzt endlich verstehe ich!" und drückte mir einen Kuss auf die Wange.

20. Mai - Grand-père hat mich besucht und mir eine Tarte au citron gebracht. Gut gemeint, aber, non merci! Helmut-Didier hat sie geschmeckt. Pierre, Elke und Ben aßen genüsslich mit. Wir dürfen keinen Zucker essen, keine Butter … Aber manchmal ist einem alles egal.

Grand-père tat es leid, dass es so lange gedauert hat, bis er zu Besuch kam. Er hat es nicht übers Herz gebracht, wollte mich so in Erinnerung behalten, wie er mich kannte.

„Warum kommst du jetzt? Bin ich nicht schnell genug gestorben? Treibt dich das schlechte Gewissen her?" Ich presse die Worte aus meinem Mund, als würde ich Gift ausspucken.

„Warum hast du uns nicht erzählt, dass du krank bist?" Er sieht mich mit seinen eisgrauen Augen an und erwartet wohl eine Entschuldigung.

„Wann hätte ich es tun sollen? Wohin hätte ich Euch nachreisen müssen? Wann hätte ich Euch belästigen sollen? Zwischen einem Empfang beim Präsidenten und einem Dinner mit der Queen? Hätten wir dann geredet? Mutter war sicherlich hoch erfreut, als sie Euch davon erzählt hat. Hat sie es Euch nur vor die Füße geworfen oder fiel sie gleich mit?

Es ist mein Leben, das zu Ende geht. Mein Weg, den ich jetzt allein gehe. Mein Leben hat Euch nie interessiert. Ich musste nur zur rechten Zeit am rechten Ort sein. Ein Vorzeigeobjekt, mehr war ich nicht für Euch. Ihr habt mich nie gewollt, jetzt will ich Euch nicht."

Ich stehe auf und gehe aus dem Zimmer. Er soll nicht sehen, dass mir sein Besuch den Atem nimmt und Tränen in die Augen treibt.

Ben zieht mich in sein Zimmer und schließt die Tür. Er sieht mich völlig erstaunt an.

„Dein grand-père speist mit der Queen?"

Ach Ben, wenn du wüsstest …

21. Mai - Silvain ist gegangen. Er hatte so große Hoffnung nach der OP. Aber es war zu spät. Der Brandmeister aus Avignon hatte viele Feuer gelöscht. Den Brand, in seiner Lunge, konnte niemand löschen. Der Tod hat sein Leben ausgelöscht.

Die Ärzte sagten, er habe in seinem Job zu viel Rauch eingeatmet. Er wusste, dass er es vielleicht irgendwann mit seinem Leben bezahlen würde. Er liebte seine Arbeit und hätte mit niemanden getauscht. Die Feuerwehr war sein Leben, jetzt ist es vorbei.

Heute ist der letzte Tag dieses Zyklus. Ich kann keine positiven Veränderungen erkennen. Niemand kann es. Es geht uns nicht besser als gestern oder letzte Woche. Das Gegenteil ist der Fall.

Jeden Tag kommt negatives dazu, überfällt mich ohne Vorankündigung. An die Absencen habe ich mich immer noch nicht gewöhnt. Sie kommen jetzt häufiger, stehlen immer mehr Momente meines Lebens. Niemand kann es ändern. Das Leben geht weiter und bringt neuen Schmerz.

Trinken! Ein heikles Thema! Trinke ich zu wenig, zwackt meine rechte Niere. Trinke ich zu viel, zwackt die linke. Warum können sie sich nicht absprechen und die Flüssigkeitszufuhr teilen? So teilen, dass jede die richtige Menge erhält. Es ist schwer, die richtige Menge zu finden. Meine Nieren interessiert das nicht. Sie zwacken und damit basta!

Meine Nierenwerte sind schlechter geworden. Prof. Aucler drohte schon mit Dialyse. Was soll ich machen? Ich nehme die Medikamente, die er mir verordnet. Meide Salz und diverse andere Sachen, die er mir verboten hat. Vieles davon stand schon auf meiner Verbotsliste. Es ist vieles verboten. Vieles, das ich nicht mag, aber auch einiges, das ich heiß und innig liebe. Ich werde nicht verhungern, obwohl es danach aussieht.

Meine Kleider sind alle zu weit, ich muss dringend shoppen. Claudine will mich begleiten. War sie anfangs noch stolz auf jedes verlorene Pfund, so weint sie jetzt jedem Gramm nach. Man kann es uns nicht recht machen. Sind wir zu dick, jammern wir, sind wir zu dünn, jammern wir auch.

Ben verliert immer mehr an Muskelmasse. Er war ein durchtrainierter Navy-Seal, als er in die Studie kam, jetzt ist nicht mehr viel davon übrig. Pierre hatte drei Kilo zu viel auf den Rippen, jetzt fehlen fünf. Während einige vom Cortison aufgeschwemmt werden, magern andere ab. Ich war schon immer ein Leichtgewicht, die wenigen Kilo richtig verteilt. Jetzt gefalle ich mir nicht mehr, bald kann ich Twiggy Konkurrenz machen.

23. Mai - Spaziergang mit Cédric und Nicholas. Sie haben im Park ein Nest gefunden, das der Wind vom Baum geweht hat. Zwei der Eier sind kaputt gegangen. Die toten Vögel liegen neben den Eierschalen. Ein winziger Vogel piept herzzerreißend.

„Wir brauchen Würmer!", sagt Nicholas aufgeregt.

„Wir brauchen eine Schaufel, um nach Würmern zu graben", setzt Cédric hinzu.

Na toll! Wo soll ich jetzt eine Schaufel hernehmen? Cédric wühlt mit den Händen in der Erde. Ob ich ihm vielleicht helfen sollte? Nein! Die Verletzungsgefahr ist zu groß. Schon ein kleiner Kratzer würde genügen …

Wir brauchen Miguel. Er ist Ornithologe und weiß sicherlich, was man mit dem kleinen Vogel tun muss. Eine Katze schleicht sich an. Nicholas schreit sie an und wedelt mit den Armen.

„Hier gibt es kein Dinner! Verschwinde!", schreit er. Sein Geschrei weckt das Interesse anderer Parkbesucher. Houri kommt näher und wird mit wenigen Worten instruiert, sich auf die Suche nach Miguel zu machen. Alle anderen halten inzwischen ein wachsames Auge auf die Katze.

Zehn Minuten später kommt sie zurück und hat Miguel im Schlepptau. Er sieht sich den Winzling an, kniet nieder und sucht den Boden nach weiteren Vögeln ab. Er findet einen toten und zwei lebende Vögelchen. Er setzt die lebenden zurück ins Nest und verscharrt die toten.

„Ich brauche eine Leiter. Der Hausmeister hat sicherlich eine. Begleitet mich ein starker Mann, um sie zu holen?"

Zusammen mit einem jungen Mann macht er sich auf den Weg zum Hausmeister. Die Zahl der Schaulustigen steigt. Jeder will die Vögelchen sehen. Die Jungs sind stolz. Bereitwillig geben sie Auskunft wie und wo sie das Nest gefunden haben.

Kurze Zeit später kommt Miguel zurück. Der Hausmeister und der junge Mann tragen eine hohe Leiter. Der Hausmeister hat eine kleine Rolle Draht dabei. Damit befestigt Miguel das Nest an einem Ast, damit es beim nächsten Windstoß nicht wieder herunterfällt. Dann schickt er uns weg. Es dauert nicht lange und ein Vogel fliegt herbei. Im Schnabel ein Würmchen. Der nächste Vogel, das nächste Würmchen. Man kann die Kleinen piepen hören.

„Wir hatten Glück. Die Eltern waren noch in der Nähe. Ich denke, sie haben die Kleinen auch am Boden gefüttert. Jetzt wird alles gut."

Wenn doch alles nur so einfach wäre. Ein bisschen Draht und die Welt ist wieder in Ordnung!

25. Mai - Heute Morgen ist Nicole von uns gegangen. Das kleine, tapfere Mädchen, das schon mit vier an Leukämie erkrankte. Sie hat lange durchgehalten. Hat an vier Studien teilgenommen. Sie hatte einen großen Wunsch. Sie wollte am weißen Sonntag wie eine kleine Braut in die Kirche einziehen.

Sie hat es geschafft. Nun ist sie gegangen.

Sie wollte in ihrem weißen Kleid beerdigt werden. Wie Schneewittchen im Sarg liegen. Ihre Eltern werden ihr diesen Wunsch gerne erfüllen.

Mein Herz weint. Weint um ein neunjähriges Mädchen, das nicht viel vom Leben hatte. Warum ist das Leben so ungerecht?

26. Mai - Parceval kommt nicht wieder. Er erträgt unser Leid nicht mehr. Er sagt: „Wie soll man Hoffnung geben, wo es keine Hoffnung mehr gibt?"

Er kann nicht mehr und ließ sich in die Gynäkologie versetzen. Wer fragt uns, ob wir noch können? Egal, wohin wir gehen, wir nehmen unser Leid mit.

Ich kann ihn verstehen, aber ihm nicht verzeihen. Er sollte nicht mit uns sterben. Nur für uns da sein. Er hat uns im Stich gelassen ...

27. Mai - Olivier, das 69-jährige Prostata-Ca ist gestorben. Er hat immer Witze über seine Potenz gemacht, die ihm der Krebs genommen hat. Seine Frau fand das nicht lustig und hat sich einen anderen gesucht. Das fand er nicht witzig. Genauso wenig, wie er über sein Prostata-Ca lachen konnte.

Es ist seltsam! Wenn meine männlichen Mitpatienten etwas von Prostata-Ca hören, greifen sie sich in den Schritt und verziehen leidend das Gesicht. Warum tun sie das? Frauen fassen sich nicht in den Schritt, wenn sie mit Zervix-Ca's zusammen sind oder legen die Hände schützend auf ihre Brüste, wenn ihnen ein Mamma-Ca über den Weg läuft.

Verstehe einer die Männer!

28. Mai - Ich hasse Glioblastome! Sie fressen sich durch das Gehirn und nehmen uns jedes bisschen Menschlichkeit.

Monja kann das Wasser nicht mehr halten. Inkontinent von einem Tag auf den anderen. Sie ist völlig verzweifelt. Jetzt muss sie Windeln tragen. Inkontinenzvorlagen nehmen nicht genug Flüssigkeit auf und sie hätte immer nasse Hosen.

Mon Dieu! Das ist schrecklich! Undicht mit vierunddreißig! Ich bedauere sie aus tiefstem Herzen.

31. Mai - Joachim, das 65-jährige Blasen-Ca und Eric, das 76-jährige Hoden-Ca. Beide lagen heute Morgen tot in ihren Betten. Wie sagte Eric neulich? Ich bin schon zu lange hier. Es wird Zeit, dass ich Platz mache.

Jetzt ist Platz. Innerhalb vier Tagen haben drei das Feld geräumt. Dieser Monat ist ein Sterbemonat. Noch nie mussten so viele gehen. Vierzehn sind gestorben. Das ist so traurig. Die morituri gehen. Die Onkologie leert sich.

Jeder fragt sich, ob er der nächste ist. Ich frage mich, wann ich an der Reihe bin, wann die Wahl auf mich fällt, ich mich auf den unwiderruflich letzten Weg mache und das Leben hinter mir lassen muss.

Ich denke an den Mai letzten Jahres. An das tiefe Loch, in das ich fiel, nachdem ich die Diagnose unheilbar bekam. Heute lebe ich mit dieser Diagnose. Sie macht mir noch immer Angst, aber es ist nicht mehr die Angst, die mich letztes Jahr überfallen hat. Sie hat einer traurigen Angst Platzt gemacht. Einer Angst, die nicht ständig präsent ist. Die mich aus dem Hinterhalt überfällt und mir das Herz schwer macht. Dann denke ich an meine Kinder und hoffe. Hoffe auf das Wunder, von dem Margaux immer sprach.

Kapitel 17

Klinikalltag und Verluste

01. Juni - Judiths Tumor hat sich verdoppelt. Carraud gibt ihr noch eine Woche. Sie kann sich an nichts erinnern. Liegt nur noch im Bett und starrt an die Decke.

Wir leisten ihr Gesellschaft, aber ich bezweifle, dass sie unsere Anwesenheit bemerkt. Ihre Augen sind reglos, fast schon tot. Ihre Schwester ist informiert und bereits unterwegs.

Sascha liest ihr etwas vor. Ich glaube, es ist ein Artikel aus einem Reisemagazin. Judith besitzt ein kleines Hotel an der Côte d'Azur, das petit St. Michel. Ihr Mann ist vor ein paar Jahren an einem Infarkt gestorben. Sie hatten keine Kinder. Ihre Schwester lebt in Chicago, leitet dort ein großes Hotel. Sie verstehen sich nicht besonders gut, aber sie ist ihre einzige Verwandte.

Letztes Jahr im Oktober kam Judith in die Notaufnahme, weil sie in der Küche gestürzt war und sich mit heißen Kaffee die Hand verbrüht hatte. Sie berichtete von immer wiederkehrenden Schwindelanfällen und Kopfschmerzen. Sie steckten sie in die Röhre und fanden ihren Tumor im Vermis cerebelli. Todesurteil mit 51 Jahren. Sie war entsetzt. Sie war auch entsetzt, als sie hörte wie alt ich bin.

Jetzt ist sie diejenige von uns beiden, die sich zuerst vom Acker macht.

02. Juni - Cinzia ist gegangen, wie sie es sich gewünscht hat. Lachend! Wir saßen auf der Treppe, als Helmut-Didier grundlos anfing zu lachen. Alle lachten mit und Cinzia machte sich auf ihre letzte Reise. Eingeschlafen mit einem Lächeln auf den Lippen.

Wieder ein morituri weniger. Wieder eine Kerze, die für immer erloschen ist. Ihre Prognose: 14 Prozent!

Der Professor lag bisher mit seinen Prognosen immer falsch. Morituri mit hohen Prognosen, gehen vor denen mit schlechten. Es ist gut, dass er uns nicht sagen wollte, wie unsere Prognosen sind. Manche hätten sich mit dem Sterben beeilen müssen, während andere zu früh in die Kiste sprangen.

Als wir im Park waren, um Cinzias Drachen steigen zu lassen, hörten wir, dass Guillaume heute Nacht gestorben ist. Guillaume, das 55-jährige Bronchial-Ca, das so wunderschöne Bilder malte. Er hat auch Prof. Aucler gemalt. Der war sichtlich gerührt und hat das Bild in seinem Sprechzimmer aufgehängt.

03. Juni - Thomas-Frédéric hat Nasenbluten. Die Zeit ist gekommen. Er muss bald gehen. Er hat es aufgegeben, mit seinem Schicksal zu hadern. Es wurde aber auch Zeit, dass er sich für etwas entscheidet.

Erst war alles Scheiße, dann war es gut, dass er an der Studie teilnimmt, dann wiederum wäre es besser, er würde bald gehen. So ging das jeden Tag. Von morgens bis abends.

Er hört sich gerne reden, fällt jedem ins Wort, mischt sich überall ein. Gibt Ratschläge, weiß alles besser. Er kann auch liebenswert sein, aber seine schlechten Seiten lassen das wenige gute verblassen.

Er geht häufig auf die Kinderkrebsstation. Er liest den Kleinen vor und spielt mit ihnen. Sie freuen sich immer, wenn er kommt. Anschließend legt er sich mit seinen Mitpatienten an, als wolle er sein gutes Werk Lügen strafen. Ich glaube, er kann mit Erwachsenen nichts anfangen. Kinder sind ihm lieber.

Abends verschwindet er oft im Schwesternheim. Ich verstehe zwar nicht, was sie an ihm finden, aber er muss wohl seine Vorzüge haben.

04. Juni - Judith hat es überstanden!

Oh mon Dieu! Bitte lass mich nicht so leiden! Die letzten Tage waren schrecklich. Sie lag nur noch im Bett und starb vor sich hin. Ihr Körper war ausgemergelt, die Augen lagen tief in den Höhlen. Manchmal wurde sie von Krämpfen geschüttelt, dann wiederum zuckte ihr Körper, als würde man ihm Stromstöße verpassen.

Heute Morgen wurde sie endlich erlöst. Ihre Schwester saß an ihrem Bett und hielt ihre Hand. Judiths Lebensgefährte hat sich von ihr getrennt, als sie die Diagnose bekam. Ihre beste Freundin hat sie einmal besucht, aber sie ertrug das Ambiente der Klinik nicht. Die Station sei ohne Flair. Wen interessiert das Flair einer Station, wenn er sterben muss?

Wir haben ihre Kerze gelöscht und das Couvert geöffnet. 31 Prozent!

Pierre konnte es nicht lassen. Er schrieb 31 % auf ihren Drachen.

05. Juni - Das Sterben der anderen ... Wann trifft es mich?

06. Juni - Thomas-Frédéric fliegt jetzt einen Hubschrauber im Himmel.

Ich habe noch nie zuvor einen Menschen kennengelernt, der so von sich überzeugt war. Mit seinem Auftreten hat er viele Menschen an den Rand des Wahnsinns getrieben. In seinem Herz war er ein einsamer Mensch. Nur in seinem Kopf hatte er einen Gast. Er wohnte bis zuletzt in seinem Corpus fornicis.

Jetzt ist seine Kerze für immer erloschen. Seinen Drachen gaben wir dem Piloten des Rettungshubschraubers mit. Er hat ihn den Wolken übergeben.

Seine Prognose war niederschmetternd. Nur 13 Prozent!

07. Juni - Ich nehme jetzt H15. Meinen Kindern zuliebe. Es schmeckt scheußlich und ich stinke wie, naja, lassen wir die Kirche aus dem Spiel. Das halte ich nicht lange durch. Das Zeug ist teuer und man bekommt es nur in der Schweiz. Eine Freundin von Joyces Mutter besorgt es.

08. Juni - Picknick mit den Jungs im Jardin de Reuilly. Zélie hat einen Picknickkorb gepackt, deren Inhalt ein Regiment gesättigt hätte. Die Jungs spielen Fußball und tollen mit den Hunden, die hier herumlaufen. Die Sonne brennt vom Himmel und mir wird übel. Ich bin die Hitze nicht gewohnt.

Wir suchen uns ein schattiges Plätzchen und verspeisen die Köstlichkeiten, die Zélie in ihrem Lieblingsfeinkostladen gekauft hat.

Der Nachmittag vergeht viel zu schnell. Beim Abschied gibt es Tränen. Die Jungs würden mich am liebsten mit nach Hause nehmen. Aber das ist ein unerfüllbarer Wunsch.

Claudine hatte Besuch von ihrer Tochter. Sie war wieder schnippisch und hat eine in Tränen aufgelöste Claudine zurückgelassen. Ich würde diesem missratenen Gör gern mal die Meinung sagen, aber es geht mich nichts an. Solange Claudine sie gewähren lässt, muss sie mit den Konsequenzen leben.

Ich denke an Maurice. Er fehlt mir! Ich will ihn in meine Arme nehmen! Ich will glücklich sein! Glücklich mit ihm! Für immer! Egal was geschieht! Er fehlt mir!

09. Juni - Was reden die Leute doch für einen Müll! Wenn ich höre, was gewisse Scharlatane alles gegen Krebs verkaufen, könnte ich kotzen.

Leinöleinreibungen! Charlie kommt raus, ich will dich einreiben!

凝乳 跟 蜜 – Kommt angeblich aus China, sieht wichtig aus, ist jedoch nichts außergewöhnliches, nur Magerquark mit Honig! Ich müsste kerngesund sein!

Kohlblätterumschläge, Eiweißkonzentrat, hochkonzentriertes Vitamin C, Stechapfelextrakt!

Den Kohl sollte man zu Sauerkraut verarbeiten, der Körper scheidet jedes Milligramm Vitamin C zu viel aus und Stechapfel – nun ja – was uns nicht high macht, katapultiert uns ins Jenseits.

Warum legt man diesen Scharlatanen nicht das Handwerk? Sie ziehen todkranken Menschen das letzte Hemd aus und stellen sich dumm, wenn man sie dafür belangt.

10. Juni - Ben sagt, er hat keine Angst vor dem Tod. Aber er hat Angst vor der Krankheit.

Benjamin Franklin Roosevelt der dritte. Der liebenswerte Navy-Seal, der keiner Gefahr aus dem Weg geht. Er kämpft den schwersten Kampf seines Lebens und er wird ihn verlieren. Verlieren wie wir alle.

Er hat die Hoffnung verloren. Seine Beine verweigern den Dienst. Seine Hände verkrampfen sich. Sein Gehör spielt ihm Streiche. Tiefe Töne verursachen ein Brummen und hohe ein Klingeln.

Immer wieder singt er: "Whatever you want ... - What do you think? - Healing!"

11. Juni - Heinrich Heine schrieb:
Manchmal wollt ich fast verzagen und ich glaubt ich trüg es nie.
Und dann hab ich's doch getragen. Frag mich nur nicht wie.

Wir ertragen es auch und wissen nicht wie. Wir machen einfach weiter, was bleibt uns anderes übrig? Was bleibt von uns übrig? Wir sehen es jeden Tag und es treibt uns die Angst in die Glieder. Dennoch machen wir weiter, Tag für Tag, bis wir eines Tages gehen dürfen ...

12. Juni - Ich will ihn wiederhaben. Er fehlt mir so. Ben sagt, ich soll anrufen. Er wird kommen. Da

ist er sich so sicher. Er sagt, nach allem, was ich erzählt habe, wartet er darauf.

Ich würde es so gern tun. Aber ich will nicht, dass er sein ganzes Leben gearbeitet hat und wegen mir alles verlieren würde. Ich schaffe es nicht. Ich muss bald gehen. So schön es auch wäre, ihn hier zu haben. Es zerreißt mir das Herz!

13. Juni - Pierre hat mit Christianes Tochter geschlafen. Jetzt ist er völlig fertig. Aber er sagt, es war die Sache wert.

Wenn Christiane das erfährt, gibt es Ärger. Zum Glück liegt ihr Zimmer am anderen Ende des Flurs. Armer Ben. Er musste so lange vor die Tür. Wir haben Memory gespielt. Das war frustrierend. Jedes Kleinkind kann es besser als wir. Kinder wie Lucia, die kleine Schokomaus …

Während des Spiels bekam ich starke Kopfschmerzen und musste ins Bett. Carraud meint, dass ich stärkere Analgetika brauche. Die Dosierung des Novalgins ist inzwischen ausgereizt. Ich bin ein Leichtgewicht und darf nicht mehr als neunzig Tropfen pro Tag einnehmen.

Die Kopfschmerzen raubten mir den Schlaf und ich starrte an die Decke. Als Schwester Henriette ihren Rundgang machte und mich da liegen sah, bekam sie einen Schreck, dachte, es wäre nun auch bei mir soweit. Ich weiß nicht, wer sich mehr erschrocken hat, als sie mir den Puls fühlte.

14. Juni - Bettin sieht überall Schlangen. Sie halluziniert und niemand kann etwas dagegen tun. Schon seit Tagen schießen ihr immer wieder Bilder ins Hirn, die außer ihr niemand sieht. Sie hat versucht, die Wesen mit ihrer Kamera einzufangen und verstand nicht, warum sie sie nicht auf Film bannen konnte. Wie auch, es gab sie nicht.

Jetzt sitzt sie zitternd in der Ecke ihres Badezimmers und wimmert vor Angst. Dr. Said redet leise auf sie ein, versucht ihr die Angst zu nehmen. Sie lässt sich nicht beruhigen. Die Schlangen müssen schrecklich aussehen.

Sie war früher kein ängstlicher Mensch. Als Fotografin kam sie in der Welt herum, hat für National Geographic Fotos geschossen. Wunderschöne Naturbilder, Bilder von Tieren und Menschen, sie hat alles fotografiert. Wir haben ihre Fotos in der letzten Ausgabe gesehen.

Als sie diese Fotos gemacht hat, war sie in Indien. Dort kamen die ersten Kopfschmerzen. Sie schob es auf den Jetlag, als sie stärker wurden, ging sie zum Arzt. Er sagte etwas von Überarbeitung, zu viele Reisen, zu viele Zeitverschiebungen. Sie solle eine Pause einlegen, sich ausruhen. Die Schmerzen wurden stärker und der Arzt schickte sie in die Klinik. Sie stellten die Diagnose Glioblastoma multiforme im lamina tectalis und schickten sie zur Studie, weil es ihre einzige Hoffnung sei. Hoffnung! Dass es nur eine Lebensverlängerung geben könnte, wussten auch sie nicht.

Bettin kann sich nicht mit ihrer Diagnose abfinden. Wer kann das schon? Sie will nicht mit vierzig sterben. Was soll ich sagen? Ich bin dreißig und will auch nicht sterben. Keiner will das!

15. Juni - Zum Leben gehört auch das Sterben. Man will es nicht. Nein! Ich habe geschrien, geweint, gebrüllt. Aber es half nichts!

Jetzt liege ich hier und warte auf einen gnädigen Tod.

16. Juni - Verstehen, leben, nichts ignorieren, annehmen und genießen, jeden Augenblick. Jemand hat mal gesagt, man kann das Glück des Lebens nicht schmieden, aber das eines jeden Augenblicks.

17. Juni - Léonie lacht jetzt mit den Engeln.
 Sie hatte es nie leicht in ihrem Leben. Sie hat so viel Schreckliches erlebt und überstanden. Dem Tumor in ihrem Kopf musste sie sich beugen.
 Ihr Vater war Alkoholiker und prügelte sie fast zu Tode. Sie kam ins Heim und wurde von einem Jungen vergewaltigt. Daraufhin brachte man sie in einer Pflegefamilie unter, die sie als Putzfrau und Köchin ausnutzte. Man schob sie weiter, von einer Familie zur nächsten, bis sie alt genug war, um selbst zu entscheiden, was gut für sie war und was nicht. Sie studierte, wurde Lehrerin, bekam einen Job an einer Schule für schwererziehbare Kinder. Dort fing sie sich auch mal eine Ohrfeige ein. Ihr Auto wurde mehrmals zerkratzt und zuhause warf ihr ein Mädchen eine Scheibe ein, weil sie sich ungerecht behandelt fühlte. Wie hat sie diese Biester so lange ertragen?
 Dann hat ihr ein Junge die Faust ins Gesicht geschlagen und sie ausgeknockt. Sie fiel auf den Hinterkopf und kam mit Verdacht auf Fraktur in die Klinik. Sie machten ein CT und fanden das Glioblastom im Corpus callosum. Dass sie wochenlang von Kopfschmerzen geplagt wurde, hat sie den Ärzten erst später erzählt. Zu diesem Zeitpunkt spielte das bereits keine Rolle mehr.
 Sie nahm es hin, sagte, dass man mit 52 Jahren gehen kann. Sie hätte sich ihre Ruhe mehr als verdient. Hätte genug gelitten, wäre genug gequält worden.
 Für uns war sie ein Segen. Schlichtete kleine Streitigkeiten, beruhigte erhitzte Gemüter und war immer für alle da. Sie wollte keine Hilfe, brauchte keine.
 Bettin hat ihre Kerze gelöscht und ihr Couvert geöffnet. 26 Prozent!
 Ihr Drachen stieg in den blauen Himmel. Höher und höher, bevor er für immer davon flog.
 Léonie, unser Sonnenschein! Leb wohl!

18. Juni - Saschas Frau ist wieder ausgerastet. Ich verstehe, warum er am Wochenende nicht nach Hause will. Ich verstehe nicht, warum sie ihn so belastet.
 Er kann nichts dafür! Er muss sterben! Nicht sie! Sie darf verzweifelt sein! Aber sie darf sich doch nicht so benehmen! So gehen lassen!
 Pablo hat uns erzählt, dass sie sich mit einem Arzt aus der Inneren trifft. Er hat sie mehrmals gesehen, als er von seiner Bewegungstherapie kam. Sie treffen sich dort in einem Geräteraum, der nur selten benutzt wird.
 So eine Schlampe!

19. Juni - Ich habe das H15 abgesetzt. Es verursachte Magenschmerzen und Übelkeit. Die letzten Tabletten waren schneller wieder draußen, als ich sie schlucken konnte. Ich muss mich oft genug übergeben, warum soll ich die Übelkeit noch füttern?
 Am Nachmittag fühlte ich mich wohl und ging mit Cédric, Nicholas und Joyce ins Kino. Sehr

anstrengend, aber sehr schön. Sie haben sich so gefreut. Sie wollen nochmal mit mir in den Zoo. Aber das schaffe ich nicht mehr und das tut so weh …

Carraud sagt, dass ich mich nicht anstrengen darf. Das ist gut gesagt. Ich will nicht den ganzen Tag im Bett liegen und vor mich hin sterben.

20. Juni - ER IST GEWACHSEN

21. Juni - Kopfschmerzen – KOPFSCHMERZEN – KOPFschmerzen - KoPfScHmErZeN

22. Juni - Otto hat sich tätowiert. Er hat seine Melanome mit Blumen umrankt. Prof. Lapoint schimpfte. Aber Otto nahm's locker. Er sagt, mit 72 Jahren darf man das. Prof. Lapoint ist 46 und so weltfremd. Ich werde Otto vermissen. Er sieht aus wie ein Ballon. Er wird auch bald gehen.

23. Juni - Playa Flamenco! Der schönste Platz der Welt! Ich war noch nirgendwo so glücklich! Warum konnte ich nicht dort sterben? Glücklich … in seinen Armen … Er fehlt mir …

Jeanne geht es schlecht. Vor einer Stunde hat man sie auf die Intensivstation verlegt. Man kann nicht behaupten, dass Jeanne ein beliebtes Mitglied unserer Gruppe ist. Sie ist arrogant und hält sich für etwas Besseres. Gibt viel Geld für Kleidung und Schmuck aus. Shoppen und Geld, das ist alles, worüber sie redet. Ich denke, sie hat nie richtig realisiert, was da in ihrem Kopf heranwächst.

Ihre Kinder sind ebenso oberflächlich wie sie. Ich bezweifle, dass sich an ihrem Bett Dramen abspielen werden. Ihre Familie ließ sich schon seit Tagen nicht blicken und wir … nun ja …

24. Juni - Brunhild ist vor einer Stunde gegangen. Sie hat sich immer Sorgen gemacht, dass ihr großer Busen zu lange brauchen könnte, bis er „verrottet" ist. Ihr Mann will sie einäschern lassen. Damit sie in Frieden ruhen kann.

Auch Teresa trat heute ihre letzte Reise an. Sie war immer in Bewegung, egal, wie beschissen es ihr ging. Sie konnte nicht stillsitzen. Immer mit Vollgas unterwegs. Ihr Tumor nahm ihr jede Ruhe. Jetzt nahm er ihr den Rest, ihr Leben.

Brunhild und Teresa. Jetzt sterben sie schon im Doppelpack. Teresa ging es doch so gut. Niemand hätte damit gerechnet, dass sie sterben wird. Jetzt schon sterben wird. Dieser scheiß Krebs. Frisst sich durch unsere Köpfe und lacht uns aus.

Wir haben alle zusammen ihre Kerzen ausgeblasen. Helmut-Didier hat ihre Couverts geöffnet.

Teresa 31 Prozent! Brunhild 18 Prozent! Gegangen sind sie zusammen.

Wir ließen ihre Drachen steigen und sangen Swing low, sweet chariot …

Noch während wir sangen, sahen wir Kerstens Ehemann, der weinend, zusammen mit seiner Mutter und seinen Kindern, die Klinik verließ. Seine Mutter schüttelte bedauernd den Kopf, als sie uns sah.

Also hat sie es geschafft. Kersten, das 46-jährige Zervix-Ca. Gekämpft und gehofft bis zuletzt.

Doch es war nur noch eine Frage der Zeit, bis der Krebs siegen würde. Jetzt geht er als Sieger vom Platz und hinterlässt eine unglückliche Familie.

25. Juni - Bettin, sie hatte solche Angst vorm Sterben. Sie sah das Leben nur durch die Linse ihrer Kamera. Der Tod blickte uns aus ihren Augen an.

Jetzt ist ihre Kerze erloschen. Ihre Prognose ließ uns staunen. 33 Prozent!

Ihr Drache stieg in den Himmel, während wir sangen. Kurze Zeit später begann es zu regnen. Jetzt weint sogar der Himmel um sie.

Ich hüte ein weiteres Geheimnis.

26. Juni - Höllische Kopfschmerzen! Ich liege im Bett und schreie vor Schmerzen. Prof. Carraud verabreicht mir Valoron N. Die Dosis wird im Laufe der Zeit erhöht. Erstmal muss ich mich mit 15 Tropfen begnügen.

Sie wirken schneller, als ich gedacht hatte. Es ist ein herrliches Gefühl. Langsam und stetig schwindet der Schmerz und macht einem befreiten Gefühl Platz. Wundervoll!

Für einen winzigen, schönen Augenblick habe ich das Gefühl, mein Kopf gehört wieder mir. Für einen winzigen Augenblick. Aber ich weiß, er wird nie wieder mir gehören. Nie wieder!

27. Juni - Ich bereue nichts! Er fehlt mir!

Ben sagt, ich soll mir das Herz röntgen lassen. Dann kann jeder sehen, wer da wohnt. Muss keiner sehen. Hauptsache ich weiß es. Noch!

Ben dieser liebenswerte Mensch. Er ist Lieutenant der US-Navy und ein Navy-Seal. Er sagt, das Motto der Seals sei: The only easy day was yesterday. Es wurde auch zu seinem Motto.

Nach einem Einsatz hatte er Kopfschmerzen, die nicht enden wollten. Er kam in die Klinik und wurde durchgecheckt. Die Diagnose war niederschmetternd. Glioblastom im Thalamus! Man hat ihn ausgemustert, wie einen alten Schuh. Weggeworfen mit vierunddreißig! Daran ist er fast zugrunde gegangen. Die Navy war sein Leben.

Ein Freund seines Vaters hat ihn in diese Studie gebracht. Er hatte Hoffnung auf Heilung, jetzt ist er auch dieser Hoffnung beraubt. Das Motto der Seals trifft nicht mehr auf ihn zu. Sein letzter leichter Tag ist lange vorbei.

28. Juni - Georges-Aloys ist während der Bronchoskopie gestorben.

Das Risiko war groß, aber warum hat er es machen lassen? Ich verstehe es nicht. Es hätte doch nichts geändert. Krebs in beiden Lungenflügeln. Was muss man da noch kontrollieren?

Manchmal denke ich, wir sind alle nur Labormäuse. Für die Studenten, die Ärzte und wen auch immer.

29. Juni - Ich brauche etwas gegen das Vergessen! Ich hab's versprochen. Claudine sagt, ich brauche nur jemand, der mich in seine Arme nimmt. Ihn!

Wie lange werde ich mich noch an ihn erinnern? Ich vergesse viel. Erinnerungen verblassen, werden für immer fortgeweht. Neues wird falsch abgelegt, nie wieder gefunden.

Ich habe begonnen alles zu notieren. Irgendwann vergesse ich auch das. Zum Glück gibt es das Pflegepersonal. Mit jedem Tag, der vergeht, werden sie stärker gefordert. Hatten sie am Anfang der Studie ein ruhiges Arbeitsleben, so müssen sie jetzt immer öfter ran. Wir werden zu Pflegefällen. Brauchen Hilfe beim an- und auskleiden. Hilfe beim Essen, der Körperpflege. Müssen an Termine erinnert werden, an die Einnahme der Medikamente. Manche müssen die Medikamente unter Aufsicht nehmen, weil sie die Einnahme vergessen oder alles auf einmal schlucken.

Ich will alles so lange wie möglich selbst machen. Will über mich selbst bestimmen. Ich weiß nicht, wie lange ich das noch kann, aber ich will mich nicht fremdbestimmen lassen. Noch nicht!

30. Juni - Jeanne ist gestorben. Ich kann nicht sagen, dass wir sie vermissen werden. Sie hatte ein Glioblastom, aber sie war keine von uns, wollte nie eine von uns sein.

Ich weiß nicht, ob alle Lehrerinnen in höheren Regionen schweben. Sich für etwas Besseres halten. Nach 51 Jahren wurde ihr Leben beendet und niemand ist da, der sie betrauert.

In einer Regenpause ließen wir ihren Drachen steigen. Anschließend blies Ben ihre Kerze aus. Helmut-Didier öffnete das Couvert: 27 Prozent!

01. Juli - Der letzte Monat war schrecklich. Er hat uns acht morituri geraubt. Die Station leert sich. Hoffnungslosigkeit macht sich breit.

Ich fühle mich so einsam. Ich weiß, dass ich mein Versprechen nicht halten kann. Er muss kommen! Ich werde Monsieur Payssan anrufen und mit ihm reden. Diesmal lege ich nicht auf …

02. Juli - Es geht weiter. Zyklus Nummer drei! Wieder Übelkeit, wieder Brechreiz. Ich will nicht mehr. Aber ich halte weiter durch. Ich habe es versprochen.

Ich habe mich entschlossen, Monsieur Payssan nicht anzurufen. Ich würde ein Versprechen brechen. Das Versprechen, das ich mir gab: Ihn nicht ins Unglück zu stürzen.

Heute sagte Ben zu mir: „Irgendwann wirst du auf dein Leben zurückblicken und denken: „Hätte ich nur."

Wann sollte das sein? Wenn ich die Erinnerung verloren habe, werde ich auf eine große Leere zurückblicken.

03. Juli - Monja ernährt sich nur noch von Püree. Toujours! Wenn ich diese Pampe rieche, wird mir übel.

Sascha hat gestern ein Steak gegessen und übergibt sich schon den ganzen Tag. Carraud hat ihn gewarnt, aber er wollte nicht hören. Jetzt gehen seine Werte in den Keller. Das bedeutet nichts Gutes. Vielleicht wollte er es so.

Mir ist immer öfter übel. Ich habe Drehschwindel und Gangstörungen. Täglich werde ich mit Medikamenten vollgestopft. Ich frage mich immer öfter, warum ich mir das antue. Aber ich habe es versprochen. Wann setzt endlich die Wirkung ein?

04. Juli - Harald, das 65-jährige Pankreas-Ca hat uns verlassen. Ich mochte ihn. Er trug immer Anzug und Krawatte. Er pflegte zu sagen, dass man immer für alles gerichtet sein müsse. Man solle seinem Schöpfer ordentlich gekleidet gegenübertreten. Meinen Einwand, dass es ihn auch in der Badewanne, der Dusche oder auf der Toilette erwischen könne, hat er immer abgewehrt. Ein Harald Frankenberger stirbt nicht unbekleidet und erst recht nicht mit heruntergelassener Hose.

Immer diese deutsche Arroganz. Er starb im Bett. Bekleidet mit einem Klinikhemd. So kann's gehen! Aber ich denke, sein Schöpfer nimmt ihn auch so.

Neue Medikamente! Was uns nicht umbringt macht uns stärker! Neues gegen Übelkeit! Neues gegen Juckreiz! Neues gegen Ausschlag! Noch mehr Vitamine und Aufbaupräparate.

Manchmal frage ich mich, ob ich eine Apotheke auf Beinen bin.

05. Juli - Claudine muss morgen in die Röhre. Sie macht mich ganz kirre. Sie hat Angst, dass Miou wieder gewachsen ist.

Ich kann sie verstehen. Aber wenn sie sich jetzt verrückt macht, ändert das auch nichts an der Diagnose. Ich will sie auf andere Gedanken bringen und überrede sie zu einem Ausflug in den Park. Widerwillig stimmt sie zu.

Monique und Monja liegen auf der Wiese und lassen sich von der Sonne wärmen. Sie freuen sich uns zu sehen. Monja erzählt, dass sie im Café saßen, als Helmut-Didiers Frau wieder lauthals zu jammern anfing. Sie ertrugen sie nicht mehr und sind in den Park geflüchtet. Claudine gesellt sich zu ihnen. Sie erzählen und lachen und vergessen für eine kurze Zeit, dass sie dem Tode geweiht sind.

Ich liege unter meinem Baum und höre zu, wie seine Blätter rauschen. Es ist beruhigend ihm zuzuhören. Ich fühle mich wohl bei ihm, beschützt und behütet. Er vertreibt meine schlechte Laune, nimmt mir die Angst und zaubert mir ein Lächeln ins Gesicht. Bei ihm finde ich Ruhe und Geborgenheit.

Monique ist übel, sie hat starke Kopfschmerzen und will auf ihr Zimmer. Sie steht auf, doch sie kann sich nicht mehr auf den Beinen halten. Vielleicht hätte sie die Sonne meiden sollen? Als sie hilflos zu Boden fällt, ziehen wir sie mit vereinten Kräften in den Schatten. Sie stottert und wedelt hilflos mit den Armen. Ich weiß nicht, was sie sagen will, ihre Stimme stockt und bricht ab. Sie dreht sich auf die Seite und schläft ein. Ich hoffe, dass es nur Schlaf ist und nichts Schlimmeres. Ihr Atem ist flach und unregelmäßig. Ich denke nur: „Stirb mir nicht weg!" Claudine hält ihre Hand und streichelt ihr Gesicht.

Monja läuft los, um Hilfe zu holen. Sie ist nicht mehr gut zu Fuß und ich hoffe, dass ihr bald ein Weißkittel über den Weg läuft.

Ich betrachte Monique, die sich zusammengerollt hat wie ein Baby. Sie war so zierlich, als die Studie begann, doch jetzt ist sie völlig abgemagert. Der Tumor hat seinen Tribut gefordert und sie hat gezahlt.

Sie jammert und klagt nicht. Immer hatte sie Hoffnung, wieder gesund zu werden, wieder in ihre kleine Boutique zurückzukehren. Sie will einfach nicht wahr haben, dass es nie wieder dazu kommt.

Ihre Kopfschmerzen begannen erst, nachdem man die Diagnose Hirntumor im Corpus callosum gestellt hatte. Sie ging wegen Denkstörungen zum Arzt. Fühlte sich müde und war immer schlapp. Auch nach stundenlangem Schlaf war sie unausgeruht und müde. Ihr Arzt sagte, sie wäre überarbeitet und müsse sich etwas Ruhe gönnen. Sie legte eine Pause ein, fuhr übers Wochenende aufs Land. Die Müdigkeit fuhr mit und kam auch wieder mit zurück in die Stadt. Sie schloss ihre Boutique für eine Woche und flog nach Ibiza. Sie schlief besser und dachte, sie hätte es überstanden. Zuhause ging es weiter. Ihr Arzt schickte sie zum Neurologen, der überwies sie in die Klinik. Die Diagnose schockierte sie, doch sie blendete sie aus. Sie würde nicht sterben, mit einundfünfzig stirbt man nicht an einem Hirntumor.

Jetzt ist sie hier und denkt immer noch, dass sie es schaffen würde. Was da vor mir zusammengerollt auf dem Boden liegt, sieht allerdings nicht danach aus.

Ich sehe die Ärzte, die mit wehenden Kitteln angerannt kommen. Den Pfleger mit der Trage.

„Das ist eines von Carrauds Glioblastomen. Sieht nicht gut aus", sagt der ältere und leuchtet Monique mit einer Lampe ins Auge.

Sie heben sie auf die Trage und fahren zurück in die Klinik. Wir spazieren langsam hinterher. Warum sollen wir uns beeilen? Wir können nichts für sie tun. Wir sind nur ein paar von Carrauds Glioblastomen.

06. Juli - Ben ist heute nach Hause geflogen. Er stirbt. Hoffentlich schafft er den Heimflug noch. Ich wünsche es ihm. Er wollte noch einmal seine Heimat sehen. Noch einmal das Meer riechen. Zuhause sterben ...

Als man ihn über den Flur schob, sangen wir ein letztes Mal „Whatever you want" mit ihm. Als seine Trage an mir vorüber fuhr, nahm er meine Hand und flüsterte mir zu: Du wirst es bereuen, glaube mir." Dann schlossen sich die Türen des Aufzugs.

Ich werde ihn nie wiedersehen, einen guten Freund verlieren. Ich könnte schreien vor Trauer und Wut. Ich hasse Charlie und ich hasse Mason!

Jetzt ist er unterwegs Richtung Heimat. Pierre weint um seinen Freund. Wir weinen mit ihm.

07. Juli - Ben! Mein Herz weint!

Ben ist gestorben. Er hat seine Heimat nicht wieder gesehen. Er starb über dem Atlantik. Schade! Ich hätte es ihm so gewünscht. Sein Untermieter Mason hat es nicht zugelassen. Jetzt ist er tot und mein Herz weint! Weint um einen guten Freund!

Pierre bläst Bens Kerze aus. Die Tränen laufen mir über die Wangen. Noch nie hat mich der Tod eines morituri so geschmerzt. Er war mir ein guter Freund. Jetzt ist er für immer gegangen. Mein Kopf versteht es, aber mein Herz schreit nein.

Jetzt muss ich sein Couvert öffnen. Ich musste Ben versprechen, dass ich diejenige bin, die es öffnet.

Ich bin sprachlos 37 Prozent! Carraud hatte viel Vertrauen in ihn gesetzt. Jeder weiß, dass ein Seal immer sein bestes gibt, kämpft bis zuletzt. Diesen Kampf hat er verloren. Ich könnte schreien vor Schmerz!

Wir schicken seinen Drachen in den Himmel und sangen Swing low, sweet chariot. Zum ersten Mal weinte ich um einen Freund. Pierre hielt mich in seinen Armen und wir weinten zusammen um Ben, den tapferen Navy-Seal, der seinen härtesten Kampf verloren hat. Den Kampf um sein Leben …

08. Juli - Schwindel! Gleichgewicht? Was ist das. Ich bin blau von Kopf bis Fuß. Stoße überall an.

Schwindel, der aus dem nichts kommt. Der mich überfällt und aus der Bahn wirft. Kopfschmerzen, die mich in den Wahnsinn treiben. Übelkeit, die mich niederzwingt.

Ich hoffe, es geht schnell. Ich will nicht vor mich hin siechen.

09. Juli - Heute ist Otto gestorben. Seine Melanome waren mit Blumen umrankt. Er hat sie sich mit einem wasserfesten Filzstift aufgemalt. Da konnte selbst Schwester Stationsdrachen nichts dagegen tun.

Otto wird mir fehlen. Er war immer guter Dinge. Egal, wie schlecht es ihm ging, er ließ sich nie unterkriegen. Er sagte immer, nicht nachdenken, wie lange es noch dauert, wie es sein wird. Jeden Tag nehmen und dankbar dafür sein. Was kommt, das kommt und nichts und niemand kann etwas daran ändern.

10. Juli - Es wäre so schön, wenn er jetzt hier wäre. Hier bei mir. Er fehlt mir so sehr.

Ob er noch an mich denkt? Mein Herz ist so schwer. Ich habe meine große Liebe verloren, unser Baby. Bald verliere ich mein Leben und lasse meine Kinder allein zurück.

11. Juli - Monique konnte nicht mehr.

Dieses zierliche Persönchen hatte am Ende nichts mehr, dass sie noch geben konnte. Ihr Tumor hat sie aufgefressen.

Am Ende trat die Menopause völlig in den Hintergrund. Ihr Mann hatte sich einer anderen zugewandt. Er wollte keine alte Frau und er wollte keine kranke Frau. Jetzt ist sie nicht mehr da. Uns fehlt sie.

Sascha hat ihre Kerze gelöscht. Helmut-Didier öffnete das Couvert. 25 Prozent!

Wir hatten ein Problem, ihren Drachen in den Himmel zu schicken. Sie hatte ihn mit so vielen bunten Bändern und Bommeln verziert, dass er sehr schwer war. Zum Glück hatten wir noch eine Rakete von Dr. Orreli. Wir warteten bis es dunkel war und schickten den Drachen in einem blauen Sternenregen in den Himmel. Ob sie morgen wieder nach einer Lance-Rakete suchen?

12. Juli - So viele sind schon gestorben und immer mehr gehen. Was mache ich noch hier? So viele Kerzen, die nicht mehr brennen. Tote Kerzen! Wann ist meine dabei? Wann gehe ich?

Dreißig morituri waren angetreten. Jetzt sind es noch zehn. Leerstehende Zimmer! Einzelbelegungen! Zimmer 8 ist noch doppelt belegt. Unser Zimmer!

Es ist frustrierend! Stimmt traurig! So viele haben uns verlassen, wann gehe ich?

13. Juli - Heute probieren sie ein neues Medikament. Es wirkt angeblich gegen Schwindel und Übelkeit. Noch mehr Nebenwirkungen. Prof. Carraud wird später mitteilen, wem sie es verabreichen. Die Auswahl ist ja nicht mehr groß.

Bei Schädigungen der Nieren darf das Medikament nicht angewendet werden. Also werde ich es nicht bekommen. Meine Werte sind schlecht. Viel zu schlecht. Ich habe wieder Leukopenie. Nur noch 800 unter Nierenentzündung. 3.800 sollen es schon lange nicht mehr sein. Jetzt sind sie schon mit 2.000 zufrieden. Man wird ja so genügsam.

Manchmal sehne ich die Zeit herbei, als ich außer Übelkeit und Kopfschmerzen keine anderen gesundheitlichen Probleme hatte. Das waren noch Zeiten!

Wenn mich jemand fragt, was mir fehlt, zähle ich auf, was an mir noch reibungslos funktioniert. So bin ich schneller fertig. Die Liste meiner Unpässlichkeiten wird täglich länger.

Wenn ich mir dann meine Mitpatienten betrachte und sehe, was noch alles auf mich zukommen kann, denke ich an Simons Spruch.

Lächle und sei froh, es könnte schlimmer kommen. Ich lächelte, ich war froh und es kam schlimmer.

14. Juli - Mittwoch muss ich wieder ins MRT. Warum? Weil es zur Studie gehört. Ich will doch gar nicht wissen, ob Charlie gewachsen ist. Und Charlie interessiert es auch nicht.

Scheiß Studie!

Mahnwache mit Pflegepersonal. Schwester Nadège möchte, dass die verbliebenen Patienten zusammengelegt werden. Dass es keine Einzelbelegungen mehr gibt. So braucht man weniger Reinigungskräfte. Die freigewordenen Kräfte könnten dann anderweitig eingesetzt werden.

Dieses Biest! Chima Pharm übernimmt alle Kosten. Es spielt keine Rolle, wie viele Reinigungskräfte hier herumwischen. Die Bezahlung ist gesichert.

Sie will sie sicherlich zur Essensverteilung und zum Bettenmachen auf ihrer Lieblingsstation einsetzen. Dass sie mit der dortigen Stationsschwester klüngelt, wird jeden Tag deutlicher. Aber dagegen werden wir etwas unternehmen. Sie wird sich wundern.

Helmut räuspert sich, bevor er sich mit einem garstigen Gesichtsausdruck an Schwester Nadège wendet.

„Besprechen sie das mit dem Vertreter der Chima Pharm. Dr. Friedli kommt morgen zur Kontrolle. Da können Sie ihm Ihr Ansinnen vortragen. Wir werden unsere Ansicht darüber ebenfalls vortragen. Das und noch einiges mehr."

Schwester Nadège erblasst. Soll sie! Seit sie vorgestern meine Spaghetti gefressen hat, ist sie auch bei mir in Ungnade gefallen.

Nun folgt noch belangloses Geschwätz. Small Talk, den niemand will und keiner braucht. Aber es gehört nun mal dazu. Es gehört dazu, wie das Gesülze von Schwester Alice. Die ist momentan dabei Elke den Sack voll zu machen. Sie sehe heute ja soooo gut aus. Ob sie sich denn wohlfühle?

Elke sieht gut aus? Nein! Elke sieht schlecht aus! Lügen bauen nicht auf, sie töten. Man muss uns nicht belügen. Wir wissen, wie's um uns steht.

Wie soll ein anderer wissen, wie es in mir aussieht?

Ach, ich hab in meinem Herzen da drinnen, einen wundersamen Schmerz.

15. Juli - Helmut-Didier hat Blut im Stuhl. Jetzt wird er durchgescheckt. Wahrscheinlich eine Nebenwirkung der Medikamente. Das würde mir noch fehlen. Ich will nicht noch mehr Pein.

Ich habe wieder schrecklichen Juckreiz. Elke hat Ausschlag und sieht schlimm aus. Der Ausschlag juckt nicht. Pierres Blut ist nicht in Ordnung. Er bekommt überall blaue Flecke. Sascha hat am ganzen Körper Petechien. Eine Nebenwirkung des Cortisons, hat Dr. Said gesagt.

Die Medikamentenliste wird immer länger. Wir nehmen mehr gegen die Nebenwirkungen, als gegen den Krebs!

Merde! Krebs! Schon das Wort ist ätzend! Krebs!

16. Juli - Spaziergang im Park mit meinen Schätzen. Nicholas schimpft über meine Mutter. Er sagt, er würde sie gerne blöde Kuh nennen, aber sie ist nun mal seine grand-mère und da sagt man das nicht.

„Aber sie ist ein blöde Kuh.", ereifert sich Cédric. „Sie sagte, wir sollten im Garten nicht Fußball spielen. Das wäre nicht gut für ihren englischen Rasen. Zum Glück hat sie nicht gesehen, das ich den Ball ins Rosenbeet geschossen hatte. Da wäre sie sicher in eine ihrer berüchtigten Ohnmachten gefallen."

Ich muss lachen, obwohl mir das aus erziehungswissenschaftlicher Sicht nicht angemessen erscheint.

„Wann kommst du nach Hause?", Nicholas sieht mich flehentlich an. „Du fehlst uns so!"

„Ach mein Schatz, das dauert noch eine Weile. Ich muss doch erst wieder gesund werden." Ich weiß, wie verlogen das für jeden, der die Wahrheit kennt, klingen muss. Aber er ist noch so klein. Ich bringe es nicht übers Herz, ihnen die Wahrheit zu sagen.

Heute Nachmittag sind Inette und Eve gestorben. Beide hatten ein Mamma-Ca. Inette hatte man die rechte Brust abgenommen. Der Krebs hatte bereits gestreut und saß in den Lymphknoten. Sie bekam Chemo, Bestrahlung und den Wirkstoff ihrer Studie. Geholfen hat nichts!

Eve wurden beide Brüste amputiert. Man hat ihr die befallenen Lymphknoten entfernt und sie mit dem Wirkstoff behandelt. Als man Metastasen im Pankreas fand, war es zu spät zur Operation. Sie hat alles tapfer ertragen. Die vielen Tränen hat niemand gesehen. Ihre Familie hatte sich von ihr abgewendet. Krebs! Iiiiih! Wer will denn schon sowas!

17. Juli - Mein Ich verändert sich. Ich bin jähzornig und schreie, werfe sogar mit Gegenständen. Zudem bin ich böse und manchmal gemein und verletzend.

Das bin nicht mehr ich und werde es mit jedem Tag weniger sein. Ich bin wütend auf mich, traurig, dass ich so geworden bin und immer schrecklicher werde, zu einem Monster mutiere.

Ich habe Angst, dass ich eines Tages meine Kinder verletzen könnte. Das wäre schrecklich. Es muss nicht unbedingt eine fliegende Tasse sein. Manchmal verletzt ein Wort mehr, als ein Dolch es jemals könnte.

Was würde er fühlen, wenn er mich so sehen würde? Würde er es ertragen? Nur einmal noch in seinen Armen liegen. Er fehlt mir so sehr.

18. Juli - Heute Lumbalpunktion. CEA! Gesucht und gefunden. Was hatten die erwartet?

Im CT Kontrastmittelanreicherung zu sehen. Morgen MRT. Ich will nicht mehr. Ich weiß, dass ich sterben muss. Ich will es nicht jeden Tag aufs Neue hören und sehen.

Übelkeit! Übelkeit! Übelkeit! Ich fühle mich schlecht. Die Tasse, die ich an die Wand geworfen hatte, konnte nichts dafür. Die Flasche, die der Tasse folgte, ebenso wenig.

Warf ich anfangs die Wut mit an die Wand und fühlte mich hinterher erleichtert, so macht mich inzwischen jeder Wurf noch wütender. Hilfloser! Der Frust, die Hilflosigkeit, die Sorgen, die Angst! Sie lassen sich nicht vertreiben, in dem man eine Tasse an die Wand wirft.

Ich mache mir Sorgen um meine Kinder. Was wird aus ihnen, wenn ich nicht mehr bin? Der Gedanke, dass sie meinen Eltern in die Hände fallen, bereitet mir Bauchschmerzen. Wenn Mutter keine Repressalien meinerseits mehr fürchten muss, wird sie zur Höchstform auflaufen.

Es ist gut zu wissen, dass sie keiner staatlichen Einrichtung in die Hände fallen. Aber meine Eltern! Meine Schätze werden sich wundern. Die Anzüge sind nur der Anfang, es wird noch schlimmer kommen.

Ich habe Sehnsucht nach Maurice. Er soll kommen! Ich brauche ihn so sehr. Ich will ihn in meine Arme nehmen und für immer festhalten. Ich weiß, dass es für immer ein Wunsch bleiben wird. Ein Wunsch, den ich mit ins Grab nehme. Aber träumen darf ich doch …

19. Juli - Wieder zwei weniger. Lisanne das 36-jährige Leber-Ca und Alexandre, das 44-jährige Prostata-Ca.

Bei Lisanne war es nur eine Frage der Zeit. Es ging ihr schon seit Wochen immer schlechter. Letzte Woche wurde sie auf die Intensivstation verlegt. Vor drei Tagen kam sie ins Hospiz.

Alexandre war guter Dinge. Die Ärzte machten ihm große Hoffnung. Der Wirkstoff seiner Studie schlug an und es ging aufwärts. Vor vier Tagen kam der Rückschlag und es ging rapide abwärts. Jetzt ist er tot und seine kleine Tochter ist allein auf der Welt.

Dieser Scheiß Krebs verursacht so viel Leid, so viel Schmerz. Ich könnte schreien vor Wut … doch was würde es ändern?

Prof. Cheminant emeritiert. Was kommt nach ihm? Er war für uns alle wie ein Vater. Seine Ruhe, seine Gelassenheit. Er hinterlässt eine große Lücke. Auch wenn er manchmal etwas weltfremd durch die Gegend schusselte.

Er fand immer die richtigen Worte. Seien es Worte des Trostes, der Aufmunterung oder des Ansporns. Aber er war auch so fair, keine Hoffnung zu schüren, wo es keine mehr gab.

21. Juli - Sébastien adieu!

Heute ist unser aller Sonnenschein gestorben. Wir sind sehr traurig. Schwester Laeticia sagt: „Gott hat ihn geholt, weil er ihn gern hat."

Wenn er ihn gern hätte, dann hätte er ihn hier gelassen. Bei uns! Er hätte ihn nie krank gemacht. Ich würde gerne sagen, ich werde ihn nie vergessen. Aber ich werde ihn vergessen, wie ich schon so vieles vergessen habe und noch vergessen werde. Aber ich werde mich so lange an ihn erinnern, wie es mir möglich ist.

Als man seine Leukämie feststellte, war er neunzehn und studierte Astrophysik. Er und seine Freundin haben sich entschlossen, ein Kind zu zeugen. Sie wollten, dass etwas von ihm bleibt. Vor 14 Monaten kam Liam zur Welt. Sébastien liebte seinen Sohn über alles. Jetzt ist Liam alles, was von ihm blieb.

Sébastien war erst 21 Jahre, fast noch ein Kind.

22. Juli - Jetzt bin ich schon ein Jahr ohne dich. Mein Herz weint und findet nicht mehr ins Leben zurück. Ich denke so oft an dich. Ich vermisse dich und würde dich so gerne noch einmal in meine Arme nehmen.

Ich hoffe, du hast mich nicht vergessen. Aber warum solltest du? Dein Mund hat es mir versprochen, deine Augen auch und dein Herz ebenso.

Oh please don't let me down ...

24. Juli - Christiane backt jetzt den Engel Torten. Schon lange hatte sie sich darauf gefreut.

Christiane ist heute Morgen gestorben. Sie hat es Carraud gezeigt. Länger durchgehalten als prophezeit. Ihre Prognose hat uns erschüttert. 13 Prozent! Da sieht man mal wieder, dass man die Prognosen in der Pfeife rauchen kann, wie Helmut-Didier zu sagen pflegt.

Sie wurde 56 Jahre alt. Ihre Tochter und ihr Mann waren bei ihr, als sie starb. Sie wussten, dass es keine Heilung geben würde, als sie in diese Studie aufgenommen wurde.

Christiane arbeitete als Sekretärin in einem Schulzentrum. Ihre Kopfschmerzen schob sie auf den neuen Bildschirm, den sie kurz zuvor bekommen hatte. Er flimmerte und ließ sich nicht umstellen. Ihr Chef sagte, sie müsse damit leben. Man könne nicht erwarten, dass man am Arbeitsplatz nur bestes Arbeitsmaterial erhalten würde. Er war ein Kotzbrocken erster Güte.

Als sie die Diagnose Glioblastom im Corpus callosum erhielt und erfuhr, dass sie nicht mehr arbeiten könne, war sie froh, dass sie diesen Choleriker nicht mehr zu Gesicht bekommen würde. Sie wollte ihre letzten Wochen in Ruhe angehen und sich nur mit Menschen umgeben, die ihr guttaten. Ob sie hier die Ruhe fand, die sie gesucht hatte? Ich weiß es nicht.

Monja hat ihre Kerze ausgeblasen und ließ ihren Drachen steigen. Unser Chor wurde einer seiner schönsten Stimmen beraubt. Ich halte mich bei Swing low, sweet chariot immer dezent zurück. Meine Stimme klingt wie eine rostige Gießkanne.

25. Juli - Clément riecht nach Urin. Eklig! Er sagt, es dauert jetzt nicht mehr lange. Die Dialyse schafft es nicht mehr und er wird immer schwächer. Sein Körper vergiftet sich selbst. Er wollte keine OP. Jetzt bedauert er diese Entscheidung. Aber er weiß, dass es nur ein Aufschub gewesen wäre. Ein paar Wochen mehr, voller Schmerz und Leid.

Helmut-Didier hatte wieder Streit mit seiner Frau. Er nimmt inzwischen kein Blatt mehr vor den Mund. Immer häufiger wirft er sie raus. Auch wenn wir die Hoffnung hegen, sie käme nicht zurück, so enttäuscht sie uns immer wieder aufs Neue. Sie ist hartnäckig und kommt regelmäßig, um uns die Ohren voll zu jammern. Niemand leidet so wie sie.

Kurz nach Mittag kamen Pablos Eltern zu Besuch. Sie leben in den USA und die Reise ist beschwerlich, da sie bereits über achtzig sind und beide an Rheuma leiden. Pablo hat sich sehr gefreut. Sie bleiben ein paar Tage und reisen dann wieder nach Hause. Er hatte gedacht, dass er seine Eltern nie wieder sehen würde. Die Überraschung war ihnen gelungen.

Pierre hatte Besuch von einem Freund aus Kindertagen. Die beiden hatten sich lange nicht gesehen. Er hatte durch Zufall erfahren, wie krank Pierre ist und sich spontan entschlossen, ihn zu besuchen. Pierre hat sich so gefreut. Während alle anderen sich abwenden, kam Mathis, den Pierre schon vor Jahren verloren glaubte, aus Kanada, um seinen Freund zu besuchen.

Manchmal geschehen auch auf dieser Station noch Dinge, die einem die Freudentränen in die Augen treiben.

Meine Eltern haben mich noch nie besucht. Ich möchte sie auch nicht sehen. Grand-père war einmal hier, grand-mère noch nie. Sie hasst Kliniken. Nichts und niemand würde sie hierher bewegen. Mich fragt niemand, ob ich hier sein will.

26. Juli - Überall Blut. Gestern hat Miguel Blut gehustet. Heute blutet Pablos Nase. Sein Hirndruck ist zu hoch. Zu allem Elend erbricht Anette Blut. Es ist nicht das erste Mal. Sie hat letzte Woche mehrfach erbrochen, doch sie hat es den Ärzten nicht erzählt. Sie sagt, sie weiß, dass sie bald sterben wird. Warum noch viele Worte machen?

Was würden sie machen? Sie mit Medikamenten ruhigstellen und ihr eine Magensonde schieben? Ihr sagen, wie Leid es ihnen tue, aber sie könnten nichts mehr für sie tun? Darauf kann sie verzichten. Darauf können wir alle verzichten.

Manchmal ist es einfach besser zu schweigen …

27. Juli - Ich vergesse so vieles. Ich habe Angst, bald vergesse ich auch ihn. Noch habe ich Claudine, die mich jeden Tag an ihn erinnert. Sie ist gut drauf. Ihr Kokon beginnt zu wachsen. Sie wird noch hier sein, wenn ich schon lange in meiner Urne liege. Ich freue mich für sie.

Sie wurde mir in der kurzen Zeit des gemeinsamen Kampfes eine gute Freundin. Nicht so wie

Zélie und Joyce, eine andere Art der Freundschaft. Eine Art, wie sie wohl nur unter morituri entstehen kann.

Hier wurden viele Freundschaften geschlossen, von denen einige schon durch den Tod beendet wurden. Ich habe Ben verloren, der mir ein guter Freund war. Viele Menschen, die ich gern hatte. Der Tod kommt und nimmt sich, wen immer er haben will. Wir folgen ihm, denn wir können nichts gegen ihn ausrichten.

29. Juli - Ich habe ihm einen Brief geschrieben. Claudine wird ihn losschicken, wenn ich tot bin. Ich will es nicht aussprechen, aber ich bin froh, wenn es endlich vorbei ist. Die Kopfschmerzen sind unerträglich und werden immer stärker.

Ich vergesse so viel und schlimmer noch, ich vergesse ihn. Doch zuvor musste ich ihm noch sagen, was mir auf dem Herzen liegt.

Ich schrieb von meiner unendlichen Liebe zu ihm. Wie sehr ich ihn vermisse und dass ich ihn im Herzen tragen werde, bis ich gehen muss. Wie gerne hätte ich ihm von unserem kleinen Wunder erzählt, unserer Claire-Sophie. Aber Papa hat recht. Warum Wunden reißen, die nie wieder heilen würden?

Claudine hat mir versprochen, Monsieur Payssan anzurufen. Sie wird ihn um seine Adresse bitten und den Brief schicken. Mehr kann sie nicht für mich tun.

30. Juli - Letzter Tag des Zyklus! Geschafft! Es ist vorbei! Der Wirkstoff hat sein Bestes getan. Geholfen? Ein bisschen Zeit geschenkt? Sieht nicht danach aus!

Ab jetzt tickt die Bombe und nichts und niemand kann sie mehr aufhalten.

Ich frage mich, ob jemals eine Studie erfolgreich war. Gab es Patienten, die geheilt wurden? Patienten, denen ein längeres, ein besseres, schmerzfreies Leben geschenkt wurde? Niemand wird mir diese Frage beantworten, denn die Studienergebnisse sind geheim. Werden nur im stillen Kämmerlein erörtert. Wer will schon Misserfolge an die große Glocke hängen?

Wenn man sich die Patienten betrachtet, die regelmäßig in der Onkologie vorstellig werden, kann man sich nicht vorstellen, dass es Heilung gibt.

Die Hirntumore sind alle inoperabel. Ihnen kann man nicht im Hirn herumschnippeln und die Tumore entfernen. Sie sind von Anfang an dem Tode geweiht.

Ich habe noch keinen Patienten getroffen, der nicht als unheilbar galt. Werden in Studien grundsätzlich nur Unheilbare aufgenommen? Wenn sie hier antanzen, sind ihre Körper mit Metastasen durchsetzt. Meistens wurden die Primärtumore bereits entfernt und man versucht, das letzte bisschen Leben zu erhalten, zu verlängern.

Sie versprechen keine Heilung, sie versprechen nichts. Aber sie machen Hoffnung und Hoffnung ist es, die wir alle brauchen, die uns am Leben hält. Die Hoffnung auf ein Wunder ...

Manchmal ist es schwer, sie zu bewahren, sie im Herzen zu tragen und zu hüten wie einen Schatz. Hoffnung ist alles, was uns noch geblieben ist. Wer sie aufgibt hat verloren.

Die Ärzte geben sich alle Mühe, aber manchmal reicht Mühe allein nicht aus. Sie können nicht mit jedem Patienten sterben, nicht mit jedem leiden, aber sie könnten etwas Menschlichkeit zeigen. Einen Hauch von Menschlichkeit. Diese Halbgötter in Weiß, sie leben mit dem Tod, der sie abstumpfen lässt. Sie vergessen leider mit der Zeit, dass es menschliche Wesen sind, die mit dem Tod kämpfen. Wenn man sie immer und immer wieder mit den laboratory animals vergleicht, nimmt man ihnen jede Würde. Macht sie zu nutzlosem Vieh, das nicht mal dem Vergleich mit den Mäusen besteht, denen man Tumore in den Körper gepflanzt hat, um einen Wirkstoff zu finden. Einen Wirkstoff, der Menschen das Leben retten soll.

Kapitel 18

Er ist stärker

01. August - Die Kopfschmerzen nehmen stetig zu. Die Übelkeit gehört jetzt fest zu meinem Leben. Ich habe immer öfter Wortfindungsstörungen. Dazu kommen Sprach- und Verständnisstörungen. Mein Archiv verstaubt. Die Akten werden falsch abgelegt. Hatte ich mich inzwischen mit den Absencen abgefunden, so machen mir jetzt diese Wortfindungsstörungen Sorgen. Ich weiß, was ich sagen will, aber ich finde nicht die richtigen Worte. Ich suche und überlege, aber sie sind einfach nicht mehr abrufbar.

Neulich kam es zu einem peinlichen Moment. Ich habe im Labor Dr. Lurex getroffen. Mir fiel leider sein Name nicht mehr ein. Ich wusste nur, dass er etwas mit Kondomen zu tun hat. Ich überlegte, dann rutschte mir das erste raus, das mir einfiel. Ich begrüßte ihn freundlich mit: „Bonjour Monsieur Préservatif. Sein irritiertes Gesicht vergesse ich nie. Wie konnte ich auch ahnen, dass er die Schwestern reihenweise flachlegt? Pierre, der neben mir stand, als ich diese Kuh fliegen ließ, lacht noch heute darüber. Nun ja! Ich war nahe dran. Wer kennt sie nicht, die Préservatifs von Durex?

Etwas, worüber wir nicht lachen, ist der Tod von Georges. Georges, das 71-jährige Colon-Ca, ist vor einer Stunde gestorben. Er hat eine schreckliche Leidenszeit hinter sich. Monate, in denen man ihm den Darm Stückchenweise entfernt hat. Monate, in denen er seine ganze Hoffnung auf den Wirkstoff seiner Studie setzte. Jetzt hat die Hoffnung ein Ende. Eine Hoffnung, die nie eine echte Hoffnung war. Jetzt hat einer seiner Tumore die Darmwand durchbrochen. In einer Not-OP wurde das perforierte Stück entfernt. Danach hatte er schreckliche Schmerzen, bekam Morphin. Sein Sohn hielt seine Hand, als er starb. Seine Frau war nicht da. Warum reagieren Frauen so?

02. August - Joyce hat meine Schätze gebracht. Ich sah das Entsetzen in ihren Augen, als sie mich ansah. Ich sah ihre Tränen, als sie sich abwandte.

„Bekommst du nicht ausreichend zu essen?", fragt Nicholas und sieht mich besorgt an.

„Gehen wir zu McDonalds?" setzt Cédric hoffnungsvoll hinzu.

„Ja, das machen wir. Wir setzen Mama in den Rollstuhl und schieben sie zu McDonalds. Das wäre toll. Wir waren schon so lange nicht mehr dort. Biiittteeee!", lächelt mich Nicholas an und klimpert mit seinen langen Wimpern. Wimpern, die ihm schon den Neid mancher Frau eingebracht haben.

Ich hasse Rollstühle, aber wenn ich meine Kinder damit glücklich mache.

„Einverstanden! Aber ihr müsst mich auch zu Pierrot begleiten. Ich muss mir ein paar neue Kleider kaufen. Ich bin aus meinen alten Sachen rausgeschrumpft."

„Jaaa! Das machen wir! McDonalds mit Mama! Toll!" Die beiden sind aus dem Häuschen. Ich hoffe nur, dass der Ausflug nicht zu anstrengend wird. Sie sollen mich nicht leiden sehen.

An der Metrostation muss ich aussteigen. So viele Stufen, das dauert, bis ich da runter bin. Ein netter Mann hat den Rollstuhl nach unten getragen und Joyce hilft mir beim Treppensteigen. Es geht besser, als ich dachte. Das Einsteigen in die Métro fällt mir leicht. Ich bekomme einen Platz an der Tür und falle erschöpft auf den Sitz. Es ist herrlich. So frei habe ich mich schon lange nicht mehr gefühlt. Ich könnte stundenlang weiterfahren.

Leider fällt mir das hochsteigen der Treppen schwer. Abwärts ist es einfacher. Aber auch hier gibt es viele helfende Hände. Die Pariser mögen arrogant sein, aber sie sind sehr hilfsbereit.

„Quelle surprise!", ruft Pierrot überschwänglich und drückt und herzt mich. „Ich hätte nicht gedacht, dich jemals wiederzusehen." Freudentränen stehen in seinen Augen. Mit einem schnellen Blick erkennt er die Lage und schiebt mich zu einem Sessel.

„Ich habe genau das richtige für dich. Gestern eingetroffen. Sportlich und dennoch elegant. Wie du, ma chérie!" Zwei Minuten später präsentiert er mir eine Kollektion, die meine Augen leuchten lässt. Ich liebe den maritimen Look. Da ist es nicht so schlimm, wenn alles schlabbert.

„Ein Käffchen? Espresso? Wie kann ich dich glücklich machen?" Pierrot sprüht vor Charme. Nur gut das er schwul ist. Sonst hätte das „glücklich machen" gleich eine völlig andere Bedeutung.

„Kaffee! Darf ich zwar nicht, aber inzwischen ist es egal."

„Ah! Ma chérie! Soll ich dir einen Tee bringen? Du musst dich an die Regeln halten. Kein Kaffee bedeutet kein Kaffee. Die Ärzte werden sich etwas dabei denken, wenn sie ihn dir verbieten."

„Nein! Ich möchte einen Kaffee!"

Pierrot schüttelt den Kopf, dreht sich zu Joyce um und sagt, mit gespielter Theatralik: „Mon Dieu! Sie ist noch immer der liebenswerte Dickkopf", und haucht mir einen Kuss zu. Ich mag diesen verrückten Kerl. Er ist so herrlich unkompliziert und nimmt das Leben, wie es kommt, ohne sich zu beschweren. Er sagt immer, er kann nichts daran ändern, also, warum soll er sich aufregen. Recht hat er. Hätte ich doch nur ein klitzekleines bisschen seiner Ausgeglichenheit.

Nach einer Stunde bei Pierrot machen wir uns auf den Weg zu McDonalds. Zwei Juniortüten, zwei Kaffee und ein Mac Menü später, machen wir uns auf den Weg zur Klinik. Meine Kinder sind happy und ich bin es auch. Sie müssen nicht wissen, dass mir der Geruch von Pommes den Magen umgedreht hat.

03. August - Pablo, er nahm nie ein Blatt vor den Mund.

Ich habe nie zuvor einen solch ehrlichen Menschen getroffen. Wenn Pablo sagte: „Ich mag dich", dann meinte er es auch. Wenn er sagte, man sei ein Arsch, dann wusste man, was er von einem hält.

Als sein Arzt ihm sagte, er habe ein Glioblastom im Corpus fornicis und müsse sterben, hat er ihm die Hand auf die Schulter gelegt und gesagt, er bedauere ihn. Immer wieder müsse er Menschen mitteilen, dass sie Krebs haben, sterben müssen. Er dagegen habe es gut. Er habe Brücken gebaut und den Menschen damit das Leben erleichtert.

Das er sterben würde, nun ja, es hat ihn belastet, wie es jeden von uns belastet, seit wir diese Diagnose bekamen. Er hatte fest vor, noch die fünfzig zu vollenden. Am Ende waren es nur achtundvierzig. Leider!

Seine Prognose war 36 Prozent. Fast so viel wie Ben … Jetzt hüte ich sein Geheimnis.

Jean-Pierre hat Pablos Kerze gelöscht. Als die Sonne unterging, schickten wir seinen Drachen in den Himmel. Acht morituri sangen „Swing low, sweet chariot" und ich fragte mich, wann sie es für mich singen werden.

04. August - Ich stehe mit ihm auf, trage ihn den ganzen Tag im Herzen und nehme ihn abends mit, wenn ich schlafen gehe.

Playa Flamenco! Schönste Zeit meines Lebens. Er fehlt mir. Ich habe solche Sehnsucht nach ihm. Ich würde ihr gerne nachgeben, doch ich darf nicht. Mir fällt Uhlands Rechtfertigung ein. Darin heißt es:

Der Himmel hört ihr Flehen und lächelt gnädig: nein! Und lässt vorübergehen den Wunsch zusamt der Pein.

05. August - Diese ständige Übelkeit! Wenn man sich doch nur übergeben könnte. Nein! Alles schön drin lassen …

Sascha ist heute Morgen gestürzt und hat sich die Hüfte gebrochen. Sie haben ihn operiert und nur mit Mühe wieder aus der Narkose erweckt. Jetzt liegt er apathisch im Bett und blickt dahin, wo schon viele hingegangen sind. Wir leisten ihm abwechselnd Gesellschaft. Er soll spüren, dass er nicht allein ist. Seine Familie kommt nicht, um an seinem Bett zu wachen, doch wir lassen ihn nicht im Stich.

Pierre hat Claudine abgelöst. Sie hat ihm aus *la reine des neiges* vorgelesen. Jetzt summt Pierre eine uns allzu gut bekannte Melodie. Dann erklingt sein klarer Tenor und einer nach dem anderen stimmt ein. *Whatever you want* … Es scheint, als husche ein Lächeln über Saschas Gesicht. Aber so genau kann man das nicht sagen. Die Sauerstoffmaske verdeckt das meiste davon.

Er ist so ein lieber Kerl und mit seiner Frau gestraft. Ben sagte, er solle sie in den Wind schießen, die Welt wäre voll von schönen, intelligenten, liebenswerten Frauen. Leider hat Sascha keine Zeit mehr, eine davon kennenzulernen.

Als Sascha erfuhr, dass er einen inoperablen Tumor hat, der im Septum pellucidum sitzt, fing das Gezeter seiner Frau an. Sie wollte doch noch was vom Leben haben und nun wurde ihr solch eine Last auferlegt. Wer würde für ihren Lebensunterhalt sorgen? Sie hatte wohl nie darüber nachgedacht, selbst etwas zu tun.

Sascha ist Ingenieur und baut Lokomotiven. Er hat ein gutes Gehalt und auf das will seine Frau nicht verzichten. Er ist durch seine Krankheit angeschlagen und wird zusätzlich durch seine Frau belastet. Das Leben ist manchmal sehr grausam.

06. August - Mein Leben geht weiter. Die Kopfschmerzen werden stärker. Ich nehme jetzt 25 Tropfen, bei Bedarf. Der Bedarf steigt. Der ewige Kampf geht weiter. Kopfschmerzen gegen Valoron. Valoron gegen Kopfschmerzen. Wer gewinnt? Das kommt auf die Dosis an. Wer verliert? Ich!

Immer öfter laufen die Gespräche an mir vorbei. Nein! Es sind keine Absencen. Ich kann einfach nicht folgen. Meine Gedanken bleiben an einem Wort hängen, klammern sich daran fest und bevor ich den Sinn verstehe, ist das Gespräch zu Ende.

An manchen Tagen bin ich nicht in der Lage, meine Gedanken in Worte zu fassen. Es gab eine Zeit, da habe ich vor Gericht Plädoyers gehalten. War das in diesem Leben? Es scheint alles so weit entfernt, so unwirklich.

Wir spielen in letzter Zeit sehr oft Memory. An einen Sieg meinerseits ist nicht zu denken. Ich kann mir nie merken, wo die Partner liegen.

Carraud wollte uns wieder einen Psycho aufs Auge drücken. Als er kam, war kein Patient auf Station. Noch deutlicher konnte man nicht zeigen, dass wir keinen Psycho wollen.

Pierre und ich führen viele Gespräche. Manchmal weiß er nicht, was ich sagen will. Ich denke an Ingeborg. Ihr erging es ähnlich. Sie erging sich in weitschweifenden Vorträgen, die nichts mit dem eigentlichen Thema zu tun hatten. Damals hatte ich Angst, dass es mir irgendwann genauso ergeht. Ich hoffte so sehr, dass ich davon verschont würde. Jetzt ist es eingetreten, mit voller Wucht. Damals litt ich mit ihr, aber erst heute weiß ich, was sie damals durchmachte.

Heute verstehe ich auch, wie sich Christa fühlte, als sie nicht mehr in der Lage war zu schreiben. Als alles zu Kringeln wurde. Ich erinnere mich an das Schaukeln von Bettin. Vor und zurück, immer wieder. Heute schaukele ich. So vieles, von dem ich hoffte, dass es mich nicht treffen würde. Jetzt hat es mich fest im Griff.

Wenn ich merke, ich verliere mich, bleibt mir nur noch ein Ausweg. Die Ampullen liegen wohlverwahrt in meinem Safe. Ben hat sie mir kurz vor seinem Tod gegeben. Er wusste, dass er sie nicht mehr brauchen würde.

Ich habe mit Pierre darüber geredet. Er sah mich lächelnd an und meinte, sein Freund hätte auch an ihn gedacht. Jetzt hoffen wir beide, dass wir die Ampullen nicht vergessen haben, wenn wir sie eines Tages brauchen. Schlimmer noch, wenn der Code für den Safe in den Tiefen unseres Schweizer Käses verschollen wäre. Es könnte sein, denn die Löcher in meiner Erinnerung mehren sich.

10. August - Die Laborergebnisse sind da. Mein CEA-Wert ist weiter gestiegen. Besonders die Anmerkung ist ätzend: >20 mg/l: deutlicher Hinweis auf das Bestehen eines bösartigen Tumors.

Ich hasse dieses Wort. Es bedeutet Tod. Bisher hat es noch keiner aus irgendeiner Studie geschafft. Noch nie fiel das Wort geheilt.

Gestern, am späten Abend, hat uns Miguel verlassen. Wieder ein Bronchial-Ca weniger. Die Studie, von der er ein Teil war, hat jetzt nur noch einen Probanden.

11. August- Es geht mir schlecht. So richtig schön beschissen. Mon Dieu! Hatte ich jemals gute Zeiten? Ich weiß es nicht mehr. Es ist schon so lange her.

Monja geht es schlechter. Gestern hat man sie auf die Intensivstation verlegt. Sie wird jetzt beatmet. Es ist genau das passiert, was sie immer fürchtete: Gerätemedizin. Sie wollte ihr Leben nie an Schläuchen hängend beenden.

Genau das tat Clément. Er starb heute Abend. Gespickt mit Schläuchen und Drähten, hauchte er sein Leben aus. Das, was von seinem Leben übrig war. Nachdem sie ihm eine Niere entnommen hatten, ging es abwärts. Daran änderte auch der Wirkstoff nichts, den sie an ihm testeten.

12. August - Claudine liest mir jeden Tag mein Geheimnis vor. Wie lange noch? Mein Gedächtnis toppt inzwischen jeden Schweizer Käse. Nur eines ist noch präsent ... *Ach, ich hab in meinem Herzen da drinnen, einen wundersamen Schmerz.* Wenigstens etwas, das ich halten kann. Er wird immer in meinem Herzen sein.

Es macht mir das Herz so schwer. Ich werde ihn vergessen. Selbst wenn Claudine mir jeden Tag von ihm erzählt. Jeden Tag wird er ein Fremder sein. Was sie mir über ihn erzählt, wird die Geschichte eines Menschen sein, an den ich mich nie mehr erinnern werde. Jeden Tag werde ich von ihm hören und nicht mehr wissen, wer er ist, wer er war. Die Liebe meines Lebens. Der Vater meines totgeborenen Babys.

13. August - Monja liegt im Koma. Es ist seltsam. Sie sieht so klein aus, so winzig, als würde sie schrumpfen. Ich sehe sie da liegen, aber was ich sehe, ist nicht Monja. Es ist nur noch ihre Hülle. Eine leere, gefühllose, kalte Hülle. Das, was Monja ausmachte, ist nicht mehr da. Einfach weg. Wo ist es hin?

Die Hülle atmet. Sie atmet, weil man einen Schlauch in ihre Lunge gesteckt hat. Das Beatmungsgerät gibt zischende Geräusche von sich. Tschhh ... ffff ... tschhh ... ffff ... immer und immer wieder. Ihr Brustkorb hebt und senkt sich. Ihr Herz schlägt noch selbstständig. Noch! Fragt sich nur, wie lange die Weißkittel sie noch an diesen Geräten hängen lassen. Das EEG zeigt kaum noch Hirntätigkeit. Das ist kein Leben mehr. Das ist Qual! Was bringt es ihr? Nichts!

Was bringt es den Ärzten? Der Chima Pharm? Neue Erkenntnisse darüber, wie grausam man einen Menschen sterben lassen kann?

Kurt hat es überstanden. Der Kampf gegen sein Prostatakarzinom ist zu Ende. Er war ein liebenswerter Mensch, auch wenn er manchmal zu viel redete. Er schnitzte Holzfiguren für seine Enkelkinder und die Menschen, die ihm am Herzen lagen.

Nicholas hat er einen Panter geschnitzt und Cédric einen Elefanten. Ich bekam einen Widder, weil ich gerne mit dem Kopf durch die Wand gehe, sagte zumindest Kurt. Claudine schenkte er eine Katze. Ich werde meinen Widder in Ehren halten. Auch wenn ich bald nicht mehr weiß, wer ihn mir geschenkt hat und warum.

14. August - Wir haben jetzt Ergotherapie. Wir malen. Ha! Die spinnen. Aber es muss sein. Okay ... lass uns malen ...

Es wurde ein Kunstwerk: ein Strichmännchen mit einem Kringel im Kopf. Darüber steht: Charlie et moi! Jeder Psycho hätte seine Freude an dem Bild. Sie könnten mich allesamt über meinen psychischen Zustand aufklären. Sie würden hochtrabende Gutachten erstellen und mit Fachwörtern nur so um sich werfen. Dabei ist es ganz einfach. Das Bild zeigt, was von meinem Leben übrig blieb: Charlie et moi!

16. August - Ich habe Schüttelfrost, friere, dann wieder hohes Fieber. Und immer diese Sehnsucht. Ich habe mit Prof. Carraud geredet. Ihm erzählt, was mir Claudine jeden Tag erzählt. Was ich fühle. Er sagt, ich soll anrufen. Er soll kommen. Ich würde nichts lieber tun. Aber ich will sein Leben nicht zerstören. Ich weiß, dass ich bald gehen muss. Und morgen weiß ich wieder nicht, über wen Claudine spricht …

17. August - Wir spielen Memory! Blödes Spiel! Ich kann mich nicht konzentrieren. Wie schafft Helmut-Didier das nur? Er räumt jedes Mal das Spielfeld ab. Elke ergeht es wie mir. Nicht ein Paar aufgedeckt.

Elke hat das Stricken eingestellt. Ihre Finger gehorchen ihr nicht mehr. Sie wollte für das letzte Dutzend warme Wintermützen stricken. Jetzt sind wir nur noch zu acht. Fünf hat sie geschafft. Aber ich befürchte, wenn der Winter kommt, sind fünf zu viel.

Monja geht es immer schlechter. Ihre Mutter wollte sie nach Hause holen, aber ihr Bruder hielt sie davon ab. Ich denke auch, dass sie hier besser aufgehoben ist. Auch wenn sie nicht an die Geräte wollte. Wer sollte sie zuhause pflegen? Ihre kranke Mutter?

Ihre Mutter war es gewohnt, dass Monja sich um sie kümmerte. Ich bezweifle, dass sie wirklich so krank ist, wie sie tut. Ihre Krankheit überfiel sie just in dem Moment, in dem Monja ein Jobangebot als Chefsekretärin bekam. Sie war Sekretärin bei einem Pharmakonzern und hätte zu einem Tochterunternehmen in Spanien wechseln können.

Monja lehnte ab und blieb bei ihrer Mutter, um sich um sie zu kümmern. Als man ihr sagte, dass sie sterben muss, es aber eine Studie gab, die sie aufnehmen würde, griff sie zu. Ihre Mutter missbilligte es. Monja sollte zuhause bleiben.

Als sie hörte, dass die Patienten stationär bleiben müssen und nicht mal am Wochenende nach Hause dürfen, ist sie ausgerastet. Sie schrie so laut, dass alle zusammengelaufen sind. Es könne nicht angehen, dass Monja hier bleibt und sie allein zuhause lässt. Wer soll sich um sie kümmern? Sie sei krank und brauche Pflege. Immer nur sie, sie und wieder sie. Ihre Tochter interessierte sie nicht. Sie bestand sogar darauf, ebenfalls hier einzuziehen. Ben fand, sie sei krank im Kopf. Das fanden andere auch. Die Ärzte verwiesen sie schließlich der Station und drohten mit Hausverbot, wenn sich der Vorfall wiederholen sollte.

18. August - Heute Morgen ist Houri, das 43-jährige Non-Hodgkin-Lymphom gestorben. Man hatte ihr die befallenen Lymphknoten entnommen. Trotzdem tauchte der Krebs wieder auf. Weitere Operationen wollte sie nicht mehr über sich ergehen lassen. Die Kraft schwand und mit ihr der Lebenswille.

Guilette, das 69-jährige Nieren-Ca. Sie war die letzte ihrer Studie. Guilette, sie machte ihrem Namen alle Ehre. Ein Mundwerk, scharf wie eine Rasierklinge. Niemand war vor ihren bissigen Kommentaren sicher.

Pablo hat ihr einmal die Meinung gesagt. Seitdem hat sie ihn nicht mehr beachtet. Ihm war es egal. Hauptsache er hatte seine Ruhe. Jetzt sind beide nicht mehr unter uns. Ich lege ihr Foto zu denen der anderen, die ihnen vorausgegangen sind. So viele Fotos, so viele Tote, so viel Leid, so viel Trauer. Warum vergesse ich das nicht?

In der Kiste liegt ein kleiner Zettel mit einem Elefanten, der die Ecke des Blattes anhebt und nachsieht, was dahinter ist. Die Notiz darauf lautet: Was kommt danach??? Wann habe ich das gemalt? Ich erinnere mich nicht! Ob ich mich irgendwann selbst vergesse?

19. August - Ich habe wieder mal mit Carraud gesprochen. Meine Lücken werden größer. Ich mache immer öfter verrückte Sachen. Dauernd verlege ich Dinge. Vieles weiß ich nicht mehr. Gehört es mir oder nicht? Medikamente muss ich unter Aufsicht nehmen. Ansonsten sind sie unter Verschluss.

Meine Übelkeit nimmt stetig zu. Die Kopfschmerzen werden immer stärker. Ich habe jetzt häufiger Doppelbilder im Kopf. Kann vieles nicht zuordnen. Vergesse die Wochentage. Jeder Tag ist Montag. Ich vergesse das Essen, habe auch keinen Hunger.

Ich muss wieder ins MRT. Es könnte sein, dass sich ein neues Ödem gebildet hat. Dann muss ich wieder Cortison schlucken. Carraud sagt, es kann helfen, muss aber nicht. Helmut-Didier bekommt seit zwei Wochen Cortisoninfusionen. Er hat schon 4 Kilo zugenommen. Aber wenn es hilft.

Ich bin immer schlapp, kann nicht schlafen. Ich mache wieder Spaziergänge. Nachts! Prof. Carraud schimpft. Mir alles egal! Ich will zu meinem Baum. Nur bei ihm fühle ich mich wohl.

Ich habe Zélie und Joyce gesagt, dass sie meine Kinder nicht mehr in die Klinik bringen sollen. Sie sollen mich nicht so sehen. Auf ihre Einwände habe ich nicht reagiert. Es ist meine Entscheidung.

20. August - Warum lasse ich mich noch quälen? Ich habe es ihm versprochen. Aber würde er auf die Einhaltung des Versprechens bestehen, wenn er wüsste, wie ich mich fühle. Wie schlecht es mir inzwischen geht? Ich glaube, er würde mich gehen lassen.

Claudine meint auch, dass er mich loslassen würde. Wenn ich ihn doch nur halten könnte. Ich weiß genau, heute Abend weiß ich nicht mehr, dass wir über ihn geredet haben. Wenn sie mich heute Abend nach ihm fragt, schreit mein Herz lauter als je zuvor. Aber mein Kopf fragt sich, von wem sie redet.

21. August - Morgen muss ich ins MRT, will aber nicht, weiß auch so, dass er gewachsen ist. Ich ertrage die enge Röhre nicht mehr. Sie verabreichen mir keine Sedativa mehr, aus Angst, es sei kontraindiziert gegen alles, was sie mir einflößen.

Meine Kopfschmerzen werden schlimmer. Ich habe nur eine Frage: Wie lange noch? Ich weiß, dass mir niemand diese Frage beantworten kann. Ehrlich gesagt, will ich die Antwort nicht wissen. Ich mache jetzt einen Ausflug in den Park und besuche meinen Baum. Ich muss auf andere Gedanken kommen. Wenn nur der Weg nicht so weit und so beschwerlich wäre …

22. August - Monja good bye!

Monja ist gegangen. Ihre große Liebe saß an ihrem Bett und hielt ihre Hand. Wie ich sie beneide. Alle dachten, sie seien nur Freundinnen. Ich weiß es besser, denn ich hüte jetzt ihr Geheimnis. Ben hat mal eine Bemerkung gemacht, als sie einer jungen Blondine zu lange nachgeblickt hat. Seitdem hat sie es vermieden, in seinem Beisein Frauen anzusehen oder sich zu unüberlegten Äußerungen hinreißen zu lassen.

Jetzt ist ihre Kerze für immer erloschen, ihr Drachen in den Himmel gestiegen. Ihre Prognose hat uns wieder mal gezeigt, dass man sich nicht darauf verlassen kann. 19 Prozent.

23. August - Charlie ist gewachsen. Er ist jetzt ein großer Junge! Wenn kein Wunder geschieht, bekommt der Engel bald seine Flügel. Während andere Tumore schrumpfen, zieht es Charlie vor groß und stark zu werden. Von einem Kokon ist nichts zu sehen. Nicht mal ein klitzekleines Bisschen.

Vielleicht steht Charlie nicht auf Kokons. Er ist weder eine Made noch eine Raupe. Er wird nie ein Schmetterling. Apropos Schmetterling. Er hat auch nicht die Absicht zum Schmetterlingsgliom zu werden. Er macht was er will. Ändert öfter mal die Richtung, man könnte meinen, er sucht sich einen Weg ins Freie. Raus aus meinem Kopf …

24. August - Ich bekomme wieder Cortison. Ich habe ein Ödem, besser gesagt, Charlie hat eins. Das Leben ist so grausam. Man steht jeden Tag da und sieht die Menschen, die man lieb gewonnen hat, ein wenig mehr sterben. Und man ist einer von ihnen. Sie haben alle mehr oder weniger Unterstützung. Manche wollen sie nicht.

Elkes Mann ist ein protestantischer Pastor. Er ist ein Despot und behandelt Elke, als wäre sie sein Eigentum. Elke ist Ärztin. Sie verdient mehr als er. Bekommt mehr Anerkennung in ihrem Job. Ihr Mann wird von seinen Schäfchen gehasst. Die Kirche ist schlecht besucht. Seinen Frust lässt er an Elke aus. Seit ich ihr Geheimnis kenne, verstehe ich wenigstens, warum sie ihn geheiratet hat, heiraten musste, weil es ihre Eltern so wollten. Ich würde nie einen Mann heiraten, den ich nicht kenne, nur weil meine Eltern es wollen. Die Zeiten sind lange vorbei, als man in unserer Familie den Mann vorgesetzt bekam.

Warum macht mich der Gedanke an einen Mann und ans Heiraten so melancholisch? Diese Traurigkeit! Warum ist sie heute schlimmer als sonst? Warum schreit mein Herz vor Schmerz? Warum?

25. August - Joyce war heute zu Besuch. Sie hat mir den Kopf gewaschen. Sie findet es nicht richtig, dass ich meine Kinder nicht mehr in der Klinik haben will. Sie fragte, wo ich sie denn sonst sehen wollte. Sie sollen sehen, wie krank ihre Mama ist. Sie hören so viel bei ihren grands-parents, dass sie Fragen stellen, die ihnen niemand beantworten will. Ihrer Meinung nach, sollten sie ihre Mama auf ihrem letzten Weg begleiten. Es wäre ihnen gegenüber fairer, als sie von allem fern zu halten.

Nach dieser Standpauke habe ich nachgedacht. Sie hat recht. Sie würden es mir ihr ganzes Leben nachtragen, dass ich sie auf meinem letzten Weg nicht bei mir haben wollte. Bin ich eine Rabenmutter? Claudine sagt: „Nein! Nur eine Mutter mit Herz, die alles Böse, alles Schlechte von ihren Kindern fernhalten will und dabei etwas übers Ziel hinausgeschossen ist."

26. August - Ich fühle mich so leer, so antriebslos. Die Zeit des Abschieds ist gekommen. Jeden Tag

ein bisschen mehr. Ich weiß es, fühle es tief in mir. Obwohl ich alles noch immer von mir wegschiebe.

Mein Kopf weiß, dass es zu Ende geht, aber etwas, tief in mir, weigert sich, es zu akzeptieren. Urinstinkt? Überlebenswille? Selbsterhaltungstrieb? Ich weiß es nicht. Ich will auch nicht darüber nachdenken. Ich dachte immer, ich hätte mich damit abgefunden, dass ich sterben muss. Anscheinend ist nicht jeder Teil von mir dieser Ansicht ... *Whatever you want!*

27. August - Onkologie! Es kommen immer wieder neue Patienten dazu. Aber wir werden nicht so richtig froh mit ihnen. Wir wissen, was wir verloren haben. Der Verlust schmerzt. Im Dezember waren wir 86. Jetzt sind es noch 21!

Ich habe noch nie so viele Menschen sterben sehen. Noch nie so viele Menschen verloren, die ich kannte, die ich mochte. Wenn man jeden Tag den Tod vor Augen hat, gehört er irgendwann zum Leben. Ob man will oder nicht. Man gewöhnt sich an den rauen Ton, der in der Onkologie herrscht. An schlechtgelauntes Pflegepersonal, übervolle Wartezimmer, ausgefallene Termine und Termine, die auf den letzten Drücker angesetzt wurden. An das Warten auf Untersuchungsergebnisse und das erneute Ansetzen von Untersuchungen, weil sich bei der letzten ein klitzekleiner Wert verschlechtert hat.

Ich kann das Pflegepersonal manchmal verstehen. Sie schotten sich ab. Sie sehen jeden Tag so viel Leid und Tod, da braucht man ein dickes Fell. Wir leben damit. Wir stehen auf der anderen Seite, der Seite von Leid und Tod, der wir nicht entfliehen können. Wir gehen nicht abends nach Hause und sagen: „Ach, war das heute wieder ein Stress. Das Prostata-Ca hat zweimal ins Bett gepinkelt, musste umgebettet werden und ist dann auch noch gestorben. Dabei wollte ich es heute mal ruhiger angehen lassen, mit Céleste gemütlich Kaffee trinken und die Törtchen essen, die ich dem Blasenkarzinom weggenommen habe."

Es kommt immer noch vor, dass das Pflegepersonal den Patienten Essen wegnimmt, um es dann selbst zu verspeisen. Waren sie anfangs vorsichtig, so werden einige inzwischen immer dreister. Je schlechter es dem Patienten geht, umso angreifbarer wird er. Da verschwinden schon mal die teuren Pralinen, auf wundersame Weise, aus der Nachttischschublade und die Oma von Pfleger X freut sich über ihren aufmerksamen Enkel.

28. August - Samuel wurde erlöst. Das 51-jährige Basaliom vegetierte seit Wochen vor sich hin. Zweimal blieb sein Herz stehen, zweimal haben sie ihn wieder zurückgeholt. Gestern Abend mussten sie ihn gehen lassen. Er hatte sich vom Acker gemacht, bevor sie es bemerkten.

Es ist erschreckend. Leben um jeden Preis. Die Klinik macht viel Geld mit den Studien. Die Patienten zahlen den Preis dafür. Bei uns hat es das noch nie gegeben. Wer nicht mehr konnte, durfte gehen. Keiner wurde zwanghaft am Leben gehalten. Keiner reanimiert. Sie lagen auf der Intensivstation und man hat ihnen ihre Schmerzen genommen. Sterben durften sie ohne Umwege.

29. August - Schlechte Werte! Schlechte Laune! Kaum noch Hoffnung. In meinem Kopf dreht sich

ein Karussell. Ich frage mich, ob es an der Zeit ist, zu gehen. Mir die letzten grauenvollen Tage zu ersparen. Heute Abend einfach zu sagen, mir ist so übel. So lange zu jammern, bis sie mich an den Tropf hängen.

Wenn die Nachtschwester ihren Rundgang gemacht hat, einfach die Ampullen öffnen und ihren Inhalt in die Infusion spritzen. Zehn Ampullen zu je 100 mg. Das müsste reichen.

02. September - Ich bin noch da. Claudine konnte nicht schlafen und hielt mich die ganze Nacht wach. Wie soll man sich da vom Acker machen?

Vielleicht war es auch gut so. Als ich die Stimmen meiner Kinder höre, bin ich mir sogar sicher, dass es gut ist. Gut, dass ich noch da bin.

„Hallo Mama! Wow, siehst du kacke aus", sagt Nicholas schockiert und drückt mich.

„Kacke? Wo hast du denn dieses Wort her? Das gefällt mir aber nicht."

„Ach Mama, das sagen doch heute alle", sagt Cédric genervt, verdreht die Augen und schmatzt mir einen Kuss auf die Wange. „Du musst mal wieder raus ins richtige Leben. Du verpasst ja alles. Geben sie dir immer noch nicht genug zu essen. Sollen wir nochmal zu McDonalds gehen? Da kannst du dich satt essen."

Bei dem Gedanken an Fastfood dreht sich mein Magen um, aber das muss ich ihnen nicht sagen.

„Ich habe dir ein paar Pflaumen mitgebracht. Die stehen nicht auf deiner Verbotsliste. Möchtest du oder soll ich sie wegstellen?" Joyce unterbricht das Ausräumen ihrer Tasche und sieht mich fragend an.

„Nein, lass sie stehen. Ich esse vielleicht später ein paar davon. Ich muss mich erst mal erholen. Schließlich sagt man mir nicht jeden Tag, dass ich kacke aussehe", sage ich lachend zu ihr und knuffe Nicholas sanft in die Rippen.

„Hallo Jungs", Pierre streckt den Kopf herein, „habe ich doch richtig gehört. Wie geht's euch?"

„Denen geht's gut. Mir nicht! Nicholas sagt, ich sehe kacke aus", murre ich und gebe mich beleidigt.

„Wo er recht hat!", lacht Pierre und wuschelt Nicholas durch die Haare.

„Lass das! Ich habe sie besonders gut gestylt für Mama. Jetzt hast du meine Frisur zerstört", knurrt Nicholas.

Was seine Haare angeht, ist mein Herzchen besonders eitel. Jeden Morgen werden sie nach dem Duschen geföhnt und mit viel Haargel und Spray in Form gebracht. Jedes Haar steht wie eine Speerspitze. Anfassen verboten! Selbst Mutter hat ihn nicht davon abhalten können.

Cédric hat für so einen Firlefanz nichts übrig. Das macht ihm zu viel Arbeit, sagt er. Zum Duschen muss man ihn mit dem Lasso einfangen. Er ist der Meinung, dass einmaliges Baden doch ausreicht. Einmal pro Jahr! Dann müsste man allerdings den Dreck mit Hammer und Meißel von ihm abklopfen.

Ich bin müde und erschöpft. Pierre nimmt die beiden mit in sein Zimmer. Er hat ihnen neulich das Pokern beigebracht. Jetzt spielen sie um Gummibärchen. Ich hoffe, sie zocken in ab, denn Pierre darf keine Gummibärchen essen.

Kapitel 19

Vergessen

03. September - Ich komme heute nicht in die Gänge. Ungewaschen schlurfe ich in den Aufenthaltsraum. Schon auf dem Flur kann ich Claudine hören. Sie unterhält sich mit Helmut-Didier und Elke.

„Es ist so weit. Sie hat ihn vergessen. Ging jetzt alles sehr schnell. Ich habe ihr den Brief vorgelesen. Sie konnte sich nicht mehr erinnern. Ich habe ihr von ihm erzählt und werde es tun, solange, bis eine von uns geht. Sie wusste nicht, von wem ich rede. Alles ist weg. Früher kamen kleine Erinnerungen, diesmal kam nichts.

Ich überlege, ob ich seinen Freund anrufe, um ihm zu erzählen, dass sie Maurice vergessen hat. Aber ich weiß nicht, welche Folgen es haben würde. Ich weiß nicht mal, ob er sie noch immer liebt. Noch immer will. Es ist schon so viel Zeit vergangen. Da kann viel geschehen sein."

„Du solltest dich nicht einmischen. Du hast versprochen anzurufen, wenn sein Engel seine Flügel hat. Mehr nicht. Vergiss das nicht!" Helmut-Didier sieht sie nachdenklich an. „Ich verstehe nicht, warum sie ihn vergessen hat. Sie kann sich noch an andere Dinge aus ihrer Vergangenheit erinnern. Sie hat nicht alles vergessen. Genauso wenig wie Sascha alles vergessen hat. Warum vergisst sie ihre große Liebe? Warum vergisst Sascha seine Eltern?" Vergaß Bettin ihre Familie? Pablo seinen Beruf?

Ich schlurfe müde ins Zimmer. Erschrocken sehen sie mich an.

„Was ist los? Sehe ich so schlecht aus?" Ich verdrehe die Augen und lasse mich auf einen Stuhl fallen. „Ich wollte euch nicht bei eurer Unterhaltung stören. Redet weiter, ich höre euch zu, während ich meinen Saft trinke."

Claudine wechselt das Thema, ohne dass es mir auffällt. Ich habe keinen Mann, den ich vergessen kann. Sie können nicht über mich geredet haben.

04. September – Wieder so ein Tag, an dem mich die Fliege an der Wand nervt.

Anettes Mann hatte eine Steißbein-OP. Es geht ihm nicht gut und sie will ihn nicht aufregen. Die spinnt. Er kann nicht sitzen, daran stirbt man nicht. Ihr Mann ist eine Memme. So wehleidig, so verjammert, so … ach … manchmal könnte ich …

Anette ist stark abgemagert. Die Rippen sind sogar unter dem dicken Pullover zu sehen. Aber was ist ein Magenkarzinom schon gegen eine Steißbein-OP?

Seit Teresa tot ist, zieht sie sich immer mehr zurück. Ich würde so gerne noch einmal ihr glucksendes lachen hören. Aber es ist verschwunden und kommt nicht wieder. Leider!

05. September - Poison? … Poison! Claudine erzählt mir eine Geschichte über einen riesigen Flakon, einem Cartoon, einer Frau, die in der Badewanne sitzt. Eine schöne Geschichte, aber eben nur eine Geschichte.

05. September – Wieder ein Tag, an dem ich mich schlechter fühle. Das Ende herbeisehne.

Ich bin so müde, fühle mich schlapp, antriebslos. Morgens will ich nicht aus dem Bett und waschen will ich mich auch nicht. Ich dachte, ein Bad würde mir guttun, aber das war keine gute Idee. Das warme Wasser hat mich noch schläfriger gemacht und die Feuchtigkeit im Badezimmer hat mir die Sinne vernebelt. Jetzt bin ich zu nichts zu gebrauchen. Ich soll ins Labor. Keine Lust! Schwester Alice war schon zweimal hier, um mir zu sagen, dass der Fahrdienst hier ist. Soll er doch. Ich brauche ihn nicht. Ich bleibe im Bett.

Ich höre die energischen Schritte von Schwester Alice auf dem Flur. Der Zwerg steht wutschnaubend vor mir und motzt mich an. Die Tasse fliegt haarscharf an ihrem Kopf vorbei. Ha! Ich werde immer besser! Eines Tages treffe ich auch …

Alice stapft wutschnaubend davon. Ich kann sie fluchen hören. Soll sie doch. Ich will nicht ins Labor. Wenn sie was von mir wollen, sollen sie gefälligst zu mir kommen. Auf anderen Stationen macht man das auch. Aber Carraud meint, solange wir noch laufen können, müssen wir ins Labor. Ich kann nicht laufen. Warum sonst schieben sie mich überall im Rollstuhl hin?

Carraud kommt! „Was soll der Aufstand? Warum lassen Sie sich nicht ins Labor bringen?"

„Weil ich nicht will! Ich will nicht!", schreie ich ihn an. „Die können auch zu uns kommen. Sie sind nur zu faul."

Im nächsten Moment fliegt die Wasserflasche Richtung Wand. Carraud kann sich noch rechtzeitig bücken. Schade! Diesmal hätte ich getroffen!

Er sieht mich entsetzt an. „Sie brauchen dringend Hilfe. Ich mache einen Termin beim Psychologen. Die Schwester sagt Ihnen Bescheid." Sagt's und verschwindet.

„Was soll der machen? Charlie aus meinem Kopf holen?", schreie ich ihm hinterher. „Stecken Sie sich den Psychofuzzi in ihren Allerwertesten. Vielleicht kann er dort nach dem Rechten sehen."

Erschöpft falle ich zurück auf mein Kissen. Kurze Zeit später steckt Pierre den Kopf zur Tür herein.

„Was war das denn?", fragt er, übers ganze Gesicht grinsend. „Wird unser Küken aufmüpfig?"

„Nein, ich bin es so leid, immer durch die Gegend gejagt zu werden. Ich bin krank, kann mich kaum auf den Beinen halten. Das Labor kann mich mal! Zudem kann ich Alice nicht mehr sehen. Sie hat heute Morgen versucht, Claudine ihre Madeleines abzunehmen, weil sie die Dinger nicht essen darf. Angeblich wollte sie das Gebäck nur aufbewahren. Sicherlich in dem Schrank, der alles frisst, das man in ihn hineinstellt. Sie hat Claudine regelrecht entmündigt."

„Was hat Claudine gemacht?"

„Wir haben die Madeleines aufgegessen. Einfach so!"

„Ihr verrückten Hühner. Ihr sollt doch keine Süßigkeiten essen. Das ist nicht gut für eure Tumore."

„Das sagt ausgerechnet der, der die Macarons kiloweise verschlingt. Zudem haben wir keine Süßigkeiten gegessen. Es waren Madeleines."

Es klopft! „Madame, ich soll sie ins Labor bringen. Sind sie fertig?" Der junge Mann vom Fahrdienst sieht mich fragend an.

„Fertig? Ja! Aber nicht fürs Labor. Ich fühle mich nicht gut. Sagen sie denen ..." Bevor ich weiterreden kann, stoppt Pierre meinen Redefluss.

„Er kann nichts dafür." Warnend sieht er mich an.

Okay! Der Klügere gibt nach. „Bringen Sie mich anschließend noch ins Café? Ich lade sie zu einem Eis ein."

„Ich bringe sie überall hin. Hauptsache, sie kommen mit mir ins Labor."

Ich fühle mich besser. Vielleicht sollte ich öfter mal den Aufstand proben?

07. September - Barbara ist tot. Ich bin traurig. Noch gestern haben wir zusammen Kaffee getrunken. Sie war so ein liebenswerter Mensch. Nach allem, was sie durchgemacht hat, ist das bewundernswert.

Vor vier Jahren wurde sie vergewaltigt. Sie war im vierten Monat schwanger. Der Kerl hat sie so misshandelt, dass sie das Baby verloren hat. Er wurde gefasst und zu drei Jahren Haft verurteilt. Ich musste damals an mein Baby denken, dass ich verloren hatte. Die Ärzte, die schuld daran waren, dass ich sie verloren habe, wurden nie zur Rechenschaft gezogen.

Letztes Jahr wurde sie wieder schwanger. Es gab Komplikationen. Sie hatte Schmerzen, immer wieder Blutungen. Dann wurde ein Zervixkarzinom diagnostiziert. Warum man es nicht früher bemerkt hat? Anscheinend hat ihr Arzt, ein Jungspund, dem Papa die Praxis gekauft hatte, es übersehen.

Das Baby wurde in der 33. Schwangerschaftswoche geboren. Es kam in den Inkubator. Die Lungen waren noch nicht ausgereift, sie konnte nicht schlucken, wurde durch eine Sonde ernährt. Sie vertrug die Milch nicht, man suchte eine Amme, die Milch dieser Frau war verträglich. Dann hatte sie eine Hirnblutung und die Ärzte meinten, sie würden die Nacht nicht überleben. Sie hat alle eines besser belehrt und es geschafft. Sie wuchs nur langsam, entwickelte sich nicht richtig und musste lange Zeit in der Klinik bleiben.

Barbara wurden nach dem Kaiserschnitt Uterus, Zervix und Ovarien entfernt. Sie bekam Bestrahlung und Chemo. Sie kam gerade langsam wieder auf die Füße, als sie der nächste Schicksalsschlag ereilte. Ihre Mutter kam bei einem Autounfall ums Leben. Sie stand ihr während ihrer Zeit in der Klinik immer hilfreich zur Seite, besuchte das Baby auf der Intensivstation.

Dem Baby ging es besser, Barbara auch. Dann fand man Metastasen. Der Tumor, den sie entfernt hatten, war nicht der Primärtumor. Den hatten sie im Darm übersehen. Man entfernte einen Teil des Dickdarms, so viele Metastasen wie möglich und schickte sie wieder in den Strahlenbunker.

Im März kam sie ins CHU. Wir lernten uns im Café kennen. Sie darf auch keinen ... aber ab und zu mal ...

Im Juli starb unerwartet ihr Baby. Von diesem Schicksalsschlag hat sie sich nicht mehr erholt. Sie hat einfach aufgegeben. Ihre Chancen standen gut, sagten zumindest die Ärzte. Aber was von deren Prognosen zu halten ist, wissen wir inzwischen. Jetzt ist sie nicht mehr da. Ich werde sie sehr vermissen.

08. September - Claudine macht mir Sorgen. Sie wird anfallartig von starken Kopfschmerzen geplagt. Ein paar Mal hat Miou ihr das Licht ausgeschaltet. Glücklicherweise hat sie sich beim Sturz nicht verletzt. Sie ist jetzt oft abwesend. Hört mitten im Satz auf zu reden und starrt Löcher. Weiß nicht mehr, was sie sagen wollte. Redet Unsinn! Ich habe Angst, dass ich sie bald verliere.

Ihre Töchter wollen sie nicht mehr besuchen. Das macht ihr zu schaffen. Sie sagen, dass ihre Mutter ihnen Angst macht, wenn sie aufhört zu reden und stattdessen gurgelnde Laute von sich gibt. Wenn sich ihr Gesicht zu einer Fratze verzieht und die Augen in den Höhlen rollen.

Was soll man dazu sagen? Es sind Teenager, sie wollen als Erwachsene behandelt werden, beanspruchen Rechte und Freiheiten, die ihnen noch nicht zustehen. Aber wenn ihre Mutter sie braucht, ziehen sie sich zurück. Okay! Es gibt auch viele Erwachsene, die sich von ihren Angehörigen abwenden. Für viele ist das Versprechen, in guten wie in schlechten Zeiten, nur ein Lippenbekenntnis, an das sie sich nicht mehr erinnern, wenn die schlechten Zeiten gekommen sind. Freunde wenden sich ab, wenn sie dringend gebraucht werden. Krebs macht Angst! Der Krebskranke kann nicht davonlaufen. Er ist mit seinem Krebs verbunden und lebt mit der Angst.

09. September - Elena, das 39-jährige Mamma-Ca und Bernard, das 52-jährige Pankreas-Ca. Beide haben länger durchgehalten, als ihre Ärzte dachten.

Die Halbgötter in Weiß! Stellen Prognosen und liegen meistens daneben. Ich muss an Prof. Jablonski denken. Er wollte mir nicht sagen, wie viel Zeit ich noch habe. Er meinte, dann würde ich fristgerecht sterben. Dieses Phänomen könne man bei vielen Patienten beobachten. Manchmal könne man gar glauben, sie würden sich mit dem Sterben beeilen, damit sie sich auch fristgerecht vom Acker machen.

Jablonskis Kollegen waren nicht so zurückhaltend. Sie knallten mir ihre Prognosen um die Ohren. Das auch sie Unrecht hatten, ist mir eine Genugtuung.

10. September - Heute werden meine Kinder eingeschult. Ich habe Mutter das Internat vorerst ausgeredet. Es ist nur eine Frage der Zeit, bis sie abgeschoben werden. Jetzt besuchen sie eine der exklusivsten Privatschulen, die Paris zu bieten hat.

Joyce und Zélie begleiten uns. Langsam schleichen wir in die Aula. Die mitleidigen Blicke sind zum Kotzen. Mutter hat ihr Bestes getan, damit jeder weiß, wie sehr sie leidet. Hat sich doch ihre Tochter ein Glioblastom eingefangen.

Sie tuscheln hinter meinem Rücken. Wenn mich Prof. Carraud heute Morgen nicht mit allerlei guten Sachen aufgeputscht hätte, würde ich jetzt im Rollstuhl sitzen und sie hätten noch mehr zu gaffen. Dieses Pack. Vater nennt sie Nobelpöbel. In Paris tummeln sich immer mehr Yuppies, die irgendwo das schnelle Geld gemacht haben und sich jetzt in den besseren Kreisen bewegen. Meist ist der Eintritt zu diesen Kreisen teuer erkauft. Die feine Gesellschaft rümpft die Nase über diese, aus der Bourgeoisie Emporgekrochenen. Nun ja!

Der Direktor begrüßt alle und hält eine kurze Ansprache. In meinem Kopf dreht sich alles. Jetzt nur nicht schlapp machen. Das muss ich durchstehen. Zum Glück nicht im Stehen.

Den Rundgang durch die Schule erspare ich mir. Viel wird sich nicht verändert haben und den Rest will ich nicht wiedersehen. Der Muff von Jahrhunderten hat sich ins Gemäuer gefressen und das antike Mobiliar kenne ich bereits.

11. September - Anette das letzte Magen-Ca. Eine weitere Studie gescheitert. Aber der Pharmakonzern wird schon genug Wissen aus der Studie gezogen haben, um es beim nächsten Mal besser zu machen. Vielleicht! Sie geben ihr Bestes, aber Krebs ist hartnäckig. Der kleinste Erfolg ist vielleicht ein Weg ihm eines Tages den Garaus zu machen. Eines Tages …

Immer mehr gehen. Es ist kaum noch jemand da. Claudine hat starke Kopfschmerzen. Carraud will sie ins CT schicken. Sie fragte warum. Was es ihr bringt? NICHTS! Gar nichts! Er hat ihr zum ersten Mal Morphin verabreicht. Sie wurde ruhig und schlief wie ein Baby. Ich habe Angst, sie zu verlieren.

Schwester Nadège würde sie gerne in ein Einzelzimmer verlegen, damit sie mehr Ruhe hat. Als würde ich hier Partys feiern. Ich sagte, sie solle das mit Claudine klären. Nichts über ihren Kopf hinweg entscheiden.

Ich hätte auch gern eine Ladung Morphin. Ich würde gerne eine Nacht durchschlafen. Nicht spazieren gehen, besser gesagt, spazieren fahren. Ich kann mich nicht erinnern, wann ich zum letzten Mal durchgeschlafen habe.

Fast jede Nacht mache ich mich auf den Weg zu meinem Baum. Marcel, der Student, der mich nachts durch die Gegend schiebt, steht pünktlich um Mitternacht in der Tür. Niemand muss ihn beauftragen, er kommt, weil er weiß, dass ich ihn brauche, dass ich zu meinem Baum muss, um zur Ruhe zu kommen.

Die Nächte werden kälter, der Baum hat jetzt ein goldenes Blätterdach. Bald wird er kahl dastehen, aber auch dann wird er für mich der schönste Baum der Welt sein, denn er schenkt mir Ruhe und stellt keine Fragen.

12. September - Jetzt hat es Elisabeth getroffen. 71 Jahre jeder Krankheit getrotzt. Dann schlug der Krebs zu. Ein Zervix-Ca! Sie hat so manches Mal gefrotzelt, dass sie das Ding sowieso nicht mehr braucht. Man könne es getrost entfernen. Als sie es dann entfernt hatten, hat sie ihm nachgetrauert.

Es gibt so viele Tumore, die man samt dem befallenen Organ entfernt. Wenn ich mir vorstelle, sie würden uns die Gehirne entfernen. Nein, das ist zu makaber.

Ich erinnere mich an einen Streit zwischen Pablo und Thomas. Wir hatten über operable Hirntumore geredet. Ob wir uns dafür entscheiden würden, wenn man unsere Tumore entfernen könnte.

Thomas hatte kurz zuvor mal wieder mit seiner Potenz geprotzt und wie viele Weiber er schon flachgelegt hat. Okay! Etwas Wahres wird wohl dran gewesen sein. So oft, wie er sich ins Schwesternheim schlich und mit verklärtem Blick zurückkam.

Thomas hielt uns einen glühenden Vortrag gegen Operationen am und im Hirn. Wir waren wieder mal alle zu blöd, um den Ernst der Lage zu kapieren. Pablo hat irgendwann die Geduld verloren und gab ihm Wiederworte. Ein Wort gab das andere und schließlich stritten sie auf Teufel komm raus.

Irgendwann sagte Pablo: „Dir kann man ruhig dein Gehirn entfernen. Du denkst sowieso nur mit deinem Schwanz."

Plötzlich war es totenstill. Wir dachten schon, jetzt erschlägt Thomas ihn. Aber der war zu schockiert, um irgendetwas zu sagen, geschweige denn zu tun. Er bekam einen feuerroten Kopf, dass Schwester Nadège schon Sorge hatte, er könne einen Apoplex erleiden. Aber Thomas drehte sich um und ging hocherhobenen Hauptes davon. Als er zur Tür hinausging, drehte er sich kurz um und sagte zu Pablo: „Meiner steht wenigstens noch."

Pablo fühlte sich davon nicht verletzt. Er stand über diesen Dingen. Er fehlt mir. Er und seine Ehrlichkeit.

16. September - Joyce war heute hier. Was sie sich zu viel merkt, vergesse ich. Sie hat mir erzählt, dass Wayne von der Schule geflogen ist. Jetzt hat er übertrieben. Er hat einen Silvesterknaller auf dem Flur gezündet und die Garderobe in Brand gesteckt. Ich liebe mein Patenkind trotzdem.

Dieser kleine Teufel! Was dieses Kind schon alles angestellt hat. Einmal hat er einer Kuh einen Eimer unter den Schwanz gebunden, weil er „Kuhscheiße" für ein Projekt brauchte. Der Bauer ist ausgerastet und hat Wayne vom Hof gejagt. Das hielt den Jungen aber nicht davon ab, sein Projekt zu vergessen. Er hat nur das Objekt ausgetauscht.

Eines Abends hat er die Exkremente in eine Tüte gesteckt, sie dem Bauer vor die Scheune gelegt und angezündet. Damit der es auch bemerkt, hat er Sturm geklingelt, um den Bauer aus dem Haus zu locken. Der war nicht zuhause und die Scheune fing Feuer. Im Nu stand sie in hellen Flammen und brannte bis auf die Grundmauern nieder.

Wayne meinte, sein Projekt war ein voller Misserfolg. Sein Vater fand das auch und hat ihm Stubenarrest verpasst. Wayne ist aus dem Fenster geklettert und hat sich beim Sprung den Fuß gebrochen. Dieser kleine Teufel hat es doch tatsächlich geschafft, seinem Vater ein schlechtes Gewissen zu verpassen.

Der Sinn dieses Projekts bleibt mir bis heute verschlossen. Nun ja! Vielleicht findet auch er irgendwann seinen Meister.

17. September - Claudine ist gegangen. Es tut so weh. Carraud hat ihr gestern Abend noch einmal Morphin gespritzt. Er musste die Dosis zum zweiten Mal erhöhen. Ihr Körper gewöhnte sich sehr schnell an das Opiat. Kurz nach Mitternacht wurde sie unruhig. Ihr Atem ging schnell und ihr Körper zuckte. Ich drückte den Notruf, hoffte, dass Dr. Mitropoulos sich beeilt. Schwester Laetitia kam, brachte den Notfallwagen mit.

Sie verabreichten ihr eine Spritze nach der anderen. Irgendwann ließ das Zucken nach und sie wurde ruhiger. Die beiden hatten mich nicht mal bemerkt. Dr. Mitropoulos sagte, man solle Claudine ins Sterbezimmer bringen. Schwester Laetitia meinte, es wäre besser, sie hier zu lassen, in ihrer gewohnten Umgebung. Ich solle das Zimmer verlassen. Sie würde mir ein Bett zurechtmachen.

Das war zu viel. Ich weigerte mich. Hätte einer der beiden versucht, mich aus dem Zimmer zu bugsieren, ich wäre ausgerastet. Ich setzte mich an ihr Bett und hielt ihre Hand. Pierre kam und setzte sich zu uns. Innerhalb kurzer Zeit waren die verbliebenen morituri versammelt, um eine von ihnen, auf ihrem unwiderruflich letzten Weg zu begleiten. Zu begleiten bis zu der Stelle, an der sie allein weitergehen musste.

Schwester Laetitia rief Claudines Mann an. Wir hofften, dass sie noch so lange bleiben würde, bis er eintraf. Er hatte drei Stunden Fahrzeit vor sich. Drei Stunden können lang sein. Für Clément waren sie zu lang. Sie ging, ohne noch einmal die Augen zu öffnen.

Leise ging sie fort und ließ uns zurück. Mein Herz schrie. Wir lagen uns in den Armen und weinten zusammen, weinten um eine gute Freundin. Als Clément kam, verließen wir das Zimmer, damit er Abschied nehmen konnte.

Ich bin traurig, dass sie uns verlassen hat, aber ich bin glücklich, dass sie es überstanden hat. Wenn das Leben nicht mehr lebenswert ist, sollte man gehen.

Prof. Carraud schenkte ihr Hoffnung. Ich glaube nicht mehr an Heilung. Clément ist so unglücklich. Er stand so treu zu ihr. Treu! Jetzt muss ich ihr Geheimnis bewahren. Warum vergesse ich es nicht? So viel verschwindet, aber ihr Geheimnis bleibt. Warum? Ich werde es wohl mitnehmen, wenn ich gehe.

Claudine, dieser wunderbare Mensch. Sie wird mir sehr fehlen. Noch nie war ein Verlust so groß.

18. September - Nach einem tränenreichen Frühstück treffen wir uns, um von Claudine Abschied zu nehmen. So viele sind gekommen, um dabei zu sein, wenn ihr Drache in den Himmel steigt.

Diesmal ist der Chor stimmgewaltig. Swing low, sweet chariot aus unzähligen Kehlen. Clément ist sehr gerührt, über die große Anteilnahme. Wir machen eine Ausnahme und nehmen ihn mit zu den brennenden Kerzen.

Es bereitet mir große Mühe, ihre Kerze auszublasen. Es ist so etwas Endgültiges. Pierre öffnet ihr Couvert. 39 Prozent! Wir sind sprachlos. 39 Prozent! Aber auch diese gute Prognose hat sie nicht gerettet.

Clément hat eine Cassette dabei. Er legt sie in den Rekorder und drückt Play.

„Das ist für Euch", sagt er und Tränen laufen über sein Gesicht. „Ein letzter Gruß von Claudine." Dann erklingt die Musik ...

Goodbye, my friend, it's hard to die ...

You gave me love and helped me find the sun and every time that I was down; you would always come around and get my feet back on the ground ...

Goodbye to you, my trusted friend ... Goodbye Claudine

19. September - Gestern ist Roland gestorben. Letzte Woche haben sie den befallenen Lungenflügel entfernt. Seitdem vegetierte er auf der Intensivstation vor sich. Ich hätte ihn gerne besucht, aber ich bin zu schwach. Sein Bruder war bei Claudines Verabschiedung im Park. Roland hatte sie gern. Er wäre auch gekommen, wenn er gekonnt hätte.

Ich hoffe, sie sehen sich, wo immer sie jetzt auch sind.

20. September - Clément hat mir ein Couvert gebracht. Es enthält zwei Briefe mit den Zahlen 1 und 2. Ich öffne Nr. 1 und die Tränen laufen, als ich ihre Schrift erkenne.

Paris, CHU, 11. September 1990
Meine liebe Charlene
Jetzt ist es soweit. Es heißt Abschied nehmen. Weine nicht. Du es hast es mir versprochen. Geh mit den andern aufs Feld und lasst meinen Drachen steigen. Und wenn er ganz oben ist, lasst ihn fliegen. Gebt ihn frei.

Ich muss sagen, meine Krankheit hatte auch etwas Gutes. Ohne sie hätte ich nie so viele wundervolle Menschen gefunden. Ich hätte dich nicht getroffen. Du hast mein Leben so bereichert. Wir haben zusammen gelacht und geweint. So viel geteilt.

Es tut mir leid, dass ich dich zurücklassen muss. Ich habe Sorge, dass du jetzt dein Geheimnis vergisst. Darum bitte ich dich, vertrau es jemand an. Erzähle es Helmut-Didier oder Pierre. Sie werden dich immer daran erinnern.

Ich will dich auch noch einmal erinnern. Daran erinnern, wie sehr du dich nach ihm sehnst. Ich weiß nicht mehr, wie oft du den Hörer in der Hand hattest. Wie oft du diese Nummer gewählt hast. Immer, wenn sich Monsieur Payssan gemeldet hat, hast du aufgelegt. Warum hast du nie mit ihm geredet? Ihm nie gesagt, dass er ihn schicken soll? Er wäre gekommen, ich bin mir ganz sicher.

Du erinnerst dich nicht mehr. Damals im Park, als du Ben dein Geheimnis verraten hast. Abends sagte er, wir werden jetzt diese Nummer anrufen und Monsieur Payssan nach Namen und Adresse fragen und morgen fahren wir nach Toulouse und holen ihre große Liebe ab. Unser Engel soll glücklich sein, bevor sie ihre Flügel bekommt. Damals war ich dagegen, weil ich dachte, wir dürfen uns nicht einmischen. Heute bedaure ich, dass ich Ben davon abgehalten habe.

Vor vier Tagen, als Prof. Carraud mir sagte, dass es bald zu Ende geht mit mir, habe ich mit Clément geredet. Ich habe ihm die Telefonnummer gegeben. Er wird anrufen, wenn du deine Flügel bekommen hast. Er hat es mir versprochen.

Aber ich hoffe, dass er seinen Engel eines Tages wieder in seine Arme nehmen kann. Ruf an! Er wird den letzten Weg mit dir gehen. Ich habe es in seinen Augen gesehen. Er liebt dich wirklich. Sieh dir das Foto an. Dann braucht es keine Worte mehr.

Jetzt komme ich zum Ende. Danke, dass du mir so eine wundervolle Freundin warst. Ich freue mich, dich eines Tages wiederzusehen. Allerdings solltest du dir damit noch mindestens fünfzig Jahre Zeit lassen. Und wenn du kommst, werde ich am Tor auf dich warten.

Versprochen.
Leb wohl
Claudine

Ich muss den Brief immer und immer wieder lesen. Die Tränen fallen auf das Papier, verwischen die Tinte und hinterlassen dicke Kleckse. Es ist mir egal.

Im größeren Umschlag liegt eine Karte mit einer Widmung ... *Mein Abschiedsgeschenk für dich. Damit du ihn nie vergisst!* ... und einem großen Foto. Mein Herz hüpft vor Freude und mir strömen die Tränen übers Gesicht. Mein Herz weiß, er ist es, aber mein Kopf ist leer. So leer ...

Wie ist sein Name? Von welcher Telefonnummer schreibt sie? Wen habe ich angerufen? Wer sollte wen schicken? Ich werde Clément fragen. Aber ich darf nicht warten, sonst vergesse ich es wieder. Ich muss es sofort machen. Ich habe seine Telefonnummer nicht ... vielleicht hat Schwester Nadège? Wo ist sie?

Kommt erst morgen wieder ... muss mir notieren, dass ich sie fragen muss ... muss den Brief noch in die Schachtel legen ... morgen werde ich sie fragen ... morgen ...

22. September - Karnofsky = 40% ECOG = 3 ... Es geht abwärts!

23. September - Elke unser aller Mutter.
Sie hatte so gute Fortschritte gemacht. Der Kokon hatte sich fast geschlossen. Warum musste sie trotzdem sterben? Okay! Sie hatte die Siebzig vollendet, ein langes Leben, aber ein paar Jährchen hätten es noch sein dürfen.

Ihr Tod hinterlässt eine große Lücke bei den morituri, die noch übrig sind. Helmut hat seine beste Freundin verloren. Die letzten fünf morituri weinen. Weinen um Elke und all die, die ihr vorausgingen. Die so große Hoffnung in diese Studie hatten und die alle enttäuscht wurden.

Helmut-Didier löscht ihre Kerze. Jean-Pierre öffnet das Couvert. 22 Prozent! Vertrau nie einer Prognose, sie könnte zutreffen ... oder daneben liegen.

Hatten wir gedacht, Claudines Abschied wäre überwältigend, so werden wir nun eines besseren belehrt. Im Park tummeln sich die Menschen. Liegt noch jemand in seinem Bett oder stehen alle im Park? Die wenigsten kannten sie, aber es hat sich inzwischen herumgesprochen, dass die morituri eine schöne Abschiedszeremonie haben. Manche kommen nur, um dabei zu sein. Andere zeigen ihre Anteilnahme.

Als der Drachen in den Himmel steigt, laufen nicht nur bei den morituri die Tränen. Ein Chor aus hundert Stimmen begleitet Elkes Drachen in den Himmel. Swing low, sweet chariot!

Jetzt bin ich der Hüter eines Geheimnisses, an dem sie schwer zu tragen hatte. Vielleicht werde ich es eines Tages vergessen. Vielleicht mit in den Himmel nehmen. Wer weiß ...

25. September - Jeden Tag sehe ich sein Foto. Immer und immer wieder. Immer ist er ein Fremder. Nur mein Herz weiß, dass es ihn liebt. Oh mon Dieu! Ich will ihn wieder. Es tut so weh!

Es ist seltsam, an was sich das Herz erinnert und was der Kopf vergisst. Sascha hat seine Eltern nicht mehr erkannt. Sie waren entsetzt, seine Mutter weinte und sein Vater wusste nicht, wie er seine Gefühle ausdrücken soll.

Monique hatte ihre Schwester vergessen. Als sie zu Besuch kam fragte sie, wer sie sei und war erstaunt, dass sie eine Schwester hatte. Erst war die Freude groß und sie tat alles, um sich an sie zu erinnern. Zwei Tage später hatte sie ihre Schwester wieder vergessen. Die war schockiert, dass es so schnell ging und kam nicht wieder.

26. September - Es ist kalt. Der Herbstwind jagt die Blätter von den Bäumen und treibt sie durch

den Park. Mein Baum ist kahl. Ich habe Husten und muss das Bett hüten. Ich trinke Tee mit Honig. Ich vergaß, Honig ist tabu. Aber was soll das jetzt noch?

Wäre ich nicht ins Bett verbannt worden, würde ich ins nächste Café gehen und ein riesiges Eis essen. Mindestens vier Törtchen und ganz viele Madeleines. Aber ich liege hier und huste mir die Seele aus dem Leib … und laufen kann ich auch nicht.

Pierre besucht mich. Er muss einen Mundschutz tragen, damit er sich nicht ansteckt.

„Philipp ist heute Morgen gestorben", sagt er und rutscht auf dem Stuhl herum.

„Was ist? Hast du Schmerzen?"

„Nein, aber dieser Krebs verursacht mir ein unangenehmes Gefühl. Wenn ich mir vorstelle, ich verliere so nach und nach all meine edlen Teile. Uhh!" Er verzieht schmerzhaft sein Gesicht.

„Deine edlen Teile? Wieviel von den Dingern besitzt du denn?", frage ich lachend und versetze ihm einen leichten Stoß in die Rippen.

„Mehr als du! Männer haben sehr viele edle Teile. Man kann nur nicht alle sehen."

„Aha! Welche wären das? Nur so ungefähr. Du musst mir jetzt nicht die gesamte männliche Anatomie aufzählen."

„Du nimmst mich nicht ernst. Ich bin ein Mann. Das könnte mir wehtun."

„Aha", lache ich und betrachte ihn abschätzend von Kopf bis Fuß.

„Kein Wunder, dass du keinen Mann hast. Der hätte es nicht leicht bei dir", neckt er mich.

„Ich warte … wie viel edle Teile besitzt du?"

„Okay! Da wären: mein bestes Stück, meine wunderschönen blonden, engelsgleichen Locken …"

„Dein Heiligenschein, deine Engelsflügel, dein aufgeplatztes Ego …"

„Haha! Spaß beiseite. Stell dir mal vor, du hast einen Tumor in deinem rechten Hoden. Die Ärzte entfernen ihn und behandeln dich. Dann stellt sich heraus, in deinem linken Hoden hat sich eine Metastase eingenistet. Sie muss da raus, aber sie ist zu groß, deshalb nimmt man dir auch noch den linken Hoden." Wieder rutscht er auf dem Stuhl herum.

„Okay! Mit sehr viel Phantasie kann ich mir das vorstellen. Jetzt habe ich keine Hoden mehr. Was jetzt?"

„Jetzt kannst du nicht mehr richtig pinkeln. Die Ärzte sagen, dass sich auch in deiner Prostata eine Metastase eingenistet hat. Sie ist haselnussgroß und behindert die Blasenentleerung. Die Ärzte sagen, deine Prostata muss entfernt werden. Nur so können sie dein Leben retten."

„Okay! Ich lasse mir also meine Prostata entfernen. Jetzt kann ich wieder pinkeln. Was jetzt?"

„Plötzlich kribbelt es in deiner Harnröhre. Du hoffst, dass es nur ein Harnwegsinfekt ist. Schiebst den Besuch beim Arzt vor dir her. Dann tröpfelt Blut aus deinem allerbesten Stück und du rennst zum Arzt."

„Okay! Ich renne! Was jetzt?"

„Der Arzt sagt, in deiner Harnröhre wohnen zwei Metastasen. Fragt, warum du nicht früher gekommen bist."

„Weil ich Angst vor Metastasen habe?"

„Richtig! Die Ärzte sagen, das kann man nicht mehr therapieren und dann fällt der Satz, den du nie hören wolltest." Er ist jetzt sehr blass im Gesicht.

„Wir müssen ihr allerbestes Stück abschneiden? Wir müssen sie kastrieren?"

„Ja! Stell dir das mal vor. Jemand schneidet dir dein bestes Stück ab. Das ist das schrecklichste, das ich mir vorstellen kann."

„Tut mir leid. So weit geht meine Phantasie nicht. Aber ich kann mir schlimmeres vorstellen. Zum Beispiel, wenn ein Arzt mir sagt, sie haben ein Glioblastom im Thalamus. Einen inoperablen Hirntumor. Es gibt leider keine Heilung. Sie werden sterben."

„Ja, das ist viel schlimmer. Verzeih mir!" Er nimmt mich in den Arm und drückt mich vorsichtig. „Ich bin ein dummer Esel. Anscheinend hat Alain Delon schon zu viel meines Gehirns angeknabbert. Ich würde mein bestes Stück geben, wenn ich wieder gesund würde."

Philipp gab sein bestes Stück, seine Hoden, seine Prostata, seine Harnblase, seine Lymphknoten. Es hat nicht gereicht. Der Krebs wollte ihn und er hat ihn bekommen.

27. September - Ich habe Zahnschmerzen. Der Kiefer schmerzt, die Zähne schmerzen. Husten! Mein Kopf dröhnt bei jedem Hustenanfall. Was muss ich noch alles ertragen?

Carraud schickt mich in die Zahnklinik. Es ist schönes Wetter und ich möchte im Rollstuhl fahren, nicht den Kliniktransporter nehmen. Ich will an die frische Luft. Der Klinikmief wird mir unerträglich. Schwester Nadège packt mich warm ein und es kann losgehen. Joel wartet schon. Er ist wie immer gut gelaunt. Bereit für ein langes Gespräch unter Freunden. Ich mag ihn. Seit er mich damals ins Labor schieben sollte und wir diesen kleinen Disput hatten, ist er mein persönlicher Rollstuhlschieber. Es ist nicht abwertend gemeint. Keiner schiebt so gut wie er.

Wir reden über Gott und die Welt. Alles Mögliche, nur nicht über Krebs, meinen Tumor und übers sterben. Joel verkörpert für mich Unbeschwertheit, Leben, Zukunft. Alles, was es für mich nicht mehr gibt.

Heute führen wir ein seltsames Gespräch. Joel redet und ich huste ihm als Antwort etwas vor.

„Mais oui, Madame, ich bin ganz Ihrer Meinung", zwinkert er mir zu. „Allerdings bevorzuge ich Husten mit Auswurf. Es hustet sich leichter damit."

„Hahaha!"

Joel meldet mich bei Prof. Poulin. Er wartet bereits auf mich. Joel pellt mich aus meiner Decke und der dicken Jacke, nimmt den Schal ab und zieht mir die Mütze aus.

„Jetzt hängt das meiste von dir am Haken. Du wirst immer dünner. Wir sollten doch mal einen Abstecher ins Café machen", flüstert er mir zu und zwinkert mit beiden Augen.

Während Prof. Poulin mit der Untersuchung beginnt, wartet Joel bei seiner Sekretärin. Sie versorgt ihn mit chocolat chaud und Madeleines. Ah! Ich will auch …

„Ich kann nichts entdecken. Keine Karies, keine Parodontose, keine Entzündung. Das wundert mich. Bei all den Medikamenten, sie sie täglich schlucken müssen. Ich möchte noch eine Röntgenaufnahme machen, damit ich nichts übersehe. Die Schwester bringt sie in die Röntgenabteilung."

Ich mag diesen Professor. Er ist ein zierlicher Mann mit schwarzen Haaren und blauen Augen. Die Damenwelt muss ihm zu Füßen liegen. Er strahlt eine Ruhe aus, die mir gut tut. Er verbreitet keine Hektik, redet nicht viel, kein unnützes Zeug.

Zehn Minuten später sitze ich ihm erneut gegenüber. Er sieht sich die Röntgenaufnahmen an und legt die Stirn in Falten.

„Die Zähne sind alle okay. Es kann sein, dass ihre Erkältung diese Schmerzen verursacht. Die Schmerzen können aber auch von Charlie oder seinen Feinden stammen. Ich werde mit Prof. Carraud telefonieren. Ich möchte ihnen kein weiteres Medikament verordnen. Falls etwas von Nöten sein sollte, wird er es Ihnen verordnen."

Ich verabschiede mich. Endlich mal wieder eine gute Nachricht. Wenigstens meine Zähne sind okay! Joel mummt mich wieder ein und fragt verschmitzt: „Kaffee und Madeleines? Muss ja niemand wissen."

„Oh ja, gerne!"

28. September - Poison? Mein Lieblingsparfum, wie mir Joyce und Zélie übereinstimmend versichern. Ich glaube es ihnen. Ich mag diesen Duft. Aber dieser Duft bringt etwas in mir zum Klingen, mit dem ich nichts anzufangen weiß. Es ist ein Gefühl, das zur Sehnsucht wird. Sehnsucht nach was? Ich weiß es nicht!

Dieses Gefühl überfällt mich immer wieder. Es kommt langsam, schleicht sich ein und bringt mein Herz zum Weinen. Mein Kopf fragt sich, warum, doch er findet keine Antwort.

30. September - Ich brauche einen neuen Shunt. Der alte hat sich verkapselt. Da ist wohl etwas schiefgelaufen. Charlie braucht einen Kokon, nicht mein Shunt.

Alles wird blau und schwillt an. Sascha sagt, ich habe mir den Kopf gestoßen. Ich habe eine dicke Beule und kann mich nicht erinnern. Woher ist der blaue Fleck an meinem Schienbein? Die Schnittwunde an meiner Hand? Die frische Narbe an meiner Stirn? Manchmal denke ich, ich lebe in einem Albtraum, dem ich nicht entfliehen kann.

Stiehlt jemand meine Erinnerungen oder habe ich keine? Hatte nie welche? So muss sich der Hamster im Rad fühlen. Er rennt und rennt, rennt vor allem davon und kommt doch nicht von der Stelle. War ich schon immer in diesem Rad oder ist es neu? Wer hat mich hineingesteckt? Ist es gar ein Teil von mir? Was denke ich da für einen Quatsch? Ich sollte ein bisschen schlafen …

Erster Oktober - Mein rechtes Handgelenk ist blau und dick angeschwollen. Die Infusionsnadel hinterlässt Spuren. Der Shunt im linken Arm schmerzt. Sie müssen ihn wieder entfernen. Er liegt nicht gut und die Vene hat sich bereits entzündet. Hört das denn nie auf?

Morgen muss ich wieder zur Pherese. Ich habe zu viele Thrombos. Warum verfärbe ich mich blau? Meine Blutwerte sind schlecht. Ich soll Medikamente nehmen. Will ich nicht. Noch mehr Gift. Warum ist nicht jedes Gift wie Poison? Riecht gut und schickt Sehnsucht, aber nach was? Wenn ich mich doch nur erinnern könnte.

Kapitel 20

Koma

02. Oktober - Endlich zuhause! Ab jetzt nur noch ambulante Behandlung. Behandlung bei Bedarf, im Notfall ...

Abgeschoben zum Sterben? Vielleicht ja, vielleicht nein! Sascha hält die Stellung. Es geht ihm jeden Tag schlechter. Prof. Carraud konnte es nicht verantworten, ihn aus der klinischen Obhut zu entlassen.

Joyce ist wieder bei uns eingezogen. Zudem hat sie eine Pflegerin eingestellt. Felina ist Spanierin und spricht ein seltsames Französisch. Sie spricht alles spanisch aus. Meine Putzfrau nennt sie Deeniise. Sie spricht jeden Buchstaben. Sie erzählt, dass sie letzte Woche in V-E-R-S-A-I-J-E-S war.

Es wäre einfacher für sie, wenn wir uns in ihrer Muttersprache unterhalten würden, aber sie ist in Frankreich und hier spricht man Französisch. Franzosen sind stolz auf ihre Sprache. Wir erlernen vielerlei Fremdsprachen, wenden sie im Ausland an, aber zuhause ... Wir sind ein stolzes Volk und lassen es unsere Gäste spüren.

Felina lässt sich durch nichts aus der Ruhe bringen. Mit ihrem südländischen Temperament bringt sie Schwung in die Bude. Aber manchmal wünsche ich mir etwas mehr Ruhe. Die Jungs sind begeistert von ihr. Sie singt und tanzt durchs Haus und hat ein sonniges Gemüt. So ganz nebenbei bringt sie den Jungs spanisch bei.

Joyce trifft sich mit ihrem neuen Lover und ich habe seinen Namen schneller vergessen, als sie ihn abservieren kann. Zélie hat auf einem Symposium einen Mann kennengelernt und eine heiße Nacht mit ihm verbracht. Er war kein Jurist und äußerst ungebildet, aber ein Liebhaber par excellence. Nun ja, man kann nicht alles haben. Zudem führt man während einer heißen Liebesnacht keine hochtrabenden Gespräche über das französische Rechtssystem.

03. Oktober - Diese Traurigkeit! Warum schreit mein Herz vor Schmerz? Warum?

Ich finde mich im Leben nicht mehr zurecht. In der Klinik war alles geregelt. Hatte ich anfangs große Probleme damit, so fehlt es mir heute. Zuhause soll ich Entscheidungen treffen, doch ich bin damit überfordert.

Joyce nimmt mir vieles ab. Kümmert sich um meine Rechnungen, managt den Haushalt, besucht die Elterngespräche in der Schule, regelt meine Medikamenteneinnahme. Nebenbei arbeitet sie noch in ihrem Job. Wie sie das alles schafft? Ich bewundere sie. Zum Nichtstun verurteilt, verbringe ich die meiste Zeit des Tages auf der Couch. Immer wieder nicke ich ein und wenn ich aufwache fühle ich mich müder als je zuvor.

Der Blick aus meinem Fenster ist trist. Der Herbst hat alles in ein graues Einerlei verwandelt. Die bunten Blumen sind verschwunden, die Marmorstatuen in ihr Wintergewand gehüllt. Der kleine Springbrunnen ist unter seinem Winterverschlag verborgen. Endzeitstimmung ... Zeit zum Aufbruch …

04. Oktober - Ich glaube, es geht zu Ende. Heute werde ich gehen. Mein Kopf ist so leer. Mein Körper gehorcht mir nicht mehr. Mir ist so übel. Würde ich mich erinnern, gäbe es eine Erinnerung an solch eine schreckliche Übelkeit? Gab es so etwas je zuvor?

Ich würde mich gerne übergeben, aber alles ist so fern. Die Sonne scheint ins Zimmer. Millionen kleiner Strahlenkränze tanzen durch die Scheiben. Es ist so schön. Meine Jungs, mein ganzes Glück … sie machen mich glücklich … wo sind sie? Wo …

Es wird dunkel. Wo ist die Sonne? Wo ist das Licht? Aus weiter Ferne klingen Glocken. Es ist ein beruhigendes Gefühl. Plötzlich weiß ich, wenn sie noch einmal erklingen, dann klingen sie für mich …

25. Oktober - Gedämpftes Licht dringt durch meine geschlossenen Lider. Nur mühsam und fast schon widerwillig, öffne ich die Augen. Das Zimmer ist klein, es riecht nach Honig und Minze.

Die Tür geht auf und Hervé Poussel, unser aller Lieblingspfleger, kommt ins Zimmer. Sein Anblick macht mich traurig. Ich wusste, dass er längere Zeit krank war. Schade, dass es er es nicht geschafft hat.

Er sieht mich an und lächelt: „Willkommen!"

Schön, dass er sich freut, mich zu sehen. Mühsam folgen ihm meine Augen durch den Raum. Mein Blick fällt auf den Sessel, der neben meinem Bett steht. Grand-mère! Warum hat mir niemand gesagt, dass sie gestorben ist? Wann ist sie gegangen? Dennoch bin ich froh, dass sie hier ist, bei mir. Dass ich nicht allein bin. Wo alle anderen sind? Ben, Claudine, Elke? Ob ich sie bald sehen werde?

Wieder öffnet sich die Tür und Prof. Carraud kommt ins Zimmer. Jetzt bin ich doch erstaunt. Was macht er hier? Hatte er nicht noch ein paar Jahre Zeit, bevor er sich auf seine letzte Reise macht?

Aber es ist schön zu sehen, dass sowohl er, als auch Hervé, ihren alten Berufen treu geblieben sind. Also hatte Helmut-Didier recht. Auch im Himmel gibt es nichts umsonst. Man wechselt wirklich nur die Räume.

„Es ist schön, dass Sie wieder bei uns sind", lächelt mich Carraud an. Neben mir räkelt sich grand-mère und ich sehe, wie ihr die Tränen in die Augen schießen und über ihre Wangen kullern.

„Du bist aufgewacht! Endlich aufgewacht!", sagt sie und drückt mir die Hand.

Dauert es länger, bis man hier wieder zu sich kommt? Ich weiß es nicht. Ich werde Carraud fragen.

„Seit wann sind Sie schon hier? Hatten Sie einen Unfall oder warum sind Sie hier?" Es kostet mich Kraft und Mühe, die Worte über die Lippen zu bringen.

Hervé sieht mich fragend an. Der Professor murmelt: „Sie ist noch nicht völlig wach" und wendet sich mir zu.

„Sie lagen 21 Tage im Koma. Wir dachten schon, wir würden Sie verlieren. Aber ich hoffte immer, dass mein Bauch recht behalten würde. Sie erinnern sich? Er meinte damals, wenn es jemand schaffen wird, dann Sie."

Koma? Wovon redet er? Ich bin nicht im Himmel? Es war nicht vorbei? Ich würde weiter leiden müssen? WARUM???

Warum lassen sie mich nicht gehen? Warum quälen sie mich? Ich will doch nur sterben …

26. Oktober - Ich bin wieder im hier angekommen. Es war wie ein Schlag ins Gesicht. Ich war so erleichtert, als ich dachte, ich hätte es endlich geschafft. Nie mehr leiden müssen. Nie wieder Schmerzen haben. Und dann dass … Frustrierend! Warum haben sie mich nicht sterben lassen? Warum nicht?

„Schön, dass du wieder bei uns bist", lächelnd drückt Helmut-Didier meine Hand. „Du hast uns großen Kummer bereitet. Hatten wir nicht abgemacht, dass hier nicht mehr gestorben wird?"

„Wenn du es sagst. Ich erinnere mich nicht. Wo ist Pierre?", frage ich ängstlich. „Warum ist er nicht hier?"

„Bin ich doch", tönt eine Stimme aus dem Sessel. Du hast so gut geschlafen und uns nicht mal bemerkt. Da liegt sie 21 Tage im Koma und man könnte meinen, jetzt hat sie ausgeschlafen, aber nein, sie pennt weiter." Er tätschelt meine Wange. „Mach das nie wieder. Hörst du. Nie wieder!"

„Ich werde mich bemühen. Was gibt es neues? Seid Ihr wieder stationär? Was ist mit Sascha, mit Jean-Pierre?"

„Wir konnten dich doch nicht allein hier lassen. Warum soll jeder für sich allein schwächeln, wenn wir das hier zusammen machen können?

Du hast Saschas Geburtstag verpasst. Wir aßen Kuchen und tranken Kaffee. Schwester Seraphine hat es mit einem Augenzwinkern genehmigt. Es war sein letzter Geburtstag. Sascha geht es sehr schlecht. Er wird uns in den nächsten Tagen verlassen.

Er hat sich letzte Woche von seiner Frau getrennt. Er erträgt sie nicht mehr. Warum spielt sie sich auch so auf? Speedy Gonzales ist sein Untermieter, nicht ihrer. Er muss sterben, nicht sie.

Helmut-Didiers Frau kommt nicht mehr zu Besuch. Sein Anblick ist zu viel für ihre zarte Seele." Er wirft Helmut-Didier einen schelmischen Blick zu. Ah! Zarte Seele! Nennt man das jetzt so?

„Jean-Pierre liegt seit einer Woche im Bett. Apoplex! Halbseitenlähmung! Das war zu viel für seinen geschwächten Körper. Carraud meint, noch maximal eine Woche, dann hat er es überstanden.

„Das tut mir leid. Nachher besuchen wir ihn oder darf er keinen Besuch empfangen?"

„Wir dürfen zu ihm. Wir leisten ihm gerne Gesellschaft. Wir saßen auch an deinem Bett." Pierre zwinkert mir zu. „Nochmal machen wir das aber nicht!" Helmut-Didier stimmt ihm zu.

„Ist jemand gestorben?", frage ich bang.

„Ja! Am 07. ist Sandra für immer gegangen und hat damit die Studie beendet. Sie war das letzte Zervix-Ca.

Am 09. ging Doro und am 23. Frank. Mit diesen beiden ist eine weitere Studie vorüber. Sie soll aber mit neuen Probanden fortgesetzt werden.

Tja! Am 24. hat uns André verlassen. Damit hatte niemand gerechnet. Wir waren geschockt, als wir es erfuhren. Er stand doch quasi schon mit gepackten Koffern und dem Entlassungsschein in der Tür."

Ich bin traurig. So viele sind gegangen, während ich im Koma lag. Man rechnet immer mit dem Tod, aber André? Er hatte es doch schon geschafft. Ich sehe ihn vor mir. Als die Chemo ihm seine Haare raubte, klagte er immer über einen kalten Kopf. Seine grand-mère hat ihm Mützen gehäkelt. Weiße! Jede Woche kam sie mit einer neuen an. Wow! Dass ich mich daran erinnern kann. Ich erinnere mich sogar, dass er mir eine davon geschenkt hat. Allerdings sah ich doof damit aus. Sie liegt zuhause im Schrank.

27. Oktober - Meine Schätze sind gekommen. Joyce und Zélie haben sie mitgebracht.

„Hast du endlich ausgeschlafen? Du musst sehr müde gewesen sein. Wir waren so oft hier und immer hast du geschlafen", Cédric umarmt mich ganz fest und drückt mir einen dicken Kuss auf die Wange.
„Mach mal Platz, ich will auch", zetert Nicholas und schiebt seinen Bruder zur Seite. „Du musst mehr essen. Du bist zu schwach. Dünne Menschen sind immer schwach und müde. Das hat grand-père gesagt. Wenn du willst, fahren wir mit Joyce zu McDonald's und kaufen dir eine Juniortüte. Das machen wir sehr gern." Hoffnungsvoll blickt er von mir zu Joyce.
„Wir fahren später zu McDonald's. Jetzt leisten wir erst mal deiner Mama Gesellschaft. Ich glaube nicht, dass sie Lust auf eine Juniortüte hat." Joyce strubbelt durch seine Haare. Anscheinend reizt es jeden, Nicholas Igelfrisur zu zerstören.
Er verpasst ihr einen Stoß und verdreht wütend die Augen. „Lass das, du …", anscheinend ist ihm gerade noch rechtzeitig eingefallen, dass es Joyce ist, die mit ihm zu McDonalds fährt. Deshalb schluckt er seine Beschimpfung grimmig hinunter.

Sie erzählen mir, dass die Schule doof ist, man zu lange still sitzen muss, die Lehrer alle blöd sind und die Mädels nerven.

„Mama!", entrüstet sich Nicholas, „stell dir mal vor, da ist so ein Mädchen, das will Cédric heiraten. Die ist doch total bescheuert. Heiraten! Er ist doch erst sechs! Zudem mögen wir keine Mädels. Die sind alle doof."

Mühsam verkneife ich mir das Lachen. „So, so, dann steuert mein Sohn jetzt auf den Hafen der Ehe zu. Gratuliere!"

„Mama!", entrüstet sich Cédric, „wir nehmen die doch nicht mit auf grand-pères Yacht. Das ist doch ein Mädchen!"

Jetzt kann ich nicht mehr an mir halten. Ich pruste los und es scheint, als löse dieses Lachen so vieles, das sich in den letzten Monaten auf meiner Seele festgesetzt hat.

28. Oktober - Sie hatten mich ins Sterbezimmer gelegt. 24 Tage lang im Todeszimmer. Noch nie zuvor lag ein morituri hier. Sie starben auf ihren Zimmern, Ben sogar hoch über den Wolken.

Mich hatte man hier her gebracht. Ins Sterbezimmer gelegt. Das werde ich ihnen nie verzeihen.

29. Oktober - Sascha tschüss! Am Ende war es Erlösung. Das war kein Leben mehr.

Dreißig traten an, vier sind noch übrig. Glichen unsere Kerzen früher einem Fackelzug, so brennen jetzt mickrige vier Lichter.

Saschas Kerze ist erloschen. Keiner will Jean-Pierres Kerze löschen. Er lebt noch, deshalb brennt seine Kerze. Schwester Nadège soll sie später löschen.

Pierre öffnet Saschas Couvert. 23 Prozent. Wir sind erstaunt. Ein fast geschlossener Kokon und nur 23 Prozent.

Joel kommt und wir können los. Mein Rollstuhlschieber bringt mich in den Park. Es ist bitterkalt. Schwester Nadège hat mir eine Wärmflasche auf den Schoss gelegt, mich in eine Decke eingewickelt und noch eine zweite über mir ausgebreitet. Trotzdem friere ich.

Der Drachen will nicht steigen. Den Herren der Schöpfung fehlt die Kraft. Jetzt muss Joel ran. So leid es uns allen tut. Aber man muss sich den Gebrechen der Herren anpassen. Sie können einfach nicht mehr rennen.

Joel schickt den Drachen in den grauen Himmel. Alles grau in grau. Vorbei die Zeiten, als der Himmel strahlend blau war und die Sonne ihre wärmenden Strahlen herab schickte. Die Blumen sind verblüht, die Bäume haben ihre Blätter verloren. Der Wind treibt ein paar Nachzügler über den Rasen. Alles ist so trostlos. Da drüben in der Ecke, da steht er, mein Baum. Er ist auch kahl noch schön. Ich war schon lange nicht mehr dort. Nachts muss ich im Bett bleiben, weil niemand da ist, der mich spazieren fährt.

Aber jetzt, jetzt statte ich ihm einen Besuch ab. Joel schiebt mich zu ihm. Es ist, als würde ich nach Hause kommen. Er ist mir so vertraut. Der Wind zerrt an seinen Ästen, aber er steht fest verwurzelt da und kümmert sich nicht um den Störenfried. Er macht sich auch keine Gedanken über die Blätter, die er im Herbst verloren hat. Er weiß, im Frühjahr sprießt zartes Grün aus seinen Ästen.

Er wird wieder wunderschön sein.

Eines Tages kommt der Tag, an dem auch sein letztes Stündlein geschlagen hat. Dann rückt der Gärtner mit der Säge an und fällt ihn. Ihn, den morschen, alten Baum, den niemand mehr schön fand. Für mich wird er immer schön sein.

30. Oktober - Pierre war schoppen, hat mir Poison mitgebracht. Hat gefragt, ob ich darin bade.

Poison! Baden! Mein Kopf dröhnt. Da ist etwas, aber was? Etwas regt sich, will an die Oberfläche, findet den Weg nicht. Ich darf nicht grübeln. Grübeln verursacht Kopfschmerzen. Das Denken fällt mir immer schwerer. Die Worte, die nicht mehr den Weg finden, ärgern mich. Sie finden immer öfter den Weg nicht mehr. Bleiben sie irgendwann ganz weg? Was dann?

Meine Schrift verändert sich, wird runder, zerfließt. All die vielen Haftnotizen, die an meiner Wand kleben, die kleinen Zettel an meiner Pinnwand, wer weiß, was darauf notiert wurde? Wer kann es entziffern.

Ich habe seit gestern … oder war es vorgestern? Letzte Woche? Egal, ich habe eine Ergotherapeutin. Meine Feinmotorik ist eingeschränkt. Sie zeigt mir Übungen, die die Beweglichkeit meiner Hände und Finger fördern. Ich soll regelmäßig üben. Wenn sie nicht hier ist, vergesse ich es. Jetzt übt Pierre mit mir.

Perlenauffädeln! Ha! Gibt es etwas Öderes? Diese blöden Dinger wollen nicht auf den Faden, die Löcher sind aber auch wirklich winzig. Okay! Aber im Vergleich zu einem Meter ist dieser kleine Zentimeter doch wirklich winzig. Zudem … wer trägt denn Ketten mit Kugeln in Orangengröße?

Fieser als Perlenfädeln ist das Schreiben. Man kann es eigentlich nicht schreiben nennen, mehr so ein üben von etwas, das ich nicht mehr brauche. Mit wachsender Ungeduld bringe ich Schleifchen und Bögelchen aufs Papier. Die wollen einfach nicht so werden, wie sie sollen. Warum soll ich üben? Ich sterbe, ich werde nie wieder Briefe schreiben oder Formulare ausfüllen.

31. Oktober - Helmut-Didier hat Geruch und Geschmack verloren. Armer Kerl. Er würzt alles nach. Zu viel Pfeffer und Salz. Er merkt es nicht. Carraud sagt, er wird auch sein Temperatur Dingens verlieren. Dieses Dingens, das … ach, egal! Ich mag Helmut-Didier. Er redet nicht viel.

Dr. Friedli ist heute Morgen angekommen. Er war schon längere Zeit nicht mehr hier. Falsch, im Oktober, aber da lag ich im Koma. Nochmal Glück gehabt, nicht vergessen, einfach im Koma gelegen. Leider habe ich nicht für alles solch eine tolle Entschuldigung. So vieles verschwindet einfach aus meinem Kopf. Als wäre es nie dagewesen. Aber Friedli war da und ich lag im Koma. Beruhigend!

Wieder füllen wir Fragebogen aus. Vorbei sind die Zeiten, als wir sie höchstpersönlich ausfüllten. Jetzt stellt er Fragen, wir antworten und er füllt die Bogen aus. Es macht nicht viel Arbeit. Wir sind nur noch zu dritt. Jean-Pierre kann nicht mehr antworten. Er dämmert schon auf die andere Seite.

Friedli stellte Fragen, auf die ich keine Antworten habe. Er macht sich Notizen und beendet die Fragestunde.

Jetzt wird gebastelt. Ha! Bauen sie mit den vorhandenen Steinen einen viereckigen Turm, der nicht umfällt, wenn man auf vier Ebenen einen Stein entfernt. Oha! Wenn ich mich recht erinnere, bin ich Anwältin und kein Architekt.

Pierre, der Arzt, sieht mich achselzuckend an. Helmut-Didier murmelt, dass er das irgendwann mal konnte.

„Vor zwei Monaten haben sie diese Aufgabe mit Bravour gelöst. Lassen Sie sich Zeit. Denken Sie nach."

Ich will nicht denken, das macht Kopfschmerzen. Ich will keinen Turm bauen. Ich will die Steine vom Tisch fegen. Allerdings gehorcht mir meine Hand nicht, mein Arm krampft. Meine Finger sehen aus wie Krallen. Krallen, Boten des Todes.

Dr. Friedli klingelt nach der Schwester. Sie kommt, sieht meinen verkrampften Arm und schiebt mich aus dem Zimmer.

„Das muss sich der Herr Professor ansehen. Er kommt gleich aus dem OP."

Sie bringt mich auf mein Zimmer, hilft mir ins Bett und deckt mich zu. „Das wird schon wieder", sagt sie, tätschelt mir beruhigend den anderen Arm und geht. Mein Arm krampft immer noch. Sie hat vergessen mir zu sagen, wann das wieder wird.

Ich werde nervös. Böses Zeichen. Rasende Kopfschmerzen … Valoron N. Ich würde sie nehmen, die Tropfen, die die Schmerzen erträglich machen, aber mein Arm krampft immer noch.

Da stehen sie, die Tropfen, auf meinem Nachttisch. Da stehen sie gut. Aber da nützen sie mir nichts. Merde! Ich bin kaltgestellt. Ein Linkshänder, dessen linker Arm krampft und dessen linke Hand einer Vogelklaue ähnelt. Der sich nicht am Galgen hochziehen kann, weil seine rechte Hand nicht belastbar ist, da man dort einen Shunt gesetzt hat, der … ach Merde! Alles Merde! „Hilfe!"

Ich schreie mir die Seele aus dem Leib. Aus allen Richtungen komme sie gerannt.

„Ich will meine Tropfen. Jetzt! Sofort!" Ich weiß, dass ich mich wie ein verzogenes Gör verhalte, aber was tut man nicht alles für seine Tropfen.

01. November - Kopfschmerzen! Übelkeit! Wenn ich mich doch nur einmal übergeben könnte. Aber das würde an der Übelkeit auch nichts ändern. Übelkeit, die aus dem Kopf kommt, lässt dich nicht kotzen. Man wartet, bis sie in den Magen zieht und dann gibt man alles …

Ich will nach Hause. Auf meinem Stuhl, an meinem Tisch sitzen. Ich will in meine Dusche, in mein Bett. Hier riecht es nach Tod. Ich will diesen Geruch nicht mehr ständig um mich haben. Wenn es zuhause nach Tod riecht, weiß ich, jetzt ist es soweit. Ich muss gehen!

02. November - Karnofsky 30%   ECOG = 3

Ich will nach Hause! Sie lassen mich nicht gehen. Ich werde hier sterben. Will ich nicht. Carraud kommt, im Schlepptau junge Ärzte, die an seinen Lippen hängen. Die ihm andächtig lauschen, so andächtig, dass selbst der Papst neidisch werden könnte.

„Wir müssen ein MRT machen. Ich gehe davon aus, dass sich erneut ein Ödem gebildet hat. Es könnte aber auch sein, dass der Tumor sich vergrößert hat. Was hoffentlich nicht der Fall sein wird. Halten Sie sich bereit. Es wird Sie gleich jemand abholen." Sprachs und rauscht mit seinen Jüngern davon.

Halten sie sich bereit! Was sollte ich auch sonst tun? Manchmal wäre es besser, wenn auch ein Professor erst mal sein Hirn benutzt, bevor er redet.

Zehn Minuten später kommt Joel zur Tür herein. Er lächelt wieder sein verschmitztes Jungenlächeln, mit dem er wohl schon so manches Herz gewinnen konnte.

„Einmal MRT gnädige Frau! Sind wir abfahrtbereit oder haben wir wieder etwas zu mäkeln?"

„Nein! Ausnahmsweise nicht! Wir können los!" Mühsam kommen die Worte über meine Lippen.

Eine Viertelstunde später fährt der Tisch in die Röhre und ich dämmere, gerade noch rechtzeitig, ins Land der Träume.

Als ich aufwache, liege ich auf einer Trage. Draußen dämmert es bereits. Ups! Ein etwas längeres Schläfchen?

„Ausgeschlafen?", fragt Dr. Delacroix. „Wir dachten schon, Sie wollten gar nicht mehr aufwachen. Ihr persönlicher Rollstuhlschieber wartet im Schwesternzimmer. Der junge Mann verpasst seit zwei Stunden seinen wohlverdienten Feierabend. Können Sie sich aufsetzen? Ich helfe Ihnen."

Er hilft mir in den Rollstuhl und schiebt mich auf den Flur. Ich bin müde und mir ist schwindlig. Aber da muss ich jetzt durch, wenn ich nicht die ganze Nacht auf einer Trage verbringen will.

Joel schiebt mich zurück auf Station. Schwester Henriette läuft verträumt über den Flur, singt *When I need you* und wiegt ihren Körper im Takt der Musik.

Henriette, die liebenswerte Schwester mit dem Puppengesicht und mindestens 20 Kilo zu viel auf den Hüften. So viel Gefühl, so viel Sehnsucht. Ein schöner Anblick.

03. November – Jean-Pierre, du guter Mensch!

Du wirst uns fehlen. Du und dein Sixpack. Der einzige Mensch, der ein Sixpack im Kopf hatte.

Prognose 26 Prozent! Sie haben lange durchgehalten, die 26 Prozent, aber nicht lange genug.

Ich erinnere mich an ein Gespräch, das wir vor einigen Monaten führten. Es war kurz nach dem wir erfahren hatten, dass es keine Heilung gibt. Er erzählte mir von seiner Familie, seinen Kollegen, welch große Anteilnahme alle an seiner Erkrankung gezeigt hatten. Wie überrascht er von der Hilfsbereitschaft war.

Als er in die Klinik ging, um an der Studie teilzunehmen, wusste er, dass man sich um seine Frau kümmern würde, wenn sie Hilfe braucht. Sie Beistand erhält, wenn er gehen würde.

Jedes Wochenende hatte er Besuch, niemand wurde von der weiten Fahrt abgeschreckt. Er war ein totkranker Mann, doch er konnte sich glücklich schätzen, solch eine Familie, solche Freunde zu haben. Seine Frau Ramona kam fast jeden Tag. Sie wohnt in Chartres, 90 km entfernt. Nichts hielt sie auf. Sie liebte ihren Mann. Sie ist Deutsche und die sind ja bekannt für ihre Zuverlässigkeit. Deutsche Gründlichkeit!

Nun ist er für immer fort und sie weinen um ihn. Wir weinen mit ihnen.

Jetzt sind wir nur noch zu Dritt. Vier Kerzen, fast wie vierter Advent. Helmut-Didier löscht Jean-Pierres Kerze. Jetzt gehen wir in der Zeit zurück. Dritter Advent. Ist das ein schlechtes Omen? Erleben wir Weihnachten nicht mehr?

Draußen ist es kalt. Es stürmt und der Wind peitscht den Regen gegen die Fenster.

„Wie sollen wir bei diesem Wetter einen Drachen starten?" Helmut-Didier sieht skeptisch durchs Fenster.

„Die Frage lautet wohl eher: Wer hält den Wind davon ab, drei Leichtgewichte in den Himmel zu blasen?", knurrt Pierre.

„In den Himmel blasen, das wär's. Dann wäre endlich alles vorbei. Einfach davon fliegen. Immer höher und weiter. Egal, was danach kommt, es ist besser, als Krebs zu haben."

Mein Blick geht in die Ferne, in unendliche Weiten. Der Drachen fliegt mit mir davon. Durch Regen und Sturm steigt er in den Himmel empor, der Sonne entgegen. Da ist Claudine, dort Elke und …

Als sich die Dunkelheit lichtet, liege ich in meinem Bett, mit einer riesigen Beule an der Stirn.

Ups! Wohl vom Drachen gestürzt!

Erster November - José, das letzte Non-Hodgkin-Lymphom ist gestorben. Wieder eine Studie beendet. Wird überhaupt jemand eine dieser Studien überleben?

Das Wetter hat sich nicht gebessert. In einer regenfreien Phase machen wir uns auf den Weg in den Park. Schwester Nadège hat dafür gesorgt, dass wir warm eingepackt sind.

Joel drückt mir den Drachen in die Hand. „Festhalten! Wenn ich es sage, lässt du ihn los."

Er läuft ein Stück über den Weg, die Schnur spannt sich. Der Wind bringt sie zum Summen. „Lass los!" Der Drachen stemmt sich gegen den Wind und steigt in den Himmel. Hoch und immer höher, bis die tiefhängenden Wolken ihn verschlucken. Ein kleiner Schnitt mit der Schere und der Drachen ist frei. Er steigt höher in den Himmel und verschwindet für immer in den Wolken.

Ein Swing low, sweet chariot als letzter Gruß. Der Chor ist klein, das Wetter hält die Leute auf den Zimmern. Leb wohl Jean-Pierre!

Als wir losfahren, kommt mir Zélie entgegen. Sie hat ihren neuen Freund dabei. Er heißt Jean-Luc. Muss ich mir nicht merken. Morgen habe ich ihn vergessen. Übermorgen hat sie ihn vielleicht schon in die Wüste geschickt. Sie hält es bei keinem Mann lange aus. Warum erinnere ich mich daran?

Jean-Luc ist nett. Er riecht gut. Sein After-Shave … der Duft kommt mir bekannt vor … warum? Wie heißt dieses Aftershave? Frage ihn … sagt Aramis.

Aramis … der Duft weckt Sehnsucht … warum? Nach wem? Wo ist er? Wer ist er?

Wer? Ich habe es vergessen …

Oh, the rhythm of my heart …

05. November - Habe Verständnisstörungen. Ich kann alles hören, aber nicht alles verstehen. Würden die Leute chinesisch reden, würde ich auch nichts verstehen. Aber ich wüsste warum. Carraud sagt, ich muss ins CT. Es könnte sein …

Es ist nicht so … Nur ein Ödem. Ein kleines Ödem, das mir große Probleme bereitet. Was so ein bisschen zu viel im Kopf für Auswirkungen haben kann. Ich bekomme wieder Cortison … 12 mg.

Charlie denkt gar nicht dran, zu schrumpfen. An einen Kokon erst recht nicht. Er will anscheinend keinen. Okay! Er ist keine Raupe, die sich einspinnt.

Vielleicht könnte man ihm den Kokon als kleines Häuschen verkaufen. Ein Häuschen nur für ihn allein, wo ihn niemand stört. Allerdings müsste er selbst zupacken. Das will er anscheinend auch nicht. Er ist weder Architekt noch Maurer. Er ist ein Charlie. Ein Hirntumor!

06. November – Wieder so ein beschissener Tag. Ich würde gerne jemanden prügeln …

Mein linker Arm krampft wieder. Meine Hand wurde zur Kralle. Es schmerzt nicht, alles ist gefühllos, als wäre ein Teil von mir bereits tot.

„Vielleicht kommt jetzt dein wahres ich zum Vorschein. So ein süßer, kleiner, feuerspeiender Drachen oder gar eine Harpyie, dieses Wesen aus der griechischen Mythologie. Nicht Mensch nicht Vogel", sinniert Pierre und grinst mich an.

„Du hast wohl einen Vogel. Wenn ich mein wahres Gesicht zeige, wird dich der Anblick zu Tode erschrecken."

„Unser Küken mausert sich", lacht Helmut-Didier. „Du wärst eine bezaubernde Harpyie."

Verdammt, ich weiß nicht mehr, was eine Harpyie ist.

07. November - Ist meine Koordination defekt? Sind die Zieldaten unkorrekt? Ich bin gegen den Türrahmen gefahren und umgefallen. Alles tut weh. Der Arm ist blau. Beule am Kopf. Dickes Knie. Bumm!

Vielleicht sollte man die Türöffnungen etwas verbreitern? So um ein, zwei Meter? Ich meine ja nur. 1,20m breite Türöffnungen sind definitiv zu klein für Charlie und mich. Zudem muss ich jetzt immer diesen Rollator benutzen, der nie dahin fährt, wohin ich will. Er entwickelt sozusagen ein Eigenleben.

Man stelle sich vor, ein fünf Meter breiter Krankenhausflur. Rechts Handläufe, links Handläufe. Mittendrin der fahrbare Putzeimer von Madame Brasseur. Wer steuert seinen schwachen Körper mitten ins Ziel?

Hätte ich den Putzeimer angesteuert, wäre ich sicherlich gegen die Wand gelaufen. Aber ich wollte links an ihm vorbei …

Wer läuft in den großen Notfallwagen der Station? Stolpert über den Schrubber von Madame Deneuve? Greift nach der Kerze, statt nach dem Glas? Setzt sein Hinterteil neben den Stuhl? Nein, es ist nicht Pierre! Nein, Helmut-Didier ist es auch nicht.

Jetzt habe ich den Rollator gegen die Wand gesetzt. Bumm! Der Aufprall war so heftig, dass er mich von den Beinen geholt hat. Als ich da so auf dem Boden herum liege, grinst mich dieser doofe Rollator frech an. Dann dreht er sich um und fährt einfach davon … ohne mich … oder doch nicht? Die Decke des Flurs fliegt über mich dahin. Decke … Lampe … Decke … Lampe. Von fern höre ich eine Stimme. Oh mon Dieu! Der Rollator redet!

Ich schwebe! Lande sanft in einem weichen Bett und … Pierre! Was macht der hier?

„Alles klar?", fragt er und sieht mich besorgt an. „Dr. Mitropoulos ist unterwegs. Du hattest einen kleinen Crash mit deinem Sportwagen und bist etwas unsanft auf dem Boden gelandet. Dabei bist du mit dem Kopf aufgeschlagen."

Unfall? Sportwagen? Wovon redet der? Ich höre Stimmen neben meinem Bett. Sehe Pierre, der sich mit Dr. Mitropoulos unterhält. Höre die Stimme von Schwester Nadège.

„Haben Sie Beschwerden? Kopfschmerzen? Schwindel? Wie viele Finger sehen Sie?", fragt er und wedelt mit seiner Hand vor meinem Gesicht herum.

„Zwei!", sage ich und halte mir meinen schmerzenden Kopf. „Ich brauche meine Tropfen."

Schwester Henriette kommt mit einem der kleinen Cocktailgläser, in denen sie uns immer unsere Tropfen reichen. Sie hilft mir, mich aufzusetzen und bei der Einnahme der Tropfen.

„Wir bringen sie ins MRT. Wir müssen eine Blutung ausschließen. Sie sind mit voller Wucht auf den Boden geknallt."

Auch das noch! Kann man in diesem Haus nicht mal für eine Minute seine Ruhe haben?

Nach diesem ereignisreichen Tag habe ich mir meine Ruhe verdient. Im MRT wurde mir übel und ich habe mich übergeben. Mir tut die Putzfrau leid, die in die Röhre kriechen muss, um sie zu säubern.

Jetzt hänge ich am Tropf und sehne mich nach Schlaf. Mein Hirn fühlt sich an, als wäre es in Watte gepackt. Die Gedanken fließen zäh durch meinen Kopf. Es wäre schön, wenn ich mich jetzt vom Acker machen könnte. Einfach aufstehen, die Ampullen öffnen und das Morphin in die Infusion spritzen. Es wäre so einfach, wenn da nicht ein klitzekleines Problem wäre.

Ich komme nicht allein aus dem Bett, geschweige denn zum Schrank.

08. November - Sehnsucht! Nach wem? Ich weine! Warum? Um wen?

Ich muss mit Zélie telefonieren. Sie muss doch wissen, wem meine Sehnsucht gilt. Wie war noch mal ihre Telefonnummer? Ich habe sie doch gerade eben noch gewusst. Merde!

Irgendwo habe ich sie notiert, aber wo? Ich durchsuche meinen Nachttisch, meinen Schrank. Ich suche und suche ... was suche ich eigentlich? Ich weiß es nicht mehr. Also kann es nicht wichtig gewesen sein.

Schwester Laetitia kommt, um mich zu Prof. Carraud zu bringen.

„Mon Dieu! Was ist denn hier passiert? Ist hier eine Bombe eingeschlagen? Haben Sie dieses Chaos angerichtet? Egal, wir müssen uns beeilen. Sie sind schon wieder zu spät."

„Dann kommen Sie in Zukunft früher!", zische ich beleidigt. Schade, dass ich nichts zum Werfen habe ...

Carraud ist noch nicht in seinem Sprechzimmer. Seine Sekretärin sagt, die OP habe länger gedauert. Ich müsse mich noch etwas gedulden.

Zsss! Gedulden. Da verschiebt man wichtiges, rennt über die Flure, damit man pünktlich ist, um sich dann zu gedulden. Halbgötter in Weiß!

Als er endlich zur Tür hereinkommt, habe ich schon fast vergessen, dass ich wütend auf ihn bin.

„Charlene, ich mache mir Sorgen um Sie. Ich habe gehört, dass sie des Nachts wieder durchs Haus schleichen. Sie müssen schlafen. Sie brauchen Ruhe. Es geht nicht, dass man Sie mitten in der Nacht, schlafend vorm Sektionssaal findet oder mit anderen Patienten in der Cafeteria. Sie sind schlecht zu Fuß, aber des Nachts wachsen ihnen anscheinend Flügel."

Nachdem ich Besserung gelobt habe, bringt mich Schwester Laetitia zurück auf Station. Der Rollstuhl quietscht. Das Geräusch ist nervtötend. Bei Joel quietscht es nie!

Ich statte Pierre einen Besuch ab. Das Gespräch mit Carraud lässt mir keine Ruhe.

„Stell dir mal vor, ich war im Sektionssaal der Gerichtsmedizin. Was wollten die dort von mir?"

„Vielleicht wollten sie schon mal Maßnehmen. Dein Dickkopf passt nicht durch eine normale Tür, geschweige denn durch das kleine Türchen, durch das sie die Leichen in die Kühlbox schieben."

„Haha! Sehr witzig."

Er schiebt mich in mein Zimmer. Oh mon Dieu! Wie sieht es denn hier aus?

09. November - Pierre war wieder shoppen. War er nicht gestern erst? Er hat mir Poison mitgebracht.

Poison, Poison, Poison und noch einmal Poison.

Pierre sagt, dass ich jetzt darin baden kann. Das wollte ich doch immer. Ich frage warum. Das hat er vergessen.

… Poison! Riecht gut! Löst in meinem Kopf Chaos aus. Eine Erinnerung, die an die Oberfläche will. Aber etwas hindert sie daran. Poison!

Ich würde weiter darüber nachdenken, aber ich bin müde und brauche Schlaf.

10. November - Pierre hatte heute Besuch von seinem Vater. Ist das ein arroganter Fatzke. Naja! Ein Prof. Dr. Dr. med.! Ganz schön eingebildet. Sein Sohn tut nicht genug gegen seinen Tumor. Was soll er denn tun? Schädeldecke öffnen und Alain Delon rausholen?

Er ist der Meinung, man müsse aggressiver gegen den Tumor vorgehen. Ein neuer Zyklus Chemo. Bestrahlung, Operation! Aber hier herumlungern und auf ein Wunder hoffen … vertane Zeit … er sei Arzt … sein Ethos … blablabla …

Blablabla! Mein Vater redet nicht viel, aber wenn er was zu sagen hat, dann hat es Hand und Fuß. Nicht so ein egogebläthes Gewäsch, bei dem es einem die Zehennägel aufrollt.

Pierre ist in Gegenwart seines Vaters zu einem ängstlichen Duckmäuser mutiert. So habe ich ihn noch nie erlebt.

12. November - Joyce hat mir meine Kinder gebracht. Ich bin glücklich, dass ich sie wiedersehe. Sie tragen noch ihre Schuluniform und sehen allerliebst aus. Nicholas hat seine Krawatte abgenommen und sie in seine Jackentasche gesteckt. Sie ist völlig zerknittert. Cédric hat seine geöffnet und sie baumelt um seinen Hals. Das Hemd steckt nicht in seiner Hose und ein Schuh ist offen. Er sieht aus wie ein Yuppie nach durchzechter Nacht.

„Wie lange musst du noch hier bleiben? Ich will nach Hause. Grand-mère geht mir auf den Wecker. Sie ist einfach nur ätzend!"

„Wo hast du diese Wörter aufgegabelt? Ätzend?", regt sich Joyce auf. „Wayne hat einen deftigen Wortschatz und es ist mir inzwischen egal. Er ist Engländer! Aber bei zwei adligen, französischen Sprösslingen sehe ich das etwas anders."

„Ich habe nichts gesagt", moniert Nicholas, „und nenn mich nicht Sprössling. Ich weiß wo die Babys herkommen. Hugues-Malique hat uns nämlich aufgeklärt."

„Ja", mischt sich Cédric ein. „Mama hat uns nicht aus dem Gewächshaus geholt! Du solltest mal mit Hugues-Malique reden. Der kann dir das alles genau erklären."

„Du hast sicher nicht aufgepasst, als Wayne geboren wurde." Nicholas schüttelt entrüstet den Kopf und sieht sie strafend an.

Ich pruste los und die Tränen laufen mir übers Gesicht. Freudentränen! Joyces ist schockiert und ich lache und kann nicht mehr aufhören. Wenn sie wüssten, wie nahe sie der Wahrheit kamen. Gebohrt und nicht aufgepasst …

Die Gespräche der letzten Tage schwirren mir durch den Kopf. Ich denke an Pierres herzlosen Vater. Ein karrieregeiler Egoist, dem sein Sohn nichts bedeutet. Für ihn zählt nur der Spross, der eines Tages seine Klinik übernehmen soll. So wie er sie von seinem Vater übernommen hat. Ich bezweifle, dass er es mit eigenem Können so weit gebracht hätte. Ein privilegierter Sprössling, dem alles in die Wiege gelegt wurde. Pierre hatte nie vor, die Klinik zu übernehmen. Er wollte Kinderherzchirurg werden. Keine wohlhabenden, fettleibigen Weiber in Form schneiden.

Deshalb mag ich Pierre. Er lehnt sich ebenfalls gegen die festgefahrenen Familienstrukturen auf.

Menschen, sie sind eine seltsame Spezies. Wenn sie erfahren, dass jemand an Krebs erkrankt ist, geben sie sich betroffen, sind neugierig, wie lange derjenige noch hat. Bieten ihre Hilfe an und hoffen insgeheim, dass sie nicht angenommen wird. Sie sehen einen mit diesem Blick an, der deutlich zeigt, wie froh sie sind, dass es sie nicht getroffen hat. Das war's dann.

In der Klinik spielen sich immer wieder Dramen ab. Ehefrauen, die sich in ihrem Leid suhlen, sich bedauern lassen und dafür sorgen, dass niemand vergisst, wie sehr sie leiden. Ehemänner, die sich von ihren sterbenden Frauen zurückziehen. Angst haben, sie zu berühren, weil sie eventuell ansteckend sind. Kinder, die das Ausmaß der Katastrophe nicht ermessen können und Freunde, die sich nach ihrem Pflichtbesuch nie wieder blicken lassen.

Am schlimmsten sind die, die den Totgeweihten immer wieder sagen, was sie alles falsch machen, wie sie kämpfen müssen, welche Therapien die richtigen sind. Die alles an sich reißen wollen und die Sterbenden entmündigen, indem sie ihnen ihre eigene Unzulänglichkeit vorwerfen.

Die Sache mit der Gerichtsmedizin macht mir Bauchschmerzen. Was wollte ich dort? Ich erinnere mich nicht. Wollte ich mir den Ort ansehen, so sie mich eines Tages zwischenlagern werden? In einem Kühlfach abgelegt und den Lebenden hilflos ausgeliefert. Dem medizinischen Personal, das sich schnell mal eine nackte Frau ansieht. Mitarbeitern, die sich von Toten antörnen lassen. Studenten, die nur mal hören wollen, wie ein Knochen bricht und sich dafür an den Toten vergreifen. Perverse, die sich an Toten vergehen.

Es sind keine Hirngespinste, alles Fälle, die in den letzten Jahren verhandelt wurden. Die Perversion der Menschen kennt keine Grenzen.

Am liebsten würde ich Joyce und Zélie bitten, mich zu bewachen, bis man meinen Leichnam in den Ofen schiebt. Mit meiner Asche kann man nicht mehr viel anstellen. Es sei denn, es ist tiefster Winter und die Straße ist glatt.

Kapitel 21

Dem Ende entgegen

15. November - Schmerzen im Kopf, Schmerzen im Herz! Traurigkeit! Sehnsucht!

Vor meinen Augen tanzen tausende von silbrigen Sternchen. Tanzen vor einem Hintergrund, der immer mehr verschwimmt, sich auflöst in einem Meer aus Farben. Der Schmerz bohrt sich durch meinen Kopf. Klopft in meinen Schläfen. Schickt Pfeile in meine Stirn und torpediert meinen Hinterkopf. Immer wieder diese krampfartigen Schmerzen. Sie fingen vor einigen Monaten an. Immer mal wieder. Erst selten, dann öfter. Jetzt lassen sie mich nicht mehr los.

Ich kann nicht stehen, Schwindel treibt mich in die Knie. Ist das jetzt endlich das Ende? Pierre findet mich zusammengesunken auf dem Boden. Er drückt den Notruf und redet beruhigend auf mich ein.

Von allen Seiten kommen sie gerannt. Ich höre, wie der Notfallwagen über den Flur rollt. Höre Carraud, der auf mich einredet. Spüre Hände, die mich aufrichten, Arme, die mich tragen, aufs Bett legen. Ich spüre den Einstich der Nadel, spüre, wie das Valoron in meine Venen rinnt. Es ist so angenehm, als die Welle meinen Kopf erfasst und meine Kopfschmerzen mit sich fortspült in die warme, wohlige Dunkelheit, die mich umfasst und …

Das schummrige Licht lässt das Zimmer um mich Gestalt annehmen. Pierre, der an meinem Bett sitzt, Helmut-Didier, der auf dem Sessel eingeschlafen ist. Die drei Musketiere. Einer für alle, zwei für mich!

Ich bin immer noch hier. Warum ist das Leben so grausam?

16. November - Poison! Woran erinnert mich dieser Duft? Warum liebe ich ihn? Was will er mir sagen? Mein Kopf will nicht darüber nachdenken. Er will überhaupt nicht denken. Der Kopfschmerz lauert schon wieder.

Joyce ruft an, fragt ob sie mit den Kindern zu Besuch kommen darf. Nein, heute nicht. Will jetzt nicht reden. Bin müde. So müde.

Hervé schiebt den Soldaten Cortison herein. Den Infusionsständer mit dem Medikament, das in den Kampf gegen mein Ödem zieht.

„Prof. Carraud hat die Dosis erhöht. Wir machen uns alle großen Sorgen um Sie. Wie geht es Ihnen heute?"

„Beschissen!"

„So genau wollte ich es nicht wissen", lacht er. Ich mag ihn. Er redet nicht zu viel. Nach seinem Herzinfarkt soll er es langsam angehen lassen. Bei drei Patienten ist das nicht schwer. Bei dreißig war es stressiger.

„Würden Sie mich später in die Cafeteria bringen. Ich möchte so gerne einen Kaffee. Ich nehme auch koffeinfreien. Großes Ehrenwort!"

„Ich denke, das wäre nicht so gut, wenn man uns beide in der Cafeteria sieht, während Sie sich einen Kaffee genehmigen."

„Hier trinkt niemand Kaffee", lässt sich Schwester Nadège vernehmen. „Sie wissen, dass es verboten ist", sagt sie mit strengem Ton und sieht uns vorwurfsvoll an.

Warum erscheint sie immer in den unpassendsten Momenten? Sie ist päpstlicher als der Papst. Alles genau nach Vorschrift. Hervé zwinkert mir verschwörerisch zu, bevor er aus dem Zimmer geht.

„Ich muss zu einer Besprechung und werde etwa eine Stunde abwesend sein. Tun Sie nichts, das ich nicht auch tun würde."

„Was wäre das? Nur mal ein Beispiel. Bitte!" Ich sehe sie mit meinem unschuldigsten Blick an.

„Am besten bleiben Sie im Bett, während die Infusion läuft. Da können Sie nichts anstellen."

„Nichts?", frage ich schelmisch und höre wie Pierre laut losprustet.

„Und Sie verschwinden auf Ihr Zimmer" wendet sie sich konsterniert an Pierre.

Als die Luft rein ist, kommt Hervé und bringt mir eine Tasse Kaffee. Dieser Schatz!

„Koffeinfrei! Ich darf ja nur noch den kastrierten trinken. Diese Madeleines hat meine Frau selbst gebacken. Sie essen wie ein Spatz, da macht die Miniportion Zucker nichts. Man muss sich ab und zu etwas Gutes tun."

„Merci! Das werde ich Ihnen nie vergessen." Er sieht mich fragend an. „Okay! Solange ich mich daran erinnere", lache ich.

17. November - Kopfschmerzen! Übelkeit! Wann hört es endlich auf??? Mittlerweile könnte ich Valoron flaschenweise trinken.

„Ich will sterben!", sage ich wütend und schlage mit der Faust auf die Decke.

„Hier wird nicht gestorben. Wir packen Sie jetzt warm ein und dann gehen wir an die frische Luft. Ihr Baum wartet auf Sie. In diesem Zimmer bekäme ich auch Kopfschmerzen und mir würde übel."

„Okay! Ich beuge mich einem Tyrannen!"

Joel hilft mir in meine Winterjacke und nimmt zwei Decken mit. Im Foyer hüllt er mich damit ein.

„Jetzt noch die Mütze und es kann losgehen. Wir sind heute etwas blass um die Nase Gnädigste. Fühlen wir uns unwohl?"

„Wir fühlen uns beschissen. Wir würden gerne sterben, aber niemand lässt uns. Jetzt schleppt man uns in die eisige Kälte und hält uns ein nervtötendes Gespräch", erwidere ich in gespieltem Empören.

„Na, dann ist es ja gut!"

Er schiebt mich durch den Park, vorbei an dem neuen Pavillon, der letzte Woche aufgebaut wurde. Wenn der erst weiß gestrichen ist, passt er sich wunderbar in die Umgebung ein. Noch wirkt er wie ein Fremdkörper. Weiter geht's über den Rasen zu meinem Baum. Er stellt den Rollstuhl ganz nah daneben ab.

„Ich lasse euch jetzt ein bisschen allein. Ich denke, ihr habt euch viel zu erzählen." Dieser wundervolle junge Mann!

18. November - Die Nacht war schrecklich. Starke Kopfschmerzen! Übelkeit! Erbrechen! Ich stülpte mein Innerstes nach außen, doch es war nicht genug. Mein Magen wollte mehr loswerden als er hatte. Stundenlang hing ich zusammengekauert über der Schüssel und hoffte inständig, dass mich niemand finden würde, bevor ich mich vom Acker gemacht hatte.

Schwester Henriette hat mich gefunden. Sie rief den Arzt. Dr. Said kam und spritzte mir ein Antiemetikum und dann rann das Valoron in meinen Körper. Nie wieder aufwachen ... Bitte!

Heute Morgen ist der Brechreiz verschwunden. Die Kopfschmerzen sind geblieben. Immer wieder schlagen diese Krämpfe im Hinterkopf zu. Ich würde gerne meine Hand auf den Schmerz legen, aber er ist durch meinen Schädel geschützt.

Dr. Mitropoulos kommt, stellt mir Fragen, die nicht in meinem Hirn ankommen. Ich will ihm sagen, dass ich nichts verstehe. Bewege meine Lippen, über die nichts als ein mühsames Stammeln kommt. Beruhigend legt er seine Hand auf meinen Arm. Er redet mit mir, ich höre etwas, das für mich keinen Sinn ergibt. Was ist nur mit meinem Hirn los? Mein Herz schlägt schneller, trommelt gegen meine Brust. Die Kopfschmerzen werden stärker. Meine Augen! Ich kann sie nicht mehr still halten. Sie drehen sich. Panik ergreift mich. Was ist das? Ich will das nicht! Nein!

Ich sehe Carraud, der sich mit sorgenvollem Blick über mich beugt. Er bewegt seine Lippen. Es ist wie in einem Stummfilm ohne Untertitel. Er redet mit Dr. Mitropoulos. Dann wird es dunkel ...

23. November - Langsam wird es hell. Ich fühle mich so seltsam. Als wäre ich eine Blüte, die sich öffnet. Sanftes gelb und zartes rose, ein Zitrusduft, angenehm, warm und weich. Der Duft hüllt mich ein, lässt mich schweben. Grelles Licht. Das angenehme Gefühl ist verschwunden. Das Licht blendet mich. Ich will zurück ...

„Wir haben sie wieder", höre ich eine Stimme neben mir. Alles ist so hell, so unwirklich.

„Holen Sie Carraud" sagt die Stimme. Ich kann ihr Gesicht nicht sehen. Es ist im grellen Licht verborgen.

Langsam verschwindet das Licht. Macht der Wirklichkeit Platz. Da sind Dr. Mitropoulos, Schwester Nadège, Hervé. Alle scheinen erleichtert. Warum? Weil ich immer noch hier bin?

Carraud kommt angestürmt. Mit einem breiten Lächeln sieht er mich an.

„Schön, dass Sie wieder da sind. Wie fühlen Sie sich?"

„Das Zimmer müsste mal gelüftet werden", nuschele ich, „und ich brauche eine Dusche."

Er lacht! Alle atmen hörbar auf. Was habe ich diesmal angestellt? Mein Kopf fühlt sich frei an, so frei wie schon lange nicht mehr. Was haben sie mit Charlie gemacht? Die werden doch nicht? Entsetzt fasse ich mir an den Kopf.

„Keine Angst! Er ist noch da. Wir würden uns doch nie an Ihrem entzückenden Dickkopf vergreifen. Wir haben Sie nur eine Weile ruhiggestellt. Drüber reden wir noch. Jetzt kommen Sie erst mal wieder an."

Das Zimmer leert sich. Jemand öffnet das Fenster und tritt neben mein Bett.

„Hattest du uns nicht versprochen, keinen Blödsinn mehr zu machen? Ich kann mich dunkel an so etwas erinnern." Pierre sieht mich an. Die Erleichterung steht ihm im Gesicht. Im Hintergrund murmelt Helmut-Didier Zustimmung.

„Ich erinnere mich nicht", nuschele ich, während ich mich über das unrasierte Gesicht von Helmut-Didier wundere.

„Was ist denn mit dir los? Du siehst so ungepflegt aus. Wie ein Clochard."

„Ich habe eine Allergie entwickelt. Man weiß nur noch nicht gegen was. Jetzt darf ich mich drei Tage weder waschen noch rasieren."

„Hm!", brumme ich und überlege, wie ich ihm schonend beibringe, dass er müffelt. Aber ich denke, das weiß er.

„So, jetzt aber raus hier, meine Herren! Die Dame will sich frisch machen", kommandiert Schwester Nadège, „danach hat sie ein Gespräch mit Carraud."

Duschen! Herrlich! Ich fühle mich so schmutzig. Das warme Wasser läuft über meinen Körper, an dem die Rippen hervorstechen und erfrischt auf wundervolle Weise.

Schwester Laeticia zieht mir den Bademantel über. Dieses herrliche Gefühl! Sauber!

Carraud lacht, als ich im Bademantel erscheine. Normalerweise sitze ich sittsam bekleidet vor ihm.

„Diesmal haben Sie mich ganz schön in Bedrängnis gebracht. Wollten Sie sich einfach davon machen? Ohne Abschied?

Ich hatte für einen winzigen Moment Skrupel, aber dann habe ich mich zu etwas entschlossen, dass Sie genauso gut hätte töten können. Aber Sie standen kurz davor, uns zu verlassen.

Wir haben Sie in eine etwas längere andauernde Narkose gelegt. Es nennt sich künstliches Koma. Man experimentiert schon seit längerem mit dieser Art der Ruhigstellung, wenn das Hirn entlastet werden muss. Sie wurden sediert, bekamen geringe Mengen Opiate und Sauerstoff. Wir hofften, dass wir ihrem Gehirn damit eine Pause verschaffen können. Ihm endlich ein paar Tage Ruhe gönnen. Ihnen Ruhe gönnen. Anscheinend war die Entscheidung richtig. Sie sehen erholt aus."

„Ich fühle mich besser. Danke, dass Sie mich auch über den Jordan geschickt hätten. Aber tun Sie mir einen Gefallen – beim nächsten Mal lassen Sie mich gehen."

„Versprochen!"

Pierre schiebt mich zurück in mein Zimmer. Das Lüften hat geholfen den Mief zu vertreiben. Jetzt erfüllt ein Duft das Zimmer - POISON!!!!

Wieder will etwas aus den Tiefen meines Gedächtnisses ans Licht … Warum??? … Ich kann mich nicht erinnern.

Während meines Tiefschlafs ist Angelique gestorben. Gestern ist ihr Ursule gefolgt. Nun sind die letzten beiden Basaliome tot. Die Studie Hautkrebs ist beendet.

Heute Morgen hat Hannah die Pankreas-Ca Studie beendet. Jetzt laufen nur noch zwei Studien am CHU. Die Mamma-Ca's und die Glioblastome.

Es ist nur eine Frage der Zeit, wann auch sie beendet sein werden. Es gibt keine Heilung, nur eine Lebensverlängerung und die währt nicht lange.

12. Dezember - Die Zeit vergeht. Sie haben mich ins Bett gesteckt und achten darauf, dass ich Ruhe habe. Besucher müssen sich telefonisch ankündigen. Joyce war einmal mit meinen Schätzen hier. Es hat mich zu sehr angestrengt, deshalb werden sie jetzt eine Weile auf Besuche verzichten. Telefonate, wenn ich gut drauf bin. Mehr nicht … leider …

Pierre und Helmut-Didier sitzen jeden Tag an meinem Bett. Die Schwestern achten darauf, dass sie nicht zu lange bleiben. Ich fühle mich wie eine Gefangene. Ich will frei sein. Joel soll kommen und mich zu meinem Baum bringen.

13. Dezember - Endlich frei! Frische Luft! Auf den Bäumen glitzern Eiskristalle. Trotz 2° ist es angenehm in der Sonne. Mir scheint, als würde sich mein Baum freuen, dass ich ihn besuche.

Ich fühle mich immer sehr wohl bei ihm. Ich habe mich schon öfter gefragt, ob man meine Asche darunter verstreuen würde. Ich muss nachfragen … wenn ich es nicht vergesse …

15. Dezember - Wir sitzen in Pierres Zimmer und spielen Memory. Wir haben uns für zehn Paare entschieden. Mehr wäre unmöglich zu bewältigen. Wir spielen zusammen, sind ein Team, drei Musketiere. Dennoch dauerte es eine Weile, bis wir das erste Pärchen gefunden haben.

Pierres Mutter kommt zu Besuch. Ich denke, er hätte gerne darauf verzichtet. Immer wieder dieselbe Leier. Er tut zu wenig. Er soll kämpfen. Was glaubt sie, was er hier tut? Sie fängt auch sofort wieder an. Blablabla! Pierre sieht sie an. Bremst sie in ihrem endlosen „Du musst".

„Mama! Jeder, der mich hier besucht, hält mir Vorträge, über das, was ich machen muss. Jeder sagt, ich muss kämpfen, mehr kämpfen. Nicht einer hat jemals gefragt, was ich will. Wie ich mich fühle. Ob ich noch kämpfen kann, kämpfen will. Auch du nicht! Du sagst immer, du liebst mich und willst nur mein bestes. Wenn du mich wirklich liebst, dann lässt du mich gehen."

Seine Mutter ist schockiert. Tränen laufen über ihre Wangen. Sie ist peinlich berührt.

„Junge, du beschämst mich. Ich liebe dich. Wenn du nicht mehr kannst, wenn du gehen willst, dann geh. Ich lasse dich los. Auch wenn es mir das Herz bricht. Ich will nicht, dass du leiden musst."

Pierre nimmt sie in die Arme und für Helmut-Didier und mich ist es an der Zeit, das Zimmer zu verlassen. Er schiebt mich mit meinem Rollstuhl zum Aufzug. Jetzt gönnen wir uns einen Kaffee …

19. Dezember - Pierre hatte heute Morgen Besuch von einem ehemaligen Kollegen. Sie haben zusammen ihre Facharztausbildung begonnen. Pierre musste abbrechen, weil Alain Delon ihm dazwischengekommen war. Sein Kollege, ich habe seinen Namen schon wieder vergessen, hat sich entschlossen die Fachrichtung zu wechseln. Die Kinderkardiologie wäre doch nicht das richtige für ihn. Pierre bedauert immer noch, dass er sein Ziel nie erreichen wird.

Er hatte sich nicht vorgestellt, sein Leben mit vierunddreißig Jahren zu beenden. Er wollte Kinderkardiologe werden, Kindern Hoffnung schenken. Jetzt ist er derjenige, der dringend Hoffnung braucht. Nach dem Besuch seiner Mutter bin ich mir sicher, dass er aufgegeben hat. Er will nicht darüber reden. Das muss ich akzeptieren.

23. Dezember - Wir dürfen über die Feiertage nach Hause und müssen erst am 02. Januar wieder einrücken. Wenn alles gut geht. Was ich doch sehr hoffe.

Die Schwester will mir ein paar Sachen packen, aber das will ich nicht. Ich will nichts aus der Klinik zuhause haben. Ich brauche etwas Abstand. Abstand von allem.

Mit guten Wünschen entlässt uns Carraud in die Weihnachtsfreiheit. Helmut-Didier verbringt die Feiertage bei seinem Sohn. Pierre fliegt mit seinen Eltern nach Italien, in ihr Ferienhaus. Was denken sich seine Eltern dabei? Denken sie überhaupt? Warum nicht gleich ein Flug zum Mond? Zum Abschied nimmt er mich ganz fest in den Arm.

„Vergiss mich nicht", sagt er, küsst mich auf die Wange und geht. Was stört mich daran?

24. Dezember - Heiligabend zuhause. Stille Nacht! Joyce und die Jungs schmücken den Baum. Zélie und Wayne sehen sich A Christmas Carol im Fernsehen an. Ich liege auf der Couch und bin einfach nur glücklich. Endlich wieder zuhause. Wenn alles gut geht, darf ich bleiben bis ins neue Jahr.

Meine Gäste bleiben auch. Joyce braucht Abstand von der Liebe und Zélie Ruhe von ihrem stressigen Job. Wayne genießt die Zeit mit seiner Mutter. Sie ist nicht so streng wie sein Vater. Lässt ihm viele Freiheiten. Noch mehr, als er bei Scott hat. Ich hoffe nur, er fackelt das Haus nicht ab.

25. Dezember - Wir hatten einen gemütlichen Heiligabend und haben heute Morgen lange geschlafen. Man schläft nirgendwo so gut wie im eigenen Bett. Wir haben die Geschenke ausgepackt und lange gefrühstückt. Das Haus steht noch und Wayne ist fast schon verdächtig friedlich.

„Warum siehst du mich so skeptisch an? Ich werde keinen Blödsinn machen. Zélie sagte, wenn ich mich nicht benehmen kann, dann verpasst sie mir die Prügel meines Lebens. Das glaube ich ihr aufs Wort. Zudem will ich dich nicht aufregen. Du bist die beste Patentante der Welt."

Wenn ich dem Frieden doch nur trauen könnte …

30. Dezember - Sehnsucht! Schmerz! Liebe im Herz! Doch für wen? Joyce weiß es nicht und Zélie hat keine Ahnung. Die Blicke, die sie sich zuwerfen, sprechen Bände.

Anscheinend trauen sie mir nicht zu, dass ich einen Mann lieben könnte. Ich muss ein schrecklicher Mensch gewesen sein. Ich erinnere mich nicht mehr. Vielleicht ist es besser so.

Oh, the rhythm of my heart …

31. Dezember - Silvester! Der letzte Tag in diesem Jahr. Meine Kopfschmerzen halten sich in Grenzen. Tagsüber, alle zwei Stunden, 20 Tropfen Valoron und das Übel lässt sich im Zaum halten. Abends brauche ich mehr, damit ich die Nacht überstehe. Ich will nicht darüber nachdenken, wie lange das Valoron noch hilft. Wann auch mir Morphin ins Haus steht.

Wir verbringen einen ruhigen Abend. Mir fallen immer wieder die Augen zu und ich hoffe, ich verbringe den Jahreswechsel nicht im Reich der Träume.

Um elf weckt mich Joyce. Im Fernsehen zeigen sie, wer schon das neue Jahr begrüßt hat. Im Augenblick feiert Athen den Jahreswechsel. Raketen steigen in den Himmel und verwandeln ihn in ein

Meer aus bunten Sternen.

Mir fallen 27 Drachen ein, die in diesem Jahr in den Himmel stiegen. Ich denke an die beiden Raketen, die zwei davon in den Himmel schickten. An den Heli, der einen mit in den Himmel nahm.

In denke an das, was Pierre damals sagte. Wenn du an Silvester stirbst, knallt die ganze Welt zum Abschied. Warum fällt mir das jetzt wieder ein? Ein schlimmes Gefühl schleicht sich in meinen Bauch, umklammert mein Herz. Vergiss mich nicht! Jetzt weiß ich, was mich daran störte. Er will heute gehen. Er wird doch nicht nachhelfen? Nein! Oder doch? Ich hoffe nicht.

1991

Neujahr - Frühstück! Das Telefon klingelt. Joyce nimmt das Gespräch an. Sie macht ein ernstes Gesicht. Schüttelt den Kopf, sieht hilfesuchend zu Zélie. Beendet das Gespräch.

Oh nein! Nein! Nein! Nein!

„Wer?", frage ich, obwohl ich die Antwort kenne.

„Pierre! Kurz nach Mitternacht! Seine Mutter sagte, es ging ganz schnell. Er musste nicht leiden. Es ging ihm seit ein paar Tagen immer schlechter. Er hat sich noch bis zum Jahreswechsel geschleppt. Kurz vor Mitternacht sagte er: „Heute knallt die ganze Welt zum Abschied. Als die ersten Raketen in den Himmel stiegen, starb er."

Ja, heute knallt die ganze Welt zum Abschied. Irgendwo, auf dieser Welt, ist immer noch letztes Jahr und das neue steht vor der Tür.

Er wird mir sehr fehlen. Warum hat er uns allein gelassen? Sein Kokon hatte sich gebildet. Hatte den Tumor eingeschlossen.

In meinem Kopf tut sich nichts. Vielleicht will Charlie keinen Kokon!

02. Januar - Helmut-Didier ist vor mir in der Klinik und erwartet mich am Eingang. Wir fallen uns in die Arme, weinen zusammen. Nur wir wissen, was wir verloren haben. Einen Weggefährten, einen morituri, einen Freund.

Wir ziehen uns in den Aufenthaltsraum zurück. Helmut-Didier legt Claudines Cassette in den Rekorder und spielt sie ab. Seasons in the Sun!

Die drei letzten Kerzen brennen. Ich lösche eine davon. Lösche Pierres Kerze für immer.

Goodbye to you, my trusted friend … Goodbye Pierre!

Helmut-Didier öffnet das Couvert. 13 Prozent! Länger durchgehalten, als viele mit bessern Prognosen. 13 Prozent Chance auf eine Lebensverlängerung.

Okay! Vielleicht wäre er ohne Wirkstoff schon früher gegangen. Das weiß niemand. Und das ist gut so!

Vor der Tür wartet Joel. Er begleitet uns in den Park. Ich weiß, dass Helmut-Didier und ich uns einen Gedanken teilen. Wir fragen uns, wer von uns diesen Weg zum letzten Mal geht. Wer wiederkommt und den Drachen des Freundes in den Himmel schickt.

Joel entfernt sich mit der Schnur. Als sie sich spannt, lasse ich los. Pierres Drachen steigt und steigt. Als er schon weit oben ist, kappt Helmut-Didier die Schnur. Jetzt ist er frei. Er ist so hoch aufgestiegen, dass wir ihn aus den Augen verloren haben.

Mein Herz schreit vor Schmerz. Adieu Pierre!

04. Januar - Wir waren heute in der Onkologie. Neue Gesichter, fremde Gesichter. Ein paar, die im Laufe des letzten Jahres dazukamen. Nicht zu uns gehörten und nie gehören werden. Sie präsentieren eine neue Ära, zu der weder Helmut-Didier noch ich gehören.

Schwester Paulette hat mir erzählt, dass Martine, das letzte Mamma-Ca an Heiligabend gestorben ist. Jetzt gibt es nur noch die Studie der Glioblastome. Die neuen Studien haben noch nicht begonnen.

12. Januar - Es ist so schön, wenn der Schmerz nachlässt, der Schlaf angeschlichen kommt, mich einhüllt und wegträgt in traumlose Ferne.

Nie wieder aufwachen. Das wäre noch schöner.

15. Januar - Cédric und Nicholas waren hier. Es tat weh, in ihre entsetzten Gesichter zu sehen. Sie wissen es inzwischen. Grand-mère hat es ihnen erklärt. Sie haben immerzu Fragen gestellt. Warum ihre Mama nicht mehr richtig laufen kann. Warum sie alles vergisst. Warum sie nicht mehr reden kann wie früher. Warum sie so schrecklich dünn ist.

Sie weinten in meinen Armen und wollten mich nicht mehr loslassen. Wenn das so einfach wäre. Für immer festhalten.

Ihr Besuch war anstrengend. Alles ist anstrengend. Ich bin so müde … schrecklich müde …

19. Januar - Ein Tag der Freude. Helmut-Didiers Kokon hat sich geschlossen. Er ist so glücklich. Ich freue mich für ihn. Endlich einmal gute Nachrichten.

Charlie will keinen Kokon. Er will seine Freiheit. Er macht mir das Leben immer schwerer. Meine Kraft schwindet, mit jedem Tag der vergeht.

Joel kommt jeden Tag und geht mit mir den Park, wenn es meine Gesundheit zulässt. Wir besuchen meinen Baum und ich frage mich, ob ich ihn jemals wieder mit seiner vollen Blätterpracht sehen werde.

Wenn Hervé Dienst hat, versorgt er mich mit Kaffee und einem Madeleine, das seine Frau bäckt. Heute hat er mir erzählt, dass er am 28. Februar seinen letzten Dienst macht. Seine Rente wurde bewilligt. Er wird uns verlassen. Schade!

05. Februar - Alles tut weh! Ich will gehen! Endlich ohne Schmerzen sein … wo auch immer …

15. Februar - Le Pays du sourire ... Dein ist mein ganzes Herz ... Schöne Musik! Sehnsucht! Weine! Warum?

27. Februar - Charlie ist nicht mehr gewachsen. Kein Kokon in Sicht. Freiheit für den Hausbesetzer.

28. Februar - Hervé verlässt uns heute. Er kommt noch einmal vorbei, um sich zu verabschieden. Zum Abschied gibt es wieder Kaffee und Madeleines. Mein Lieblingspfleger, er wird mir fehlen.

Erster März - Helmut-Didier darf morgen nach Hause. Er wird jetzt ambulant behandelt. Die Station gehört ab heute mir.

03. März - Kopfschmerzen … Valoron N … Schlafland … kein Leben mehr … will gehen … endlich gehen …

05. März - Mit Charlie geredet. Können jetzt gehen!

12. März - Helmut-Didier ist wieder da. Er wurde heute Nacht als Notfall eingeliefert. Warum? Es ging ihm gut. Oder etwa nicht?
    Schwester Seraphine bringt mich zu ihm. Er ist alt geworden. Wie kann man in so kurzer Zeit derart altern? Er ist dreiundsechzig und sieht aus wie hundert und noch.
    Ich bin müde … muss ins Bett … vielleicht nimmt er mich mit …

15. März - Helmut-Didier, warum?
    Du hattest es fast geschafft! Werde dich vermissen, solange ich kann …
    Mit letzter Kraft lösche ich seine Kerze. Schwester Nadège muss das Couvert öffnen. Ich kann nicht mehr.
    24 Prozent! Tolle Leistung! 24 Prozent und ein Kokon. Was will man mehr? Leben?

16. März - Ich bin der Rest! Will auch sterben!

19. März - Joel packt mich in eine Wolldecke und fährt mit mir in den Park. Helmut-Didiers Drachen liegt auf meinem Schoß. Mir fehlt die Kraft, ihn zu halten. Joel bindet die Schnur an den Rollstuhl, läuft mit dem Drachen davon und lässt in los. Die Schnur hält ihn über meinem Rollstuhl. Joel kappt die Verbindung und der Drachen steigt in den Himmel. Sogar die Sonne hat sich zum Abschied eingefunden.
    „Joel! Wirst du mit meinen Kindern und meinen Freundinnen meinen Drachen steigen lassen? Er soll zu den anderen aufsteigen."
    „Ich hoffe, dass ich das nie tun muss. Aber wenn es so weit ist, werde ich dir diesen Wunsch gerne erfüllen." Er wendet sich ab, weil ich seine Tränen nicht sehen soll.

30. März - Karnofsky 20%   ECOG = 4

31. März - Ich habe keine Kraft mehr. Sie lassen mich zum Sterben nach Hause. Jeden Tag wird einer von den Ärzten nach mir sehen. Das haben sie beschlossen. Sie wollen mich auf meinem letzten Weg nicht alleinlassen.

01. April - Sage Adieu, so lange ich noch kann …

Erster April - Notarzt! Zum wer weiß wievielten male.
Dr. Labarbe übergibt mich in der Klinik an Prof. Carraud. Alles geht seinen gewohnten Gang. Nichts neues, alles ist wie immer. Warum lassen sie mich nicht gehen?
Ich höre, wie sich die beiden unterhalten. Dr. Labarbe sagt, dass er seine Mitarbeit im Notarztdienst aufgeben wird. Es sei eine Sache, immer wieder kranken oder verunfallten Menschen zu helfen. Aber es sei eine andere Sache, immer und immer wieder dieselben Menschen in die Klinik zu bringen, damit man dort ihr Leiden verlängert.
Er und sein Team haben schon vor Monaten gehofft, dass der neueste Einsatz endlich der letzte sein würde. Dass man mich endlich gehen ließe. Es täte ihm in der Seele weh, mich leiden zu sehen. Deshalb will er jetzt den Dienst quittieren, weil er gemerkt hat, dass er kurz davor stehe, ein Leiden zu beenden und das würde ihm sein Eid als Arzt verbieten. Carraud legt ihm die Hand auf die Schulter und sagt, sehr nachdenklich, dass er ihn gut verstehen kann.
Dann schiebt man mich Richtung Aufzug. Es geht nach oben. Auf die Station der morituri, die jetzt mir allein gehört.

06. April - Meine Untersuchungsergebnisse sind endlich da. Vielleicht sehen sie jetzt endlich ein, dass ich gehen muss. Vielleicht sagen sie endlich ja.
Dr. Orreli ist gekommen. Gemeinsam gehen sie meine Befunde durch. Es sieht schlecht aus. Es grenzt an ein Wunder, dass ich noch unter ihnen weile.
Orreli fragt, ob ich abbrechen will. Ich traue meinen Ohren nicht. Abbrechen? Jetzt? Es ist vorbei! Was soll ich da noch abbrechen?
Prof. Carraud nimmt meine Hand und sagt fast schon väterlich: „Mein Bauch glaubt immer noch an Sie! Tun Sie es auch! Wo ist das Feuer, das damals in ihren Augen loderte? Wenn auch nur ein Funke unter der Asche glimmt, fachen Sie ihn an. Leben Sie! Enttäuschen Sie mich nicht!" Er steht auf und geht.
Sehe ich da Tränen in seinen Augen? Tränen, die auch in Dr. Orrelis Augen stehen?
Welches Feuer? In mir brennt nichts mehr!

07. April - Joyce ist zu Besuch. Sie hat Cedric und Nicholas mitgebracht. Meine Schätze!
Ich habe nicht mal mehr die Kraft, sie zu umarmen. Ich bin eine Marionette, der man die Schnüre gekappt hat.
Sie sitzen auf meinem Bett. Unbeweglich und schweigsam. Halten meine Hände. Ich erkenne sie

nicht wieder. Sonst haben sie nicht für eine Sekunde Ruhe und jetzt das.

Ich kann kaum noch die Augen offen halten. Sie bemerken es und verabschieden sich. Joyce drückt mir noch einmal die Hand.

„Versuch es, ein letztes Mal. Mir zuliebe, deinen Kindern zuliebe. Ihm zuliebe, wer immer er auch ist." Dann geht sie, ohne sich noch einmal umzudrehen. Sie muss es nicht. Ich weiß auch so, dass sie weint.

18. April - Ich darf nach Hause. Prof. Carraud hat aufgegeben. Der Krankenwagen bringt mich bis vor die Tür. Ein Sanitäter nimmt mich hoch und trägt mich ins Haus.

„Sie sind solch ein Leichtgewicht, da ist es einfacher Sie zu tragen, als mit der Trage durchs Haus zu laufen."

Joyce und Zélie sind gekommen, um mir beizustehen. Ich schlafe schon, bevor der Sanitäter mich ins Bett gebracht hat.

Gegen Abend wache ich mit starken Kopfschmerzen auf. Zélie sagt, dass der Arzt kommen muss. Es ist so weit. Ich brauche Morphin.

Dr. Rousseau trifft fünfzehn Minuten später ein. Bevor er mir die Spritze setzen kann, muss ich mich übergeben. Alles dreht sich. Mein Kopf dröhnt, vor meinen Augen flimmert es und die Welt beginnt sich zu drehen. Langsam senkt sich die Dunkelheit und ich hoffe so sehr, dass ich jetzt endlich gehen darf.

In meinem Kopf wabert Nebel. Ein fernes Licht. Weit entfernte Stimmen. Das Licht kommt näher, wird größer. Die Stimmen werden lauter. Dr. Labarbe, der wütend mit Schläuchen und Spritzen hantiert.

„Dieses kleine Miststück. An meinem letzten Tag will sie sich vom Acker machen. In meinem Rettungswagen. Das kommt überhaupt nicht in Frage."

Er verlangt irgendwelche Medikamente, die ihm Eugène anreicht. Seine Hand klatscht in mein Gesicht.

„Aufwachen! Verdammt! Machen Sie endlich die Augen auf! Hier wird nicht gestorben. Nicht an meinem letzten Tag!"

Mühsam klettern meine Lider nach oben. Meine Augen drehen sich wie Kreisel. Das Licht verdoppelt sich, tanzt hin und her.

„Nicht schon wieder Notarzt!", schießt es mir durch den Kopf. Ich will endlich sterben. Warum lassen sie mich nicht gehen. Scheiß Hippokrates!

Schon wieder Klinik. Ich werde wohl den Rest meines Lebens hier verbringen. Was Sonier vor Monaten im Scherz andeutete, wurde zur Realität. Lebenslänglich Salpêtrière! Nun ja, es gibt schlimmere Gefängnisse.

Wer kann schon von sich behaupten, dass ihm eine ganze Station zur Verfügung steht, einschließlich Personal.

Ich habe angeregt, die Station mit Patienten zu füllen, aber das wird nicht geschehen, solange die Studie läuft … solange ich lebe. Schwester Paulette sagte, ich solle die Ruhe genießen. Eine volle Station sei auch immer mit Unruhe verbunden. Nun gut! Mache ich es wie Mutter … Jedem das seine und eine Station für mich.

Kapitel 22

Der Kampf geht weiter

19. April - Mir geht es so schlecht wie nie zuvor. Ich hoffe so sehr, dass es jetzt endlich soweit ist. Nur noch einmal tief einatmen, die Augen schließen und nie wieder aufmachen. Einfach aufhören zu atmen. Das wäre so schön.

Ich dämmere ins Dunkel und alles wird still. Alles ist so friedlich, so wohlig. Dann reißt mich eine Stimme aus meiner Dämmerung. Irgendjemand steht über mir, hält eine riesige Tablette in den Händen. Bei genauerem Hinsehen erkenne ich, dass es sich um den Deckel einer alten Mülltonne handelt. Es ist ein Mann, ein alter Mann in einer grauen, abgewetzten Kutte. Ein Clochard? Sein Gesicht liegt im Nebel. Ich kann nur Umrisse erkennen. Ein Vollbart? Lange Haare? Egal!

Er hält mir den Deckel entgegen und sagt: „Du hattest eine Chance und dann noch eine. Du hast sie nicht genutzt. Nimm das. Es ist deine letzte. Eine weitere wird es nicht geben." Dann ist er verschwunden.

Ich erwache mit schrecklichen Kopfschmerzen. Charlie gibt sein bestes. Für einen winzigen Augenblick, halte ich Ausschau nach dem Alten. Ich muss mich mühsam von meinem Traum lösen. Er schien so real. So echt.

Mein Kopf dröhnt. Die Gedanken wirbeln durcheinander. Meine Kinder, Joyce, der Deckel der Mülltonne, der alte Mann. Prof. Carrauds Worte, Joyce's Worte. Er!

Ich kann ihn fühlen ... ihn! Aber wer ist er? Wer immer er auch ist ... er fehlt mir. Aber da ist noch etwas ... etwas das mich drängt weiterzumachen. Meine letzte Chance zu ergreifen.

Ich liege lange regungslos da und das Dröhnen im Kopf ebbt ab. Da war sie wieder, die Frage, die mich schon so lange beschäftigt. Warum wirkt das Medikament bei mir nicht? Will Charlie keinen Kokon? Will er sterben? Bin ich so schrecklich, dass er mich schnellstmöglich los sein will? Warum tut er mir das an? Warum quält er mich? Warum dauert es so lange? Warum beendet er es nicht einfach?

Warum? Vielleicht ... ich traue mich kaum, diesen Gedanken zu Ende zu denken. Ich drehe wohl bald durch. Ich gestehe einem Tumor Gefühle zu. Ängste! Lebenswillen!

Ich denke, es wird Zeit, mal wieder ein Gespräch mit Charlie zu führen. Ein Gespräch von Hausherr und Hausbesetzer. Ein Gespräch zwischen Hirn und Tumor. Ein Dialog, keine Vorwürfe, keine Anklagen. Ein Gespräch!

Salut Charlie! Ich bin's, Charlene. Okay! Ich weiß, dass du weißt, wer ich bin. Sei doch nicht gleich so zickig. Ach! Du bist nicht zickig? Sehe ich nicht so. Du bist eine Diva, die in meinem Kopf wohnt. Ein bösartiges Weib, das mir das Leben zur Hölle macht. Ach! Du bist keine Diva, kein Weib. Du bist ein Charlie! Okay! Ein Charlie!

Aber du bist trotzdem bösartig, auch wenn du ein Charlie bist. Ich habe dir diesen schönen Namen gegeben, weil ich dachte, dass wir Freunde werden könnten. Das du für immer mein Hausbesetzer sein würdest. Dass wir zusammen leben und zusammen alt werden würden.

Ach! Das wolltest du auch? Seltsam! Ich habe nichts davon bemerkt. Du hast mir das Leben zur Hölle gemacht. Hast mich leiden lassen, zweimal fast sterben lassen.

Ach! Das war damals, als du noch nicht wusstest, wie schön es bei mir ist. So! Aber warum hast du weitergemacht, als du wusstest, wie gut es dir bei mir gefällt?

Oh! Weil ich anfing, gegen dich zu kämpfen. Warum hast du mir das nie gesagt? Ich hätte damit aufgehört. Wir wären zusammen alt geworden.

Du wolltest leben? Das wollte ich auch. Ich will es immer noch.

Ach! Wir können leben? Wie sollen wir das anstellen? Du frisst mein Gehirn auf. Du forderst Raum und verschiebst alles, wie du willst. Du bist nach der Chemo nicht geschrumpft. Du wolltest keinen Kokon. Jetzt ist es zu spät.

Ach! Du hast gegen mich gekämpft, weil ich gegen dich gekämpft habe.

Waffenstillstand? Wie meinst du das?

Ach! Wenn ich aufhöre gegen dich zu kämpfen, dann hörst du auf, mich zu bekämpfen?

Okay! Aber ich will keinen Waffenstillstand. Schließen wir Frieden.

Einverstanden? Einverstanden! Geben wir unser bestes und werden zusammen alt.

Habe ich geträumt oder habe ich tatsächlich mit einem Tumor geredet? Das darf ich niemand erzählen. Sie würden denken, jetzt verliert sie vollends den Verstand.

27. April - MRT! Ich hasse dieses Gerät. Haben sie mich anfangs noch sediert, damit mir die Enge nichts ausmacht, so mussten sie irgendwann damit aufhören, weil es Auswirkungen auf meinen Tumor haben könnte.

Im MRT klopft es und ich habe noch immer das Gefühl, neben einem Presslufthammer zu liegen. Mein Hörvermögen hat im Laufe der letzten Monate vieles seiner Leistung eingebüßt, aber ich bin nicht taub. Ich glaube, selbst wenn man taub ist, kann man die Schwingungen spüren.

Ich frage mich, wie lange diese Studie noch andauern wird. Bei der ersten Patientenbesprechung hatte Pierre gefragt, wie lange die Studie laufen würde. Wann sie als abgeschlossen gelten würde.

Prof. Hubacher sagte damals, wenn der letzte Patient die Klinik verlassen hat. Das heißt dann wohl, die Studie stirbt mit mir. Sie wäre schon lange beendet, wenn sie mich gehen ließen, mich nicht immer wieder zurück ins hier holen würden. Warum tun sie das? Wegen Hippokrates? Der ist schon lange tot. Er hat es gut …

28. April - Ich habe mich von Prof. Carraud überreden lassen, ein paar neue Aufbaupräparate einzunehmen. Zusätzlich gibt es Kalorienbomben via Infusion.

Die Waage zeigt 37,1 Kilo an. Ich kann nichts dafür. Ich habe keinen Appetit. Ich kann nicht kauen, weil mein Mund voller Soor ist. Mein Magen rebelliert bei der kleinsten Nahrungsaufnahme.

Mein Gesicht ist aufgedunsen, meine Haut schuppig und mein Körper ausgemergelt. Eine lebende Mumie. Die letzten Monate haben ihren Tribut gefordert.

Gestern hat mich Prof. Carraud so seltsam angesehen, dann huschte ein kleines Lächeln über sein Gesicht. Seitdem ist dieses Lächeln immer da, wenn er mich ansieht.

Erster Mai - Dr. Orreli stellt wieder Fragen. Was soll ich sagen? Ich verstehe ihren Sinn nicht. Ich soll bauen … einen Turm … will ich nicht … ich spiele nicht mit Bauklötzen.

Wir sehen uns Aufnahmen des MRT an. Viele Aufnahmen … Aufnahmen im Zeitraffer zusammen gesetzt … Charlie in Großaufnahme! Aufnahmen vom 04. April. Eines dieser Bilder schockiert mich. Der Tumor … Charlie … er sieht aus wie ein Gesicht. Weit aufgerissene Augen, ein Mund der zu schreien scheint. „Hilf mir! Ich will nicht sterben!" Ich zittere am ganzen Körper.

Mein Traum fällt mir ein, mein Gespräch mit Charlie … es war doch ein Traum … oder etwa nicht? Hat er ebensolche Angst vor dem Tod, wie ich sie all die Monate hatte? Hat er noch Hoffnung? Hoffnung, dass ich unseren Waffenstillstand einhalte? Mit ihm alt werde? Mit ihm lebe? Leben?

Was denke ich da wieder? Ein Tumor der reden kann …

08. Mai - Meine Schätze haben Geburtstag. Schwester Henriette hat das Gemeinschaftszimmer geschmückt und einen Kuchen gebacken. Joyce und Zélie sind gekommen und ein paar Schwestern feiern mit uns.

Die Jungs packen ihre Geschenke aus und jubeln, als sie die neuen Game Boys auspacken. Das neue Ninja Turtles Game haben sie sich gewünscht und sie fangen sofort an zu spielen. Sie wollen ihre neuen Game Boys auch nicht aus den Händen legen, als sie Kuchen in sich hineinstopfen.

Plötzlich wird Cédric still und sieht mich traurig an. Seine Augen füllen sich mit Tränen und ich nehme ihn in den Arm.

„Letztes Jahr waren Pierre, Ben und Claudine noch dabei. Jetzt sind sie tot. Warum sind sie gestorben? Sie waren meine Freunde. Warum mussten sie sterben?" Er weint hemmungslos.

Cédric kämpft mit den Tränen, als er seinen Bruder umarmt. „Sie wird nicht sterben", flüstert er so leise, dass man es kaum hören kann. Meine Welt versinkt in Tränen. Ich höre Zélie schluchzen und Joyce weinen. Verdammt! Ich will nicht sterben … ich will leben … ich will sie nicht allein lassen.

Charlie, hörst du, wir werden nicht sterben! Verdammt, fang endlich an zu bauen!

17. Mai - Wir sind stolz! Carraud, Orreli, die Schwestern und Pfleger. Ich habe zugenommen. Ein Pfund! Ich nehme jetzt auch wieder am Reha-Sport teil. Das hört sich so dynamisch an, ist aber nur Bewegungstherapie, bei der mein Therapeut mehr arbeitet als ich. Mit jedem Tag werden meine Muskeln beweglicher. Die Gelenke fühlen sich nicht mehr so steif an. Die Frage, die man mir immer wieder stellt, kann ich nicht beantworten. Ich spüre keine Schmerzen. Ich bin so zu gedröhnt, dass ich keine Schmerzen mehr spüre. Ich kann damit leben. Ich weiß nicht, was sie mir verabreichen, aber es fühlt sich gut an.

30. Mai - Besuch! Joyce, Zélie, Cedric und Nicholas. Welch Überraschung!

„Du siehst gut aus Mama", sagt Cedric. „Dein Gesicht ist nicht mehr so dick und deine Augen sehen aus wie Augen."

Joyce wirft ihm einen bösen Blick zu. Aber er meint es nur gut. Ich weiß selbst, dass ich nicht gut aussehe. Aber anscheinend besser, als bei seinem letzten Besuch.

„Grand-mère sagt, wir müssen bald in ein Internat. Sie hat nicht so viel Zeit und kann sich nicht um uns kümmern. Wir wollen nicht. Wir würden lieber bei Joyce bleiben. Aber Joyce muss arbeiten. Warum können wir nicht hier bleiben? Hier, bei dir?" Nicholas sieht mich flehentlich an.

Ich wusste es. Hatte schon viel früher damit gerechnet, dass sie die Jungs ins Internat steckt. Warum sollte sie mit ihren Enkeln anders verfahren, als mit ihrer Tochter. Abschieben, um Ruhe zu haben. Aus den Augen, aus dem Sinn. So ist Mutter. Egoistisch bis zum geht nicht mehr. Auch wenn es mir fast das Herz zerreißt. Ich kann es nicht ändern.

10. Juni - Ich bin immer noch da. Mein Leben schleppt sich dahin, weil mich die Ärzte nicht gehen lassen. Carraud verzweifelt um mein Leben kämpft, für mich an den Rand der Legalität gegangen ist.

Er hat mir auf eigene Verantwortung den Wirkstoff gegeben. Ich gehörte zu der Gruppe, denen der Wirkstoff infundiert wurde. Im April hat er mir beides verabreicht. 15 Tage Kapseln und Infusionen. Keine Pause, jeden Tag hat er den Wirkstoff in mich hinein gejagt. Die Drs. Orreli und Friedli haben ihn dabei gedeckt, ihn unterstützt.

Er hatte nicht das Recht, eigenmächtig in die Studie einzugreifen. Es hätte ihn seinen Job kosten können. Es war ihm egal. Er sagte, als er damals seinen Eid ablegte, schwor er, dass die Gesundheit eines Kranken seine oberste Erwägung sein solle. Hier stand nicht nur meine Gesundheit, sondern mein Leben auf dem Spiel. Deshalb hat er mir den Wirkstoff verabreicht und mich mit allem vollgestopft, das mir vielleicht helfen könnte.

Mit dem Mut der Verzweiflung hat er versucht, mein Leben zu retten. Er ist ein wundervoller Arzt. Er tut alles für seine Patienten. Sogar als ich alle Flinten ins Korn geworfen hatte, gab er nicht auf. Sein Bauch treibt ihn an. Der Bauch, der fest an mich glaubt …

Pierre hatte mir erzählt, dass er nächtelang an meinem Bett gewacht hat, als ich im Koma lag. Er hat mir vorgelesen, klassische Musik abgespielt und meine Hand gehalten.

Wo ist der arrogante Fatzke geblieben, der mich damals abgelehnt hatte? Mich nicht in der Studie haben wollte? Habe ich mich so in ihm getäuscht? Ja, das habe ich.

Carraud lebt für seine Patienten. Er ist nicht verheiratet. Er sagte einmal, dass keine Frau es tolerieren würde, wenn ihr Mann seine Zeit in der Klinik verbringt und sie tagelang allein zuhause lässt. Ich denke, er wäre ein liebevoller Ehemann. An bindungswilligen Frauen fehlt es ihm nicht. Immer wieder laufen sie hier ein und bezirzen ihn. Er übersieht ihre Avancen und geht weiter seiner Arbeit nach. Einmal dachten wir schon, da hätte endlich mal eine von ihnen Glück, aber es blieb bei einem Abendessen, das von einem Notruf beendet wurde. So ist er nun mal.

Joel bringt mich zu meinem Baum. Die Sonne brennt vom Himmel, es ist heiß und alle stöhnen unter der Hitze. Ich sitze in meinem Rollstuhl und bin in mehrere Decken gehüllt.

Kapitel 23

Es geht los …

12. Juni - MRT! Wieder mal! Das Dröhnen im Kopf, das Kontrastmittel. Wie ich das alles hasse!

Als man mich aus dem MRT-Raum schiebt, steht Dr. Delacroix in der Tür. Er strahlt über das ganze Gesicht. So habe ich ihn noch nie zuvor gesehen. Ben sagte immer, da müsse schon etwas ganz besonderes passieren, bevor dieser Mann lächelt. Pierre glaubte, Delacroix lächelt, kurz bevor die Welt untergeht. Er ist ein seltsamer Zeitgenosse. Er drückt mir die Hand und lächelt mich an. Dann dreht er sich um und geht. Sind da Tränen in seinen Augen? Ich glaube, ich habe Halluzinationen.

13. Juni - Kurz nach sieben stürmt Prof. Carraud ins Zimmer. In seinem Schlepptau Dr. Orreli. Beide strahlen um die Wette. Ist unter den Ärzten ein Virus ausgebrochen, das alle strahlen lässt?

„Er ist geschrumpft", rufen sie wie aus einem Munde. „Er ist kleiner geworden. 4mm! Er schrumpft. Ist das nicht wunderbar?"

Um diese Uhrzeit bin ich noch nicht aufnahmefähig. Ich verstehe nicht, wovon sie reden. Sehe etwas irritiert von einem zu andern.

„Er ist kleiner geworden. Ist das nicht wundervoll?", fragt mich Prof. Carraud.

Ich höre die Worte, aber ich verstehe sie nicht. Sagte er wirklich, er ist kleiner geworden? Er ist geschrumpft? Wer ist er? Die beiden führen sich auf, als seien sie irre. Man könnte wirklich meinen, sie seien verrückt geworden.

Schwester Nadège kommt ins Zimmer. Sie nimmt mich in die Arme und drückt mich so fest, dass ich kaum atmen kann.

„Sie schaffen es! Ich habe es doch gewusst. Sie werden es schaffen! Sie werden sehen, bald marschieren sie auf ihren eigenen Füssen hier hinaus und kommen nie wieder zurück."

Schwester Nadège weint vor Freude. So langsam dämmert es mir. Sie meinen Charlie … Ich kann es nicht glauben. Prof. Carraud zeigt mir die Aufnahmen des MRT. Wirklich! Er ist kleiner geworden. Ich kann nicht fassen, was ich da sehe. Er ist geschrumpft … ein klitzekleines bisschen Hoffnung …

War es doch kein Traum? Habe ich wirklich mit Charlie geredet? Haben wir wirklich einen Deal gemacht? Er und ich?

„Es ist ein Wunder! Nach so langer Zeit! Es geht los! Es geht endlich los!" Prof. Carraud ist außer sich vor Freude.

Der gute Professor, der sich mit jedem morituri über die kleinste Besserung gefreut hat, der mit jedem gelitten hat, mit jedem gestorben ist. Jetzt freut er sich. Er hat allen Grund dazu und ich auch!

Ich will allein sein. Mein Herz hüpft vor Freude. Auch wenn es nur ein letztes Aufbäumen sein sollte. Er ist kleiner geworden. Guter Charlie!

In meinem Herz meldet sich ein stilles Gefühl. Diese Sehnsucht, die mich seit Monaten begleitet. Ich kann es nicht beschreiben, aber es ist ein Gefühl, als würde es nicht mehr lange nur Sehnsucht sein. Als würde bald alles wieder gut. Ich weiß, dass es ihn gibt. Auch wenn ich mich nicht an ihn erinnere. Er ist da. Für immer in meinem Herz. Und wenn mir wirklich ein bisschen Zeit geschenkt wird, werde ich mich auf die Suche machen. Auf die Suche nach ihm.

14. Juni - Joyce und Zélie sitzen wie auf glühenden Kohlen vor mir. Ich habe sie hergebeten, weil ich ihnen die gute Nachricht mitteilen wollte.

„Es geht los? Sag schon! Hat der Wirkstoff endlich angeschlagen?", platzt es aus Joyce heraus.

Ich kann nichts sagen. Meine Kehle ist zugeschnürt. Ich kann nur nicken. Die Tränen laufen mir über das Gesicht. Der Jubel, der losbricht, ruft die Schwestern ins Zimmer. Joyce und Zélie liegen sich in den Armen. Sie hüpfen wie kleine Kinder durchs Zimmer. Glückliche, kleine Kinder.

„Endlich ein Grund zur Freude", sagt Zélie und nimmt mich glücklich in die Arme.

22. Juni - Ich darf nach Hause. Ich gehe zwar nicht auf meinen eigenen Füßen, aber ich darf hier raus. Raus in die Sonne. In die Freiheit. Zu meinen Kindern. Eine Woche Ferien von der Klinik. Freiheit! Auch wenn es in einer Woche vorbei sein sollte, so habe ich doch eine Woche gewonnen. Vielleicht schaffe ich auch mehr.

Ich weiß, dass ich mich nicht zu früh freuen darf. Ich muss an Claudine denken, die einen vollständigen Kokon um Miou gewickelt hatte. An Pierre, dessen Tumor fast eingeschlossen war und an Helmut, der es doch schon fast geschafft hatte. Sie alle waren gegangen. Wieder meldet sich mein schlechtes Gewissen. Sie waren alle tot. Warum bin ich noch hier? Warum?

01. Juli - Neue Untersuchungen. Die Blutwerte haben sich gebessert. Der Urinstatus ist nach wie vor miserabel. Aber man kann nicht alles haben.

Prof. Carraud ist sehr zufrieden. Prof. Hubacher hat sein Erscheinen angekündigt. Ich könnte auf ihn verzichten. Aber er ist der wissenschaftliche Leiter der Studie.

Ich habe jetzt täglich Reha-Sport. Meine Gelenke sind beweglicher. Meine Muskeln … ja, man kann sie wieder Muskeln nennen. Die Waage zeigt 38,2 Kilo. Es geht aufwärts.

14. August - MRT! Dr. Delacroix drückt mir die Hand, als der Schlitten aus der Röhre fährt.

„Glückwunsch! Ihr Tumor ist weiter geschrumpft!"

Prof. Carraud und Dr. Orreli nehmen mich in Empfang. Sie strahlen um die Wette. Sie konnten es nicht erwarten und waren während der Untersuchung dabei. Jetzt gebärden sie sich wie kleine Kinder.

„Nochmal 5mm! Ich das nicht wundervoll?" Prof. Carraud ist begeistert. „Mein Bauch jubelt!"

Dieser verrückt Kerl. Sieht so aus, als würde sein Bauch recht behalten.

30. August - Ich stehe auf meinen eigenen Füßen. Ich habe es geschafft. Ich bin unendlich glücklich.

Meine Füße!

Auch wenn es noch einige Zeit dauert, bis ich wieder laufen kann, so ist es doch ein unbeschreibliches Gefühl. Meine eigenen Füße! Ich stehe auf meinen eigenen Füßen!

27. September - MRT! Wieder 4 mm! Ein gutes Gefühl!

Prof. Carraud ist sehr zufrieden. Prof. Hubacher ebenfalls, er fixiert mich mit seinen kalten, grauen Augen. Anscheinend hat er noch nie eine solch große Labormaus gesehen. Eine Labormaus, die sein Weltbild auf den Kopf gestellt hat.

Eine Maus, die anfängt zu leben, nachdem alle sie abgehakt hatten. Alle, außer Prof. Carraud. Ohne dessen Bauchgefühl, wäre diese Maus bereits vor Monaten gestorben. Ohne dessen große, unerschütterliche Hoffnung und seinen eisernen Willen, mich am Leben zu halten, wäre ich vor ein paar Wochen gegangen. Dieser wundervolle Mensch. Es gibt keine Heilung. Vielleicht eine Verlängerung der Lebenserwartung. Aber für wie lange? Egal, jetzt ist jeder Tag ein Geschenk.

15. Oktober - Ich laufe! Ich kann laufen! Ist das schön! Ich laufe! Ich habe eine Gehhilfe! Brauche keine fremde Hilfe! Ich kann es wieder. Endlich wieder laufen! Auch wenn es nur ein schleichendes Trippeln ist …

Ich bin so glücklich!

17. Oktober - MRT! Um weitere 5 mm geschrumpft. Erste Zeichen des Kokons! Ich kann es nicht glauben. Er wächst. Er wächst wirklich. Der Kokon! Alle sind aus dem Häuschen. Ich sehe die Sache mit gemischten Gefühlen. Ich denke an Claudine, Elke, Sascha, Jean-Pierre, Pierre und Helmut. Sie waren auch voller Hoffnung und aus dem Häuschen. Jetzt sind sie nicht mehr da.

Was ist, wenn es mir genauso ergeht? Wenn es nur ein letztes Aufbäumen ist? Wenn Menschen nicht mit einem Kokon leben können? Wenn die Tumore am Ende doch die Stärkeren sind?

21. November - MRT! Der Kokon wächst. Charlie bekommt ein Häuschen. Meine Zweifel sind noch da. Als es bei Claudine losging, als sich ihr Kokon bildete, hatte sie noch drei Monate. Bei Pierre waren es fünf. Bei Helmut-Didier acht. Wie viele sind es bei mir?

23. Dezember - Ein vorzeitiges Weihnachtsgeschenk. Der Kokon hat sich fast geschlossen. Eine Meisterleistung! Er hat sich lange Zeit gelassen. Jetzt geht es im Zeitraffer. Aber die Bombe in meinem Kopf tickt noch immer und sie wird weitertickkn, bis es zum Count-down kommt. Wann immer das auch sein wird. Wie soll man in Ruhe leben, wenn man weiß, es kann jeden Moment vorbei sein?

Okay! Ich konnte es monatelang, dieses Weiterleben mit der Gewissheit bald zu sterben, doch gab es immer dieses klitzekleine Fünkchen Hoffnung. Ich habe immer noch Hoffnung, die Hoffnung, dass Charlies Häuschen jedem Sturm trotzt. Aber jetzt ist es anders, jetzt läuft die Uhr endgültig rückwärts, saust mit riesigen Schritten auf die Stunde null zu. Wenn der Kokon nicht hält, ist es vorbei. Endgültig!

26. Dezember - Meine Kinder sind glücklich. Sie haben sich zu Weihnachten ihre Mama gewünscht und ihr Wunsch wurde ihnen erfüllt. Kinder, die sich den Himmel auf Erden wünschen könnten und ihr Wunsch würde ihnen erfüllt. Sie wünschen sich ihre Mama. Ist das nicht schön!

Wenn ich an das vergangene Weihnachtsfest denke, wird mir ganz weh ums Herz. Damals gab es noch Pierre und Helmut-Didier. Damals stand mir die schlimmste Zeit meines Lebens noch bevor. Eine Zeit, die alles Vorangegangene toppen sollte. Der Blick ins Angesicht des Todes. Ist das schon so lange her? Doch erscheint es mir, als sei es erst vor kurzem gewesen.

1992

23. Januar - Der Kokon wächst weiter. Meine Werte bessern sich. Mein Urinstatus zeigt endlich bessere Werte. Nicht viele, aber immerhin …! Die Kopfschmerzen sind erträglich und das Schwindelgefühl ist ein seltener Gast. Meine Sprachstörungen, nun ja, sie treten seltener auf, aber sie sind noch immer da.

Meine Ergo- und Physiotherapeuten arbeiten Hand in Hand. Meine Sensomotorik hat noch einen langen Weg vor sich, bis die motorischen Befehle und sensorischen Meldungen wieder im Einklang sind.

Meine Bewegungen sind flüssiger geworden. Mein Gang runder. Meine Therapeuten bedienen sich einer blumigen Sprache. Alles ist runder, fließender, gleitender. Selten bin ich eckig und gestaut. Auf das Zackige arbeiten wir hin. Mir würde es schon reichen, wenn ich wieder laufen könnte ohne zu straucheln, mehr als fünf Meter laufen könnte, mich setzen ohne zu wanken und essen ohne das meine Hände zittern. Wenn ich nicht nach kurzer Zeit und minimaler Anstrengung wieder ins Bett müsste.

Das Lesen strengt mich noch immer an. Meine Augen können die Buchstaben nicht lange genug festhalten, verlieren sie immer wieder. Das linke Auge schießt ein und ist nicht in der Lage zu fixieren. Dann streikt mein Hirn nach kurzer Zeit. Verliert sich in den Weiten seiner Windungen.

Zahlenreihen kann ich mir nicht merken. Meine Gedanken halten an der ersten Zahl fest, um sie nicht zu verlieren. Eine kleine Ablenkung und sie ist verschwunden. Einfach weg und nicht mehr auffindbar.

Meine Therapeuten sagen, man kann meine Sensomotorik wieder herstellen, allerdings wird es nicht mehr sein wie vor meiner Erkrankung. Ich werde mein Bestes geben und nehmen, was ich dafür bekomme.

13. Mai - MRT! Vor drei Jahren war ich zum ersten Mal im CT. Prof. Carraud bestand auf diesen Termin. Er sieht ihn als Omen. Hoffentlich ist es ein besseres als vor drei Jahren.

Dr. Delacroix begrüßt mich und bringt mit wenigen Worten seine Hoffnung zum Ausdruck. Ich denke an Dr. Rampillon, der mir nach der Untersuchung nicht in die Augen sehen konnte. Nicht mal, als ich vor ihm auf dem Boden lag.

Die Röhre ist noch immer zu eng und der Presslufthammer tut sein Bestes. Ahnte ich vor drei Jahren, dass sich etwas in meinem Kopf befindet, dass dort nicht hingehört, so hoffe ich jetzt, dass man ein Häuschen vorfindet. Ein Häuschen, das in keinen Kopf gehört, aber in meinem nicht fehlen darf. Ein Häuschen, das jedem Sturm trotzen wird.

14. Mai - Untersuchung reiht sich an Untersuchung. Ich bin müde, will endlich nach Hause. Aber morgen ist der große Tag. Prof. Hubacher kommt und mit ihm ein Team von Wissenschaftlern. Dann müssen alle Untersuchungsergebnisse vorliegen.

Joyce ist aufgeregt. Sie begleitet mich heute auf meiner Tour der Leiden. Ja! Leiden! Ich muss an damals denken, an den 03. November 1989, den Tag, als sie uns zum ersten Mal auf den Kopf gestellt haben.

Ich denke an die dreißig morituri, die angetreten waren, um ihr Leben zu kämpfen. Einer davon ist übrig. Ich!

15. Mai - Prof. Carraud hat mich gebeten, eine Stunde vorm offiziellen Termin zu ihm zu kommen. Er möchte mir die Untersuchungsergebnisse mitteilen, ohne großen Anhang. Nur er, ich und sein Bauch. Sein Bauch, dem ich die Teilnahme an der Studie zu verdanken habe.

Prof. Carraud begrüßt mich und sein glückliches Gesicht spricht Bände. Jetzt nur nichts Falsches hinein interpretieren.

„Salve moritura, te salvere iubeo!"

„Salve Carraud!"

„Sie sehen einen glücklichen Arzt vor sich. Einen sehr glücklichen. Ich weiß gar nicht, wo ich anfangen soll. Es gibt so viele gute Nachrichten."

„Fangen Sie mit Charlie an."

„Der Kokon hat sich geschlossen, er ist dicht und von guter Struktur. Charlie hat jetzt sein eigenes Haus."

Ich kann kaum glauben, was ich da höre. Charlie hat einen Kokon. Wir haben es geschafft. Haben wir es geschafft?

„Ihre Untersuchungsergebnisse sind gut, nur der Urinstatus schwächelt ein wenig. Karnofsky liegt bei 40%. Sie werden noch eine Weile Hilfe benötigen. Sehen Sie alles positiv."

„Es ist vorbei? Wirklich vorbei?"

„Vorbei ist es nicht. Sie wissen, dass es keine Heilung gibt. Sie werden leben. Ich kann nicht sagen wie lange. Es kann ein Monat sein, ein Jahr, drei Jahre, fünf Jahre. Es kann aber auch jede Sekunde vorbei sein. Leben Sie ihr Leben. Genießen Sie jeden Tag, jede Minute. Sie haben es sich verdient."

„Also ist es doch vorbei. Alles, was man tun konnte, wurde getan. Charlie hat ein eigenes Haus. Ich darf noch ein bisschen bleiben. Egal wie lange."

„Ja, das dürfen Sie. Ich freue mich so für Sie. Sie gehen nach Hause und nehmen ihre Kerze und ihren Drachen mit."

„Das ist wunderbar. Ich kann es noch immer nicht glauben."

„Glauben Sie es. Es ist wahr. Sie haben Ihre Uhr wieder aufgezogen."

„Ich habe eine Bitte. Öffnen Sie meine Prognose. Bitte!"

Prof. Carraud zieht einen Umschlag aus seinem Kittel und legt ihn vor mir auf den Tisch.

„Das habe ich bereits erwartet. Öffnen Sie ihn selbst."

Mit zitternden Händen öffne ich das Siegel und ziehe die Karte heraus.

Was ich sehe treibt mir die Tränen in die Augen. Hinter einem Tränenschleier sehe ich Carraud. Er lächelt mich an.

„Ich habe mich geirrt. Kein Arzt irrt sich gerne, aber in ihrem Fall, habe ich mich sehr gerne geirrt."

Ich sehe auf die Karte, die in meinen Händen zittert. Sehe eine Zahl. Prognose: 0%!

Die Tränen schießen mir in die Augen, laufen mir über die Wangen. Niemand hatte 0 Prozent! Niemand! Alle hatten bessere Prognosen. Und alle sind sie tot. Nur ich, ich habe es geschafft. Prognose 0%!

Ich muss jetzt allein sein. Soll Prof. Hubacher warten. Ich ertrage jetzt niemand. Joel fährt mich in den Garten. Hinaus zum Baum der Träume. Dem Baum, unter dem ich so manche Nacht saß, wenn der Schmerz mich nicht schlafen ließ. Der Baum, unter dem ich so manches Mal sterben wollte. Meinem Baum! Am liebsten würde ich ihn ausgraben und mit nach Hause nehmen.

21. Mai - Party! Zélie und Joyce haben eine Party organisiert. Eine Party im kleinsten Kreis. Meine Kinder, Zélie, Joyce und ich. Die Jungs sind glücklich, dass sie ihre Mama noch eine Weile behalten dürfen. Ich bin es auch. Glücklich! Obwohl tief in meinem Herzen etwas ist, das mir sagt, etwas fehlt. Jemand fehlt! Er! Aber wer ist er?

Ein schöner Tag, die Sonne scheint und die Vögel singen. Alles könnte so schön sein, doch ich kann es nicht aus vollem Herzen genießen. Zu tief sitzt die Angst, dass es jede Sekunde vorbei sein kann.

Kapitel 24

Das Leben geht weiter

1993

15. Mai - Ich habe ein Jahr geschafft. Es ist nicht mehr, wie es einmal war. Das hatte ich auch nicht erwartet.

Es gibt gute Tage und es gibt schlechte. Es gibt Kopfschmerzen und es gibt Schwindelattacken. Mein Sprachvermögen ist immer noch auf dem Weg der Besserung. An manchen Tagen fehlen mir die Worte. Sind wie weggefegt. Dann ist mein Kopf leer.

Meine Erinnerungen sind noch verschüttet. Niemand kann sagen, ob sie jemals wiederkehren. Hatte ich anfangs noch gedacht, dass ich auf meine schlechten Erinnerungen verzichten kann, so würde ich sie mit Freude empfangen, wenn sie den Weg zu mir zurück fänden.

Das Laufen macht Fortschritte. Kurze Strecken laufe ich mit Rollator. Längere Strecken überanstrengen und ermüden mich. Wir nutzen das Auto oder den Rollstuhl. Ich habe eine Pflegerin, die sich um mich kümmert und eine Haushaltshilfe, die sich um alles andere kümmert.

Mein Karnofsky ist auf 50% gestiegen. Arbeiten kann ich noch nicht. Niemand kann sagen, ob ich es jemals wieder kann.

Mutter hat sich herabgelassen und mich besucht. Das Sommerfest, das sie jedes Jahr veranstaltet, findet bald statt und sie wollte sehen, ob ich daran teilnehmen kann. Vielleicht hat sie mich für ihr Kuriositätenkabinett auserkoren. Sie hat keine Fragen zu meinem Gesundheitszustand gestellt, mich nur immer wieder aus den Augenwinkeln taxiert. Ich hätte gerne gesagt, dass ich nur noch für den Dachboden tauge, aber ich habe mir die Äußerung verkniffen. Wollte keinen neuen Streit, einfach nur meine Ruhe. Ich war froh, als sie sich nach einer endlos scheinenden Stunde verabschiedete.

Joyce und Zélie besuchen mich regelmäßig. Oftmals übernachten sie an den Wochenenden bei uns und wir haben Spaß zusammen. Joyce ist noch immer auf Männerfang und Zélie steigt die Karriereleiter höher und höher. Es freut mich für sie.

Von meinen Kollegen habe ich nie wieder etwas gehört. Monsieur Cavaignac hat mich einmal besucht und es bedauert, dass ich nicht mehr in der Lage bin zu arbeiten.

Mit Madame Blanqui telefoniere ich jeden Mittwochmorgen. Es wurde mir zu einem liebgewonnenen Ritual. Es stört sie nicht, dass Gespräche mit mir langwierig und anstrengend sind. Sie verspricht mir immer wieder, dass sie mich eines Tages besuchen wird. Ich weiß, sie meint es ehrlich, aber Paris ist nicht ihre Stadt. Es wäre ein kleines Wunder, wenn sie eines Tages vor mir stehen würde.

Mathieu lebt seit letztem Jahr in Bordeaux. Er leitet ein Forschungsprojekt, das sich mit seinen geliebten Polymeren beschäftigt. Es könnte sein Sprungbrett zum Professor sein. Ich würde es ihm von ganzem Herzen gönnen.

Meine Jungs! Sie sind glücklich, dass ihre Mama bei ihnen ist. Alles andere ist nebensächlich. Nicholas übt mit mir lesen. Mit Cédric muss ich rechnen. Sie lesen mir Geschichten vor, die ich ihnen dann erzählen muss. Dass ich die Personen durcheinander werfe und mir keine Namen merken kann, spielt für sie keine Rolle. Unermüdlich helfen sie mir auf die Sprünge. Sie spielen jetzt bei Paris St. Germain Fußball und sind begeisterte Fans ihres Vereins. Bei allen Heimspielen sitzen sie im Stadion und feuern ihre Mannschaft an. Es sind glückliche Kinder, über denen noch immer das Damoklesschwert namens Internat schwebt. Aber solange ich durchhalte, werden sie eine unbeschwerte Kindheit haben.

Es könnte alles so schön sein, wäre da nicht dieser Hauch von Angst, der sich manchmal zu einem Sturm aufbläht und mich überfällt. Dann ist es wieder da, dieses Gefühl der Hilflosigkeit und des Ausgeliefertseins, gefolgt von Brustenge, Atemnot und dem Schmerz, der sich tief in mein Herz bohrt.

Einmal monatlich suche ich Prof. Carraud auf. Er ist sehr zufrieden mit meinen Fortschritten. Das MRT zeigt Charlies Zuhause. Es ist stabil und trotzt jedem Sturm.

Zweimal kam es zu einer Ödembildung und ich musste Cortison einnehmen. Die Symptome waren die alten, das Prednisolon hat sich auch nicht verändert. Carraud tat wie immer sein bestes.

Heute sehen wir uns wieder. Er hat mich zu Kaffee und Madeleines eingeladen. Ein Jahr geschenktes Leben! Er sagt, das müssen wir feiern. Aber nicht in der Klinik. Wir treffen uns im Café de Flore.

Felina fährt mich bis vors Café und klappt meinen Rollator auseinander. Selbst dazu fehlt mir noch die Kraft. Ein Ober hält mir die Tür auf und hilft mir ins Café. Carraud winkt mir freudig zu. Er steht auf und eilt mir entgegen, stellt mir den Stuhl zurecht und hilft mir, mich zu setzen.

„Ich bin sehr froh, dass wir heute hier sitzen. Wir haben eine schwere Zeit hinter uns. Ich hätte es nie für möglich gehalten, dass ich Sie retten würde. Sie sind mein kleines Wunder."

Kleines Wunder! In meinem Kopf regt sich etwas, aber es ist nicht greifbar. Nur ein schwaches Aufglimmen, dass es nicht mal durch den Nebel schafft, in dem es anscheinend versunken ist.

„Ich bin auch froh, hier zu sitzen. Ein Jahr geschenkt. Es ist wunderbar."

„Wie fühlen Sie sich? Ich meine nicht gesundheitlich. Ich denke eher an ihr Seelenheil."

„Ich habe Schuldgefühle. Eigentlich sollte ich jetzt tot sein. So tot, wie es 29 andere morituri sind."

„Verstehe! Aber, wie steht es um ihre Ängste? Ihre Angst, der Kokon könnte sich lösen?"

„Die Angst ist mein ständiger Begleiter. Sie lauert überall und ist allzeit bereit, mich zu überfallen. Ich versuche nicht daran zu denken. Wenn es geschieht, kann niemand etwas daran ändern. Dann muss ich gehen. Aber bis es soweit ist, werde ich mein Leben genießen. Jeden Tag!

Habe ich mich schon bei ihrem Bauch bedankt? Ohne ihn säße ich jetzt nicht hier."

„Ihr Leben ist ihm Dank genug. Ich hatte noch nie zuvor solch ein Gefühl. Mein Kopf sagte, sie schafft es nicht. Sie wird sterben, bevor es überhaupt losgeht. Er hat sich geirrt. Aber zum Glück war mein Bauch anderer Meinung. Da war dieses Gefühl, das mir sagte, schau in ihre Augen, dieser Lebenswille, dieses Feuer. Sie wird es schaffen.

Leider hatten Sie zwischendurch diesen Ausdruck verloren, weil ihr Kopf die Herrschaft übernommen hatte. Ihr Herz glaubte an eine Chance. Ihr Kopf gab ihnen keine. Erst, als auch ihr Kopf mitspielte, als er sich damit abgefunden hatte, dass es eine Chance gab, wenn auch eine kleine, da ging ihr Kampf los. Jetzt haben Sie es geschafft. Ich bin sehr stolz auf Sie.

Man redet viel über Selbstheilungskräfte. Sie sind wissenschaftlich nicht bewiesen, aber es geschehen immer mal wieder kleine Wunder. Solch ein Wunder sitzt jetzt vor mir."

Es wird ein schöner Nachmittag und nach zwei Stunden fährt mich Carraud nach Hause. Ich bin erschöpft, aber glücklich. Solange ich nicht von der Angst gepackt werde, ist alles in Ordnung.

Mein Leben geht weiter. Es ist geprägt von Therapien, Freude über den kleinsten Fortschritt und Frustration über Stillstand und Rückschritte.

Ich hasse es, wenn meine Therapeuten wechseln und ich an Gruppentherapien teilnehmen soll. Es gibt drei Arten von Teilnehmern. Diejenigen, die immer schweigen, weil sie ängstlich und introvertiert sind, diejenigen, die immer und zu allem etwas zu sagen haben und diejenigen, die alles besser wissen und meinen, sie müssten allen anderen ihre Lebensphilosophie aufzwingen. Therapeuten nennen das Gruppendynamik. Das Geschwätz von anderen interessiert mich nicht. Meine Zeit ist mir zu kostbar, um sie mit Leuten zu verbringen, die ich nicht kenne und nicht kennenlernen will. Ich habe meine eigene Dynamik.

Es ist jedes Mal ein Kampf, wenn es um diese Gruppen geht, man mir eine Teilnahme aufzwingen will. Ich nehme nicht daran teil und meine Therapeuten laufen Sturm. Einmal hatten sie mir einen Fahrer geschickt, der mich zur Therapie bringen sollte. Ein anderes Mal gaben sie vor, ich hätte Gestaltungstherapie und brachten mich in die Gruppe. Da war der Teufel los. Ich muss sagen, ich treffe inzwischen sehr gut und wer mich hereinlegen will, darf sich nicht wundern, wenn ihm Orangen, Äpfeln oder sonstige Wurfgeschosse um die Ohren fliegen und im Ziel landen.

Ich wundere mich, meine Treffsicherheit ist fast perfekt, aber meine sonstigen Koordinationen lassen noch immer zu wünschen übrig. Vielleicht perfektioniert mich meine Wut? Ich muss mit Carraud darüber reden.

Joyce hat ihre Beziehung mit Armand wieder aufgenommen und es kam, was irgendwann kommen musste. Es war an einem Mittwoch, das Wetter war herrlich und Zélie hat mich zu einem Ausflug an die Seine überredet. Die Ausflugsdampfer zogen ihre Runden auf dem Fluss und die Jungs wollten eine Fahrt auf der Seine machen. Wir gingen an Bord, suchten uns einen Platz in der Sonne und genossen die Fahrt.

Ein Pärchen kam eng umschlungen anspaziert, stellte sich an die Reling und küsste sich heiß und innig. Während ich die Spaziergänger am Ufer beobachtete, heftete sich Zélies Blick an das Liebespaar. Sie grummelte und das Grummeln ging in ein wütendes Schnauben über. Nicholas nahm meine Hand und Cédric stellte sich schützend vor mich. Eine wutschnaubende Zélie bedeutete nichts Gutes.

Ich verstand nicht, worum es ging, folgte den Blicken meiner Kinder und der Atem stockte mir. Wie dämlich kann man sein? Statt sich im Verborgenen zu treffen … ich verstehe sie noch immer nicht. Armand ist inzwischen verheiratet und hat eine Tochter. Warum betrügt er seine Frau? Zélie spie Gift und Galle. Das man jemanden auch mit flüsternder Stimme zurechtstutzen kann war mir neu.

Wochenlang redeten sie nicht miteinander. Es musste erst einen klitzekleinen Zwischenfall geben … nun ja … sagen wir mal so … der Spiegel konnte wirklich nichts dafür … ich sah nun mal nicht besser aus. Eine lange, schlaflose Nacht … Ringe unter den Augen … wackelig auf den Beinen. Die Zahnpasta fiel mir zu Boden … beim Bücken Kopf gestoßen und Bumm … Kopfschwarte geplatzt und mal schnell ein Schläfchen gemacht … okay … ein längeres Schläfchen …

Der Notarztwagen rast durch Paris, treibt die Autos auseinander und bahnt sich seinen Weg durch die verstopfte Stadt. Paris, morgens um zehn, Chaos pur. Alles geht an mir vorbei, ich liege in völliger Dunkelheit und bin jenseits von Gut und Böse.

Carraud erwartet mich bereits am Eingang. Er lässt sich vom Notarzt Bericht erstatten, übernimmt meine Untersuchung höchstpersönlich. Sie schieben mich ins MRT, machen ihre Aufnahmen. Dr. Delacroix wertet sie aus, sagt, dass die Aufnahmen keine Auffälligkeiten zeigen. Sie sind erleichtert.

Langsam dämmert es und in meinem Kopf wird es hell. Ich habe die Orientierung verloren, um mich herum ist alles hell, kein oben, kein unten. Mein Kopf dröhnt und mir ist übel. In meinem Hirn spuckt ein Name herum: Charlie! Wer ist Charlie?

Etwas bewegt sich oder bewege ich mich? Das helle Etwas gleitet über mich hinweg und endet abrupt. Zwei Gesichter starren mich an, fangen an zu reden. Blablabla! Was sie sagen dringt nicht zu mir durch. Mein Kopf ist unfähig die Worte aufzufangen. Etwas in mir verkrampft sich, speit gelbe Flüssigkeit aus mir heraus. Sonnenblumen! Ganze Felder voller Sonnenblumen. Dann wird es erneut dunkel …

Ich fühle mich gut, so leicht, schwebend. Carraud steht vor meinem Bett und sieht mich prüfend an.

„Welcome back", sagt er und prüft meinen Puls. „Sie sind gestürzt und haben sich eine Gehirnerschütterung zugezogen. Wie fühlen Sie sich? Schwindel, Übelkeit, Brechreiz, Kopfschmerzen?"

Warum schreit er so? Ich bin nicht taub! Die Sonne scheint durchs Fenster und blendet mich. Alles ist so hell, schrecklich hell, schmerzt in den Augen. Ich blinzle und möchte gerne davonschweben. Raus aus dem Licht, weg vom Lärm.

„Wir haben Ihnen ein starkes Schmerzmittel verabreicht. Auch etwas gegen Übelkeit und Brechreiz. Das wird wieder, glauben Sie mir, alles wird wieder gut."

Es scheint, als müsse er sich selbst Mut zusprechen. Soll er, ich will jetzt schweben …

Am Nachmittag kommen Joyce und Zélie zu Besuch. Das Schweben hat ein Ende und mein Kopf dröhnt. Carraud will mich nicht erneut schweben lassen. Warum ist er so fies? Ich bin noch immer nicht völlig im Jetzt angekommen.

„Ich werde wieder bei dir einziehen", offenbart mir Joyce und stemmt die Hände in die Hüften. „Man kann dich nicht aus den Augen lassen. In Zukunft werden die Zähne im Sitzen geputzt. Du brauchst jemanden, dem du nicht auf der Nase herumtanzen kannst."

Zèlie stimmt ihr zu. Nun ja, da scheint sich wieder Friede anzubahnen. War mein Sturz wenigstens für etwas gut. Die Schwester kommt alle zehn Minuten, um nach mir zu sehen. Ich hänge an Schläuchen und neben mir piept ein Monitor, der meinen Herzschlag aufzeichnet. Warum der Aufwand? Es war angeblich nur ein Sturz.

Ich bin wieder zuhause. Joyce hat ihre Drohung wahrgemacht und ist bei uns eingezogen. Sie hat das Kommando übernommen und alles tanzt nach ihrer Pfeife. Der Sturz hat mich um Wochen zurückgeworfen. Meine Therapeuten sind entsetzt. Was soll ich machen? Es ist nun mal passiert und ich kann es nicht ändern.

Charlie geht es gut, alles andere ist nebensächlich. Ob ich in einem Monat oder einem halben Jahr wieder auf dem alten Stand bin, spielt für mich keine Rolle.

Meine Jungs spielen Kinderspiele mit mir und freuen sich über den kleinsten Erfolg. Oh mon Dieu! Da läuft etwas völlig falsch. Ich bin die Mutter! Habe ich mich gefreut, wenn meine Jungs etwas erlernt hatten? Ich habe es vergessen. Zélie sagt, ich sei eine wundervolle Mutter. Meine Jungs stimmen ihr zu. Dennoch sollte ich mich über ihre Entwicklung freuen und nicht umgekehrt. Meine Jungs machen Freudensprünge, wenn mir etwas gelingt, ich den Reißverschluss an meiner Jacke schließen kann, die Handschuhe über die richtigen Hände ziehe und die Brille allein auf die Nase setze.

Mein Sergent hält mich auf Trab. Laufen, rechnen, lesen, Hüfte schwingen … ausruhen … Arme kreisen, Zahlenreihe, Wörter buchstabieren … Pause! Fruchtsaft, Käsebrot, kauen, Zahlenreihe … Fingerspiele, Daumenkreisen, addieren … ausruhen! Dieses Weib kennt keine Gnade!

Zélie schleppt ein Ergometer an. Jetzt muss ich auch noch Radfahren. Zum Glück hat das Ding einen bequemen Sitz, fast schon ein Stuhl, nur mit Pedalen.

Einen Kilometer soll ich fahren. Einen Kilometer! Tausend Meter! Sind die verrückt geworden? Während ich mich abstrample, nennen sie mir Zahlenreihen, die ich mir merken soll. Sie schweifen ab und ich bin der irren Meinung, sie haben es vergessen … von wegen! Nach viel blabla wollen sie wissen, welche Zahlen sie genannt haben. Stunden später … na ja … fünf Minuten … trotzdem sind die Zahlen nicht mehr in meinem Hirn. Die muss ich irgendwo auf den letzten Metern verloren haben.

Als ich endlich ins Ziel gestrampelt bin, läuft mir der Schweiß in Bächen übers Gesicht, klebt mein Shirt am Körper. Dabei waren sie gnädig und ließen mich bei nur 20 Watt strampeln. 20 Watt! Ich komme mir vor, als hätte ich den Kilimandscharo mit dem Rad bezwungen.

Dachte ich noch, ich könnte mich bei Carraud über meine Tyrannen beschweren, so musste ich feststellen, dass er mit im Bunde ist. Sie nur ausführen, was er angeordnet hat. Okay! Ich glaube nicht, dass er mir diesen Drill verordnet hat, Joyce neigt zu maßloser Übertreibung, aber man weiß nie ... Jede Stunde, die ich in der professionellen Ergotherapie verbringe, ist Erholung für mich. Meine Therapeuten sind Menschen mit Herz ...

Ich komme mir vor, als habe mich die Fremdenlegion rekrutiert. Drill von morgens bis abends. Seit Wochen versuchen sie einen passablen Legionär aus mir zu formen. Ich hatte den zweiten Jahrestag meiner Lebensverlängerung fest angepeilt, aber nie vor, der Legion beizutreten. Wenn sie mich weiter quälen, gehe ich freiwillig über den Jordan.

Ich mache Fortschritte! Das sehe ich selbst. Trotzdem würde mir eine Pause gut tun. Die Jungs haben Ferien. Ein kleiner Urlaub? Nizza? Cannes? Meine Kinder jubeln, der Drill-Sergent sagt nein!

Die Zeit vergeht und meine Motorik bessert sich. Mein Hirn ist immer noch ein Schweizer Käse, in dessen Löchern alles verschwindet. Wer braucht schon Zahlenreihen und Wortspiele? Ich nicht!

Um meine Muskeln aufzubauen, haben sie ein neues Foltergerät angeschafft. Es nennt sich Kraftstation und ich frage mich, wer diese Gewichte bewegen soll. Ich strampele immer noch mit 20 Watt auf dem Ergometer, muss mit beiden Händen einen Literbeutel Milch halten. Wie soll ich fünf Kilo Gewichte bewegen? Ich boykottiere das Ding. Möge die Gewichte stemmen, wer will und kann. Ich kann es nicht!

Joyce sagt, aufgeschoben sei nicht aufgehoben und ich müsse mich mit dem Gedanken anfreunden, demnächst das Gerät zu benutzen. Wir werden sehen, wer den dickeren Kopf hat ...

Weihnachten steht vor der Tür. Ich boykottiere noch immer das Foltergerät. Joyce hat es aufgegeben, mir auf die Nerven zu gehen, Ich will mich nicht mehr quälen. Im Moment bade ich in meiner Frustration. Überall Stillstand! Was soll ich mit einem federnden Gang und geschmeidigen Bewegungen, wenn mein Hirn in seiner Starre gefangen ist? Ich würde gerne den Schweizer Käse gegen Gouda tauschen, aber ich finde keinen Händler, der Gouda im Angebot hat.

Meine Therapeuten bauen mir Eselsbrücken, die mir das Lernen erleichtern sollen. Was nützen die besten Brücken, wenn sie ins Nichts führen? Mittlerweile kann ich meine Gedanken an einer Zahl festmachen. Eine Zahl von fünf!

Beim Lesen stolpere ich immer noch, kann nicht verarbeiten, was ich lese. Beim Rechnen gehen mir die Finger aus und die Zehen weigern sich mitzumachen. Jeder Tag ist ein Montag, daran änderte sich nichts. Wer braucht schon sieben Tage? Montag reicht doch ...

Ich würde gerne einmal durchschlafen, aber das gelingt mir nicht. Ich sehne mich nach meinen nächtlichen Spaziergängen, die Besuche bei meinem Baum. Hier bin ich eine Gefangene. Festgesetzt in meinem Zuhause, hinter verschlossenen Außentüren, falls ich doch auf die Idee komme, mit meinem Rollator auf Tour zu gehen.

Nun ja ... ich beuge mich meinem Drill-Sergent. Sie hat die Schlüssel ...

Pauline backt Plätzchen. Ich muss immer noch Diät halten. Mein Gewicht hat sich bei 44 Kilo eingependelt. In diesem Haus gönnt mir niemand auch nur die kleinste Freude, den kleinsten Genuss. Verlange ich einen Kaffee, ernte ich böse Blicke, erdreiste ich mich den Wunsch nach einem Madeleine zu äußern ... vergessen wir's. Meine Wachhunde können sehr garstig sein.

Nun ja ... Plätzchen ... Pauline kann nicht jedes einzelne Plätzchen bewachen. Die Jungs können es! Sie lassen sich nicht erweichen, mir ein klitzekleines Plätzchen zu überlassen. Stattdessen gibt es Quark mit Früchten, frisch gepressten Orangensaft und eine Ladung Aufbaupräparate. Das Zeug kommt mir bald zu den Ohren heraus.

Bei dem Gedanken an Plätzchen, läuft mir das Wasser im Munde zusammen. Felina scheint meine Gedanken zu ahnen und lässt mich nicht aus den Augen. Merde! Vier Wachhunde! Ich will ein Plätzchen!

Die Jungs machen ihre Hausaufgaben, Pauline fährt zum Einkaufen und Felina bewacht das Gebäck. Mon Dieu! Irgendwann muss sie doch mal auf die Toilette gehen. Wenn ich einen Schluck getrunken habe, muss ich rennen. Okay! Man kann es nicht rennen ... mehr so ... nun ja ... ein etwas schnelleres Schleichen. Felina schüttet Literweise Tee in sich hinein und ich frage mich, wie und wann sie das entsorgt. Bunkert sie den Tee irgendwo? Wenn ja, wo? Ich würde auch gerne seltener aufs Clo gehen.

Als ich die Hoffnung schon aufgegeben hatte, erhebt sie sich und macht sich davon, Richtung stilles Örtchen. Endlich! Jetzt muss ich nur noch an die Dose mit dem heißbegehrten Gebäck kommen. Mist! Warum bin ich so klein geraten? Zwanzig Zentimeter mehr und ich würde ... ich brauche etwas ... aber was? Der kleine Schemel? Da müsste ich doch rauf kommen ... wenn ich nur nicht so ungelenk wäre ... so ... Bumm! Dann wird es dunkel ...

Als der Notarzt kommt, habe ich ausgeschlafen. Der nimmt mir das Schläfchen nicht ab. Er kommt mir irgendwie bekannt vor.

Er untersucht mich und sagt: „Lange nicht gesehen. Freut mich, dass Sie noch unter uns weilen. Wissen Sie noch, wer ich bin? Sie erinnern sich an uns?" Er lächelt mich verschmitzt an und zeigt auf seinen Begleiter.

Was soll ich sagen? In meinem Hirn regt sich nichts. Kein Funke des Erkennens will aufglimmen, aber ich weiß, dass ich ihn kenne. Das Gefühl kommt aus meinem Bauch, nicht aus meinem Kopf. Der schweigt still vor sich hin.

Sah der früher nicht anderes aus, schießt es mir durch den Kopf? Älter, reifer, anders eben? Ein vages Bild flackert vor meinem inneren Auge auf, schafft es aber nicht durch den Nebel.

Er lächelt und sagt, dass er früher als Student im Notarztwagen mitgefahren sei. Inzwischen habe er sein Examen gemacht und sei Arzt. Sein Begleiter grinst mich an, sagt frech: „Na da sind Sie dem Tod aber noch mal von der Schippe gesprungen. Wurde aber auch Zeit. Sie haben uns damals ganz schön auf Trab gehalten."

Dieser Mann ... ich kenne ihn ... aus der Dunkelheit löst sich eine Gestalt im weißen Kittel ... nennt mich Miststück ... der Ältere ... der junge ... In meinem Kopf dreht sich alles. Kopfschmerzen bremsen meine Gedanken aus, treiben mir die Tränen in die Augen. Was ist mit Charlie? Hat sein Häuschen das Beben überstanden? Angst schießt mir durch den Körper. Was habe ich getan?

Felina ist völlig aufgelöst. Sagt immer wieder: „Es ging alles so schnell, so schnell. Ich konnte sie nicht auffangen, es ging so schnell, ich kam nicht rechtzeitig." Noch während ich mich frage, was schnell ging, wird es dunkel …

Der Notarztwagen rast wieder durch die Stadt, bringt mich zum Salpetrière. Am Eingang steht Dr. Mitropoulos und erwartet mich. Er sieht mich böse an und ich kann die Zornesfalten auf seiner Stirn sehen. Das bedeutet Ärger!

„Sind sie von allen guten Geistern verlassen? Warum turnen sie auf Möbeln herum? Wollen Sie sich den Hals brechen?"

Obwohl mein Kopf dröhnt, kann ich klar denken. Glaube ich zumindest … Warum blafft er mich an? Ich wollte doch nur ein Plätzchen. Das ganze Jahr über verlangen sie, dass ich mich bewege, Sport mache. Schimpfen, weil ich mich nicht genug einbringe. Jetzt turne ich einmal und dann ist es ihnen auch nicht recht.

„Es war nur ein kleiner Schemel", nuschele ich, „und die guten Geister haben mich schon vor langer Zeit verlassen."

„Das Mundwerk funktioniert noch, dann kann es nicht schlimm sein. Was wollten sie mit dem Schemel?"

„Plätzchen essen!"

„Sie verrücktes Huhn! Haben Sie Glück, dass ich Ihnen nicht böse sein kann."

1994

Weihnachten und Silvester gingen ins Land. Die Pause tat mir gut und ich hatte mir vorgenommen, mich im neuen Jahr mit dem Foltergerät anzufreunden. Im Januar fing ich mir die Grippe ein und hustete mir die Lunge aus dem Leib. Der Husten war so heftig, dass mir der Kopf dröhnte. Das Fieber stieg auf 40° und Dr. Rousseau überwies mich in die Klinik.

Man legte mich auf die Infektionsstation und hielt alles und alle von mir fern. Das Salpetrière hatte mich wieder, aber die Station der morituri würde mich nie wieder sehen. Sie war inzwischen wieder mit Patienten belegt. Patienten, denen man kein Todesurteil verkündet hatte, die wieder geheilt nach Hause gehen.

Carraud besuchte mich jeden Tag, wollte sich selbst überzeugen, dass sein Wunder auf dem Weg der Besserung war. Nach vier Wochen durfte ich nach Hause. Ich hatte zwei Kilo weniger auf den Rippen und mein Gesicht war eingefallen, aber das eine oder andere Madeleine würde mich bald wieder besser aussehen lassen.

15. Mai - Zwei Jahre geschafft! Ich treffe Prof. Carraud im Café de Flore. Wir sehen uns nach wie vor jeden Monat. Nur der Jahrestag ist ein kleines Fest.

Mein Gesundheitszustand hat sich nicht geändert. Meine Blutwerte sind unverändert. Meine Nieren machen nach wie vor Probleme. Prof. Aucler hat mir keine Hoffnung auf Besserung gemacht. Er meinte, im Laufe der Jahre kann es zu einer weiteren Einschränkung kommen. Vielleicht muss ich eines Tages zur Dialyse. Keine guten Aussichten, aber besser als der Tod.

Mein Karnofsky hat sich nicht verändert. Arbeiten kann ich nicht, es ist unwahrscheinlich, dass ich es je wieder kann.

Prof. Carraud macht mir Mut. Aber das Wissen, dass es nur eine Lebensverlängerung war und keine Heilung, sitzt in meinem Kopf und lässt die Bombe ticken. Ich frage mich immer wieder wie lange noch? Tickt die Bombe weiter oder läuft bereits der Countdown?

Obwohl ich weiß, dass jeder Tag ein Geschenk ist, bleibt die Angst. Niemand weiß, wie lange er leben wird, wann es zu Ende ist. Manchmal beneide ich diese Menschen. Sie haben wenigstens Hoffnung. Hoffnung, ein hohes Alter zu erreichen. Sie wissen nicht wie es ist, wenn man mit der Diagnose totgeweiht leben muss.

Carraud erzählt, dass er mehrere Abhandlungen in Fachzeitschriften veröffentlicht hat. Sein Wunder sei bereits auf dem Weg um die Welt. Ich bin froh, dass ich nicht persönlich reisen muss.

Mein Drill-Sergent quält mich weiterhin Tag für Tag. Die Jungs rechnen und lesen mit mir. Ich muss mit ihnen Hausaufgaben machen. Manchmal gelingt mir ein Treffer, dann freuen sie sich für mich. Es macht mich traurig. Sie sollten eine unbeschwerte Kindheit haben und ich mache ihnen das Leben schwer.

Zélie sagt, ich würde mir unnötige Gedanken machen. Meine Kinder wären glücklich. Sie hätten ihre Mutter, mehr brauchen sie nicht. Mehr wollen sie nicht.

Während Joyce für meine körperliche Genesung zuständig ist, hat Zélie die Heilung meiner Seele übernommen. Jedes Wochenende opfert sie dafür, manchen Abend während der Woche. Wenn sie mal nicht kommen kann, telefonieren wir und ich muss Rechenschaft über meinen Tag ablegen. Manchmal gehen sie mir auf die Nerven, manchmal fehlen sie mir. Ich bin dankbar für ihre Hilfe, für die Zeit, die sie für mich opfern. Manchmal beanspruche ich sie über Gebühr, manchmal reicht es schon, wenn sie mich in den Arm nehmen. Sie sind die besten Freundinnen, die man sich vorstellen kann.

Meine Mutter hat mich kurz nach Ostern besucht. Anscheinend stand wieder ein Fest vor der Tür und sie wollte die Lage peilen. Vater kam überraschend an einem Tag zu Besuch, an dem es mir schlecht ging. Er war schockiert und verabschiedete sich schnell wieder. Nun ja! In ihrem Leben ist kein Platz für Wracks. Da muss alles funktionieren, sogar die eigene Tochter.

Joyce hat vier neue Männer angeschleppt, alle angenehme Zeitgenossen, mehr aber auch nicht. Keiner von ihnen wollte sich binden. Ich frage mich immer, wo sie diese Kerle findet. Sie sind wie Joyce, nur auf ein kurzzeitiges Abenteuer aus.

Zélie hat auch Affären, aber sie wickelt sie im Stillen ab. Für eine feste Beziehung ist in ihrem Leben kein Platz. Wenn sie sich eines Tages verlieben sollte, würde ihre Welt aus den Angeln gehoben und das Chaos bräche über sie herein. Ich kann mir Zélie nicht als Ehefrau und Mutter vorstellen.

Ich bin Mutter, aber ich möchte keine Ehefrau sein, auch wenn mein Herz mir sagt, ich wünsche es mir. Wo sollte ich einen Partner finden? In der Ergotherapie? Dort gibt es Männer jenseits der siebzig, die nach ihren Schlaganfällen den Weg zurück ins Leben suchen. Junge Männer, die volltrunken Unfälle verursachten und manchmal auch Leben auslöschten. Männer, die mehr nach Alkohol gieren, als nach Rekonvaleszenz. Da bleibe ich lieber für den Rest meines Lebens Single. Zudem, wer will mich schon? Mich, ein körperliches und geistiges Wrack?

Die Jungs schimpfen jeden Tag über die Schule, die Lehrer, die Hausaufgaben. War ich auch so? Habe ich übers Internat geschimpft, meine Lehrer? Ich weiß es nicht, erinnere mich nicht mal an sie.

Zélie und Joyce haben ihre alten Fotoalben herausgesucht und mir Fotos unserer Lehrer gezeigt. Fotos unserer Mitschüler, des Internats. Sie haben viele kleine Anekdoten erzählt und wir lachten zusammen. Es gab also auch gute Zeiten, schöne Zeiten im Internat. Ich erinnere mich nicht. Mein Bauch sagt, dass ich das Internat hasste, noch immer hasse. Was weiß er, das Zélie und Joyce nicht wissen?

Ich habe so vieles vergessen. Wann war ich zum ersten Mal verliebt? War ich jemals verliebt? Von wem bekam ich meinen ersten Kuss? Das erste Mal … wann? Mit wem? Für immer verloren in den Tiefen meines Hirns.

Es gibt Fragen, die mir weder Joyce noch Zélie beantworten können. Sie haben auch keine Antwort auf die Frage, wem meine Sehnsucht gilt.

Ich habe einen Traum, der immer wiederkehrt. Ich laufe über eine Wiese, ein kleines Mädchen läuft mit ausgebreiteten Armen auf mich zu. Vor mir kniet ein Mann. Er hat dunkles Haar und trägt ein fliederfarbenes Hemd. Er fängt das Mädchen auf. Als er sich zu mir umdreht, verschwindet er, der Traum ist zu Ende. Wenn ich aufwache, weint mein Herz. Ist es eine Erinnerung, die mir mein Kopf in Träumen zeigt oder ist es, was es ist … ein Traum, der traurig macht?

Die Angst sitzt mir immer im Nacken. Das Wissen, dass es jederzeit vorbei sein kann, macht mir schwer zu schaffen. Ich frage mich, was passiert, wenn der Kokon Risse bekommt, Charlies Häuschen einer Naturkatastrohe zum Opfer fällt. Ein Beben, weil ich wieder mal gestürzt bin. Hochwasser, weil eines der immer wieder auftretenden Ödeme sein Fundament unterspült hat. Orkane, weil mein Hirndruck gestiegen war. Was dann? Carraud weiß keine Antwort darauf. Orreli und Friedli auch nicht. Ich muss mit meiner Angst, meinen Sorgen leben. Mehr kann ich nicht tun. Wenn es zur Katastrophe kommt, muss ich gehen.

Joyce und Zélie machen mir Mut, versuchen ihr bestes, mich auf andere Gedanken zu bringen, wenn ich wieder mal in ein Loch gefallen bin, aus dem ich nicht allein herauskomme. Leider ist mein Weg mit Löchern gepflastert und ich lande immer wieder in einem davon.

Zélie sagt, es gibt eine Zeit des Kampfes und eine Zeit der Ruhe. Man muss nur wissen, wann die Zeit des Kampfes vorbei ist und man hocherhobenen Hauptes die Waffen streckt.

Mein Kampf ist vorbei, die Zeit der Ruhe ist gekommen. Eine trügerische Ruhe, ein Waffenstillstand, dessen Ende offen ist. Wenn der Krieg weitergeht, werde ich der Verlierer sein.

1995

Im Februar lag ich mit Lungenentzündung in der Klinik. Um mein Immunsystem ist es nicht gut bestellt. Immer wieder quälen mich Erkältungen, Blasen-und Nierenentzündungen. Seit meiner Chemotherapie bin ich eine Mimose. Carraud sagt, daran wird sich vielleicht nie wieder etwas ändern. Zu viel Gift floss die letzten Jahre durch meinen Körper.

Meine Nieren leben ihr eigenes Leben. Die rechte verlangt nach abartig viel Flüssigkeit, erhält sie die nicht, wird sie zur Diva und quält mich mit höllischen Schmerzen. Die linke will nicht geflutet werden. Streikt bei einem Überangebot und straft mich mit krampfartigen Schmerzen. Es ist nicht leicht, ein Mittelmaß zu finden.

Im März hatte ich wieder Schwindelattacken und starke Kopfschmerzen. Im MRT zeigte sich erneut ein Ödem und ich musste wieder Cortison einnehmen. Nach dem Ende der Therapie wurde eine Knochendichtemessung durchgeführt. Die Ärzte waren mit dem Ergebnis zufrieden und sagten, dass kein erhöhtes Frakturrisikio besteht.

Ostern fuhren wir nach Cannes, in das Sommerhaus, das Zélie von ihrer grand-mère geerbt hat. Das Wetter war gut und wir hatten eine schöne Zeit. Es tat gut, mal wieder etwas anderes zu sehen, als meine vier Wände. Die Jungs waren aus dem Häuschen, haben Fußball gespielt und neue Freunde gefunden.

Ich laufe mit meinem Rollator, als hätte ich nie etwas anderes gemacht. Mein Drill-Sergent ist sehr zufrieden mit mir. Ich habe mich endlich dazu durchgerungen, das Foltergerät zu benutzen. Ich bewege inzwischen das 5 Kilo Gewicht, als wäre es nichts. Auf dem Ergometer bin ich mit 25 Watt unterwegs. Ich bin zufrieden mit mir.

15. Mai - Drei Jahre geschafft! Überlebensrate drei Jahre 2 Prozent. Das arbeitet im Kopf.

Ich sage mir immer wieder, das bezieht sich nur auf die Versuchstiere im Labor. Auf Menschen ist es nicht zu übertragen. Mäuse leben nicht mal drei Jahre. An welchen Tieren haben sie den Wirkstoff getestet? Will ich es wirklich wissen? Ich denke nicht.

Was ist bei mir schon normal? Mein Tumor schrumpfte, als 29 morituri bereits verstorben waren. Mein Kokon hat sich vollständig geschlossen. Ich überlebe seit drei Jahren. Prof. Carraud hat recht. Es ist ein kleines Wunder.

Unser Jahrestag ist immer etwas Besonderes. Carraud hält sich den Nachmittag immer frei. Komme, was da wolle. Eines Tages werden wir mit Champagner anstoßen, ich freue mich darauf.

Meine Angst begleitet mich durchs Leben. Meine Sterblichkeit ist jetzt präsenter als damals, als ich um mein Leben kämpfte. Es ist schon seltsam, die Dinge nehmen so viel Raum ein, wie man ihnen zusteht. Damals hatte ich nicht oft Zeit, an mein baldiges Ableben zu denken. Wenn der Kopf dröhnt und man sein Innerstes nach außen kehrt, bleibt keine Zeit für Gevatter Tod.

Wenn ich mein Leben wieder im Griff habe, sich nicht mehr alles um Rehabilitation dreht, wird der Angst nicht mehr so viel Raum zuteil.

Ich lese jetzt Kinderbücher. An Dostojewski und Sartre ist noch lange nicht zu denken. Ich bin froh, wenn ich am Ende des Buches noch weiß, dass der kleine Hase den Farbentopf umwarf und damit die Geschichte erst ins Rollen brachte.

Nicholas hat mir Tetris auf den PC geladen. Endlich etwas Sinnvolles. Ich habe Level eins erreicht. Das war ein Feiertag! Das Spiel macht Spaß. Es ist nicht mit den Spielen der Ergotherapie zu vergleichen. Ich will nie wieder Türmchen aus Holzsteinen bauen, nie wieder Legosteine zusammensetzen. Tetris ist mein Quantensprung.

Die Jungs haben im Herbst die Schule gewechselt. Sie gehen jetzt aufs Collège. Die Schule gefällt ihnen besser. Leider müssen sie auch dort eine Schuluniform tragen. Man kann nicht alles haben.

Sie spielen jetzt Tennis und haben einen prall gefüllten Terminkalender. Pendeln zwischen Fußball und Tennis, zwischen Training und Spielen. Es macht ihnen Spaß und sie sind glücklich.

Die Herbstferien haben wir in St. Tropez verbracht. Das Meer war warm und es war herrlich, sich darauf treiben zu lassen. Ich fühlte mich so wunderbar leicht und losgelöst. Es war eine Zeit der Erholung, ohne Terminstress und Drill.

Zuhause ging alles seinen gewohnten Gang. Ich nehme inzwischen an einer Wassertherapie teil. Meine Bewegungen wurden fließender. Das Wasser trägt mich und die Übungen fallen mir leicht. Warum ist niemand früher auf die Idee gekommen, mich ins Wasser zu schicken? Ich hätte mir manche Qual erspart.

In der Weihnachtszeit konnte ich beim Plätzchenbacken helfen. Ich war sehr stolz auf mich. Der Jahreswechsel fand zum ersten Mal in einer positiven Stimmung statt. Ich sehe meiner Zukunft jetzt gelassener entgegen.

1996

Mathieu hat es geschafft. Er wurde im Januar zum Professor ernannt und lehrt jetzt an der Universität von Avignon. Zudem hat er einen Forschungsauftrag, der ihn mit seinen geliebten Polymeren experimentieren lässt. Er ist verliebt und schwebt aus Wolke sieben. Ich freue mich für ihn.

Joyce hat einen Mann kennengelernt, mit dem sie seit Wochen zusammen ist. Sie lebt wieder zuhause, weil ich mich nicht wohl fühle, wenn ein fremder Mann in meinem Haus wohnt. Ihre Beziehung hat etwas, dass ihr bisher immer fehlte … Liebe!

Zélie wurde zur Oberstaatsanwältin befördert, leitet ihr eigenes Resort und macht den Ganoven das Leben schwer. Einer Versetzung nach Bordeaux konnte sie bisher aus dem Weg gehen. Sie liebt Paris und will ihre Stadt nicht verlassen, auch wenn in Bordeaux die ganz große Karriere wartet. Das Sprungbrett nach ganz oben …

15. Mai - Vier Jahre geschafft. Ich kann es kaum glauben. Carraud schreibt weiterhin Abhandlungen über sein Wunder, hält Vorträge in der ganzen Welt. Carrauds Wunder! Er ist sehr stolz auf mich

und ich bin ihm unendlich dankbar.

Dr. Orreli ist jetzt Professor. Er bleibt der Chiba-Pharm treu und wird als Nachfolger von Hubacher gehandelt. Alle drei Monate treffen wir uns im Salpetrière und besprechen meine Fortschritte. Die Chiba-Pharm hat viele Kenntnisse aus der Studie gezogen. Aber sie wird nie erfahren, dass es Carrauds Mut war, der mir das Leben gerettet hat.

Madame Blanqui ist im Mai gestorben. Sie hat mich nicht besucht. Das kleine Wunder ist nicht geschehen. Immer wieder frage ich mich, warum diese Worte einen Sturm in meinem Herzen verursachen. Ein kleines Wunder! Ich finde keine Antwort. Mein Herz schweigt sich aus.

Grand-père hat uns auch im Mai verlassen. Er hatte sich eine Lungenentzündung zugezogen, musste in die Klinik und kam nie wieder nach Hause. Grand-mère leidet sehr unter dem Verlust. Sie hat mich ein paar Mal besucht, dann hatte sie einen Schlaganfall und ist seitdem bettlägerig. Wir haben sie besucht und ich musste mich wochenlang davon erholen. Zu vieles hat mich an meine Zeit in der Studie erinnert.

Meine Sprache hat sich gebessert. Ich artikuliere fast fehlerfrei. Manchmal stocke ich oder hänge an einem Wort fest. Das verursacht mir Panik, macht mich kribbelig, nervös. Manchmal fehlt mir ein Wort, will nicht aus der Versenkung kommen. Dann verzweifle ist fast. Ansonsten geht es weiter aufwärts.

Ich laufe immer öfter ohne meinen Rollator und jeder Schritt macht mich stolz. Nicholas sagt, ich könne jetzt so langsam mit dem Training für den New York Marathon beginnen, den wollte ich doch schon immer laufen. Das wird für immer ein schöner Traum bleiben. Nicht jeder Traum kann in Erfüllung gehen.

Zweimal die Woche gehe ich ins Schwimmbad. Das Wasser trägt mich, erleichtert mir die Übungen und ich mache weiterhin Fortschritte. Ich habe mein Tempo gefunden. Lasse mich nicht hetzen und weiß, was gut für mich ist.

Die Angst ist noch immer da, aber sie hat nicht mehr so viel Macht über mich wie früher. Ich habe gelernt, sie weg zu atmen. So, wie ich damals von Schwester Minouche lernte, die Panik zu besiegen.

1997

Das Jahr begann mit starken Kopfschmerzen, weil sich ein neues Ödem gebildet hatte. Die Behandlung mit Cortison dauerte länger als sonst. Sie müssen das Cortison jetzt langsam ausfluten, weil mein Körper die Produktion von körpereigenem Cortison eingeschränkt hat. Meine Haut ist trocken und juckt. Aber man kann damit leben und nur das zählt.

Ich mache weiterhin Fortschritte und hoffe, dass ich eines Tages wieder arbeiten kann. Vielleicht ist es zu vermessen von mir, aber ich will es angehen. Niemand hat geglaubt, dass sich mein Zustand derart verbessern würde. Ohne die Hilfe meines Drill-Sergent wäre ich nie so weit gekommen. Dafür werde ich ihr ewig dankbar sein.

Ich habe mir ein Haus gekauft. Außerhalb von Paris, viel Grün und noch mehr Ruhe. Es ist schön dort draußen, in der Natur.

Ich bin glücklich. Nur manchmal meldet sich mein Herz. Strömt eine Wehmut durch meinen Körper, die mir die Tränen in die Augen treibt. Wer ist er? Wo ist er? Ich weiß es nicht. Er liegt verschüttet unter den Trümmern meiner Vergangenheit.

Joyce ist noch immer mit Matis liiert, allerdings bröckelt die Liebe und es kann nicht mehr lange dauern, bis sie wieder auf die Pirsch geht. Zélie kauft ihre Milch immer noch Literweise, von Bindungswünschen keine Spur.

Meine Jungs leben ihr Leben frei und ungestört. Sie haben Tennis durch Hockey ersetzt und Hockey durch Skaten. Es gab viele Hämatome, diverse Prellungen, zwei gebrochene Finger und eine Fraktur des Ellenbogens. Ansonsten geht es ihnen gut. Erste Annäherungsversuche des weiblichen Geschlechts werden ignoriert.

15. Mai - Fünf Jahre sind seit meinem zweiten Geburtstag vergangen. Acht Jahre seit Verkündung meines Todesurteils. Ginge es nach den Prophezeiungen meiner Limoger Ärzte, müsste ich bereits seit sieben Jahren tot sein. Sie haben sich geirrt und ich bin froh darüber. Prof. Jablonski bin ich dankbar, dass er mich zu Carraud geschickt hat. Diesem wunderbaren Arzt, der mir das Leben gerettet hat, weil er auf seinen Bauch hörte, seinen Eid, den er als Arzt geleistet hatte, sehr ernst nahm und sogar für mich seinen Job aufs Spiel gesetzt hatte. Ich bin auch Prof. Orreli und Dr. Friedli dankbar, die ihn bei seinem Versuch, mein Leben zu retten, unterstützt und ihn gedeckt haben. Diesem Versuch, der in keinem Studienbericht festgehalten wurde.

Prof. Orreli hat mir erzählt, dass sie mit der Dosierung und den zeitlichen Abständen der Verabreichung experimentiert hatten. Den laboratory animals den Wirkstoff auch täglich verabreicht hatten. Die Tiere reagierten am besten auf die wöchentliche Gabe. Ich weiß immer noch nicht, welche Tiere sich für mein Leben geopfert haben, will es auch nicht wissen. Aber ich bin ihnen sehr dankbar.

Den morituri, die länger lebten und einen fast vollständigen Kokon entwickelten, wurde der Wirkstoff infundiert und oral verabreicht. Sie haben es trotzdem nicht geschafft. Mir wird so schwer ums Herz, wenn ich an sie denke. An die morituri, denen die Studie große Hoffnung gab, die ihr Leben in die Hände der Wissenschaft legten und doch bitter enttäuscht wurden. Mit Wehmut denke ich an die Zeit zurück, die die schlimmste meines Lebens war.

Seit fünf Jahren lebe ich mit einem Kokon. Ich bin der 0,6 Mensch. Ich, der Patient mir der Prognose null.

Ein schöner Tag. Die Sonne lacht vom Himmel, die Vögel zwitschern und es geht mir gut. So gut wie schon lange nicht mehr. Mein Karnofsky beträgt 60%. Niemand hätte es für möglich gehalten. Ich bin stolz auf mich. Prof. Carraud ist es auch.

Seit einem Jahr treffe ich mich jeden Donnerstagnachmittag im Café de Flore mit ihm. Uns verbindet ein Band, das man nicht mit Worten beschreiben kann. Freundschaft trifft es vielleicht am besten.

Meine Augen wandern durchs Café. Da ist er wieder. Dieser hutzelige, kleine Mann. Wie jeden Donnerstag sitzt er am Nebentisch. Wenn sich unsere Blicke treffen, lächelt er mich an. Wenn ich nur wüsste, woher ich ihn kenne. Ich bin mir absolut sicher, dass ich ihn kenne. Zum ersten Mal beschäftigen sich meine Gedanken länger mit ihm. Er lächelt mir zu, ruft den Ober. Dieser Akzent! Wo soll ich diesen Akzent hinstecken? Belgien? Holland? Es klingt so flämisch. Französisch Brabant?

Ja – Waterloo! Wen kenne ich in Waterloo? Freunde meiner Eltern, aber dieses hutzelige Männchen passt nicht ins Bild.

Er zahlt, steht auf und geht, ohne sich umzudrehen. Der Ober bringt mir ein zusammengefaltetes Stück Papier. Jemand hat ein Foto aus einer Zeitschrift ausgerissen. Ein langer Sandstrand, türkisfarbenes Meer, Palmen. Im Hintergrund eine Reihe kleiner Bungalows. Ich habe das schon einmal gesehen. Nicht auf einem Foto. Ich war da! Ich bin mir absolut sicher. Zum ersten Mal seit langer Zeit, bin ich mir sicher, mich zu erinnern.

Jemand hat etwas darauf geschrieben. Es ist kaum zu lesen … Für den Engel mit den schwarzen Augen! In meinem Kopf beginnt ein Kampf. Alles dreht sich. Engel … schwarze Augen … Engel … Es kommt mir bekannt vor. Hat eine tiefere Bedeutung, als ich verstehen kann. Mein Herz schlägt schneller …

Der Ausriss stammt aus einem Reisemagazin. Vielleicht aus der aktuellen Ausgabe? Mein Herz rast. Auf der anderen Straßenseite ist ein Kiosk. Ich lasse alles stehen und liegen und laufe los.

„Ich möchte die neueste Voyages", hechele ich völlig außer Atem.

„15 Francs!"

Ich zahle und reiße ihm die Zeitschrift aus der Hand. Blättern, suchen, blättern. Nichts! Noch einmal! Wieder nichts! Merde!

„Kann ich Ihnen behilflich sein? Suchen Sie etwas Bestimmtes?"

Ich hole den Ausriss aus meiner Tasche. „Dieses Foto mit dem dazugehörigen Artikel."

„Tut mir leid. Ich lese keine Reisemagazine. Sie haben Glück. Ich habe noch die Restexemplare der letzten Ausgaben. Sie wurden noch nicht abgeholt. Vielleicht finden Sie darin, was sie suchen."

Er geht nach hinten, in einen kleinen Lagerraum und durchsucht den Stapel mit den Reisemagazinen. Mit zwei Exemplaren kommt er zurück. Er hilft mir beim Suchen. Auf der vorletzten Doppelseite werde ich fündig. Kleiner Schatz in der Karibik - Culebra!

Mir wird schwindlig. Der Alte kommt aus seinem Kiosk und schiebt mir einen Stuhl hin.

„Setzen Sie sich. Sie sehen aus, als hätten Sie einen Geist gesehen. Möchten Sie ein Glas Wasser?"
„Gerne!"

An der Straße hält ein Taxi. Das hutzelige Männchen steht daneben, lüpft seinen Hut und lächelt mir mit einer kleinen Verbeugung zu. Er steigt ein und das Taxi fährt davon.

Mein Herz weiß, dass es seine Chance verpasst hat. Denn dieses hutzelige Männchen weiß, wem es gehört.

Es wird langsam Zeit, dass ich Ordnung in meine Vergangenheit bringe und meinem Herz endlich Ruhe schenke. Wenn ich wieder zuhause bin, mache ich mich auf die Suche … auf die Suche nach ihm …